Zum Buch:

»Hier verlief die Grenze?«, fragte Milla.
»Noch nicht. Hier stand der Zaun für den 500-Meter-Schutzstreifen. Dressels Forst war dahinter. Zwischen den Welten. Nicht im Westen, aber auch nicht richtig im Osten.«
»Wollen Sie damit sagen, Sie haben zwischen zwei Zäunen gelebt?«, fragte Milla entgeistert.
Christine zuckte mit den Schultern. »Ach, so hat sich das gar nicht angefühlt. Für uns war das normal. Es war ja unser Zuhause. Und ich kannte es auch nicht anders.«

»Kati Naumann widmet sich ebenso einfühlsam wie eindrücklich einem selten thematisierten Kapitel deutscher Geschichte, aus dem wir noch immer für die Gegenwart lernen können.«

BÜCHERmagazin

Zur Autorin:

Kati Naumann wurde 1963 in Leipzig geboren. In Sonneberg, im ehemaligen Sperrgebiet im Thüringer Wald, verbrachte sie einen Großteil ihrer Kindheit. Die studierte Museologin schrieb bereits mehrere Romane sowie Songtexte für verschiedene Künstler und das Libretto zu dem Musical *Elixier* (Musik von Tobias Künzel). Sie verfasste Drehbücher für Kindersendungen und entwickelte mehrere Hörspiel- und Buchreihen für Kinder. Kati Naumann lebt mit ihrer Familie am Stadtrand von Leipzig.

Lieferbare Titel:

Wo wir Kinder waren
Die Sehnsucht nach Licht

KATI NAUMANN

WAS UNS ERINNERN LÄSST

ROMAN

HarperCollins

Sämtliche Personen sind frei erfunden.
Nicht alle Details entsprechen
den jeweiligen örtlichen Gegebenheiten.

3. Auflage 2024
Ungekürzte Ausgabe im HarperCollins Taschenbuch

Umschlaggestaltung von wilhelm typo grafisch, Zürich
Umschlagabbildung von Ildiko Neer / Trevillion Images
Gesetzt aus der Stempel Garamond
von GGP Media GmbH, Pößneck
Druck und Bindung von CPI books GmbH, Leck
Printed in Germany
ISBN 978-3-95967-570-3
www.harpercollins.de

1
In einem tiefen, dunklen Wald

Milla war vom Weg abgekommen. Der Wald verschluckte den Rest der Welt von einem Moment zum nächsten. Gerade noch schwirrten Gesprächsfetzen und Lachen umher, nun hörte sie nichts außer dem Rascheln ihrer eigenen Schritte. Weit entfernt über ihr glitzerte das Licht durch die Zweige. Es wurde dämmrig, still und kühl. Sie befand sich südöstlich des Rennsteigs, dem Höhenkamm des Thüringer Waldes.

Millas freier Tag war nicht wie geplant verlaufen. Neo hatte sie versetzt, zum allerersten Mal. Da hatte sie ihren Sohn nun endlich so groß gekriegt, dass man etwas mit ihm anfangen konnte, und plötzlich machte er seine eigenen Pläne. Um ihm zu beweisen, dass sie auch ohne ihn Spaß haben und in Gesellschaft sein konnte, hatte sie sich einer Wandergruppe angeschlossen. Keine zehn Minuten später, als einer davon ein fröhliches Wanderlied anstimmte und Milla zum Mitsingen zwingen wollte, bereute sie ihre Entscheidung. Sie war einfach kein Herdentier. Das Tempo, das sie aus Rücksicht auf die Dame mit der künstlichen Hüfte anschlagen mussten, behagte Milla ebenso wenig wie die Gesprächsthemen. Um dem Geschwätz über Besenreiser und Arthritis zu entkommen, ließ sie sich zurückfallen und scherte kurze Zeit später einfach aus. Seitdem lief sie immer weiter in die Tiefe des Waldes hinein, ohne recht zu wissen, wohin.

Irgendwo knackte es im Unterholz. Milla verharrte und schloss die Augen, um besser hören zu können. Die Luft rauschte zwischen den Zweigen. Es duftete nach Fichten und moderndem Laub. Insekten summten, ein Eichelhäher schrie. Hinter ihr raschelte es.

Sie setzte den Rucksack ab und durchwühlte ihn. Milla war gern auf alles vorbereitet. Nicht nur hier im Wald, sondern prinzipiell. Sie arbeitete in einer Anwaltskanzlei als Sekretärin und Mädchen für alles. Beinahe täglich musste sie Gesprächsprotokolle für Scheidungseinigungen anfertigen und war immer wieder überrascht, wie gutgläubig manche Menschen waren.

Sie ertastete das kalte Blech des Lärmsprays, zog es hervor und steckte es griffbereit in ihre Jackentasche.

Es gab wieder Wölfe im Thüringer Wald, hatte sie gelesen, und die verhielten sich nicht nach Lehrbuch. Sie waren kein bisschen scheu, sondern beinahe neugierig und manchmal sogar dreist, als wüssten sie, dass sie vom Gesetz beschützt wurden. Doch in diesem Wald gab es noch etwas, das viel gefährlicher war als Wölfe.

Milla war keine Anfängerin. Sie trug eine gut isolierte Wetterjacke und stabile Laufschuhe mit Profilsohlen. Bei jeder Tour fühlte sich ihr Rucksack schwerer an. Inzwischen schleppte sie immer eine große Wasserflasche und einige Energieriegel mit, außerdem einen Kompass, ein Multiwerkzeug mit Messer und verschiedenen Schraubenziehern, Arbeitshandschuhe, einen Bolzenschneider, ein Vorhängeschloss, ein Stativ, die Taschenlampe, eine dünne Rettungsdecke und ein Notladegerät. Sie verließ sich nie ausschließlich auf den Akku und schon gar nicht auf das Funknetz ihres Telefons. Es fand schon seit einiger Zeit kein Signal mehr. Aber das war normal an den Orten, an denen Milla suchte.

Es fühlte sich befreiend an, einfach nicht mehr erreichbar zu sein. Und auch der Druck, ständig Bilder für ihre Internetgruppe hochladen zu müssen, war verschwunden. Der Wald hatte Milla unsichtbar gemacht. Sie würde allerdings auch keinen Notruf absetzen können.

Milla lief weiter. Plötzlich tauchten zwischen den alten Bäumen Bahnschienen auf. Sie nahm den Deckel vom Objektiv ihrer Kamera. Es war keine Ortschaft in der Nähe, sie kamen aus dem Nichts und führten nirgendwohin, als hätte ein Riese mit ihnen gespielt und sie achtlos liegen gelassen. In der Mitte zwischen den beiden Gleisen wuchsen mächtige

Buchen, und dann endeten die Schienen plötzlich wieder. Milla kniete sich auf die weiche Laubschicht und schoss ein paar halbherzige Fotos. Dieses Motiv kannte sie schon von Bildern aus ihrer Gruppe. Sie schien auf der richtigen Spur zu sein, aber es war noch nicht das, was sie suchte. Sie ging weiter und hoffte auf mehr. Die ehemalige innerdeutsche Grenze war voll von verlassenen Truppenübungsplätzen, stillgelegten Kasernen, Bunkern und zerfallenden Wachtürmen.

Millas Schuhe versanken in der federnden Schicht verrottenden Laubs. Eine Zeit lang war es bergab gegangen, jetzt steuerte sie wieder auf eine Anhöhe zu. Beim nächsten Auftreten spürte sie, dass mit dem Boden unter ihr etwas nicht stimmte. Ein halber Meter weiter links, und sie wäre daran vorbeigelaufen. Aber dieser Schritt hatte sich nicht so weich angefühlt wie die vielen Schritte zuvor. Sie verharrte unbeweglich und versuchte sich zu orientieren. Sie war nicht sicher, ob sie das alte Grenzgebiet schon erreicht hatte. Noch immer lauerten im ehemaligen Todesstreifen über dreiunddreißigtausend Landminen unter der Erde. Es war unmöglich gewesen, sie alle aufzuspüren. Deshalb sollte man in dieser Gegend die Wanderwege niemals verlassen. Milla kam zu dem Schluss, dass sie eine Sprengfalle sicher längst ausgelöst hätte, und bewegte sich vorsichtig weiter. Vermutlich war das unter ihr nur einer der Schieferfelsen, die es hier gab. Sie ging die Umgebung ab und stellte eine merkwürdige Erhebung fest. Mit ihrem Stativ stocherte sie im Gestrüpp herum und spürte, wie der Metallfuß auf etwas Hartes stieß. Sie schnitt die verfilzten Brombeerranken mit dem Bolzenschneider weg und schob altes Laub und lockere Erde zur Seite. Darunter fand sie Dachschiefer, verwittertes Holz und ein paar Ziegel. Vermutlich hatte hier jemand Schutt abgeladen. Außergewöhnlich viel Schutt. Das Trümmerfeld zog sich über die gesamte Anhöhe. Milla stieß auf kleine Mauerstücke, die von Tapete zusammengehalten wurden, auf Putz und zerbröckelnde Schmuckelemente einer Fassade. Die Schicht war nicht dick, als hätte jemand versucht, den Schutt breitzufahren und unauffällig zu verteilen. Sie klopfte den Boden weiter mit ihrem Stativ ab. Plötzlich änderte sich der Klang. Milla atmete schneller. Sie wusste nicht genau, was es bedeutete, aber sie konnte ausmachen, wo es anfing und wo es endete. Es war ein großer Bereich, dessen Eckpunkte sie mit Fichtenzapfen markierte. Sie trat ein Stück zurück und erkannte ein Viereck, gleich einem Grundriss. Der Hausschutt war nicht hier abgeladen worden. Das Gebäude hatte hier gestanden, und es schien, als befände sich unter ihr noch der Keller.

Milla fand die Art der Zerstörung merkwürdig. Sie hatte schon viele verfallende Häuser gesehen. Am Anfang ging immer das Dach kaputt. Sobald der Wind die ersten Dachpfannen weggerissen hatte, drang Wasser ein und zersetzte die Balken. Die Wände hielten viel länger stand. Sie hatte seit Jahrhunderten verlassene Häuser besichtigt, die noch intakte Grundmauern besaßen. Ein Haus stürzte nicht einfach so von allein in sich zusammen. Es sah fast so aus, als wäre dieses hier von einer Bombe getroffen und dem Waldboden gleichgemacht worden.

Milla fand es befremdlich, dass von einem Krieg, der vor über siebzig Jahren geendet hatte, immer noch Spuren zu finden waren. Bei jeder Tiefbaustelle in Nürnberg oder Erfurt musste man damit rechnen, einen Blindgänger auszugraben. Aber hier war keine Großstadt in der Nähe. Wozu sollten die Alliierten über dieser abgelegenen Gegend Bomben abgeworfen haben?

Plötzlich erinnerte sie sich an eine Diskussion in ihrer Internetgruppe. Ein halbes Jahr vor Hiroshima sollten über dem Thüringer Wald zwei kleinere nukleare Sprengsätze gezündet worden sein. Milla setzte auf die imaginäre Ausrüstungsliste in ihrem Kopf einen Geigerzähler. Sollte sie die Gegend nicht lieber schleunigst verlassen?

Sie war unentschlossen. Wenn sie Neo dabeigehabt hätte, wäre sie jetzt umgekehrt. Aber so fühlte sie sich frei von

Verantwortung, und ihr Drang herauszufinden, was es mit dem Hohlraum unter ihr auf sich hatte, war stärker als ihre Vorsicht. Sie musste den Eingang finden. Klopfend arbeitete sie sich durch den abgegrenzten Bereich. Und dann hörte sie, dass der Nachhall an einer Stelle viel deutlicher war. Sie räumte die Zweige, das Laub und den Schutt weg und stieß auf eine große, mit Holz verkleidete Klappe im Boden. Sie legte ihre Handfläche auf und versuchte, in die Tiefe darunter zu spüren. Fast kam es ihr so vor, als würde sie ein lebendiges Wesen fühlen, aber es war nur ihr eigener, nervöser Pulsschlag, der in ihrer Hand klopfte.

Die Falltür hatte einen Eisenring, der etwas verrostet war, sich aber trotzdem bewegen ließ. Sie schob Schutt und Steine an den Rändern zur Seite und entdeckte dabei einen Riegel. Er war nur mit einem kleinen Vorhängeschloss gesichert, das sie mit dem Bolzenschneider aufbrach. Dann konnte sie die Tür hochziehen und zur Seite wuchten.

Eine Steintreppe führte hinab, von der nur die obersten Stufen zu sehen waren. Sie verschwanden in einem tiefen, dunklen Loch. Der Geruch nach Moder und Schimmel quoll heraus und nahm ihr den Atem.

Milla setzte sich ein Stück abseits auf den Waldboden. Durch die Baumstämme konnte sie hinüber auf die andere Seite sehen. Dazwischen lag ein tiefes Tal, dessen Grund ihr Blick nicht erreichte. Der Thüringer Wald schien endlos zu sein, egal wohin sie sich drehte, sah sie sanft geschwungene, bewaldete Berge. Es fühlte sich gut an, hier zu sitzen. Sie schob ihre Füße unter das Laub, als wären es Wurzeln, und blieb für einige Zeit unbeweglich, wie einer der Bäume.

Angefangen hatte es mit dem Château Verdure. Milla hatte ein Bild davon gesehen, als Neo noch klein war. Sie entdeckte es an dem Morgen, an dem Neos Vater beim Frühstück verkündete, er müsse jetzt erst einmal an sich denken und etwas erleben, bevor er zu alt dafür sei. Milla kannte das. Ihre Eltern hatten Anfang 1990, kurz nach der Grenzöffnung, beschlossen, Erfurt zu verlassen und ihre neu gewonnene Freiheit zu genießen. Sie hatten sich per Anhalter auf eine fast zweijährige Weltreise begeben. Milla, die damals sechs Jahre alt und gerade in die Schule gekommen war, blieb bei ihren Großeltern, die sie mit unerschütterlicher Liebe verwöhnten.

Während Neos Vater packte, blieb Milla am Esstisch sitzen, der von einem Moment auf den anderen viel zu groß geworden war. Sie biss in ihr Marmeladenbrot und schlenderte im Internet herum, um möglichst gelassen und unbeteiligt zu wirken. Sie gab das Wort »verloren« ein, weil es das war, was sie gerade fühlte. Und so gelangte sie zu den Bildern vom Château Verdure, einem Herrenhaus ohne Herr, in einem Park, der keiner mehr war. Beim Betrachten überkam sie plötzlich das Gefühl, dieses Haus sei genauso einsam und sich selbst überlassen wie sie.

Seit Milla das Château Verdure gesehen hatte, spürte sie eine merkwürdige Sehnsucht in sich. So als wäre sie nicht am richtigen Platz auf der Welt. Nur gab es für Neo keine Großeltern, die auf etwas verzichtet hätten, damit Milla auf die Suche gehen konnte. Aber sie hätte ihr Kind ohnehin niemals weggegeben. Neo wurde zu ihrem engsten Vertrauten, dem sie jeden Gedanken erzählen konnte, ohne dass er etwas verstand oder kommentierte.

Milla beschloss, einfach alles mit Neo gemeinsam zu machen. Sie lud den damals Zweijährigen in ihren klapprigen, alten Skoda, und zusammen zuckelten sie, unterbrochen von Töpfchenpausen, in die Nähe von Paris.

Der Besuch war ein wenig enttäuschend, denn sie war nicht die Einzige mit einem Hang zum Morbiden gewesen. Eine Horde fotografierender Touristen trampelte in dem Schlösschen herum. Sie machten Fotos für verschiedene Internetforen, die alle ein Thema hatten: Lost Places – Verlorene Orte. Erst als der Schwarm weg war und sich Milla mit Neo auf dem Arm eine löchrige Treppe hinauftastete, stellte sich ein seltsames tröstliches Gefühl ein. Vom oberen Flur ging ein Zimmer ab, das keinen Boden mehr hatte. Sie sah nach unten in die Tiefe, und plötzlich rückte sich alles zurecht. Sie war nicht allein. Es gab so vieles auf der Welt, das irgendwann wichtig gewesen war und dann in Bedeutungslosigkeit versank, so viel, was für die Ewigkeit gemacht zu sein schien und dann zerbröckelte.

Seitdem suchte Milla nach solchen Plätzen. Zuerst in den Internetforen über verlorene Orte, dann fing sie an, selbst herumzufahren. Sie war in verlassenen Burgen und stillgelegten Bergwerksminen gewesen, besuchte verfallene Häuser, aufgegebene Ämter, nicht mehr besetzte Kasernen, Bunker und Truppenübungsplätze, immer in der Hoffnung, irgendwann einen Ort zu finden, der auf sie wartete, den sie als Erste betreten durfte, um ihn aus seinem Dornröschenschlaf zu erwecken. Vielleicht fand sie dabei sogar einen Ort, an dem sie für immer bleiben konnten. Sie schloss sich der Internetgruppe *Lost Places* an und begann selbst Fotos und Berichte zu veröffentlichen.

Überall, wo Milla hinging, schleppte sie Neo mit. Irgendwann, vor vielen Jahren, hatte sie den Zeitpunkt verpasst, an dem sie nicht mehr mit Neo über alles hätte reden sollen.

Milla gab sich einen Ruck und ging zurück zur Falltür. Sie nahm an, dass inzwischen ausreichend frische Luft nach unten gedrungen war.

Mit einem Stock schlug sie lärmend gegen die Öffnung und horchte, ob sich unten etwas bewegte. Es blieb still.

Das Licht der Taschenlampe holte tanzende Staubkörnchen aus der Dunkelheit. Ihr Fuß verharrte einen Moment in der Luft und trat dann fest auf die erste Stufe auf.

Sporen schwirrten umher und nahmen ihr den Atem. Milla hustete und setzte auf die Liste in ihrem Kopf einen Mundschutz.

Der Lichtstrahl tastete die Kellerwände ab. Als Milla begriff, wo sie sich befand, stellten sich die winzigen blonden Härchen an ihren Armen auf. In ihrer Vorstellung hatte sie sich immer ausgemalt, wie der verlorene Ort aussehen würde, den sie einmal als Erste entdeckte. Sie hatte sich etwas Romantisches vorgestellt, ähnlich dem französischen Château, mit mottenzerfressenen Samtvorhängen und einer Puppe auf einem Flügel mit zahnlückiger Tastatur. Zur Not auch wie die heruntergekommenen Erholungsheime im Harz, mit alten Metallbetten und leeren Spinden. All diese Orte waren leer geräumt worden, und die Dinge, die noch darin herumstanden, wirkten wie geschickt drapierte Requisiten. Aber das hier war keine Kulisse. Es war ein gut sortierter Wirtschaftsraum, in dem nicht einmal sonderlich viel Staub lag. Milla hatte das Gefühl, wenn sie jetzt wieder die Treppe hinaufstieg, würde sie in eine gemütliche Küche kommen, wo auf dem Herd eine Suppe vor sich hin köchelte. Obwohl das Haus darüber amputiert worden war, lebte der Keller noch.

In verschlossenen Vitrinen reihte sich Geschirr aneinander. Milla öffnete eine der Glastüren. Das Porzellan fühlte sich kalt an. Es war solides Geschirr, nicht zu fein, nicht zu grob, mit einem Rand in Weinrot und Gold. Sie fand Essteller, Kaffeetassen, Kuchenteller, Terrinen, Kannen und Krüge, nichts Zusammengewürfeltes, alles von der gleichen Marke, Thomas Bavaria. Wer brauchte so viel Geschirr? Milla zog die Schubfächer unter den Vitrinen auf. Sie fand Unmengen dunkel angelaufener Silberbestecke, stockfleckige Leinentücher und silberne Serviettenringe. Auf der angrenzenden Seite standen Regale, in denen sich eine Armee von Obstkonserven aneinanderreihte, alle säuberlich mit kleinen Klebeschildchen beschriftet, *Himbeeren 1976, Schwarze-Beeren-Marmelade 1977, Hölberle 1975, Brombeermarmelade 1976*. Es gab nur ein einziges Ding in diesem Regal, das aus der Reihe tanzte und schief über die Kante lugte. Es war ein Päckchen mit Rattengift.

Dann entdeckte Milla auf einer Holzstiege den Brandstempel *Hotel Waldeshöh*. Das erklärte die große Menge an Porzellan.

Neben bis zur Decke geschichtetem Holz lag ein säuberlicher Stoß mit Zeitungen und Zeitschriften. Die *FF dabei*, das *Freie Wort*. Die oberste trug das Datum vom 23. Juni 1977. Milla musste lächeln. Kein Atomangriff also. Daneben stapelten sich gebündelte blassgrüne Schulhefte. Milla schnitt die Paketschnur auf und sah die Hefte durch. Sie gehörten einem Andreas Dressel, Klasse 6a, und einer Christine Dressel, Klasse 8b.

Milla fühlte sich plötzlich wie ein Eindringling. Es war nicht das erste Mal, dass sie menschliche Spuren an einem verlorenen Ort fand. Sonst waren es Hinterlassenschaften von anderen Jägern gewesen, weggeworfene Getränkebüchsen oder Papiertaschentücher. Wie der Müll von Kinobesuchern, der liegen blieb, wenn die Vorstellung vorbei war. Aber diese Spuren hier verbanden den toten Ort plötzlich mit einem Leben vor dem, was auch immer hier passiert war.

Milla zog ein Aufsatzheft heraus und blätterte es durch. Christine Dressel besaß eine bemühte, ordentliche Handschrift. Milla verglich sie unwillkürlich mit Neos unleserlicher Klaue, die ihm in jeder Arbeit mindestens einen Formpunkt Abzug einbrachte. Christine Dressel dagegen hatte wohl alles richtig machen wollen.

Mein schönstes Ferienerlebnis, las Milla. Christine beschrieb darin eine Waldwanderung, auf der sie eine alte Bärengrube entdeckt hatten. Dann kam *Ein Tag bei unserer Patenbrigade*, gefolgt von *Wir feiern den 1. Mai*. Und zum Schluss stand da noch ein Aufsatz mit dem Titel *So stelle ich mir das Jahr 2000 vor*. Milla überflog die patriotischen Zeilen, in denen von bargeldlosem Kommunismus und fliegenden Traktoren geschwärmt wurde, und blieb bei den letzten Sätzen hängen.

Am meisten wünsche ich mir für das Jahr 2000, daß wir noch zu Hause sind und nicht weg vom Rennsteig mußten. Dann ist das Hotel Waldeshöh ein schmuckes FDGB-Erholungs-Heim, und alles ist wieder gut.

Milla setzte sich auf die unterste Treppenstufe und schlug das Heft zu. Der Wunsch der kleinen Christine war wohl nicht in Erfüllung gegangen. Sie dachte an Neos Wünsche. Er wollte einen eigenen Fernseher in seinem Zimmer und mit seinem Vater in den Campingurlaub fahren. Auch seine Hoffnungen würden sich nicht alle erfüllen. Wenigstens auf den Fernseher sparte sie schon seit Monaten. Sie fragte sich, was mit Christine Dressel passiert war. Wo hatte ihre Familie das Jahr 2000 verbracht? Lebten sie überhaupt noch?

In dem stickigen Keller erschien die Zeit zäh wie Sirup. Milla merkte, wie sie müde wurde und ihr beinahe die Augen zufielen. Sie begriff, dass der Sauerstoff knapp wurde, und ging nach oben, um durchzuatmen. Dabei fiel ihr auf, wie spät es schon geworden war. Die Dämmerung brach im Wald viel früher herein als im freien Gelände. Sie musste sich dringend auf den Rückweg machen.

Noch einmal stieg sie nach unten, fotografierte die Wände und nahm Details auf. Im Leuchten des Blitzlichts entdeckte sie eine Aufputzstromleitung und von der Decke hängende Schnüre mit getrockneten Pilzen. Sie steckte Christines Schulheft in ihren Rucksack und nahm noch schnell ein Glas von der Brombeermarmelade mit. Dann verließ sie den Keller.

Die Falltür schnappte mit einem dumpfen Geräusch zu. Milla holte ein Vorhängeschloss aus ihrem Rucksack und sicherte sie damit. Als sie die Schlüssel einsteckte, fühlte es sich an, als wäre dieser Ort nun in ihren Besitz übergegangen. Sie bedeckte die Stelle wieder mit Schutt und Zweigen. In einen Baum ritzte sie eine kleine unauffällige Markierung, ging auf die Anhöhe und suchte nach Orientierungspunkten. Sie fand in der Ferne einen Funkmast, erspähte auf der anderen Seite ein großes Gewerbegebiet und peilte die Stellen mit ihrem Kompass an. Da sie keine Ahnung hatte, wie der Ort im Tal hieß, notierte sie sich nur die Gradangaben und wollte später die Stelle triangulieren. Weil sie immer noch so merkwürdig müde und erschöpft war, trank sie etwas Wasser und aß einen Energieriegel.

Plötzlich hörte sie hinter sich ein heiseres Hecheln. Gegen ihren Instinkt, der ihr riet wegzurennen, drehte sie sich ganz langsam um. Vor ihr stand ein großer Schäferhund und knurrte sie an. Milla zwang sich, ihm nicht in die Augen zu sehen, sondern an ihm vorbeizustarren. Am Rand ihres Blickfelds registrierte sie die hochgezogenen Lefzen und die gewaltigen Zähne. Kaum merklich bewegte sie ihre Hand und tastete nach dem Lärmspray.

Dann ertönten ein Pfiff und ein Ruf.

»Lux! Aus!«

Der Hund drehte sich von Milla weg. Nun sah sie auch sein Herrchen. Der Mann war massig, trug grüne Arbeitskleidung und eine Wetterjacke und schleifte einen großen schwarzen Müllsack hinter sich her. Milla hoffte, dass er ein Waldarbeiter war und sich in dem Sack nur Unrat befand.

»Schmeißen Sie das bloß nicht hier hin!«, drohte der Mann und zeigte auf das bunte Papier in ihrer Hand.

»Hatte ich nicht vor«, gab Milla zurück.

Sie steckte sich den restlichen Riegel in den Mund und stopfte das Papier in ihren Rucksack.

»Möchten Sie auch etwas?«, bot sie an.

Der Mann schüttelte abweisend den Kopf.

»Eine schöne Gegend«, versuchte Milla mit ihm ins Gespräch zu kommen. »Die Aussicht ist wunderbar.«

Die Gesichtszüge des Mannes entspannten sich. Er brummte irgendetwas vor sich hin.

»Was war das hier früher?«, fragte Milla weiter und bemühte sich um einen unbefangenen Tonfall. »Ich hab da drüben Bauschutt gefunden.«

»Ja«, antwortete der Mann. Er war wirklich nicht gesprächig.

Milla wollte natürlich nicht zugeben, dass sie sich Zutritt zu einem Privatgrundstück verschafft hatte. Es gab auf der Welt nichts, was niemandem gehörte. Bei einem Einbruch in ein verlassenes Haus durfte man sich nicht erwischen lassen.

Der Mann fummelte eine alte Taschenuhr aus seiner Hosentasche und sah demonstrativ darauf, als wollte er sagen, er habe keine Zeit für ihr Geschwätz.

»Wie heißt die Gegend hier?«, bohrte Milla trotzdem weiter.

»Das hier war *Dressels Forst*«, antwortete der Waldarbeiter und machte eine unbestimmte Handbewegung, die den halben Wald umfasste. »Ist es noch immer. Hat ja keiner umbenannt danach.«

»Danach?«, hakte Milla nach.

Keine Antwort. Milla hätte sich am liebsten nach Christine erkundigt, aber wie sollte sie erklären, woher sie diesen Namen kannte? Vielleicht würde sie der Mann am Ende noch anzeigen. In ihrer Kanzlei hatte sie ständig mit Leuten zu tun, die angezeigt worden waren. Weil sie einen Ast aus dem Nachbargarten gekappt hatten, weil sie Grasschnitt auf einem verwilderten Feld abgekippt hatten, weil sie im Hof ein Trampolin aufgestellt hatten. Es gab ungefähr eine Milliarde Gründe, um angezeigt zu werden und eine Geldstrafe aufgebrummt zu bekommen.

»Woher kommt der Name?«, fragte sie also mit einem harmlosen Lächeln und hoffte, auf diese Weise mehr zu erfahren.

»Marie Dressel. Johanna und Arno Dressel. Die ganze Familie Dressel eben. Der hat der Wald früher gehört und alles andere auch«, brummte der Mann und bekam die Zähne nicht auseinander.

Der Hund schien zu spüren, dass Spannung in der Luft lag, und knurrte Milla wieder an.

Sie beschloss, den Mann nicht weiter zu bedrängen.

»Wohin geht es zum Rennsteig?«, fragte sie nur noch, bedankte sich höflich und machte sich auf den Weg in die wortlos gezeigte Richtung.

Sie fühlte sich beobachtet, bis sie zu einem kleinen Waldpfad kam und einen verwitterten Wegweiser entdeckte. Dem folgte sie, und plötzlich fand ihr Telefon ein Signal und spuckte lauter Mitteilungen aus.

Auf ihrer Mailbox waren fünf heisere Nachrichten. Milla konnte sich einfach nicht daran gewöhnen, dass Neo im Stimmbruch war. Er wollte ihr unbedingt von seiner Verabredung mit Caro berichten, die alles gemacht hätte, was er wollte. Und auch, was sie wollte. Manchmal erzählte er Milla wirklich mehr, als ihr lieb war.

2
Ein idealer Ort

10. April 1945 – Johanna Dressel schlug das Märchenbuch auf und begann mit dunkler, belegter Stimme vorzulesen: »Es war einmal mitten im Winter, und die Schneeflocken fielen wie Federn vom Himmel herab.«

Unwillkürlich sahen die Kinder zu den Fenstern. Aber da hing die Verdunklung davor. Sie rannten hin und lugten vorsichtig darunter hindurch, um nachzuprüfen, ob es vielleicht tatsächlich noch einmal schneite. Draußen herrschte stockdunkle Nacht, nicht der kleinste Umriss war zu erkennen. Es schien, als wäre die Welt verschwunden.

Die Kinder flüchteten in den sicheren Stuhlkreis zurück. Sie hofften, dass die Dunkelheit nicht durch den Kamin hereinsickern und sie auch schwarz färben würde. In Frankfurt am Main hatten die Frechsten der Jungs noch gelacht, wenn man ihnen mit Schneewittchen oder Rotkäppchen gekommen war. Aber hier, mitten im Thüringer Wald, hörten sich die alten Märchen so seltsam wahr an. Nicht nur den Kindern lief ein Schauer über den Rücken, als Johanna von Zwergen, Hexen und bösen Königinnen vorlas, die im undurchdringlichen Thüringer Wald hausten, von dem sie doch nur eine Wand trennte. In seinen Tiefen konnte man sich rettungslos verirren. Als der Hund unten in der Hütte heulte, waren sie sich nicht sicher, ob es nicht vielleicht ein Wolf oder ein Bär gewesen war.

Johanna klappte das Buch zu, und die Kerze auf dem Tisch flackerte. Die Kinder atmeten auf. Obwohl man ihnen dieses Märchen bestimmt schon ein Dutzend Mal vorgelesen hatte, schienen sie erleichtert, dass es auch diesmal gut ausgegangen war. Johanna kontrollierte noch einmal die Verdunklung und drehte dann erst das Licht an. Auf der Anrichte vor dem großen Spiegel lagen demonstrativ die propagandistischen Jugendbücher aus dem Stürmer-Verlag ausgebreitet. Man wusste schließlich nie, wer vorbeikam. Trotzdem lasen sie am Abend immer nur die Märchen von Bechstein und Grimm vor.

Am nächsten Morgen zogen sie wie immer in der Frühe in den Wald. Tagsüber wirkte er nicht mehr bedrohlich, und die Kinder rannten voran, um sich mit Fichtenzapfen zu bewerfen. Johanna musste ständig aufpassen, dass keins im Dickicht abhandenkam, in ein Tellereisen trat oder den kleinen Schieferbruch hinabrutschte. Manche der Kinder hatte Johanna richtig gern, andere konnte sie nicht ausstehen.

Seit siebzehn Monaten lebte eine ganze Schulklasse mit ihrer jungen Lehrerin Fräulein Aschenbach aus Frankfurt am Main im respektablen Hotel *Waldeshöh*. Wenig später hatte Johanna dann auch noch die beiden Jungen ihres Bruders aus Dresden aufgenommen.

Der Winter war lang und eisig gewesen, und die Seifenlappen froren noch immer über Nacht an den Waschschüsseln fest. Aber die Kinder wuschen sich früh ohnehin nicht gern, weil das Quellwasser dann eiskalt war. Warmes Wasser gab es erst, wenn der Herd in der Küche angefeuert worden war. Der Frühling kam spät und zaghaft, und im Wald fand sich nichts Brauchbares außer Feuerholz. Das allerdings in rauen Mengen.

Johanna versuchte die Kinder zusammenzuhalten. Nebenbei zerrte sie auch noch den Leiterwagen durch das unwegsame Gelände. Fräulein Aschenbach war hier keine große Hilfe, sie kam eben auch aus der Stadt. Wenigstens auf Werner musste Johanna nicht achten. Dabei sah sie gerade ihm am liebsten zu, denn er war ihr eigener Junge.

Über ihnen heulten schon die ganze Zeit Jagdbomber. Die Jungen breiteten die Arme aus, versuchten, die Tonhöhe zu treffen, und düsten um die Bäume herum. Die Mädchen sahen nicht einmal mehr nach oben. Sie spielten mit dem Drahthaar-Fox.

»Los, Asta! Hol das Stöckchen!«

In der Nacht konnten sie manchmal dumpfe Detonationen hören, aber am Tag wurden die fernen Einschläge von den beruhigenden Geräuschen des Waldes verdeckt. Hier fühlten sie sich sicher und geborgen.

Sie zogen bis zur Schneise. Von dieser Stelle holte Johanna schon den ganzen Winter Brennholz. Auf Befehl des Reichsforstministers war hier eine große Menge Holz eingeschlagen worden. Es tat Johanna weh, dass die mächtigen Fichten umsonst gestorben waren, denn abgeholt hatte sie keiner mehr. Es gab weder Fuhrwerke noch Arbeiter. Die waren ins Sonneberger Zahnradwerk geschickt worden, um Kettenräder für Panzer herzustellen, oder sie bauten in Coburg Teile für Panzergeschosse. Überall im Wald gab es diese Schneisen mit sinnlos geschlagenem Holz.

Johanna legte ihre Hand auf einen der Stämme. Es war nicht gut, dass die so lange hier lagen und nach der neuen Verordnung nicht geschält werden durften. Sie löste etwas Rinde ab und entdeckte darunter kleine Kammern und Gänge im Bast. Sie mussten so viel von hier wegholen, wie es nur ging.

Sie hatten eine Ziehsäge dabei und zerteilten den großen Stamm, damit sie ihn transportieren konnten. Werner wechselte sich mit Fräulein Aschenbach ab, Johanna sägte ohne Pause. Die Mädchen holten sich in der Zwischenzeit Schieferplatten aus dem Steinbruch und malten darauf. Die Jungen duellierten sich mit Hirschgeweihen, die sie unterwegs aufgesammelt hatten. Es dauerte Stunden, bis vier handliche Klötze abgetrennt waren.

Der Leiterwagen war durch die Ladung so schwer geworden, dass er sich nicht bewegte. Johanna zerrte an der Deichsel, Fräulein Aschenbach schob, und zusammen bekamen die beiden Frauen die Holzfuhre flott. Die Kinder schwärmten laut lärmend für den Rückweg aus. Johanna sah ihnen nach und hoffte das Beste. Immerhin gab es in dieser Jahreszeit noch keine Tollkirschen und auch keine Pilze, mit denen sie sich vergiften konnten. Diese Stadtkinder steckten alles in den Mund, was auch nur annähernd essbar wirkte.

»Kann dir doch egal sein, wenn eins fehlt«, schimpfte Johannas Schwiegermutter, die alte Marie Dressel, immer. »Ein Esser weniger.«

Die Kinder fraßen ihnen tatsächlich die Haare vom Kopf, und die zusätzlichen Versorgungsrationen wurden auch immer knapper. Die alte Frau Dressel war ständig in Sorge, die Kinder könnten etwas von der guten Einrichtung zerschlagen. Johanna selbst fand, man hätte es schlechter treffen können. Es war um einiges besser, ein Lager der Kinderlandverschickung zu sein als ein Lazarett. Und sie hätten auch einen Stützpunkt für die Herren Offiziere hier einrichten können. Wie die sich benahmen, wusste man ja. Außerdem war Johannas Sohn Werner geradezu begeistert von den vielen Kindern. Ohne Geschwister und ohne seinen Vater war ihm in dem einsamen Haus oft schrecklich langweilig gewesen. Endlich hatte er ständig Spielkameraden zur Gesellschaft, mit denen er durch den Wald stromern und Unsinn anstellen konnte.

Auch mit Fräulein Aschenbach hatten sie Glück gehabt. Sie bewohnte die Dienstmädchenkammer und besaß die Oberaufsicht über das Lager. Bei ihr gab es keine morgendlichen Appelle, und sie sang mit den Kindern Volkslieder. Wenn man vom Heimweh und vom Hunger absah, hatten die Kinder eine herrliche Zeit im Wald.

Der schwere Leiterwagen sank immer wieder in den weichen Boden ein und blieb schließlich stecken. Die beiden Frauen zogen inzwischen gemeinsam. Werner rannte dazu und fing an zu schieben. Er war schließlich schon zehn und der Herr im Haus. Seinen Vater hatten sie gleich zu Beginn des Krieges eingezogen.

Werner war jeder Baum, jeder Stein vertraut. Dabei verwandelte sich der Wald ständig. Die Schösslinge vom Vorjahr wuchsen, wurden stärker und veränderten die Trittpfade.

Aber überall gab es die mächtigen Riesen, die unerschütterlich und verlässlich dastanden und seiner Orientierung dienten. Werner bewegte sich durch das braungrüne Labyrinth, als gäbe es dort ganz normale gepflasterte Straßen mit Namen und Wegweisern.

Wie ein Teppich kroch Sauerklee über den Waldboden und schob sich aus dem Laub heraus. Werner riss ein paar der gefalteten Blätter ab und kaute genüsslich auf ihnen herum. Er wusste genau, welche Pflanzen man essen durfte und welche man nicht einmal berühren sollte. Er kannte die Trittsiegel und Losungen der Tiere, wusste, wo die Wildschweine ihre Suhle hatten und wo sich die Wilderer versteckten. Werner wollte Förster werden wie sein Vater und sein Großvater. Er würde den Wald beschützen, und der Wald beschützte ihn.

Das Gebiet von *Dressels Forst* war schon seit Generationen im Familienbesitz. Sie fällten Bäume, verkauften das Holz und forsteten auf. Sie beräumten die Wege, wenn es Schneebruch oder Windschäden gegeben hatte, sie fütterten die Rehe, die im Winter bis zum Haus kamen, und sie holten Baumaterial aus dem kleinen Schieferbruch.

Endlich erreichte der Leiterwagen den Hauptweg, der auch von Pferdegespannen befahren wurde und deshalb gut verfestigt war. Die Mädchen rannten schnell noch einmal in die Büsche, damit sie nicht auf das Plumpsklo im Haus mussten, wo es so von unten zog.

Die Bäume öffneten sich. Johanna hielt kurz an und genoss die Weite, die sich plötzlich auftat. Jedes Mal dachte sie bei diesem Anblick, dass es der schönste Fleck auf der Welt war, mit seiner herrlichen Aussicht hinab ins Tal und bis hinüber zur anderen Waldseite. Und vor diesem märchenhaften Panorama stand das Haus.

Das Hotel *Waldeshöh* war nicht so elegant wie die Pension Schöller in München, in der Johannas Schwiegermutter einmal übernachtet hatte und von der sie immer noch schwärmte. Aber es hob sich von den einfachen Pirschhäusern und Gasthöfen in der Gegend ab. Ein Architekt aus Sonneberg hatte es entworfen, und er musste wissen, was mondän war, denn er arbeitete auch für die Münchner Hautevolee. Das Hotel war 1904 im späten Jugendstil erbaut worden. Es besaß einen vorgebauten Erker, der oben im Turmzimmer endete. Das Fachwerk versteckte sich unter Putz, und die Dachetage war mit traditionellem Thüringer Schiefer verkleidet worden. Die Turmhaube mit dem Wetterhahn überragte das Haus und war von der Höhkuppe aus zu sehen. Wen störte schon die Hakenkreuzfahne, die dort oben flatterte. Die tat keinem weh.

Das Hotel war für gut situierte Kurgäste gebaut worden. Feine in Pelz gehüllte Damen und Herren, die mit ihrem Horch über den Forstweg heraufgefahren kamen oder mit dem Fuhrwerk vom Bahnhof in Ernstthal abgeholt werden mussten. Sie wollten die frische Luft genießen, gesellige Abende verbringen und auf dem Rennsteig wandern. Nur im Winter wurden die Zimmer nicht vermietet, weil die Räume oben nicht beheizbar waren und es bei Schnee für die Fahrzeuge kein Durchkommen mehr zum Hotel gab.

Die Touristen waren nach der Eröffnung in Scharen in das gut geführte Landhotel gekommen. Es war wirklich ideal gelegen, direkt im Herzen Deutschlands, mitten in den Tiefen des Thüringer Waldes und so nah am Rennsteig. Es war so beliebt, dass sie einen Mast gesetzt bekamen und die Telegrafenleitung nun einen Schlenker über das Hotel *Waldeshöh* machte.

Nachdem der alte Dressel gestorben war, führten sein Sohn Arno und seine Schwiegertochter Johanna das Hotel weiter. Die alte Frau Dressel machte sich noch in der Küche nützlich, aber sie war schon ein wenig durcheinander und stand meistens im Weg herum.

Im ersten Jahr des Zweiten Weltkriegs, als ihr Mann schon in Polen war, hatte Johanna Dressel versucht, das Hotel allein weiter zu bewirtschaften. Es musste ja irgendwie weitergehen. Aber bald waren die Gäste ausgeblieben, Johanna musste die beiden Dienstmädchen entlassen und richtete von da an jeden Sonnabend die Zimmer allein her und hielt alles für die Gäste bereit. Man konnte ja nie wissen.

Nur ein einziges Mal kam ihr Mann Arno auf Heimaturlaub. Er hatte versäumt, wie sein Sohn Werner zum ersten Mal auf Skiern die Schneise herunterraste, wie er im Dorfteich von Tettau schwimmen lernte, und auch seine Einschulung in die Einklassenschule in Spechtsbrunn hatte er verpasst. Die wenige Feldpost, die das Hotel *Waldeshöh* erreichte, schloss immer mit den Worten, wie gut es wäre, dass sie im Wald, fernab von den Rüstungsbetrieben und vom Zahnradwerk waren. Wieder einmal hatte sich der Standort des Hotels als ideal erwiesen. Niemand würde über diesem unbewohnten Gebiet Bomben abwerfen. Und genau deshalb waren die Kinder hergeschickt worden.

Sie belegten die sechs Hotelzimmer im ersten Stock. In jedem schliefen vier oder fünf von ihnen. Johanna hatte längst den Überblick verloren, denn sie tauschten ständig die Plätze. Selbst Werner, der eigentlich in ihrem Bett schlafen sollte, weil seine Cousins wiederum seins besetzten, schlich sich nachts oft vom Dachgeschoss nach unten in den ersten Stock zu den anderen.

Die Kinder stürmten ins Haus, Fräulein Aschenbach eilte ihnen nach. Johanna ging in die Küche zur alten Marie Dressel und hob die große Holzklappe zum Vorratskeller an. Unten war es eisig, und sie zog ihre Jacke enger. Der Keller war in den Felsen geschlagen worden. In der Ecke hinter den Kistenstapeln gab es eine Pumpe, mit der Wasser aus einer Quelle in der Tiefe heraufgeholt wurde. Sie musste immer erst ein paarmal kräftig pumpen, bis es aus dem Rohr plätscherte.

Die Regale waren längst leer geräumt, nicht ein einziges Glas mit Obst war übrig geblieben, dabei hatten die Kinder im Sommer ganze Kiepen voll Beeren gesammelt, die sie wochenlang zusammen mit ihrer Schwiegermutter eingeweckt hatte.

Sie suchte die letzten Kartoffeln aus der Kiste heraus und zählte sie ab. Sie reichten gerade noch. Es würde zu Mittag für jeden von ihnen eine geben, für ihre Schwiegermutter sogar zwei.

Johanna stieg wieder nach oben und schrubbte die Kartoffeln mit der Wurzelbürste. Die Schale wurde natürlich mitgegessen. Sie legte noch ein paar Holzscheite im Ofen nach. Die eiserne Platte darüber glühte, und die vielen Wassertöpfe, die auf dem ganzen Herd verteilt standen, begannen zu summen. Johanna füllte sie jeden Morgen mit Quellwasser auf, sodass die gute Hitze nicht verschwendet wurde und immer warmes Wasser vorhanden war. In einen von diesen Töpfen warf Johanna die Kartoffeln.

»Die schönen Erdäpfel«, sagte Johannas Schwiegermutter bedauernd. »Wenn wir Gäste hätten, könnten wir herrliche Klöß' draus machen.«

Johanna lachte. »Wir haben doch Gäste!«

»Aber keine, die zahlen«, stellte ihre Schwiegermutter entrüstet fest.

Zwanzig Minuten später saßen sie alle im Speisezimmer. Es war etwas schlichter als der Salon eingerichtet und wurde von der großen Messinglampe in der Mitte dominiert. Werner sprach ein Gebet für seinen Vater und für die Väter der anderen Kinder.

Sie hatten die Tische zusammengeschoben, denn es gab nur einen Räucherhering, und den hatte Johanna an den Zugbügel der Lampe gehängt. Jeder durfte mit seiner Kartoffel daran stippen, damit es ein bisschen nach etwas schmeckte. Das machten sie nun schon den dritten Tag so.

»Der Fisch stinkt gottserbärmlich«, fand die alte Frau Dressel, machte aber trotzdem bei der Zeremonie mit.

»Morgen wird er gegessen«, versprach Johanna.

»Richtig aufgegessen?«, staunten die Kinder. Und dann wollten sie wissen: »Kriegen wir alle was davon ab? Oder ist der bloß für die Großen?«

»Natürlich kriegen alle was«, beruhigte sie Johanna und zählte schnell durch. »Wir werden ihn genau in dreiunddreißig Teile schneiden.«

Bei diesem Gedanken lief allen das Wasser im Mund zusammen.

Später kam das Pferdefuhrwerk aus Spechtsbrunn, das einmal in der Woche die Lebensmittelrationen für das Kinderlandlager brachte.

Der Kutscher hatte aus dem Ersten Weltkrieg ein steifes Bein zurückbehalten und brachte immer seinen Enkel Siggi mit, der gemeinsam mit Werner in die Einklassenschule in Spechtsbrunn gegangen war. Zusammen luden die Jungen einen Kartoffelsack und Eier ab.

Der Kutscher brachte Neuigkeiten mit: »Die Panzer von den Amerikanern sollen schon in Coburg sein und in Neustadt. Auch in Eisfeld, haben sie erzählt.«

»Ja, dann wäre ja schon der ganze Wald besetzt! Man weiß schon gar nicht mehr, was man glauben soll.« Johanna schüttelte den Kopf.

Werner schmiegte sich an seine Mutter. »Was bedeutet das?«, wollte er wissen. »Ist der Krieg verloren?«

»Nein«, widersprach Johanna entschieden. »Es bedeutet, der Krieg ist aus.«

»Kommt der Vati dann endlich heim?«

»Ja«, antwortete Johanna voller Hoffnung. »Wenn es denn stimmt. Wir merken hier nichts davon.«

»Habt's das nicht gehört heute? Die Stukas, die Neustadt bombardiert haben?«, fragte der Kutscher.

Johanna nickte und zog Werner noch etwas fester an sich.

»Ich sag dir, die Panzer kommen! Ihr werdet's hier oben auch noch merken.«

Johanna fürchtete sich merkwürdigerweise nicht. Immer wieder dachte sie nur: Der Krieg ist aus!

Sie wollte schnell ins Haus laufen und es den anderen erzählen. Die Kinder würden heim zu ihren Familien können.

Und ihr Mann kehrte endlich zurück. Wenn er erst wieder da war, würde ihr Leben da weitergehen, wo es vor über sechs Jahren aufgehört hatte. Wie gut, dass sie das Hotel so sorgsam behütet und in Schuss gehalten hatten. Bald würden wieder die ersten Gäste zur Erholung herkommen. So war es auch nach dem letzten Krieg gewesen.

Der Kutscher hob seinen Enkel auf den Bock.

»Die haben die Gleisanlagen und das Stellwerk in Sonneberg gesprengt. Und sogar die Brücke am Scherfenteich«, berichtete er und kletterte zu Siggi nach oben. »Vielleicht kommen die Amerikaner gar nicht durch.«

»Die Sonneberger sollten sich lieber ergeben«, sagte Johanna besorgt. »Hat ja doch keinen Sinn, sonst wird noch die ganze Stadt ein Trümmerhaufen.«

»Ihr müsst eure Wegweiser abmachen«, riet ihr der Kutscher noch. »Vielleicht finden sie euch dann nicht.«

»So schlimm wird es nicht werden«, war sich Johanna sicher. »Wie gut, dass es die Amerikaner sind. Denk dir nur, die Russen würden hier einmarschieren.« Über die Russen wurden Sachen erzählt, dagegen waren Hexen und böse Königinnen geradezu harmlos. »Wirklich«, wiederholte Johanna, »was haben wir für ein Glück, dass es die Amerikaner sind. Jetzt wird alles gut.«

3

Brombeermarmelade

Kurz nach 21 Uhr parkte Milla ihr Auto vor dem Haus. Sie wohnte im Norden von Coburg, am Rottenbach, in einem kompakten Block aus den Sechzigern. Die Wohnungsbaugesellschaft hatte den Putz in einem kräftigen Dunkelrot gestrichen, das wohl optimistisch wirken sollte. Doch immer wenn Wasser von den Fensterbrettern tropfte, wusch es etwas von der Farbe aus, sodass die Fassade mittlerweile einen recht weinerlichen Eindruck machte.

Im Treppenhaus roch es merkwürdig nach einer Mixtur aus Gemüseeintopf, Zigarrenqualm, Billigparfüm und Waschmittel. Milla tappte eine Treppe nach oben und schloss die Wohnungstür auf.

Neo saß im Schlafanzug in der offenen Küche und hatte sich eine Tiefkühlpizza aufgebacken. Sie gab ihm einen Kuss auf die verstrubbelten Haare und wollte sich auch etwas nehmen. Er drehte schnell den Teller, damit sie nicht nach dem größten Stück griff.

»Ich hab was Sensationelles entdeckt«, berichtete sie, während sie ihren Rucksack auf den Küchentisch krachte.

»Ich auch«, behauptete Neo und grinste schief.

»Oh«, machte Milla. »Will ich es wissen?«

»Ist gar nicht so schlimm. Wir waren nur im Kino. Und wir haben uns geküsst und so weiter.« Nun grinste er noch breiter.

»Und so weiter?«

»Ach, erzähl du lieber zuerst.« Neo lachte, und seine Stimme schnappte dabei über.

Milla lachte ebenfalls und ahmte ihn nach. Er zog eine beleidigte Grimasse und stand auf. Sie drückte ihn zurück auf den Küchenstuhl. Er war im letzten Jahr in die Höhe geschossen, und sie hatte sich noch nicht daran gewöhnt, dass er inzwischen größer war als sie.

»Bleib hier, ich muss dir was zeigen«, bat sie ihn.

Sie klappte ihren Laptop auf und überspielte die Fotos von ihrer Kamera. Dann packte sie ihre Schätze aus dem Rucksack.

»Guck, was ich gefunden habe!«, sagte sie stolz.

Neo hob das Glas mit den eingekochten Brombeeren hoch.

»Wirklich sensationell«, stellte er fest. »Alte Marmelade.«

»Ausgerechnet diesmal warst du nicht dabei«, beschwerte sie sich.

Neo zuckte mit den Schultern. »Das kenn ich doch alles schon. Ist immer wieder das Gleiche. Ewig lange Fahrt, angeblich einsamer Ort, und dann trampeln dort hundert Idioten rum und machen Selfies.«

»Aber diesmal eben nicht. Diesmal war es anders.«

»Das behauptest du immer.«

Sie fixierte ihn scharf. Es musste diese neue Freundin sein. Die hatte ihm das eingeredet.

Die Pizza war alle. Neo stand auf und durchsuchte den Kühlschrank. Er fand eine Käsepackung, riss sie auf und stopfte sich drei Scheiben gleichzeitig in den Mund.

»Also früher bist du gern mitgekommen«, stellte Milla fest.

»Das hab ich nur gesagt, um dir eine Freude zu machen, Mama«, behauptete Neo.

Milla starrte ihn entgeistert an.

»Und das jetzt hab ich nur gesagt, um dich zu ärgern.« Neo grinste.

Milla war verunsichert. Das lag eindeutig an dieser Freundin. »Was ist deine Freundin für eine?«, erkundigte sie sich. »Bringst du sie mal mit?«

»Mal sehen«, antwortete Neo. »Es könnte sein, dass du das gar nicht willst.«

»Warum sollte ich das nicht wollen?«, wunderte sie sich.

Sie kannte alle Freunde von Neo. Ihre Wohnung glich manchmal einem Jugendlager. Sie war nicht so streng wie die anderen Mütter, und Neos Freunde übernachteten gern hier. Sie kampierten dann auf einer Matratze im Wohnzimmer vor dem Fernseher, zockten bis früh Computerspiele, verkrümelten Chips, durften den Kühlschrank plündern und sich ein Bier klauen, ohne dass sie das kommentierte. Was also sollte es für einen Grund geben, dass sie diese geheimnisvolle Freundin nicht sehen wollte?

»Hör mal«, sagte sie, »ich hab gegen niemanden Vorurteile, das weißt du. Ist sie Muslimin oder so?«

Neo schüttelte den Kopf. »Sie ist dreißig. Oder so.«

Milla starrte Neo ungläubig an und musste feststellen, dass sie wohl doch Vorurteile hatte. Dann sagte sie: »Ich brauch einen Wein.« Sie nahm sich ein Glas, holte eine Flasche aus dem Kühlschrank und goss sich etwas ein. Eigentlich wollte sie erklären, dass so etwas gesetzlich verboten sei, entschied sich dann aber für: »Hoffentlich nicht eine meiner Freundinnen.«

Milla war im letzten Monat dreiunddreißig geworden.

»Nö«, sagte Neo. »Du hast keine Freundinnen.« Er nahm das Marmeladenglas hoch und schüttelte es. »Wo hast du das Zeug her?«, wollte er wissen.

Milla merkte, wie ihr der Wein in den Kopf stieg. Verärgert schlug sie mit der flachen Hand auf den Tisch. »Neo, ich finde, wir sollten zuerst über diese Frau reden. Ist sie etwa deine Lehrerin?«

»Die dicke Frau Purschke? Bestimmt nicht. Und ich hab dich verarscht, Caro ist erst zwanzig.« Erneut verzog Neo seinen Mund zu einem Grinsen.

»Warum machst du so was mit mir?«, rief Milla erleichtert, goss sich noch ein Glas ein und stürzte es runter.

Neo lächelte sie entwaffnend an. »Wenn ich dir gleich gesagt hätte, dass sie zwanzig ist, hättest du ein riesiges Theater gemacht. Aber guck, nun freust du dich sogar drüber.«

Milla musste lachen und atmete tief durch. Neo war erst vierzehn, aber klug für sein Alter und witzig und mitfühlend, und er hatte diese graugrünblauen Augen mit den langen

Wimpern. Wenn sie so darüber nachdachte, machte es sie schon ein wenig stolz, dass ein so viel älteres Mädchen offenbar von ihm beeindruckt war.

»Bring sie irgendwann mit«, sagte sie. »Und benutz Kondome.«

»Zu spät«, meinte Neo. Er fing einen entsetzten Blick seiner Mutter ein und sagte schnell: »War ein Witz. Ich bin doch nicht blöd. Also wo hast du das Zeug hier gefunden?«

»Weißt du«, fing Milla an, »da haben wir beide nun jahrelang nach einem echten verlorenen Ort gesucht. Also ich habe gesucht, und du bist mit, um mir eine Freude zu machen …«

Neo verdrehte die Augen.

»Jedenfalls habe ich diesmal einen wirklich unberührten Ort gefunden«, berichtete sie weiter. »Es war niemand außer mir dort. Das ist verrückt, oder?«

»Komisch«, stimmte Neo ihr zu. »Wo doch heut Sonntag ist. Da sind die Jäger eigentlich immer unterwegs.«

»Du verstehst nicht. Es war niemand dort seit 1977«, stellte sie richtig. »Ich habe den Platz entdeckt.«

Sie schob ihm das Schulheft hin und zeigte auf das Datum der ersten Arbeit.

Neo war überrascht. »Mist«, sagte er. »Jetzt wär ich doch gern dabei gewesen.«

»Lies das mal. Ich musste dabei an dich denken.«

Neo sah sich das Schulheft genauer an. »Wieso ausgerechnet an mich? So bin ich nicht. Das ist wieder so typisch angepasst. Ich versteh nicht, wie man so sein konnte.« Er schob das Heft beleidigt zu seiner Mutter zurück.

»Ich musste an dich denken, weil du etwas ganz anderes geschrieben hättest«, erklärte sie.

Neo sah sie prüfend an, als wollte er sichergehen, dass sie es ernst meinte.

Die Fotos waren inzwischen übertragen worden, und sie betrachteten sie zusammen auf dem Bildschirm.

»Scheint ein ganz normaler Keller zu sein«, stellte Neo etwas enttäuscht fest.

»Ja«, bestätigte Milla. »Aber eben ohne Haus. Siehst du? Da ist oben nichts mehr. Nur der Eingang nach unten. Und wenn man unten ist, kann man sich gar nicht vorstellen, dass es kein Oben gibt. Es hat sich irgendwie gruselig angefühlt. Wie geköpft.«

»Kakerlaken können noch tagelang ohne Kopf weiterleben«, behauptete Neo.

Milla verzog das Gesicht.

»Aber wie passiert so was?«, wunderte er sich.

»Ich habe keine Ahnung«, musste sie zugeben. »Vor allem, weil der Keller so ordentlich sortiert und mit Vorräten gefüllt war.«

»Das nimmt man eigentlich mit, wenn man ein Haus abreißen lässt.«

»Ich war schon an viel älteren verlorenen Orten«, sagte sie nachdenklich. »Aber diesmal war es anders als sonst.«

»Ist doch ganz klar. Die anderen in deiner Community werden platzen vor Neid. Wer findet schon noch was, wo noch nie einer war. Jetzt hast du endlich mal die Nase vorn.«

»Stimmt.« Milla lächelte stolz und goss sich noch ein Glas ein.

Das Veröffentlichen der Fotos, das Vergleichen und Fachsimpeln, die Bewunderung in der Gruppe, das alles war längst das Wichtigste an der ganzen Schatzsuche geworden.

Milla führte ein digitales Tagebuch in den sozialen Medien. Bei allem, was sie erlebte und tat, schoss sie Fotos und versah sie mit witzigen Kommentaren. Geschickt wählte sie den perfekten Ausschnitt, um die Unordnung neben dem Blumenarrangement auf ihrem Esstisch zu verbergen. Sie setzte über alles Filter, damit die Farben mehr leuchteten als im echten Leben. Erst wenn sie ein Essen aus diesem Winkel betrachtete, hatte es im Rückblick wirklich geschmeckt. Nach der Veröffentlichung kamen immer begeisterte Reaktionen von Menschen, die sie nicht kannte. Und erst dann fühlte es sich so an, als sei das, was sie erlebt hatte, besonders gewesen.

Nicht öffentlich machte sie Zahnarztbesuche, ihre erste graue Haarsträhne und ein paar Kilo, die sie zugenommen hatte. Das passte nicht zu dem schönen Bild. In ihrem digitalen Tagebuch inszenierte sich Milla so, wie sie gern sein würde.

An diesem Tag allerdings hatte sie noch kein einziges Foto von sich auf Instagram hochladen können, und auch Facebook wusste nicht über ihren Gemütszustand Bescheid. Erst hatte sie kein Netz gehabt, und dann war es zu dunkel für einen Schnappschuss gewesen.

»Weißt du was?«, beschloss sie plötzlich. »Ich werde das erst mal geheim halten.«

Neo sah seine Mutter überrascht an. »Und warum?«, wollte er wissen. »Ich dachte, darum geht's dir? Was nützt dir dein Sensationsfund, wenn keiner davon erfährt?«

»Weil es momentan noch keine Sensation ist. Ich will zuerst rausfinden, was dort passiert ist. Vielleicht war es ja auch ein geheimes Versteck von irgendeiner Sekte. Ich werde daraus eine richtig große Sache machen. Außerdem will ich nicht, dass die ganzen Schatzsucher dorthin trampeln«, setzte sie hinzu. »Nicht bevor ich weiß, was dort passiert ist.«

»Auch wahr«, fand Neo. Er ging wieder zum Kühlschrank und stöberte darin herum. »Was ist das denn?«, fragte er und hielt einen grauen eingeschweißten Block hoch.

»Tofu«, sagte Milla. »Die Sorte schmeckt aber eklig.« Der Tofu war von Millas Versuch, sich vegan zu ernähren, übrig geblieben. Davon war sie inzwischen abgekommen, und deshalb meinte sie: »Wirf den einfach weg.«

»Man wirft keine Lebensmittel weg«, sagte Neo altklug. »Der ist noch haltbar.«

»Gut, dann leg den Tofu zurück in den Kühlschrank. Ich warte, bis das Haltbarkeitsdatum abgelaufen ist, und erst dann schmeiß ich ihn weg«, gab sie zurück.

Neo schob den Tofu zurück ins Fach.

»Haben wir Brot, oder verbietet das deine komische Steinzeitdiät?«, erkundigte er sich.

»Ja, tut sie. Und das heißt Paleo. Aber für dich ist welches im Brotkasten«, antwortete Milla.

Neo schnitt sich drei dicke Scheiben ab und suchte weiter im Kühlschrank. Er schien aber nichts Brauchbares zu finden und schmierte sich schließlich nur Butter darauf. Dann kam er wieder an den Tisch und wog das Marmeladenglas in der Hand. »Ob man die noch essen kann? Nach fast vierzig Jahren?«

»Marmelade hält sich ewig. Aber ich wollte die eigentlich gar nicht öffnen«, erklärte Milla.

»Was willst du sonst damit machen? Sie dem Besitzer zurückbringen?« Neo lachte meckernd.

Aber Milla blieb ernst und dachte, dass das gar keine schlechte Idee war. Wenn sie mehr Details über den Keller erfahren wollte, sollte sie die Familie Dressel tatsächlich suchen. Sie erinnerte sich, auf den anderen Schulheften den Namen Andreas Dressel gelesen zu haben. Er ließ sich bestimmt leichter aufspüren. Seine Schwester Christine dagegen war inzwischen sicher verheiratet und trug einen anderen Namen. Ob die beiden wussten, dass es den Keller noch gab?

Es knackte. Mit einem kurzen Zischen strömte Luft in das Marmeladenglas. Neo hatte an der kleinen Gummilasche gezogen, die zwischen Glas und Deckel hervorguckte.

»Warum hast du es aufgemacht?«, rief Milla verärgert.

»Weil ich Hunger habe«, verteidigte sich Neo.

»Aber ich wollte das aufheben. Als Trophäe«, beschwerte sie sich.

»Zu spät.«

Sie sahen in das Glas. Die Marmelade war ein bisschen eingedickt, aber es gab keinen Schimmel, und sie roch auch nicht abgestanden. Milla tunkte einen kleinen Löffel hinein und betrachtete die schwarzblaue Masse.

Vorsichtig kostete sie mit der Zungenspitze und spürte dem Aroma nach. Die Marmelade war sehr süß. Vor allem aber schmeckte sie nach wilden Waldbrombeeren, die viel Sonne bekommen hatten. Milla hatte das Gefühl, noch niemals so gute Marmelade gekostet zu haben. Aber vielleicht dachte sie das auch nur, weil sie sich vorstellte, wie Christine Dressel die Beeren gepflückt und zusammen mit ihrer Mutter eingeweckt hatte. Milla hatte noch nie etwas eingekocht.

Neo schmierte die Marmelade dick auf die Brote und biss hinein.

»Die ist richtig gut«, versicherte er schmatzend.

Milla sah zu, wie in kürzester Zeit ein Brot nach dem anderen in Neos Mund verschwand.

Als er aufstand, um sich noch eine Scheibe abzusäbeln, rief sie: »Pfeif auf Paleo. Schneid mir auch eine ab.«

Neo grinste, als habe er diese Reaktion schon erwartet. Seine Mutter war ständig auf der Suche nach dem einzig richtigen Ernährungsprinzip. Aber alle Diäten endeten damit, dass er vor ihrer Nase etwas Verbotenes aß und sie nicht Nein sagen konnte.

Die Marmelade schmeckte auf dem dunklen Brot noch besser als pur, aber Milla aß mit schlechtem Gewissen.

Sie hatte alles gelesen, was sie über die Paleo-Diät finden konnte, und war zu dem Schluss gekommen, dass dies tatsächlich die einzige artgerechte Ernährung für den Menschen war. Es klang wirklich überzeugend, nur zu essen, was man auch in der Altsteinzeit zur Verfügung hatte. Darauf war der menschliche Körper nun einmal ausgerichtet. Milla vermied also Zucker, Kaffee, Klöße, Wiener Würstchen, Tütensuppen, Kekse und alles, was sonst noch gut schmeckte. Aber vorhin hatte sie Wein getrunken und damit bereits die Regeln gebrochen. Die Pizza war auch nicht gut gewesen, aber immerhin hatte sie nur das kleinste Stück genommen. Sie beschloss, sich ab sofort wieder streng an den Plan zu halten. Spätestens dann, wenn das Marmeladenglas leer war.

»Ich werde versuchen, die ehemaligen Bewohner des Hauses zu finden«, erklärte Milla.

Sie zog ihren Computer heran und suchte nach Andreas Dressel. Zum Glück ließen ältere Menschen ihre Namen nach wie vor ins Telefonbuch eintragen.

Sie hoffte, dass er immer noch in der näheren Umgebung wohnte, und versuchte es in Ernstthal und Neuhaus, erweiterte den Radius und stieß endlich in Sonneberg auf jemanden dieses Namens.

»Ich glaube, ich hab ihn gefunden«, freute sie sich und sah auf die Uhr. »Ist aber zu spät für heute. Jetzt kann ich keinen mehr anrufen.«

»Was willst du dem überhaupt sagen?«, wollte Neo wissen.

»Keine Ahnung«, gab Milla zu. »Vielleicht versuche ich es mit der Wahrheit?«

»Etwa so? Guten Tag, ich bin bei Ihnen eingebrochen, und mein Sohn hat Ihre Marmelade gefressen?«

»Dann eben nicht die Wahrheit.«

»Du bist ein schlechtes Vorbild«, stellte Neo fest.

Milla goss sich den letzten Rest Wein ein und prostete ihm zu.

4
Die Borkenkäfer

23. Juli 1948 – Sie waren überall. An den Stämmen, die umgestürzt waren, an denen, die wie kahle Gerippe hochragten, und selbst unter der Rinde der Bäume, die noch völlig gesund und unversehrt wirkten. Zwischen den Rissen der Rinde bewegte sich etwas, überall quoll Holzmehl heraus. Die Borkenkäfer hatten die Herrschaft über den Thüringer Wald übernommen. Die ganze Gegend war zum Notstandsgebiet erklärt worden.

Johanna stand in einer langen Reihe von Frauen, die Tornister umgehängt hatten und Masken trugen. Sie bedampften den Boden und die Fangbäume mit einem feinen Giftnebel. Johanna richtete sich auf und streckte den Rücken durch. Ihr war übel, und es fiel ihr schwer, so lange halb gebückt zu stehen. Sie schob die Maske nach oben und sah hinüber zu den Jugendlichen. Sie harkten in Reihen Bodenstreu und Rinde zu einem großen Haufen zusammen, den sie später anzünden würden. Jeder aus der Gegend half hier mit. Alle Lehrlinge und ganze Schulklassen waren herbeordert worden, auch die ihres Sohnes Werner. Er entdeckte sie und winkte ihr zu. Sein Gesicht war von der Hitze und der Anstrengung gerötet. Er schien froh zu sein, dass er endlich etwas tun konnte. Sie wussten schon lange, dass es dem Wald nicht gut ging. Johanna hatte immer wieder Briefe mit der Bitte um Hilfe an die IG Land und Forst und an das Landesforstamt geschrieben. Und jetzt endlich, wo es fast zu spät war, hatten sie wirklich Hilfe bekommen. Außerdem war Werner gut gelaunt, weil sie dafür von der Schule freigestellt wurden.

Vorn, wo die Bäume schon abtransportiert waren, arbeiteten Feuerwehrmänner. Gebannt guckte Werner zu, wie sie mit Flammenwerfern den Boden abbrannten, um die Borkenkäfer unter der Erde zu vernichten. Daneben stand ein Spritzenwagen, falls das Feuer übergriff.

»Halt keine Maulaffen feil!«, rief ihm seine Mutter streng zu.

Werner beeilte sich, weiterzuharken. Seine Mutter schob die Atemmaske wieder übers Gesicht und versprühte Gift.

In der Ferne kreischten Sägeblätter, es krachte und splitterte.

»Baum fällt!«

Johanna kannte die Stimme nicht. Sie hatte einen sächsischen Einschlag. Es waren Holzarbeiter von überall hierhergeholt worden. Der Demokratische Frauenbund schickte Helferinnen. Ganze Betriebe, Fleischereien, Friseurgeschäfte und Gaststätten waren geschlossen und die Angestellten für Waldarbeiten freigestellt worden. Sämtliche verfügbaren Motorsägen, die es im Land gab, befanden sich nun im Thüringer Wald.

Die Borkenkäfer gingen nur in die mächtigen alten Fichten, in die Bäume, die Johanna schon seit ihrer Kindheit kannte, mit denen sie groß geworden war, und auch in die, die schon hier standen, als die alte Frau Dressel ein kleines Mädchen gewesen war.

Das Holz wurde an Ort und Stelle entrindet und später an günstigen Stellen über Rutschen ins Tal befördert. Von dort holten es Truppeneinheiten der sowjetischen Besatzungsmacht mit Traktoren und Lkw, um es in die Sägewerke zu bringen. Johanna konnte zusehen, wie der Wald verschwand und sich in Rundholz und Schnittholz verwandelte.

Sie fühlte sich mitschuldig. Der Wald war nicht mehr in Ordnung gehalten worden im Krieg. *Dressels Forst* war genauso verwahrlost wie der restliche Wald. Zu den vielen gefällten Bäumen war vor zwei Jahren noch ein Sturm gekommen, der die ganzen Fichten in den Hochlagen am Rennsteig wie Zündhölzer umgeknickt hatte. Es lag zu viel Rindenholz herum, und keiner hatte sich darum gekümmert. Und dann kam der Sommer mit großer Trockenheit und Hitze, sodass die gefräßigen Käfer gleich dreimal zur Brut und zum Fliegen kamen und immer weiter vorwärtsdrangen. Johanna hätte sich niemals vorstellen können, dass dieser mächtige Wald jemals im Sterben liegen könnte.

Ihr Mann Arno war erst aus der Gefangenschaft heimgekehrt, als es längst zu spät gewesen war. Aber was hätten sie beide schon gegen diese Invasion ausrichten sollen. Mehr als siebentausendfünfhundert Helfer waren nun in den Wäldern, und niemand wusste, ob sie überhaupt noch etwas retten konnten.

Gegen die Borkenkäferkatastrophe kam ihr die Tatsache, dass *Dressels Forst* nun plötzlich in der sowjetischen Besatzungszone lag, wie eine Bagatelle vor. So schlimm war es gar nicht geworden. Gerade mal achtzig Tage waren die Amerikaner geblieben. Dann kam die 8. Sowjetische Gardearmee, weil sie in Berlin die Besatzungszonen noch einmal neu aufgeteilt hatten. Sie merkten nicht viel davon hier oben im Wald. In Hildburghausen dagegen waren Häuser in guter Lage beschlagnahmt worden. Dort wohnten jetzt sowjetische Offiziere. Wie gut, dass ihr Haus so abgelegen war.

An der Straße nach Tettau waren im letzten Jahr Sperren errichtet worden, an denen in kyrillischen Buchstaben *Stoi!* stand. Obwohl keiner von ihnen Russisch verstand, wussten alle, was es bedeutete. *Halt!* Aber man konnte ja trotzdem noch durch, und hier oben hatte man sie sowieso in Ruhe gelassen. Der Wald bereitete Johanna viel mehr Sorgen.

Erst mit der Dämmerung wurden die Arbeiten eingestellt. Johanna gab den Tornister und die Ausrüstung ab und suchte nach Werner und ihrem Mann Arno. Müde, schmutzig und stinkend trotteten sie durch den Wald, der keinerlei Orientierungspunkte mehr bot. Trotzdem wussten sie instinktiv, wohin sie sich wenden mussten. Viele kamen ihnen entgegen und nahmen die andere Richtung, wo sie von Bussen aufgesammelt und in die umliegenden Dörfer gefahren wurden.

Ein ganzer Tross aber folgte den Dressels.

Werner hakte sich bei seiner Mutter unter. Er überragte sie schon fast und legte ihr die Hand auf den Bauch.

»Wie geht's dir?«, fragte er, und Johanna antwortete mit einem Lächeln.

Obwohl Werner nun doch schon dreizehn und fast erwachsen war, freute er sich unbändig auf sein Geschwisterchen. Er hatte sich immer einen Gefährten gewünscht.

Die Arbeiter, die im Waldgebiet von *Dressels Forst* schufteten und nicht aus der Gegend stammten, hatten sie im Hotel *Waldeshöh* einquartiert. Es waren vierzehn Männer verschiedenen Alters, geradeheraus und nicht besonders feinfühlig, eben Holzarbeiter. Genau die richtigen Gäste für die alte Marie Dressel, die ein ganz anderes Publikum gewöhnt war.

Als sie ankamen, stand sie schon im Eingang und stemmte die Arme in die Hüften.

»Die schalten und walten hier im Haus, als wär es ihr's«, klagte sie.

Die, das waren die Funktionäre des Freien Deutschen Gewerkschaftsbunds. Der FDGB besaß das Kommando über den Forsteinsatz und hatte den guten Salon mit dem Jugendstilstuck für seine Zwecke ein wenig umgestaltet. Es waren Plakate und Parolen an die schönen moosgrünen Wände genagelt worden, weil auf dem Gipsuntergrund keine Reißzwecken hielten. Deshalb stand jetzt über dem Kamin: *Aktivisten zeigen den Weg! Erfüllt den Halbjahresplan!*

An der Holztür hing nun ein Plakat mit der Aufschrift: *Kampf für den Weltfrieden und für die Einheit Deutschlands!*

Auf der guten Kredenz stand inzwischen eine kleine Bibliothek mit Büchern über die Forstwirtschaft, Lenins ausgewählten Werken in zwei Bänden, ein paar Propagandabroschüren und den Arbeitsschutzvorschriften in zahlreichen Ausgaben.

Die Bücher störten die alte Frau Dressel nicht, aber sie ärgerte sich schwarz über die verschandelten Wände. So eine schöne Farbe wie vor dem Krieg würde es nie wieder geben.

»Die Lumpen, die Elendigen«, schimpfte sie, aber nicht zu laut.

»Ach, komm«, sagte Johanna. »In der Försterei in Spechtsbrunn haben sie die Russen einquartiert. Da sind mir die Arbeiter lieber.« Sie hakte ihre Schwiegermutter schnell unter und ging mit ihr in die Küche. »Und außerdem hätten wir nie so viel gutes Zeug, wenn die Männer nicht hier wären. Die kriegen doch alle die Lebensmittelmarken für Schwerstarbeiter. Und noch die ganzen Zusatzrationen und Vergünstigungen.«

Die alte Frau Dressel sah sich um, um sicherzugehen, dass sie allein waren. Dann flüsterte sie Johanna zu: »Du solltest ein bissel was abzweigen und im Keller verstecken. Bloß ein paar Kartoffeln und ein bisschen Dauerwurst. Das merken die gar nicht.«

Johanna zögerte. Wenn ihre Schwiegermutter etwas stehlen wollte, warum tat sie es nicht selbst?

»Nur für den Werner«, schob die alte Frau Dressel nach. »Der Junge ist so geschossen und kriegt noch ein ganzes Jahr lang bloß die Kindermarken.«

Damit hatte sie Johanna überzeugt. Sie ließ ein paar Kartoffeln in ihrer Schürze verschwinden und nahm eine halbe Cervelatwurst weg. Dann wuchtete sie die schwere Klappe im Küchenboden hoch und stieg nach unten. Die Kartoffeln versteckte sie ganz hinten in der Sandkiste, in der sie sonst eigentlich die Möhren lagerte. Die Wurst hängte sie unter ein Geschirrtuch, das an einem Haken in der Ecke hing.

Als Johanna wieder nach oben stieg, guckte die alte Frau Dressel äußerst zufrieden.

Johanna holte einen Topf mit warmem Wasser vom Herd und brachte ihn nach oben ins Schlafzimmer. Arno saß im Unterhemd auf dem Bett und starrte aus dem Fenster. Sie nahm einen Lappen, seifte ihn ein und wusch ihren Mann. Unter der Berührung zuckte er zusammen.

Er arbeitete, er strich ihr manchmal übers Haar, er antwortete, wenn sie ihn etwas fragte, er hatte sogar den beiden Namen für das ungeborene Kind zugestimmt, die sie ausgesucht hatte, aber von allein sprach er nicht mehr. Sie wusste nicht, wie sie ihm helfen sollte, und hoffte, es würde mit der Zeit schon besser werden. Andere Männer waren gar nicht heimgekommen. Da hatte sie es doch gut.

Dann wusch Johanna sich selbst sehr gründlich, um den chemischen Geruch loszukriegen. Das Wasser hier in der Gegend war so weich, dass man nie genau wusste, wann die Seife wirklich abgespült war. Behutsam legte sie Arnos Hand auf ihren Bauch, der sich nur ganz leicht wölbte. Sie hatte gar nicht zu hoffen gewagt, in ihrem Alter noch einmal schwanger zu werden. Johanna war fast vierzig, und sie wünschte sich ein Mädchen. Wer wusste schon, wann der nächste Krieg kommen würde. Vorsichtig zog Arno seine Hand wieder weg.

Johanna trug mit ihrer Schwiegermutter und Werner das Essen im Speisezimmer auf. Die alte Frau Dressel hatte saure Kartoffelsuppe mit Brühwürstchen gekocht. Die Männer waren hungrig und schlangen die Suppe, die mit viel Essig gewürzt war, hinunter.

Johanna saß währenddessen mit Arno, der Schwiegermutter und Werner am hinteren Tisch. Werner starrte fasziniert auf die Gewerkschaftsplakate zum Arbeitsschutz, die hier aufgehängt worden waren und das leuchtende Ocker der Wände überdeckten. Sie waren alle mit der Überschrift betitelt: *Musste das sein?* Darunter gab es verschiedene Motive von den wildesten Arbeitsunfällen. Eine Frau, die einen Stromschlag beim Geschirrspülen bekam, weil sie gleichzeitig eine Glühbirne wechselte. Ein Mann, der von der Leiter stürzte und sich den Hals brach, weil eine Sprosse fehlte. Am liebsten aber hatte Werner das Plakat mit dem Waldarbeiter, der sich mit der Motorsäge ein Bein abschnitt, dass das Blut nur so spritzte.

Nach dem Essen war die Stunde des FDGB-Funktionärs gekommen. Er schrieb die Stunden auf, besprach die Arbeitspläne für den nächsten Tag, brachte Neuigkeiten und noch mehr Plakate mit, und einmal hatte er sogar zur Freude aller einen Propagandafilm der Gewerkschaft vorgeführt. Außerdem musste er täglich Belehrungen zum Arbeitsschutz vorlesen. Der Einzige, der ihm dabei Aufmerksamkeit schenkte, war Werner, der all die Vorschriften, Hilfsmaßnahmen und Verhaltensregeln in sich aufsaugte. In seinem Kopf war noch viel Platz. Die Männer dagegen warteten nur darauf, dass sie endlich ihre Lohntüten kriegten.

Aber der Funktionär machte keine Anstalten dazu. Er stand nur auf und schlug mit der flachen Hand auf einen Aushang mit der Überschrift *Bekanntmachungen zur Währungsreform*. Der hing schon seit ein paar Wochen dort, und die Währungsreform war längst durchgeführt. Trotzdem wurden die Arbeiter unruhig.

»Das Kupongeld ist ab sofort ungültig«, verkündete der FDGB-Funktionär.

Es entstand gewaltiger Lärm.

Werner schoss von seinem Sitz hoch. »Was heißt denn da ungültig?«, rief er. »Die haben wohl einen Vogel!«

Werner war deshalb so aufgebracht, weil er in den vergangenen Wochen einiges zusammengespart hatte. 75 Pfennige bekam er in der Stunde, und er arbeitete manchmal bis zu zehn Stunden am Tag. Bei der Währungsreform im Juni waren jedem nur 70 Mark für den Umtausch im Verhältnis 1:1 zugebilligt worden. Der Rest wurde 1:10 entwertet. Und die Reichsmarkscheine, die sie seitdem bekamen, waren mit behelfsmäßigen Kupons beklebt, damit die Sowjetzone nicht mit der im Westen gerade ungültig gewordenen Reichsmark überschwemmt wurde. Wollten sie ihm sein kostbares Kupongeld jetzt etwa auch noch klauen?

Johanna hatte die Währungsreform gelassen gesehen, sie besaßen ohnehin kaum Bargeld. Für die Unterbringung der Arbeiter bekamen sie nichts, und das Geld für das Holz aus ihrem Wald strich die Landesforstverwaltung ein. Außerdem war das nicht die erste Inflation, die sie erlebte. Ihr Schwiegervater hatte dem Nachbarn Wittmann auf Handschlag eine größere Summe geliehen gehabt, weil der ein neues Stammhaus bauen wollte und kein Kapital hatte. Die Rückzahlung machte der Wittmann dann in der Inflation, indem er dem Schwiegervater das Geld einfach auf den Tisch legte. Der konnte dafür gerade noch zwei Semmeln kaufen.

»Ruhe, Kollegen!«, mahnte der FDGB-Funktionär. »Hört doch erst mal zu.« Er las nun vor: »Laut Befehl 124 der Sowjetischen Militäradministration wird angeordnet, dass in der Zeit vom 25. bis 28. Juli alle in Umlauf befindlichen Reichsmark- und Rentenmarkscheine mit aufgeklebten Kupons in Deutsche Mark der Deutschen Notenbank umzutauschen sind.«

»Wie umtauschen?«, fragte Johanna.

»Bei der Bank«, erklärte er. »Es wird nur getauscht. Diesmal verliert ihr dabei nichts.«

Nach der ersten Erleichterung kam bei den Arbeitern die nächste Frage auf: »Und wie weit ist es zur nächsten Bank?«

Johanna lachte. »Zwei Stunden zu Fuß, mindestens. Und wenn wir noch die Schlangen bedenken, die stehen werden, dann sind wir den ganzen Tag unterwegs.«

Der Gewerkschaftsfunktionär kratzte sich am Kopf. »Dann müsst ihr gleich am Sonntag gehen. Arbeitsausfall können wir uns nicht leisten.«

Es wurde ein bisschen rumgemault, aber das schien ihn nicht zu stören, diesen Umtausch hatte sich schließlich nicht der FDGB ausgedacht.

Endlich begann er, die Lohntüten auszuteilen.

Die Stimmung kippte, als die Männer feststellten, dass darin noch Kupongeld steckte.

»Das neue Geld ist noch nicht da«, entschuldigte der Funktionär diese Tatsache nervös. »Ihr müsst doch sowieso umtauschen gehen.«

»Wenn ich einmal unten im Tal bin, komm ich nicht wieder hier rauf«, drohte einer der Arbeiter.

»Wisst ihr was?«, schlug der Funktionär schnell vor, »ich versuche ein Fahrzeug zu organisieren.« Er fürchtete wohl, die Männer könnten ihm abspringen. Seine wichtigste Aufgabe war es, sie bei der Stange zu halten.

Dafür erntete er spontanen Beifall. Und damit die Laune so gut blieb, verteilte er gleich noch Prämien an alle Holzhauer, die mindestens seit vier Wochen dabei waren.

Auch Johannas Mann Arno wurde nach vorn gerufen und durfte wählen zwischen Schnaps, Zigaretten, ein paar Lederschuhen und einer Taschenuhr. Arno stand hilflos da, und Johanna merkte, wie er sich quälte. Er war unfähig, eine Entscheidung zu treffen, weil ihm diese Dinge so sinnlos erschienen. Was sollte er mit Zigaretten? Was wollten die alle von ihm? Was machten die in seinem Haus? Alles hatte sich verändert. Nichts war mehr so wie vorher. Er erkannte nichts wieder, nicht einmal seinen Wald, das Hotel nicht, und auch sein Sohn war nicht der, den er verlassen hatte.

Johanna ging zu ihm hin und flüsterte ihm zu: »Nimm die Uhr, Arno. Für Werner.«

Erleichtert nahm er die Taschenuhr in Empfang.

Werner saß sprachlos am Tisch. Noch niemals in seinem Leben hatte er ein so kostbares Geschenk bekommen. Und das an einem ganz normalen Tag, an dem er weder Geburtstag hatte, noch Weihnachten war. Zum ersten Mal, seit sein Vater zurückgekehrt war, hatte er Werner sogar richtig angesehen, als er ihm das Kästchen in die Hand legte.

Es war schwarz, und wenn man auf den Metallknopf drückte, sprang der Deckel auf. Die Taschenuhr lag auf dunkelrotem Samt, und das polierte Silber glänzte. Werner zog sie behutsam auf und konnte danach nicht mehr aufhören, den Sekundenzeiger zu beobachten, der in dem kleinen runden Ausschnitt kreiselte. Im Deckel steckte ein Garantieschein, die Uhr war Qualitätsarbeit aus Glashütte.

»Lange & Söhne VEB«, las Werner vor. »Was bedeutet das?«

»Die sind wohl verstaatlicht worden«, vermutete Johanna. »So heißt das jetzt. Volkseigener Betrieb.«

Werner war es egal, wem die Fabrik gehörte, aus der seine wunderbare Taschenuhr kam. Er hatte sie von seinem Vater bekommen. Und er würde sie irgendwann seinem Sohn schenken.

Es war still im Haus geworden. Die Arbeiter waren in ihren Zimmern verschwunden, Werner schlief längst und hielt dabei krampfhaft seine Uhr fest.

Johanna schlug im Schlafzimmer in der Dachetage die Bettdecke zurück, aber Arno kroch nicht darunter, sondern stapfte zur Tür.

»Wo gehst du denn hin?«, wollte sie wissen.

»Ich guck noch mal nach dem Hund«, erklärte er.

»Im Nachtgewand?«, fragte sie, aber da schloss er schon behutsam die Tür hinter sich.

Er kam nicht wieder. Schließlich warf sich Johanna eine Jacke über und ging ihn suchen.

Er saß auf der Stufe zur Veranda und starrte in die Nacht. Sie setzte sich zu ihm, obwohl sie merkte, dass er lieber allein sein wollte.

»Es wird alles wieder gut«, versprach sie. »Die jungen Bäume sind verschont, die werden schnell groß. Und wir können wieder aufforsten.«

Arno sagte nichts dazu, und Johanna versuchte, ihm weiter Mut zuzusprechen: »Wir haben doch letztendlich wieder Glück gehabt. Wir durften unseren Wald behalten. Und du hast dich immer geärgert, dass er nicht so groß wie der von den Wittmanns ist. Aber guck, die sind nun enteignet, weil es mehr als hundert Hektar waren, und nun haben sie alles verloren. Den Wald, den Hof, das schöne Stammhaus. Alles weg. Aber Hotel *Waldeshöh* steht noch und gehört immer noch unsrer Familie. Du wirst sehn, wenn erst die Arbeiter fort sind und der Wald sich erholt hat, dann werden geschwind wieder die ersten Kurgäste kommen.«

Arno sagte auch darauf nichts und blieb still. Und dann merkte Johanna, dass er nicht der Einzige war, der schwieg.

Der Wald rauschte nicht mehr.

5
Familienalbum

Milla saß mit Neo am Küchentisch, kritzelte nebenbei etwas auf eine Einkaufsliste und hielt sich den Telefonhörer ans Ohr. Sie hatte die Nummer von Andreas Dressel gewählt.

Eine ältere Dame meldete sich am anderen Ende, und Milla fragte nach Andreas Dressel.

»Ja, das ist mein Mann«, wurde ihr bestätigt. »Worum geht es denn?«

»Ich bin nicht ganz sicher, ob ich bei Ihnen richtig bin«, erklärte Milla. »Wissen Sie, ob er was mit *Dressels Forst* zu tun hat?«

»Aber ja. Mein Mann hat als Kind da oben gewohnt.«

»Sehen Sie, ich wollte ihm gern ein paar Fragen dazu stellen, die Gegend dort ist so schön.«

Neo warf ihr einen belustigten Blick zu. Milla schnitt ihm ein Gesicht.

»Ach, dann kommen Sie doch am Sonnabend einfach mal auf einen Kaffee vorbei!«, schlug die Frau vor. »Mein Mann freut sich bestimmt über einen Besuch.«

Sie gab noch ihre Adresse durch und schlug eine Uhrzeit vor. Milla bedankte sich und legte auf.

»Na, das war ja unkompliziert«, wunderte sie sich. »Sie hat mich direkt zu sich eingeladen.«

»Manche Leute sind ganz schön vertrauensselig«, fand Neo.

»Aber ich tu ihnen ja nichts«, entrüstete sich Milla. »Ich bin doch nur neugierig.« Und dann fragte sie: »Magst du mitkommen nach Sonneberg?«

»Och«, antwortete er. »Ich hab schon was vor. Aber wenn du wieder in den Keller einsteigst, bin ich dabei. Die Marmelade ist alle.«

»Was hast du denn vor?«, fragte Milla neugierig.

»Ich will wieder bei der Tafel helfen. Hab ich versprochen.«

Milla nickte. Es gefiel ihr, dass er sich um andere sorgte. Sie war mit ihrer Einkaufsliste fertig und nahm die kleine Dose mit dem Haushaltsgeld aus dem Regal. Überrascht wühlte sie darin herum.

»Hast du was rausgenommen?«, wollte sie schließlich wissen.

»Ja«, gab Neo sofort zu. »Ging nicht anders. Caro konnte ihre Miete nicht bezahlen.«

Milla glaubte, sich verhört zu haben. Sie erlebte es öfter, dass Neo sein Taschengeld an Bedürftige verschenkte. In den letzten Ferien hatte er gearbeitet, um einem Obdachlosen einen Schlafsack kaufen zu können. Aber er hatte sich noch nie am Haushaltsgeld vergriffen. Sie fand es empörend, dass sich eine Zwanzigjährige ihre Wohnung von einem Kind finanzieren ließ. Sie hatte gleich gewusst, dass diese neue Freundin nur Ärger bedeutete. Das sagte sie allerdings nicht, denn sonst würde Neo sie bloß verteidigen.

»Neo, es sind nur noch dreißig Euro hier drin. Wie sollen wir damit bis zum Ende des Monats hinkommen? Du bringst am besten von der Tafel gleich was für uns mit.«

»Wir werden schon nicht verhungern«, maulte Neo. »Du willst doch sowieso Diät machen.«

»Ja«, gab Milla zurück. »Und diese blöde Diät ist richtig teuer.«

»Caro braucht es nötiger als wir«, behauptete er.

Milla atmete tief durch. In diesem Haushalt müsste man Psychologie studiert haben, dachte sie.

»Bring diese Caro doch einfach mal mit«, sagte sie dann bemüht freundlich. »Dann rede ich mit ihr selbst darüber.«

Milla würde ihr unter vier Augen mit einer Anzeige drohen, wenn sie sich weiter an einem Vierzehnjährigen vergriff. Manchmal war es wirklich gut, in einer Anwaltskanzlei zu arbeiten. Sie konnte herrlich gestelzte Paragrafen-Schachtelsätze herunterrasseln, von denen sich so ziemlich jeder einschüchtern ließ.

Das schien Neo auch gerade einzufallen, denn er erwiderte: »Kommt schon noch. Ihr geht es bloß grad nicht so gut.«

»Das passt prima«, gab Milla zurück. »Mir geht es nämlich auch nicht so gut, weil ich nur noch dreißig Euro Haushaltsgeld für anderthalb Wochen habe.«

»Tut mir leid, Mama«, sagte Neo nun doch etwas zerknirscht.

Milla schwieg und ging im Kopf ihre Optionen durch. Wenn sie ihn bedrängte, erreichte sie bei ihm wenig, das wusste sie aus Erfahrung. Außerdem wurde er eindeutig manipuliert, da hatte sie sowieso keine Chance. Die erfolgversprechendste Variante würde sein, Neo mit einer hübschen, hilfsbedürftigen Vierzehnjährigen zusammenzubringen. Dann hatte sich das Thema Caro sicher schnell erledigt. Na bitte, dachte sie hoffnungsvoll, ich werde das auch ohne Psychologiestudium hinbekommen.

Am Sonnabend fuhr Milla also allein nach Sonneberg. Sie hatte vorsichtshalber das alte Schulheft von Christine Dressel eingepackt und überlegte sich während der Autofahrt eine Strategie. Wie konnte sie an Informationen herankommen, ohne zugeben zu müssen, dass sie eingebrochen war? Vermutlich sollte sie gar nicht erwähnen, dass es den Keller noch gab. Sobald ihn die Dressels wieder in Besitz nahmen, war es kein verlorener Ort mehr, und niemand außer der Familie hatte noch Zutritt. Vielleicht würden sie ihn dann sogar ausräumen. Milla aber wollte den Keller so bewahren, wie er jetzt war, schockgefroren in der Vergangenheit. Vielleicht würde er ein Wallfahrtsort werden, so wie das alte Château, und sie hatte ihn entdeckt. Andererseits interessierte sich Andreas Dressel sicher gar nicht mehr für den Keller. Immerhin hatte sich vierzig Jahre lang keiner darum gekümmert. Milla beschloss, die Lage abzuklopfen und dann spontan zu entscheiden.

Schweren Herzens hatte sie noch ein paar Blumen gekauft, keine besonders teuren, aber ihre finanzielle Lage verschlechterte sich dadurch weiter. Sie fand es einfach unhöflich, ohne eine nette Geste hinzufahren.

Die Dressels wohnten in einem der großen Wohnblocks im Stadtteil Oberlind am Wolkenrasen. Milla zählte die Klingelschilder ab, damit sie in die richtige Etage ging.

Frau Dressel erwartete sie an der Wohnungstür und bat sie herein. Hinter ihr quoll Kaffeeduft hervor. Sie sah nett aus und jünger, als Milla vermutet hatte. Milla gab ihr die Blumen und zog die Schuhe aus. Die Frau freute sich so aufrichtig über den Strauß, dass es Milla nicht mehr leidtat um die Verschwendung.

An der Flurwand hingen unzählige Geweihe. Frau Dressel folgte Millas Blick.

»Ja, ich weiß«, sagte sie mit einem Lächeln. »Das ist so kitschig. Mein Mann sammelt ständig neue von den Dingern auf, ich weiß schon lang nicht mehr wohin damit. Sie brauchen nicht zufällig eins? Ich hab schon überlegt, ob ich Kerzenständer draus mache, damit die mal weniger werden.«

Milla lächelte und versicherte, dass sie keinen Platz dafür habe. Sie belastete sich nicht gern mit Staubfängern. Einmal im Jahr mistete sie ihre kleine Wohnung aus und trennte sich ohne Bedauern von allem, was ihr im Weg war.

Frau Dressel öffnete die Wohnzimmertür. »Kommen Sie rein in die gute Stube. Da ist mein Mann schon.«

Milla guckte genauso überrascht wie der Mann, der ihr gegenüberstand. Sie war Andreas Dressel schon im Wald begegnet. Und jetzt hörte sie auch den Hund, der wieder dieses misstrauische Knurren von sich gab.

»Sie?«, fragte sie verblüfft.

»Was wollen Sie denn hier?«, polterte Andreas Dressel.

»Ihr kennt euch?«, wunderte sich seine Frau.

»Es tut mir leid, das konnte ich nicht wissen«, entschuldigte sich Milla. »Wir sind uns zufällig im Wald begegnet.«

Frau Dressel nickte. »Mein Mann fährt jeden Sonntag hoch und hält alles in Ordnung«, erklärte sie.

»Irgendeiner muss es ja machen«, brummte er.

»Aber warum haben Sie mir im Wald denn nicht gesagt, dass sie auch zur Familie Dressel gehören?«, wollte Milla wissen.

»Weil Sie das nix angeht.«

Seine Frau drückte Milla auf einen Stuhl und goss ihr Kaffee ein.

»Jetzt hab dich nicht so, Andi. Die junge Frau möchte doch bloß was über den Forst wissen. Davon kannst du ihr doch ruhig erzählen.«

Sie hatte Zwetschgenkuchen gebacken und bot Milla etwas an.

Die dachte kurz an die Steinzeitmenschen, fand es aber unhöflich, abzulehnen. Außerdem konnte sie sich so das Abendessen sparen. Milla griff ordentlich zu.

»Warum interessiert Sie denn *Dressels Forst* so?«, wollte Frau Dressel wissen.

»Ich finde es schön, etwas über die Gegend zu erfahren, in der ich wandere, und über die Menschen, die mal dort gelebt haben«, behauptete sie mit vollem Mund.

Andreas Dressel und der Hund glaubten ihr kein Wort, das sah man beiden an.

Weil ihr Mann nichts sagte, erklärte Frau Dressel: »Der Forst war seit Generationen in Familienbesitz. Alles Förster und Holzarbeiter. Und dann haben sie das Hotel gebaut. Warten Sie, ich zeig's Ihnen.«

Sie stand auf und holte ein altes Fotoalbum aus dem Schrank. Andreas Dressel beobachtete seine Frau, sagte aber nichts.

»Das sind uralte Fotos«, erklärte sie. »Noch aus der Zeit davor.«

Andreas gefiel es offensichtlich nicht besonders, dass sie das Familienalbum vor einer Fremden ausbreitete. Er wirkte aber nicht mehr ganz so angespannt wie am Anfang. Milla hatte das Gefühl, dass die Ursprünge des Hauses ihn nicht beunruhigten.

»Erzähl du doch mal, Andi«, forderte Frau Dressel ihren Mann auf. »Ich hab ja eigentlich gar keine Ahnung.« Sie lachte. »Ich hab den Andi doch erst danach kennengelernt.«

Andreas versteifte sich wieder. Milla spürte, es war dieses Ereignis, was das Leben der Familie Dressel in davor und danach teilte, an das er nicht erinnert werden wollte.

»Darf ich mal?«, bat sie und schaute sich die erste Seite des Albums an. »Unglaublich!«, entfuhr es ihr.

Schon allein für diesen Blick hatte sich das Herkommen gelohnt. Jetzt wusste sie, wie das Haus über dem Keller ausgesehen hatte. Es war wunderschön. Auf so etwas hatte sie gar nicht zu hoffen gewagt.

Sie hätte es am liebsten sofort mit ihrem Telefon abfotografiert. Aber es kam ihr ein wenig unverschämt vor, danach zu fragen. Und wenn sie es ablehnten, hatte Milla ihre Chance vertan. Vielleicht war sie irgendwann für einen Moment allein oder unbeobachtet.

»Was für ein wundervolles Haus!«, sagte Milla aufgeregt.

Das Foto war sehr klein und ein wenig nachgedunkelt. Vor dem Hotel mit der prägnanten Turmhaube und dem Wetterhahn stand eine Gruppe von Menschen. Ihre Gesichter waren kaum zu erkennen.

Frau Dressel holte eine Lupe.

»Das muss kurz nach der Fertigstellung gewesen sein. Weißt du, wer das alles ist?«, fragte sie ihren Mann.

»Da lebt keiner mehr«, war die knappe Antwort.

Diese Aussage beruhigte Milla. Denn wenn sie das Foto ins Internet stellte, wollte sie schließlich keine Persönlichkeitsrechte verletzen.

»Das Hotel hat so eine schöne Geschichte«, schwärmte Frau Dressel. »Willst du die nicht erzählen, Andi?«

Er wollte nicht. Also übernahm sie das.

»Das Haus ist 1904 fertig geworden. Aber geplant haben

es nicht die Dressels. Die Eltern von der Marie Dressel, geborene Geyer, wollten für ihre Tochter eine Pension am Rennsteig bauen. Damit sie ein Auskommen hat und unabhängig ist von den Männern.«

Milla war beeindruckt. Was konnte man seinem Kind Schöneres schenken als Unabhängigkeit?

»Die Geyers haben nach Grund und Boden gesucht, den sie pachten wollten. Ihre Tochter hat sich da oben erst in *Dressels Forst* verliebt und später der Sohn von den Dressels sich in sie. Da hatte sie dann doch noch einen Mann bekommen. Der hat dann wohl sogar selbst an dem Hotel mitgebaut, die Balken geschlagen und gehobelt.«

»Das ist wirklich eine schöne Geschichte«, bestätigte Milla.

Frau Dressel blätterte um. Der Salon mit dem Kamin, dem Stuck und der Jugendstillampe war zu sehen.

»Man weiß ja leider die Farben nicht«, bedauerte sie und zuckte mit den Schultern.

»Moosgrün«, sagte Andreas plötzlich. »Der Salon war moosgrün. Und das Speisezimmer war ocker.«

Zum ersten Mal hatte er von sich aus gesprochen. Milla lächelte ihm aufmunternd zu. Plötzlich tat es ihr leid, dass sie in sein Privatleben eingedrungen war und ganz offensichtlich seinen Seelenfrieden störte. Sie würde ihn bald wieder in Ruhe lassen.

Frau Dressel schlug die nächste Seite auf.

Es war ein Blick in die Küche des Hotels. Marie Dressel saß am Tisch und las rauchend die Zeitung. Sie hielt eine elegante lange Zigarettenspitze zwischen den Fingern und trug einen schicken Bob.

»Na guck! So genau hab ich das noch nie angesehen!«, rief Frau Dressel überrascht. »Gib mal die Lupe. Hat sie etwa geraucht?«

Sie beugten sich alle über das Foto, auf dem die Urgroßmutter zu sehen war. Millas Kopf berührte den von Andreas. Seine Haare rochen nach Harz und Wald.

Dann durfte Milla ebenfalls durch die Lupe gucken und

entdeckte plötzlich auf dem Küchenboden den eisernen Ring und die Falltür. Ihr Herz schlug schneller, und der Hund in der Ecke hob beunruhigt den Kopf. Diesen Ring hatte sie schon berührt, die Tür zur Seite geklappt. Sie musste das einfach fotografieren! Die Frau hatte bestimmt gar nichts dagegen, aber wie wurde sie den Mann los?

Andreas lehnte sich wieder zurück und sagte: »Sie konnte sogar Akkordeon spielen, hat die Oma erzählt. Es gab wohl immer Tanzabende auf der großen Veranda.«

»Es wird gesagt, dass sie ein bisschen mondän war«, warf Frau Dressel ein.

»Bei uns oben war man doch schon mondän, wenn man unter der Woche Schuhe trug«, gab Andreas zurück und lächelte zum ersten Mal, seit Milla da war. Ein Netz von Fältchen lief von den Augenwinkeln aus über seine Wangen und verschwand wieder.

»So war das da oben«, sagte Frau Dressel. »Die Frauen haben sich um das Hotel gekümmert und die Männer um den Wald.«

»Ja«, gab Andreas bitter zurück. »Und heute? Da fühlt sich keiner mehr für irgendwas verantwortlich. Jeder macht nur noch seins. Da schmeißen die Leute Müllsäcke und Kühlschränke in den Wald!«

»Das haben sie früher auch schon gemacht«, versuchte ihn seine Frau zu beschwichtigen. »Den ganzen Dreck haben sie in die Röthen geworfen! Und die Abwässer gingen auch gleich noch rein.«

»Demnächst graben die noch alles um, weil sie eine Wasserleitung querdurch legen wollen«, sagte Andreas Dressel trotzig.

Seine Frau kannte diese Reaktion offenbar schon und versuchte ihn abzulenken. Sie stupste ihn an, zeigte schnell auf ein Bild und fragte: »Und der Junge hier? Wer ist das?«

Andreas nahm wieder die Lupe zur Hand, beugte sich über das Bild und meinte dann: »Das müsste Arno sein, mein Großvater. Den hab ich aber nicht mehr gekannt.«

Frau Dressel sagte mitfühlend: »Oh, der ist das.« Dann klappte sie das Buch zu. »Ich glaub, das ist das einzige Album, das es gibt. Oder wollen wir mal Tante Elvira fragen?«

Milla begann auf weitere Fotos zu hoffen, aber Andreas Dressel winkte ab. »Das kannst du dir sparen, Sonja. Die hat's nicht mit Erinnerungen.«

»Aber deine Eltern hatten doch ein Album. Ist das vielleicht bei Christine?«

»Christine?«, hakte Milla schnell nach.

Jetzt hätte sie am liebsten das Schulheft herausgeholt, aber dafür war es längst zu spät.

Sonja Dressel nickte eifrig. »Meine Schwägerin. Die hebt jeden Mist auf und weiß bestimmt noch mehr. Andi hat irgendwie alles vergessen.«

»Ich habe nichts vergessen«, stellte Andreas richtig.

»Frag Christine doch mal, ob sie noch was hat«, forderte ihn seine Frau auf.

Andreas verschränkte die Arme über der Brust und erklärte entschieden: »Mit Christine red ich grad nicht!«

»Na, dann fragen Sie sie halt selbst«, schlug Sonja Dressel vor. »Räder heißt sie jetzt. Sie wohnt auch in Sonneberg. Warten Sie, ich hole die Telefonnummer.«

Sie stand auf, und Milla sah ihre Chance gekommen.

»Haben Sie vielleicht eine Karte von der Gegend?«, fragte sie Andreas schnell.

Als er den Bücherschrank nach Landkarten durchsuchte, stellte sie ihr Telefon auf lautlos, damit es sie nicht verriet, und versuchte so viel wie möglich aus dem Album zu fotografieren.

Andreas drehte sich zu ihr um, und Milla ließ ihr Telefon in der Tasche verschwinden. Er hatte anscheinend nichts bemerkt, er guckte auf die Karte.

»Da«, sagte er und zeigte darauf. »Das ist das Gebiet. Vom Steinbruch bis hier und von da bis rauf zum Rennsteig.«

Sonja Dressel kam mit der Telefonnummer zurück und gab sie Milla.

Jetzt hätte sie aufbrechen können. Mehr würde sie hier nicht erfahren. Sie hatte Christines Kontakt, außerdem die Bilder vom Hotel für einen spannenden Beitrag, und die romantische Liebesgeschichte der Erbauer passte natürlich besonders gut dazu. Sie hatte mehr bekommen, als sie erwartet hatte. Und doch blieb sie sitzen.

»Ich hab noch nie so guten Kuchen gegessen!«, versicherte Milla.

Frau Dressel tätschelte ihr die Hand. »Das freut mich! Aber da haben wir nun die ganze Zeit über uns geredet und nichts über Sie erfahren. Wo kommen Sie denn her? Und was machen Sie so?«

»Ich wohne in Coburg«, erzählte Milla lächelnd, »und ich arbeite dort in einer Anwaltskanzlei.«

Die Gesichtszüge von Andreas Dressel gefroren. Auch der Blick seiner Frau veränderte sich, als hätte sie plötzlich überrascht festgestellt, dass da eine Fremde an ihrem Tisch saß.

»So ist das«, sagte sie enttäuscht. »Hat sie jemand hergeschickt?«

»Nein«, erwiderte Milla verwirrt. »Wie kommen Sie darauf?«

Sie war sicher, dass sie nicht beim Fotografieren ertappt worden war. Und trotzdem wünschte sie sich plötzlich, sie hätte das nicht getan.

Andreas Dressel zog seine Taschenuhr heraus. Er starrte auf den Sekundenzeiger, der in dem kleinen Ausschnitt seine Runden drehte, und befand: »Es ist spät. Sie müssen jetzt gehen.«

Der Hund wurde unruhig und knurrte.

Milla verstand den Stimmungswechsel nicht. Was hatte sie denn Falsches gesagt?

Trotzdem stand sie natürlich auf und verabschiedete sich höflich. Sonja Dressel hielt ihr die Tür auf, und als Milla durch den Flur nach draußen ging, hätte sie nun plötzlich doch gern ein Geweih mitgenommen. Einfach um der Frau eine Freude zu machen. Aber jetzt würde sie keins mehr bekommen.

6
Die Saat geht auf

17. September 1949 – Es war ein goldener Herbstmorgen. Tau glitzerte in den Spinnennetzen, die überall auf den Graspolstern am Waldrand hingen, als hätte sich die Welt zur Feier des Tages geschmückt.

Johanna hielt Ausschau nach den Kindern. Sie schützte ihre Augen vor der noch tief stehenden Sonne und überblickte vom Fenster aus die Anhöhe.

Der Wald war längst nicht gesund. In einigen Gegenden musste noch gefällt und beräumt werden, und anderswo gruben Heerscharen gebückter Frauen noch immer Setzlinge ein. An manchen Tagen hatte Johanna geglaubt, den Rücken nicht mehr gerade biegen zu können. Die schwarze Walderde war unter ihre rissige Haut gekrochen und ließ sich nicht mehr von den Händen schrubben. Aber inzwischen war ein Ende abzusehen. Die Gegend um *Dressels Forst* war zwar licht, aber neu bestellt. Die Fichtensetzlinge krallten ihre Wurzeln in den Boden und klammerten sich genauso an das Leben wie die Dressels.

Johanna richtete ihren Blick wieder auf die Strickarbeit in ihren Händen. Sie versuchte, eine Masche in ihren einzigen langen Strümpfen aufzufangen. Sie waren vor zwei Generationen mit hauchdünner Wolle gestrickt worden und lösten sich nun an allen Ecken und Enden auf. Johanna hielt die Ferse ganz nah vor ihre Augen und erwischte tatsächlich die Masche.

»Wenigstens ist es jetzt nicht mehr so düster in der Küche«, stellte sie fest und lächelte. Seit Johanna eine Tochter zur Welt gebracht hatte, schien alles heller geworden zu sein.

»Du siehst auch noch im dümmsten Unglück was Gutes«, brummte ihre Schwiegermutter von der Küchenbank herüber und zog ein Gesicht.

Die Laune der alten Marie Dressel war von Tag zu Tag dunkler geworden und hatte nun ihren absoluten Tiefpunkt erreicht. Johanna tat, als wüsste sie den Grund dafür nicht, und biss den Faden ab.

Im gleichen Moment sah sie, wie Werner über die Lichtung hetzte. Kurz darauf wurde die Eingangstür aufgerissen, und jemand schlug auf die Conciergeglocke an der Rezeption. Dann stürmten die Kinder in die Küche.

Werner war nun vierzehn Jahre alt, und wo immer er hinging, schleppte er seine Schwester Elvira mit. Johanna nahm ihm die Kleine ab, die sich sträubte und an der Jacke des Bruders festkrallte. Durch den schütteren Haarflaum schimmerte von hinten das Gegenlicht und verlieh ihr einen Heiligenschein.

»Wozu hat der Junge eine teure Uhr, wenn er sich doch immer verspätet?«, schimpfte die alte Frau Dressel. »Der Herr Pfarrer wird nicht auf uns warten!«

Johanna warf ihr einen besänftigenden Blick zu. »Natürlich wird der warten. Wo wir doch heute die Hauptattraktion sind!«

»Und unser Beutezug hat sich auch gelohnt!«, versicherte Werner. »Obwohl wir von den Polizisten kontrolliert worden sind. Aber unser Versteck haben sie nicht gefunden!« Sein Gesicht glänzte vor Aufregung und Stolz.

Vor Kurzem hatte er sich von seinem Freund Siggi in die Kunst des Organisierens einweisen lassen. Das ganze Leben bestand aus Dingen, die es nicht einfach so zu kaufen gab, nicht einmal, wenn man die entsprechenden Bezugsmarken dafür besaß. Kaffee, Streichhölzer, Kerzen, Zucker, Glühbirnen, Brühwürfel, Backpulver, die Liste schien endlos zu sein. Man konnte diese Sachen gegen irgendetwas eintauschen, oder man musste sie eben organisieren, wie es Siggi nannte. Diesmal hatten die Jungs Elvira mit zum Neuhauser Bahnhof genommen und auf Güterzüge gelauert. Manchmal fiel etwas von einem der Waggons herunter, manchmal mussten sie ein wenig nachhelfen.

Johanna fragte lieber nicht nach, wie es diesmal gelaufen war. Sie füllte schnell die Waschschüssel und legte ein Handtuch bereit. »Wie du wieder aussiehst.« Sie strich ihm über den Kopf. »Schnell, wasch dir Gesicht und Hände und zieh dich um!«

Dann widmete sie sich der kleinen Elvira. Sie legte sie auf eine Decke und zog ihr Strumpfhose und Leibchen aus. Die Kleine strampelte und wand sich wie eine dralle Made.

Johanna rührte das kostbare Milchpulver, mit dem sie Elvira fütterte, immer ein wenig dicker an, als auf der Packung beschrieben. Ihre Tochter sollte es besser haben.

Vorsichtig öffnete sie die Windel und fand darin fünf Kartoffeln.

»Jetzt müsste es für die Klöße reichen!«, lobte sie Werner.

Das Versteck war seine Idee gewesen. Elviras volle Windeln wollte auch der strengste Polizist nicht kontrollieren. Siggi dagegen hatte seine Kartoffeln hergeben müssen.

Die alte Marie Dressel erhob sich ächzend von der Küchenbank und schrubbte die Kartoffeln mit der Wurzelbürste sauber. Sie trug schon ihr gutes schwarzes Kleid, weshalb ihre Bewegungen ein wenig steif gerieten.

Immer wieder war Johanna in den letzten Wochen auf der Suche nach Entbehrlichem in den Keller geschlichen, das sie dann gegen Lebensmittel bei den Schiebern eingetauscht hatte.

Die Schieber waren Leute aus den umliegenden Dörfern. Jeden Tag gingen sie auf Schleichwegen den Tettauer Steg entlang über die unbefestigte Grenze in den amerikanischen Sektor. Sie schafften Christbaumkugeln, Rasierklingen, Schnaps oder Tischwäsche ins oberfränkische Tettau und tauschten dafür dringend benötigte Lebensmittel ein.

Der alten Marie Dressel war das gar nicht recht. Schon im Krieg hatte sie immer wieder etwas von ihren Schätzen herausrücken müssen. Erst die Pferdedecken, dann die Laken, später auch noch die Bettwäsche, aus denen Johanna Kleidung nähte. Im kalten Nachkriegswinter, als die Frankfurter Kinder längst wieder bei ihren Eltern waren und es ganz schlimm wurde, tauschten sie sogar ein paar der kostbaren Federbetten aus den Gästezimmern ein. Während Maries Stimmung mit jedem Stück, das sie hergeben musste, schlechter wurde, dachte Johanna immer, dass sie viel besser dran waren als die einfachen Haushalte. Wieder einmal erwies sich das Hotel als ihre Rettung.

Marie Dressel fand allerdings, dass Johanna den Rahmen dessen, was gebraucht wurde und was entbehrlich war, immer großzügiger steckte. Und alles nur wegen dieser Taufe.

»Mein letztes Tafeltuch hast du verschachert«, jammerte sie nun.

»Aber ich konnte es gegen ein Stück Butter eintauschen«, erklärte Johanna. »Das ist viel mehr wert als ein Stück Tuch!«

»Mit meinen Initialen! Bloß weil du ein protziges Fest feiern willst. Du tust ja grad so, als ob es ums Überleben ginge!«

Es kam Johanna tatsächlich so vor, als wäre eben gerade dieses Fest für sie alle lebensnotwendig. Es sollte der Abschluss sein von allem Schlechten und der Beginn von etwas Neuem, Besserem. Sie würden das Leben feiern, das Leben der kleinen Elvira, aber auch das von Arno, der zurückgekehrt war, und das der jungen Setzlinge, die den trockenen Sommer überstanden hatten.

»Der nächste Winter steht vor der Tür, und dann haben wir nichts mehr«, unkte die alte Frau Dressel herum. »Aber den erleb ich zum Glück nicht mehr. In unserer Familie war das schon immer so. Einer kommt, einer geht. Du wirst schon sehen.«

»Ach, was!« Johanna lachte.

Elviras erstes Lebensjahr war fast um, und die alte Frau Dressel erfreute sich noch immer bester Gesundheit. Auch wenn sie gern das Gegenteil behauptete und weiterschimpfte: »Ich werd dann jedenfalls net verhungern.«

»Natürlich wirst du nicht verhungern«, versicherte Johanna. »Wo es doch in Spechtsbrunn schon eine Filiale von der HO gibt!«

Die Handelsorganisation, da war sich Johanna sicher, würde die schlimmste Not lindern. Dort gab es, wenn auch zu überteuerten Preisen, Lebensmittel und Kleidung ohne Marken. »Du wirst sehen«, versuchte sie ihre Schwiegermutter aufzumuntern, »wir können uns in der HO neue und viel schönere Tischwäsche kaufen, wenn wir erst das Hotel wieder aufmachen.«

»Und wie soll das gehen ohne Decken und ohne Bettwäsche?«, klagte die alte Frau Dressel. »Du kriegst kein Ei ohne Huhn.«

Johanna winkte ab und umarmte ihre Schwiegermutter. »Wir haben so viel nachzuholen. Gönn uns allen doch die Freude.«

Ein halbe Stunde später waren alle Mitglieder der Familie Dressel ausgehfertig. Johanna überprüfte mit einem schnellen Blick den Zustand ihrer Kinder. Werner hatte seine Haare mit Wasser geglättet und einen scharfen Scheitel gezogen. Die kleine Elvira auf seinem Arm sah in ihrem Taufkleidchen aus wie ein Posaunenengel und kaute auf einer Veilchenwurzel herum. Marie Dressel bemühte sich, so viel Abstand wie möglich zu dem sabbernden Täufling zu halten.

Johanna versuchte vergeblich, Werners Hosenbeine auf die richtige Länge zu ziehen. Während er in die Höhe geschossen war, schien sein Vater geschrumpft zu sein, so sehr schlotterte der Anzug aus der guten alten Zeit an ihm herum. Johanna stellte die Hosenträger ein wenig straffer ein, aber es half nicht viel. Arno schien nicht nur der Anzug, sondern sein ganzes Leben zu groß geworden zu sein.

Die Taufe sollte in der barocken Kirche von Spechtsbrunn stattfinden. Während des ganzen Wegs durch den Wald nach unten ins Dorf schimpfte Marie Dressel, weil sie laufen mussten.

»Diese Schweinstreiber!«, keuchte sie völlig außer Atem. »Warum haben uns die Russen … auch noch … den hochmodischen Traktor … beschlagnahmt!«

»Der wär doch nur unnütz«, tröstete Johanna sie. »Es gibt ja gar keinen Treibstoff.«

Etwa zur selben Zeit versuchte Johannas Patentante Rosa aus dem fränkischen Tettau zur Feiergesellschaft hinzuzustoßen. Tante Rosa war eine ältliche Witwe, die sehr überzeugend einen trotteligen Eindruck machen konnte. Sie erschien in Begleitung zweier Freundinnen, weil sie sich nicht allein in den sowjetischen Sektor traute. Die drei Damen besaßen keine Interzonenpässe, die sie zum Passieren der Grenze berechtigen würden. Zum Ausgleich hatten sie Schokolade und Zigaretten eingepackt.

Aber Johanna verließ sich nicht allein auf die Wirkung dieser begehrten Kostbarkeiten. Damit die Taufgäste am Grenzübergang ganz sicher nicht abgewiesen wurden, hatte sie ihnen Siggi entgegengeschickt.

Siggi wohnte in Spechtsbrunn, und Werner betrachtete ihn mittlerweile als seinen besten Freund. Siggi hingegen besaß viele Freunde und Bewunderer, hatte einen Hang zum Künstlerischen und war noch dazu äußerst geschäftstüchtig. Er spielte ganz leidlich Mundharmonika und hatte sich selbst ein paar Zaubertricks beigebracht. Gegen eine Packung Zigaretten oder ein ordentliches Essen konnte man ihn engagieren. Und falls sich die Soldaten durch Siggis Künste nicht beeindrucken ließen, hatte er noch ein weiteres Ass im Ärmel. Sein Großvater betrieb eine Schwarzbrennerei. Eine Flasche Schnaps verfehlte bei den Sowjets niemals ihre Wirkung. Wenn sie zum Einsatz kam, musste Siggi immer erst kosten, als Beweis, dass der Alkohol nicht vergiftet war. Danach beobachteten sie ihn misstrauisch, und wenn er nach fünf Minuten noch nicht umgefallen war, tranken sie selbst, bis die Flasche leer war.

Siggi kannte die Grenzsoldaten inzwischen recht gut. Er wusste genau, mit wem man reden konnte, wenn man ohne Papiere ankam. Und er sah schon von Weitem, wann man besser umkehren und auf den nächsten Wachwechsel warten sollte.

Die sowjetischen Soldaten, die sich den ganzen Tag fernab ihrer Heimat an der Straßensperre langweilten, waren ein dankbares Publikum. Wenn sie Siggi ganz hinten die staubige Landstraße entlangkommen sahen, riefen sie jedes Mal begeistert: »Illusionist! Illusionist!«

Mit den Sowjets ließ es sich für Siggi meistens leichter verhandeln als mit den deutschen Grenzpolizisten, die ihn schneller durchschauten. Mit zwei ganz jungen Männern hatte er sich sogar angefreundet. Sie waren unten im Dorf in der Schreinerei einquartiert worden und legten großen Wert auf eine Tatsache: »Nix Russki, Ukrainski!«

Siggi hatte sich von ihnen eine wehmütige Volksweise beibringen lassen. Die spielte er nun zur Belustigung der Soldaten. Währenddessen warteten Tante Rosa und ihr Anhang eingeschüchtert auf der anderen Seite der Straßensperre, im amerikanischen Sektor. Die Sowjets waren alle sehr musikalisch, und so ging die Mundharmonika von einem zum anderen. Als sie wieder bei Siggi ankam, musste der erst einmal die Spucke herausschleudern.

Dann war es Zeit für den nächsten Programmpunkt. Er holte unter den Feldmützen mit dem roten Stern diverse Steine hervor. Mit Händen und Füßen erklärte er dabei, warum Tante Rosa unbedingt auf die andere Seite musste. Und als die Dame ihre ausgebeulte Handtasche öffnete und mit den Süßigkeiten und dem Tabak lockte, ging der Schlagbaum bereitwillig hoch.

Als Gegenleistung sollte sich Siggi bei der Taufe satt essen dürfen. Auch sein Großvater war mit von der Partie, obwohl sein Schnaps diesmal gar nicht zum Einsatz gekommen war. Aber er besaß ein Fuhrwerk, und so würden die Damen der Gesellschaft wenigstens auf dem Rückweg nicht laufen müssen.

Durch Siggis Kulturprogramm und die langwierigen Verhandlungen am Grenzübergang verpassten Tante Rosa und ihr Anhang zwar die Taufzeremonie, aber sie kamen gerade rechtzeitig an, als die Dressels die Kirche verließen. Auch Johannas Mutter war aus Piesau herübergekommen und zwei

Großcousinen aus Sonneberg. Die Damen und die gebrechlichen Herren durften nun mit dem Fuhrwerk zurückfahren. Die Männer und Kinder nahmen die Anhöhe hinauf zum Rennsteig zu Fuß.

Die Laune der alten Frau Dressel hatte sich noch um keinen Deut gebessert, obwohl sie nun kutschiert wurde. Sie saß neben einem klapprigen Alten, der zu ihrer Schwippschwägerin gehörte und mit deren Anwesenheit sie nicht einverstanden war.

»Warum hast du denn die mit ihrem rammdösigen Mann eingeladen?«, fragte sie ihre Schwiegertochter. »Die frisst wie eine siebenköpfige Raupe!«

Johanna flüsterte hinter vorgehaltener Hand zurück: »Ich dachte, du hättest sie eingeladen?«

»Ich?«, entrüstete sich die alte Frau Dressel lauthals. »Ich bin doch net blöd!«

Johanna lächelte der entfernten Verwandten aufmunternd zu. Die hatte es schließlich auch nicht leicht. Sie war mit ihrer Familie wie jeden Sonntag in der Kirche gewesen und hoffte nun anscheinend auf ein freies Abendessen. Und war es nicht schön, eine große Familie zu haben, die Anteil an der kleinen Elvira nahm?

»Jetzt werden die Klöße nicht reichen«, prophezeite die alte Marie Dressel grimmig, und ihre Mundwinkel sanken noch ein Stück weiter nach unten.

Das Fuhrwerk wartete auf dem gepflasterten Wendekreis vor dem Hotel *Waldeshöh*, und das Pferd soff aus einem Wassereimer. Vor dem Eingang stand eine Traube festlich gekleideter Menschen. Die Lichtung war erfüllt von erwartungsvollem Stimmengewirr. Johanna hatte die Tische auf der Hotelveranda gedeckt und kleine Schälchen mit frischen Walderdbeeren zur Begrüßung hingestellt.

Die alte Frau Dressel meinte verschnupft: »Zieht euch bloß keinen Splitter am Holz ein. Letzten Monat hatten wir noch Tischtücher.«

»Und jetzt haben wir Essen«, gab Johanna zurück und lächelte.

Ihre Mutter machte ein pikiertes Gesicht und setzte sich ausgerechnet neben die alte Frau Dressel. Johanna würde die beiden im Auge behalten müssen.

Sie schenkte Himbeersaft an die Kinder aus. Werner protestierte, bekam aber trotzdem keinen Hagebuttenwein. Den hatte Arno noch angesetzt gehabt, bevor er wegmusste und als ein anderer wiedergekommen war. Immer wenn die alte Frau Dressel Appetit auf ein Gläschen bekommen hatte, hatte Johanna ihr das verweigert und bestimmt: »Den heben wir auf für gut.« Und nun endlich war es so weit. Zum ersten Mal seit dem Ausbruch des Krieges gab es wieder richtige Gäste im Hotel, auch wenn es keine zahlenden waren.

Johanna legte eine Hand auf Arnos Arm. Sie reckte ihr Glas mit dem Hagebuttenwein in die Höhe, sodass die Sonne hindurchschimmerte, und rief: »Auf meine Tochter Elvira! Und auf meine großzügige Schwiegermutter! Auf die Frau Direktorin vom Hotel *Waldeshöh*!«

Die alte Frau Dressel setzte sich ein wenig gerader hin. Augenscheinlich gefiel es ihr, Frau Direktorin genannt zu werden. Und als Johanna ihr auch noch eine Schachtel Zigaretten zusteckte, die sie für sie eingetauscht hatte, war Marie Dressel vollständig versöhnt. Die Gesichtszüge von Johannas Mutter hingegen wurden merklich spitzer. Sie war in der Ansprache ihrer Tochter mit keinem Wort erwähnt worden.

Marie Dressel tätschelte Johannas Hand, betrachtete die Festgesellschaft und sagte versonnen: »Dass ich das noch erleben darf.«

»Du wirst noch viel mehr erleben«, versprach Johanna mit geröteten Wangen.

Jemand hatte vom Brunnen im Röthengrund Wasser heraufgebracht, das zum Aufbrühen des Kaffees verwendet wurde. Damit sollte er besonders aromatisch werden. Es bekam dann auch tatsächlich jeder eine knapp bemessene Tasse mit dünnem Kaffee. Sogar Werner, dem er schon deshalb schmeckte, weil er sich dadurch erwachsen fühlte.

Das Mehl für den Heidelbeerkuchen hatte Johanna mit gemahlenen Eicheln gestreckt und es auf diese Weise geschafft, ein großes Blech zu füllen. Siggi stopfte sein Kuchenstück komplett in den Mund. Dort schien es ihm sicher vor Diebstahl zu sein, und erst dann begann er genussvoll zu kauen.

»Da ist echte Butter dran!«, betonte Marie Dressel mehrmals stolz, als wäre es ihre Idee gewesen, das Tafeltuch dafür einzutauschen.

Johannas Mutter zog eine Augenbraue hoch und bemerkte: »Was für eine Prasserei. Ich hab meine Tochter zur Sparsamkeit erzogen. Das Verschwenden muss sie bei dir gelernt haben.« Den Kuchen aß sie natürlich trotzdem.

Marie Dressel lehnte sich provokant in ihrem Stuhl nach hinten. »Wenn man ein erstklassiges Hotel führen will, muss man generös sein.«

Der Mann der Schwippschwägerin hatte seinen Kuchen aufgegessen, sah sich suchend um und rief anklagend: »Wo ist mein Kuchen? Ich hatte noch keinen Kuchen!« Er war schon sehr alt und nicht mehr ganz richtig im Kopf.

»Finger weg! Du hattest schon«, donnerte ihn die Frau Direktorin an.

Erstaunt entdeckte der alte Mann, dass auf seinem Teller tatsächlich Krümel lagen.

»Er kann nichts dafür«, sagte Johanna leise. »Er hat es schon wieder vergessen. Er vergisst alles.«

Dieser Satz erregte die Aufmerksamkeit von Arno, der bis dahin teilnahmslos dagesessen hatte. Nun beobachtete er interessiert den alten Mann, und in seinem Blick flackerte Sehnsucht auf.

Der Alte wollte mit zittriger Hand nach seiner vollen Kaffeetasse greifen. Die Schwippschwägerin kam ihm zuvor und tauschte sie blitzschnell gegen ihre leere Tasse aus.

»Du hattest deinen Kaffee schon!«, schrie sie. »Weißt du nicht mehr?!«

Verunsichert nickte er. »Stimmt ja, stimmt ja. Der war gut.«

Arno hatte bisher nichts angerührt. Während sich Johanna um die Gäste kümmerte, warf sie immer wieder einen besorgten Blick zu ihm hin. Am Flackern seiner Augen und der angespannten Körperhaltung bemerkte sie, dass er ihre Hilfe brauchte.

Sie zerrte seinen Stuhl von der Terrasse, stellte ihn ein wenig abseits und sah sich nach einer Aufgabe um, die ihn vor aufdringlichen Gesprächen bewahren würde. Da entdeckte sie, dass Elvira auf Werners Schoß eingeschlafen war. Sie nahm ihm die Kleine ab und drückte sie in Arnos Arme.

»Kannst du Elvira halten, während sie schläft?«

Johanna wartete keine Antwort ab und eilte zurück zu den Gästen. Die Kleine blinzelte nur einmal kurz und schlummerte zufrieden weiter.

Zum allerersten Mal hielt Arno seine Tochter im Arm, ohne dass ihm jemand dabei assistierte. Hilfe suchend sah er sich nach Johanna um. Die bückte sich schnell, als habe sie etwas verloren, und beobachtete ihn durch die vielen Beine der Gäste hindurch.

Arno schien kurz zu überlegen, ob er das Kind einfach auf dem Boden ablegen sollte. Aber dort krabbelten große rote Waldameisen, deren Bisse schmerzhaft brannten. Es blieb ihm nichts anderes übrig, als seine Tochter zu behalten. Minutenlang saß er da und hielt sie nah bei sich. Er betrachtete Elviras feines Haar und den winzigen Mund, der ab und zu schmatzte.

Johanna hatte sich wieder aufgerichtet. Sie sah, wie seine angespannten Gesichtszüge weicher wurden, und wagte kaum zu atmen. Dieses Bild schenkte ihr so viel Hoffnung.

Gegen Abend trug Johanna die Klöße auf. Sie reichten natürlich nicht, wie die alte Frau Dressel prophezeit hatte. Wer einen erwischte, bekam dafür nichts vom Hackbraten, der mit reichlich altbackenem Brot gestreckt worden war. Pilze gab es genügend, aber die waren ohne Butter und nur im Wasser gedünstet worden.

Als es dämmerte, entzündete Johanna die Harzfackeln. Marie Dressel hatte dem Hagebuttenwein ordentlich zugesprochen und ganz glasige Augen bekommen. Sie steckte eine der kostbaren Zigaretten in ihre elegante Spitze aus Elfenbein, drehte sich aus einem alten Zettel einen Fidibus und holte sich damit Feuer von einer Fackel. Dann inhalierte sie tief und verkündete hoheitsvoll: »Man bringe der Frau Direktorin ihr Instrument!« Mit jedem Wort quoll ein Schwall Rauch aus ihrem Mund, wie aus einem Schornstein.

Werner guckte dumm, und Siggi übersetzte: »Deine Oma will ihr Akkordeon.«

Sie räumten schnell die Veranda frei, damit getanzt werden konnte. Marie Dressel spielte *Ich weiß, es wird einmal ein Wunder geschehen* und sang dazu mit tiefer, kehliger Stimme.

Bald wiegten sich alle im Takt. Siggi und Werner hüpften wild herum und fassten sich an den Händen. Johanna ging zu Arno, lehnte sich an ihn und betrachtete die Szene vor dem Hotel *Waldeshöh*. Wehmütig sagte sie: »Wie schade, dass die Russen uns die Kamera abgenommen haben. Das würde ich zu gern festhalten. Aber jetzt, wo es wieder losgeht mit dem Hotelbetrieb, kaufen wir uns bald einen neuen Apparat, nicht wahr? Und dann holen wir das nach!«

Sie erwartete gar keine Antwort. Glücklich küsste sie Arno auf die Wange und klatschte dann Werner ab, um mit ihm tanzen zu können.

Als die Ersten aufbrechen wollten, versuchte Johanna sie daran zu hindern. »Ihr dürft im Dunkeln nicht durch den Wald, das ist viel zu gefährlich! Da laufen Soldaten rum. Die schießen auf alles, was sich bewegt und wer weiß was sonst noch …«

Keine der Frauen wollte daraufhin mehr das Haus verlassen.

»Wozu sind wir denn das erste Hotel am Platz«, sagte die alte Frau Dressel mit schwerer Zunge. »Wir haben zwar kaum Decken, aber exzellente Gästezimmer.«

Kurz darauf schwärmte die ganze Gesellschaft durch das Hotel und untersuchte jeden Winkel. Johannas Mutter schaute sogar unter die Betten und fuhr mit dem Finger über die Bilderrahmen. Johanna war froh, auf Geheiß der Frau Direktorin so gründlich geputzt zu haben.

Alle waren entzückt von der stilvollen Einrichtung und den eleganten Farben in Salon und Speisezimmer. Werner hatte vorher die ganzen Parolen und Gewerkschaftsplakate abgenommen und im Keller verstaut. Das Plakat mit dem Waldarbeiter, der sich ein Bein absägte, hatte er für sich abgezweigt und in seine Kammer gehängt. Damit ließ es sich so schön gruseln vor dem Einschlafen. Die Löcher in den Wänden wurden nun durch ein paar Landschaftsgemälde verdeckt, die auf dem Boden herumgestanden hatten. Der Salon, in dem die Kinder schlafen sollten, sah wieder fast aus wie neu.

Die Kinder legten sich direkt vor den Kamin und versuchten, in den Flammen Bilder zu deuten. Werner setzte sich zu ihnen und las aus dem alten Märchenbuch vor.

Johanna brachte allen noch einen Krug Wasser und zeigte jedem sein Zimmer sowie die Toilette. Den Kindern stellte sie einen Nachttopf hin, damit sie später im Dunkeln nicht die steile Treppe hinaufsteigen mussten. Werner erklärte ihnen, aus welchem der hinteren Fenster der Inhalt geschüttet werden musste, damit er den Hang hinunterlaufen konnte.

»Es ist so wundervoll bei euch, Johanna«, schwärmten die Damen aus Franken. »Geradezu paradiesisch. Wir werden das bei uns allen erzählen. Ihr werdet euch nicht retten können vor Gästen! Wir wissen schon, wen wir alles herschicken. Und wir kommen natürlich auch im Frühjahr!«

Das hatte die alte Frau Dressel noch im Ohr, als sie selig lächelnd die Treppe hinaufächzte. Sie bewohnte den schönsten Raum des Hauses, das Turmzimmer. Nach drei Seiten hatte es Fenster, und die Sichel des zunehmenden Mondes warf ein blasses Licht auf ihr Bett.

Das ganze Haus war erfüllt von Flüstern und Seufzern, von tiefen Atemzügen und dem Geräusch knarrender Betten. Das Hotel war wieder zum Leben erwacht.

7
Die Begegnung

Das Fenster in Christines Schlafzimmer war weit geöffnet und ließ die Nachtluft herein. Sie warf sich in der Dunkelheit immer wieder von einer Seite auf die andere, ohne Schlaf zu finden.

Christine suchte nach Erklärungen. Ihr Bruder Andreas hatte sie angerufen. Sie war erleichtert gewesen, denn der Streit vom letzten Familientreffen schien vergessen zu sein, obwohl sie ihre Meinung nicht geändert hatte. Sie würde *Dressels Forst* nie wieder betreten. Auch nicht, um sich die verbotene Müllkippe anzusehen, die dort allmählich entstand und über die sich ihr Bruder so aufregte. Aber dieses Thema hatte bei seinem Anruf keine Rolle mehr gespielt. Er berichtete ihr, dass eine Anwältin bei ihm aufgetaucht sei und versucht habe, ihn auszuhorchen. Und nun besaß diese Frau Christines Telefonnummer. Es war nur eine Frage der Zeit, wann sie anrufen würde. Aber was wollte sie?

Ging es vielleicht lediglich um die Geweihe, die ihr Bruder hortete? Natürlich wussten sie, dass es verboten war, sie mitzunehmen. Sie gehörten dem, der das Jagdrecht besaß, und das war ihnen vor langer Zeit genommen worden.

Je länger Christine darüber nachdachte, umso mehr war sie davon überzeugt, dass es diese Anwältin auf etwas anderes abgesehen hatte. Und sie glaubte auch zu wissen, wer sie beauftragt hatte. Sie nahm sich ganz fest vor, sich diesmal nicht einschüchtern zu lassen. Wenn diese Anwältin anrufen würde, wollte sie ihr gehörig die Meinung sagen. Sie legte sich Sätze zurecht und spielte das Gespräch durch.

Irgendwo in der Dunkelheit bellte ein Hund mit großer Ausdauer. Kurze Zeit später steckte er einen anderen Hund damit an. Und während das Gekläff die Nachbarschaft für den Rest der Nacht wach hielt, wirkte es auf Christine beruhigend und vertraut. Dieses Geräusch hatte sie in den Nächten ihrer Kindheit in den Schlaf begleitet. Als unten auf der Straße jemand vorüberging, klang es für sie wie Stiefel, die auf den Betonstufen des Wachturms nach oben stiegen. Kurz bevor sie wegdämmerte, erahnte sie draußen vor dem Fenster den Fahnenmast über dem Turmzimmer des Hotels *Waldeshöh*.

Milla liebte die frühen Morgenstunden am Wochenende. Die Sonne ging gerade auf, und die Welt schien noch zu schlafen. Sie hatte sich Kaffee aufgebrüht und das Küchenfenster weit geöffnet. Das Haus war so still, als würde sie es allein bewohnen. Kalte, klare Luft quoll herein. Niemand kochte, niemand rauchte.

Auf dem Tisch lagen ihr Telefon und ihr Laptop. Beide zeigten in einträchtiger Übereinstimmung die Aufgaben für den Tag an. Es stand nur ein Wort da: *Christine*.

Milla übertrug die Telefonnummer, die sie von Frau Dressel bekommen hatte, in ihre Kontaktliste. Dann zerknüllte sie den kleinen Zettel und warf ihn in den Papierkorb. Einen Moment später holte sie ihn wieder heraus, glättete ihn, fotografierte ihn und warf ihn erneut weg. Sie nahm Christines Schulheft in die Hand und rechnete sich aus, dass dieses Mädchen inzwischen vierundfünfzig Jahre alt sein musste. Mit dem Scanner auf ihrem Mobiltelefon las sie Seite für Seite ein. Als sie fertig war, schob sie das Heft zum Schutz in einen Frischhaltebeutel und verschloss ihn.

Sie war noch einmal oben in *Dressels Forst* gewesen und hatte Außenaufnahmen gemacht. Sie brauchte Fotos aus derselben Perspektive wie die im Familienalbum der Dressels. Damit erstellte sie einen kleinen Film, in dem sich die Bilder überblendeten. Die Lichtung mit dem Hotel und drei kleinen Fichten daneben – die Lichtung ohne Hotel mit drei mächtigen Baumriesen. Ein Blick durch die Küche auf die Falltür – die Falltür aus dem gleichen Winkel, aber nun im Freien, inmitten von Gestrüpp. Sie setzte einen Filter darüber, der die Ränder abdunkelte und Kratzer imitierte, und legte düstere Klaviermusik darunter. Eine Zeit lang betrachtete sie ihr Werk in Dauerschleife. Immer wieder verschwand das Hotel von der Lichtung und erstand neu, löste sich auf und erschien wieder. Milla war nicht sicher, ob das eindrucksvoll genug sein würde für die verwöhnten Besucher ihres Internetforums. Der Film wurde diesem verlorenen Ort einfach nicht gerecht. Es sah nicht annähernd so aufregend aus, wie es sich angefühlt hatte. Sonst war es immer andersherum gewesen.

Sie öffnete die elektronische Aktenablage ihrer Kanzlei. Die befand sich auf ihrem Laptop, damit sie auch außerhalb der Bürozeiten etwas für ihren Chef erledigen konnte. Routiniert legte sie eine neue Akte an, gab ihr den Namen *Dressel*, schützte sie mit einem Passwort und lud sie nicht auf den Kanzleiserver. Dann schob sie die Fotos aus dem Keller und dem Familienalbum hinein und auch die Kopien des Schreibhefts und des Telefonzettels. Alle Fakten, die sie kannte, hielt sie in einer Aktennotiz fest, legte einen Stammbaum der Dressels an und notierte die einzige Frage, die noch offengeblieben war. Was hatte dieses Hotel dem Erdboden gleichgemacht?

Gegen Mittag schälte sich Neo aus dem Bett. Er taumelte in die Küche und kniff die Augen zusammen. Halb blind holte er sich eine frische Bio-Milch aus dem Kühlschrank und trank gleich aus der Flasche. Als er sie absetzte, hatte er einen weißen Bart.

»Guck mal«, sagte Milla und zeigte ihm den kleinen Film.

Neo beugte sich zu ihr herunter, und sie wischte ihm den Mund sauber.

»Wahnsinn«, staunte er. »Ich wette, dein Account platzt grad vor lauter Nachrichten.«

Erst jetzt wurde ihr bewusst, dass sie die ganze Woche noch nichts in den sozialen Medien gepostet hatte. Sie hätte die anderen längst mit kleinen Andeutungen neugierig machen müssen.

»Das ist nicht veröffentlicht. Ich will erst noch wissen, was dort passiert ist«, erklärte sie und spürte gleichzeitig, dass es nur die halbe Wahrheit war.

Bisher hatte sie sich immer über die Mitglieder geärgert, die ein großes Geheimnis aus ihren Funden machten. Sie ließen sich feiern und prahlten mit Fotos von verwunschenen Orten. Aber sobald diese ein anderer besichtigen wollte, verrieten sie nichts zu den Koordinaten und gaben nicht einmal die Stadt preis. Sie behaupteten, das sei nur zum Schutz, weil sonst Heerscharen von Jägern dort auftauchen und alles verwüsten würden. Bisher war Milla der festen Überzeugung gewesen, dass es sich nur um Wichtigtuerei handelte. Aber nun, wo sie ihren eigenen Schatz gefunden hatte, verstand sie es plötzlich. Der Keller des Hotels *Waldeshöh* durfte nicht entweiht werden. Es würde der Ort sein, an den sie gehen konnte, wenn sie sich einsam fühlte und Trost suchte. Niemand außer ihr sollte ihn betreten.

»Und wie willst du rausfinden, was passiert ist?«, fragte Neo und zeigte auf das eingetütete Schulheft. »Rufst du diese Christine an?«

»Sie wird bestimmt gleich wieder auflegen, wenn sie hört, wer ich bin«, befürchtete Milla. »Ich hab keine Ahnung, wie dieser Andreas Dressel gemerkt hat, dass ich nicht ganz ehrlich war.«

»Wundert mich auch«, sagte Neo. »Du bist eigentlich eine sehr überzeugende Lügnerin.«

Milla klopfte ihm mit ihrem Kaffeelöffel auf den Kopf.

»Ich hab aber ihre Adresse rausgefunden. Sie soll noch mehr Bilder haben. Und eine Genehmigung für die Veröffentlichung wär sicher auch besser.«

Neo ging wieder zum Kühlschrank und entschied sich für eine Packung Salami. Mit fettigen Fingern tippte er auf den Bildschirm vor Milla. »Sind die nicht alle tot?«

»Ich weiß leider nicht, seit wann. Ich hab noch mal nachgeschaut, es gibt auch einen postmortalen Persönlichkeitsschutz.«

»Dann wirst du wohl zu dieser Christine hinfahren müssen.«

Milla überlegte kurz. Sie hatte sich viel von den Anwälten ihrer Kanzlei abgeschaut. Sie wusste, wie man Leute manipulierte, damit sie einem das verrieten, was sie eigentlich niemals preisgeben wollten. Aber das hier war kein Arbeitsauftrag, und sie fühlte sich ein wenig unwohl dabei.

»Kommst du mit?«, fragte sie in der Hoffnung auf moralische Unterstützung.

»Geht nicht«, sagte Neo. »Ich bin mit Caro verabredet.«

Milla wusste nicht, worüber sie sich mehr ärgerte: dass er nicht mitkam oder dass er immer noch Zeit mit dieser Caro verbrachte. »Du rührst unsere Haushaltskasse nicht mehr an«, forderte sie streng.

»Niemals!«, schwor er entrüstet.

Sie erwähnte nicht, dass sie auf Nummer sicher gegangen war und die Kasse geleert hatte.

Milla stand vor einem schmalen Bürgerhaus aus rotem Backstein, direkt am Fuß des Stadtbergs von Sonneberg. Sie orientierte sich kurz am Klingelschild und stieg dann in die zweite Etage hinauf. Ein buntes Glasfenster filterte das Licht im Treppenhaus und warf einen grünlichen Streifen auf die Stufen.

Während der Fahrt hatte sie sich eine Strategie zurechtgelegt, um so viel wie möglich in Erfahrung zu bringen und Christine zu einer Einverständniserklärung für die Nutzung der Bilder zu bewegen. Sie hoffte, das hinzubekommen.

Nachdem sie geklingelt hatte, dauerte es einen Moment, bis Geräusche hinter der Tür zu hören waren und sich ein vergittertes Guckfenster öffnete.

»Ja?«, fragte eine Frau dahinter.

Milla versuchte, durch die Stäbe hindurch eine Ähnlichkeit mit Andreas Dressel auszumachen. Das Gesicht der Frau war viel schmaler, aber die Nase ebenfalls eine Spur zu lang, und die Haare wellten sich.

»Was möchten Sie denn?«, fragte die Frau.

»Mein Name ist Milla. Ich wollte …«, begann sie. Weiter kam sie nicht, denn das Fenster wurde zugeschlagen.

Während sie noch überlegte, was sie tun sollte, öffnete sich die Tür.

»Ich hab schon mit Ihnen gerechnet«, sagte die Frau. »Allerdings dachte ich, dass Sie anrufen.«

»Ich hoffe, Sie sind nicht böse, weil ich einfach so hereinplatze?«

Nach einem kurzen Schweigen sagte die Frau: »Nein. Dadurch hat sich wenigstens mein Bruder mal wieder bei mir gemeldet.«

Milla schloss daraus, dass sie tatsächlich Christine vor sich hatte.

»Das freut mich«, erwiderte sie.

»Nichts verbindet so sehr wie ein gemeinsamer Feind«, erklärte Christine freundlich.

Millas Lächeln gefror.

»Ich weiß natürlich, dass Sie nur Ihre Arbeit machen. Ich nehme an, Siggi hat Sie beauftragt?«, wollte Christine wissen.

»Wer ist Siggi?«

»Ich will nicht unhöflich sein, aber sehen Sie, es ist so: Mit Anwälten wollen wir nichts mehr zu tun haben. Das können Sie Siggi ausrichten. Er muss nichts befürchten. Von uns aus soll die Sache ruhen.«

»Oh, Sie denken … Jetzt verstehe ich endlich!«, rief Milla erleichtert. »Ich bin keine Anwältin. Ich bin nur Sekretärin und noch dazu Quereinsteigerin.«

»Wie auch immer. Sobald in einer Familie ein Anwalt im Spiel ist, fangen sich alle an zu streiten.«

»Bitte glauben Sie mir. Dass ich in einer Kanzlei arbeite, ist nur ein Zufall«, beteuerte Milla.

»Ich glaube nicht an Zufälle.«

Langsam begriff Milla. Das also war der Grund für die merkwürdige Verabschiedung bei Andreas Dressel gewesen.

Die Familie war in irgendeinen Rechtsstreit verwickelt und fürchtete, die Gegenseite könnte einen Spion schicken.

»Meine Arbeitsstelle hat rein gar nichts mit meinem Besuch zu tun«, erklärte Milla. »Ich war nur oben in *Dressels Forst …*«

»Wenn es deshalb noch etwas zu klären gibt, meine Tante Elvira kümmert sich um alles. Elvira Dressel. Den Kontakt haben Sie sicher?«, unterbrach Christine sie.

Milla war versucht, sich die Nummer dieser Elvira Dressel geben zu lassen. Aber als sie die Handtasche öffnete, um ihr Telefon herauszuholen, sah sie das Schulheft und zögerte.

Christine sagte hastig: »Wir werden ganz bestimmt keine Äußerungen mehr über ihn machen. Wir dachten eigentlich, die Sache ist erledigt?«

In ihren Augen schimmerte eine fast kindliche Sehnsucht nach Harmonie. Und plötzlich konnte sich Milla vorstellen, wie sie in ihrer Schulbank gesessen und den Aufsatz geschrieben hatte, der mit den Worten endete: *Und alles ist wieder gut.*

»Ich schwöre Ihnen, ich bin nicht dienstlich hier«, versicherte Milla. »Sie können in meiner Kanzlei anrufen und nachfragen.«

Christine drückte mehrmals unschlüssig die Klinke herunter und ließ sie wieder hochschnellen.

Milla wusste, dass sie jetzt das Richtige sagen musste, sonst würde die Tür für immer zugeschlagen werden. Sie verwarf ihren ganzen ausgeklügelten Plan und sagte hastig: »Ich habe im Wald etwas gefunden. Etwas, das Ihnen gehört. Nur deshalb bin ich hier.«

Milla war sich nicht sicher, ob sie ihr glaubte, aber Christine trat zur Seite und gab die Tür frei.

»Erzählen Sie mir davon«, bat sie.

Hinter der Küche befand sich ein überdachter Balkon, der wirkte, als sei er nachträglich an das Haus gesetzt worden.

Wenn man sich ein wenig vorbeugte und den Arm ausstreckte, konnte man die Zweige einer Fichte berühren. Es nieselte, und schwere Tropfen sammelten sich an den Spitzen der Fichtennadeln. Der Duft nach Harz und gelöschtem Staub lag in der Luft. Als Milla ihren Stuhl heranrückte, spürte sie, wie feucht er war.

»Bitte entschuldigen Sie mein Misstrauen«, sagte Christine. »Aber man kann nie wissen. Wir sind danach ein bisschen vorsichtig geworden.«

Da war es wieder, dieses *Danach*, das die Zeit der Dressels in zwei Hälften teilte. Milla wagte nicht nachzufragen, damit die Stimmung nicht wieder umschlug.

»Möchten Sie einen Kaffee?«, fragte Christine.

Ohne eine Antwort abzuwarten, ging sie zurück in die Küche. Das Zischen einer Kaffeemaschine erklang.

Milla sah sich auf dem Balkon um. Sie wusste genau, warum sie hierher verbannt worden war, obwohl Christine ganz offensichtlich nicht rauchte. Sie traute ihr nicht und wollte sie nicht in der Wohnung haben.

Der Balkon war mit Blumentöpfen vollgestellt. Wildblumen und Gräser wucherten über den Rand. In der Ecke stand ein kleiner Leiterwagen, der einem überdimensionalen Farn als provisorischer Übertopf diente.

Christine balancierte die Tassen nach draußen und setzte sich Milla gegenüber. Sie nippte an ihrem viel zu heißen Kaffee, musterte ihre Besucherin und fragte schließlich: »Und? Was haben Sie gefunden?«

Milla öffnete ihre Tasche und holte das grüne Schulheft heraus. Christines Blick sagte ihr, dass sie es sofort erkannte.

Mit vor Aufregung ungeschickten Fingern zerrte Christine das Heft aus der Hülle und blätterte es durch. Sie starrte auf ihre eigene noch kindliche Handschrift. Schließlich roch sie an den Seiten.

Der Geruch entfaltete sich, drang bis zu Milla, und sie erkannte ihn wieder. Er erinnerte an eingelagerte Äpfel und

Kartoffeln, an die Feuchtigkeit des Quellwassers und das Schiefergestein, in das der Keller geschlagen worden war. Christines Augenlider flatterten. Sie legte das Heft zurück auf den Balkontisch.

»Danke, dass Sie mir das gebracht haben«, sagte sie, sichtlich um Fassung bemüht. »Ich habe nicht erwartet, eins meiner alten Schulhefte jemals wiederzusehen.«

Milla versuchte, die merkwürdige Stimmung zu verscheuchen.

»Ich hab meine Schulhefte alle weggeschmissen«, meinte sie leichthin. »Meine Wohnung ist klein. Da fliegt sofort weg, was nicht mehr gebraucht wird.«

»Mir fällt es schwer, etwas wegzuwerfen«, gestand Christine. »An allem hängen so viele Erinnerungen.«

»Ja, vor allem schlechte!«, stellte Milla trocken fest.

Christine las einen Fussel von ihrer Hose. »Auch die schlechten Erinnerungen gehören zu uns.«

»Ich lösche das lieber alles«, sagte Milla, heftiger, als sie beabsichtigt hatte. »Vorbei ist vorbei. Man kann doch sowieso nichts festhalten.«

Ein Nerv in ihrem Gesicht begann zu zucken. Sie stützte ihr Kinn auf die Hand, um es zu verbergen.

»Vielleicht haben Sie recht«, sagte Christine sanft. »Meine Tochter behauptet immer, ich würde ein Museum aus meiner Wohnung machen.« Sie strich über die Deichsel des kleinen Leiterwagens mit dem Farn. »Sie wundern sich bestimmt, dass ich so ein altes Ding aufhebe, aber da hab ich mal reingepasst«, stellte sie kopfschüttelnd fest.

Milla fand, dass der Wagen tatsächlich reichlich heruntergekommen und fleckig aussah. Dunkle Stellen überzogen in unregelmäßigen Mustern die Seitenstreben und den Boden. Die Farbe war undefinierbar, irgendetwas zwischen Braun und Rost.

»Ich erinnere mich, dass meine Oma ab und zu versucht hat, das Ding sauber zu schrubben, ohne Erfolg«, entschuldigte Christine den Zustand des Wagens. »Die Flecken waren schon immer da, seit ich denken kann. Ich vermute mal Himbeeren oder so etwas Ähnliches. Wir haben immer Beeren gepflückt, wenn wir damit unterwegs waren. Später hab ich darin meine Tochter durch den Wald gezogen. Haben Sie Kinder?«

»Ja, einen Sohn«, bestätigte Milla. »Neo. Schwerste Pubertät.«

Christine musste lachen. »Sie Glückliche. Meine Tochter ist schon erwachsen. Und in Kanada.«

Milla war beeindruckt und überlegte, ob Neo auch irgendwann auswandern würde. »Warum Kanada?«

»Ich weiß nicht«, sagte Christine. »Vermutlich weil es weit weg ist.«

»Es ist mutig«, stellte Milla fest.

Christine nickte. »Ich hänge an der Gegend hier. An dem Dialekt, an den Menschen. Und vor allem am Wald.«

»Würden Sie mal mit mir zusammen zu *Dressels Forst* gehen und mir ein bisschen was davon erzählen? Irgendwie interessiert mich die Gegend.«

»Ich kann dort nicht mehr hin«, erklärte Christine. »Es ist noch in meinem Kopf, so wie es davor war. Und das will ich nicht ändern.«

In Millas Gedanken lief wieder der kleine Film ab, den sie erstellt hatte. Das Haus stand auf der Lichtung und verschwand, tauchte wieder auf, verschwand.

»Was ist mit dem Hotel passiert?«, fragte sie.

»Wenn Sie wüssten, wie oft ich mir diese Frage schon gestellt habe«, sagte Christine nachdenklich. »Wir wissen es ja nicht. Als ich das letzte Mal dort war, stand das *Waldeshöh* noch. Und für mich ist es noch immer dort.« Sie schwieg kurz und fügte dann hinzu: »Auch wenn ich natürlich weiß, dass alles weg ist.«

»Aber es ist nicht alles weg!«, rief Milla.

»Da haben Sie recht.« Christine lächelte. »Die Erinnerungen bleiben. Danke, dass Sie mir das zurückgebracht haben.«

Sie schob das blassgrüne Aufsatzheft zurück in die Hülle.

»Nein, Sie verstehen nicht«, sagte Milla und verriet auch noch das letzte Geheimnis, das sie hatte bewahren wollen. »Da oben im Wald ist noch etwas. Unter der Erde. Wir müssen zusammen hingehen! Ich schreib Ihnen meine Nummer auf. Rufen Sie mich an, wenn Sie bereit sind.«

Christine nahm den Zettel zögernd entgegen.

8
Einer kommt, einer geht

28. Mai 1950 – Werner und Siggi hockten im Salon vor dem knisternden Telefunken-Radioapparat. Gebannt lauschten sie der Übertragung von den Berliner Kundgebungen. Wenn sie schon nicht zum Deutschlandtreffen der Jugend fahren durften, wollten sie wenigstens aus der Ferne dabei sein. Bis zuletzt hatte Werner befürchtet, es könnte wieder einmal der Strom abgestellt werden. Sie hatten schon einen Notfallplan gemacht und sich eine Reihenfolge überlegt, bei wem in den Nachbarorten sie anfragen konnten, denn in Siggis Familie gab es kein Radio. Aber der Strom blieb an diesem Tag stabil. Die Jungen hörten andächtig die Aufzählungen der verschiedenen Jugendorganisationen fremder Länder, die Franzosen, die Niederländer, die Polen. Das rhythmische Klatschen riss sie von ihren Stühlen, Siggi versuchte, die Harmonien der russischen Volkslieder auf seiner Mundharmonika nachzuspielen, und beide stimmten begeistert in die Sprechchöre »Generalissimo! Generalissimo!« ein. Im Winter hatten sie mit großem Pomp den siebzigsten Geburtstag von Generalissimo Josef W. Stalin gefeiert. Die Häuser waren geschmückt gewesen, überall hingen Anschlagtafeln, im Kino von Hasenthal hatten sie in der Wochenschau *Der Augenzeuge* über Stalin berichtet, und Werners Vater musste einen Tageslohn als Stalinspende opfern, worüber die alte Frau Dressel zwei volle Tage geschimpft hatte. In der Schule gab es einen Ehrenschrein mit Stalins Bild und der Losung *Lernt von Stalin*. Jede Woche stellte der Pionierleiter frische Blumen darunter, denn Stalin, so versicherte er, verdankten sie den Frieden.

Und deshalb, und weil es so viel Spaß machte, schrien Werner und Siggi noch einmal voller Inbrunst: »Generalissimo! Generalissimo!«

»Warum sind wir immer noch nicht erwachsen?«, ärgerte sich Siggi. »Dann könnten wir jetzt dabei sein!«

Vor wenigen Tagen war die Volljährigkeit von einundzwanzig Jahren auf achtzehn heruntergesetzt worden, was Werner und Siggi leider nicht viel nützte. Beide waren immer noch vierzehn, hatten zu Ostern ihre Konfirmation gefeiert und waren vor Kurzem in die Freie Deutsche Jugend eingetreten. Nach dem Sommer würden sie eine Lehre beginnen.

Johanna steckte ihren Kopf durch die Flügeltüren des Salons.

»Macht doch ein wenig leiser«, bat sie. »Die Großmama hält Mittagsruh. Und Elvira auch.«

Gehorsam drehte Werner ein klein wenig am Lautstärkeknopf, und als sie ihn streng ansah, noch etwas mehr. Die alte Frau Dressel brauchte ihr Schläfchen mittlerweile dringender als die kleine Elvira.

Johanna hatte Wäsche gewaschen, die nun durch die Mangel gedreht werden musste. Das war eine schwere Arbeit, die sich besser zu zweit erledigen ließ, und so bat sie Arno um Hilfe.

Nur am Sonntag war Zeit für die Hauswirtschaft. In der Woche arbeitete Johanna nun in einer Gärtnerei als Hilfskraft. Jeden Tag lief sie in aller Frühe deshalb hinüber nach Gräfenthal. Arno war als Förster angestellt, und so kamen sie halbwegs hin.

Gleichzeitig hoben sie den Wäschekorb an und gingen damit zum Schuppen. Johanna arbeitete gern mit Arno. Noch immer war er in sich gekehrt, aber Johanna dachte, sie mussten sich gar nicht unterhalten, nur zusammen sein. Außerdem war es schon ein bisschen besser geworden, fand sie. Er antwortete inzwischen bereitwilliger, wenn sie ihn etwas fragte.

Die alte Frau Dressel schnaufte verärgert, stand dann auf und watschelte hinterher. Sie konnte es nicht ertragen, wenn jemand arbeitete und sie untätig herumsaß. Dabei war sie meistens keine Hilfe und hielt nur den Betrieb auf.

Johanna holte ihrer Schwiegermutter einen Hocker.

»Das ist net richtig, wenn deine Frau auch am Sonntag arbeiten muss«, sagte die alte Frau Dressel zu ihrem Sohn und setzte sich.

Arno fühlte sich sichtlich unwohl bei diesem Vorwurf.

»Ach, mir geht's doch gut«, sprang Johanna ein. »Die in der HO haben die Preise jetzt schon wieder gesenkt. Und siehst du? Nun haben wir neue Laken kaufen können. Ich hab's dir ja gesagt. Und wenn die Russen erst wieder weg sind …«

»Die gehen nicht weg«, unkte die alte Frau Dressel.

»Doch, denn es steht jetzt sogar in unsrer Verfassung«, sagte Johanna überzeugt. »Und in der Hymne. *Deutschland einig Vaterland.* Und wenn die Straßensperren weg sind, machen die Leute auch wieder Urlaub bei uns, und wir beide arbeiten wieder hier zusammen.«

Marie Dressel winkte ab. Das sollte wohl heißen, dass Johanna mit ihr lieber nicht mehr rechnen solle.

»Ach, geh, Mama«, sagte Johanna lachend. »Du wirst noch hundert werden.«

Kurz bevor Elvira ein Jahr alt geworden war, war nämlich der schwachsinnige Mann der Schwippschwägerin gestorben. Er hatte sich wochenlang herumgequält, keinen mehr erkannt und musste am Ende gefüttert werden, was nicht oft geschehen war. »Eine Erlösung«, betonte die Schwippschwägerin immer wieder. Johanna war froh gewesen, dass dem Schicksal in ihrer Familie damit Genüge getan worden war und es nicht Marie Dressel getroffen hatte. Diese war sich zwar unsicher, ob der Mann einer Schwippschwägerin etwas zum Gleichgewicht der Welt beitragen konnte, aber Johanna war umso mehr davon überzeugt. Sie hatte ihre Schwiegermutter gern. Und seit sie sich mit Arno nicht mehr über die Kleinigkeiten des Alltags austauschen konnte, hing sie noch mehr an ihr.

»Jetzt guckt euch das an«, sagte sie und hob Arnos blaue Leinenjacke aus dem Wäschekorb. »Die Arbeitskleider fallen schon auseinander.«

»Da muss er mal in der Oberförsterei nachfragen, ob er nix Neues kriegen kann.« Da ihr Sohn davor nicht reagiert hatte, bezog ihn die alte Frau Dressel nun gar nicht mehr mit ins Gespräch ein.

Das gefiel Johanna nicht, und sie wandte sich direkt an ihn: »Deine Schuhe sind auch durch. Da passiert noch mal was.«

Arno gab sich einen Ruck und sagte langsam: »Das intressiert die nicht, was ich anzieh.«

»Ja, ich denke, da sollten Pakete mit Schuhen für euch kommen?«, wunderte sich Johanna.

Arno nickte. »Sieben Paar waren drin für die ganze Region, zwei davon Sandalen.«

Johanna musste lachen. »Das haben euch bestimmt welche aus Berlin eingepackt.«

Arno half ihr, die feuchten Laken auf die Mangel zu legen. Mit seinen Fingern näherte er sich gefährlich den rotierenden Walzen.

Erschrocken riss Johanna seine Hand zurück und rief heftiger, als sie wollte: »Pass doch auf!« Dann umarmte sie ihn, strich ihm über das Gesicht und flüsterte: »Du musst aufpassen, Arno. Du tust dir noch weh.«

»Ja«, sagte Arno, und seine Stimme bekam einen sehnsüchtigen Klang.

Johanna nahm den zarten Gesprächsfaden wieder auf: »Habt ihr denn inzwischen genug Fahrzeuge im Wald?«

Arno schüttelte den Kopf. »Das Holz kann gar nicht alles abtransportiert werden.«

»Da wird der Holzdiebstahl wohl schlimmer werden«, befürchtete sie.

»Das Kreisforstamt schickt nachts schon Streifen durch den Wald, um ihr Holz zu bewachen.«

Marie Dressel mischte sich ein: »Ihr Holz?! Das gehört denen doch nicht. Die haben's zuerst uns gestohlen!«

Johanna versuchte sie zu beruhigen. »Aber der Wald ist noch unser, wir sind nicht enteignet. Das ist doch gut.«

Die Dressels hatten ihren Wald tatsächlich behalten dürfen, aber sie mussten das Nutzungsrecht und das Jagdrecht abgeben. Kein einziges Stück Holz, kein einziges Tier durften sie mehr aus ihrem eigenen Wald holen.

»Was soll daran gut sein?«, schimpfte die alte Frau Dressel. »Was bringt uns der Wald, wenn wir ihn nicht nutzen dürfen?«

Sie spitzte ihre Lippen und bemühte sich, so hochdeutsch wie möglich zu reden: »Sollen wir darin vielleicht spazühren gehen?« Dann verfiel sie wieder in ihren fränkischen Dialekt: »Die Forstverwaltung wärmt sich mit unserem Holz den Allerwertesten, und wir müssen frieren!«

Vorwurfsvoll sah sie ihren Sohn an.

Der wusste diesmal, was er ihr antworten musste: »Niemand von uns wird frieren, Mama.«

Johanna begriff sofort, was er meinte, und bekam Angst. »Mach das nicht, Arno. Wenn sie dich erwischen, gehst du ins Gefängnis.«

Arno zuckte nur mit den Schultern.

Johanna beschlich ein ungutes Gefühl. Sie musste daran denken, dass sich Werner am Morgen oft erkundigte, in welchem Abschnitt die Forstleute arbeiten würden. Nach der Schule lief er dann dorthin und half den Männern.

Sie war den Tränen nahe und rief: »Wenn du das tust, bin ich dir nicht mehr gut, Arno! Ich besuch dich nicht im Gefängnis! Und halt den Werner da raus!«

In der Nacht konnte Johanna nicht schlafen. An so vielen Abenden waren sie zu Bett gegangen, ohne dass Arno ein Wort verloren hatte. Aber immer hatte sie ihm eine gute Nacht gewünscht und gesagt, dass er sich nun ausruhen solle. Immer hatte sie ihn noch einmal gestreichelt und ihm einen Kuss auf die Wange gegeben. Sie wollte den Rest ihres Lebens versuchen, ihn wieder glücklich zu machen. Er hatte Schlimmeres erlebt als sie. Sie wollte seine Last mit ihm teilen und ihn vor Unglück beschützen. Und deshalb würde sie nicht zulassen, dass er Holz stahl und vielleicht noch den Jungen mitnahm und beide ins Gefängnis brachte. Mit diesem neuen Staat war nicht zu spaßen.

Es war ihr nicht viel von Arno geblieben. Sie verlangte ja gar nicht mehr. Es durfte nur nicht noch weniger werden.

Johanna wusste, dass sie Arno nichts verbieten konnte, aber Werner würde auf sie hören. Ihm wollte sie einen Zettel hinlegen, der ihn vom Wald fernhielt. Um Arno zu überzeugen, gab es nur eine einzige Möglichkeit. Sie musste ihm zeigen, dass hier ihr Verständnis aufhörte und sie ernsthaft böse mit ihm war. Johanna war noch nie böse mit Arno gewesen, und schon gar nicht über Nacht. Sie hoffte, dass ihn das erschrecken würde und er sich die Sache dann anders überlegte.

Eine ganze Zeit lag sie still neben ihm. Sie wusste nicht einmal, ob er es bemerkte, dass ihre Hand in dieser Nacht nicht auf seiner lag. Und plötzlich spürte sie, wie sehr sie ihn vermisste. Wie sehr ihr der nicht ausgesprochene Gutenachtgruß fehlte und der leichte Kuss, den sie ihm nicht gegeben hatte. Es kam ihr mit einem Mal so vor, als wäre dies ihre Strafe und nicht seine. Eine Träne lief an ihrer Wange hinab und verschwand in ihrem Ohr. Zweimal hob sie ihre Hand, um Arno zu berühren, aber sie zog sie jedes Mal wieder zurück. Sie musste tapfer bleiben. Sonst würde er sie nicht ernst nehmen.

Als sie sich am Morgen aus dem Bett quälte, schliefen Arno und Werner noch, wie gewöhnlich. Sie horchte an der Tür des Turmzimmers, in dem Elvira bei ihrer Großmutter schlief. Alles war ruhig. Johanna verließ das Haus immer vor allen anderen, damit sie pünktlich um sieben in der Gärtnerei in Gräfenthal ankam.

Wie jeden Morgen schmierte sie Brote zum Mitnehmen, diesmal allerdings weniger als sonst. Sie füllte nur eine der beiden Blechdosen und legte auf diese eine Nachricht an Werner. Auf dem Zettel stand, dass ihre Freundin Ilse am Nachmittag etwas vorbeibringen würde und er unbedingt da sein müsse, um es entgegenzunehmen.

Arno hatte am Gewicht seiner Brotdose sofort gefühlt, dass sie leer war. Er hätte diesen deutlichen Hinweis gar nicht gebraucht, um zu bemerken, dass Johanna böse auf ihn war. In der Nacht hatte ihm ihre Hand gefehlt, und ohne ihren Gutenachtwunsch waren seine Träume noch schlimmer gewesen.

Er steckte die leere Dose in die Tasche.

Wie immer gingen die Männer das Stück zusammen durch den Wald, bis Werner an der Bushaltestelle in Spechtsbrunn stehen bleiben musste. Arno lief aber nicht wie sonst zügig weiter, sondern zögerte. Er legte seinem Sohn die Hand auf die Schulter und sagte: »Du bist ein guter Junge.«

Werner wurde rot vor Freude über das unverhoffte Lob.

»Hör immer auf deine Mutter«, fügte Arno hinzu. »Und sei zu Hause, wenn die Ilse kommt.« Dann erst griff er nach der Deichsel des kleinen Leiterwagens, in dem er immer seine Werkzeuge mitnahm.

»Das muss ja ein wichtiges Paket sein«, sagte Werner verdattert und sah seinem Vater nach, der in den Wald ging.

Arno schob mit seinen Füßen das Laub zur Seite und passierte einen Ameisenhaufen. Plötzlich tauchte in seinem Kopf ein Frühlingstag vor dem Krieg auf, an dem er mit Johanna durch den Wald gegangen war. Sie waren vor einem mannshohen Haufen roter Waldameisen stehen geblieben, deren geschäftiges Umhereilen leises Rascheln erzeugt hatte. Johanna warf Arnos Taschentuch darauf und amüsierte sich darüber, wie die Ameisen den vermeintlichen Feind bekämpften. Arno eroberte das Tuch mit einem Stock zurück und schüttelte die Insekten ab. Dann rochen sie beide an dem Tuch. Der beißende Geruch der Ameisensäure brannte in der Nase.

»Oh, was für ein Aroma!«, rief Arno, und Johanna konnte gar nicht mehr aufhören zu lachen.

Später legten sie sich mit dem Feldstecher gegenüber der Schneise ins Gras und beobachteten die Rehe. Über Johannas nacktes Bein rannte plötzlich ein rotbrauner Käfer mit langen federnden Antennen. Sie hielt still, bis er wieder den Waldboden erreicht hatte. »Ein Rothalsbock«, sagte sie. Johanna kannte jedes Insekt und wusste, was seine Anwesenheit für den Wald bedeutete. Für sie hatte jede Kreatur in der Welt ihren Platz. Aber nun schien es für Arno keinen Platz mehr in der Welt zu geben.

Johanna hatte ja recht, dachte er. So ging es nicht weiter mit ihnen. Sie wäre besser dran, wenn er nicht zurückgekommen wäre. Dann hätte sie sich einen neuen Mann nehmen können, einen, der nicht so kaputt war wie er, einen, der sie so behandelte, wie sie es verdiente. Einen, auf den sie nicht böse sein musste. Im letzten Jahr war einer der Holzarbeiter tödlich verunglückt. Die Witwe und seine Kinder wurden nun vom Staat versorgt und hatten mehr Geld als je zuvor. Er musste nur zusehen, dass es wirklich wie ein Unfall aussah. Und er durfte keinen anderen in Mitleidenschaft ziehen.

Werner wollte die Anweisung seiner Mutter einhalten und machte sich nach der Schule zügig auf den Heimweg. An der Kirche traf er dann aber auf Ilse, die keine Ahnung hatte, was sie wohl hätte vorbeibringen sollen.

Werner schaffte seinen Ranzen nach Hause und kümmerte sich um Elvira. Dann schaute eine Bekannte seiner Großmutter mit ihrer Enkelin vorbei, damit die Mädchen miteinander spielen konnten. Weil er nun nicht mehr gebraucht wurde, beschloss er, nun doch seinen Vater von der Arbeit abzuholen.

Zuerst lief er den Rennsteig entlang und dann weiter in den Wald hinein, immer den Schlägen der Äxte und den Sägegeräuschen nach. In diesem Teil des Waldes standen noch hohe Bäume. Es rauschte zwischen den Zweigen, ein Specht klopfte, und ein Wiedehopf stieß mit großer Ausdauer seinen eintönigen Ruf aus. Etwas später hörte Werner den Motor einer Zugmaschine. Sie transportierten die Stämme ab. Er zog seine Uhr aus der Hosentasche und fürchtete, es könnte die letzte Fuhre für diesen Tag sein. Zügig beschleunigte er den Schritt, um seinen Vater nicht zu verfehlen.

Arno hatte Stunde um Stunde gearbeitet, wie alle, als wäre es ein Tag wie jeder andere. Als hätte er gefrühstückt und gevespert und seinen Durst gestillt. Sie waren gerade dabei, den Wurzelbereich für einen gekennzeichneten Baum freizulegen, als der Holztransporter für die letzte Fuhre kam. Arno bot seinen Kollegen an, die Arbeit allein zu beenden. Sie nahmen dankbar an, denn so konnten sie mit dem Transport ins Tal fahren. Sie kletterten auf das aufgeladene Holz, winkten und riefen: »Bis morgen!« Arno hob kaum die Hand. Aber das waren die anderen schon von ihm gewohnt.

Arno blieb allein im Wald. Auf der Lichtung tanzten die Zuckmücken. Das Wetter würde schön bleiben. Die Staubkörnchen, die der Holztransport aufgewirbelt hatte, schwebten durch die Luft und glitzerten im Sonnenlicht. Arno hörte den Kuckuck rufen. Als Kind hatte er immer die Rufe gezählt, um zu erfahren, wie lange er noch zu leben hatte. Er zählte längst nicht mehr.

Wenig später lag der Wurzelbereich frei. Arnos Arbeit war beendet, aber er blieb. Er maß den Umfang des Fichtenstammes mit einer Schnur und überschlug im Kopf die Höhe des Baums. Routiniert und ruhig legte er die Säge an und arbeitete sich durch ein Drittel des Stammes. Dann setzte er den schrägen Kerbschnitt und holte einen Keil aus dem Holz. Den Baum schien das wenig zu beeindrucken. Er stand unerschütterlich. Arno setzte die Säge von der anderen Seite an und arbeitete geduldig weiter. Unaufhaltsam näherte er sich dem Schnitt. Kurz bevor er den Keil erreichte, hörte er auf zu arbeiten. Er vernahm ein leises Knistern und Knacken. Die Fasern im Inneren zerrissen.

Arno war ein erfahrener Arbeiter. Er wusste um den gefährlichen Einfluss des Windes, aber es war ein absolut ruhiger Tag. Er entfernte sich von der Wurzel und zählte dabei die Schrittmeter. Ein Baum wirkte von unten so viel kürzer.

An dem Punkt, an dem die größte Kraft auf die Erde schlagen würde, stellte er sich in Position und wartete.

Werner war unterwegs dem Holztransport begegnet, doch sein Vater war nicht bei den anderen Arbeitern gewesen. Noch immer hörte er das Geräusch einer Säge und folgte ihm. Das musste sein Vater sein.

Werner ging gern mit ihm durch den Wald. Sein Vater sagte zwar nie etwas, aber das machte nichts. Werner konnte ja reden und ihm von seinem Tag erzählen. Ein Vater war etwas Kostbares. Siggi hatte keinen mehr und viele andere aus seiner Klasse auch nicht. Einen stummen Vater zu haben, war besser als keinen.

Als Werner an der Schneise ankam, entdeckte er zu seiner Freude Arno. Er stand reglos im Schatten der Bäume vom Waldrand und bemerkte seinen Sohn nicht.

Gerade als Werner nach ihm rufen wollte, fiel ihm auf, dass sich einer der hohen Schatten von den anderen löste, zunächst unmerklich, aber doch sichtbar. Sein Vater rührte sich noch immer nicht. Werner verstand nicht gleich, was da vor sich ging. Verwundert betrachtete er den Schatten, der sich immer deutlicher von den anderen trennte.

Jetzt hörte er ein lautes Knacken und sah, wie sich einer der Wipfel neigte. Erst jetzt begriff er. Er rannte über die Schneise auf seinen Vater zu und schrie: »Baum fällt! Baum fällt!«

Arno erschrak und machte instinktiv einen Schritt auf seinen Jungen zu. Er wollte ihn daran hindern, zu ihm zu kommen, aber in diesem Moment rasten die großen Äste schon auf ihn zu, und der Stamm schlug mit grässlichem Getöse und einer gewaltigen Erschütterung auf dem Boden auf.

Arno hatte sich noch nie verschätzt mit der Fallrichtung eines Baumes. Aber der Schritt auf Werner zu hatte verhindert, dass es ein sauberer Treffer wurde, wie er ihn sich erhofft hatte. Er lag unter dem Stamm, der im unteren Bereich kahlästig war und sein Bein zerschmettert hatte. Aus einer offenen Wunde trat Blut aus und sickerte in den Waldboden. Wenn Werner nicht gewesen wäre, hätte Arno einfach gewartet, bis alles Blut aus ihm herausgeflossen war. Erst wurde man müde, dann schlief man ein. Er hatte das so oft gesehen. Aber sein Sohn stand nur ein paar Meter von ihm entfernt, mit schockgeweiteten Augen, starr vor Entsetzen.

»Ach, mein Junge«, stöhnte Arno. Nun würden Werner die gleichen Bilder verfolgen wie ihn. Das hatte er nicht gewollt. »Warum bist du denn gekommen«, flüsterte er. »Du solltest doch zu Hause sein.«

»Entschuldige, Vati …«, stotterte Werner schuldbewusst. »Die Ilse wusste von nichts, und da wollte ich dich abholen.«

Dann kam Bewegung in den Jungen. Er riss sein Hemd herunter, drückte ein Stück Holz auf die Ader oberhalb der Wunde und legte einen Druckverband am Bein seines Vaters an. Die Hände wurden ihm blutig, doch er schien es gar nicht zu merken.

»Lass mich doch sterben«, bat Arno ihn immer wieder.

»Nein! Ich brauch dich.« Das war das erste Mal, dass Werner seinem Vater widersprach.

Fieberhaft suchte er nach einer Möglichkeit, den schweren Stamm von seinem Vater herunterzubekommen. Die anderen Arbeiter hatten alle Werkzeuge mitgenommen, damit nichts gestohlen wurde. Es stand nur noch der kleine Handwagen mit den Werkzeugen der Dressels da. Nachdem Werner weder mit Schieben noch mit Ziehen den schweren Baum bewegen konnte, rannte er schließlich zum Wipfel. Immer wieder drückte er mit seinem ganzen Körper gegen die oberen Zweige. Die Fichtennadeln zerkratzten seinen nackten Oberkörper, während er mit aller Kraft versuchte, den Baum vorwärtszuschieben. Arno brüllte vor Schmerzen, und Werner warf sich nur noch stärker gegen den Baumriesen. Wenn sein Vater schrie, bedeutete es, dass sich der Baum da unten bewegte. Dann knickten die schwächeren Zweige am Boden ein, der Stamm rollte ein Stück zur Seite, bis er auf dem nächsten starken Ast zu liegen kam. Danach bewegte sich gar nichts mehr. Werner rannte zurück zu seinem Vater, der inzwischen bewusstlos war. Aber der Stamm hatte seine Lage so weit verändert, dass er den Verletzten hervorziehen konnte. Er fuhr den kleinen Handwagen heran, zerrte seinen Vater darauf und rannte los. Das Blut sickerte in den Leiterwagen, kroch ins Holz und verklumpte dort zu dunklen Flecken. Arnos Hand schleifte am Boden, die Haut riss auf, und keiner von beiden bemerkte es.

Werner wusste genau, in welche Richtung er laufen musste. Die nächsten Menschen im Wald waren die Soldaten. Die hatten Autos, manchmal sogar ein Funkgerät, die konnten helfen. Werner rannte also in Richtung Grenze. Er wusste, dass es gefährlich war, aber es war ihre einzige Chance.

Schon von Weitem sah er die Soldaten, es waren sowjetische, das erkannte er an den Uniformen. Er schrie und machte auf sich aufmerksam. Die Soldaten schrien zurück, nahmen die Gewehre von der Schulter und entsicherten.

Johanna stand in der Küche und schnitt mit dem großen Sägemesser das Brot. Sie hatte eine solche Perfektion darin entwickelt, dass die Scheiben hauchdünn gerieten und trotzdem noch nicht zerbröselten. Immer wieder warf sie einen unruhigen Blick zur Wanduhr. Gerade als sie dachte, dass Werner und Arno nun allmählich heimkommen sollten, ertönte der erste Schuss. Johanna erstarrte. Sie sah zu ihrer Schwiegermutter, die anscheinend nichts gehört hatte. Die alte Frau Dressel wurde wohl langsam taub. Auch Elvira reagierte nicht und spielte weiter mit ein paar hölzernen Wäscheklammern. Sie war ein Friedenskind. Dieses Geräusch, das ihre Mutter so ängstigte, löste nichts in ihr aus.

Johanna ließ die Hand mit dem Messer sinken. Gerade war ihr etwas klar geworden. Es gab Schlimmeres als Gefängnis. Was, wenn der Mann der Schwippschwägerin dem Schicksal nicht genug gewesen war?

Einer der jungen Sowjetsoldaten hatte einen Warnschuss abgegeben.

»Stoi!«, rief der andere Soldat, legte an und zielte.

Werner wusste, der nächste Schuss würde treffen. Aber er konnte nicht stehen bleiben, denn sein Vater starb. Und er konnte auch die Hände nicht heben, denn er musste den Leiterwagen ziehen. Werner sprach kein Russisch. Also rannte er in seiner Verzweiflung auf die Posten zu, hielt wenigstens eine Hand nach oben und schrie dabei: »Generalissimo! Generalissimo!«

Er hoffte, das würde die Männer davon überzeugen, dass er ein guter Mensch war, einer auf Stalins Seite und damit auf der Seite der Sowjetsoldaten.

Die Wachposten waren junge, unerfahrene Männer. Verunsichert ließen sie die Waffen im Anschlag und warteten ab. Als Werner nah genug war, erkannten sie das Blut und den bewusstlosen Schwerverletzten auf dem Wagen mit den Werkzeugen.

Die Soldaten besaßen weder ein Funkgerät noch ein Fahrzeug, aber sie wussten, womit sie ihren Vorgesetzten schnell herbeirufen konnten. Einer von ihnen richtete sein Gewehr in die Luft und gab mehrere Schüsse ab.

Johanna hatte sich inzwischen auf die Suche nach den Männern gemacht. Immerzu dachte sie, wenn Arno etwas passiert wäre, dann war das Letzte, was sie zu ihm gesagt hatte, dass sie ihm böse sei. Und das Letzte, was sie Werner geschrieben hatte, war eine Lüge gewesen.

An jede Tür in der näheren und weiteren Umgebung klopfte sie und fragte nach den beiden. Alle hatten mehrere Schüsse gehört, doch keiner hatte Arno oder Werner gesehen.

»Die sind bestimmt abgehaun«, vermutete Siggi.

Johanna wusste es besser. Arno würde sie nicht einfach verlassen. Und Werner erst recht nicht.

»Die sind von den Russen erwischt worden«, war sich die Schwippschwägerin sicher. »Bei Lichtentanne haben sie erst letzten Monat wieder einen angeschossen. Verblutet ist der. Und dann haben sie den bei Nacht und Nebel verscharrt, wie einen Hund, ohne Pfarrer. Damit der weg war, bevor seine Frau und die Kinder kamen.«

Johanna hielt sich die Ohren zu und rannte weiter.

Stunden später, Elvira lag längst im Bett und schlief, saß Johanna mit der alten Frau Dressel in der dunklen Küche oben im Hotel *Waldeshöh*. Sie sprachen kein Wort und hielten einander ganz fest an den Händen. Dann hörte Johanna, wie ein Motorendröhnen den Berg hinaufkroch. Zuerst war sie unsicher, ob sie es sich vielleicht nur einbildete. Aber allmählich wurde es so laut, dass es auch die alte Frau Dressel bemerkte.

Johanna rannte nach draußen. Scheinwerfer tasteten sich durch die Bäume und warfen gespenstische Schatten. Dann erkannte sie ein Militärfahrzeug der Roten Armee. Ihr Herzschlag geriet aus dem Takt. Kalte Angst schnitt ihr die Luft ab.

Die Beifahrertür öffnete sich, und Werner fiel mehr heraus, als dass er stieg. Er hatte eine Armeedecke umgehängt, trug nur Hose und Schuhe und war voller Blut. Leichenblass stolperte er seiner Mutter entgegen.

»Dein Vater!«, schrie Johanna und schüttelte ihn. »Wo ist dein Vater?«

»Im Krankenhaus«, schluchzte Werner. »Er hatte einen schrecklichen Unfall.«

Die Luft im Krankenhaus war drückend und abgestanden, es roch nach Desinfektionsmitteln und Ammoniak. Trotz der frühen Morgenstunde saßen Besucher in der Krankenhalle auf den Bettgestellen, dazwischen rannten Kinder herum. Arno lag auf einer Pritsche in einer langen Reihe von Betten. Seine hellen Haare hatte er nach hinten gestrichen und sah dadurch ein wenig fremd aus. Johanna brauchte einen Moment, bis sie ihn entdeckte. Ihre Hand umklammerte einen Strauß Weidenröschen, den sie an diesem Morgen noch schnell im Wald gepflückt hatte.

Sie setzte sich auf die Bettkante und legte die zerdrückten Blumen genau an die Stelle, an der sein Bein hätte sein müssen, wo das Tuch aber ganz flach auflag. Johanna war den Anblick von Versehrten gewöhnt. Denen begegnete sie jetzt ständig. Männern ohne Bein, ohne Arm, ohne Gesicht. Solange noch ein kleiner Teil von Arno da war, wollte sie zufrieden sein.

Leise sagte sie: »Es tut mir so leid, dass ich dir böse war. Bitte verzeih mir. Ich will dir nie wieder böse sein. Hast du schlimme Schmerzen?« Johanna machte sich darauf gefasst, dass er nun noch verschlossener sein würde.

Aber Arno richtete sich auf, betrachtete ihr Gesicht, als würde er es zum ersten Mal seit seiner Rückkehr sehen, und strich ihr eine braune Locke aus der Stirn.

»Ich habe Schmerzen verdient«, flüsterte er, damit es niemand außer ihr hören konnte. »Ich hab schlimme Dinge gesehn. Ich hab schlimme Dinge getan.« Zum ersten Mal sprach er es aus.

Johanna sah ihm fest in die Augen und flüsterte: »Ich weiß, Arno. Und ich liebe dich trotzdem.«

Eine lange Zeit blieben sie in ihrer Umarmung auf der Pritsche sitzen und hielten sich aneinander fest. Arno hatte seine Schuld bezahlt. Johanna spürte, dass er erst durch das fehlende Bein wieder vollständig geworden war.

Zu Hause holte sich Johanna einen von den guten Hotelbriefbögen und einen Umschlag. Sie schrieb einen Brief an das Fräulein Aschenbach aus Frankfurt. Die junge Lehrerin hatte so sehr mit ihr gehofft, dass Arno zurückkam. Und nun konnte Johanna ihr schreiben, dass er heimgekehrt war.

Am nächsten Morgen bekam Johanna die alte Frau Dressel nicht mehr wach.

Ihre Schwippschwägerin wurde später nicht müde zu betonen: »Ein schöner Tod. Was für ein schöner Tod!«

Johanna setzte sich auf den Boden neben das Bett und drückte Elvira an sich, die zufrieden vor sich hin plapperte. Zum Glück verstand sie noch nichts. Dann richtete Johanna zärtlich den Kragen ihrer Schwiegermutter, damit sie ordentlich aussah. Da hatte sie zum Schluss doch recht behalten. Einer kommt, einer geht. Marie Dressel war gegangen, damit Arno zurückkommen konnte. Das Gleichgewicht der Welt stimmte wieder.

9
Die Heimkehr

Christine kümmerte sich um ein paar Gäste im Hotel *Zur schönen Aussicht* am Rennsteig. Sie gab Zimmerschlüssel aus, notierte Wünsche nach Weckzeiten und Frühstück und stellte die Rechnungen für Gäste aus, die abreisen wollten.

In Gedanken war sie bei Milla, deren Telefonnummer sie mittlerweile auswendig kannte. So oft hatte sie diese gewählt und doch schnell wieder aufgelegt, bevor es klingelte. Es gab niemanden, mit dem sie diese Sache besprechen konnte. Was ihr Bruder Andreas sagen würde, wusste sie. Ihrer Schwester Viola würde es herzlich egal sein. Tante Elvira war unberechenbar und würde es wie immer schaffen, das Gespräch auf ihre Männerprobleme zu lenken. Christine hatte versucht, mit ihrer Tochter darüber zu reden, aber die fragte nur, ob sie vor dem Hotel *Waldeshöh* jetzt nicht einmal mehr in Kanada Ruhe habe.

Christine dachte an ihre Großmutter. Johanna Dressel hatte zu allen Dingen des Lebens eine glasklare Meinung gehabt. Aber Christine konnte sie nicht mehr um Rat fragen. Sie war kurz danach an einem Herzinfarkt gestorben. Die Schuld daran trug jemand, der sie mit seiner Unterschrift denunziert hatte. Es gab keine Chance herauszufinden, wer es gewesen war.

Christine ging in das obere Stockwerk der Pension, um nachzusehen, ob jemand der abgereisten Gäste etwas vergessen hatte. Sie öffnete die Schränke, schaute in alle Schubladen und die Nachttische. Mit den Fingerspitzen tastete sie ganz nach hinten in die versteckten Winkel der Fächer und fühlte nichts als das blanke Holz. Alles war leer. Wie immer war sie ein wenig enttäuscht.

Ihrer Großmutter hatte sie versprochen, irgendwann in

das Hotel *Waldeshöh* zurückzukehren und es weiterzuführen. Sie durchlief eine Lehre im Hotel- und Gaststättenwesen und bereitete sich die ganze Kindheit und Jugend auf den Tag der Rückkehr vor. Ihr Bruder und ihr Vater waren sofort nach der Grenzöffnung oben im Wald gewesen und hatten berichtet, dass es nichts gab, wohin sie zurückkehren konnten.

Die Familie holte Johanna Dressels Urne vom Friedhof in Wolfen, wo sie gestorben und beerdigt worden war. Sie tauschten die Metallurne gegen eine Bio-Urne, die sich schnell auflösen sollte. Dann wurde sie in das Familiengrab auf den kleinen Spechtsbrunner Friedhof im ehemaligen Sperrgebiet umgebettet, in das sie zunächst nicht einmal mehr im Tod gedurft hatte. Inzwischen war Johanna Dressel längst wieder mit allem, was sie geliebt hatte, vereint. Daran hatte sie immer fest geglaubt. Aber Christine hatte man den Glauben abgewöhnt und durch den sozialistischen Realismus ersetzt. Da der nun auch weg war, gab es nichts mehr, woran sie glauben konnte. Und plötzlich dachte sie, vielleicht war es Zeit, Abschied zu nehmen.

Schnell lief sie nach unten und wählte Millas Nummer.

Sie trafen sich am alten Sportplatz in Spechtsbrunn. Christine hatte Milla erklärt, dass sie so am schnellsten hinauf zu *Dressels Forst* kommen würden. Vor allem aber wollte sie nicht den alten Weg nehmen, den sie immer gegangen waren. Denn diesmal würde auf halber Strecke am Ortseingang von Lichtenhain niemand auf sie warten.

Sie parkten ihre Autos vor dem kurz geschorenen Rasenplatz und stiegen aus. Die meisten Häuser von Spechtsbrunn waren mit blaugrauem Schiefer verkleidet, und in den Vorgärten blühten Pfingstrosen. Ein paar Hühner rannten über den Weg. Ganz in der Nähe begann eine Kirchenglocke zu läuten. Christines Pupillen weiteten sich schlagartig.

»Wollen wir lieber kurz in den Ort gehen vorher? Eine Limonade trinken?«, fragte Milla verunsichert.

»Ich kann da nicht hin«, erklärte Christine. »Da hinten wohnt noch immer Siggi. Kommen Sie.«

Sie war wieder völlig ruhig und folgte dem Rennsteig, der mitten durch Spechtsbrunn bis in den Wald führte. Sie kamen an ein Naturparkinformationszentrum, und Christine blieb plötzlich stehen.

»Ich hab direkt Hemmungen weiterzugehen«, gestand sie. »Ich bin hier noch nie langgegangen.«

»Hier verlief die Grenze?«, fragte Milla.

»Noch nicht. Hier stand der Zaun für den 500-Meter-Schutzstreifen. *Dressels Forst* war dahinter. Zwischen den Welten. Nicht im Westen, aber auch nicht richtig im Osten.«

»Wollen Sie damit sagen, Sie haben zwischen zwei Zäunen gelebt?«, fragte Milla entgeistert.

Christine zuckte mit den Schultern. »Ach, so hat sich das gar nicht angefühlt. Für uns war das normal. Es war ja unser Zuhause. Und ich kannte es auch nicht anders.«

»Aber Sie müssen sich doch schrecklich einsam gefühlt haben!«

»Es gab ja einen Ausgang in Lichtenhain«, erklärte Christine. »Dort konnten wir raus. Es durfte nur niemand rein zu uns. Es grenzt fast an ein Wunder, dass sich meine Eltern überhaupt kennengelernt haben.«

Sie dachte daran, dass sie ihre Existenz allein Tante Elviras schwacher Blase zu verdanken hatte, und musste lächeln.

Der Wald wurde allmählich dichter. Milla blickte sich suchend um. »Es ist doch verrückt, dass man von der Grenze nicht einmal mehr eine Spur sieht.«

Links zweigte ein Weg ab, und Christine sagte: »Ich glaube, wir müssen hier entlang. Aber es sieht alles so anders aus.«

Milla holte die Karte und den Kompass aus ihrem Rucksack. »Ich hab die Koordinaten, wir finden es auf jeden Fall«, versicherte sie.

An einer morschen Futterkrippe hielt Christine an und berührte das Holz. »Hierher haben wir im Winter die getrockneten Brotreste geschafft.«

Immer wieder blieb sie stehen, versuchte sich neu zu orientieren, hielt Ausschau nach irgendeinem Anhaltspunkt, nach etwas, das ihr vertraut war. Auch wenn Milla schwor, dass die Richtung stimmte, begann sie allmählich zu zweifeln. Hatte sie wirklich den richtigen Abzweig gewählt? Die alten Wege waren verschwunden, nachdem sie jahrzehntelang keiner mehr befahren hatte. Laub und Fichtennadeln bedeckten sie und machten alle Spuren unsichtbar.

Endlich entdeckte Christine Geröll und Schieferplatten. »Das war der alte Schieferbruch!«, rief sie erleichtert. »Hier haben wir uns immer Tafeln zum Malen geholt.« Sie nahm ein abgesplittertes Stück und zog eine zittrige, weiße Linie auf den Felsen.

Je weiter sie gingen, umso öfter fand Christine Zeichen. Da war eine alte Narbe an einer Buche, an die ihre Eltern Wegweiser genagelt hatten. Sie hatten nie lange gehangen und waren immer wieder heruntergerissen worden, bis sich die ganze Rinde mit abgelöst hatte. Zwischen hohen Ästen entdeckte sie ein paar Bretter. Das alte Baumhaus ihres Bruders.

Mit einem Mal öffnete sich der Wald und gab den Blick auf eine Lichtung frei. Christine starrte auf das Panorama, die hoch aufgeschossenen Bäume, die Büsche, die ohne eine ordnende Hand nun wild durcheinander wuchsen, die alten Johannisbeersträucher. Sie sah hinüber zum Wald auf der gegenüberliegenden Seite des Tals und blickte hinauf zu den Bäumen am Hang. Der Anblick war gleichermaßen vertraut und fremd. Sie zwang sich ruhig zu atmen und betrat die Lichtung. Nach ein paar Schritten spürte sie etwas unter ihrem Schuh und schob das Laub zur Seite. Eine Pflasterung kam zum Vorschein. Wie betäubt setzte sie sich darauf und fuhr mit den Fingern über die moosbewachsenen Ritzen zwischen den Steinen.

»Was ist das?«, fragte Milla.

»Der Wendekreis vor dem Hotel. Hier haben wir immer mit Murmeln gespielt. Und wenn die Murmel in eine von diesen Linien geriet, hatte man verloren.« Christine zeigte auf die längs verlaufenden Furchen.

»Das wissen Sie noch? Nach so vielen Jahren?«

»Ich erinnere mich an alles. Manchmal an mehr, als mir lieb ist.«

Christine legte ihre Hände flach auf die Pflasterung, schloss die Augen und streckte ihr Gesicht zum Himmel. Durch die geschlossenen Lider sah sie das rötliche Flackern des Lichts, das zwischen den Blättern hindurchsickerte. Sie hörte das Rauschen der Zweige und das Summen der Insekten. Sonst war es still.

»Christine?«, fragte Milla nach einer Weile beunruhigt. »Ist alles gut?«

»Natürlich«, bekam sie zur Antwort. »Ich möchte nur die Augen nicht wieder aufmachen. Solange sie zu sind, ist das Haus da. Ich weiß, es klingt albern, aber ich kann es spüren.«

»Ich finde das nicht albern. Vielleicht spürst du das, was noch da ist vom Haus.«

Christine öffnete nun doch die Augen. »Wie meinst du das?«

»Komm mit«, sagte Milla und zog sie hoch.

Ohne es zu bemerken, waren sie dazu übergegangen, einander zu duzen.

Der Schutthaufen war nur ein paar Schritte entfernt. Christine hob einen Klumpen Putz auf. Er hatte eine moosgrüne Farbe und eine kleine weiße Stuckverzierung.

»Das ist vom Salon«, sagte sie fassungslos. Sie wusste genau, an welche Stelle über dem Kamin dieses kleine Fragment gehörte.

Und dann erst begann sie zu weinen. Endlich begriff sie, dass ihr Hotel *Waldeshöh* wirklich zerstört worden war. Es würde nicht wieder auftauchen, wenn sie lange genug die Augen schloss. Es würde nicht wie in den alten Märchen sein, die ihre Großmutter immer vorgelesen hatte.

Milla wollte sie in den Arm nehmen.

»Ist schon in Ordnung«, sagte Christine und wehrte ab. »Ich hab es ja gewusst. Aber wir Dressels waren schon immer gut im Verdrängen.« Sie suchte nach einem Taschentuch und putzte sich die Nase. »Du denkst bestimmt, ich bin ein bisschen irre.«

»Nein«, antwortete Milla ernst. »Ich weiß, wie weh es tut, etwas zu verlieren.«

Sie räumten weiter Schutt zur Seite. Plötzlich schrie Christine auf. Sie hatte den Eisenring der Falltür auf dem Boden entdeckt.

Milla bückte sich und suchte den Schlüssel. »Ich hab das alte Schloss aufgebrochen«, sagte sie. »Tut mir leid. Aber ich hab ein neues drangemacht.«

Zusammen hoben sie die schwere Tür an und klappten sie zur Seite. Christine stieg die Treppe hinunter. Ganz automatisch griff sie in die Ecke hinter der Klappe und drehte am Lichtschalter. Nichts passierte.

Milla stieg hinterher und schaltete die Taschenlampe ein.

Christine stand fassungslos im Keller, sah sich um und setzte sich plötzlich auf den kalten Steinboden.

»Alles in Ordnung?«, fragte Milla.

»Ich bin wieder zu Hause«, flüsterte Christine.

Sie legte ihr Kinn auf die Knie und starrte in das Dämmerlicht des Kellers. Sie sah die Umrisse der Regale, den vertrauten Schatten, den die Pumpe in der Ecke warf, und den großen Weinballon. Es kam ihr so vor, als wäre sie aus der Zeit gefallen und zurückgestürzt, mitten ins Jahr 1973, in einen heißen Sommertag, an dem sie mit ihrem Bruder Verstecken gespielt hatte.

Andreas hatte sie immer viel zu schnell gefunden. Er kannte alle guten Verstecke, denn sie durften nur in Sichtweite des Hauses spielen. Er entdeckte sie sogar, als sie sich oben auf dem Dachboden hinter die Antenne gezwängt hatte. Sie hatte dabei das Gestänge verschoben, sodass es hinterher Ärger gab, weil das Fernsehbild gestört war. Ihr Bruder prahlte herum, dass er seine große Schwester einfach immer finden würde, egal, wo sie sich versteckte. Und da dachte sie sich etwas besonders Schweres und Verbotenes aus und stieg allein in den Keller hinunter. Genau so hatte sie damals dagesessen und gewartet, dass er sie finden würde, mit angezogenen Beinen und dem Kinn auf den Knien. Sie glaubte über sich die Schritte in der Küche zu hören und das Klappern der Töpfe und Pfannen, mit denen ihre Großmutter schon das Abendessen vorbereitete. Sie spürte deren Nähe, sie nahm ihren Duft wahr und hörte das trockene Rascheln der Dederonschürze.

Milla wartete eine Weile, dann sagte sie: »Du wirst dich erkälten, Christine.«

Das hatte ihre Großmutter auch gesagt, als Andreas sie nach einer halben Stunde noch immer nicht entdeckt hatte und sie nach unten gekommen war, um Kartoffeln zu holen.

Christine stand auf und fühlte sich in diesem Moment ganz leicht und getröstet. Es kam ihr so vor, als habe der Keller die ganze Kraft dieses fernen Sommers an sie abgegeben.

»Wollen wir los?«, fragte Milla. »Ich würde ungern im Dunkeln zurück.«

»Aber ich kann noch nicht gehen!«, rief Christine.

Sie rannte zur Pumpe in der Ecke. Der Eimer stand noch immer unter dem Rohr. Sie musste ein paarmal pumpen, dann floss Wasser heraus. Sie nahm die Kelle, die am Rand des Eimers hing, schöpfte Wasser und trank.

Milla war entsetzt. »Das kannst du doch nicht trinken!«

»Aber das ist unsere Hausquelle«, klärte Christine sie auf. »Daraus haben wir immer getrunken. So schmeckt kein anderes Wasser, vielleicht ist es der Schiefer, durch den es hindurchmuss.«

Milla kostete, schien aber nicht beeindruckt vom Geschmack des Wassers zu sein.

»Wir haben in dem Sommer so viele Beeren eingekocht«, schwärmte Christine und nahm eins der Gläser in die Hand. »Niemand hat so gute Marmelade gekocht wie meine Oma. Du kannst dir nicht vorstellen, wie gut die war!«

Milla lächelte verlegen und errötete.

»Was tut das Rattengift hier?« Christine stellte die Packung nach unten. »Das gehört dahin.«

Sie zog eine Kiste unter dem Regal hervor, und bei allem, was sie herausnahm, kam eine glückliche Erinnerung zurück.

»Mein alter Brummkreisel!«, rief sie. Sie stellte ihn auf den Steinboden, aber der Spiralstab in der Mitte war verrostet, sodass er nicht mehr funktionierte.

Dann bückte sie sich nach dem Stapel mit dem gebündelten Papier und zog eine Modezeitschrift von unten heraus. Auf dem Abonnementstempel stand *Gerda Dressel.* »Die gehörten meiner Mutter«, erklärte Christine. »Sie hat gern geschneidert davor. Ich hatte mal aus dem Westen ein knallgelbes Synthetikkleid geschickt bekommen. Erst hab ich es als Kleid getragen, als es zu kurz wurde als Oberteil, und zum Schluss hat meine Mutter einen Bikini draus genäht. Bei uns wurde nichts weggeworfen. *Aus Scheiße Bonbons machen*, haben wir das genannt.«

Sie öffnete eine Schublade und befühlte mit den Fingerspitzen die erhaben gestickten Monogramme auf den Geschirrtüchern. »M. D. für Marie Dressel. Das war die Urgroßmutter. Von ihr hab ich noch das Akkordeon. Aber ich kann es nicht spielen. Und hier, das Tafelsilber. Das ist ganz angelaufen. Da würde die Oma aber schimpfen.«

Sie lachte und nahm eines der Geschirrtücher aus dem Fach, um die Löffel damit abzureiben. Dabei redete sie immer weiter: »Das mussten wir einmal im Monat putzen. Weil die Oma gesagt hat, man sollte immer bereit sein für die Gäste. Und siehst du das Geschirr? Ich hab das so vermisst. Die Form der Henkel … Ist es nicht wunderschön?« Sie hielt die Tasse nach oben und fuhr mit den Fingern der geschwungenen Jugendstilform nach. Vorsichtig setzte sie das Geschirr wieder in den Glasschrank und drückte die Tür fest an, damit kein Staub hineinflog.

Milla beobachtete Christine, die sich an all diesen Dingen, die eine Geschichte hatten, festhielt.

»Es tut mir leid, aber wir sollten wirklich heimgehen, bevor es dunkel wird«, sagte sie hastig.

»So war es früher auch.« Christine lächelte. »Wir mussten immer heimgehen, bevor es dunkel wurde. Wegen der Ausgangssperre.«

Langsam stiegen sie die Treppe wieder hinauf. Es begann allmählich zu dämmern.

Als sie oben waren, sagte Christine verwundert: »Ich hatte jetzt wirklich geglaubt, wieder in die Küche zu kommen.«

Milla nickte. »Ich weiß, was du meinst. Beim ersten Mal hatte ich auch dieses Gefühl.«

Sie legten zusammen die schwere Falltür herum, und Milla ließ das Vorhängeschloss zuschnappen.

Sie zögerte einen Wimpernschlag lang, dann legte sie Christine die beiden dazugehörigen kleinen Schlüssel in die Hand. Damit gab Milla ihren verlorenen Ort auf.

»Wir sollten den Eingang wieder verstecken. Ich hab ihn ja auch entdeckt und aufgebrochen«, gab sie zu bedenken.

Während sie Gestrüpp über die Tür schoben und Schutt darauf verteilten, fragte Christine: »Aber wie in aller Welt hast du ihn gefunden? Mein Vater und mein Bruder waren doch auch hier.«

»Ich habe danach gesucht«, gestand Milla. »Ich war auf der Jagd nach einem *Lost Place*. Ich suche nach Orten, die vor langer Zeit verlassen wurden und verloren sind.«

Interessiert erkundigte sich Christine: »Und warum tust du das?«

»Ich finde solche Orte tröstlich. Es hilft zu vergessen«, erklärte Milla nach kurzem Überlegen, als habe ihr diese Frage zuvor noch niemand gestellt. »Hast du vielleicht noch ein paar alte Bilder von dem Hotel?«

Christine nickte. »Ja, und ich glaube, bei Tante Elvira müsste auch noch was sein. Ich kann sie fragen, sie kommt nächste Woche vorbei.«

»Das wäre großartig. Könnte ich die vielleicht für einen Artikel verwenden? Ich würde gern etwas darüber schreiben.«

»Für eine Zeitung?«, fragte Christine misstrauisch.

»Fürs Internet.«

Das fand Christine nicht vertrauenswürdiger. Aber sie verdankte Milla die Entdeckung des Kellers. Sie war ihr etwas schuldig.

»Das Haus wäre sicher in Ordnung«, überlegte sie. »Es gab mal eine alte Postkarte davon, vielleicht hat Tante Elvira noch eine, und ich suche auch danach. Aber wenn einer von uns drauf ist, dann sollten wir das lieber mit der Familie besprechen.«

»Würdest du das für mich tun?«, bat Milla.

»Wir treffen uns nächste Woche alle bei mir, da kannst du gleich selbst fragen.«

»Du lädst mich ein?«, fragte Milla überrascht.

»Es wird nett«, versicherte Christine. »Ich mach das, seit unsere Mutter nicht mehr da ist. Damit wir nicht alle auseinanderlaufen.«

»Bei uns gibt es nur Neo und mich.«

»Dann bring ihn doch mit«, schlug Christine vor.

Sie fädelte von dem kleinen Ring, den sie von Milla bekommen hatte, einen der beiden Schlüssel ab und gab ihn ihr.

»Vielleicht möchtest du noch mal allein wiederkommen«, sagte sie. »Erinnern geht gut zusammen, aber vergessen kann man wohl nur allein.«

Als sie sich später am Sportplatz voneinander verabschiedeten, zögerte Christine. Dann sagte sie: »Darf ich dich was fragen? Du bist nicht zufällig 1978 geboren?«

Milla zog die Augenbrauen hoch. »Seh ich wirklich schon so alt aus? Wie kommst du darauf?«

»Ach, nichts. Das war nur gerade so eine Idee. Es gab diesen Familienspruch bei uns. *Einer kommt, einer geht*. Aber es ist keiner gekommen in dem Jahr, in dem meine Oma starb. Ich fand es so schrecklich ungerecht damals. Ich meine, wir haben uns immer an die Regeln gehalten.«

»So was sind doch nur Zufälle«, war Milla überzeugt.

»Vielleicht. Und danach war sowieso alles anders. Von dem Tag an wurde in unserer Familie geboren und gestorben, wie alle lustig waren.«

»Von welchem Tag an?«, wollte Milla wissen.

»2. Juli 1977«, sagte Christine. Und dann setzte sie hinzu: »An diesem Tag sind wir deportiert worden.«

10
Fahnen und Fanfaren

7. Oktober 1951 – Die Wimpelketten, die quer über die Straße gespannt waren, flatterten im Herbstwind. Aus allen Fenstern hingen Fahnen, aus den Lausprechern drang Marschmusik, und an den Straßenrändern stand Militär. Die ganze Stadt Sonneberg war in Festtagslaune.

Werner trug seine Schwester auf den Schultern und drängte sich durch die Menschenmenge. Elvira war auf den Tag genau drei Jahre alt. Noch nie hatte sie so viele Leute gesehen. Eifrig wedelte sie mit einem roten Fähnchen, das sie geschenkt bekommen hatte. Sie war begeistert, was alles zu Ehren ihres Geburtstags veranstaltet wurde. Auch in den folgenden Jahren war sie der festen Überzeugung, dass die Feierlichkeiten zum Tag der Republik allein ihrem Geburtstag galten.

Werner war beim Forstamt mitgelaufen. Seinen Vater hatten sie nicht mitgenommen. Er hätte das schöne Bild der im Gleichschritt marschierenden Parade empfindlich gestört. Johanna musste oben in Gräfenthal an einer Veranstaltung teilnehmen.

Werner hatte sich mit Siggi vor dem Messer-Geschäft vom Lützelberger verabredet. Sie wollten sich das Spektakel in der Stadt nicht entgehen lassen.

Elvira krallte sich an Werners Haaren fest und juchzte. Das war etwas anderes als der immer gleiche Wald. Jeder, der sie sah, war entzückt von ihren Pausbacken, dem Puppengesicht und dem eifrigen Zwitschern ihrer Stimme. Elvira ihrerseits war schon recht wählerisch in der Verteilung ihrer Gunst. Und Siggi mit seinem roten Bürstenhaarschnitt konnte sie nicht ausstehen.

Die Jungen schlenderten die Bahnhofstraße entlang.

Überall flatterten Spruchbänder, auf die die Menschen geschrieben hatten, wonach sie sich am meisten sehnten: *Frieden* und *Deutschland einig Vaterland.*

Als sie fast am hinteren Ende angekommen waren, verkündete Elvira aus der Höhe: »Ich muss mal!«

Elvira trug keine Windel mehr. Sie besuchte seit Kurzem den Kindergarten, und das eiserne Töpfchentraining war die erste Amtshandlung der Erzieherinnen gewesen. Werner fürchtete, demnächst einen feuchten Nacken zu bekommen. Und das, wo er doch das gute Blauhemd der FDJ trug. Vielleicht würde ihm das als Majestätsbeleidigung ausgelegt werden. Schnell hob er seine Schwester herunter. Im Wald hätte er gewusst, was da zu tun wäre. Nur war Sonneberg eine richtige, feine Stadt. Verzweifelt sah er sich nach einer Bedürfnisanstalt um.

»Ich muss mal, ich muss mal, ich muss mal!«, klagte Elvira, und ihre Stimme klang noch höher, als sie ohnehin schon war.

Ein Mädchen, das aus einem der unteren Fenster sah, wurde auf sie aufmerksam.

»Sie kann bei uns auf den Abort gehn«, bot sie an. »Kommt rein, ich zeig's euch.«

Das Mädchen stellte sich als Gerda vor und führte sie zu einer schmalen Tür im Treppenhaus. Dahinter verbarg sich das Plumpsklo. Werner half Elvira bei der Verrichtung ihres Geschäfts.

»Darf ich mir noch die Hände waschen?«, fragte er danach höflich.

Gerda überlegte kurz, bat die Jungen dann aber herein.

Es war eine düstere Wohnung und vor allem so eng. Wenn Werner da an die weiten Räume vom Hotel *Waldeshöh* dachte! Gerda zeigte ihm das Waschbecken und nahm ihm Elvira ab. Er drehte ein paarmal das Wasser auf und zu, bevor er sich wusch. Dieser moderne Wasserhahn begeisterte ihn. Gerda spielte inzwischen mit Elvira und warf sie in die Höhe, sodass die Kleine vor Vergnügen jauchzte. Werner beobachtete die beiden durch den Spiegel, der über dem Waschbecken hing.

Gerda trug ein abgewetztes, aber sauberes Kleid. Ihre Haare waren sorgsam zu einem Kranz geflochten und wurden von einer Spange gehalten. Sie hatte eins von diesen Gesichtern, die immer blank geputzt aussahen, selbst wenn sie wie jetzt ein wenig außer Atem gekommen war.

Werner hatte sich die Hände getrocknet und stand nun verlegen herum.

»Willst du ein Zauberkunststück sehen?«, fragte Siggi, der noch ein wenig angeben wollte.

Gerda nickte eifrig und setzte sich auf den Küchenstuhl. Von ihrem Schoß aus musterte Elvira mit großen Puppenaugen das fremde Zimmer.

Siggi zog seinen Zauberstein hervor und ließ ihn auftauchen und verschwinden. Zuerst staunte Gerda, dann begann sie, Siggis Finger genau zu beobachten, um hinter sein Geheimnis zu kommen. Vergebens.

»Wie machst du das bloß?«, wollte nun auch Werner wissen.

Siggi antwortete würdevoll: »Ein Zauberer verrät niemals seine Tricks!« Er ließ sich nie in die Karten gucken. Nicht bei den Kunststückchen und auch sonst nicht.

Werner wollte Gerda nun seinerseits beeindrucken. »Willst du mal sehen, was ich habe?«, fragte er und zog mit bedeutsamer Miene seine Taschenuhr heraus.

Als Gerda ihre Hand danach ausstreckte, bereute Werner seine Leichtsinnigkeit schon wieder. Wenn sie die Uhr nun auf den Steinboden fallen ließ? Gerda aber berührte das Uhrglas nur ganz behutsam mit der Spitze des Zeigefingers. Ihr Fingernagel war ordentlich kurz geschnitten und nicht ganz sauber.

Ehrfürchtig fragte sie: »Darf ich mal horchen?«

Werner nickte. Das Mädchen neigte den Kopf über seine Hände. Sie schloss die Augen und konzentrierte sich vollständig auf das faszinierende Ticken. Er spürte die Wärme, die von ihren Haaren hochstieg. Mit einem Mal rauschte es in seinem Kopf. So hatte sich der Schluck Rotwein zu seiner Konfirmation angefühlt.

Als Gerda ihren Blick wieder hob, fragte Siggi eifersüchtig: »Soll ich noch mal zaubern?«

»Kannst du denn noch einen anderen Trick?«, wollte sie wissen.

Siggi musste zugeben, dass er nur Dinge verschwinden und wieder auftauchen lassen konnte. Für die Sowjets hatte das immer genügt.

»Und was kannst du?«, wandte sich Gerda an Werner.

Der wurde rot und stotterte herum: »Nichts Besonderes. Aber ich bin Lehrling. In der Forstwirtschaft.«

Gerda nickte bewundernd. Wenn man eine Lehre machte, war man schon fast erwachsen.

»Ich lerne jetzt Russisch«, erklärte sie.

Alle Schulen hatten plötzlich Russischlehrer bekommen, die ihren Schülern nur wenige Unterrichtsstunden voraushatten.

»Ich würde auch gern Russisch können«, seufzte Werner und dachte an den Tag, an dem er seinem Vater das Leben gerettet hatte.

»Ich kann schon *eta lampa* sagen«, erklärte Gerda stolz und wies auf die Deckenlampe.

Werner war tief beeindruckt.

Siggi gefiel es anscheinend nicht besonders, dass dieses Gespräch ohne ihn stattfand. Deshalb warf er ein: »Ich mach eine Lehre auf dem Postamt.«

»Und was willst du mal werden, Gerda?«, fragte Werner unbefangen.

Gerda presste die Lippen aufeinander und gab keine Antwort darauf.

Auf der Heimfahrt im Bus absolvierte Elvira ihren Mittagsschlaf. Das Fahrzeug schlingerte um eine scharfe Haarnadelkurve, und die Jungen werteten die Begegnung mit Gerda aus.

»Mir hat sie gefallen«, stellte Werner fest. »Sie ist hübsch. Und nett.«

Siggi winkte ab. »Viel zu jung für uns«, behauptete er mit Kennermiene. »Mein Großvater sagt immer, die erste Frau muss eine mit Erfahrung sein.«

Werner nickte. Vermutlich stimmte das. Er war bei diesem Thema ganz auf Siggis Weisheit angewiesen. Mit seinem Vater konnte er über so was nicht reden. Mit seiner Mutter vielleicht, aber das wäre ihm unangenehm gewesen.

Und trotzdem. Werner fand, dass es gut war, zu wissen, wo Gerda wohnte. Nur für den Fall, dass er sie eines Tages wiedersehen wollte.

Von der Turmhaube über dem Hotel *Waldeshöh* hörte man das Flattern der roten Fahne im Wind.

Die Fichtensetzlinge waren so eifrig in die Höhe geschossen, dass sie Elvira längst überragten. Bald würden sie auch Siggi eingeholt haben, der ein Spätentwickler war.

Die Piesauer Großmutter war wegen Elviras Geburtstag vorbeigekommen. Sie saß in der Küche und zog einen säuerlichen Mund, weil sie auf das Geburtstagskind hatte warten müssen. Johanna deckte den Tisch mit dem guten Kaffeegeschirr ein und verzählte sich dabei. Sie hatte die alte Frau Dressel mit eingerechnet.

Siggi überreichte ihr einen Brief von Fräulein Aschenbach.

»Die Post von gestern«, sagte er und grinste. »Da hab ich mir den Weg gespart.«

Sie nahm den Brief und gab ihm damit lachend einen Klaps. Die beiden Frauen schrieben sich nun in regelmäßigen Abständen.

Johanna zerteilte die Torte mit einem großen Messer. Werner und Siggi passten genau auf, dass ein Stück wirklich exakt so groß wurde wie das andere. Die Buttercremetorte hatte eine Preiselbeerfüllung und war nach dem alten Haus-Rezept zubereitet worden. So gab es also wieder eine von den Dressel-Torten, die das Kaffeetrinken auf der Veranda des Hotels berühmt gemacht hatten. Vielleicht war sie nicht ganz so reichhaltig wie in der guten alten Zeit, als Marie

Dressel eine junge Frau gewesen war, aber sie sah immerhin so aus.

Wehmütig dachte Johanna an früher, als sie Holz im Überfluss gehabt hatten. Damals brannte in jedem Kamin und in den Eisenöfen des Hotels ein Feuer, und es war so warm, dass sie mitunter kurzärmelig im Haus herumlaufen konnten. Nun bekamen sie Kohlen zugeteilt, die nicht vorn und nicht hinten langten. Aber in der Küche war es immer einigermaßen warm, und sie hatte die alte Pferdedecke auf die Klappe zum Keller gelegt. Nun zog es nicht mehr so aus den Ritzen von unten herauf.

Im Laufe des Herbstes hatten sie nach und nach immer mehr nützliche Dinge aus dem Salon in die Küche geschafft. Erst die Stehlampe, dann den Lehnstuhl für Arno, später das Sofa und zum Schluss das Radio. Johanna wusste natürlich, was ihre Schwiegermutter davon halten würde, aber es half nichts. Man musste praktisch denken.

Die Piesauer Großmutter hatte für Elvira Buntpapier und eine Tüte Bonbons mitgebracht, in die Werner auch einmal hineingreifen durfte. Als Siggi die Hand ausstreckte, hielt Elvira die Tüte schnell wieder zu.

Werner verdiente als Lehrling nun sein eigenes Geld, ganze 60 Mark im Monat. Davon gab er einen Teil zu Hause als Kostgeld ab, den Rest sparte er. Und er hatte davon seiner kleinen Schwester einen bunten Brummkreisel gekauft. Immer wieder pumpte Elvira den Kreisel auf. Sobald er sich schnell genug drehte, verschwammen die Farbringe auf dem Blech, und er ließ ein wundervolles tiefes Brummen ertönen.

Johanna goss den Kaffee ein. Ihre Mutter sah misstrauisch zu, wie Arno von seinem Lehnstuhl aufstand, auf einem Bein balancierte, seine Krücken hervorangelte und dann zum Küchentisch stelzte.

»Das wird doch nix mehr«, murmelte sie leise, aber Johanna hatte es trotzdem gehört.

»Arno hat eine gute Stelle in der Forstverwaltung bekommen«, sagte sie stolz. »Die Gewerkschaft hat sich um alles gekümmert.«

Früher hatte man bei den Dressels nichts von der Gewerkschaft gehalten. Was nützte die auch einem Grundbesitzer, der seinen Forst allein mit der Familie bewirtschaftete. Aber während der Aktionen um den Wald, als sich der Freie Deutsche Gewerkschaftsbund im Salon breitgemacht hatte, waren sie immer wieder bedrängt worden, sich zu organisieren. Um ihre Ruhe zu haben, hatte sich Johanna im Demokratischen Frauenbund eingeschrieben, und Arno war dem Freien Deutschen Gewerkschaftsbund beigetreten. Das erwies sich nun als Glücksfall.

Arno litt zwar darunter, in einem stickigen Büro sitzen zu müssen und nicht mehr den ganzen Tag in der Freiheit des Waldes sein zu können, aber das war der Preis gewesen für sein neues Leben.

»Wir haben sogar eine Entschädigung für den Unfall bekommen«, erklärte Johanna weiter.

Arnos Augen flackerten unruhig. Das taten sie immer, sobald die Sprache auf den Unfall kam.

»Von der Entschädigung haben wir uns die Mitgliedschaft im Konsum gekauft«, berichtete Johanna. Die kostete immerhin 50 Mark, und sie hoffte, damit ihre Mutter endlich einmal beeindrucken zu können.

»Ich finde die HO ja besser«, gab diese schnippisch zurück. Dann hob sie ihren Teller und sagte zu Siggi, der am nächsten an der Torte saß: »Ich hatte zwar schon zwei Stück, aber ich würde noch eins nehmen.«

Darauf antwortete Siggi, der immer genau aufpasste: »Sie hatten schon drei, aber ich tu Ihnen trotzdem noch eins auf.«

Arno musste lachen, tat aber so, als hätte er sich verschluckt.

Die Piesauer Großmutter holte zum Gegenschlag aus. »Ich finde es ja nicht richtig, dass deine Frau arbeiten muss«, sagte sie mit einem giftigen Blick auf ihren Schwiegersohn.

»Jetzt, wo die Marie nicht mehr da ist und sich keiner mehr um die Kleine kümmern kann.« Auf die Idee, ihre Hilfe bei Elviras Betreuung anzubieten, kam sie dabei anscheinend nicht.

»Ich bin eine moderne Frau«, erklärte Johanna stolz. »Ich muss nicht arbeiten. Ich will.«

»Meine Mutter arbeitet auch«, sagte Siggi. »Ist doch heute normal.«

»Du hast ja auch keinen Vater«, kanzelte ihn die Piesauer Großmutter ab.

»Wir wollen uns schließlich auch mal was leisten«, verteidigte sich Johanna.

»Und alles auf dem Rücken der Kinder«, bemerkte ihre Mutter.

»Das ist nicht wahr!«, empörte sich Werner. »Niemand hat so eine gute Mutti wie wir!«

In Johanna begann sich das schlechte Gewissen zu rühren. Seit die alte Frau Dressel nicht mehr da war, durfte sie später mit der Arbeit beginnen. Aber weil Werners Ausbildungsbetrieb im selben Ort wie der Kindergarten war, übernahm er es meistens, seine Schwester dorthin zu bringen und wieder abzuholen.

»Sobald wir das Hotel wieder aufmachen können, wird alles anders«, versuchte Johanna ihre Mutter und sich selbst zu beruhigen. »Dann bin ich wieder hier und kann mich um Elvira kümmern.«

Zum Glück wollte die Piesauer Großmutter aufbrechen, bevor die Dämmerung einsetzte. Johanna half ihr in den Mantel.

»Das ist mir der Richtige«, sagte ihre Mutter mit einem Blick auf Siggi. »Frisst sich durch, wärmt sein' Arsch und spart sein Licht.«

Trotz dieses vernichtenden Urteils ließ sie sich von Siggi hinunter nach Spechtsbrunn zum Bus begleiten. Schließlich wollte sie sich nicht verirren und versehentlich in Richtung Grenze laufen.

Werner half seiner Mutter in der Küche. Hier gab es keinen Wasserhahn, dafür einen Spültisch, der mit Wasser aus der Quelle im Keller gefüllt wurde. Die Zinnbecken ließen sich zum Ausschütten an zwei Griffen herausnehmen. Werner achtete darauf, dass nichts überschwappte, als er damit durch die Küche schlurfte. Elvira rannte immer wieder zwischen seinen Beinen hindurch und war völlig überdreht. Johanna öffnete das hintere Fenster. Mit Schwung schüttete Werner das Spülwasser hinaus, wo es den Hang hinunterlief und dampfend versickerte.

»Du bist recht still, Werner?«, bemerkte Johanna.

»Ich hab jetzt beschlossen, auf ein Fahrrad zu sparen«, erklärte er ihr.

Das war die Quintessenz einer langen Gedankenkette, deren Anfang bei dem Mädchen Gerda lag.

Während des Kaffeetrinkens hatte er seine Möglichkeiten abgewogen. Zuerst wollte er Gerda einen Brief schreiben. Allerdings wusste er nicht, was darin stehen sollte. Werner konnte sich nicht besonders gut ausdrücken. Er wusste meistens selbst nicht einmal, was er fühlte, wie sollte er es dann formulieren? Er war zu dem Schluss gekommen, dass es sicherer sein würde, wenn er ihr direkt gegenüberstand. Da konnte er zur Not schweigen und ihr das Reden überlassen. Gerda schien nicht schüchtern zu sein.

»Ein Fahrrad also«, sagte Johanna mit besorgter Stimme. »Das ist sicher sehr teuer.«

»390 Mark kostet das in der HO«, bestätigte Werner.

Eine solche Summe schien unerreichbar zu sein. Werner aber beschloss, so lange eisern zu sparen, bis er das Geld zusammenhatte. Und dann würde ihn seine allererste Tour zu Gerda führen.

Als das erschöpfte Geburtstagskind endlich schlief, wollte Johanna noch schnell ihre Mutter anrufen, um sich zu vergewissern, dass sie gut heimgekommen war. Aber das Telefon war tot, sie bekam kein Amt.

In der Nacht bezog Johanna schließlich noch die Betten in den Gästezimmern und brachte sie in Ordnung. Eigentlich stand diese Arbeit immer für den Sonnabend auf dem Plan. Aber sie hatte es am Vortag durch die Geburtstagsvorbereitungen nicht mehr geschafft. Und obwohl keine Gäste die Zimmer benutzt hatten, brachte sie es nicht fertig, die Routine in dieser Woche ausfallen zu lassen.

In jedem Zimmer befolgte sie genau die Regeln, die ihre Schwiegermutter aufgestellt hatte. Sie musste schon lange nicht mehr in das Heft mit der Liste schauen. Die Anweisungen für das *Respectable Hotel Waldeshöh am Rennsteig* waren ihr in Fleisch und Blut übergegangen. »Wenn man sich nicht an die Anweisungen hält«, hatte die alte Frau Dressel immer betont, »bricht das Tohuwabohu aus.« Obwohl es Johanna manchmal sehr mühsam fand, hielt sie an diesem Ritual fest. Solange sie am Wochenende die Zimmer in Ordnung brachte, gab es Hoffnung.

Nun war sie beim letzten Raum angekommen. Sie hatte alles abgestaubt, den Boden gefegt, die Fenster überprüft, das Kissen aufgestellt, die Glühbirnen getestet, ein Handtuch hingehängt und den Spiegel über dem Waschtisch mit der Marmorplatte poliert. Ganz zum Schluss mussten noch Nachttisch und Kleiderschrank überprüft werden, ob nicht etwas liegen geblieben war von einem der abgereisten Gäste. Und auch wenn diese Vorschrift längst ihren Sinn verloren hatte, führte sie diese trotzdem gewissenhaft aus. Im Nachttisch fand sie zu ihrer Überraschung einen kleinen Kiesel.

Johanna musste lächeln. Als sie nach ihrer Hochzeit hier eingezogen war, hatte die alte Frau Dressel prüfen wollen, ob die neue Schwiegertochter auch wirklich alle Anweisungen einhielt, die sie ihr aufgetragen hatte. Sie versteckte deshalb einen kleinen Stein in einem der Schubfächer. Johanna hatte ihn entdeckt und die Probe bestanden.

Natürlich wusste sie, dass Elvira wohl heimlich in diesem Zimmer gespielt und den Stein in das Fach gelegt hatte. Und trotzdem kam es ihr so vor, als hätte die alte Frau Dressel noch einmal kontrollieren wollen, ob man sich im Hotel *Waldeshöh* an die von ihr erdachte Ordnung hielt.

Am nächsten Morgen versuchte Johanna wieder ihre Mutter zu erreichen, aber die Leitung war noch immer gestört. In der Woche darauf wurde der Oberleitungsmast vor dem Hotel *Waldeshöh* entfernt.

11
Familientreffen

Neo beobachtete seine Mutter schon eine ganze Weile. Er fand, dass sie sich merkwürdig verhielt. Ihre Haferkleiepfannkuchen rührte sie nicht an, was ihm sehr gelegen kam, denn so konnte er ihre Portion zusätzlich essen. Ihren grünen Tee hatte sie viel zu lange ziehen lassen, und doch trank sie ihn mit unbewegtem Gesicht, als wäre er nicht bitter. Außerdem wusch sie sich schon zum dritten Mal innerhalb kürzester Zeit die Hände.

»Ich war noch nie bei einem Familientreffen«, erklärte sie jetzt. »Schon gar nicht in einer fremden Familie.«

Neo zuckte verständnislos mit den Schultern. »Niemand zwingt dich, da hinzugehen.«

»Wenn ich noch mehr Bilder will und eine Genehmigung für die Veröffentlichung, muss ich das aber.«

Sie zog einen Datenstick von ihrem Laptop ab und hielt ihn hoch.

»Sollte ich die Akte mitnehmen, die ich über die Dressels angelegt habe?«, fragte sie. »Ich meine, sie hätten ein Recht darauf, oder?«

»Hat überhaupt noch irgendjemand einen USB-Eingang?«, fragte Neo zurück.

»Dann lieber alles ausdrucken?«

»Mal ehrlich, Mama. Stell dir vor, du lädst jemanden zu einem gemütlichen Familientreffen ein, und der rückt mit einer Akte an. Also ich käme mir überwacht vor. Und sind da nicht auch die heimlich geschossenen Bilder dabei?«, fragte Neo weiter.

»Oh Gott, stimmt!«, rief Milla. »Da hätt ich mich beinahe ordentlich reingeritten.«

»Siehst du!«, sagte Neo stolz. »Wenn du was Krummes vorhast, frag immer mich. Ich weiß Bescheid.«

»Da solltest du nicht noch stolz drauf sein«, schimpfte sie. »Aber du hast recht. Ich muss mir diese Bilder noch mal auf legalem Weg besorgen.«

Sie machte sich eine kleine Notiz in ihrem Telefon und zog die Schuhe an.

»Wie seh ich aus?«

»Schick. Als würdest du gleich zur Arbeit gehen«, befand Neo.

»Zu förmlich?«

Sie wechselte zu einer Jeans und einem einfachen Shirt. »Und jetzt? Ich will gut aussehen, aber so, als wäre es mir egal. Christine ist immer sehr leger. Ich denke, so passt es, oder?«

Neo sah seine Mutter interessiert an. »Du magst sie«, stellte er fest.

»Ja. Na und?«

»Du willst, dass sie deine Freundin wird!«

»Ich will nur die Bilder«, sagte seine Mutter entrüstet.

»Warum bist du dann so aufgeregt?«, wollte er wissen.

Milla seufzte. »Vielleicht hast du recht. Würdest du mitkommen? Sie hat gesagt, ich kann dich mitbringen.«

»Gibt es dort was zu essen?«

»Da bin ich absolut sicher.«

Das Familientreffen der Dressels fand im Hinterhof von Christines Wohnhaus statt. An den schmalen gepflasterten Weg schloss sich eine Wiese an, und danach ging es steil den Stadtberg nach oben. Der Hang war am Fuß mit braunen Nadeln und Moosinseln bedeckt, danach reckten sich die ersten Fichten in die Höhe. An den Rändern der kleinen Wiese, dort, wo der Rasenmäher nicht hingekommen war, schossen blühende Wildgräser in die Höhe.

Christine hatte Tapeziertische aufgestellt, mit einer weißen Stoffbahn verkleidet und Gartenstühle aus dem Keller geholt. Sie trug eine riesige Schüssel mit Kartoffelsalat aus der Küche nach unten und brachte Bratwürste und Grillkäse für den einen Vegetarier, der nicht blutsverwandt mit ihnen war. Auf den Tischen standen Schalen mit frischen Waldhimbeeren.

Für einen Moment genoss sie die Stille. Nur das Rauschen der Zweige war zu hören. Der kleine Hof zwischen Haus und Stadtberg war windgeschützt und dämmrig. Man saß darin wie in einem Vogelnest. Man konnte nicht über den Rand sehen.

Sie überlegte, was noch zu tun blieb, und blickte auf ihre Armbanduhr. Bei den Dressels war man pünktlich.

Eine halbe Stunde danach war es mit der Ruhe vorbei. Der Hof wurde von Besuchern überflutet, zwischen ihnen Milla und Neo. Milla hatte die vielen Namen derer, die sich ihr vorgestellt hatten, umgehend vergessen. Sie fragte sich gerade, ob sie auch gekommen wäre, wenn sie die Größe dieser Familie gekannt hätte.

Es waren nicht nur Christines Geschwister mit Partnern und ihre Tante gekommen, alle hatten jeweils noch ihren Nachwuchs und deren Familien mitgebracht. Milla schätzte, dass es mindestens dreißig Personen sein mussten, darunter zahlreiche Kinder und zwei Babys. Sie entdeckte Andreas Dressel und war erleichtert, ein bekanntes Gesicht zu sehen. Er dagegen zog eine finstere Miene. Er schien ihr nach wie vor nicht zu trauen. Neben ihm lag der Schäferhund, der den ganzen Trubel friedlich verschlief. Das kannte er alles schon.

Milla blickte sich Hilfe suchend nach Neo um. Er hatte sich den Jugendlichen angeschlossen, die versuchten, mit Dartpfeilen eine Zielscheibe zu treffen. Immer wenn das gelang, jubelten sie und tauschten Handschlagrituale aus. Milla ärgerte sich. Sie hatte Neo zu ihrer Unterstützung mitgenommen und nicht zu seinem Vergnügen.

Der Grill war bereits angezündet worden. Ein paar der Männer standen fachsimpelnd vor der glühenden Holzkohle und wogen Pro und Kontra von Grillbriketts ab. Immer wenn Flammen aufzüngelten, wurden sie mit einem Spritzer Bier gelöscht.

Christine stellte sich neben Milla. »Möchtest du etwas Kartoffelsalat? Der gibt eine solide Grundlage. Diese Familie kann manchmal ein wenig erdrückend sein.«

»Vermutlich nur, wenn man nicht dazugehört«, sagte Milla verlegen.

»Nein, generell«, stellte eine Stimme hinter ihnen spöttisch fest.

Sie kam von Viola, Christines jüngerer Schwester. Milla schätzte sie auf Mitte vierzig. Sie trug eine Handtasche von einer so kostspieligen Marke, dass sie nicht echt sein konnte.

Andreas Dressel drängte sich dazwischen. »Ich glaub Ihnen nicht, dass Sie da was gefunden haben«, empörte er sich. Hektische Flecken bildeten sich auf seinem Gesicht. »Ich war mit unserem Vater doch auch dort, und da war alles weg. Ich bin doch nicht blöd.«

»Vermutlich eben doch«, gab Viola zurück. »Christine hat es doch auch gesehen.« Sie biss so kräftig in ihre Bratwurst, dass der Fleischsaft herausspritzte. Christine bestätigte, dass es wirklich stimmte. Andreas' Gesicht wurde noch fleckiger.

»Wir haben damals natürlich nicht den Schutt durchwühlt«, versuchte er sich zu rechtfertigen. »Man sah ja schon von Weitem, dass alles weg ist!«

»Selbst aus der Nähe war da nichts zu sehen«, kam ihm Milla zu Hilfe. »Man musste schon den Boden abklopfen. Nur so hab ich den Hohlraum darunter gehört.«

Er warf ihr einen Blick von mittelmäßiger Dankbarkeit zu. »Der Vater war auch so aufgeregt. Ich dachte, der kriegt mir einen Herzinfarkt da oben.«

Die Erinnerung daran nahm ihn sichtlich mit. Er versuchte, den Kragen an seinem Hemd zu öffnen, schaffte es aber nicht. Seine große Schwester half ihm.

»Wir dachten doch die ganze Zeit, unser Haus steht noch da oben. Man konnte ja all die Jahre nicht hin«, erklärte sie.

»Ich fand das Haus immer ein bisschen gruselig mit den vielen leeren Zimmern«, gestand Viola.

»Gruselig? Das war spannend«, widersprach ihr Bruder.

»In den Gästezimmern konnte man sich doch verstecken!«

»Ich wär da nie im Leben allein reingegangen!«

»Aber wir haben darin doch immer so herrlich Hotel gespielt!«, versuchte Christine die Schwester an ihr Lieblingsspiel zu erinnern.

»Diesen weiten Schulweg durch den dunklen Wald fand ich auch gruselig«, behauptete Viola. »Nie durften wir vom Weg abgehen. Und dann immer diese Märchen, wer uns sonst holt.«

Andreas lachte. »Das hast du doch wohl nicht geglaubt, du Schisser. Ich bin trotzdem immer ins Unterholz. Man konnte ja vorher mit dem Stock prüfen, ob da was ist.«

»Ich hab immer nach dem Fingerhut am Wegrand Ausschau gehalten«, erinnerte sich Christine.

»Den man nicht anfassen durfte, weil er giftig ist. Und im Gras hat man sich ständig Zecken eingefangen«, ergänzte Viola. »Ich war immer erleichtert, wenn die ersten Häuser von Lichtenhain aufgetaucht sind und die Zivilisation begann.«

»Lichtenhain war nun grad nicht besonders zivilisiert«, spottete Christine und goss Milla Wein nach.

»Werden Sie zusammen hingehen?«, fragte diese. »Zum Keller?«

Viola zog die Augenbrauen hoch. »Den Keller fand ich am allergruseligsten. Ich war immer heilfroh, wenn ihr runtergeschickt worden seid und nicht ich.«

»Aber da unten waren doch die guten Marmeladen?«, wunderte sich Christine.

»Und die ganzen alten Spielsachen«, warf Andreas ein.

»Ich bin oft mit einem Löffel runter und hab vom Honig genascht«, gestand Christine.

»Also ich räum den Keller bestimmt nicht leer«, erklärte ihre Schwester. »Das ist doch alles vergammelt dort.«

Christine versicherte: »Nein, es ist wie eine Zeitkapsel. Ihr wisst schon, die Dinger, die man einmauert und dann nach Ewigkeiten wieder ausgräbt und der Inhalt ist völlig unverändert. Nur mein Brummkreisel war ein bisschen verrostet.«

»Der bunte Brummkreisel? Das war meiner«, behauptete Andreas.

Es begann ein kurzes Streitgespräch darüber, wem der Kreisel nun wirklich gehört hatte, denn auch Viola meldete Ansprüche an.

Christine unterbrach das Gespräch und sah schuldbewusst zu Milla. »Tut mir leid. Wir reden hier die ganze Zeit, als ob wir allein wären.«

»Ich höre gern zu«, sagte Milla. »Es ist nur … Also es klingt, als ob von drei verschiedenen Orten die Rede ist.«

Die Dressels sahen sich an und mussten lachten.

»Ist ja gar nicht wahr«, widersprach Christine. »Wisst ihr noch, wie die Oma immer Akkordeon gespielt hat? Das haben wir alle geliebt! Kannst du dich erinnern, Viola?«

Viola schüttelte unsicher den Kopf und betrachtete die Weidenröschen auf dem Tisch. Und plötzlich tauchte vor ihr ein verschüttetes Bild von einem lauen Sommerabend auf. Ihre Großmutter spielte Akkordeon, und die Großen tanzten auf der Veranda. Sie hatte wieder nur herumgestanden, weil sie die Kleinste gewesen war. Aber dann war ihre Mutter gekommen, hatte ihr einen Kranz aus Weidenröschen aufs Haar gedrückt, sie hochgewirbelt und mit ihr getanzt. Viola sah wieder das lachende Gesicht ihrer Mutter vor sich, ganz nah vor ihrem. Diese Erinnerung passte nicht mit dem eigentlichen Bild zusammen, das sie von ihrer Mutter hatte. Die Mutter, an die sie sich erinnerte, hatte nie gelacht, war mit leicht gebeugten Schultern zur Arbeit und zurück gehuscht und hatte ansonsten das Haus nicht verlassen. Und plötzlich begriff Viola, dass sie am 2. Juli 1977 viel mehr als ihr Zuhause verloren hatten. An diesem Tag verloren sie ihre Mutter.

Neo unterhielt sich inzwischen mit einem Mädchen namens Anni. Sie war ein Jahr älter als er und eine Enkelin von Elvira. Anni wohnte in Neustadt bei Coburg und ging dort aufs Gymnasium. Sie hatte ihre braunen langen Haare zu einem

Zopf geflochten und, soweit man das sehen konnte, am ganzen Körper Sommersprossen.

Nachdem sie Telefonnummern ausgetauscht hatten, fragte Neo: »Sagst du mir noch deinen Namen bei Instagram, damit ich dir folgen kann?«

»Da bin ich nicht.«

»Facebook?«

»Ich lehne die sozialen Medien ab. Prinzipiell.«

Neo betrachtete das Mädchen staunend.

»Ja, guck nicht so«, sagte sie. »Ich finde das öde und oberflächlich. Ich will den Scheiß nicht wissen, der da steht.«

Bewundernd stellte Neo fest: »Das hat Stil.«

Milla, die sich gerade suchend nach ihrem Sohn umdrehte, fing einen Blick auf, mit dem er Anni bedachte. Im selben Moment wusste sie, dass sich diese Caro warm anziehen musste. Unwillkürlich lächelte sie.

»Willst du nicht mit zum Essen kommen, Oma Elvira?«, fragte Anni ihre Großmutter, die die Szene ebenfalls beobachtet hatte. Milla betrachtete die ältere Dame aufmerksam. Elvira Dressel war hager, groß, um die siebzig und erinnerte an einen preisgekrönten afghanischen Windhund. Ihr dichtes, weißblond gefärbtes Haar wurde von einem bunten Tuch aus der Stirn gehalten.

Sie schüttelte den Kopf und zündete sich eine Zigarette an.

Die kleineren Kinder begannen, sich eine Bude unter den Tischen zu bauen. Immer wenn sich eins von ihnen darunter bewegte, wackelte die ganze Tafel. Milla beneidete Neo, der den Kleinen half, mit einer Decke den Eingang zu versperren. Er hatte wenigstens eine Aufgabe.

Sie stand zwischen den Geschwistern, die einander mit Erinnerungsepisoden überboten, sich gegenseitig ins Wort fielen und sich ständig widersprachen. Sie waren grundverschieden, und doch konnte Milla ihren starken Zusammenhalt in jedem ihrer Worte, in jeder ihrer Bewegungen spüren. Christine sammelte ihrem Bruder von den Bäumen gefallene

Fichtennadeln aus dem Haar, er biss von der Bratwurst seiner kleinen Schwester ab, sie wischte Christine einen Krümel von der Wange.

Milla glaubte, sich nie einsamer gefühlt zu haben als inmitten dieser herzlichen und vertrauten Familie, zu der sie nicht gehörte. Sie sehnte sich nach der Stille des Kellers und hoffte, die Dressels würden ihn nicht ausräumen und zuschütten.

»Was wollen Sie denn aus dem Grundstück da oben machen?«, schaltete sie sich wieder in das Gespräch ein.

»Wir können gar nichts mit *Dressels Forst* machen«, gab Andreas so entrüstet zurück, als wäre das allein ihre Schuld.

»Er gehört uns ja nicht mehr«, erklärte Christine. »Wir sind damals zwangsweise umgesiedelt worden und mussten alles abgeben. Haus, Grund und Wald.«

»Aber haben Sie denn keine Rückübertragung gefordert, nach der Wende?«, wunderte sich Milla.

»Sie glauben wohl auch an Gerechtigkeit, was?«, spottete Andreas.

»Tante Elvira hat das damals alles in die Wege geleitet.« Christine drehte sich suchend nach ihrer Tante um und winkte sie herbei.

Elvira rauschte huldvoll heran und hatte offensichtlich keine große Lust, sich zu diesem Thema zu äußern. »Es wurde behauptet, wir hätten damals eine Entschädigung bekommen und könnten es zum heutigen Verkehrswert zurückkaufen«, sagte sie knapp.

»Unser eigenes Grundstück! Das muss man sich mal vorstellen!«, regte sich Andreas auf. An seiner Schläfe pulsierte eine dicke blaue Ader. Christine legte beruhigend ihre Hand auf seinen Arm.

»Es ist ja nicht irgendein Besitz, der weg ist«, erklärte sie. »Den könnte man ersetzen. Es ist unsere Heimat.«

»Haben Sie denn alle rechtlichen Mittel ausgeschöpft?«, erkundigte sich Milla. »Soll ich mich mal informieren?«

»Was wollen Sie mir denn da unterstellen?«, empörte sich Elvira. Ihre zur Schau gestellte Zurückhaltung bröckelte.

»Sie kommen hier daher und glauben alles besser zu wissen. Ich hab mich jahrzehntelang damit beschäftigt.«

»Das sollte kein Vorwurf sein«, stellte Milla hastig richtig, »aber manchmal übersieht man als Laie etwas.«

Die beiden Nichten verteidigten die Bemühungen ihrer Tante nun sehr vehement.

»Tante Elvira hat all ihre Nerven gelassen bei dieser Sache!«, rief Viola, und Christine versicherte: »Wir waren so froh, dass sie das in die Hand genommen hat!«

»Und am Ende musste sie nur draufzahlen«, ergänzte Andreas.

»Bitte entschuldigen Sie«, bat Milla. »Ich wollte Sie nicht kränken.«

Elvira schmiss ihr einen Blick zu, der deutlich zeigte, dass es dennoch passiert war.

Eine junge Frau drängte sich dazwischen, um nach den sauren Gurken zu angeln. »Ihr guckt so ernst. Seid ihr wieder mal beim *Waldeshöh*?«, fragte sie und verschwand wieder, ohne eine Antwort abzuwarten.

»Das mit dieser angeblichen Entschädigung verstehe ich aber trotzdem nicht«, griff Viola das Thema noch einmal auf. »Die müsste die Oma ja bekommen haben.«

Andreas schüttelte den Kopf. »Da war aber nichts. Als sie gestorben ist, hat es grad für die Beerdigungskosten gereicht, hat der Papa immer gesagt.«

»Unser Anwalt hatte vermutet, dass sie vielleicht eine Verzichtserklärung unterschrieben hat«, bemerkte Elvira.

»Nie und nimmer hätte die Oma so was unterschrieben!«, rief Christine heftig.

Milla schaltete sich erneut ein. »Also, wenn sie es getan hat …«

»Hat sie nicht«, fuhr Andreas dazwischen.

»Ich sagte, wenn … dann müsste diese Erklärung auch irgendwo vorliegen«, beendete Milla ihren Satz.

»Die liegt aber nicht vor, weil die Oma das nicht gemacht hat«, beharrte Andreas. »Die kamen doch immer und wollten sie überreden. Nicht ein einziges Mal hat sie nachgegeben. Danach haben die Erwachsenen immer in der Küche gesessen und diskutiert.«

»Und zum Schluss hat unsere Oma jedes Mal auf den Tisch gehauen und *Nur über meine Leiche!* gerufen.« Christine schlug zur Bekräftigung mit der flachen Hand auf den Tapeziertisch. Eins der Kinder streckte erschrocken seinen Kopf darunter hervor. Die Dressels lachten, dann wurden sie wieder ernst.

»Das Versprechen hat sie dann ja auch gehalten«, sagte Christine leise. »Ein halbes Jahr später ist sie gestorben. Ganz sicher an all der Aufregung.«

»Das kannst du nicht wissen«, gab Elvira zurück. Sie wirkte müde und erschöpft. Dann wandte sie sich an Milla: »Mussten Sie das alles aufwühlen? Jetzt waren wir grad wieder zur Ruhe gekommen. Sie hätten den verwünschten Keller nicht finden sollen!«

Die ersten Kinder begannen zu quengeln. Langsam setzte Aufbruchsstimmung ein. Christine trug Essensreste nach oben, um allen etwas einzupacken und mitzugeben. Viola half ihr in der Küche. Misstrauisch betrachtete sie die alten Arbeitsschutzplakate hinter der Kaffeemaschine.

»Dass du dir so was aufhängst«, wunderte sie sich. »Finger in der Steckdose, abgesägtes Bein. Also wirklich.«

»Die hab ich bei Papas Sachen entdeckt, in einer Mappe. Ich fand sie witzig.«

Sie gab ihrer Schwester mehrere Plastikbehälter mit Salaten und ein großes Kuchenpaket mit.

»Weißt du, was ich denke?«, sagte Viola. »Wir wären ohne dich keine Familie mehr gewesen danach.«

Christine lachte und meinte: »Ach, so ein Familientreffen macht noch lang keine Familie aus. Das sind wir alle zusammen.«

»Ich meine nicht erst nach Mamas Tod. Schon damals, als sie noch da war.«

Christine schwieg. Sie wusste nicht, was sie dazu sagen sollte. Wenn das ein Lob für sie gewesen war, dann war es gleichzeitig eine Kritik an ihrer Mutter. Das gefiel ihr nicht. Bei den Dressels wurde niemals schlecht über ein abwesendes Familienmitglied gesprochen. Man sagte sich sehr deutlich und direkt die Meinung ins Gesicht, und dann war es auch wieder gut. Man hielt zusammen. Benahm sich einer von ihnen merkwürdig, dann versuchten die anderen eine Entschuldigung dafür zu finden. Und wenn es sich gar nicht beschönigen ließ, dann wurde darüber geschwiegen.

Viola sagte nachdenklich: »Ich hatte ganz vergessen, dass es eine Zeit gab, in der sie gelacht hat. Wie kann man so was vergessen?«

»Als Papa sie kennengelernt hat, soll sie die kleine wilde Gerda gewesen sein.« Christine strich ihrer Schwester eine Haarsträhne aus dem Gesicht. »Im *Waldeshöh* war sie ganz anders. Aber da bist du noch sehr klein gewesen.«

Viola verdrehte die Augen. Das war das übliche Argument. Sie griff sich ihre Verpflegung für die nächste Woche und ging nach unten.

Als sich Milla verabschieden wollte, drückte Christine ihr ebenfalls ein Päckchen in die Hand.

»Zwetschgenkuchen«, erklärte sie. »Meine Schwägerin meinte, der hat dir so gut geschmeckt bei ihr.«

Milla wurde rot. Dann gab Christine ihr noch einen Umschlag.

»Und ich hab dir ein paar Bilder vom *Waldeshöh* rausgesucht.«

Überrascht nahm Milla die Fotos entgegen. Dann fiel ihr etwas ein. »Jetzt bin ich gar nicht dazu gekommen, deine Familie zu fragen, ob ich die veröffentlichen darf!«

Christine winkte ab. »Mach dir keine Sorgen. Die kannst du alle beruhigt für deinen Artikel verwenden. Da ist keiner von uns drauf.«

Milla versuchte ihre Enttäuschung zu verbergen. Sie hatte

darauf gehofft, zu sehen, wie die Dressels das Haus mit Leben erfüllten und wie Christine früher ausgesehen hatte. Aber sie verstand, warum sie diese Bilder nicht bekommen konnte. Sie gehörte nicht dazu.

Christine umarmte ausnahmslos alle bei der Verabschiedung, auch Milla und Neo.

Milla versprach höflich: »Wir bleiben in Kontakt!«

12

Das Rennsteig-Lied

7. Juni 1952 – »Seid still, seid still!«, rief Werner begeistert und sprang zum Radioapparat, um mit Schwung die Laustärke höher zu drehen. Gleich beim ersten Akkordeonklang hatte er das Lied erkannt.

Andächtig saßen die Dressels in der Küche und lauschten dem knisternden Deutschlandsender. Johanna wagte nicht einmal mehr zu kauen, um besser hören zu können. Hier in der hintersten Ecke der DDR war dieser Ostsender viel schlechter zu empfangen als RIAS und Bayerischer Rundfunk.

»Ich wandre ja so gerne am Rennsteig durch das Land«, tönte es aus dem Radio.

Johannas Augen weiteten sich. »Was ist das?«, fragte sie.

Werner erklärte: »Das Rennsteig-Lied! Das kennen jetzt alle.«

»Mir ist das zu modern«, stellte Arno fest. Elvira schaukelte wild zum Rhythmus. »Ihr scheint es allerdings zu gefallen.« Arno lachte. »Vielleicht bin ich zu alt dafür?«

Johanna legte den Arm um ihn. Immer wenn Arno einen Scherz machte, zog sich ihr Magen vor Glück zusammen. »Oh nein! Du bist so jung, Arno!«, rief sie. »Gib's nur zu, dir gefällt es auch. Also mir gefällt es!«

Die Melodie fühlte sich so vertraut an. Ihr kam es vor, als ginge es in diesem Lied nur um sie, um ihre Familie. Und der Text versprach, dass sie bald wieder den ganzen Rennsteig entlangwandern konnten, bis nach Steinbach am Wald und weiter bis Blankenstein, so wie sie es früher getan hatten, als die Welt noch nicht hinter ihrem Haus endete.

Plötzlich war das Lied vorbei. Alle wünschten sich, es noch einmal hören zu können, selbst Arno.

Johanna dachte wehmütig an die alte Frau Dressel. Die hätte das Rennsteig-Lied nur einmal hören müssen und es gleich auf dem Akkordeon nachspielen können. Wie würde es werden, wenn sie das Hotel wieder aufmachten? Wo sollten sie die Musik zum Tanz hernehmen? Mit dem Radio konnte man nicht rechnen, wo am Abend so oft Gesprächsrunden gesendet wurden. Ob sie sich einen von diesen neuen Plattenspielern anschaffen sollten?

Sie ärgerte sich, dass sie nicht auch etwas zusammengespart hatte wie ihr Sohn Werner. Fast ein Dreivierteljahr lang hatte er keinen Pfennig für sich selbst ausgegeben. Und nun endlich war es so weit. Wie lange hatte er diesen Tag herbeigesehnt!

»Heute hole ich dich eher vom Kindergarten«, versprach Werner Elvira. »Und mach dich auf eine ordentliche Überraschung gefasst!«

Elvira strahlte. Sie ging nicht gern in den Kindergarten und beschwerte sich oft bitterlich bei ihrem Bruder. Nie durfte sie mit dem Puppenwagen spielen, weil den immer eins der anderen Mädchen für sich in Beschlag nahm. Die Toilettenbecken standen ohne Trennwand ganz dicht zusammen, und es gab vorgeschriebene Zeiten, zu denen sie sich alle nebeneinander darauf hocken mussten. Alles sollten sie nach Plan und gemeinsam machen: essen, schlafen, basteln. Und wenn Elvira außer der Reihe Durst kriegte, bekam sie zu hören, dass für sie keine Extrawurst gebraten würde und sie sich endlich ins Kollektiv einfügen müsse. Ständig sollten sie etwas basteln, rote Papiernelken, Schiffchen, kleine Fächer, und nie durften sie es behalten, weil es unter das große Thälmannbild gelegt werden musste. Einmal hatte sich Elvira eine Papierblume eingesteckt, die sie Werner zeigen wollte. Natürlich erwischte man sie. Sie war vor der Gruppe streng gerügt worden, weil sie Ernst Thälmann bestohlen habe und immer nur an sich selbst denke.

Johanna verteilte die Brotpakete an alle. Dann steckte sie Arnos linkes Hosenbein mit einer Sicherheitsnadel nach oben, damit es nicht herumschlenkerte und den Staub des Waldwegs aufwirbelte.

»Mein verdammtes Bein tut weh«, brummte er dabei.

»Das ist ja kein Wunder«, sagte sie. »Wo es jetzt doppelt so viel leisten muss.«

»Ich meine das linke Bein.« Er zeigte dahin, wo nichts mehr war.

»Wie kann das sein?« Dann fiel ihr etwas ein, und sie fragte nachdenklich: »Was wohl damit passiert ist? Ob sie es eingeäschert haben?«

»Glaub ich nicht«, antwortete Arno. »Der Oberarzt im Krankenhaus hat einen großen Dobermann. So einer braucht ständig Fleisch.«

Johanna lief ein Schauer über den Rücken. »Sag nicht so was«, flüsterte sie. »Die Kinder …«

»Was soll der Vati nicht sagen?«, fragte Elvira neugierig.

»Nichts, mein Schätzlein«, versuchte Johanna sie zu beruhigen.

Elvira drehte ihren Kopf beleidigt nach hinten.

Gleich als die Berufsschule in Sonneberg beendet war, rannte Werner in die Bahnhofstraße zum Fahrrad-Hess, der inzwischen natürlich der HO angehörte. Unterwegs presste er die Hand auf seine Hosentasche, um ja nichts zu verlieren. Das Geld hatte er schon seit Wochen zusammen, aber jetzt war endlich auch das Fahrrad da.

Er sah es gleich, als er die Ladentür öffnete. Es war ein blauschwarzes Tourenrad von Diamant, und es hatte einen gefederten Sattel aus rotbraunem Leder. Es besaß Scheinwerfer, Rücklicht und Dynamo, hatte einen Tourenlenker, und am Rahmen waren für den Notfall eine Luftpumpe und eine kleine Werkzeugtasche befestigt.

»Ist das meins?«, fragte Werner mit zitternder Stimme.

Er war schon oft beim Fahrrad-Hess gewesen. Der Verkäufer kannte ihn.

»Noch nicht«, sagte der gedehnt und wischte seine ölverschmierten Finger am Kittel ab.

Werner holte sein Geld aus der Hosentasche und zählte mit

schweißnassen Händen 390 Deutsche Mark hin. Ein Vermögen. Seine Mutter hatte ihm noch Geld für ein Fahrradkörbchen mitgegeben, das er vorn an den Lenker hängen sollte, damit auch Elvira mitfahren konnte. Aber plötzlich entdeckte Werner etwas viel Besseres und legte den letzten Rest von seinem eigenen Geld drauf. Er brauchte es ja für nichts anderes mehr.

Werner packte seine Schultasche auf den Gepäckträger und stieg auf sein nagelneues Rad. Es roch nach Schmieröl und Leder und glänzte in der Sonne. Die Griffe aus Bakelit fühlten sich glatt und kühl und äußerst wertvoll an.

Das Rad fuhr wie von selbst. Werner drehte ein paar Runden durch Sonneberg und freute sich, wenn Passanten die Köpfe reckten. Begeistert hatte er die Berichte über die Internationale Friedensfahrt verfolgt, und nun kam er sich selbst wie einer dieser Rennfahrer vor. Er fuhr allerdings nicht ganz so rücksichtslos und achtete darauf, dass er in keine Pfütze geriet. Schließlich sollten die neuen Reifen nicht schmutzig werden.

Ein Rad bedeutete Freiheit und Unabhängigkeit. Vor ein paar Tagen hatten sie die Bahnstrecke zwischen Tettau und Pressig gesperrt. Nun saßen die Heinersdorfer da und hatten einen Bahnhof, an dem kein Zug mehr vorbeikam, und die Gleise lagen unnütz im Wald herum. Aber wenn man ein Fahrrad hatte, machte einem das nichts aus, damit kam man überallhin.

Immer wieder fuhr Werner an Gerdas Haus in der Bahnhofstraße vorbei. Das Fenster im Erdgeschoss stand einen Spaltbreit offen, aber niemand ließ sich blicken. So oft war er hier nach der Berufsschule wie zufällig entlanggeschlendert und hatte gehofft, ihr auf der Straße zu begegnen, aber das war nicht passiert. Wohnte sie überhaupt noch hier? Wie jedes Mal sah er nach dem Türschild und beruhigte sich.

Inzwischen waren einige Leute aus der Straße auf ihn aufmerksam geworden, nur hinter Gerdas Fenster rührte sich noch immer nichts. In seiner Verzweiflung begann er mit der neuen Fahrradklingel zu lärmen.

Endlich bewegte sich die Gardine, und Gerdas Kopf schob sich heraus. Sie war inzwischen sechzehn Jahre alt.

Als sie ihn sah, errötete sie. Werner konnte sein Glück kaum fassen. Sie hatte ihn eindeutig wiedererkannt! Ihm stieg gleich wieder dieses Gefühl vom Messwein in den Kopf.

»Ach, du bist das«, sagte sie. »Was willst du denn?« Sie sah suchend an ihm vorbei. »Wo ist deine Schwester?«

Die Erinnerung an Elvira machte ihm klar, dass er nicht herumtrödeln durfte, sondern auf den Punkt kommen musste.

»Ich wollte fragen, ob wir vielleicht mal zusammen ins Kino in Hasenthal gehen wollen«, schlug er vor, ohne die Frage nach Elvira zu beantworten.

»Bei uns in Sonneberg gibt es mehrere Kinos«, stellte Gerda fest.

Natürlich. Werner biss sich auf die Zunge. Da hatte er monatelang darüber nachgegrübelt, was er ihr bieten konnte, und dann leistete er sich so einen Schnitzer. Man konnte eine Städterin doch nicht in ein schäbiges Dorfkino einladen. Entmutigt wollte er sich schon verabschieden, da fragte sie: »Kommst du zum Vogelschießen? Ich geh da bestimmt hin.«

Dieses Volksfest fand jedes Jahr im Sommer auf dem Sonneberger Schießhausplatz statt.

Werner, der noch nie in seinem Leben dort gewesen war, ging sofort auf ihren rettenden Vorschlag ein und behauptete: »Da bin ich auch immer! Dort können wir uns treffen!«

»Dann ist es abgemacht«, beschloss Gerda.

»Ich schreibe dir, wann und wo wir uns treffen, und du musst mir zurückschreiben, damit ich weiß, dass es bei dir klappt.«

Gerda erwiderte darauf nichts, lächelte nur und schloss das Fenster.

Minutenlang blieb Werner vor dem Haus stehen und rührte sich erst, als er angerempelt wurde. Dann fiel ihm Elvira ein, und er schwang sich hastig aufs Rad.

Bergauf fuhr es sich nicht mehr wie von selbst. Werner musste ordentlich treten, denn es gab keine Gangschaltung. Aber selbst wenn man es schob, war dieses Rad ein Prachtstück.

Es war seine erste Fahrt von Sonneberg hoch zum Rennsteig nach Hause, die er nicht im Bus zurücklegte. Unterwegs rechnete er sich aus, dass er nur eintausendneunhundertfünfzig Mal mit dem Rad fahren musste, dann hatte es sich rentiert. Der vermögendste Mann der Welt konnte sich nicht reicher fühlen als Werner in diesem Augenblick. Er besaß ein neues Diamant-Tourenrad, in seiner Hosentasche tickte eine Taschenuhr, und er hatte die erste Verabredung seines Lebens.

Verschwitzt und glücklich kam er nach einer reichlichen Stunde am Kindergarten in Hasenthal an.

Elvira rannte ihm entgegen, sprang an ihm hoch und verteilte Küsse, Schmutz und Sand. Sie bewunderte und liebte ihren großen Bruder, nicht nur weil er jung war und noch beide Beine hatte. Er sprach auch nicht ständig in Rätseln wie ihre Eltern, und er nahm sie überall mit hin. Im letzten Jahr war seine Stimme männlich geworden. Wenn sie ihr Ohr an seinen Kehlkopf legte, hörte sie ein tiefes Vibrieren, sobald er sprach.

»Guck, was ich habe«, sagte Werner.

Erst jetzt entdeckte Elvira das Rad. »Für mich?«, fragte sie freudig überrascht.

Werner musste lachen. »Das ist doch ein Herrenrad, und du bist eine Dame.«

Elvira zog einen Flunsch.

»Aber guck«, fuhr Werner fort. »Es ist auch etwas für dich dabei.« Er zeigte auf das Rad. »Das ist dein Sitz!«

Jetzt entdeckte sie den Kindersattel, den Werner an die Querstange montiert hatte. Er war mit glänzendem rotbraunem Leder überzogen und sah aus wie sein Sattel, nur ein wenig kleiner.

Werner hatte für sie außerdem noch Fußrasten und einen Beinschutz gekauft und beides gleich angebracht, damit ihre kleinen Füße nicht in die Speichen gerieten.

»Jetzt können wir beide zusammen überallhin fahren«, versprach er.

Elvira juchzte. »Machen wir einen Ausflug?«

»Warum nicht«, sagte Werner, der große Lust hatte, noch ein wenig sein Rad zu testen.

»Wir machen einen Ausflug!«, jubelte Elvira und sah sich um, ob es auch alle mitbekommen hatten.

Werner hob seine Schwester hoch und setzte sie auf den Sattel. Von dieser Position aus konnte sie sich am Lenker festhalten. Es fühlte sich an, als würde sie das Rad selbst steuern. Ihre Wangen glühten vor Stolz. Am besten gefiel Elvira, dass sie an die silberne Klingel heranreichte.

Den ganzen Weg über die Landstraße klingelte sie und scheuchte die Vögel in den Zweigen der Obstbäume auf.

In Spechtsbrunn lief ihnen Siggi über den Weg. Fachmännisch untersuchte er die Konstruktion des Rads.

»Leichtmetallfelgen«, stellte er beeindruckt fest.

»Und Keiltretlager«, verkündete Werner stolz.

Siggi warf einen neidischen Blick auf das Rad seines Freundes und guckte dann zu dem abgeschabten Lastenrad der Post, das er selbst fuhr.

»Was soll's«, sagte er. »Das hier kostet mich wenigstens keinen Pfennig.«

»Wir machen heute einen Ausflug«, gab Elvira an.

»Prima, ich komme mit. Wir fahren nach Liebau!«, bestimmte Siggi.

»Was wollen wir denn in Liebau?«, wunderte sich Werner. War das nicht ein ganz normales Dorf? Da konnten sie wohl auch in Spechtsbrunn bleiben.

»Habt ihr das noch nicht gehört? Da gibt's was zu holen«, verkündete Siggi.

Als sie in Liebau ankamen, schien es tatsächlich ein ganz normales Dorf zu sein mit ein paar Häusern und Ställen und Scheunen, umgeben von sanft gewellten Wiesen. Und doch hatte Werner das Gefühl, dass etwas nicht stimmte.

Die Felder lagen verwaist in der Sonne, kein Vieh war zu sehen, und es herrschte eine geradezu gespenstische Stille. Sie wurde erst durchbrochen, als ein paar Jungen über die Straße rannten und schrien: »Du traust dich nicht, du traust dich nicht!«

Der Angesprochene aus der Gruppe traute sich aber doch, ergriff einen Stein und warf ihn gut gezielt in ein Fenster. Klirrend zersplitterte die Scheibe.

Werner erwartete das übliche Gezeter, wenn etwas zu Bruch ging, aber niemand reagierte. Keiner schimpfte, nirgendwo öffnete sich ein Fenster. Und plötzlich entdeckte Werner, dass in den Häusern überall die Gardinen fehlten. Liebau war ein Geisterort.

»Na?« Siggi machte eine Handbewegung, die das ganze Dorf umschloss, und fragte Werner stolz, als habe er das alles erfunden: »Wie findest du das?«

Siggi ließ oft Dinge verschwinden. Für einen winzigen Moment glaubte Werner, Siggi hätte die Menschen von Liebau weggezaubert. Er wartete darauf, dass er sie wieder erscheinen ließ, aber nichts geschah.

Sie betraten eins der Bauernhäuser. Es war gänzlich leer. Weder Möbel noch Matratzen befanden sich darin, kein Geschirr, keine Wäsche. Alles, was beweglich war, schien sich in Luft aufgelöst zu haben.

Siggi ärgerte sich. »Mist. Ist schon alles weg. Wir kommen zu spät.«

»Wo sind die bloß alle hin?«, wunderte sich Werner.

»Abgehaun. Komplett. Bei Nacht und Nebel. In den Westen.« Siggi war stets bestens informiert. In der Berufsschule hatten sie ihnen auch erzählt, dass nur Verräter in den Westen gingen. Da geschah es ihnen ganz recht, wenn alles, was sie hiergelassen hatten, geplündert wurde. Ärgerlich an der Sache war nur, dass er es zu spät mitbekommen hatte und nichts mehr zu holen war. In den Häusern rannten nun Kinder aus den Nachbarorten herum, die das Dorf in einen großen Spielplatz verwandelten.

Die drei durchsuchten die Scheunen, aber es war nicht mehr viel Brauchbares da. Sie nahmen ein paar leere Säcke und buddelten mit den Händen auf dem Feld Frühkartoffeln aus. Im Heu versteckt fanden sie noch ein paar Arbeitsschürzen und einen einzelnen Gummistiefel. Das alles teilten sie untereinander auf, aber den Stiefel durfte Werner behalten, denn es war ein rechter. Den wollte er seinem Vater mitnehmen.

Als Werner mit seiner Schwester nach Hause kam, hörte der Hund Asta schon von Weitem das Klingeln und kam ihnen kläffend entgegengerannt. Auch die Eltern wurden von dem ungewohnten Klang nach draußen gelockt.

»Donnerwetter!«, rief Arno begeistert.

Johanna dagegen stützte die Arme in die Seiten. »Von oben bis unten eingestaubt. Hättest du nicht besser auf das neue Rad achtgeben können?«

Sie holte einen Lappen und wischte das Rad sauber. Es hatte keinen Schaden genommen.

Elvira schlief schon fast auf Werners Arm ein, wurde aber noch einmal wach, als Johanna fragte, wo sie sich denn so lange herumgetrieben hatten.

»Wir waren in schönen Spielhäusern!«, plapperte sie.

»Unten in Liebau«, erklärte Werner und zeigte stolz seine Beute. »Wir haben Sachen mitgebracht.«

Seine Eltern tauschten einen Blick.

»Das gehört jemandem. Das will ich nicht haben!«, sagte Johanna heftig. Mit dem Fuß stieß sie den einsamen Stiefel weit von sich, als wäre er giftig.

»Aber die Kartoffeln würden ohnehin verderben, dort erntet doch keiner mehr«, verteidigte sich Werner.

»Ja, gut, die Kartoffeln«, gab Johanna ihm recht, denn die konnten sie gut gebrauchen. »Aber sonst will ich nichts davon.«

»Es war gar keiner da«, erklärte Elvira eifrig. »Wir durften das alles.«

»Die sind einfach abgehauen, also selbst schuld«, bestätigte Werner.

Johanna und Arno tauschten erneut einen Blick.

Elvira wurde ins Bett geschickt, worüber sie sehr beleidigt war. Danach erfuhr Werner, was die Kunden in Johannas Gärtnerei erzählt hatten.

»Die wollten in einer geheimen Polizeiaktion alle abholen, weil Liebau zu dicht an der Grenze liegt«, berichtete sie. »Die Lastwagen aus Erfurt waren schon da. Aber dann ist es durchgesickert. Also sind sie in der Nacht noch schnell alle rüber.«

»Mitsamt ihrem Bürgermeister«, ergänzte Arno. »Alle weg. Die in Heinersdorf und Spechtsbrunn hatten nicht so viel Glück. Da haben sie ein paar politisch unzuverlässige Leute abgeholt und weggebracht.«

»Aber wohin denn?«, wunderte sich Werner.

Arno zuckte mit den Schultern. Das wusste niemand. Es wurde gemunkelt, die kämen nach Sibirien, denn man hörte nie wieder etwas von ihnen.

Werner dachte, dass seine Eltern sicher übertrieben. Vielleicht bekamen die Leute ja auch woanders neue, schönere Häuser? Sie konnten schließlich nichts dafür, dass sie so nah an der Grenze wohnten.

»Aber der Siggi ist noch in Spechtsbrunn«, überlegte er. »Die durften bleiben.«

»Der ist ja auch bei der Post und kennt die Obrigkeit«, polterte Arno.

»So ein Unsinn«, widersprach Johanna. »Die haben sich einfach nichts zuschulden kommen lassen.«

»Wir doch auch nicht«, stellte Werner fest. »Also haben wir doch nichts zu befürchten, oder?«

»Natürlich nicht«, versicherte Johanna und sah unwillkürlich zum Küchenregal, wo sich die Briefe der letzten Zeit stapelten. Nachdenklich sagte sie: »Meint ihr, es ist ein Fehler, wenn ich dem Fräulein Aschenbach schreibe? Wir sind ja gar nicht verwandt.«

Arno nahm einen der Briefe, überflog die Zeilen kurz und sagte: »Denkst du, man wird dich als Spionin verhaften? Weil du denen im Westen das Rezept für die grünen Klöße verraten hast?«

Johanna gab ihm einen Klaps. Und doch blieb ein ungutes Gefühl. Ihr wurde klar, dass sie die Regeln überhaupt nicht kannte. Woher wusste man, ob man alles richtig machte?

Diese neue Polizeiverordnung, die seit Kurzem in Kraft war, beunruhigte sie. Es war ein fünf Kilometer breites Sperrgebiet entlang der Grenze eingerichtet worden. Und ein fünfhundert Meter breiter Schutzstreifen, den man nur noch mit Erlaubnis betreten durfte. Das Hotel *Waldeshöh* befand sich in diesem Schutzstreifen. Aber sie hatten einen Stempel für die Wohnberechtigung in ihren Ausweis bekommen. Vielleicht waren ihre Sorgen also grundlos.

»Meinst du, es ist vorbei?«, fragte sie Arno. »Oder kommen die auch noch zu uns? Meinst du, die wollen auch unser Hotel verstaatlichen? Die brauchen schöne Urlaubsplätze für die Arbeiter, heißt es. *Urlaub für alle*, nennen sie das.«

Es war noch gar nicht so lange her, als in einer großen Aktion all die schicken Hotels oben am Rennsteig bei Oberhof verstaatlicht worden waren. Den *Schweizerhof*, die *Morgensonne*, das *Quisisana* und all die anderen mondänen Skihotels hatten sie in Ferienheime des Freien Deutschen Gewerkschaftsbundes verwandelt.

»Die Hotels haben die sich doch nur unter den Nagel gerissen, weil der Ulbricht immer so gern Ski fährt bei denen in Oberhof«, versuchte Arno sie zu beruhigen.

Johanna schöpfte Hoffnung. Im Hotel *Waldeshöh* hatte Walter Ulbricht noch nie logiert.

Arno legte seine Stirn an Johannas. »Mach dir nicht so schwere Gedanken.«

»Du hast ja recht«, erwiderte sie.

»Außerdem hat unser Berufsschullehrer gesagt, uns werden sie schon deshalb nicht wegschaffen, weil der Vati den Arbeitsunfall hatte«, erklärte Werner.

Zu Weihnachten war das Fällen von Christbäumen noch immer verboten. Die jungen Fichten mussten wachsen und durften unter Strafe nicht geschlagen werden.

Sie stellten am Weihnachtsabend stattdessen überall Kerzen auf und klemmten die Glasvögel an den Spiegel hinter der Anrichte. Den Christbaumschmuck aus dem Volkseigenen Betrieb Glaswerke Lauscha hängten sie an die Arme des Deckenleuchters im grünen Salon. Dort pendelten die Kugeln, von der aufsteigenden Wärme des Kamins bewegt, und schickten Lichtreflexe über die Wände.

Die Geschenke waren verteilt, sie hatten gegessen und machten es sich nun vor dem Kamin gemütlich. Die Briketts darin glühten und waren schon in sich zusammenrutscht.

Plötzlich sprang Johanna auf und rief: »Ich hab noch eine Überraschung für euch.« Dann verließ sie das Zimmer.

Alle erwarteten, dass sie mit einem Kuchen zurückkehren würde, aber stattdessen hatte sie sich das Akkordeon der alten Frau Dressel umgelegt. Ihre Finger schwitzten vor Aufregung. Sie war sich nicht sicher, ob sie schon so weit war. Aber sie hatten schon keine Großmutter und keinen Baum. Sie wollte auf keinen Fall ein weiteres Weihnachten ohne Musik feiern.

Johanna setzte sich auf einen Schemel vor den Kamin, zog den Balg auseinander und begann zu spielen. Arno und Werner saßen mit offenen Mündern da und betrachteten das Wunder. Nur Elvira fand nichts dabei und schaukelte im Rhythmus mit.

Bis zum Schluss hatte Johanna befürchtet, Arno könnte hinter ihr Geheimnis kommen und die Überraschung verderben, die sie seit dem Sommer vorbereitete. Sie hatte in Gräfenthal eine alte Dame gefunden, die Akkordeon spielte und ihr nun einmal in der Woche nach der Arbeit Stunden gab. Johanna bezahlte, indem sie die Wäsche der Dame bügelte und flickte. In den vergangenen Monaten hatte sie geübt, sooft es ging, und versucht, die Noten zu verstehen. Sie spielte noch nicht besonders gut, und sie konnte auch nur ein einziges Lied. Aber sie hatte sich vorgenommen, nun, wo sie nicht mehr heimlich üben musste, alle Lieder zu lernen, die auch Marie Dressel gekonnt hatte. Sie hatte sogar überlegt, ob sie mit dem Rauchen anfangen sollte, um dadurch eine ebenso schöne tiefe Stimme zu bekommen, wie ihre Schwiegermutter sie gehabt hatte. Sie verwarf den Gedanken aber wieder, weil Zigaretten so teuer waren.

Johanna tastete nach den richtigen Bassknöpfen, und plötzlich kam es ihr so vor, als spüre sie unter ihren Fingerkuppen noch ein wenig von der alten Frau Dressel.

Alle hatten das Lied erkannt, spätestens als Johanna einsetzte: »Ich wandre ja so gerne am Rennsteig durch das Land …«

13

Was wäre, wenn

Christine stand im Baumarkt und verlangte nach einem kompetenten Mitarbeiter der Farbabteilung. Nachdem ihr Wunsch mehrmals über Lautsprecher wiederholt worden war, erschien ein junger Mann in weißem Kittel, der ihr behilflich sein wollte.

Sie holte aus ihrer Handtasche ein kleines moosgrünes Stück Putz und gab es ihm. »Ich möchte gern die Farbzusammensetzung bestimmen lassen«, erklärte sie.

Der Mann drehte das Stück misstrauisch hin und her und sagte schließlich: »Mehr haben Sie nicht? Ich geb mein Bestes.«

Er scannte die Farbe in mehreren Versuchen ein, und schließlich spuckte sein Computer einen Farbcode aus.

Christine nahm den Zettel und schaute auf die Zahlenfolge. »Das ist Moosgrün?«, fragte sie glücklich.

Der Mann nickte. »Wie viele Eimer soll ich davon mischen?«

»Erst mal gar nichts. Ich wollte nur wissen, ob man diese Farbe herausfinden kann.«

»Glauben Sie, ich hab nichts zu tun hier?« Verärgert riss er ihr den Zettel aus der Hand und stampfte davon.

Aber Christine hatte die Nummer längst im Kopf behalten und schrieb sie in ihr Notizbuch. Jahrelang hatte sie versucht, den richtigen Farbton zu finden. Doch immer hatte er dann anders ausgesehen als in ihrer Erinnerung.

Christine ging in das alte Kinderzimmer ihrer Tochter, das später ihr Vater Werner bewohnt hatte. Von der Decke pendelte eine nackte Glühbirne. Ihre Tochter hatte den kleinen Lampenschirm aus Kristallketten bei ihrem Auszug mitgenommen. Solange ihr Vater lebte, hatte es Christine nicht geschafft, zu renovieren. Später sah sie keinen Grund mehr dafür.

Der Raum wirkte chaotisch, aber in Wahrheit steckte ein System dahinter. An den Wänden lehnten mit Büchern und Aktenordnern gefüllte Regale. Davor schichteten sich hohe Berge von Papieren. In der Mitte des Raums standen Pappkartons. Darin lagerten alle Dinge, die eine so unregelmäßige Form hatten, dass sie sich nicht stapeln ließen, wie die Reiseschreibmaschine von Christines Großvater Arno oder das Holzkreuz von der Pilgerreise ihrer Urgroßmutter Marie. In eine der Kleinteilkisten legte sie nun das Stück Putz.

Als sie das Zimmer verlassen wollte, blieb ihr Blick an dem grünen Schreibheft hängen. Es lag ganz oben auf dem äußersten Papierstapel mit Dokumenten aus dem Jahr 1977. Aus der Zeit danach hatte sie nichts aufgehoben.

Christine holte das Heft aus der Schutzhülle und blätterte es wieder durch. Bei einem Aufsatz blieb sie hängen.

Im Jahr 2000 haben wir auf der ganzen Welt Kommunismus, und es gibt kein Geld mehr. Die Menschen sind bescheiden und nehmen sich nur das, was sie brauchen, so reicht es für alle. In der LPG von Spechtsbrunn gibt es fliegende Traktoren. Dann machen die breiten Reifen nicht mehr einen Teil der Ernte platt. Unser Wald ist ganz dicht und gesund, und wir müssen keine Bäume mehr fällen, weil es nur noch Plastemöbel gibt und wir alle mit Braunkohle heizen. Ich habe dann auch einen Mann und viele Kinder. Am meisten wünsche ich mir für das Jahr 2000, daß wir noch zu Hause sind und nicht weg vom Rennsteig mußten. Dann ist das Hotel Waldeshöh *ein schmuckes FDGB-Erholungs-Heim, und alles ist wieder gut.*

Christine schüttelte den Kopf und musste über sich selbst lachen. Das Jahr 2000 war anders gelaufen, in wirklich jeder Beziehung. Wenn ihr damals jemand gesagt hätte, dass es dann in Spechtsbrunn keine LPG mehr gebe, hätte sie kein Wort geglaubt. Und wenn jemand behauptet hätte, dass dann auch die DDR nicht mehr existiere, hätte sie denjenigen einfach für verrückt gehalten. Noch einen Tag vor Öffnung der Grenzen war das für Christine völlig unvorstellbar gewesen.

Nicht eine ihrer Prophezeiungen war in Erfüllung gegangen. Die Traktoren waren nicht durch die Gegend geflogen, und auch mit der Bescheidenheit der Menschheit hatte es nicht geklappt. Sie hatte die Jahrtausendfeier am Bett ihres Vaters im Sonneberger Krankenhaus verbracht, wo er wieder mal einen leichten Schlaganfall auskurierte. Ihr damaliger Mann war zu dieser Zeit mit einer Motivationstrainerin unterwegs gewesen, weil er es satthatte, dass sich seine Frau ständig um andere kümmerte und nicht um ihn.

Christine nahm das Schulheft mit, ohne es wieder in die Plastikhülle zu schieben. Sie musste den Duft des Kellers nicht mehr konservieren. Sie konnte nun jederzeit hingehen und sich davon trösten lassen.

Viola befand sich in ihrem Schlafzimmer in einem Neubaublock im Norden von Wolfen. Sie saß vor dem Frisiertisch und schaltete das Glätteisen an. Das feuchte Wetter hatte sich in ihre Haare gehängt, und sie würde am Abend noch zu einer Vernissage ins Frauenzentrum gehen. Dafür wollte sie gut aussehen.

Sie war in der Wohnung ihrer Eltern geblieben, die sie danach zugewiesen bekommen hatten. Ihre Mitbewohner wechselten im Laufe der Jahre immer wieder. Violas Geschwister zogen aus, ihre Mutter starb, Violas Mann kam dazu, ihr Sohn wurde geboren, ihr Vater wollte zurück nach Thüringen und ging zu Christine, Violas Töchter kamen auf die Welt. Die einzige Konstante in dieser Wohnung blieb Viola. In den letzten Jahren waren ganze Straßenzüge um sie herum verschwunden, die leer gestanden hatten und verfallen waren. Ihr Block war geblieben und modernisiert worden.

Diese Wohnung, die sie nun hell und klar eingerichtet hatte, war für sie viel mehr ein Zuhause als das Hotel *Waldeshöh*.

Unten auf der Straße fuhr ein Auto vorbei, sonst war es still. Hier oben in den achten Stock verirrten sich weder Mücken noch Schmeißfliegen, Ameisen oder Spinnen. Die Hortensienblüten neben dem Spiegel waren aus kostbarer Seide und ein Geschenk von Tante Elvira. In dieser Wohnung existierte nichts, was ihr die Ruhe nahm.

Viola trug Make-up aus einer kleinen schwarzen Dose von Chanel auf, ebenfalls ein Geschenk von Tante Elvira. Seit sie denken konnte, wurde sie von ihr verwöhnt.

Vergeblich wartete sie auf das Piepsen, das immer ertönte, wenn sich das Glätteisen erhitzt hatte. Sie berührte die Heizplatten, sie waren kalt. Daran änderte sich auch an einer anderen Steckdose nichts. Das Gerät war hinüber. Sofort verging ihr die Lust auf die Veranstaltung. Es überkam sie das bittere Gefühl, den Rest ihres Lebens mit ungepflegten Haaren herumlaufen zu müssen.

Viola hatte auf Wunsch ihrer Eltern Köchin gelernt und arbeitete in einer Großküche für die Schulversorgung, wegen der günstigeren Arbeitszeiten. Inzwischen war ihr klar, dass dies aus finanzieller Sicht keine gute Entscheidung gewesen war. Ständig hatte sie Geldsorgen, und schon die kleinste ungeplante Ausgabe löste bei ihr Verzweiflung aus.

Ihr fiel nur ein einziger Ausweg aus dieser Misere ein. Sie griff zum Telefonhörer und rief ihre Schwester Christine an.

»Ich habe über das nachgedacht, was diese Milla erzählt hat…«, begann Viola, ohne sich mit Höflichkeiten aufzuhalten.

Christine hakte sofort ein. »War es für dich eigentlich in Ordnung, dass ich sie eingeladen habe?«

»Du kannst doch einladen, wen du möchtest.«

»Das sieht Tante Elvira aber komplett anders. Ich fühl mich ganz schlecht deshalb. Aber ich muss doch auch mal eine Freundin mitbringen dürfen …«

»Christine?«, unterbrach Viola sie. »Du lässt mich nie ausreden. Ich habe über das nachgedacht, was diese Milla gesagt hat. Ich finde, wir sollten sie nachprüfen lassen, ob das alles rechtens war damals.«

Christine reagierte überrascht. »Ich dachte, wir sind uns einig, dass wir unsere Ruhe wollen?«

»Aber es ist doch immerhin unser Erbe. Weißt du, meine Kinder finden, wenn das Hotel noch stehen würde, hätten wir alle ausgesorgt.«

Christine musste lachen. »Man ist nicht gleich reich, wenn man ein Hotel besitzt«, rückte sie die Tatsachen zurecht.

»Aber es ist nicht gerecht!«, beharrte Viola und wusste selbst nicht genau, ob sie damit den verlorenen Grundbesitz, das defekte Glätteisen oder ihr ganzes Leben meinte.

»Natürlich ist es nicht gerecht. Aber nichts auf der Welt holt uns die Zeit davor zurück«, sagte Christine.

Viola schwieg. Ihre Erinnerungen daran waren nur noch verschwommene Bilder, bei denen sie nicht sicher sein konnte, ob sie nun von Fotos oder von wirklichen Erlebnissen stammten. Woran sie sich allerdings ganz genau erinnerte, war der Tag, an dem es geschah. Sie wusste noch, dass die Männer Stiefel getragen hatten. Und einer hatte zu ihr gesagt, wenn sie weiter im Weg herumstehen und heulen würde, käme sie auch in eine Kiste, wie ihre Puppen. Später wurde ihr unterstellt, dass sie sich das alles nur ausgedacht habe. Niemand könne sich nach so vielen Jahren an etwas erinnern, das geschah, als man sieben gewesen war. Ihr eigener Anwalt hatte das behauptet und gemeint, dass ihre Aussage nicht zu gebrauchen sei. Obwohl er dabei einen freundlichen, sehr nachsichtigen Ton anschlug, hatte sie das gleiche Gefühl der Erniedrigung und Ohnmacht verspürt wie damals.

»Wollen wir uns das wirklich noch mal antun?«, fragte Christine, als hätte sie die Gedanken ihrer kleinen Schwester erraten. »Es wühlt so viel auf. Darin hat Tante Elvira nämlich wirklich recht.«

Viola antwortete: »Ich hab das Gefühl, es könnte etwas verändern in unserem Leben. Ich weiß nicht, ob du zufrieden bist mit allem, aber ich nicht, Christine.«

»Wir sind drei. Mal sehen, was Andi dazu sagt.«

Auf die Bitte seiner Schwestern kam Andreas Dressel am nächsten Nachmittag bei Christine vorbei. Er ging durch den Flur und ließ kurz die alte Conciergeglocke erklingen, die dort auf dem Tisch stand. Das hatte er schon immer getan. Egal, wo diese Glocke stand, er konnte nie an ihr vorbeigehen, ohne kurz draufzuschlagen.

»Jetzt bin ich schon wieder da«, brummte er. »Vielleicht sollte ich bei dir einziehen.«

»Also wirklich«, sagte Christine. »Du hast einen Weg von zehn Minuten zu mir.«

Sie goss ihm Kaffee ein, schob ein Stück Kuchen auf seinen Teller, und er setzte sich aufs Sofa. Ihr Mobiliar war eine Kombination aus verschiedenen Stilrichtungen, und die Wände hatten das falsche Grün. Der Raum wurde von einer großen Glasvitrine aus Mahagoni dominiert, die einmal der ganze Stolz von Marie Dressel gewesen war. Nachdem Christines Mann beim Auszug alle neu angeschafften Möbel mitgenommen hatte, war die Vitrine wieder vom Dachboden geholt worden und beherbergte nun allerlei Krimskrams.

Christine stellte einen kleinen Tablet-Computer auf den Tisch und richtete ihn auf das Sofa aus.

»Was ist das für ein Quatsch, den Viola machen will?«, erkundigte sich Andreas.

»Eine Videokonferenz«, erklärte sie. »Wir müssen was besprechen.«

»Davon halte ich nichts.«

»Jetzt stell dich nicht so an, Andi, bist du fünfzig oder achtzig?«

»Ich bin Förster«, gab er beleidigt zurück.

»Und da kannst du dich nur mit Klopfzeichen verständigen?«

Er maulte vor sich hin und widmete sich seinem Kuchen.

Christine hatte ihr Schulheft auf den Tisch gelegt und zeigte es nun ihrem Bruder. Als er danach greifen wollte, hielt sie ihn zurück. »Du hast fettige Finger.«

Schnell leckte er sie ab, wischte die Hände an der Hose trocken und nahm erst dann das Heft.

»Wir haben uns die Zukunft wohl alle anders vorgestellt«, sagte er, nachdem er gelesen hatte, und gab es ihr zurück.

»Kannst du dich an unser Was-wäre-wenn-Spiel erinnern?«, wollte sie wissen.

Er nickte.

»Was meinst du, was wäre, wenn das *Waldeshöh* noch stehen würde, wenn wir hätten dortbleiben können?«

»Der Forst würde anders da oben aussehen, da kannst du aber Gift drauf nehmen«, versicherte er. »Ich denke, wir hätten nach der Wende angebaut, damit wir alle dort wohnen könnten. Und Sonja würde im Hotel mitarbeiten, da bin ich sicher.«

»Ich denke, unsere Eltern würden beide noch leben«, sagte sie langsam.

»Und ich denke, du hättest niemals diesen Schnösel aus Frankfurt geheiratet, dem schon fast das eine Kind zu viel war«, behauptete er.

Mit seinem Schwager war er nie warm geworden. Wer einen Esstisch aus Edelstahl und Glas einem ordentlichen Holztisch vorzog, passte nicht in die Familie.

»Er war kein Schnösel«, verteidigte Christine ihren geschiedenen Mann. »Er war nur eben aus der Großstadt. Wie sollte er da verstehen, dass man zu Bäumen Gefühle entwickeln kann?«

»Machst du dich lustig über mich?«

»Nein. Nur ein bisschen«, gab sie zu.

»Wenn wir im Hotel *Waldeshöh* geblieben wären, hättest du vielleicht sogar den aus Spechtsbrunn geheiratet«, sagte er.

»Hasenthal. Er war aus Hasenthal.«

Viola versuchte anzurufen. Christine ordnete schnell ihre Haare und setzte sich neben ihren Bruder in Position. Erst dann nahm sie den Anruf an. Andreas entdeckte sich in dem kleinen Kontrollfeld auf dem Computer und versuchte, aus dem Bild zu rutschen. Christine winkte.

Viola winkte ebenfalls und rief: »Lange nicht gesehen!«

»Ich bin dagegen!«, schoss Andreas zurück.

Viola zog einen enttäuschten Mund. »Ihr habt schon darüber gesprochen?«

»Er meint nur den Videoanruf«, stellte Christine klar.

»Jetzt hab dich nicht so«, schimpfte Viola. »Bei dieser Sache sollten wir uns in die Augen gucken können.«

»Dann hättest du eben herkommen müssen«, entgegnete ihr Bruder.

»Wieso muss immer ich zu euch kommen?«, ärgerte sich Viola. »Ich finde, unser Familientreffen könnte auch mal bei mir stattfinden.«

»Etwa in Wolfen?«, fragte Andreas entsetzt.

»Als ob der Ort was dafür kann, dass wir dorthin gekommen sind danach!«, regte sich Viola auf.

»Wo kann man bei dem Ding auflegen?«, wollte Andreas wissen und riss den Tablet-Computer an sich. Christine nahm ihm das Gerät aus der Hand und stellte es wieder hin. Dann versuchte sie, auf den eigentlichen Grund der Geschwisterrunde zu kommen. »Viola denkt, dass wir vielleicht auf Milla hören und unseren Fall noch mal prüfen lassen sollten.«

»Das ist doch eigentlich unser Familienbesitz«, sagte Viola und bekam rote Wangen dabei. »Und der Wald da oben verwildert zusehends. Das können wir doch nicht zulassen.«

Christine musste lachen. Auf so eine plumpe Masche würde ihr Bruder doch sicher nicht reinfallen. Er tat es trotzdem.

»Ja, da hast du recht«, stimmte er zu. »Hast du die Müllkippe gesehen, die sich da oben entwickelt? Eine Schweinerei ist das!«

»Siehst du?«, wandte sich Viola an ihre Schwester. »Andi findet auch, dass wir was tun sollten.«

»Ich glaube, Tante Elvira verkraftet das nicht noch mal«, gab Christine zu bedenken.

»Darüber habe ich auch schon nachgedacht. Ich denke, wir sollten sie erst einmal nicht damit belasten«, schlug Viola vor. »Es ist schon eine Weile her, seit sie es versucht hat. Vielleicht hat sich inzwischen was an den Gesetzen geändert. Und wenn nicht, dann müssen wir es ihr überhaupt nicht erzählen. Und wenn doch, wird sie die Erste sein, die darüber jubelt.«

»Es ist wirklich besser, wenn wir sie damit erst einmal in Ruhe lassen«, gab Christine ihr recht.

»Wie stellt ihr euch das eigentlich vor? Wir haben kein Geld für einen Anwalt. Den ganzen Spaß hat damals Tante Elvira bezahlt«, warf Andreas ein.

»Diese Milla hat behauptet, sie könnte uns helfen«, sagte Viola.

»Sie ist bloß eine kleine Tippse bei einem großen Anwalt«, gab er zurück.

»Und das ist genau das, was wir brauchen«, stellte Viola fest.

Christine fuhr dazwischen. »Redet nicht so über Milla! Außerdem will ich sie nicht ausnutzen.«

»Aber sie hat es doch selbst vorgeschlagen?«, wunderte sich Viola.

Andreas musste ihr recht geben. »Und bisher war *Dressels Forst* für dich immer das Wichtigste, das über allem stand.«

Christine nickte. Sie hatte nur plötzlich das Gefühl, dass sie sich geirrt haben könnte und es noch Wichtigeres gab. Als Kind hatte sie viele Freundinnen gehabt, danach nicht mehr. In Wolfen hatte niemand mit ihr befreundet sein wollen. »Ich weiß nicht, ob ich das alles noch mal durchstehe«, sagte sie unsicher.

»Vielleicht ist es gut, um abschließen zu können. Vielleicht sollten wir irgendwann anfangen zu vergessen«, sagte Viola.

Christine schüttelte langsam den Kopf. »Ich kann das nicht vergessen.«

»Aber wirst du Milla fragen, ob sie uns hilft?«, erkundigte sich Viola.

»Ich werd sie um Rat bitten, was wir tun sollen.«

»Da wird sowieso nichts rauskommen dabei«, war sich Andreas sicher.

»Aber vielleicht ja doch, das kann man nie wissen!«, rief Viola voller Hoffnung. »Was wäre, wenn wir das Grundstück zurückbekommen würden? Was würdet ihr damit tun?« Ihre Augen glänzten vor Aufregung, und sie schob sich mehrmals eine Strähne aus dem Gesicht.

Die Geschwister dachten kurz nach, jeder versuchte, diese Frage für sich zu beantworten.

Christine sagte schließlich: »Ich bin nicht sicher. Vielleicht würde ich mir ein kleines Wochenendhaus auf den Keller draufsetzen. So ein ganz billiges aus dem Baumarkt. Einfach, damit ich wieder zu Hause sein kann.«

»Also ich würde den Wald dem Naturschutzbund übergeben«, erklärte Andreas.

»Du würdest den einfach wegschenken?«, fragte Viola überrascht.

»Ich glaub schon. Ich finde, *Dressels Forst* sollte ein Teil des grünen Bandes werden.«

»Also mit deinem Drittel kannst du dann machen, was du willst«, gab Viola zurück. »Aber ich brauch ehrlich gesagt das Geld. Ich kann mir keine Hochherzigkeit leisten.«

»Es wäre nur ein Sechstel, Viola«, berichtigte Christine sie. »Du hast Tante Elvira vergessen.«

»Ich nehm auch ein Sechstel.«

14

Küsse wegen Stalin

6. März 1953 – Gerda saß in der Küche ihrer Wohnung in der Sonneberger Bahnhofstraße und musste sich harte Vorwürfe anhören. Ihrer Mutter gefiel es nicht, dass sie sich so oft mit Werner traf.

»Du bist grad mal siebzehn und noch Lehrling. Was ist, wenn der Filou dich in andere Umstände bringt?«

Gerda wurde rot. Sie wusste nicht genau, wie man in andere Umstände kam. Aber weil sie Werner bisher noch nicht einmal die Hand zur Begrüßung gegeben hatte, machte sie sich darum keine Sorgen. Es hatte keinen Sinn zu beteuern, dass Werner anständig war. Ihre Mutter hatte sie auf die Welt gebracht, als sie selbst siebzehn gewesen war, und hielt jeden Mann für einen Filou. Außerdem, fand Gerda, war sie manchmal nicht ganz richtig im Kopf. Nach ihrer letzten Verabredung mit Werner hatte sie der Mutter ihren Schlüpfer herzeigen müssen.

Gerda machte eine Lehre bei der HO. Sie wäre lieber Förster geworden, wie Werner, oder Fernmeldemechaniker, aber das hatte ihre Mutter nicht zugelassen. Sie bestimmte, dass Gerda etwas Nützliches lernen sollte, und zwar Verkäuferin. Da kamen sie besser an Waren heran, die sie brauchten. Im Winter war die Versorgungslage wieder so schlecht gewesen, dass sich vor den Läden lange Schlangen gebildet hatten. Da war es von Vorteil, eine Verkäuferin in der Familie zu haben, die etwas weglegen konnte. Vor allem wenn man wie Gerdas Mutter allein zwei Kinder durchbringen musste. Gerdas kleiner Bruder war drei Jahre jünger als sie und ein Sorgenkind. Ständig kamen Beschwerden von den Lehrern, seine Noten waren schlecht, er stahl, und Gerda fürchtete, dass er keinen Lehrbetrieb finden würde.

»Ach, und hier«, sagte Gerdas Mutter. »Schon wieder Post von deinem Galan. Und dann noch mit solchen Parolen drauf!«

Sie tippte auf die roten Stempel, die den Brief zierten, als hätte sich Werner höchstpersönlich die Werbesprüche vom großen Stalin, von dem sie alle lernen konnten, ausgedacht. Mit spitzen Fingern warf sie Werners Brief hin, sodass er über den Küchentisch schlitterte und auf Gerdas Schoß landete.

Nach der Standpauke durfte Gerda endlich nach draußen gehen. Wenn sie sich mit Werner traf, musste sie immer ihren Bruder als Sittenwächter mitnehmen. Für diese verantwortungsvolle Aufgabe war er allerdings völlig ungeeignet. Bei der erstbesten Gelegenheit verflüchtigte er sich.

Hinter der Hausecke warteten schon Werner und seine kleine Schwester. Gerda brachte für Elvira immer eine süße Kleinigkeit mit, sorgsam verpackt in eine spitze Papiertüte aus der HO, und die Kleine liebte Gerda dafür.

Sie schlenderten die Bahnhofstraße entlang. Schließlich setzten sie sich auf eine Bank und nahmen Elvira in die Mitte. Gerda streichelte ihr weiches Haar und spürte dabei Werners Blick auf sich. Sie konnte selbst nicht sagen, warum, aber plötzlich drückte Gerda einen langen Kuss auf Elviras Kopf. Dabei hob sie den Blick und sah Werner fest in die Augen. Es kam ihr so vor, als habe sie ihn durch Elvira hindurch geküsst, und sie bekam heiße Wangen. Sie kannten sich jetzt seit anderthalb Jahren, und es war bisher zu keiner körperlichen Annäherung gekommen. Aber dafür waren sie sich im Geist so nah. Werner liebte den Wald ebenso wie sie, und wie sie war er nicht leichtfertig und im Grunde seines Herzens sehr ernsthaft. Plötzlich ertönte laute Trauermusik. Elvira schreckte von ihrer Tüte auf. Gerda sah hoch zu den Lautsprechern, die über ihnen hingen und in der ganzen Stadt verteilt waren. Von dort oben verkündete eine verzerrte Männerstimme, dass Stalin gestorben sei. Die Menschen blieben entsetzt stehen, manche begannen zu weinen, andere drehten sich verunsichert um auf der Suche nach einem Halt. Es schien, als wäre mit Stalins Tod der Boden erschüttert worden. Niemand wusste, was nun kommen würde. Auch Gerda saß wie betäubt da. In ihrem Kopf dröhnte es. Plötzlich bemerkte sie, dass über Werners Wangen Tränen liefen.

»Jetzt wird es wieder Krieg geben«, sagte er tonlos.

»Nein!«, rief Gerda. »Das weißt du gar nicht!«

Sie kniete sich vor ihm hin, ohne auf ihre Strümpfe zu achten, ohne nachzudenken, sie umarmte ihn, streichelte sein Gesicht, bedeckte es schließlich mit Küssen und versprach dabei immer wieder: »Ich lass dich nicht in den Krieg ziehen.«

In den folgenden Tagen fanden in den Schulen und Betrieben Trauerfeiern zu Ehren Stalins statt, auch in dem staatlichen Forstwirtschaftsbetrieb, in dem Werner arbeitete. Die Gewerkschaft hatte im Speiseraum einen Schrein aufgebaut, darauf stand ein übergroßes Bild von Stalin, umrandet von schwarzem Trauerflor. An der Wand hing die Sowjetfahne, und vor dem Schrein lehnte ein riesiger Trauerkranz aus Tanne und weißen Nelken.

Werner trug ein Blauhemd und lauschte mit seinen Kollegen den vielen Reden der Betriebsleitung, des Gewerkschaftsmannes, des FDJ-Sekretärs und des Parteisekretärs. Währenddessen dachte er an Gerdas Küsse. Natürlich war es eine Ausnahmesituation gewesen, und nun, wo es nicht nach einem neuen Krieg aussah, galt das vielleicht alles nicht mehr. Aber immerhin wusste er jetzt, dass er Gerda etwas bedeutete. Er konnte es drehen und wenden, wie er wollte. Wenn Stalin nicht gestorben wäre, hätte Gerda ihn nicht geküsst. Stalins Tod hatte seine Beziehung zu ihr einen entscheidenden Schritt vorangebracht. Unwillkürlich lächelte er.

»Lachen Sie etwa, Herr Dressel?«, donnerte ihn plötzlich der Parteisekretär an. Werner wäre vor Schreck beinahe vom Stuhl gerutscht, reagierte aber geistesgegenwärtig und sagte sehr ernsthaft: »Ich habe mir gerade die schönen Dinge vorgestellt, die ich Stalin zu verdanken habe.«

»Ja«, musste der Betriebsleiter zugeben, »das sollten wir nicht vergessen. Wir verdanken Stalin den Frieden und unsere großen Erfolge.«

Daraufhin lächelten alle.

Werner achtete trotzdem für den Rest der Veranstaltung darauf, dass er ausreichend betroffen guckte.

Als Werner am Abendbrottisch davon erzählte, schimpfte Johanna: »Junge, du hast mehr Glück als Verstand. Den Sohn vom Dornbacher haben sie von der Oberschule verwiesen, weil er die Stalinfeier an der Schule angeblich mit Provokationen gestört haben soll.«

Werner nickte schuldbewusst, musste aber schon wieder lächeln. Gerdas Küsse gingen ihm einfach nicht aus dem Kopf.

»Willst du die Gerda nicht mal mitbringen?«, fragte Arno.

»Ihre Mutter ist so streng«, sagte Werner, »sie darf nie raus aus Sonneberg.«

»Dann laden wir die Mutter eben mit ein!«, schlug Johanna vor.

»Sie hat auch noch einen kleinen Bruder«, bemerkte Werner kleinlaut.

»Meinetwegen den auch«, entschied Johanna. »Wir haben doch genug Platz hier. Vielleicht wollen sie zusammen bei uns eine Woche Urlaub machen. Das wäre doch schön, nicht wahr, Arno? Dann hätten wie endlich wieder Gäste.«

»Aber keine, die zahlen«, brummte Arno.

Johanna lachte und sagte: »Du klingst schon wie deine Mutter.« Dann wandte sie sich an Elvira. »Du würdest dich doch auch freuen, wenn Gerda uns besuchen kommt, nicht wahr?«

»Nein. Lieber nicht.«

Werner guckte seine kleine Schwester überrascht an.

»Ich dachte, du magst Gerda?«, wunderte sich auch Johanna.

»Jetzt nicht mehr. Sie hat Werner geküsst und nicht mich.«

Werner bekam einen roten Kopf.

Nach einer kurzen Schrecksekunde sagte Johanna: »Werner ist auch erwachsen und du nicht.«

Er durfte Gerdas Familie dann trotzdem einladen, unter der Bedingung, dass Gerda im Hotel *Waldeshöh* niemanden küssen würde. Weder Werner noch Elvira noch sonst irgendwen.

Überglücklich rannte er in sein Zimmer, um Gerda einen Brief zu schreiben.

Gerda hatte inzwischen ganz andere Sorgen. Zwei Wochen waren seit Stalins Tod vergangen. Der Krieg war ausgeblieben, aber auch ihre Regelblutung. Langsam begann sie sich ernsthaft Gedanken zu machen. Seit zehn Minuten versuchte sie in der Aufwaschschüssel eine Pfanne sauber zu kratzen, aber sie war nicht bei der Sache. Mit schrecklichen Schuldgefühlen dachte sie an diesen Moment, in dem sie Werner so nah gekommen war. Sie rang mit sich, ob sie sich ihrer Mutter anvertrauen sollte. Aber dann würde sie Werner nur wieder als Filou bezeichnen. Dabei konnte er gar nichts dafür. Sie war es gewesen. Sie hatte ihn geküsst. Sie allein war schuld. Weil Werner eben kein Filou war, sondern ein Ehrenmann. Als sie das dachte, wurde ihr klar, dass Werner sie jetzt nicht sitzen lassen würde.

Der Spüllappen bewegte sich immer langsamer, bis sie ihn schließlich ganz auf den Boden der Schüssel sinken ließ. Dann würde sie eben auch mit siebzehn ein Kind bekommen wie ihre Mutter. Sie stellte sich vor, wie es sein würde, mit einem Mann wie Werner eine Familie zu haben. In dem Moment, in dem sie anfing, sich auf ein Baby zu freuen, begannen die Bauchkrämpfe.

Gerda rannte nach draußen, riegelte sich in der kleinen Toilettenzelle ein und sah, dass ihre Blutung eingesetzt hatte. Zuerst war sie traurig und dann doch erleichtert. Sie nahm aus dem kleinen Wandschrank eine Binde, versorgte sich und setzte sich anschließend auf den Holzdeckel. Erst danach gestattete sie sich die Erinnerung. Sie war wieder draußen auf der Bank und kniete vor Werner. Sie schmeckte noch einmal seine Haut, die ganz rau war und salzig von den Tränen, und ihr fiel ein, dass seine Hände nach Fahrradöl gerochen hatten. Kurz schloss sie die Augen, und als sie sie wieder öffnete, wurde ihr bewusst, wo sie war. Sie nahm sich fest vor, in Zukunft etwas vorsichtiger zu sein.

Oben in *Dressels Forst* ließ der Frühling auf sich warten. Der Schnee auf der Lichtung schmolz nur langsam unter der verharschten Oberfläche.

Elvira war es recht, sie spielte nicht gern draußen. Drinnen fühlte sie sich sicherer. Seit die Bäume sie überragten, flößten sie ihr Furcht ein. Die Erwachsenen sprachen nur in Andeutungen über den Wald. Immer wieder hieß es, dass man nicht einfach hineinlaufen durfte, weil sonst etwas Schlimmes geschah. Werner las ihr manchmal aus den alten Märchenbüchern der Großmutter vor. Sie erzählten von Hexen, die im Wald lebten. Elvira war sich sicher, dass es damit zusammenhing.

Als der Schnee endlich getaut war, ging sie mit ihrer Mutter im Wald spazieren und stieß auf Soldaten. Die schlugen Schneisen in den Wald und trieben lange Holzpfosten in den Boden, zwischen die sie Stacheldraht spannten. Einer der Soldaten sah nett aus. Er hatte seinen Stahlhelm in den Nacken geschoben und rauchte. Elvira rannte zu ihm hin und fragte, wofür der Zaun gebraucht würde.

Der Soldat lächelte und sagte: »So beschützen wir dich. Damit dir hier nichts passiert.«

Ihre Mutter hatte nur auf die gefällten Bäume geguckt und ein merkwürdiges Gesicht gemacht.

Als Elvira mit ihren Eltern am nächsten Morgen wie immer zur Haltestelle in Spechtsbrunn laufen wollte, wurden sie unten von einem Grenzpolizisten angehalten. Der verlangte ihre Ausweise zu sehen und sagte dann, sie könnten den Wald nicht mehr einfach dort verlassen, wo es ihnen gerade passe. Das ginge ab jetzt nur noch in Lichtenhain am Grenzkontrollpunkt.

Da sahen sie schon das Dorf mit der Bushaltestelle und durften doch nicht hinübergehen. Stattdessen mussten sie nun nach Lichtenhain. Dieser Ort war eine halbe Stunde zu Fuß von ihnen entfernt. Er befand sich wie *Dressels Forst* nun ebenfalls in dem fünfhundert Meter breiten Schutzstreifen vor der Grenze.

Elviras Vater fuchtelte mit seinem Stock herum und fragte, wie sie sich das vorstellten. Sollte er jetzt auf einem Bein rüber nach Lichtenhain und von dort wieder zurück nach Spechtsbrunn hüpfen?

Der Grenzbeamte hatte ganz ruhig gesagt: »Ist nur zu Ihrer Sicherheit. Gerade mit dem Kind. Nicht, dass dem noch was passiert.«

Und dann war ihr Vater plötzlich ganz still geworden.

Seitdem war Elvira davon überzeugt, dass hinter dem Zaun eine Hexe wohnte, die darauf aus war, kleine Kinder zu fressen. Auch das hatte sie den Andeutungen ihrer Eltern entnommen. Es gab in den Städten Leute, die so großen Hunger hatten, dass sie andere Leute aufaßen. Wenn das schon in der Stadt passierte, wo es Straßenlaternen und Polizisten gab, dann geschah das erst recht hier im Wald, wo keine Menschenseele war und es nachts stockfinster wurde. Wegen Elvira hätte es die Polizeiverordnung für den 500-Meter-Schutzstreifen nicht gebraucht, nach der man sich dort nur noch zwischen Sonnenaufgang und Sonnenuntergang im Freien aufhalten durfte. Sie riskierte in der Dunkelheit nicht einmal mehr einen Blick aus dem Haus, geschweige denn einen Schritt. Sie wagte sich auch nie wieder nur in die Nähe des Zauns. Vielleicht hatte die Hexe ja lange Arme und griff darüber, um sie zu holen.

Johanna ließ Elvira in dem Glauben. Diese Furcht machte aus Elvira einen Stubenhocker.

Arno beschwerte sich beim Rat des Kreises über die unzumutbaren Wege. *Dressels Forst* war in Spechtsbrunn eingemeindet. Dort befanden sich die zuständige Schule und ihre Poststelle, die Vorfahren lagen auf dem Spechtsbrunner Friedhof. Er bekam zur Antwort, dass sie doch wegziehen sollten, wenn ihnen das nicht passte.

Seitdem rührten die Dressels lieber nicht mehr daran und nahmen den weiten Umweg in Kauf. Sie lösten das Problem der langen Wege, indem sich Arno in Lichtenhain nun immer von einem Kollegen mitnehmen ließ, der mit dem Motorrad fuhr. Werner nahm Elvira auf dem Fahrrad mit, und für Johanna wollten sie nun auch ein Rad besorgen.

Erleichtert stellten sie fest, dass es am Ende gar nicht so schlimm war, wie es sich zunächst angehört hatte.

»Seht ihr«, sagte Johanna am Abend, als sie das Essen vorbereitete. »Man kann sich auf alles einrichten, wenn man nur will. Wir werden uns schnell dran gewöhnen.«

»Das denk ich auch«, bekräftigte Arno, der sich auf die Motorradfahrten freute.

»Es gibt ja vielleicht auch Vorteile dadurch«, überlegte Johanna. »In der Zeitung schreiben sie immer, es sollen Erleichterungen und Vergünstigungen für die Leute in der Sperrzone kommen.«

»Vielleicht kriegen wir dann ja auch eine Wasserleitung?«, fragte Werner interessiert.

Sein Vater saß in seinem Sessel neben dem Ofen und kaute Tabak. Den hatte er im Betrieb als Auszeichnung für gute Arbeit erhalten und wollte ihn nicht verkommen lassen. »Hoffentlich nicht«, sagte er. »Das kostet nur wieder. Und wer weiß, was das für Wasser ist. Unsers ist immer frisch und umsonst.«

»Den Brückners in Sonneberg haben sie die Quelle im Keller verplombt, damit die das teure Wasser aus der Leitung nehmen müssen«, berichtete Werner.

Johanna setzte den gefüllten Topf auf den Herd. »Aber das können sie bei uns ja nicht machen.«

»Selbst wenn«, sagte Werner großspurig. »Ich weiß, wie man so eine Plombe abkriegt und wieder dranmachen kann, hat mir der Brückner gezeigt.«

»Du solltest so was nicht sagen, wenn Elvira dabei ist«, flüsterte Johanna. »Nicht, dass die Brückners Ärger kriegen.«

Elvira hatte bis dahin ruhig in ihrem Ausmalbuch gemalt, erst als ihr Name fiel, wurde sie hellhörig. »Warum gibt es Ärger?«, fragte sie.

»Wenn wir uns alle gut benehmen, gibt es gar keinen Ärger«, stellte ihre Mutter richtig.

»Und wenn wir nicht brav sind? Werden wir dann auch abgeholt?«, wollte Elvira wissen.

Johanna zuckte zusammen. »Das wäre möglich«, sagte sie langsam.

»Und wohin werden wir dann gebracht?«, bohrte Elvira weiter.

»Ich weiß nicht. Irgendwohin. Vielleicht in ein großes Mietshaus.«

Elvira machte große Augen. Diese Vorstellung schien sie nicht zu beunruhigen.

Einige Zeit später erreichte Werner ein Brief von Gerda. Sie schrieb darin, dass ihre Mutter nicht einverstanden sei mit einem Urlaub im Hotel *Waldeshöh*. Und sie sollten sich vorläufig auch nicht sehen, weil ihre Mutter krank sei und sie brauche. Aber schreiben könnten sie sich, das sei in Ordnung.

Werner war maßlos enttäuscht. Er hatte sich die Zeit mit Gerda hier oben auf dem Rennsteig so schön ausgemalt! Er hatte ihr alles zeigen wollen, die schlanken Fichten, die er mitgepflanzt hatte, den kleinen Schieferbruch und diese beiden Buchen, die wie siamesische Zwillinge verbunden in die Höhe wuchsen und eine alte Futterkrippe umschlossen. Er hatte sich sogar überlegt, eine Fahne zur Begrüßung von Gerdas Familie auf dem Turm des Hotels zu hissen. Und nun sollte nichts daraus werden? Er beschloss, selbst mit Gerdas Mutter zu reden. Vielleicht war sie nur zu höflich und wollte ihnen keine Umstände machen. Er würde ihr einfach sagen, dass sie wirklich von Herzen willkommen seien.

Nach der Arbeit fuhr Werner wieder in die Sonneberger Bahnhofstraße und klopfte an Gerdas Tür. Alles blieb still. Werner war sicher, dass sie zu Hause war, denn ihre Schuhe standen draußen. Er klopfte erneut, diesmal stärker, immer wieder. Drinnen regte sich nun etwas. Dann hörte er Gerdas Stimme rufen: »Ich geh schon, Mutti, bleib ruhig liegen!«

Die Tür öffnete sich ein kleines Stück, und Gerda sah durch den Spalt. Als sie Werner entdeckte, wirkte sie erleichtert und erschrocken zugleich.

»Was machst du denn hier? Ich hab doch geschrieben, dass du nicht herkommen sollst.«

»Ich wollte ja nur wegen eures Urlaubs bei uns fragen«, sagte Werner verunsichert. Diesen strengen Ton kannte er bisher nicht von ihr.

»Ich hab doch geschrieben, dass meine Mutter das nicht möchte. Sie erlaubt es nicht.«

»Lass mich mit ihr sprechen. Vielleicht kann ich sie überreden. Ich möchte dir doch alles zeigen, was ich so gernhab. Und meine Eltern möchten dich wirklich kennenlernen. Und deine Familie auch.«

»Das hat keinen Sinn, sie ändert ihre Meinung nicht. Du kennst sie nicht. Außerdem kannst du nicht mit ihr sprechen, sie ist krank.«

Werner hatte sich seine Argumente vorher alle gut zurechtgelegt. »Aber dann wäre es doch gerade gut«, beteuerte er. »Sie könnte sich oben bei uns erholen. Sie kann sich in den Liegestuhl auf der Veranda legen und sich den ganzen Tag ausruhen!«

Gerda unterbrach ihn. »Lass es, Werner. Es geht nicht. Und überhaupt, ich hab geschrieben, dass wir uns nicht mehr treffen sollten. Du bringst mich in Schwierigkeiten.«

Werner erstarrte. Er hatte geglaubt, das galt nur, solange ihre Mutter krank war und sie brauchte. Aber so, wie sie es jetzt sagte, klang es endgültig.

»Ist es wegen der Küsse?«, fragte er.

Irgendwo im Haus gab es ein Geräusch, und plötzlich sah er auf ihrem Gesicht Panik. Noch immer hatte sie die Tür nur einen Spaltbreit geöffnet. Er fürchtete, sie könnte sie ganz schließen, wagte aber nicht, seinen Fuß in die Öffnung zu schieben.

Hastig versicherte er: »Das müssen wir nicht wiederholen, Gerda. Du brauchst keine Angst zu haben. Ich kann warten.« Er versuchte einen Scherz zu machen, um sie aufzuheitern: »Es ist völlig in Ordnung, wenn wir uns nur an Staatstrauertagen küssen.«

Aber Gerda lächelte nicht. »Vergiss die Küsse«, sagte sie und schloss behutsam die Tür.

Werner stand fassungslos davor. »Gerda! Gerda!«, rief er laut und klopfte erneut.

Diesmal riss Gerda die Tür sofort auf und sagte ebenso leise wie deutlich: »Hör auf, Krach zu machen. Vergiss die Küsse. Und vergiss mich.«

Dann schlug sie die Tür endgültig zu.

Wie betäubt flüsterte Werner: »Aber das kann ich nicht.«

15
Der Auftrag

Die Kanzlei Winter & Steinmann befand sich in einem hoch aufragenden denkmalgeschützten Gebäude in der Innenstadt von Coburg, vor dessen Sprechanlage mit Kamera bereits die Spreu vom Weizen getrennt wurde.

An diesem Morgen war einer der Partner von seiner Frau beim Frühstück angeherrscht worden, weil die Toilettenbrille hochgeklappt gewesen war. Während sie die Sache sofort wieder vergaß, wurde ihr Ärger weitergereicht. Er gelangte zunächst zur Chefsekretärin, der an den Kopf geworfen wurde, dass ihr Kaffee prinzipiell ungenießbar sei. Daraufhin ließ diese eine Sachbearbeiterin in ihrer Mittagspause Dokumente kopieren, die angeblich sofort gebraucht wurden. Es endete damit, dass Milla der freie Nachmittag gestrichen wurde und ihr nun eine junge Frau gegenübersaß, die Fränkisch mit marokkanischem Akzent sprach.

Milla hörte nicht richtig zu. Sie hatte diesen freien Nachmittag vor zwei Wochen beantragt. Niemand in der Kanzlei wusste, wofür sie ihn brauchte. Wenn sie gesagt hätte, dass sie ihren Sohn zu einer polizeilichen Vernehmung begleiten wolle, wäre sie in diesen Räumen gesellschaftlich erledigt gewesen. Die meisten in der Kanzlei hatten, wenn überhaupt, noch sehr kleine Kinder. Sie waren der Meinung, dass ihr eigener Sprössling in seinem ganzen Leben nichts Schlimmeres anstellen könnte, als einem anderen Kind die Plastikschippe auf den Kopf zu hauen.

Die junge Marokkanerin wollte Widerspruch gegen ihren Abschiebungsbescheid einlegen. Milla sollte ihr helfen, den Antrag auf Prozesskostenhilfe auszufüllen, und verschiedene Dokumente für sie kopieren. Die Frau arbeitete in einer ortsansässigen Firma, engagierte sich im Diakonischen Werk und war verzweifelt. Seit sieben Jahren lebe sie hier, berichtete sie unter Tränen. Und sie wolle nicht zum zweiten Mal ihre Heimat verlieren.

Da war es wieder, dieses magische Wort Heimat, das für Milla keine Bedeutung hatte. Sie war in Schwerin geboren und dann zu den Großeltern nach Erfurt geschickt worden. Und gerade als sie anfing, sich dort heimisch zu fühlen, kehrten ihre Eltern zurück und holten sie wieder weg. Ihr Zuhause war dort, wo Neo war. Es kam ihr so vor, als hätten alle eine Heimat außer ihr.

Sie konzentrierte sich vollständig auf die junge Frau, um wirklich nichts zu übersehen und keinen Fehler zu machen.

Milla kam später nach Hause als Neo. Sie schmiss die Tür so wütend ins Schloss, dass ein kleines Stück des hauchdünnen Furniers abplatzte. Hier gab es keine Echtholztüren wie in ihrer Kanzlei. Und der billige Laminatboden hatte nicht die schönen Gebrauchsspuren bekommen wie das Eichenparkett dort. Diese Wohnung war nicht in Würde gealtert. Sie war einfach heruntergekommen.

»Ich kann nichts dafür, Neo«, rief sie und warf ihre Pumps in Richtung Schuhregal. »Die haben mich einfach nicht gehen lassen!«

»Ich versteh nicht, warum du dich ständig so von denen rumkommandieren lässt«, wunderte sich Neo.

Milla winkte ab. Darüber wollte sie nicht diskutieren. Solange Neo von ihr abhängig war, würde sie keine Risiken eingehen. Sie warf sich zu ihm aufs Sofa und küsste ihn auf die Wange.

»Es tut mir so leid, dass ich nicht mit auf der Polizei war!«, beteuerte sie.

»Och«, sagte Neo. »Halb so wild. Das war für dich viel wichtiger als für mich.«

»Allerdings!«, bestätigte sie. »Warum musst du bloß bei jeder Demo mitrennen!«

»Auch Minderjährige dürfen demonstrieren. Steht im Grundgesetz …«, wehrte sich Neo.

»Komm mir nicht mit Paragrafen. Darin bin ich besser als du. Wogegen hast du überhaupt demonstriert?«

»Na, gegen solche Sachen wie Faschismus und Rassismus und so was«, versuchte Neo zu erklären.

»Und so was? Worum bitte ging es bei dieser Demo genau?« Millas Ton war schärfer geworden.

»Das weiß ich jetzt auch nicht mehr, aber es war was Gutes!«, beteuerte Neo. »Und ich hab auch nichts gemacht, ich war nicht vermummt, hab keine Steine geworfen. Die haben mich bloß als Zeugen befragt.«

»Du hast nicht zufällig die Polizisten als Bullenschweine beschimpft?«

Er schüttelte entrüstet den Kopf, als könnte er sich überhaupt nicht erklären, wie sie auf so eine Idee kam.

»Warum hältst du dich nicht einfach mal raus?«, wollte sie wissen.

»Man kann sich nicht immer raushalten, Mama«, sagte Neo empört. »Wenn man eine Meinung hat, muss man sie der Welt auch sagen!«

»Das ist nicht immer klug.«

»Na, bloß gut, dass du klug bist und dich rumschubsen lässt«, gab Neo zurück. Er stand auf, ging zur Küchenzeile, öffnete den Kühlschrank und überprüfte den spärlichen Inhalt. »Ich jedenfalls werd das mal nicht so machen. Ich hab Ideale!«, stellte er fest.

»Dann nimm doch gleich mal ein paar von deinen Idealen und bestell dir eine Pizza dafür«, schlug Milla vor.

Neo ließ den Kühlschrank zuschnappen.

»Bist du sauer?«, fragte er kleinlaut.

Sie schüttelte den Kopf. »Nein. Und du hast vermutlich sogar recht. Irgendwie versteh ich dich ja.«

Er zerrte einen zerknitterten Umschlag aus der Hosentasche und hielt ihn ihr grinsend hin. »Dann wirst du das hier bestimmt auch verstehen …«

Milla nahm den Brief mit spitzen Fingern, überflog ihn und ließ das Blatt sinken. »Worum geht es bei dieser Sache, die deine Lehrerin mit mir besprechen will?«

»Um Gerechtigkeit«, erklärte Neo.

Milla verdrehte die Augen. »Das hatte ich befürchtet. Warum muss ich schon wieder zu einem Elterngespräch? Das jedenfalls ist keine Gerechtigkeit. Also was genau hast du im Namen der Armen und Unterdrückten diesmal angestellt?«

»Ich wollte das Klasseneinkommen egalisieren.«

Milla versuchte, diesen Satz zu verstehen. »Woher kennst du solche Wörter? Und wie hast du das umgesetzt?«

»Na, jeder sollte sein Taschengeld für die Woche auf den Tisch hauen, und dann wollten wir alles durch siebenundzwanzig teilen«, erklärte er.

Am Überschlag seiner Stimme hörte Milla, wie sehr er immer noch von dieser Idee überzeugt war.

»Das ist Kommunismus«, dämpfte sie seine Begeisterung. »Wie sich herausgestellt hat, funktioniert der nicht.«

»Ja, hab ich auch gemerkt«, sagte Neo kleinlaut. »Die Nele und der Sohn vom Wurstfabrikanten wollten nicht mitmachen. Die haben nicht mal verraten, wie viel sie in der Woche kriegen.«

»Ich verstehe trotzdem nicht, warum ich deshalb in die Schule muss«, wunderte sich Milla.

»Ich habe versucht, meine Idee mit einer Revolution durchzusetzen«, sagte Neo noch kleinlauter.

Milla atmete tief durch. »Eine Revolution ist eine sehr vage Möglichkeit, um an Geld zu kommen. Wie wäre es, wenn wir stattdessen deinen Vater daran erinnern, dass er schon wieder seit zwei Monaten keinen Unterhalt gezahlt hat?«

»Nö«, sagte Neo. »Da bettle ich lieber im Stadtpark.«

Milla sah ihn überrascht an. Bisher hatte er immer den Kontakt zu seinem Vater gesucht und sich selbst die Schuld gegeben, wenn die Treffen nicht stattfanden oder verschoben wurden. Sie hatte immer gewusst, dass irgendwann der Tag kommen würde, an dem er ihn durchschaute. Aber nun tat es ihr weh. Es war wieder eine Illusion weniger für Neo.

Sie legte den Arm um ihn und sagte: »Es sind noch Nudeln da. Ich koch dir welche.«

»Und du?«

»Ach, was soll's«, seufzte sie. »Ich ess welche mit. Diese Paleo-Diät ist auf Dauer wirklich anstrengend. Ich muss mir was Praktischeres suchen.«

Nach dem Abendessen öffnete Milla ihren Laptop und scannte die Bilder ein, die sie von Christine bekommen hatte. Neo sah ihr neugierig dabei zu. Es waren Fotos von *Dressels Forst* und vom Hotel *Waldeshöh*. Auch die Postkarte war dabei, von der Christine gesprochen hatte. Sie zeigte das Hotel, vor dem ein paar Wanderer standen, die Damen in eleganten Stiefeletten, die Herren mit Ballonmützen. Über dem Turmzimmer flatterte die Fahne Sachsen-Meiningens. Am unteren Rand der Karte stand in Sütterlin: *Grüße vom Rennsteig*.

»Hast du nun die Genehmigung zum Veröffentlichen der Bilder gekriegt?«, wollte Neo wissen.

»Die brauch ich dafür nicht«, sagte Milla. »Da sind keine Privatpersonen drauf.«

»Aber du wolltest doch noch die anderen Bilder …«

»Ich hab gar nicht gefragt auf dem Fest«, fuhr Milla gereizt dazwischen. »Das war irgendwie nicht passend. Ich hab ihnen erzählt, dass der Keller existiert, mehr nicht. Damit ist die Sache für mich abgeschlossen. Erledigt.«

Mit Schwung klappte sie ihren Rechner zu. Sie holte den kleinen Schlüssel, der in das Vorhängeschloss des Kellers passte, und legte ihn auf den Tisch. Nachdem sie so viel über diesen verlorenen Ort erfahren hatte, war sie nicht mehr sicher, ob er noch die gleiche Wirkung haben würde.

»Du willst es gar nicht mehr veröffentlichen«, stellte Neo fest.

»Ich werde mir einen neuen *Lost Place* suchen. Vielleicht irgendwas, was beim Dreißigjährigen Krieg verlassen wurde oder bei irgendeinem anderen Krieg, der schon lange vorbei ist.«

»Ein Krieg ist nie vorbei«, behauptete Neo altklug. »Der verändert den Genpool.«

»Dann suche ich mir eben etwas, das vor zweihundert Jahren aus lauter Langeweile, ganz friedlich und ohne Zwang verlassen wurde. Einen Ort, an dem keine Großfamilie dranhängt.«

Neo sah seine Mutter erstaunt an. »Magst du die Dressels nicht?«

»Ich gehöre nicht dazu«, sagte Milla. »Das ist es, was ich nicht mag.«

Sie würden in Kontakt bleiben, hatte sie zum Abschied gesagt. Und jeder wusste, was diese Floskel bedeutete. Nämlich nichts.

Umso überraschter war Milla, als am nächsten Abend ein Anruf von Christine kam.

»Was ist passiert?«, fragte Milla.

»Nichts«, gab Christine verwundert zurück. »Ich wollte nur wissen, wie es dir geht. Du hast doch gesagt, dass wir in Kontakt bleiben wollen.«

»Ja, schon, aber ...«, stotterte Milla verwirrt.

Kurzes Schweigen am anderen Ende. Dann sagte Christine: »Oh. Verstehe. Entschuldige. Ich hatte das ernst genommen. Ich wollte nicht aufdringlich sein!«

»Nicht auflegen!«, rief Milla. »Bitte nicht auflegen. Es war nur ... Das passiert mir sonst nicht. Also, dass mich einfach jemand anruft und fragt, wie es mir geht.«

Und dann behauptete sie zunächst, dass es ihr gut ginge, woraufhin Christine von dem Baumarkt berichtete, in dem sie sich nie wieder blicken lassen könne. Und plötzlich erzählte Milla von ihrer Kollegin, die ständig Millas Ideen für ihre eigenen ausgab, um bei ihrem Chef gut dazustehen. Christine schlug scherzhaft vor, der Kollegin eine hirnrissige Idee unterzujubeln, mit der sich diese komplett blamieren würde. Danach versuchten sie einander im Ausdenken solcher Ideen zu überbieten. Und gerade als Christine von der Videokonferenz der Geschwister berichtete, bei der sich ihr Bruder wie ein Neandertaler angestellt habe, steckte Neo den Kopf zur Tür herein.

»Essen wir heute gar kein Abendbrot mehr?«, fragte er mit leidendem Blick.

Überrascht stellte Milla fest, dass sie seit über einer Stunde telefonierte.

»Wollen wir morgen zusammen einen Kaffee trinken gehen?«, fragte sie Christine. »Und dann erzählen wir uns den Rest!«

Milla und Christine hatten sich auf halber Strecke verabredet. Als Neo hörte, dass seine Mutter nach Neustadt bei Coburg fuhr, wollte er unbedingt mitfahren und jemanden besuchen.

»Wen kennst du denn in Neustadt?«, fragte Milla erstaunt.

»Einen Kumpel«, antwortete Neo grinsend und ließ keinen Zweifel daran, dass dieser Kumpel weiblich war.

Milla grinste zurück. Alles war besser als diese Caro.

Sie setzte ihn an der Krieger-Gedächtnis-Siedlung ab und fuhr weiter zum Markt. Beim Einparken sah sie im Rückspiegel flüchtig einen kleinen roten Skoda in der Reihe hinter ihr. Sie wartete im Auto, weil sie auf keinen Fall zu früh erscheinen wollte. Als die Zeit gekommen war und sie ausstieg, öffnete sich auch die Tür des Skodas.

Sie entdeckten einander, mussten lachen, und Milla sagte verlegen: »Erwischt!«

Zusammen gingen sie zu einem Straßencafé und suchten sich einen Platz auf dem Freisitz. Vor den kleinen Bürgerhäusern in Pastellfarben standen Grünpflanzen, und über die Balkonkästen quollen Geranien und Petunien.

Christine bestellte für beide einen Kaffee und hielt ihr Gesicht in die Sonne. Milla zog ihre Strickjacke zuerst umständlich an und dann wieder aus.

»Wie viel Zeit hast du denn?«, fing Christine an. »Sollten wir gleich zahlen, wenn unser Kaffee kommt?«

»Ich hab's nicht eilig«, versicherte Milla. »Neo will erst in zwei Stunden wieder abgeholt werden.«

»Er ist ein toller Junge!«, sagte Christine.

»Er hatte gestern eine Vorladung bei der Polizei. Und ich muss zum Elterngespräch in die Schule.«

Milla berichtete Christine auch von den Gründen dafür und erwartete einen wohlgemeinten Ratschlag zu ihrer Erziehung.

»Ich finde das großartig«, sagte Christine stattdessen. »Wir haben früher alles hingenommen, was uns vorgesetzt wurde. Du kannst stolz auf Neo sein.«

Milla wurde rot und fühlte sich plötzlich verstanden. »Weißt du«, sagte sie, »ich hab nicht viele Freundinnen. Genau genommen hab ich überhaupt keine. Vielleicht ist es ab dreißig einfach schwieriger zu vertrauen.«

»Was soll ich da sagen?« Christine lächelte.

»Als Kind ging das doch so leicht …«, überlegte Milla. »Ich hatte damals eine Freundin, mit der ich immer Kaugummis getauscht hab, durchgekaute wohlgemerkt.«

»Das willst du jetzt aber nicht mit mir machen, oder?«, fragte Christine und lachte. Unter ihrer Nase bildete sich eine kleine Querfalte. Plötzlich fühlte Milla eine Vertrautheit, die sie lange vermisst hatte.

»Uns ist immer eingetrichtert worden, dass man nur der Familie trauen kann. Der Familie und Siggi«, erzählte Christine. »Aber es tut gut, endlich wieder eine Freundin zu haben.« Sie wurde ernst. »Jemanden, den ich um einen Rat bitten kann.«

Milla sah Christine aufmerksam an. »Was ist los?«

»Weißt du, du hast uns nachdenklich gemacht bei deinem Besuch auf unserem Familientreffen. Und nun möchten meine Geschwister die Sache mit der Enteignung am liebsten noch einmal aufrollen. Aber ich bin nicht sicher, ob wir das tun sollten.«

»Warum nicht?«

Christine zog die Schultern verunsichert nach oben. »Weil ich nicht weiß, ob es diesmal gut ausgeht. Was denkst du?«

Milla kannte diesen Blick. Er begegnete ihr oft in der Kanzlei. Sie sah ihn bei Menschen, die sich wünschten, dass irgendjemand den ganzen Schlamassel in Ordnung brachte, den ein anderer angerichtet hatte.

»Es gibt leider keine Garantie, dass ihr diesmal euer Recht bekommt«, sagte sie.

»Ich weiß. Und ich hab diese aussichtslosen Kämpfe langsam satt.« Christine ließ sich nach hinten gegen die Stuhllehne fallen. Sie schien nicht einmal mehr genug Kraft für eine aufrechte Haltung zu haben. »Was würdest du tun an meiner Stelle?«

Milla überlegte lange. Sie rührte in ihrem Kaffee und dachte an ihre eigene Familie, die überallhin verstreut war. Sie kannte weder ihre Tanten noch ihre Cousins. Dann sagte sie: »Ich würde trotzdem in die Schlacht ziehen. Wenn ich eine Vergangenheit hätte wie du, ich würde sie mir nicht wegnehmen lassen.«

Christine schwieg. Sie biss auf der Unterlippe herum und starrte gedankenverloren in ihre Tasse, ohne daraus zu trinken. Milla beugte sich vor und sah ihr eindringlich in die Augen. In diesem Moment fuhr ein knatterndes Auto vorbei, und es stank nach den Abgasen eines Zweitaktmotors. Plötzlich straffte sich Christines Haltung. Ihr Blick wurde wieder aufmerksam.

»Wusstest du, dass ein einfacher Trabant keine Tankanzeige hatte?«, fragte sie unvermittelt.

Milla schüttelte verwundert den Kopf.

»Wenn ich mit meinem Vater gefahren bin, passierte es manchmal, dass plötzlich das Benzin alle war. Dann musste ich mich bücken und auf den Reservetank umstellen, damit wir weiterfahren konnten.«

Milla verstand nicht ganz. »Und?«

»Mir ist grade klargeworden, dass ich auch einen Reservetank habe«, erklärte Christine. »Und den werd ich nutzen. Wir kämpfen weiter.«

»Ich hab euch Hilfe dabei angeboten, und das gilt noch immer«, versprach Milla. »Ich bin natürlich keine Anwältin. Ich könnte euch nicht vertreten, keine Anträge für euch stellen. Aber ich kann für euch die Fakten ermitteln und eure Chancen abschätzen.«

»Wir bezahlen dir das natürlich irgendwie …«, versicherte Christine.

Milla stellte entrüstet klar: »Ich werd ganz sicher kein Geld von dir nehmen.«

»Darf ich dir wenigstens den Kaffee spendieren?«

Mille lachte. »Danke! Dann muss ich meinen Euro für den Einkaufswagen nicht opfern.« Sie holte ihr Telefon aus der Tasche und schrieb sich ein paar Stichpunkte auf. »Ich suche erst mal die rechtlichen Grundlagen raus, und ich brauche alle Akten, die ihr dazu habt«, erklärte sie.

Christine wurde verlegen. »Das ist die Schwierigkeit dabei. Das hat damals alles Tante Elvira gemacht.«

»Eine beeindruckende Person«, bemerkte Milla.

Christine lachte. »Sie hat mich gleich nach dem Familientreffen angerufen und sich darüber beklagt, dass sie nicht schlafen kann, weil du sie so aufgeregt hast. Ich hab ihr zu einem Gin geraten.«

»Das tut mir wirklich leid.«

Die kühle Ablehnung, die ihr Elvira Dressel entgegengebracht hatte, forderte Millas Ehrgeiz heraus. Sie würde diese charakterstarke Frau von sich überzeugen.

»Wir möchten Tante Elvira mit dieser Sache vorläufig nicht belasten. Sie hat viel durchgemacht. Sie war immerhin die Tochter des Hauses. Und falls sich rausstellt, dass wir keine Chance haben, dann würden wir ihr gern die Enttäuschung ersparen.«

»Das ist wirklich vernünftig«, sagte Milla. »Ich finde raus, ob wir die Akten auch auf einem anderen Weg bekommen können.«

Christine nickte. »Dann machen wir das jetzt wirklich?«, vergewisserte sie sich.

»Ja«, sagte Milla. »Wenn du es willst. Dann ziehen wir das durch.«

»Meinst du, das fühlt sich dann wieder genauso schlimm an? Kommt man beim zweiten Mal vielleicht besser damit klar? Oder wird das noch schlimmer sein?«

»Das wird es nicht«, versprach Milla. »Denn diesmal machen wir das zusammen.«

16

Einmal hin und zurück

30. August 1953 – Johanna liebte den Sommer. Er schenkte ihnen lange Tage und ließ die Zeit der Dunkelheit, und damit der Sperrstunde, zusammenschrumpfen. Wie die halben Pflaumen, die sie zum Dörren auf ein Blech gelegt hatte, und von denen nach einem Tag in der Sonne kaum noch etwas übrig war.

Sie saßen auf der Terrasse des Hotels und tranken Malzkaffee. Die Sonne flimmerte zwischen den Zweigen, kein Windhauch bewegte die blühenden Gräser, und ein Marienkäfer erklomm Johannas Schulter, ohne dass sie es zunächst bemerkte.

Vor Arno stand eine Zigarrenkiste mit alten Briefen, die er von Siggi bekommen hatte. Er schnitt die Marken aus und weichte sie in einer kleinen Wasserschüssel ab. Elvira spielte auf den blank gescheuerten Holzdielen mit Fichtenzapfen, die sie zu kleinen Figuren legte. Werner tat so, als würde er Zeitung lesen.

Immer wieder schüttelte er dabei den Kopf. Seit Gerda ihm unmissverständlich klargemacht hatte, dass sie nichts mehr mit ihm zu tun haben wollte, verstand er die Welt nicht mehr. Mit einem tiefen Seufzer faltete er die Zeitung zusammen und warf sie auf den Tisch.

Arno schob die abgelösten Marken vom Papier und legte sie zwischen die Seiten des Telefonbuchs, das nutzlos geworden war.

Irgendetwas kitzelte Johanna am Hals. Der Marienkäfer war oben angekommen. Sie nahm ihn auf die Fingerspitze, der Käfer hob die Deckflügel und schwebte davon.

»Du hast gar nichts gegessen«, sagte sie zu Werner.

Sein Marmeladenbrot lag noch unberührt auf dem Schneidebrett.

»Mir ist nicht danach«, gab Werner zurück.

Johanna sah ihren Sohn an. Er war erwachsen geworden, aber er hatte noch immer den kleinen Wirbel auf der Stirn, den sie früher vergeblich versucht hatte, mit Wasser zu bändigen. Sie widerstand der Versuchung, die abstehende Strähne mit Spucke an seinen Kopf zu kleben.

»Ich glaube«, sagte sie zu ihm, »du musst Gerdas Wunsch akzeptieren. So weh dir das auch tut. Du kannst die Liebe nicht erzwingen.«

Trotzig stand Werner auf, holte sein Rad und sagte: »Ich treff mich mit Siggi. Wir gehen in die Gastwirtschaft nach Spechtsbrunn.«

Johanna nickte. Wenn das für ihn ein Weg war, Gerda zu vergessen, dann musste er eben in die Gastwirtschaft gehen.

»Hast du deinen Ausweis dabei?«, erkundigte sie sich.

Er klopfte auf seine Hosentasche.

Sie selbst trug ihren in einem Leinenbeutel um den Hals, den sie unter der Bluse versteckte. Schließlich verließ sie ja manchmal das Haus, um draußen Wäsche aufzuhängen oder etwas im Schuppen zu holen. Ständig fürchtete sie, nicht mehr nach Hause gelassen zu werden. Elvira hatten sie sowohl in ihren als auch in Arnos Personalausweis eintragen lassen.

»Kann ich mit?«, fragte Elvira ihren Bruder hoffnungsvoll.

Werner schüttelte den Kopf, klingelte rhythmisch für seine kleine Schwester und fuhr los.

Johanna sah ihm hinterher. Am liebsten wäre sie zu dieser Gerda gegangen und hätte gefragt, ob sie überhaupt wusste, was sie da angerichtet hatte. Aber auch Johanna konnte die Liebe nicht erzwingen.

Werner hatte sein Rad zur Sicherheit mit in die Gaststätte hineingenommen und stand mit Siggi am Ausschank. Der Raum war dunkel und die Luft zum Schneiden dick. In der Ecke lärmten Bauern beim Kartenspiel.

Werner hatte schon das zweite Bier in einem Zug geleert. Er trank sonst kaum etwas, daher waren sie ihm ordentlich in den Kopf gestiegen. Unglücklich fuhr er sich durch die Haare.

»Ich wollte doch, dass sie im Sommer bei mir Urlaub macht«, jammerte er.

Siggi versuchte, das Drama kleinzureden. »Die darf doch sowieso nicht zu euch rein in die 500-Meter-Zone.«

»Das hätte schon geklappt«, sagte Werner. »Man kann doch jetzt einen Passierschein für Besucher beantragen.«

Werner dachte nach. Ob es daran lag? Vielleicht wollte Gerda ihre Freiheit nicht einbüßen? Sie lebte schließlich nur im Sperrgebiet, und das war fünf Kilometer breit. Weiter war so mancher aus der Gegend noch nie gereist. Er hatte ihr immer erzählt, wie sehr er *Dressels Forst* liebte und dass er nie von dort weggehen würde. Hatte sie Angst davor, irgendwann mit ihm dort leben zu müssen?

»Such dir einfach eine andre. Eine, die nicht aus dem Sperrgebiet ist, und dann nichts wie raus hier«, gab Siggi seine Lebensweisheiten von sich. »Bist du auch kontrolliert worden?«

Werner nickte. »Sogar zweimal. Von freiwilligen Helfern der Volkspolizei.«

Siggi regte sich auf: »Die elenden Hunde! Wie man so was machen kann!«

»Na, für Geld macht man das, ist doch klar«, mischte sich der Wirt ein und polierte seine Gläser.

»So viel könnte mir keiner zahlen«, rief Siggi. »Rote Armbinde drüber, sich als Hilfssheriff aufspielen und die Leute erschrecken, nicht mit mir.«

Endlich wusste Werner, wer an seinem Unglück schuld war. Es hatte nichts mit ihm zu tun. Gerda wollte bloß nicht in den streng bewachten Schutzstreifen. Wer hatte schon Lust, sich von selbst ernannten Helfern der Volkspolizei schikanieren zu lassen? Aber denen würde er es zeigen.

»Wetten, dass die mich nicht kriegen?«, rief er laut. »Um fünf Mark?«

Die Kneipengespräche verstummten.

Der Wirt senkte die Stimme und gab Werner einen guten Rat. »Letzte Woche haben sie wieder einen verhaftet hier in meiner Kneipe. Der ist vom Tisch aufgestanden und hat gesagt: *Ich hau jetzt ab.* Das hat schon gereicht für drei Tage Verhör. Dabei wollte der bloß zu seiner Frau abhauen und nicht in den Westen.« Er senkte die Stimme und sah sich um. »Man kann nie wissen, wer ein Spitzel ist und wer nicht.«

Aber Werner hatte einen Grad der Trunkenheit erreicht, in dem er keine Rücksicht mehr nehmen konnte.

»Ist mir egal!«, rief er. »Ich wette, dass ich rüber nach Tettau in die Wirtschaft laufe, dort ein Bier trinke und zum Beweis den Bierdeckel mitbringe. Und nicht erwischt werde.«

Die Kneipengäste johlten. Keiner wollte sich das entgehen lassen. Die anvisierte Gastwirtschaft war zwar nur knappe drei Kilometer entfernt, aber sie lag auf der anderen Seite der innerdeutschen Grenze in Bayern.

Der Tettauer Bierdeckel würde Gerda zeigen, dass man sich im Sperrgebiet vor nichts fürchten musste, war sich Werner sicher.

Siggi rief: »Ich mach mit! Endlich bist du wieder der Alte, Werner.«

Der Wirt kratzte sich am Kopf. »Und was ist mit der Sperrstunde? Die Sonne geht bald unter.«

»Da sind wir lang zurück!« Schon taumelte Werner nach draußen.

Die laue Abendluft machte Werners Kopf wieder klarer, aber auch volltrunken hätte er sich im Wald besser ausgekannt als jeder andere. Er hatte sich eine dunkle Jacke vom Wirt geliehen, damit sein helles Hemd später nicht aus der Dämmerung herausleuchtete.

Der Weg, den sie einschlugen, war unübersichtlich und dicht bewaldet. Das alte Laub auf dem Boden dünstete Feuchtigkeit aus. Siggi wusste die Stellen, an denen die Sowjetsoldaten immer standen, und er kannte die Patrouillenwege der deutschen Grenzsoldaten. Sie mieden diese Gegenden und erreichten schnell den Stacheldrahtzaun. Er war nicht besonders hoch, und sie hängten Siggis Jacke über die Drahtspitzen. Werner machte für den kleineren Siggi eine Räuberleiter und kletterte dann selbst hinterher. Auf der westlichen Seite rannten sie, bis sie vom Unterholz verschluckt wurden. Sie warfen sich ins Gebüsch und beobachteten den Zaun nun von der anderen Seite.

»Das war die Grenze?«, fragte Werner. »Mehr haben die nicht zu bieten?«

»Wir könnten drüben bleiben«, überlegte Siggi.

Werner war entrüstet: »Was soll ich denn hier? Gerda ist doch noch in Sonneberg.«

»Aber die will nichts mehr von dir wissen. Was hält dich denn noch im Osten?«

»Dressels Forst«, sagte Werner entschieden und erinnerte seinen Freund an ihre Wette. »Los jetzt, Bierdeckel holen, bevor die Wirtschaft zumacht!«

In der Tettauer Gastwirtschaft tranken sie in aller Ruhe ihr Bier, gaben gehörig mit ihrer Heldentat an und ließen sich feiern. Sie machten sich überhaupt keine Gedanken über den Rückweg und waren davon überzeugt, dass es unvergleichlich leichter sein musste, in die DDR einzudringen, als aus ihr auszubrechen.

Schließlich machten sie sich aber doch auf den Weg. Werner hatte sein Rad noch beim Wirt in Spechtsbrunn stehen, und wenn die Wirtschaft schloss, würden sie auch ihren Wettgewinn nicht bekommen.

Als sie den Grenzzaun von der anderen Seite erreichten, legte sich die Dämmerung wie ein Mantel über den Wald. In Tettau war es ihnen noch taghell vorgekommen, aber zwischen den Bäumen verschmolzen ihre Schatten mit dem Unterholz.

Mühelos überwanden sie auch diesmal den Zaun und ließen sich auf der anderen Seite zu Boden fallen.

»Kinderspiel«, schnaufte Siggi und untersuchte sein Bein. Er hatte sich die Haut am Stacheldraht aufgekratzt, konnte aber nicht erkennen, ob es schlimm war. Dann merkte er, dass er beim Sprung seine Zigaretten verloren hatte. Er fing an, das Gras abzutasten.

»Der Zaun ist ein Witz«, machte er sich lustig. »Und von so was lässt sich die Beetz aufhalten.«

Frau Beetz hatte sich in den letzten Jahren ein Zubrot als Schieberin verdient. Sie war ein wenig schwerfällig und deshalb sehr empört, als ihr auf der Schieberroute plötzlich ein Zaun den Weg versperrte. Sie zerriss sich den Rock, scheiterte am Stacheldraht und schimpfte seitdem lauthals auf die Kommunistenschweine, die ihr das ehrbare Geschäft verdorben hätten.

»Kommst du jetzt endlich?«, flüsterte Werner, dem die Sache langsam unheimlich wurde. Sie konnten doch nicht ewig unmittelbar vor dem Zaun herumlungern.

»Hab sie schon!«, rief Siggi freudig aus.

»Halt!«, ertönte es aus der Dunkelheit. »Stehenbleiben! Grenzpolizei!«

Werner und Siggi dachten gar nicht daran, sie rannten wie die Hasen durchs Unterholz.

»Halt! Oder ich schieße!«

Im selben Moment hörten sie den ersten Schuss.

Siggi warf sich zu Boden und riss Werner mit sich. Er presste ihm die Hand auf den Mund, damit er keinen Laut von sich geben konnte.

Mehrere Schüsse schlugen an der Stelle ein, an der Werner vermutlich gewesen wäre, wenn Siggi ihn nicht festgehalten hätte.

Die Stimmen der Grenzer entfernten sich.

»Meinst du, das war ein Tier?«, fragte der eine.

»Glaub nicht«, gab der andere zurück.

»Hast du getroffen?«

»Glaub schon.«

»Wir müssen den suchen. Vielleicht ist einer verletzt.«

Die Männer verharrten für einen Moment.

Plötzlich ertönte aus der Finsternis ein bellendes Lachen.

»Bloß ein Fuchs«, stellte der erste Grenzsoldat fest. »Los, machen wir Meldung.«

Oben im Hotel *Waldeshöh* hatten sie die Schüsse auch gehört. Johanna zupfte immer wieder nervös an ihrem Ärmel.

»Verstehst du das?«, fragte sie Arno. »Er weiß doch genau, dass er im Dunkeln nicht mehr draußen sein darf.«

»Du sagst es, Johanna, er weiß das.«

»Hoffentlich hat er nicht zu viel getrunken und versehentlich einen falschen Weg genommen.«

Arno legte seine Hand auf Johannas, damit sie aufhörte an ihrem Ärmel zu zerren.

»Du machst dir zu viele Gedanken. Sicher ist es in der Gastwirtschaft später geworden, und er ist bei Siggi geblieben.«

Damit musste sich Johanna zufriedengeben. Bis zum nächsten Morgen gab es keine Möglichkeit, jemanden zu erreichen oder etwas aus Spechtsbrunn in Erfahrung zu bringen. Warum hatten sie ihnen bloß das Telefon abgestellt!

Angestrengt lauschten sie in die Dunkelheit. Längst hatten sie sich daran gewöhnt, gelegentlich nachts Schüsse zu hören. Jedes Mal hofften sie, dass es Warnschüsse gewesen waren. Selten erfuhren sie, was passiert war.

Überhaupt drangen die Informationen nur sehr langsam und tröpfchenweise in diesen hintersten Winkel der Republik. Von den Streiks und dem Volksaufstand im Juni hatten sie zuerst aus dem RIAS erfahren. Der westdeutsche Sendeturm stand auf dem Berg Ochsenkopf, ganz in der Nähe. In den Zeitungen der DDR, im *Neuen Deutschland* oder im *Freien Wort*, wurde erst Tage später davon berichtet und alles ganz anders dargestellt. Man konnte kaum glauben, dass von den gleichen Ereignissen die Rede war. Johanna wusste nicht, wem sie vertrauen sollte. Aber war es überhaupt wichtig? Berlin war so weit weg. Von Dresden, Halle, Magdeburg und Leipzig erfuhren sie weder aus dem Osten noch aus dem Westen etwas, und bei ihnen im Wald war es ruhig geblieben.

In der Stille der Nacht ertönte wieder ein bellendes Lachen. Oben im Turm erwachte Elvira. Sie sprang auf und erschien kurze Zeit später im Schlafzimmer ihrer Eltern.

»Wer war das?«, fragte sie erschauernd.

Arno beruhigte sie: »Nur ein Fuchs, Elvira, auf der Suche nach einer Füchsin. Du musst keine Angst haben.«

Er streckte die Arme nach ihr aus, aber sie kroch unter die Decke ihrer Mutter und fragte: »Wo ist Werner? Ich wollte zu ihm ins Bett. Aber er ist nicht da!«

Ihre Eltern tauschten einen stummen Blick.

Elvira fing an zu weinen.

Arno versuchte sie zu trösten und versicherte, dass Werner nichts geschehen sei. Irgendwann schlief die Kleine erschöpft ein. Ihre Eltern blieben wach und lauschten weiter in die Dunkelheit hinaus. Außer dem Fuchs war nichts mehr zu hören.

Arno tastete über Elvira hinweg nach Johannas Hand.

»Es wird alles gut«, flüsterte er. »Wir haben bisher immer Glück gehabt.«

Kurze Zeit später kratzte etwas unten an der Eingangstür. Johanna schoss hoch und rannte nach unten. Arno rollte sich vorsichtig aus dem Bett und kam hinterhergehüpft. Unten in der Empfangshalle stand Werner.

»Werner!«, rief Johanna. »Wo kommst du her? Wo warst du? Was ist passiert? Wo ist dein Rad?«

»Nichts ist passiert. Wir sind bloß einmal hin und zurück und haben unsre Wette gewonnen. Geld haben wir trotzdem keins gekriegt. Die Wirtschaft war schon zu.«

Stolz zeigte er seine Trophäe aus der Tettauer Kneipe. Johanna begriff sofort. Sie riss ihm den Bierdeckel aus der Hand und versetzte ihm damit einen Schlag.

»Ja, seid ihr denn völlig verrückt geworden?«, schimpfte sie. »Ihr hättet erschossen werden können. Für nichts! Für einen Dummejungenstreich!« Ihr schossen die Tränen in die Augen.

»Ich wette, dieser Unsinn war Siggis Idee«, polterte Arno los, der es inzwischen bis nach unten geschafft hatte.

»Nein, es war meine«, gestand Werner.

»Bist du noch gescheit?«, schluchzte Johanna. »Mehr Glück als Verstand!«

»Die warten doch nur auf so was«, warf Arno ihm vor. »Du weißt doch, dass wir uns nichts zuschulden kommen lassen dürfen.«

»Damit bringst du ja auch das Hotel in Gefahr«, sagte Johanna. »Wie bist du nur auf so eine dusselige Idee gekommen?« Als Werner bockig schwieg, setzte sie nach: »Jetzt lass dir nicht die Würmer aus der Nase ziehen.«

»Ach, das war wegen der Gerda«, gab Werner kleinlaut Auskunft.

Arno reichte es nun. »So. Jetzt hab ich aber genug. Morgen fährst du hin zu dieser Gerda und machst ihr einen Antrag. Wenn sie annimmt, dann wird hier eine Hochzeit gefeiert. Wenn nicht, dann will ich nichts mehr davon hören.«

»Aber sie ist doch erst siebzehn«, klärte Johanna ihn auf.

»Auch das noch«, stöhnte Arno.

Am nächsten Tag nach der Arbeit fuhr Werner mit dem Bierdeckel in der Hosentasche zu Gerdas Haus. Wie immer war er beruhigt, als er den Namen am Türschild las. Behutsam klopfte er und sagte diesmal gleich: »Gerda, ich bin es, Werner. Ich werd nicht weggehen, bis du mich reingelassen hast. Ich weiß, dass du mich hörst. Ich will dich nicht in Verlegenheit bringen, aber ich warte hier, bis du rauskommst.«

Er setzte sich auf die schief getretene Holzschwelle, die ganz rot vom Bohnerwachs war. Natürlich wusste er nicht, ob überhaupt jemand da war und ob sie ihn da drinnen wirklich gehört hatte. Aber irgendwann musste sie schließlich hier auftauchen. Nach zwanzig Minuten öffnete sich beinahe lautlos die Tür, und Gerda spähte vorsichtig hindurch.

Als sie Werner entdeckte, erschrak sie.

Er zog seine Taschenuhr heraus, guckte darauf und sagte: »Du traust mir ja wenig zu. Hast du gedacht, nach zwanzig Minuten gebe ich schon auf?«

Ein flüchtiges Lächeln veränderte ihr Gesicht. Dann wurde sie wieder ernst. Sie schwieg für einen Moment und flüsterte schließlich: »Kann ich dir vertrauen?«

Werner stand auf und sah ihr fest in die Augen. »Ja.«

Daraufhin zog ihn Gerda in die Wohnung.

Es war niemand außer ihnen in der Küche, aber er erwartete, jeden Moment die nörgelnde Stimme ihrer Mutter zu hören. Es blieb still, nur die Wanduhr mit dem Zwiebelmuster tickte gleichmäßig vor sich hin. Gerda bat ihn, sich an den Tisch zu setzen, und fragte, ob er etwas trinken wolle. Er sah zu, wie das Wasser aus dem silberglänzenden Hahn floss, den er jedes Mal so bewunderte.

»Ich hab Angst«, sagte sie schließlich. Ihre Haltung war verkrampft, und die Schulterblätter zeichneten sich spitz unter ihrer Schürze ab.

»Du musst keine Angst haben«, versicherte er. »Ich helfe dir. Und daran ist keine Bedingung geknüpft.«

»Wie meinst du das?«, fragte sie verunsichert.

»Ich meinte, ich helfe dir in jedem Fall, auch wenn du nicht mehr mit mir zusammen sein willst.«

Gerda sah ihn erschrocken an. »Aber ich will doch mit dir zusammen sein! Es ist nur … etwas passiert.«

Zunächst hatte Werner nur den ersten Satz wahrgenommen und hätte Gerda am liebsten umarmt. Es war alles gut, sie hatte ihn noch gern! Aber dann tropfte langsam die Bedeutung des zweiten Satzes zu ihm hindurch. Gerda war etwas passiert. Sie mussten das in Ordnung bringen. Alles andere war in diesem Moment unwichtig.

»Was ist passiert?«

Sie nippte am Wasserglas, ihr Schlucken klang laut. Dann sagte sie: »Es weiß keiner. Du darfst es keinem erzählen. Versprich's mir.«

Werner nahm ihre Hand. »Ich hab dir gesagt, dass du mir vertrauen kannst. Ich würde eher sterben, als dich zu verraten.«

Gerda flüsterte, als fürchtete sie, jemand könnte an der Tür lauschen: »Am 18. Juni ist meine Mutter schwarz über die Grenze in den Westen gegangen.« Während er noch versuchte zu begreifen, setzte sie hinzu: »Sie dachte, nach den Panzern und den Schüssen und den Verhaftungen und den Toten, ja, da dachte sie, es wird vielleicht alles dicht gemacht.«

»Das war vor über sechs Wochen«, stellte er erschrocken fest.

Sie nickte.

Plötzlich begriff er. »Du bist seit fast zwei Monaten allein mit deinem Bruder?«

Sie nickte wieder, und endlich liefen ihr die Tränen herunter.

Werner sprang auf und nahm sie in den Arm. »Alles wird gut, alles wird gut«, versprach er immer wieder, obwohl er noch immer nicht ganz verstand.

Schließlich begann Gerda zu erzählen. Sie hatte zuerst nicht gewusst, was sie tun sollte, und war schließlich zur Chefin ihrer Mutter gegangen, eine Konditorin, die noch eines der wenigen privaten Geschäfte betrieb und Gerda sehr mochte. Sie hatte natürlich schon bemerkt gehabt, dass ihre Angestellte nicht mehr an ihrem Arbeitsplatz aufgetaucht war, und versprach erst einmal nichts zu melden. Wenn jemand nach Gerdas Mutter fragte, behauptete sie, die sei krank. Gerda zahlte das Geld, das ihrer Mutter als Steuern abgezogen und vom Arbeitgeber eingezahlt werden musste, an die Konditorin. Damit blieb von ihrem Lehrlingsgeld fast nichts mehr übrig. Da war Gerdas Mutter nun weg und bestimmte noch immer das Leben ihrer Tochter. Als die Aufforderung zur jährlichen Gesundheitsüberprüfung für die Mitarbeiter der Lebensmittelbranche kam, ging Gerda einfach selbst mit dem Sozialversicherungsausweis ihrer Mutter hin. Sie schminkte sich mit deren Lippenstift, zog ein Kleid von ihr an und stopfte sich vorn aus. Zum Glück war kein Foto im Versicherungsbuch, und niemand sah auf das Geburtsdatum. Bisher war keiner misstrauisch geworden. Gerdas Mutter war eine unauffällige Person gewesen, die sich vorwiegend um sich selbst gekümmert hatte.

»Aber irgendwann werden sie es ja doch merken, dass sie nicht mehr da ist«, sorgte sich Werner.

»Sicher. Sie dürfen es nur nicht zu früh merken«, erklärte Gerda. »Nicht vor dem 9. Januar.«

»Was ist am 9. Januar?«

»Da werde ich achtzehn«, erinnerte sie ihn. »Dann kann ich die Vormundschaft für meinen Bruder übernehmen. Er ist ja erst fünfzehn. Wenn jemand mitbekommt, dass wir hier allein sind, wird er ins Heim kommen. Und ich auch.«

»Was ist mit eurem Vater?«

»Gefallen.«

»Du wirst nicht ins Heim kommen«, versprach Werner. »Mit der Miete und allem helf ich dir, ich verdiene ja jetzt schon richtig. Das wird keiner merken.« Dann dachte er kurz nach und fragte: »Darf ich es meinen Eltern sagen?«

Gerda schüttelte erschrocken den Kopf, sodass Werner ihr schwor, zu Hause nichts zu erzählen.

»Eins kann ich nicht begreifen«, sagte er. »Wie kann man seine Kinder allein zurücklassen?«

Gerda hob den Kopf und sah ihn an. »Ich wäre sowieso nicht mitgegangen. Dann hätte ich dich doch niemals wiedergesehen.«

17

Du hast ja ein Ziel vor den Augen

In Millas Waden zog ein ordentlicher Muskelkater. Das Elterngespräch mit Neos Lehrerin hatte in einem Klassenzimmer der Grundschule stattgefunden. Die ganze Zeit war sie damit beschäftigt gewesen, nicht von dem viel zu kleinen Stuhl zu fallen. Mit mäßigem Interesse hatte sie sich angehört, wie Neo das Anzetteln einer Schulrevolution und das Organisieren eines Schulstreiks vorgeworfen wurde. Das Wichtigste, was sie aus diesem Gespräch mitgenommen hatte, war die Quittung einer Reinigungsfirma gewesen.

Die legte sie nun vor Neo auf den Tisch. »Kannst du mir das bitte schön erklären?«, fragte sie.

Neo guckte gerade eine Sendung auf einem Nachrichtenkanal und gab ihr ein Zeichen, dass sie warten sollte.

Milla schaltete die Sendung auf Pause und hielt ihm den Zettel unter die Nase.

»Ach das …«, sagte er. »Ich wollte nur zeigen, dass man niemanden nach seinem Besitz und seinem Alter beurteilen darf.«

»Aber vielleicht nach seinem Geruch«, gab Milla zurück. »Warum hast du einen Obdachlosen in den Sessel eurer Leseecke gesetzt?«

»Weil das Recht auf Bildung in der Allgemeinen Erklärung der Menschenrechte steht.«

»Paragraf 26«, ergänzte Milla. »Und da steht nichts von einem Recht, mit dem man seine Mutter in den Wahnsinn treiben darf!« Sie tippte auf die Quittung. »Dafür kriegt man ja fast einen neuen Sessel.«

Neo wollte seine Sendung weitergucken, aber Milla hinderte ihn daran.

»Wer war der Obdachlose, und wieso hast du ihn mit zur Schule genommen?«

»Das war Bernhard, und der war so durchgeweicht vom Regen. Da dachte ich, nehm ich ihn halt mal mit.«

Milla wuschelte ihm durch die Haare und seufzte. »Du reißt uns immer mehr rein, Neo. Ich war froh, dass wir den Monat rumgekriegt haben, und jetzt geht es schon wieder so los.«

»Tut mir wirklich leid, Mama«, sagte er kleinlaut. Er legte seinen Kopf auf ihren Schoß und ließ sie vorsichtshalber seine Haare kontrollieren. So ganz geheuer war ihm die Sache also auch nicht.

»Statt Leute in die Schule zu schleppen, die sich nur den Hintern wärmen wollen, solltest du lieber was lernen«, warf sie ihm vor.

»Das tu ich doch aber! Ich lerne jetzt Häkeln«, sagte Neo stolz.

»Mir schwebte eher so was wie Integralrechnung oder Italienisch vor.«

»Das ist für unsere Aktion gegen Plastikmüll«, erklärte er begeistert. »Mikroplastik verschmutzt unsere einheimischen Flüsse, und die Wasserflöhe verhungern. Deswegen häkeln wir Einkaufsnetze. Wiederverwendbare. Ich mach dir auch eins!«

»Ach, Neo«, seufzte sie. »Du wirst die Welt nicht retten.«

»Das kann man aber nicht wissen, oder? Man muss es doch wenigstens versuchen!«

Und während Neo eine flammende Rede über die Weltmeere hielt, wurde ihr klar, wie recht er hatte. Wenn man es gar nicht erst probierte, würde man auf jeden Fall scheitern. Manchmal genügte es einfach nicht, ein wenig entrüstet zu sein und zur Tagesordnung überzugehen. »Man kann sich nicht immer nur um seinen eigenen Kram kümmern«, stellte Neo abschließend fest.

Auch Christines Fall war nicht Millas eigene Angelegenheit. Sie hatte ihn nur zu ihrer erklärt. Seitdem fühlte sich das Leben anders an. Plötzlich gab es eine Sache, für die sie brannte, etwas, wofür sie kämpfen wollte.

»Du hast recht!«, sagte sie nachdenklich. »Du hast absolut recht!«

»Wirklich? Machst du mit? Soll ich dir eine Häkelnadel besorgen? Oder willst du lieber Stoffbeutel nähen?«

»Ich meinte eigentlich die Dressels. Man kann nicht immer bloß zugucken, wenn irgendwo Unrecht passiert, nur weil man nicht direkt davon betroffen ist. Sie haben mich um Hilfe gebeten, und ich werds tun.«

»Das find ich gut«, sagte Neo. Die Untersuchung seiner Kopfhaut war beendet und hatte glücklicherweise nichts ergeben. Er richtete sich wieder auf und wollte wissen: »Wie sieht's aus? Machst du trotzdem bei unserer Netzaktion mit?«

Milla hob abwehrend die Hände. »Ich kopiere Plakate für euch und komme mit zur Demo und benutze nie wieder eine Plastiktüte. Aber Häkeln ist wirklich nicht meins.«

Für Milla war die Arbeit in der Kanzlei Winter & Steinmann eine seit Jahren andauernde Übergangslösung, die sie dennoch sehr ernst nahm. Obwohl sie alleinerziehend war, hatte sie den geringsten Krankenstand und die meisten Überstunden, was außer ihr selbst aber niemand registrierte. Sie erledigte ihre Arbeit immer zügig und ohne sich ablenken zu lassen. Deshalb war ihr Chef ein wenig verwundert, als Milla abwartend in seinem Büro stehen blieb, obwohl er ihr gerade einen Packen Arbeit übertragen hatte.

»Ist was nicht in Ordnung?«, fragte er und nahm seine Nahbrille ab, um sie sehen zu können.

»Darf ich Sie um etwas bitten? In einer privaten Sache? Es geht um eine Freundin, der ich helfen möchte.«

Noch nie hatte Milla eine private Bitte geäußert. Sie hatte eigentlich überhaupt noch nie irgendetwas Privates geäußert. Dementsprechend überrascht wies er ihr einen Stuhl am Mandantentisch zu.

»Kann ich Ihnen etwas zu trinken anbieten?«, fragte er automatisch, bevor ihm anscheinend klar wurde, dass er das dann bei ihr ordern müsste.

Sie half ihm aus der Verlegenheit, indem sie höflich ablehnte.

Milla umriss kurz die Geschichte des Hotels *Waldeshöh* und seiner Bewohner. Ihr Chef schraubte die Hülle seines Montblanc-Füllers ab und schien sich eifrig Notizen zu machen. An den Bewegungen seiner Hand erkannte Milla jedoch, dass er in Wahrheit Männchen auf seinen Block malte.

»Darf ich Ihnen einen Rat geben?«, fragte er, als sie geendet hatte.

»Ja, bitte, darauf hatte ich gehofft!«

»Lassen Sie bloß die Finger davon. Das ist eines der kompliziertesten Rechtsgebiete. Da verlieren Sie Zeit, Geld, Nerven und am Ende den Fall.«

»Mal angenommen, wir würden das riskieren?«

Ihr Chef begann mit einem kleinen Lederläppchen die goldene Feder seines Füllhalters zu reinigen, bis jede Spur von Tinte getilgt war.

»Mal ehrlich, ich weiß gar nicht, ob so lang zurückliegende Fälle noch angenommen werden«, sagte er schließlich. »Fragen Sie als Erstes beim Amt zur Regelung offener Vermögensfragen nach.«

»Sie meinen, die erklären den Fall für unzulässig?«, fragte Milla erschrocken.

Ihr Chef zuckte mit den Schultern. »Gut möglich. Sie können dann natürlich gegen die Ablehnung Klage einreichen, beim Verwaltungsgericht. Und wie langsam das ist, brauche ich Ihnen ja wohl nicht zu sagen.«

Er taxierte sie und klopfte mit der Füllerkappe auf den Eichentisch. »Ich nehme an, es handelt sich bei dem Grundbesitz um einen beträchtlichen Vermögenswert?«

Milla nickte.

Er zog eine Augenbraue hoch. »Worum handelt es sich genau?«, wollte er wissen und fixierte sie.

»Heimat«, sagte Milla. »Es handelt sich um Heimat.«

Der Blick ihres Chefs wanderte weiter, hinüber zum Computer, zu den Akten auf seinem Tisch. Seine kurz aufgeflammte Aufmerksamkeit ebbte bereits wieder ab.

»Die Dressels haben kein Geld«, sagte Milla verlegen. »Würden Sie in diesem Fall ein Beratungshilfemandat übernehmen?«

Ihr Chef erhob sich. »Lassen Sie mich bloß mit so was in Ruhe! Für den Antrag brauchen die doch gar keinen Anwalt. Das können die Erben alles selbst machen.«

»Aber manchmal ist der klangvolle Name der Kanzlei Winter & Steinmann sehr hilfreich«, schmeichelte Milla ihm in der Hoffnung auf Unterstützung.

»Ich geb Ihnen eine Untervollmacht«, sagte er, ein wenig milder gestimmt. »Kümmern Sie sich um alles, ich unterschreib Ihnen, was Sie brauchen, aber halten Sie mir diesen Mist vom Hals.«

»Sie können sich auf mich verlassen«, versicherte Milla.

Am Nachmittag fuhr Milla zu Christine. Sie sollte eine Vollmacht unterschreiben, damit Milla im Namen der Dressels Erkundigungen einholen konnte.

Diesmal wurde Milla nicht auf den Balkon verbannt. Sie setzten sich an den Esstisch auf mit Rosshaar gepolsterte, alte Stühle. Milla zog ihren Rock über die nackten Beine, der alte Plüschstoff kratzte.

Christine unterschrieb den Mandatsvertrag. Sie versprach außerdem, eine Vollmacht ihrer Geschwister zu besorgen.

»Es kann aber sein, dass wir irgendwann auch die Unterschrift deiner Tante brauchen«, erklärte Milla. »Ich habe beim Amt für offene Vermögensfragen angerufen. Neue Anträge für einen Fall wie euren werden nicht mehr angenommen, die Frist ist abgelaufen.«

Christine sah sie entsetzt an. »Aber dann haben wir doch gar keine Chance!«

»Doch. Denn es gibt zum Glück euren alten Antrag. Wenn ihr einen Wiederaufnahmegrund vorlegt, dann wird der Fall noch mal aufgerollt.«

Christine atmete erleichtert auf, aber Milla dämpfte ihre Freude.

»Das Problem ist, den Grund glaubhaft zu machen. Habt ihr eure Stasiakten?«

Christine schüttelte entmutigt den Kopf. Alle Mitglieder der Familie Dressel hatten nach der Wende Einsicht in ihre Akten beantragt. Irgendwann bekam einer nach dem anderen den Bescheid, dass zu diesem Namen kein Eintrag vorliegen würde.

»Nicht so schlimm«, versicherte Milla. »Weißt du, wie der Anwalt heißt, der euch damals vertreten hat?«

Christine überlegte und stand dann auf. »Da muss ich suchen. Komm mit, aber erschrick nicht. Das ist jetzt etwas peinlich für mich.«

Sie führte Milla in das alte Kinderzimmer.

»Wahnsinn!«, flüsterte Milla. Nach Halt tastend stieß sie an einen der hohen Papierstapel. Obwohl Christine den schwankenden Turm sofort festhielt und nichts passierte, schienen all die fremden Erinnerungen auf Milla einzustürzen. Sie berührte eine uralte Rolle aus Wachspapier, die in der Ecke stand und unter der Berührung zerbröselte. »Wie kann so viel in einer einzigen Familie zusammenkommen?«, fragte sie fassungslos.

Christine zuckte verlegen mit den Schultern. »Wir haben einfach alles aufgehoben, was uns wichtig erschien.«

»Das würde bei mir in einen Schuhkarton passen. In meinem Leben ist bisher wohl nicht viel Wichtiges passiert.«

Christine lächelte. »Die Dinge haben die Bedeutung, die wir ihnen geben.«

Milla nahm ein Foto von einem Stapel und betrachtete es. Es hatte einen weißen Büttenrand, war ein wenig verwackelt und in Schwarz-Weiß. Es zeigte ein Brautpaar inmitten einer großen Hochzeitsgesellschaft, die sich um eine Treppe vor dem Standesamt versammelte. Ein kleines Mädchen wirbelte Blütenblätter in die Luft.

»Die Hochzeit meiner Eltern«, sagte Christine.

»Das sieht so schön aus, alle sind so glücklich«, seufzte Milla. »Und es hat vor allem gehalten.«

»Es muss eine Traumhochzeit gewesen sein, oben im *Waldeshöh* mit Unmengen von Gästen und selbst gekochtem Essen und Akkordeonmusik und all so was!«

Milla sah noch einmal auf das Bild und strich mit dem Finger darüber. Diese riesige Familie, dachte sie. Und alle waren gekommen, um sich miteinander zu freuen.

Christine zog ihr das Bild behutsam aus der Hand und legte es zurück. »Das Blumenmädchen ist Tante Elvira. Das kannst du nicht benutzen.«

»Ich werde den Artikel ohnehin nicht mehr veröffentlichen«, erklärte Milla.

»Oh. Und warum?«

»Weil es sich irgendwie falsch anfühlt. Am Anfang war das für mich eine spannende Sache, wie ein Computerspiel. Aber jetzt ist es kein Spiel mehr. Es ist das Leben. Euer Leben.«

Christine wirkte erleichtert. »Weißt du«, sagte sie, »ich muss dir was gestehen. Bei dem Gedanken, dass wildfremde Menschen in meine Vergangenheit sehen könnten, war mir nie ganz wohl.«

»Aber warum hast du mir das nicht gesagt?«, fragte Milla erstaunt.

»Ich war dir meine Geschichte doch schuldig.«

»So ein Unsinn.« Milla schüttelte den Kopf. »Du bist mir gar nichts schuldig.«

Sie nahm ein altes Notenheft vom Stapel und blätterte darin herum. Es waren Propagandalieder der Freien Deutschen Jugend. »Meine Güte«, sagte sie. »So was habt ihr wirklich gesungen?«

»Wir haben uns nicht viel dabei gedacht«, versicherte Christine und spähte über Millas Schulter.

Sie blieben bei dem Titel *Du hast ja ein Ziel vor den Augen* hängen. So martialisch der Text auch war, Milla hätte ihn unterschreiben können. Sie hatte wieder ein Ziel. Und sie hatte eine Gemeinschaft, in die sie gehörte und für die sie kämpfen wollte.

Auch Christine las die altvertrauten Zeilen durch. »Der Text ist gar nicht so blöde, wie ich immer dachte«, stellte sie erstaunt fest.

»Dann los«, sagte Milla und zitierte grinsend: »Wir sind Soldaten, Kämpfer fürs Glück. Also, wie hieß der Anwalt?«

Christine durchsuchte einen Stapel, fand etwas und las vor: »Rechtsanwalt Dr. Wieland Bräuer. Kennst du den?«

Milla musste im Internet nachsehen. »Ist inzwischen in Rente. War auf Mietrecht spezialisiert. Da hat deine Tante auf jeden Fall keinen Fachmann ins Rennen geschickt.«

»Na ja, wir wollten schließlich unser Haus wiederhaben. Bestimmt hat sie gedacht, das hat im weitesten Sinne was mit Mietrecht zu tun«, überlegte Christine. »Ist das schlecht?«

»Es ist gut. Es erhöht die Chance, dass etwas übersehen wurde!«

Ein paar Tage später blieb Milla im Büro ihres Chefs wieder abwartend stehen.

»Das wird wohl langsam zur Gewohnheit«, bemerkte er.

»Ich habe nur eine kurze Frage zum Fall der Dressels.«

»Sind Sie immer noch damit beschäftigt? Das machen Sie hoffentlich alles nach Feierabend!«

Milla nickte. Sie hatte noch Unmengen an Überstunden gut, die sie damit abfeierte.

»Die Dressels müssen beim Amt zur Regelung offener Vermögensfragen einen Wiederaufnahmegrund vorlegen«, erklärte sie. »Und der besteht darin, dass sie bei der Enteignung keine Entschädigung bekommen haben, wie behauptet.«

Ihr Chef nickte. »Gute Strategie. Eine Enteignung ohne Entschädigung ist unberechtigt, und die Erben können den Besitz zurückfordern. Und weiter?«

Milla atmete tief durch. Sie hatte die rechtlichen Grundlagen und alle verfügbaren Präzedenzfälle herausgesucht. Sie wusste inzwischen zur Wiedergutmachung von diskriminierenden Enteignungen durch staatliche Stellen der ehemaligen DDR mehr als ihr Chef. Aber je tiefer sie in die Thematik eindrang, umso komplizierter erschien sie ihr. Allmählich bekam sie das Gefühl, dass alles im Leben auslegbar war und manche Regeln nicht für alle galten.

»Wie sollen wir denn etwas belegen, das nicht stattgefunden hat?«, fragte sie. »Es ist keine Entschädigung geflossen.«

»Mal angenommen, die sagen die Wahrheit …«

»Die Dressels sind absolut vertrauenswürdig!«, versicherte Milla eifrig. »Aber wie soll ich das beweisen? Was würden Sie raten?«

»Zuerst mal, lassen Sie sich nicht emotional drauf ein. Bleiben Sie sachlich, sonst haben Sie keine Chance.«

Milla nickte, auch wenn es dafür längst zu spät war.

»Und zum anderen«, empfahl ihr Chef, »forschen Sie weiter nach den alten Stasiakten. Da muss doch was drinstehen über diese Enteignung. Suchen Sie alles aus der Zeit, was Sie finden können. Kontoauszüge der damaligen Besitzerin, Tagebuchaufzeichnungen, und lassen Sie sämtliche Familienmitglieder eidesstattliche Erklärungen schreiben. Fügen Sie das alles dem Antrag an. Untermauern Sie die Behauptung, dass es keine Entschädigung gab.«

Millas Wohnung verwandelte sich allmählich in eine konspirative Zelle. Sie saß mit Neo im Schneidersitz auf dem Boden des Wohnzimmers, und um sie herum lagen Akten, Zettel, Notizen und Fotos. Sie versuchten diesen einen entscheidenden, winzigen Fakt aufzuspüren, der alles ändern würde.

Neo nahm erstaunlichen Anteil an Millas Suche. Er las sämtliche Dokumente durch und ließ sich die Gesetzeslage erklären.

Milla hatte ein Fotoalbum von Christine bekommen, damit sie beweisen konnten, dass die Familie seit Generationen im *Waldeshöh* gelebt hatte. Neo betrachtete das Album mit der gleichen Begeisterung, die er früher Bilderbüchern entgegengebracht hatte. Er schien besonders von Elvira Dressel fasziniert zu sein.

»Ich find es gut, dass du die Sache nicht auf Social Media öffentlich machst«, stellte er fest.

Milla ließ sich nach hinten sinken, stöhnte und starrte an die Deckenlampe. Ihr Rücken schmerzte vom stundenlangen Sitzen mit gekrümmtem Rücken.

»Du solltest dich überhaupt bei den *Lost Places* abmelden«, schlug er vor.

»Ganz sicher nicht. Das eine hat ja wohl nichts mit dem anderen zu tun«, sagte sie.

»Der soziale Druck in den Netzwerken schadet der Psyche«, bemerkte Neo altklug. »Ich habe meine ganzen Profile gelöscht.« Er guckte sie stolz an, als warte er auf ein Lob von seiner Mutter.

»Herzlichen Glückwunsch«, kommentierte sie. »Woher kommt diese Einsicht? Du hast nicht zufällig eine neue Lebensberaterin?«

»Nö«, sagte Neo. Und dann: »Vielleicht.«

Milla grinste. »Lass mich raten. Das Mädchen von der Familienfeier? Die mit den hübschen Sommersprossen?«

Neo nickte. »Anni.«

»Wusst' ich's doch«, rief Milla.

»Du findest es gut?«, fragte Neo mit leuchtenden Augen.

»Na klar!«, rief Milla voller Überzeugung aus. Sie wagte nicht zu fragen, was Caro dazu sagte, und hoffte, er würde sie einfach vergessen.

»Anni ist der Kumpel, den ich in Neustadt besucht habe. Aber jetzt sind wir mehr als Kumpel.« Er strahlte seine Mutter an. Ihr fiel auf, dass seine Stimme nicht mehr so oft brach und er langsam einen schönen Bariton entwickelte. Plötzlich wurde ihr bewusst, wie sehr sie Neos Kinderstimme vermisste. Sie tröstete sich damit, dass er jetzt neben ihr saß und sich in den Fall ebenso hineinsteigerte wie sie selbst.

»Kann ich Anni mal mitbringen?«, fragte er.

»Natürlich!«, sagte Milla. »Sag bloß rechtzeitig Bescheid, damit ich hier vorher aufräumen kann.«

»Brauchst du gar nicht. Anni will das ganze Zeug hier sowieso auch mal sehen. Sie freut sich so sehr, dass ihre Familie vielleicht bald ihren Wald zurückkriegt.«

Millas Lächeln erstarrte. Ihr war gerade etwas klar geworden.

Neo bemerkte es nicht, er redete weiter: »Die meisten bei den Dressels sind sozial schwach. Anni denkt, vielleicht könnte sich das dadurch ändern.«

»Sag mal, diese Anni, das ist doch eine Enkelin von Elvira Dressel?«

»Ja. Wieso?«, fragte Neo.

»Weil das Ärger geben wird.«

18

Die Hochzeit

4. Mai 1956 – Oben auf dem Höhenkamm des Rennsteigs war die Luft so anders als im geschützten und milden Röthengrund. Der Wald war dunkler, und sein Rauschen klang mächtiger. Gerda erschien er fast wie ein lebendiges Wesen. Aber sie fürchtete es nicht.

Sie kamen von der Meldestelle der Deutschen Volkspolizei in Gräfenthal, wo sich Gerda hatte anmelden müssen. Nachdem sie den Schlagbaum in Lichtenhain passiert hatten, liefen sie weiter Richtung *Dressels Forst*. Immer wieder blieb Werner stehen und hielt fürsorglich Zweige zur Seite, damit sie hindurchschlüpfen konnte. Der Wald hatte sich die Wege zurückerobert, die nicht mehr befahren werden durften.

Bei der Polizei hatte man sie lange warten lassen. Aber Gerda war geduldig. Sie wusste, wenn man nur lange genug aushielt, wurde man belohnt.

Gerda hatte es tatsächlich geschafft, die Tatsache, dass ihre Mutter in den Westen geflohen war, bis zu ihrem achtzehnten Geburtstag zu verheimlichen. Und sie hatte es geschafft, danach die Vormundschaft für ihren Bruder zu bekommen. Sie hatte ihn durch seine Lehre bis zum Abschluss gebracht, obwohl er stahl und log und sie seine Hausarbeiten erledigen musste. Aber Gerda hing an ihrem Bruder. Er war der einzige Verwandte, den sie noch hatte. Kaum war er volljährig geworden, hatte er verkündet, er müsse raus aus dieser muffigen Provinz. Er war nach Erfurt gezogen und schrieb ihr nun regelmäßig Briefe. Von ihrer Mutter dagegen hörte sie nie wieder etwas. Und doch war es noch immer sie, die Gerdas Leben bestimmte.

Eine unzuverlässige Mutter zu haben, war keine gute Voraussetzung, um einen Passierschein für einen kurzen Besuch bei Werner zu bekommen. Aber Gerda hatte glaubhaft beteuert, keinerlei Kontakt mehr zu ihrer Mutter zu haben, was sich bei einer Überprüfung als Wahrheit herausgestellt hatte. Und weil Gerda eben geduldig war und weil Werner Siggi kannte, der Beziehungen hatte, gelang es ihnen ab und zu.

Gerda und Werner waren nun seit zwei Jahren verlobt. Jetzt, wo ihr Bruder ausgezogen war, wollten sie endlich heiraten.

Die Bäume taten sich auf und gaben den Blick auf die schieferbedeckte Turmhaube frei. Gerda betrat die Lichtung, die von gestaffeltem Grün umgeben war. Als Kind hatte sie einmal eine Märchenaufführung im Sonneberger Gesellschaftshaus gesehen. Sie erinnerte sich an ihr Erstaunen, als sie einen ersten Blick auf die Kulissen erhascht hatte. Aber was waren die blassen Pappaufsteller von damals gegen den Zauber dieses Ortes. Sie drehte sich, um das ganze Panorama in sich aufzunehmen. Es kam ihr so vor, als wäre die Lichtung der Mittelpunkt, um den sich alles anordnete, das Moos, die Farne, die Büsche, die Bäume, der Berg, die ganze Welt.

Die Schwierigkeit, hinauf zum Hotel *Waldeshöh* zu gelangen, machte es für Gerda zu einem verwunschenen Schloss. Nicht nur Werner, auch sie konnte sich keinen anderen Ort vorstellen, an dem sie lieber leben wollte.

Eine Zeit lang hatten sie gebangt, dass sie keinen Zuzug nach *Dressels Forst* bekommen würde, selbst wenn sie verheiratet sein sollten. Aber an diesem Tag hatte Gerda eine Nachricht bekommen, die alles ändern sollte.

Elvira rannte ihrer zukünftigen Schwägerin entgegen und ließ sich von ihr in die Höhe heben.

»Lang kann ich dich net mehr heben, du wirst immer größer«, rief Gerda und lachte.

Elvira war jetzt acht Jahre alt, ging in die erste Klasse, war Jungpionier und wollte später Modezeichnerin werden.

»Ihr müsst euch anhören, was Gerda für Neuigkeiten mitbringt«, rief Werner aufgeregt, als seine Eltern aus dem Haus kamen.

Sobald sie sich auf die Veranda gesetzt hatten, platzte es aus Gerda heraus: »Ich hab eine Stelle im Röhrenwerk oben in Neuhaus bekommen! Die brauchen dringend Leute und wollen mich anlernen! Und weil die keine Wohnung für mich haben, bekomm ich den Zuzug ins *Waldeshöh*!«

»Ich bin so stolz auf dich«, strahlte Werner.

Johanna rannte in die Küche, um Johannisbeerwein und Saft zu holen, damit sie anstoßen konnten.

Die Gläser klirrten aneinander, und Gerda erzählte aufgeregt: »Das hat der FDJ-Sekretär von der HO vermittelt. Der Betriebsdirektor hat mir schon ein Schreiben für die Polizei fertig gemacht, dass er mich braucht im Werk. Es ist schon alles geregelt. Nächsten Monat fang ich an!«

Sie alle hatten sich darauf eingerichtet, dass es dauern würde mit Gerdas Zuzugsgenehmigung. Arno, der gern schwarzmalte, hatte schon gefürchtet, dass sie ganz abgelehnt werden könnte. Damit wäre Werner gezwungen worden, mit ihr wegzuziehen. Umso mehr freuten sie sich nun aus tiefstem Herzen über diese Neuigkeit, die ihr Leben so erleichtern würde.

»Donnerwetter«, sagte Arno. »Jetzt müssen wir für die Braut nicht mal einen Passierschein für ihre eigene Hochzeit beantragen!«

»Aber die für die anderen dürfen wir nicht vergessen«, mahnte Johanna und holte die Formulare. Die Anträge mussten spätestens vier Wochen vorher gestellt werden.

Es sollte eine große Feier werden, an die sich alle ein Leben lang erinnern würden.

Johanna plante die Speisen und bekam ganz rote Wangen dabei. »Ihr werdet sehen«, sagte sie. »Jetzt, wo die Sowjets von der Grenze weg sind, werden wir das Hotel bald wieder eröffnen dürfen.«

Inzwischen war auch in den Wäldern rund um *Dressels Forst* nur noch die Deutsche Grenzpolizei stationiert.

»In der neuen Verordnung steht aber, dass die Hotels im 500-Meter-Schutzstreifen geschlossen bleiben müssen«, knurrte Arno.

»Ach, die bringen doch jedes Jahr eine neue Verordnung raus«, sagte Johanna und blieb zuversichtlich. »Das wird sich schnell wieder ändern.«

An einem ganz normalen Mittwochabend läutete es Sturm an der Tür. Johanna traute ihren Augen kaum. Gerda stand draußen und wedelte aufgeregt mit ihrem Ausweis herum.

»Ich bin da!«, rief sie. »Ich durfte ganz allein zu euch rauf! Ich hab den Wohnrechtsstempel!«

Überglücklich fiel sie Johanna um den Hals. Was machte es schon, dass sie diesen Stempel nun jedes halbe Jahr neu beantragen sollte. Das mussten schließlich alle, die hier wohnten.

Bis zuletzt hatte Gerda gezittert, dass man sie nicht zu dieser Familie ließ, die sie schon lange als ihre betrachtete. Die sie aufgenommen hatte und von der sie geliebt wurde. Johanna hielt das Mädchen ganz fest und strich ihr übers Haar. Sie war so froh, dass ihre Familie weiterbestand und dass sie hier oben weiterbestand. Sicher würden die beiden bald Kinder bekommen. Das gab ihr so viel Hoffnung.

Bis zur Hochzeit musste Gerda natürlich in einem der Gästezimmer schlafen. Es kam nicht infrage, dass sie mit Werner ein Zimmer teilte.

Das Mädchen brachte Heiterkeit in den dunklen Forst. Sie sang bei der Hausarbeit, nie war ihr etwas zu viel, und nie hatte sie Launen. Sogar das Tafelsilber putzte sie gern und zwar nach ihrer ganz eigenen Methode. Sie tauchte eine alte Zahnbürste in eine Mischung aus Essig und Natron und polierte so lange, bis die dunkle Patina verschwand. Johanna zeigte ihr, wie die Gästezimmer hergerichtet werden mussten, und ließ Gerda jeden Tag spüren, wie viel Glück sie mit ihr gehabt hatten. Auch Arno gefiel Gerdas Gesellschaft. Sie brachte ihm Kautabak oder schob einen Schemel unter seinen Fuß, sobald sie merkte, dass er unbequem saß. Sie war viel anschmiegsamer als die spröde Elvira und gab ihm ohne Scheu

Küsse auf die Wange. Gerda wiederum hatte zum ersten Mal in ihrem Leben ein richtiges Zuhause. Sie störten weder die langen Wege noch dass sie ständig kontrolliert wurde. Jedes Mal, wenn die Grenzpolizei den Schlagbaum für sie öffnete, fühlte sie sich auserwählt.

Elvira sollte bei der Hochzeit Blumen streuen. Gerdas Freundin Jutta, die auch ihre Trauzeugin sein würde, arbeitete noch in der HO. Sie besorgte für das Blumenkind ein weit ausgestelltes Kleid in Türkis.

Für Werner änderte Gerda den Hochzeitsanzug ihres Vaters um, der in der Sonneberger Wohnung im Schrank gehangen hatte. Sie hatte ihren Vater nie richtig kennengelernt, aber sie wollte, dass er auf diese Weise an ihrer Hochzeit teilnehmen konnte. Der Anzug war schon deshalb wie für Werner geschaffen, weil er eine kleine Uhrentasche besaß.

Das Wichtigste aber war natürlich das Kleid der Braut. Elvira durfte sie beim Aussuchen des Schnittes beraten, Gerda kaufte in der HO sündhaft viele Meter weißen Baumwollstoffes, und Johanna nähte es.

Sie saßen zur ersten Anprobe unten im Salon, denn sie brauchten den großen Spiegel der Anrichte.

Noch nie hatte sich Gerda in so einem schönen Raum befunden. Ganz schüchtern wartete sie in ihrer zerschlissenen Unterwäsche und wagte nichts zu berühren. Das Moosgrün der Wände wurde vor dem Fenster von der Natur aufgegriffen, als ginge der Salon draußen weiter. Dieses Hotel gehörte zu einem Luxus, den sie sich niemals hätte leisten können. Und nun durfte sie in diesem Palast wohnen. Ihre zukünftigen Schwiegereltern waren die Besitzer. So sehr, wie sie Werner liebte, liebte sie auch das Haus. Als Gerda die Arme hob, damit Johanna das Kleid zur Anprobe überstreifen konnte, blickte sie nach oben und entdeckte den Jugendstilstuck an der Decke. Sie konnte ihren Blick kaum davon lösen, noch nie hatte sie so etwas Prächtiges gesehen.

Werner steckte seinen Kopf zur Tür herein.

»Raus mit dir, das bringt Unglück«, rief seine Mutter und schlug ihm die Flügeltür vor der Nase zu.

Hastig stieg Gerda wieder aus ihrem Kleid und hoffte, dass Werner nichts gesehen hatte.

Zwischen den Sachen der alten Frau Dressel hatte Johanna einen karamellbraunen Pelzmantel gefunden, den sie zu einem kurzen Cape umnähte. Beim Durchstechen der Lederschicht rammte sie sich immer wieder die Ahle in den Daumen, aber das war es ihr wert. Sie durfte nur nicht zwischendurch das Brautkleid in die Hand nehmen, damit sie es nicht verdarb.

Je näher die Hochzeit rückte, umso nervöser wurden alle. Johanna übte in jeder freien Minute ein neues Lied auf dem Akkordeon, weil sich Gerda *Ganz Paris träumt von der Liebe* wünschte. Alle Gäste hatten erfreut die Einladungen angenommen, die Ringe von den alten Dressels waren auf die richtige Größe angepasst worden, der Termin auf dem kleinen Standesamt in Spechtsbrunn war reserviert, das Pferdefuhrwerk bestellt, die Kamera von Siggi ausgeliehen, das Brautkleid genäht, der Anzug gebügelt, die Essenvorräte lagen im Keller, das Silber war geputzt, die Tafeltücher gestärkt, die Leuchter mit Kerzen bestückt, die Blumenvasen vorbereitet, die Teppiche geklopft und die frische weiße Farbe auf der Veranda getrocknet. Nur die Passierscheine waren noch nicht da. Die Beantragung lag inzwischen beinahe sieben Wochen zurück. Als Werner sich deshalb bei der Polizei in Gräfenthal meldete, bekam er zu hören, dass man nicht nachfragen dürfe, sonst würde es noch länger dauern.

Am Abend vor der Hochzeit saßen sie alle in der Küche. Die Hochzeitstorte ruhte unter ihnen im Keller. Alles, was getan werden konnte, war getan.

Arno träufelte Essig in eine Wasserflasche. Er schüttete Zucker und Natron auf eine Zeitung, faltete sie und ließ das Pulver in die Flasche rieseln. Dann rührte er mit einem langen

Löffelstiel um. Gebannt beobachtete Elvira, wie aus dem Wasser Blasen aufstiegen.

Johanna verteilte die Limonade. »Morgen kommen die Passierscheine bestimmt«, versuchte sie Gerda aufzumuntern. Die meisten der Gäste waren zwar aus dem Sperrgebiet, aber das berechtigte sie leider nicht zum Aufenthalt im *Waldeshöh* im 500-Meter-Schutzstreifen.

»Wollen wir sie nicht durch den Wald zu uns schmuggeln? Vielleicht erwischt uns ja keiner«, schlug Arno vor.

»Und wenn doch? Weißt du, was dann los ist?«, rief Johanna. »Vielleicht schießen die dann. Die schießen doch ständig. Und wir würden verhaftet oder abgeholt. Wenn das rauskommt, dürfen wir nicht mehr hier wohnen bleiben. Nein, ich bin sicher, morgen sind die Scheine in der Post.«

»Was machen wir, wenn sie nicht kommen?«, fragte Werner seine Braut. »Wollen wir die Hochzeit dann verschieben?«

»Nein«, sagte Gerda, die fürchtete, dass sie als alte Jungfer enden könnte. »Die Mutti hat recht. Morgen werden die Scheine sicher da sein.«

Sie hatten Siggi Bescheid gesagt. Er sollte den kostbaren Brief unter allen Umständen sofort zu ihnen heraufbringen, wenn er ihn im Postsack entdeckte. Sie hatten einen komplizierten Plan ausgearbeitet, der sich nach den neuen strengen Regeln richtete. Werner hatte einen Freund engagiert, der mit dem Passierschein für Gerdas Bruder aus dem 5-Kilometer-Sperrgebiet herausfahren und sich dort mit ihm treffen sollte. Gerdas Bruder besaß schließlich überhaupt keinen Berechtigungsstempel in seinem Ausweis. Gerdas Freundinnen aus Sonneberg hatten immerhin einen Stempel für das Sperrgebiet und konnten bis Spechtsbrunn zum Standesamt kommen. Dort würden sie ihre Scheine erhalten. Tante Rosa wollten sie selbst den Schein an den Grenzübergang zur Bundesrepublik Deutschland bringen.

»So«, sagte Johanna zu Gerda. »Und jetzt drehe ich dir noch die Haare ein, und du machst deine Nägel.«

Die Männer wurden ein bisschen verlegen, taten, als ob sie Zeitung lasen, und sahen dabei unauffällig zu, wie Gerdas braunes Haar auf Wickler gedreht wurde.

Auch Elvira verfolgte fasziniert die Prozedur. »Wirst du dir morgen einen Schönheitsfleck aufmalen, Gerda? Das ist jetzt ganz schick!«

Zu Werners Erleichterung lehnte Gerda ab.

Johanna gab der Braut ein kleines Maniküre-Set, das noch von der alten Frau Dressel stammte und nach Puder duftete. Die feuchte Waldluft hatte dem Scharnier des Etuis ein wenig zugesetzt.

Gerda befühlte schüchtern die Feile und den eleganten Nagelpolierer aus Leder und sagte: »Ich hab mir noch nie die Nägel gemacht.«

»Ich auch nicht«, versicherte Johanna.

»Wollen wir es dann alle machen?«, fragte Gerda. »Sonst komm ich mir komisch vor.«

»Ich bin dabei!«, rief Elvira begeistert.

»Also ich bestimmt nicht«, brummte Arno, und alle lachten.

Am Ende saßen die Frauen im Nachthemd in der Küche, alle mit Lockenwicklern im Haar, alle mit einem Glas Weinschorle, auch Elvira. Sie polierten sich gegenseitig die Nägel und tuschelten über die Frage, wer wohl den Brautstrauß fangen würde. Gerda war sicher, es würde Jutta sein, und sie amüsierten sich über die Blicke der Männer, die nicht wussten, worum es da ging.

Sie hatten das Radio angedreht und hörten den *Bunten Abend* aus dem Hessischen. Als Freddy Quinn von Heimweh sang, zog Johanna ein wehmütiges Gesicht und konnte es gar nicht erklären. Sie saßen doch in ihrem Haus in ihrem Wald. »So ein kitschiger Quatsch«, rief sie lachend aus. Und als Gerda und Elvira bei *So schön, so schön war die Zeit* ausgelassen tanzten, sprang auch sie auf und hüpfte mit in der Küche herum. Elvira bewegte sich so wild, dass sie einen ihrer Lockenwickler verlor, der in den Kohlenkasten flog.

So etwas hatte es in dieser Küche noch nie gegeben. Die

Frauen umfassten einander an den Hüften und tanzten ausgelassen in einer Reihe. Arno und Werner bestaunten diese Vorstellung und tranken Essiglimonade. Selbst der Hund Asta, der mittlerweile so betagt war, dass er am liebsten nur noch in der Sofaecke lag, hob verwundert den Kopf.

Am nächsten Morgen lauerte Werner seit Sonnenaufgang am Fenster in Elviras Turmzimmer. Als er sah, dass Siggi mit dem alten Lastenrad der Post auf die Lichtung fuhr, stürmte er hinunter.

»Tut mir leid«, bedauerte Siggi. »Ich hab nur ein Päckchen für Gerda von ihrem Bruder. Tut mir wirklich so leid!«

Die Passierscheine waren also nicht rechtzeitig gekommen.

Als es Gerda erfuhr, brach sie in Tränen aus. Sie hatte noch immer die Lockenwickler im Haar und wollte sich gerade waschen.

»Nicht weinen«, sagte Werner sanft. »Du siehst sonst nachher verquollen aus. Dann hab ich für immer eine Braut mit einer dicken Nase auf meinem Hochzeitsbild.«

Obwohl es so traurig war, mussten beide bei dieser Vorstellung lachen.

Werner nahm sie in den Arm. »Doch verschieben?«

»Und das viele Essen?«, schluchzte Gerda. »Das verdirbt ja. Die ganze Vorbereitung, alles umsonst.«

Sie riss das Päckchen ihres Bruders auf und fand darin ein billiges kleines Armband mit einem Herzanhänger. Er hatte wohl schon geahnt, dass sie ihn nicht reinlassen würden, und sein Geschenk vorsichtshalber mit der Post geschickt. Gerda musste gleich wieder weinen. Ihr Bruder hatte ihr noch nie etwas geschenkt. Er besaß doch gar kein Geld!

Gerda hoffte auf ein Wunder. Vielleicht kamen die Passierscheine ja doch noch. Vielleicht ließen sich die Grenzsoldaten irgendwie erweichen. Vielleicht schlichen die Gäste ja doch durch den Wald. Über diese Gedanken beruhigte sie sich etwas. Johanna kühlte ihr mit einem Waschlappen das Gesicht, wegen der Fotos. Dann half sie der Braut ins Hochzeitskleid.

Werner wartete vor dem Hotel *Waldeshöh* auf Gerda.

Sie schritt durch einen Bogen aus leuchtend rosa Weidenröschen, den Johanna im Morgengrauen noch heimlich über dem Eingang angebracht hatte. Gerda musste aufpassen, dass sie nicht gleich wieder schluchzte, so schön sah es aus.

Elvira trug ein Körbchen über dem Arm und wackelte mit dem Hinterteil, damit ihr Tellerrock in Türkis auch zur Geltung kam. Sie wollte schon die Blütenblätter werfen, aber Arno hielt sie zurück. »Noch nicht!«

Gerda ging sehr langsam, denn die Pumps, die sie trug, waren eine Leihgabe ihrer Freundin Jutta. Werner hatte genug Zeit, seine Braut anzustaunen. Sie war erwachsen geworden, seit er sie zum ersten Mal gesehen hatte.

Ihr Haar war an den Seiten etwas hochgesteckt, und hinten fielen die Locken lang herunter. Sie zupfte eins der Weidenröschen ab und klemmte es sich hinters Ohr. An ihrem Handgelenk glitzerte das Kettchen von ihrem Bruder. Ihr weißes Kleid war hochgeschlossen mit einem winzigen Stehkragen, der sich vorn öffnete. Der weit schwingende Rock reichte ihr bis zu den Knöcheln. Über die Schultern hatte sie das kurze Pelzcape geworfen und mit einer Brosche von Johanna geschlossen. Werner, der Gerda immer nur in den gleichen, einfachen Sachen kannte, war sprachlos.

Er gab ihr den Brautstrauß, den seine Mutter aus Maiglöckchen gebunden hatte. »Bist du bereit?«, flüsterte er.

Sie legte ihre Hand auf seinen Arm und spürte den Anzug ihres Vaters.

»Ja!«, sagte sie.

Das Standesamt Spechtsbrunn war ein schlichtes Haus mit Schieferfassade und einem fröhlichen Spruchband, das alle Bürger begrüßte, die beim Aufbau des Sozialismus helfen wollten.

Die Standesbeamtin gab sich viel Mühe, war es aber nicht gewohnt, vor fremden Menschen zu sprechen, und versuchte das durch eine unnatürliche Betonung auszugleichen.

Gerda und Werner waren so aufgeregt, dass sie es gar nicht bemerkten. Arno amüsierte sich darüber, und Johanna stupste ihn mehrmals strafend an. Elvira langweilte sich und zappelte mit den Beinen.

Als die Zeremonie vorüber war und sie, angeführt von ihrem Blumenmädchen, aus der Tür traten, wurden sie von Jubel und Hochrufen empfangen. Elvira bekam das Zeichen, dass sie die Blumen werfen und als Erste die Treppe hinuntersteigen sollte.

Vor dem Standesamt warteten die Gäste aus Sonneberg und Umgebung. Alle, die ins Sperrgebiet durften, waren gekommen und beglückwünschten das Brautpaar. Es waren so viele, dass Gerda glaubte, es wäre doch ein Wunder geschehen.

»Ein Foto!«, rief Johanna. »Wir machen ein Foto! Wo ist die Kamera?«

Sie stellten sich alle vor der Treppe auf. Siggis Großvater, der schon mit der Kutsche für die Gäste wartete, sollte es knipsen. Alle strahlten für das Bild, nur die Piesauer Großmutter zog ein Gesicht, weil man sie nicht zu den Klößen ließ. Elvira warf ihre letzten Blütenblätter mit einer besonders eleganten Handbewegung in die Luft, und sie schwebten vor dem Brautpaar zu Boden. Der Großvater drückte im richtigen Moment den Auslöser.

Dann erschien ein freiwilliger Helfer der Volkspolizei und wies sie darauf hin, dass im Sperrgebiet nicht angemeldete Zusammenrottungen verboten seien.

So stiegen die fünf Dressels, die Familie aus Lichtenhain und Siggi in das geschmückte Fuhrwerk, in dem fünfundzwanzig Leute Platz gehabt hätten.

Das Pferdefuhrwerk fuhr nicht direkt hinauf zum Hotel *Waldeshöh*, sondern nahm einen Umweg über die Landstraße nach Tettau. Sie fuhren so weit, bis sie von Grenzpolizisten der DDR angehalten wurden. Das Brautpaar stieg aus und sah in einiger Entfernung den Balkenzaun der Grenze. Auf der anderen Seite stand Tante Rosa in ihrem schönsten Staat.

Sie formte ihre Hände zu einem Trichter und schrie ihnen Glückwünsche zu. Dann winkten sie einander so lange, bis die Grenzpolizisten entschieden, dass es nun genug sei und sie verschwinden sollten.

Johanna saß auf der Veranda und sang das neue Lied für den Brauttanz.

Die Klänge des Akkordeons lockten ein paar Grenzpolizisten auf Patrouille an, und Johanna lud sie ein, an der Hochzeitsfeier teilzunehmen. Die Männer waren blutjung und unsicher, ob sie dafür nicht eine Genehmigung brauchten.

Werner bedauerte, dass die Sowjetsoldaten von der Grenze abgezogen worden waren. Die verstanden wenigstens zu feiern. Aber auch die deutschen Soldaten konnten Johannas Gastfreundschaft nicht widerstehen.

»Falls ein Vorgesetzter kommt«, schlug Johanna vor, »sagen wir, ihr habt uns nur kontrolliert. Es wär doch schade um das schöne Essen!«

Die Grenzpolizisten setzten sich mit an die lange Tafel. Für einen Moment vergaßen die Dressels, dass diese Hochzeitsgäste sicher ohne zu zögern am Grenzzaun auf sie schießen würden. Und auch die Grenzpolizisten selbst vergaßen es wohl kurz.

Es fühlte sich beinahe wie eine normale Feier an. Sie aßen miteinander, sie lachten miteinander, Johanna spielte Akkordeon, und Siggi führte seine alten Zaubertricks vor. Als die Dämmerung einsetzte, standen die Grenzpolizisten auf und wiesen auf die Sperrstunde hin.

»Dürfen wir denn auf der Veranda bleiben?«, fragte Johanna.

Mit dieser Frage waren sie überfordert. Zählte eine überdachte Terrasse zum Haus oder war sie doch eher unter freiem Himmel?

Sie einigten sich, dass es sicherer sein würde, wenn sie ins Haus gingen. Gerda bat um eine letzte Minute, damit sie noch den Brautstrauß werfen konnte. Elvira war das einzige unverheiratete Mädchen und glücklich, dass sie keine Konkurrentin hatte. »Ich bin die Nächste, die heiratet!«, jubelte sie und schwenkte triumphierend die Maiglöckchen.

Nach den Grenzpolizisten brach auch Siggi auf und nahm die Lichtenhainer mit. Die Dressels winkten, bis das Fuhrwerk vom Wald verschluckt wurde.

»Bist du sehr enttäuscht?«, fragte Werner seine junge Ehefrau.

»Nein«, sagte Gerda und hoffte, dass wenigstens die Fotos etwas geworden waren und Siggis Großvater nicht vergessen hatte, den Film weiterzudrehen. Die Bilder würde sie ihrem Bruder schicken, damit er wusste, wie ihr Kleid ausgesehen hatte.

Sie konnte nicht aufhören mit dem Ring zu spielen, der einmal der alten Marie Dressel gehört hatte und so ungewohnt an ihrer Hand aussah.

Die Sonne verschwand hinter dem Berg, und sie gingen in den blumengeschmückten Salon mit der langen, leeren Tafel.

»Na, wenigstens haben die Klöße diesmal gereicht«, stellte Arno fest.

Am Montag nach der Hochzeit kam Siggi vorbei und brachte einen großen Umschlag. Er enthielt die Passierscheine für die Hochzeitsgäste.

19
Lost Place Nr. 387

Milla wartete seit einer halben Stunde vor dem Hotel *Zur schönen Aussicht* auf Christine. Ein Unwetter prasselte herunter, aber sie wollte nicht in ihr Auto flüchten. Sie fürchtete, Christine dann vielleicht zu verpassen.

Als Christine endlich aus der Tür kam, war Milla klatschnass. Der Wind hatte den Regen unter ihren Schirm getrieben.

»Was machst du denn hier?«, fragte Christine überrascht und zog sie in den schützenden Eingangsbereich des Hotels. »Ist was passiert? Hast du was rausgefunden?«

Milla war erst einmal damit beschäftigt, sich die nassen Strähnen aus dem Gesicht zu streichen und ihren Schirm zu ordnen.

Christine sah sie erwartungsvoll an. »Spann mich nicht auf die Folter!«

»Es gibt ein großes Problem«, sagte Milla verlegen.

Christines Gesicht wurde ernst. Sie nahm Milla mit in ihren Dienstraum und goss ihr Kaffee ein. »Was ist passiert?«, fragte sie beunruhigt.

»Du wirst mich hassen«, vermutete Milla. »Neo hat sich in Anni verliebt.«

»Ja und?«, fragte Christine ratlos.

»Ich hab nicht gewusst, dass sich die beiden treffen. Ich schwör's dir. Sonst wäre ich niemals mit Neo zusammen eure Akten durchgegangen. Er hat ihr alles brühwarm erzählt. Es ist nur eine Frage der Zeit, bis eure Tante Elvira Bescheid weiß.«

Christine atmete tief durch und winkte ab. »Du hast mir vielleicht einen Schrecken eingejagt! Ich hatte schon befürchtet, es ist ein Nachweis für diese angebliche Abfindung aufgetaucht.« Sie goss sich ebenfalls einen Kaffee ein und setzte sich.

Milla schüttelte den Kopf. »Davon gibt es keine Spur. Aber du bist jetzt vermutlich stinksauer auf mich.« Sie sah ganz unglücklich aus, fror und legte ihre Hände um die Kaffeetasse.

Christine schüttelte den Kopf. »Ach, Unsinn. Das ist jetzt, wie es ist.«

Sie gab Milla ein frisches Handtuch, mit dem diese versuchte, ihr Haar zu trocknen.

»Es ist wirklich nicht schlimm?«, fragte Milla erleichtert. Sie hatte ihre Freundschaft schon den Bach hinuntergehen sehen.

Christine beruhigte sie: »Diese Heimlichkeiten haben mir ohnehin nicht gefallen. So was machen wir eigentlich nicht.«

»Meinst du, sie wird das verkraften?«, fragte Milla besorgt.

Christine dachte kurz nach und nickte dann. »Tante Elvira war immer die Stärkste von uns allen. Die mit dem dicksten Kopf.«

Milla lächelte. »Das kann ich mir lebhaft vorstellen!«

»Sie hat mich mehr als einmal rausgehauen«, erklärte Christine. »Wenn ich da an die Sache in der Grenzkompanie Lichtenhain denke …«

»Was ist da passiert?«

»Eigentlich nichts weiter. Die Furcht vor dem, was passieren könnte, war bei uns immer schlimmer als die Realität. Na ja, nicht immer, aber oft«, verbesserte sie sich. »An manche Sachen denk ich bis heute nicht gern.« Sie zog ihre Jacke fester und fröstelte.

»Vielleicht solltest du noch mal dorthin fahren, Christine. Um dich deiner Angst zu stellen.«

Christine schüttelte entschieden den Kopf. »Das geht nicht. Da ist jetzt nichts mehr. Die Grenzkompanie ist verlassen.«

Millas Augen weiteten sich. »Ein verlassener Ort? Und so was sagst du mir erst jetzt?«

Aufgeregt holte sie ihr Telefon heraus und suchte auf der Internetseite der *Lost Places* nach der Grenzkompanie Lichtenhain.

»Schade«, stellte sie fest. »Ist schon verzeichnet. *Lost Place Nr. 387.* Jetzt fahren wir da erst recht hin. Ich will mir das angucken.«

Christine sah sie entsetzt an. »Da können wir nicht hin. Da ist abgesperrt.«

Milla lachte. »Na und? In meiner Handtasche ist ein Leatherman. Damit kriegt man so einiges auf. Los, lass uns hinfahren.«

»Ich geh da nicht hin«, sagte Christine starrköpfig.

»Ach, komm«, versuchte Milla sie zu überreden. »Bitte zeig's mir! Sei kein Schisser. Wir sind doch zu zweit, da wird sich schon kein Axtmörder drin rumtreiben.«

Christine kämpfte mit sich und sagte dann: »Das ist ehrlich gesagt nicht das, wovor ich da oben Schiss hätte.«

Milla sah sie eindringlich an. »Dann sollten wir erst recht dorthin fahren.«

Es hatte aufgehört zu regnen. Sie nahmen den Weg Richtung Gräfenthal und zweigten auf eine Serpentinenstraße ab, die sich den Berg hinaufwand. Christine kuppelte und schaltete einen Gang herunter, der Wagen fuhr hochtourig weiter.

Sie hatten beschlossen, nur ein Auto zu nehmen. Milla sah zum Seitenfenster hinaus. Was am steil aufragenden Hang wie rotbraune Erde wirkte, waren in Wirklichkeit alte Fichtennadeln, die den Boden bedeckten und nichts anderes duldeten. Sie lehnte ihren Kopf an die Scheibe und konnte weit hinauf sehen, durch die nackten Fichtenstämme hindurch, die am Fenster vorbeiflogen. Erst ganz oben trugen die Zweige dunkles Grün und ließen das Dämmerlicht in Strahlen gebündelt hindurch. Es erzeugte eine ganz merkwürdige, unwirkliche Stimmung. Christine erwischte ein Schlagloch, und Millas Kopf schlug gegen die Scheibe. Sie setzte sich wieder gerade hin. Auf der Fahrerseite fiel der Hang so steil in die Tiefe, dass sie den Boden nicht sehen konnte.

»Hier möchte ich nicht von der Straße abkommen.«

»Ist, soviel ich weiß, noch nie passiert«, beruhigte Christine sie. »Das ist die höchste Erhebung in der Gegend. Die mussten wir jeden Tag zweimal rauf und zweimal runter. Ich hab heute noch Wadenmuskeln wie ein Fußballprofi.«

Sie erreichten die Höhe und passierten ein blumengeschmücktes Begrüßungsschild. Christine parkte direkt davor. Sie blieb jedoch hinterm Steuer sitzen.

»Sind wir da?«, wollte Milla wissen.

»Ja.«

»Wollen wir nicht aussteigen?«

»Ich warte lieber hier«, erklärte Christine.

Milla kletterte aus dem Auto und sah sich um. Überall hingen gelbe Warnschilder. Die Wiese neben der Straße war durch einen Elektrozaun abgegrenzt. Milla tippte vorsichtig mit dem Finger daran und war beruhigt. Er stand nicht unter Strom. Der Weidezaun endete an einem Eisentor. Zwischen dem Gestrüpp dahinter ahnte Milla eine verfallene Baracke. Ihr Herzschlag beschleunigte sich.

Sie ging zurück zum Auto und klopfte an die Scheibe. Christine betätigte den Fensterheber.

»Du hast die Chance, eine schlimme Erinnerung an diesen Ort mit einer guten zu tauschen. Willst du dir das wirklich entgehen lassen?«, fragte Milla.

Christine schloss das Fenster und stieg widerwillig aus.

Sie gingen zu dem hohen Tor, das mit einer Eisenkette gesichert war.

»Die brauchen wir nicht zu knacken. Da können wir drüberklettern«, sagte Milla.

Christine sah sich verunsichert zur Straße um. »Sollten wir das Auto nicht lieber woanders parken? Was ist, wenn es einer sieht?«

»Ja, genau, was ist dann?« Milla grinste provozierend.

»Du hast ja recht. Das ist noch so drin. Das kriegt man vermutlich auch nicht mehr raus.«

Die Eisenstäbe waren glitschig vom Regen. Millas Turnschuh rutschte beim ersten Versuch ab, erst im zweiten Anlauf schaffte sie es auf die andere Seite. Christine zog sich hinauf und kletterte am Eisengerüst hoch. Oben zögerte sie.

»Na los! Worauf wartest du? Spring runter!«, rief Milla.

Christine stieß sich ab und landete auf Asphalt, der von wucherndem Unkraut gesprengt worden war. Vorsichtig berührte sie eine Löwenzahnblüte, dann richtete sie sich auf.

»Na siehst du? Schon sind wir drin!«, sagte Milla und machte eine ausladende Armbewegung. »Und nichts ist passiert.«

»Dafür wären wir vor dreißig Jahren bestimmt erschossen worden.«

Milla trampelte davon unbeeindruckt durch das kniehohe Unkraut. »Autsch. Pass auf! Brennnesseln!«, warnte sie.

Sie zog ihr Telefon heraus und fing an zu fotografieren. Zuerst ärgerte sie sich, weil sie ihre richtige Kamera nicht dabeihatte, aber dann fiel ihr wieder ein, dass es von diesem Ort bereits gute Fotos im Internet gab.

Sie befanden sich auf einem Gelände mit mehreren kleinen Gebäuden in unterschiedlichen Stadien des Verfalls. Milla öffnete einen alten Schuppen mit Gefahrzeichen. Im Inneren standen verrostete Tonnen.

»Da will man gar nicht wissen, was drin ist«, bemerkte sie. Beinahe wäre sie in eine notdürftig abgedeckte Grube gestolpert. »Weißt du, wofür das alles genutzt wurde?«

»Nein. Wir waren noch Kinder, als wir hier drin waren. Wir sind zum Tor reingeführt und direkt durch zum Kompaniegebäude gebracht worden. Ich hab vor lauter Schiss nicht nach links und rechts geguckt. Vielleicht weiß Andi noch mehr.«

»Die haben euch hier festgehalten?«

»Bis Tante Elvira uns losgeeist hat. Ich weiß bis heute nicht, wie sie das geschafft hat. Und sie hat uns nicht bei unseren Eltern verpetzt. Seitdem ist sie meine Heldin.«

Milla durchsuchte ihr Telefon nach Informationen und stellte fest: »Das hier dürfte der Munitionsbunker gewesen sein.«

Sie drehte sich nach Christine um.

Die war stehen geblieben und starrte auf den Boden. Dort war noch ein intaktes Stück Asphalt. Die kleinen hellen Steinchen im Bodenbelag hatte sie auch an diesem fernen Sommertag durch einen Tränenfilter gesehen. Plötzlich war sie wieder da, diese unsinnige Kinderangst, die den Hals zuschnürte und den Atem nur noch stoßweise fließen ließ.

»Da war Hundegebell«, flüsterte sie. »Ganz nah. Da hinten müssen die Hundezwinger gewesen sein. Für die Laufanlagen im Grenzstreifen. Und in den Baracken standen die Panzer. Und das Gestrüpp hier war nicht da. Es roch so merkwürdig, nach Diesel und Chemie. Vielleicht hatten die Zeug gesprüht gegen das Unkraut.«

Sie bückte sich und wand sich unter einem Birkenschössling hindurch. Unvermittelt standen sie vor dem Kompaniegebäude. Es war nur noch ein paar Schritte entfernt.

Milla legte den Arm um Christine. »Es ist niemand hier außer uns.«

»Aber da ist ein Verbotsschild an der Tür!«

»Na und?« Milla stieg die wenigen Stufen hoch. Sie stieß die Tür auf und drehte sich um. »Na komm schon!«

Sie gingen an der verlassenen Pförtnerkabine vorbei. Das Sprechfenster stand einen Spaltbreit offen, als wäre der Pförtner nur kurz einen Kaffee holen gegangen.

Die Farbe blätterte in einem bizarren Muster von den Wänden und gab dem langen trostlosen Flur eine Schönheit, die er zu Nutzungszeiten nie besessen hatte. Von links und rechts fielen Lichtstreifen aus den geöffneten Zimmertüren auf die Terrazzoplatten. Der lange Gang endete in einem verwirrenden hellen Viereck aus Licht.

Überall lag Schutt am Boden, ein herabgerissener Erste-Hilfe-Kasten, eine Küche, in der es nur noch eine raumfüllende Dunstabzugshaube gab, aufgebrochene Sicherungskästen, offene Gitter vor den Türen. Christine ging zögernd den Gang entlang und betrat einen der Räume. Er war leer, bis auf ein wenig herabgerissene Tapete am Boden und einen alten Stuhl. Milla setzte sich rittlings darauf.

»Du kannst hier Schimpfworte schreien und in die Ecke pinkeln, und nichts wird passieren«, erklärte sie.

Christine bekam einen Lachanfall und konnte sich kaum beruhigen. »Ich hab …«, sagte sie, unterbrochen von Lachern, »nein, das kann ich nicht erzählen, das ist zu peinlich.«

»Doch, sag schon!«

»Lass uns lieber Schimpfwörter rufen!« Sie erhob die Stimme. »Ihr Hornochsen!« Es hallte in dem leeren Gebäude wider.

»Mehr hast du nicht drauf?«

Christine holte tief Luft und schrie mit aller Kraft: »Ihr blöden, bekackten Pissnelken! Ich bin hier! Und ihr nicht! Nie wieder!«

Als Christines Stimme verhallt war, hörten sie aus dem Inneren des Hauses plötzlich Geräusche.

»Was war das?«, fragte Christine erschrocken. »Wen hab ich jetzt mit meinem Geschrei aufgescheucht?«

»Ganz sicher keine Militärs«, beruhigte Milla sie.

»Lass uns verschwinden!«, flüsterte Christine.

»Nein! Lass uns nachsehen! Ich hab ein Lärmspray in der Jackentasche. Was immer da ist, damit vertreiben wir es.«

Sie gingen zurück auf den Flur. Die Geräusche kamen von oben. Sie stiegen die Treppen hinauf, das Trommeln und Klopfen wurde immer lauter. Christine klammerte sich an Millas Arm. Als sie ganz oben angekommen waren, sahen sie, dass jemand die Luke des Flachdaches offen gelassen hatte und Regen in den Flur prasselte.

Milla atmete erleichtert aus. »Man weiß nie, wer einem an so einem Ort begegnet. Ich war mal in einem verlassenen Krankenhaus in Wintermoor. Da bin ich einem begegnet, der bildete sich ein, Arzt zu sein. Der wollte mich ernsthaft untersuchen. Seitdem hab ich immer was zur Verteidigung dabei.«

»Du hast so getan, als wären diese Erkundungstouren eine ganz sichere Sache«, beschwerte sich Christine.

»Sind sie doch auch. Wenn man sich wehren kann.« Sie holte die kleine Gaskartusche heraus und drückte zur

Demonstration ganz kurz auf den Knopf. Ein ohrenbetäubender Alarm schrillte auf. Christine zuckte zurück und bekam vor Erleichterung einen neuen Lachanfall.

Der Regen ließ nach. Milla rüttelte an der Metallleiter, die nach oben führte, dann stieg sie aufs Dach.

»Komm hoch!«, rief sie nach unten. »Hier ist niemand!«

Christine kletterte ihr nach. Zwischen den Bäumen stiegen einzelne Nebelschwaden hoch. »Guck«, sagte sie und zeigte auf den Dampf. »Die Hasen kochen Kaffee!«

»Schade, dass wir keinen Wein mitgenommen haben. Ich könnte mich hier aufs Dach setzen und mir einen genehmigen.«

»Wenn ich jetzt auch nur einen Schluck trinken würde, würd ich die Stiege runterfliegen«, versicherte Christine. »Mir dreht sich auch ohne Alkohol alles.« Sie atmete ein paarmal tief durch. »Ich bin froh, dass wir hier sind«, sagte sie schließlich. »Hier ist nichts mehr von dieser Macht vorhanden.«

»Verstehst du jetzt, warum ich immer nach verlorenen Orten suche? Nirgendwo anders kann man es so deutlich fühlen, wie vergänglich alles ist. Das Gute und das Schlechte. Das ist irgendwie traurig, aber eben auch ungeheuer tröstlich.«

Die Sonne brach durch die Wolken und vergoldete die Baumspitzen.

»Es ist so friedlich hier«, sagte Christine.

»Wenn du in Zukunft an diesen Ort denkst, woran erinnerst du dich dann?«

Christine lachte. »An Pissnelken!«

Später durchquerten sie das kleine, stille Dorf Lichtenhain, das hinter der Grenzkompanie lag. Sie nahmen den Feldweg, der hinüber zum Wald Richtung Spechtsbrunn führte.

»Man kann hier oben auf der Höhe langlaufen«, sagte Christine. »Nur mit dem Auto kommt man nicht durch. Das war immer unser Schulweg.« Sie beschleunigte ihre Schritte. »Wenn man sich hier auf der freien Fläche bewegt hat, wusste man genau, dass vom Turm aus jede Bewegung beobachtet wurde.«

Milla bemühte sich mitzuhalten. Als sie die ersten Bäume erreichten, ging Christine wieder langsamer. Der Wald wurde dichter, und nach kurzer Zeit stellte Milla fest, dass sie komplett die Orientierung verloren hatte. Sie wollte auf ihr Telefon sehen, aber es fand kein Netz. Das gefiel ihr nicht. Sie hatte weder Karten noch Kompass dabei.

»Weißt du, was ich am Wald so spannend finde?«, fragte Christine plötzlich. »Dass er sich ständig verändert. Mit jedem Tag, mit jedem Monat, mit jedem Jahr. Hier gibt es nichts, was feststeht.«

»Klingt nicht gerade beruhigend«, fand Milla. »Mussten wir nicht längst da sein? Haben wir uns verlaufen?«

»Der Weg ist von dieser Seite her viel weiter. *Dressels Forst* finde ich von Lichtenhain aus im Schlaf. Ich bin diesen Weg so oft gegangen. Und die alten Pfade sind noch da, siehst du?«

Milla guckte auf den Boden und sah nichts außer altem Laub.

Gerade als sie ganz sicher war, dass sie sich rettungslos verirrt hatten, taten sich auf einmal die Bäume auf, und sie standen vor der Lichtung.

Obwohl Christine diesmal auf den Anblick vorbereitet war, fühlte es sich nicht weniger bestürzend an.

Sie umrundete das unsichtbare Haus und ging ein Stück weiter, bis sie an einen Fahrweg kam. Milla trottete hinterher. Zwischen gelochten Betonplatten, die die Fahrspur befestigten, wuchsen Grasbüschel und Moos.

»Das war der Kolonnenweg, für die Lkw«, erklärte Christine. »Wenn die nachts hier langgejagt sind, wurden wir davon wach. Dahinter liefen die Hunde frei und haben manchmal die ganze Nacht gebellt. Und ab und zu ging eine Landmine hoch. Dort drüben irgendwo hinter den Bäumen ist ein Beobachtungsturm. Da sind jetzt Fledermäuse drin. Das war damals alles gerodet. Die konnten direkt in Tante

Elviras Turmzimmer sehen. Das linke Fenster haben sie ihr vernagelt, damit sie nicht in den Westen gucken konnte.« Sie musste lachen. »Als ob das eine Elvira Dressel abgehalten hätte.«

Sie überschritten den Kolonnenweg nicht, sondern kehrten um. Dahinter hatte sich der verminte Streifen befunden, und sie hatten keine Lust herauszufinden, ob das Räumkommando wirklich alle aufgespürt hatte.

Sie gingen zurück zur Lichtung und sahen nach der Kellertür des Hotels *Waldeshöh*. Alles wirkte unverändert.

»Ich würde gern etwas von unten heraufholen«, erklärte Christine.

Sie legten die Falltür frei und schlossen auf. Christine stieg nach unten und kam einen Augenblick später mit zwei Gläsern und einer Flasche Hagebuttenwein wieder hoch. »Du wolltest doch vorhin Wein!«

Sie setzten sich ins feuchte Moos, an die Stelle, wo der Hang ins Tal hinabstürzte und der Schieferbruch begann. Milla suchte den Korkenzieher an ihrem Taschenmesser und öffnete die Flasche.

»Meinst du, den kann man noch trinken?«, fragte sie und roch misstrauisch daran.

Christine goss ein und hielt ihr Glas gegen das Licht. Erst jetzt entdeckte Milla die eingeschliffenen Initialen des Hotels *Waldeshöh*. Der Wein war klar und hatte eine rotbraune Farbe.

»Ich glaube fast, den hat mein Opa noch angesetzt«, vermutete Christine und kostete. Der Hagebuttenwein war stark und gleichzeitig herb und süß. »Das ist inzwischen Sherry geworden«, stellte sie fest. »Schmeckt aber nicht schlecht. Trinkst du Sherry?«

»Ich trinke alles«, versicherte Milla.

Sie stießen miteinander an.

Christine spürte das dünne Glas an ihren Lippen. Es trank sich ganz anders daraus. Danach hatten sie zu Silvester immer mit Pressgläsern anstoßen müssen. Sie erinnerte sich an einen

Silvesterabend, an dem ihr Bruder Knallerbsen in den Hausflur ihres Hochhauses in Wolfen geworfen hatte. Ihre Mutter versteckte sich daraufhin im Kleiderschrank. Christine hatte den Jahreswechsel verpasst, weil sie stundenlang nach ihr gesucht hatte.

Milla stellte ihr Glas vorsichtig auf eine Schieferplatte. Graue Wolken schwammen träge über den Himmel. Die Lichtung lag im Dunst.

»Sie schließt sich langsam«, sagte Christine. »Wir haben im Frühling immer die Ränder der Lichtung frei gemacht.«

Milla trank noch einen Schluck. »Du siehst vermutlich etwas ganz anderes als ich, wenn du auf die Lichtung guckst. Ich glaub, ich könnte mit all diesen Erinnerungen nicht leben.«

»Und ich vermutlich nicht ohne sie.«

»Ich weiß nicht, ob es gesund ist, alles von seinen Vorfahren aufzuheben«, überlegte Milla. »Also vielleicht wenn man ein Nachfahre von Einstein ist und den Krempel einem Museum übergeben kann. Aber zu Hause würd ich es nicht haben wollen.«

»Es ist ja alles in einer Abstellkammer«, verteidigte sich Christine. »Ich muss da nicht reingucken, wenn ich nicht will.«

»Ich finde nur, du musst aufpassen, dass du noch dein eigenes Leben lebst und nicht das deiner Eltern und Großeltern«, sagte Milla.

Christine befühlte die kleinen runden Samenkapseln unter einem Farnblatt und schwieg.

»Dein Wohnzimmer ist nicht viel anders. Ich würde mich nicht mit so viel Gerümpel belasten wollen.«

Christine klickte eine kleine Spange aus ihren Haaren und strich darüber. »Die hatte meine Mutter schon als kleines Mädchen. Manchmal kann man sich an Gerümpel festhalten.«

Milla lachte. »Alles, was man anfassen kann, steht im Weg rum. Was bei mir nicht in die Cloud passt, fliegt weg!«

Christine hob einen glatten flachen Stein auf. »Meine Erinnerungen haben sich längst verselbstständigt«, sagte sie und lächelte. »Mit solchen Steinen hat Siggi immer gezaubert.« Sie ließ den Stein zwischen ihren Fingern wandern. So oft hatte sie Siggis Trick geübt und bekam ihn immer noch nicht hin.

»Was hat es mit diesem Siggi überhaupt auf sich?«

»Wir haben ihn eigentlich sehr gerngehabt. Mein Vater hat davor immer gesagt, der Siggi konnte wohl nicht anders. Manchmal muss man eine Entscheidung treffen. Und wenn die erste Weiche falsch gestellt ist, dann ist alles, was danach kommt, auch falsch.«

Sie schleuderte den Stein ins Tal. Das Klackern auf dem Schiefer war auf seinem Weg nach unten zu hören.

In der Flasche befand sich nur noch ein undefinierbarer Bodensatz. Milla stand auf und befühlte ihre Hose, die nass vom Moos war.

Christine kletterte noch einmal nach unten in den Keller, spülte die Gläser unter dem Wasser der Pumpe ab, polierte sie mit einem Leinentuch und stellte sie wieder an ihren Platz. Als sie nach oben stieg, drehte sie wieder automatisch den Lichtschalter.

Nachdem sie die Tür unter dem Schutt versteckt hatten, sah Christine auf die Uhr. »So. Jetzt müssen wir noch drei Stunden den Rennsteig entlangwandern, damit ich wieder Auto fahren kann.«

Als sie in ein Waldstück kamen, in dem ihre Telefone Empfang hatten, gingen bei Christine mehrere Nachrichten ein. Es waren elf Anrufversuche ihrer Tante.

20

Der große Zaubertrick

8. August 1959 – Es war ein heißer Sonnabendnachmittag, der die Glieder schläfrig machte. Selbst die Schatten schienen zu träge zum Wandern zu sein. Die Vogeltränke war umlagert, Tannenmeisen und Rotkehlchen stritten sich um den besten Platz. Die Dressels lagen auf der Hotelterrasse in den Liegestühlen, die sonst eigentlich gut verpackt in der Scheune standen und für Gäste reserviert waren. Aber Johanna dachte, dass man an einem Tag wie diesem ruhig eine Ausnahme machen konnte. Außerdem war es eine gute Gelegenheit gewesen, die gestreiften Stoffbezüge einmal ordentlich auszubürsten und das Holz abzuseifen. Sie trockneten in der Sonne so schnell, dass man dem Wasser beim Verdampfen zusehen konnte.

Elvira schlürfte geräuschvoll schon die dritte Johannisbeerschorle. Johanna hatte den frisch durch ein Tuch gepressten Saft mit Quellwasser aus der Pumpe im Keller vermischt. Es war so kühl, dass sich Kondenstropfen an Elviras Glas niederschlugen.

Eine Staubwolke kündigte das Paketauto an. Siggi war von seinem Betrieb zur Fahrschule geschickt worden und durfte seit Kurzem das Postauto lenken, worum er von Werner glühend beneidet wurde.

Er schlenderte seinem Freund entgegen. »Setzt du dich mit zu uns?«, fragte er. »Du kannst was trinken.«

Das kam Siggi gerade recht. »Ich hab Durst wie eine Ziege«, bekannte er.

Sein Hemd klebte am Körper, und von den roten Haarstacheln rannen Schweißtropfen herunter.

Siggi holte ein Paket von Tante Rosa aus dem Auto und brachte es zur Veranda. Gerda hob träge den Kopf. Ihr Pferdeschwanz schwang nach hinten, und die leichte Leinenbluse gewährte wegen der Hitze etwas mehr Einblick als sonst. Siggi bekam große Augen.

»Na?«, sagte er prahlerisch und tupfte sich die Stirn mit einem Taschentuch trocken. »Wollen wir heute Abend mal mit dem Auto zum Tanz fahren?«

»Etwa mit dem Postauto?«, spottete Gerda.

»Ich kann ein richtiges Auto besorgen«, sagte er beleidigt. »Einen Wartburg Cabriolet.«

Johanna fand, dass die jungen Leute ruhig etwas unternehmen sollten. Auch Werner gefiel die Idee, und sie beschlossen, gemeinsam nach Sonneberg zum Tanz zu fahren.

»Was spielen sie denn da?«, erkundigte sich Johanna. Sie dachte an all die schönen Schlager, die in letzter Zeit im Radio liefen.

Aber Siggi sagte: »In Sonneberg treffen sich ein paar Rock-'n'- Roll-Gruppen. Da könnten wir hingehen.«

»Ja!«, rief Elvira. »Abgemacht!«

»Du nicht«, ordnete Arno an. »Für Rock 'n' Roll bist du noch nicht geeignet.«

Elvira zog eine Schnute. Sie war ganz sicher viel mehr geeignet als ihr Bruder, der überhaupt keinen Rock 'n' Roll mochte. Sie war immerhin schon beinahe elf und liebte die hypnotisierenden Rhythmen, die sie immer heimlich im RIAS hörte. Ihr Bruder dagegen bevorzugte so brave Sachen wie das Rennsteig-Lied. Siggi zwinkerte Elvira zu und zuckte bedauernd mit den Schultern. Sie streckte ihm die Zunge raus.

»Ich hole euch gegen 17 Uhr ab«, versprach Siggi.

Gerda und Werner brachten ihn noch zum Auto.

Arno beobachtete das Paar und sagte mit unterdrückter Stimme zu Johanna: »Findest du es nicht seltsam, dass da immer noch nichts unterwegs ist?«

Johanna sah schnell zu Elvira, die das sofort registrierte.

»Vielleicht ist es schwierig, weil wir immer da sind. Sie sind ja nie allein«, flüsterte Johanna.

Arno lächelte. »Dann sollten wir drei unbedingt mal spazieren gehen.«

Siggi gab extra viel Gas, ließ den Motor aufjaulen und wirbelte eine ordentliche Ladung Staub auf. Dann war er verschwunden, und die Familie Dressel öffnete feierlich das Westpaket von Tante Rosa. Elvira durfte mit der Schere die Schnur durchtrennen und wickelte begierig das Packpapier ab. In dem kleinen Karton lagen eine Tafel Sarotti-Schokolade, Kaugummis und Kaffee. Elvira wollte sofort alles aufreißen, aber Johanna klappte schnell wieder den Deckel darauf.

»Das wird aufgehoben. Für Weihnachten.«

Die Lebensmittelmarken waren zwar gerade abgeschafft worden, aber noch immer gab es viele Dinge nur mit Beziehungen.

Werner berichtete, was er gerade von Siggi erfahren hatte: »Im Hotel von der Lindners Erika in Gräfenthal logieren schon wieder Wanderer. Den ganzen Sommer über.«

»Wirklich?«, fragte Johanna aufgeregt. »Also unsere Gästezimmer sind immer bereit!«

Arno dämpfte ihre Freude. »Die liegen nicht so dicht an der Grenze wie wir. Und die haben ihre Wirtschaft mitten im Ort. Wie sollten uns hier draußen denn Wandergäste finden?«

»Dann müssen wir unsere Wegweiser wieder aufstellen!«, rief Johanna eifrig. Sie hatte bisher immer nur an die Stammgäste gedacht, die von außerhalb angereist kamen. Aber es gab ja noch die Wanderer!

Sie lief hinunter zum Schuppen, in dem früher die Fahrzeuge gestanden hatten. Dort zerrte sie die alten Wegweiser hervor, die sie im Krieg abgemacht hatten. Sie wischte den Staub weg, nahm den schweren Vorschlaghammer, steckte sich ein paar Nägel in die Schürzentasche und belud den kleinen Leiterwagen.

Oben im Haus holte sie ein paar Körbe vom Küchenschrank herunter. Sie machte eine Thermosflasche mit Tee zurecht und packte sie zusammen mit einer Rolle Drops und Arnos Ausweis in den Rucksack. Nur ihren Feldstecher ließ sie liegen, mit dem sie sonst immer die Rehe beobachtet hatten. Sie wollte nicht, dass ihr bei einer Kontrolle unterstellt wurde, sie würde die Grenze ausspionieren.

»Wir gehen jetzt Wegweiser anbringen und Beeren sammeln!«, bestimmte sie.

Werner tauschte einen hoffnungsvollen Blick mit Gerda, die errötete. »Wir bleiben hier«, sagte er so gelassen wie möglich.

»Ich bleib auch hier«, verkündete Elvira.

»Du kommst mit uns mit«, legte Johanna fest und nahm ihre Tochter bei der Hand.

Dann griff sie nach der Hundeleine am Haken, hielt inne und hängte sie behutsam wieder hin. Asta war jetzt seit einem halben Jahr tot, und Johanna konnte sich einfach nicht daran gewöhnen.

Arno half ihr, die Sachen in den kleinen Leiterwagen zu packen. Er stellte den Rucksack auf die braunen Flecken. Johanna hatte versucht, sie mit Gallseife wegzuschrubben, aber die dunklen Stellen waren geblieben.

Während sie durch den Wald liefen, schwieg Arno. Auf einer Anhöhe blieb er stehen und musste kurz verschnaufen.

Johanna strich Arno über die Stirn. »Ist es sehr anstrengend für dich?«

»Nein, ich hab mich dran gewöhnt. Ich glaub fast, du vermisst mein Bein mehr als ich.«

Johanna schüttelte den Kopf. »Das Einzige, was ich vermisse, ist, mit dir Hand in Hand durch den Wald zu laufen.«

Sie tastete nach seinen Fingern, die den Stock fest umklammert hielten, und streichelte sie. Johanna erhaschte den enttäuschten Blick ihrer Tochter, die sich ausgeschlossen vorkam, und fügte schnell hinzu: »Zum Glück haben wir Elvira, und ich kann immer mit ihr Hand in Hand gehen.« Sie hakte sich bei ihr unter.

Elvira war schnell versöhnt und fragte nach den Drops.

Immer wenn sie an eine Weggabelung kamen, holte Elvira eins der Schilder heraus und nagelte es an einen Baum. Die Hammerschläge hallten durch den Wald.

Später fanden sie einen Himbeerstrauch, dessen Zweige von den Früchten ganz schwer waren, und begannen zu pflücken. So wie Johanna die Beeren auf der einen Seite in den Korb warf, holte Elvira sie auf der anderen Seite wieder heraus und stopfte sie sich in den Mund. Die Himbeeren waren von der Sonne heiß und hatten ein starkes Aroma. Elviras Hände klebten. Sie war bis zu den Ellbogen mit rotem Saft verschmiert.

Als sie das letzte Schild angebracht hatten, kehrten sie um.

Gerda stand lange vor dem Kleiderschrank in ihrer Kammer und dachte darüber nach, was sie zum Tanz am Abend anziehen könnte. Dass ihre Auswahl an Kleidern nicht groß war, machte die Sache nicht leichter. Schließlich entschied sie sich für eine weiße Bluse mit angeschnittenen Ärmeln und einen weit schwingenden blau-weiß karierten Rock. Um die Schuhe musste sie sich keine Gedanken machen, sie besaß nur ein Paar helle flache Schnürschuhe.

Werner saß währenddessen auf dem Bett und beobachtete sie. Manchmal konnte er es noch immer nicht ganz glauben, dass sie nun verheiratet waren und auch wirklich allein in einem Zimmer sein durften.

Als sie zufrieden mit ihrer Kleiderordnung war, stand er auf und umarmte sie von hinten. Sorgfältig zog er ihr die Sachen wieder aus, die sie gerade so mühsam zusammengestellt hatte. Gerda schämte sich ein wenig, weil nun wieder ihre Unterwäsche zum Vorschein kam. Der gerippte Schlüpfer hing formlos an ihr herunter, und ihr Büstenhalter hatte längst die weiße Farbe eingebüßt. Aber sollte man wirklich Geld für etwas ausgeben, was ja doch keiner sah? Werner griff nach ihrem schmalen Handgelenk und konnte den jagenden Puls fühlen. Mit den Fingern folgte er ihrem Arm bis zur Schulter. Er befühlte die tiefe Grube unter ihrem Schlüsselbein und streifte den Träger herunter.

»Wie lang sind sie schon weg?«, fragte sie nervös.

»Sie werden noch eine Weile bleiben«, versprach Werner.

Tatsächlich wurden die Dressels auf dem Rückweg aufgehalten.

Ein Fremder verstellte ihnen den Weg und forderte: »Was haben Sie hier zu suchen? Ihre Ausweise, Bürger.«

Erst jetzt sahen sie die rote Armbinde, die der Mann über den Ärmel seiner leichten Sommerjacke gestreift hatte. Er war offensichtlich in seiner Freizeit als freiwilliger Helfer der Volkspolizei unterwegs.

»Ihren Ausweis, bitte«, wiederholte er streng.

Johanna suchte hastig die Papiere raus.

»Haben Sie im Wald rumgehämmert?«, fragte der Mann und bedachte sie mit einem abschätzenden Blick.

Johanna entgegnete gelassen: »Wir haben bloß Beeren gesucht.«

Sie zeigte auf die vollen Körbe, unter denen der Vorschlaghammer lag.

Elvira starrte ihre Mutter mit großen Augen an. Da wurde sie ständig ermahnt, sie solle bei der Wahrheit bleiben, und nun so etwas!

Der Mann blätterte in aller Seelenruhe die Ausweise durch, verglich demonstrativ die Passbilder mit ihren Gesichtern, sah nach, ob auch Elvira eingetragen war, und prüfte natürlich die Berechtigung für den 500-Meter-Schutzstreifen.

Dann gab er die Ausweise mit einer herablassenden Geste zurück und sagte: »Noch mal Glück gehabt.«

Als die Dressels zurückkehrten, waren Gerdas Wangen noch heiß und ganz gerötet. Schnell puderte sie sich, um es zu verbergen. Sie war wieder fertig angezogen und steckte nur noch einen Lippenstift in ihre kleine Handtasche. Werner trug ein kariertes Hemd und dieselbe Hose wie immer. Gerda nahm noch die beiden Trenchcoats aus dem Schrank, die ihnen Jutta aus der HO besorgt hatte. Man wusste nie, ob das Wetter nicht umschlug und es am Abend kühl wurde. Sie hängte ihren Mantel ordentlich über den Arm, während Werner seinen in der Hand zusammenknüllte.

»Geht es so?«, fragte sie Werner und drehte sich. Ihr Rock entfaltete sich. Darunter konnte man den behelfsmäßigen Petticoat aus Leinen sehen, den sie sich selbst genäht hatte.

»Ich werd wie verrückt auf dich aufpassen müssen«, gab Werner zur Antwort.

Er hatte es scherzhaft gesagt, aber dass sie sich so unbändig auf die Stadt freute, machte ihm tatsächlich Gedanken. »Bereust du es, dass du mit mir hier hoch gezogen bist?«

Gerda schüttelte entschieden den Kopf und lachte. »Das Einzige, was ich hier vermisse, ist ein Wasserhahn.«

»Bestimmt bekommen wir den auch bald.«

Als Siggi mit röhrendem Motor in einem rot-weißen Wartburg vorgefahren kam, rannten alle vor das Haus. Nur Elvira schaute hoheitsvoll wie eine Prinzessin oben aus ihrem Turmzimmer. Noch immer war sie verärgert, dass sie nicht mitfahren durfte.

Siggi sah ganz verändert aus. Seine Haare waren mit Pomade zurückgekämmt. Trotz der Wärme trug er eine Lederjacke und hatte den Kragen hochgeschlagen.

Elvira betrachtete von oben, wie er eine Zigarette anzündete und dann lässig in seinen Mundwinkel klemmte. Sie war hingerissen. In diesem Moment beschloss sie, auch einmal das Rauchen zu probieren, sobald sich eine Gelegenheit bieten würde. Leider beschlagnahmten nun die anderen Dressels Siggi für sich und versperrten Elvira die Sicht.

Werner war ebenfalls von Siggis Erscheinung beeindruckt. Er zog seinen Trenchcoat über und schlug den Kragen nach oben. Gerda rannte schnell noch einmal ins Haus. Sie tunkte ihren Kamm in einen der Wassertöpfe auf dem Herd, kam zurück und kämmte Werners Haare ebenfalls nach hinten.

Siggi klappte nun die Motorhaube des Wartburgs zurück und präsentierte voller Stolz dessen Innenleben, als hätte er es selbst konstruiert. Johanna lief entzückt um das Auto herum und betrachtete es von allen Seiten. So eins würden sie auch brauchen, um die Hotelgäste standesgemäß vom Bahnhof abholen zu können. Ehrfürchtig strich sie über das rote Leder der Sitze.

Werner fragte: »Wo hast du den Wagen bloß her?«

Siggi grinste nur. »Ich hab eben meine Quellen.«

Er hatte seine Kamera mitgebracht und bat Johanna, ein Foto von ihnen zu schießen. »Da ist sogar ein Farbfilm drin«, behauptete er. Die drei jungen Leute posierten gemeinsam vor dem Cabrio mit Werner in der Mitte.

Dann wollte Gerda nach hinten ins Auto steigen, aber Siggi lehnte das ab. »Bei mir fahren die Damen immer vorn«, erklärte er in einem Tonfall, als würde er ständig welche spazieren fahren. Werner musste über die Sitze nach hinten klettern.

»Fahr bloß nicht zu schnell«, ermahnte Johanna Siggi. »Nicht dass ihr euch noch den Hals brecht!«

»Wenn es zu spät wird, schlafen wir bei Gerdas Freundin Jutta, wegen der Sperrstunde! Macht euch also keine Sorgen!«, beruhigte Werner seine Eltern.

Siggi ließ den Motor aufjaulen. Gerda setzte ihre Sonnenbrille auf und band noch schnell ein Tuch um den Kopf, damit ihre Frisur geschützt war. Das Letzte, was Elvira von oben sah, waren die flatternden Enden des Schals im Fahrtwind.

Der offene Wartburg brauste durch die Kurven bei Blechhammer und Hüttengrund. Als sie die Köppelsdorfer Straße in Sonneberg erreichten, spürte Gerda ein Ziehen in der Magengegend. Sie fragte sich, wie es ihrer Mutter wohl im Westen ging. Sie meldete sich nie, aber das hatte Gerda auch nicht erwartet. Selbst wagte sie nicht zu schreiben. Sie wollte ihren Aufenthalt im Hotel *Waldeshöh* nicht gefährden.

Zunächst trafen sie sich oben auf dem Schlossberg mit Jutta. Dort gab es eine nette Tanzveranstaltung, bei der eine Big Band Schlager spielte. Siggi fand das schnell zu bieder und sie beschlossen, hinunter ins Stadtzentrum zu den Rock-'n'-Roll-Gruppen zu fahren. Jutta wusste, wo sie sich trafen.

Als Gerda die Ansammlung von Halbstarken auf der

Straße sah, wollte sie am liebsten wieder umkehren. »Das gibt doch nur Ärger«, murmelte sie.

»Du bist schon ein richtiges Waldkäuzchen«, antwortete Jutta und lachte. »Kommt schon, das wird spaßig. Die wissen, wie man Rock 'n' Roll tanzt!«

Im Untergeschoss eines roten Backsteinhauses war ein Fenster geöffnet. Ein Mädchen saß auf dem Sims und schlenkerte mit den Beinen. Voller Neid bemerkte Gerda, dass sie einen echten Petticoat aus steifem Nylon trug, der einen ganz anderen Stand hatte als ihre armselige Imitation. Aus dem Haus trat ein Junge in engen Nietenhosen. Er trug ein Kofferradio auf der Schulter, aus dem Rock 'n' Roll dröhnte. Die Lautstärke war so weit aufgedreht, dass die ganze Straße etwas davon hatte. Überall gingen die Fenster auf, die Anwohner schimpften, aber man konnte sie nicht hören, so laut war die Musik. Und dann fingen die Jungen und Mädchen an Rock 'n' Roll zu tanzen. Und wie sie tanzten! Die Jungs schleuderten ihre Partnerinnen nur so durch die Luft, die Beine wurden in die Höhe geworfen, die Hüften schwangen, und auch Gerdas Beine zuckten im Rhythmus, ohne dass sie es wollte. Sie griff nach Werners Hand, und bald tanzten die beiden auch, nicht ganz so gekonnt, aber so ungehemmt und selbstvergessen wie noch nie.

Dann aber rempelten sich zwei Paare an, was bei der Menge der Tanzenden gar nicht zu vermeiden war. Erst wurde herumgepöbelt, dann geschubst, am Ende kam es zu einer Rangelei, und die ersten Flaschen gingen zu Bruch. Werner wollte verschwinden, aber Siggi war inzwischen betrunken, lallte etwas von »Ehre« und beteiligte sich an der nun einsetzenden Massenprügelei.

Jutta zog die anderen schnell in eine Seitenstraße. Aus sicherer Entfernung beobachteten sie das Ganze und sorgten sich um Siggi.

»Die Polizei wird gleich kommen«, warnte Jutta. Sie kannte das schon. Die Anwohner liefen immer gleich zur Wache, wenn die Jugendlichen die ganze Straße beschallten.

Kurz darauf traf tatsächlich die Deutsche Volkspolizei ein. Die Halbstarken rannten auseinander, Siggi schwang sich in das Cabrio, bog ebenfalls in die Nebenstraße ein und düste an seinen Freunden vorbei. Sie winkten und schrien und wollten mitgenommen werden, aber er hielt nicht an.

»Du Hornochse!«, schrie Jutta ihm hinterher. »Dann müsst ihr wohl mit zu mir nach Hause kommen. Fahrt lieber morgen bei Tageslicht mit dem Bus rüber zu euch.«

Sie henkelte sich bei Gerda ein und ging los. Keine zehn Schritte später krachte es ganz in der Nähe. Als sie sich umdrehten, sahen sie, dass die Jugendlichen alle in eine Richtung rannten.

»Da ist was passiert!«, riefen sie. »Das Cabrio hat einen umgefahren!«

Gerda hielt sich an Werner fest.

»Wir müssen nachsehen, was los ist«, sagte er und zog sie mit.

»Das ist euer Freund«, wehrte Jutta ab. »Ich will nicht auf der schwarzen Liste der Polizei stehen. Ihr wisst ja, wo ich wohne. Aber werft Steinchen an mein Fenster, nicht dass ihr meine Eltern weckt.« Dann rannte sie mit gesenktem Kopf nach Hause.

Werner und Gerda gingen langsam in die Richtung, aus der die Stimmen kamen.

»Ich will nur nachsehen, ob alles in Ordnung mit ihm ist«, flüsterte Werner. »Willst du lieber hierbleiben?«

»Nein. Wir gehen zusammen.«

Sie standen an der Kreuzung zwischen Schleicherstraße und Köppelsdorfer Straße. Das Cabrio hatte aus der Nebenstraße kommend ein Motorrad aufgegabelt und war völlig demoliert. Der Fahrer lag am Boden, schien aber noch am Leben zu sein. Siggi selbst hatte nur ein paar Schrammen abbekommen. Mit glasigen Augen hielt er noch immer das Lenkrad umklammert.

Ein Volkspolizist wollte ihn dazu bewegen auszusteigen.

»Nein!«, brüllte Siggi. »Wenn ich das Auto hier stehen lasse, wird mich mein Chef umbringen!«

»Lass uns verschwinden«, flüsterte Gerda. »Ihm geht's gut, wir können hier nichts für ihn tun.«

Aber Werner zögerte.

Der Volkspolizist trat auf sie zu und fragte: »Sind Sie Zeugen?«

Werner schüttelte wahrheitsgemäß den Kopf.

»Dann bitte weitergehen«, wurden sie aufgefordert.

Sie liefen um die Ecke.

»Oh Gott«, sagte Gerda, »stell dir vor, Siggi hätte angehalten und uns mitgenommen.«

»Das stell ich mir lieber nicht vor.« Werner nahm Gerda in die Arme.

»Ich geh nie wieder aus«, schluchzte sie. »Ich bin froh, wenn wir wieder oben im *Waldeshöh* sind.«

Sie schliefen auf dem Boden von Juttas Zimmer und flüsterten die ganze Nacht.

»Da kommt einiges auf den Siggi zu«, beteuerte Jutta. »Die kriegen ihn wegen allem Möglichen dran. Der kommt bestimmt ins Gefängnis.«

Gerda erschauerte.

»Wenn der Motorradfahrer überlebt, wird es vielleicht nicht ganz so schlimm«, hoffte Werner.

»Darf man betrunken Auto fahren?«, fragte Gerda, die keinerlei Ahnung von Verkehrsregeln hatte und nicht wusste, dass er dem Motorrad auch noch die Vorfahrt genommen hatte.

»Nein«, antwortete Werner. »Und dann war das Auto auch noch geborgt.«

»Und sie haben ihn bei der Prügelei erwischt, und er ist abgehauen, als die Polizei ihn festnehmen wollte«, sagte Jutta. »Und die Rock-'n'-Roll-Gruppen sollen sowieso verboten werden.«

Die drei berieten dann noch, ob sie am nächsten Tag zur Polizei gehen sollten oder besser nicht, und kamen zu keinem Ergebnis.

Gerda schlief kaum.

Werner erwachte mit dem festen Willen, Siggi zu suchen.

Jutta weigerte sich mitzukommen. »Das ist euer Freund, ich kenn den kaum«, war ihre Ausrede.

»Ob er schon im Gefängnis sitzt? Oder ob sie ihn noch verhören?«, fragte Gerda ängstlich. Sie beschlossen, zur Wache zu gehen und nach ihm zu fragen.

Als die beiden die Untere Marktstraße entlangliefen, kam ihnen quietschvergnügt Siggi entgegengeschlendert.

»Siggi!«, rief Gerda und fiel ihm erleichtert um den Hals.

»Na, das nenn ich mal eine Begrüßung«, antwortete Siggi grinsend und drückte ordentlich zu, sodass sich Gerda schnell wieder von ihm löste.

»Mann, wir dachten, die würden dich dabehalten«, sagte Werner.

»Aber doch nicht mich«, widersprach Siggi. »Ihr wisst doch: Illusionist, Illusionist.« Er ahmte den russischen Akzent nach.

Aber weder Gerda noch Werner glaubten ihm, dass er sich mit einem seiner alten Tricks hatte freikaufen können.

»So was machen wir auf jeden Fall nie wieder«, stellte Gerda klar.

»Sag doch mal im Ernst«, drängte Werner seinen Freund. »Wie bist du aus der Sache rausgekommen?«

»Ein Zauberer verrät nie seine Tricks«, erwiderte Siggi grinsend, und dabei blieb er.

Oben im Hotel *Waldeshöh* wollten Gerda und Werner lieber nichts von der ganzen Sache erzählen.

Johanna hatte zum Glück schon ein anderes Thema, das bei ihr große Aufregung verursachte.

»Jetzt stellt euch vor«, schimpfte sie, »unsere ganzen Wegweiser sind weg!«

Sie war am Morgen in aller Frühe durch den Wald gegangen und hatte an der Gabelung das große Hinweisschild vermisst, das sie am Vortag angebracht hatten. Erst dachte sie, es wäre der falsche Baum, aber dann sah sie die frischen Löcher in der Rinde. Auch alle anderen Wegweiser waren verschwunden.

Einige Zeit später begegnete Werner zufällig Siggi nach dem Einkauf im Konsum von Spechtsbrunn auf der Straße. Zuerst wich Siggi Werners Blick aus, aber dann ging er doch zu ihm rüber und nuschelte: »Ihren Ausweis, Bürger.«

Werner lachte und hielt das Ganze für einen Scherz. Aber Siggi wiederholte seinen Spruch. Dann entdeckte Werner die rote Armbinde.

»Das glaub ich nicht«, sagte er fassungslos. »Du? Du bist freiwilliger Helfer der Volkspolizei?«

»War ein fairer Tausch«, behauptete Siggi verlegen. »Gefängnis oder rote Armbinde. Und so schlecht ist es gar nicht. Ich bekomm das sogar bezahlt. Brauch ich auch, weil ich die Reparatur vom Cabrio noch blechen muss.«

Werner wusste beim besten Willen nicht, was er davon halten sollte. Hätte er es anders gemacht? Er hatte keine Ahnung. Und er war froh, dass er nicht vor diese Wahl gestellt worden war.

»Das war also dein Zaubertrick? Ein Kuhhandel?«, fragte er.

»Ja. Und jetzt den Ausweis bitte, Bürger.«

»Den Quatsch mach ich nicht mit.«

»Werner, hol deinen Ausweis raus«, sagte Siggi streng und dann etwas leiser: »Du weißt nie, wer uns grad beobachtet.«

Werner sah sich um. Nur die alte Frau Greiner guckte aus dem Fenster, und der dicke Herr Behr fegte vor seinem Haus die Straße. Schließlich zog Werner seinen Ausweis hervor. Siggi kontrollierte den Stempel und sagte dann so laut, dass es Frau Greiner und Herr Behr hören konnten: »In Ordnung, Herr Dressel.«

21
Nichts als Rauch

Elvira saß in der Küche mit einer Zigarette im Mund. Vor ihr lag das Telefon, sie wartete auf Christines Rückruf.

Draußen war es windig, überall klapperte und knirschte es. Sie wohnte in einem Fertigteilhaus, das 1979 an drei Tagen auf eine Fundamentplatte ohne Keller gestellt worden war, wie ein Kartenhaus. Siebzig Jahre sollte es halten, hatten sie ihr damals versichert. Das genügte ihr. Sie wollte sowieso nichts vererben.

Wütend schnippte sie die Asche knapp an der Untertasse vorbei, die sie eigentlich hatte treffen wollen. Was bildete sich diese Möchtegernanwältin aus Coburg eigentlich ein? Sie hatte wirklich alles versucht, um das Grundstück zurückzubekommen. Nicht für sich, sondern für die Kinder ihres Bruders. Und dann kam so eine Schnepfe daher und glaubte, alles besser zu können. Noch mehr ärgerte sie daran, dass ihre Nichte Christine die Sache vor ihr hatte geheim halten wollen. Elvira lachte bitter. Sie würde wohl nie loskommen vom Hotel *Waldeshöh*.

Ihr erster Impuls war es gewesen, ihrer Enkelin Anni einfach den Umgang mit diesem Jungen zu verbieten. Aber dann musste sie an sich selbst denken, als sie so alt wie Anni gewesen war. Niemand hatte ihr damals etwas vorschreiben können. Ihre erste große Liebe hatte sie vor ihrer Familie geheim gehalten. Wenn damals jemand versucht hätte, ihr diesen Mann zu verbieten, sie hätte ihn nur noch mehr geliebt.

Sie ärgerte sich, dass sie diesem Neo auf dem Familientreffen keinerlei Beachtung geschenkt hatte. Wenn sie das nächste Mal ihre Familie in Neustadt bei Coburg besuchte, würde sie sich den Jungen mal vorknöpfen. Sollte er Anni jemals wehtun, würde er es mit ihr zu tun bekommen.

Das Telefon läutete. Die Vibration ließ es auf dem Tisch herumrutschen. Elvira wartete ein paar Klingeltöne ab, um den Anschein von Gelassenheit zu erwecken, und nahm erst dann ab.

»Tante Elvira?«, hörte sie Christines Stimme.

Sie antwortete mit eisigem Schweigen.

»Hör zu, es tut mir leid, wir wollten dir nur die Aufregung ersparen«, tönte es aus dem Hörer. »Du hast schon so viel durchgemacht.«

»Wer ist wir?«, wollte Elvira wissen.

»Wir drei, Andi, Viola und ich.«

Elvira schwieg verletzt. Viola war also auch mit von der Partie. Ausgerechnet Viola, ihr Liebling.

»Tante Elvira? Wir hatten beschlossen, es dir nur zu sagen, wenn was Neues dabei herauskommen sollte.«

»Bin ich ein Kind oder behindert oder blöd?«, polterte Elvira los. Sie reagierte immer äußerst empfindlich, wenn ihr jemand unter dem Vorwand, sie schützen zu wollen, die Wahrheit vorenthielt.

»Entschuldige bitte«, sagte Christine betreten.

Elvira machte ein verärgertes Geräusch, das so einiges bedeuten konnte.

Christine fuhr fort: »Bis vor Kurzem hab ich es genauso gesehen wie du, ich wollte nur noch meine Ruhe haben. Aber jetzt, als ich in unserem Keller war … Tante Elvira, es kam mir fast vor, als wäre der Geist des Hauses noch lebendig.«

»Der Keller bringt das Hotel nicht zurück«, sagte Elvira verbittert. »Warum mussten sie es auch abreißen? Was hatte das für einen Sinn? Warum haben sie es nicht einfach stehen gelassen?« Sie biss sich auf die Lippen.

»Aber der Wald oben ist noch da. Es ist unsere Heimat! Und außerdem will ich erfahren, wer es war.«

»Wir wissen sehr gut, wer es war«, sagte Elvira bitter.

»Dann will ich einen Beweis dafür finden. Und wenn das stimmt, dann …«

»Nicht am Telefon«, unterbrach Elvira sie.

»Er ist nicht mehr bei der Post, uns hört keiner ab.«

»Du bist noch immer so naiv wie davor«, bemerkte Elvira.

Falls sie beabsichtigt hatte, ihre Nichte zu verletzen, war ihr das gelungen.

Christine schwieg einen Moment. »Gut«, sagte sie. »Dann komm ich vorbei. Wann passt es dir?«

»Gar nicht.«

Elvira konnte nicht schlafen. Schließlich stand sie auf, goss sich einen Gin ein und schlurfte in ihr Atelier. Sie zog ein Tuch von der Staffelei und enthüllte das Bild, an dem sie gerade malte. Eine Dreiergruppe. Junge Menschen vor einem rot weißen Cabrio. Sie mit Pferdeschwanz und Petticoat. Die beiden Jungen mit Sonnenbrillen, zurückgekämmtem Haar, hochgeschlagenen Kragen, einer davon mit einer lässigen Zigarette im Mundwinkel.

Vielleicht wäre alles anders gekommen, wenn sie nicht so zwischen den Zeiten geboren worden wäre, dachte sie. Wenn sie dazugehört hätte, wenn sie an diesem Tag hätte mitfahren können.

Sie stellte Musik an und ließ sie mit voller Lautstärke laufen. Sie genoss es, keine Rücksichten nehmen zu müssen.

Elvira lebte allein, am Rand der Stadt Meißen. Sie war nie verheiratet gewesen und vom Vater ihrer Tochter seit Ewigkeiten getrennt. Er war weder die große Liebe noch der Einzige gewesen, und er hatte sie schnell gelangweilt. Als Elvira nach Meißen gekommen war, hatte sie viel nachzuholen gehabt.

Wenn die Vertreibung aus dem Hotel *Waldeshöh* nicht mit so viel Leid verbunden gewesen wäre, hätte es ein Glücksfall für sie sein können. Sie hatte danach in der Meißener Porzellanmanufaktur gearbeitet. Das war etwas ganz anderes als die Porzellanfabrik in Spechtsbrunn. Auch die Stadt Meißen war nicht zu vergleichen gewesen mit Spechtsbrunn. In Meißen gab es so viel Kunst, Kultur und Männer. In Spechtsbrunn dagegen war die Auswahl in jeder Beziehung beschränkt gewesen. Wenn es die Grenzsoldaten nicht gegeben hätte, dann wären in der DDR wohl ganze Grenzdörfer ausgestorben.

Elvira tauchte den Pinsel in einen Porzellanbecher und bekleckerte beim Herausheben ihr Negligé aus Seide. Sie konnte förmlich die Stimme ihrer Mutter hören, die jetzt schimpfen würde, warum sie den guten Morgenrock statt eines Malerkittels trug.

»Darum«, antwortete sie trotzig in das leere Zimmer hinein.

Ihre ganze Kindheit und Jugend hatte sie auf engstem Raum verbracht, obwohl es so ein großes Haus gewesen war. All die Jahre blieben die eleganten, schönen Gästezimmer verschlossen, und die Kinder wurden in kleine Kammern gepfercht. Die Schokolade aus den Westpaketen von Tante Rosa war immer so lange aufgehoben worden, bis sie seifig geschmeckt hatte. Seit Elvira nicht mehr mit den anderen zusammenwohnte, hob sie nichts auf. Wenn sie eine gute Flasche Wein bekam, leerte sie die sofort. Neue Kleider und elegante Schuhe trug sie auch zu Hause. Es war ihr egal, dass sie dort niemand darin bewundern konnte. Sie sah es, sie fühlte es, das genügte.

Elvira wandte sich wieder dem Bild zu. Sie stellte sich ganz dicht vor das Gesicht ihres Bruders und betrachtete ihn aufmerksam. Sie vermisste ihn. Nicht erst seit seinem Tod. Sie vermisste ihn seit dem Tag, an dem sie an verschiedene Orte gekommen waren. Sie hätte sich davor niemals vorstellen können, wie sehr sie sich danach alle veränderten.

Prüfend verglich sie ihr Bild mit dem kleinen Foto, das oben an der Staffelei klemmte und ihr als Vorlage diente. Sie hatte viel kräftigere Farben benutzt als auf der Vorlage. Auf den alten Fotos sah es immer so aus, als ob das Leben damals ganz blass und verschwommen gewesen wäre. Aber sie wusste es besser. Die Kinder ihres Bruders lagen falsch, wenn sie glaubten, dass sie alle Erinnerungen verbannt hätte. Sie ging nur nicht hausieren damit. Sie malte lieber. Und sie trank Gin. Beides tröstete sie normalerweise. Aber nicht in dieser Nacht.

Schon am nächsten Nachmittag saß Christine im Wohnzimmer ihrer Tante. Sie wagte es nicht, das Fenster aufzureißen. Der Rauch sammelte sich in einer pilzförmigen Schwade vor den Scheiben und blieb unschlüssig in der Luft stehen. Elvira steckte sich die nächste Zigarette an, Christine hatte aufgehört mitzuzählen. Allmählich tränten ihre Augen. Elvira reizte es noch einen Moment aus, bis es ihr selbst zu viel wurde. Dann stand sie auf, öffnete das Fenster und sagte spöttisch: »Memme.«

Christine musste lachen. Sie kramte in ihrer Tasche herum und holte eine elegante gelblich weiße Zigarettenspitze heraus.

»Ich hab dir was mitgebracht. Das kannst du vermutlich gebrauchen«, sagte sie. »Die hab ich gefunden, als ich die alten Sachen durchsucht habe. Keine Ahnung, wem die gehört hat.«

Elvira nahm die Zigarettenspitze in die Hand. »Ich glaub, ich weiß, von wem die ist. Die müsste von meiner Großmama sein. Von der alten Marie Dressel. Das Ding lag immer im Glasschrank im Gästeflur.« Sie legte es entschlossen auf den Tisch und stellte fest: »Damit kannst du mich nicht einwickeln.«

Christine fühlte sich ertappt und lachte verlegen. »Das hatte ich mir schon gedacht, aber einen Versuch war es wert. Weißt du, Tante Elvira, diesmal musst du dich um nichts kümmern. Das macht alles Milla.«

»Aha. Seid ihr jetzt beste Freundinnen?«

»Ich mag sie gern, ja«, stellte Christine klar. »Es würde uns helfen, wenn du mir die alten Unterlagen gibst. Also den Brief zu deiner Stasiakte und den Bescheid über die Ablehnung wegen der Rückübertragung.«

»Ihr habt also schon alles besprochen und geplant, ohne mich«, stellte Elvira fest. »Findest du nicht, ich hätte da auch eine Stimme im Parlament haben müssen? Und zwar eine gewichtigere als ihr?«

»Wir sind genauso Erben wie du, Tante Elvira. Die Oma hatte im Testament festgelegt, dass unser Papa den Teil des

Waldes bekommt, auf dem das Hotel steht. Weil du es nicht wolltest.«

»Ich will mich nicht mit meiner Nichte über Testamentsklauseln unterhalten müssen. Ich war ehrlich gesagt froh, dass das aufgehört hat.«

Christine schwieg betreten. Elvira erhob sich und warf die Schöße ihrer langen Kaschmirjacke theatralisch nach hinten. Sie durchsuchte ein Fach, in dem ungeordnete Papiere herumlagen, und fischte schließlich einen Brief und ein Dokument heraus. Beides warf sie auf den Tisch vor Christine.

»Wenn du noch mal vier Jahre auf so eine Antwort warten willst, nur zu.«

Der Brief war ein kurzes Schreiben der Behörde für die Unterlagen des Staatssicherheitsdienstes der DDR. Darin stand, dass zu der Person Elvira Dressel kein Treffer zu verzeichnen sei.

»Ja«, sagte Christine, »und siehst du, das glaub ich eben nicht. Das kann doch nicht sein. Vielleicht gibt es von uns Kindern nichts, aber von den Eltern doch ganz sicher und auch von der Oma und von dir.«

»Es wird über jeden von uns eine Akte gegeben haben«, bestätigte Elvira. »Wir sind doch rund um die Uhr überwacht worden. Die haben bestimmt sogar aufgeschrieben, wann ich mich abends ausgezogen hab und wann das Licht gelöscht wurde.«

Christine nickte. »So oft waren die von der Stasi bei uns und haben versucht rauszufinden, ob wir zuverlässig sind.«

Sie hatte noch ganz deutliche Erinnerungen an diese Besuche merkwürdiger Männer in dunklen Mänteln. Einmal, sie war gerade in die Schule gekommen, hatte sich einer von ihnen zu ihr gesetzt und sehr freundlich getan. »Na?«, hatte er sie gefragt. »Kannst du denn schon die Uhr?«

Die kleine Christine wagte es nicht, darauf etwas zu antworten, nickte aber.

»Fein«, sagte der Mann leutselig und tätschelte ihren Kopf. »Kennst du denn auch die Fernsehuhr?«

Wieder nickte sie, war jetzt aber auf der Hut.

»Und hat diese Uhr denn Punkte oder Striche?«, wollte er nun wissen.

Ihre Mutter hatte ihnen eingetrichtert, wie sie auf diese Fangfrage antworten sollten. »Die Uhr hat Punkte!«, sagte Gerda immer wieder. »Merkt euch das bloß! Punkte!« Auf dem Zifferblatt der ARD war die Zeit nämlich mit Strichen unterteilt, im Gegensatz zu der im DDR-Fernsehen.

Deshalb hatte Christine dem Mann damals ganz leise geantwortet: »Punkte.«

Sie war sicher, dass es irgendwo eine Akte gab, in der ein Protokoll dieses Gesprächs stand.

»Ich denke, die Akten sind vernichtet worden«, sagte Elvira jetzt. »Die wollten doch alle ihren Hals retten.«

Ab November 1989 waren die Offiziere der Staatssicherheit mit der gründlichen Vernichtung aller Akten beauftragt worden. Wochenlang liefen die Reißwölfe heiß, während gleichzeitig Papiere mit der Hand zerrissen wurden, damit es schneller ging. Und all diese Schnipsel, die Hochverrat genauso akribisch dokumentierten wie den Besuch eines Gottesdienstes oder das Tragen einer Edeka-Tüte, landeten in Müllsäcken und wurden in den meisten Fällen für immer vernichtet. Aber rund sechzehntausend dieser Säcke hatten von der Bürgerbewegung der DDR sichergestellt werden können.

»Vielleicht gibt es ja neue Erkenntnisse«, hoffte Christine. »Hast du das von Eisleben gehört? Da haben sie jetzt nach fast dreißig Jahren endlich die ganzen zerstörten Akten wieder lesbar machen können. Vielleicht sind unsere auch irgendwo in den Säcken, die sie gerettet haben. Vielleicht setzt gerade in diesem Moment irgendwo jemand für uns das Puzzle zusammen.«

Christine hatte sich in Rage geredet, rote Flecken zeichneten sich auf ihrem Gesicht ab.

Elvira starrte Löcher in die Luft und grübelte. An diese Möglichkeit hatte sie bisher nicht gedacht. Konnte es sein, dass die Wahrheit über *Waldeshöh* in einem dieser Müllsäcke schlummerte und nur darauf wartete, ans Licht zu kommen? Sie nahm einen langen Zug aus ihrer Zigarette.

»Könnt ihr damit warten, bis ich tot bin?«, fragte sie. »Ich red mit keinem Anwalt mehr und mit keinem Richter.«

»Du wirst hundert, und außerdem können wir nicht warten«, erklärte Christine. »Milla sagt, uns rennt die Zeit davon. 2019 laufen die Fristen für Rehabilitierung und Entschädigung aus.«

Elvira hob die Hände und ließ sie resigniert auf ihre Knie fallen. Die Asche ihrer Zigarette fiel auf den Teppich. Sie trat die Glut mit der Schuhspitze aus. »Ich werd mich um nichts mehr kümmern«, sagte sie.

»Das musst du auch nicht. Wir halten dich aus allem raus«, versprach Christine.

Elvira zuckte mit den Schultern. »Du warst schon immer sehr zielstrebig.«

Obwohl es eigentlich ein Lob sein sollte, fühlte es sich für Christine an, als wäre sie gerade von ihrer Tante gerügt worden. »Sei mir nicht mehr böse, Tante Elvira«, bat sie. »Das ertrag ich nicht.«

»Tja, damit musst du jetzt leben«, sagte Elvira, aber sie lachte dabei.

Christine war gegangen. Elvira saß noch immer im Wohnzimmer.

Auf dem Tisch lag die Zigarettenspitze. Sie hob sie auf und roch daran. Sie versuchte, sich an ihre Großmama, die alte Marie Dressel, zu erinnern. Alles, was ihr einfiel, war, dass sie geschnarcht hatte. Elvira dachte an die Nacht, in der das Schnarchen plötzlich aufgehört hatte. Sie war von irgendeinem Geräusch draußen im Wald wach geworden, hatte in der Dunkelheit gelegen und dem beruhigenden Schnarchen gelauscht. Und plötzlich hatte es aufgehört. Erst jetzt wurde ihr bewusst, dass die alte Marie Dressel in diesem Moment gestorben sein musste.

Elvira steckte eine Zigarette in die Spitze, zündete sie an, inhalierte und blies den Rauch nach oben. Mit der Zigarettenspitze im Mundwinkel ging sie zurück ins Atelier und setzte ihre Arbeit fort.

Sie kannte andere Zwangsumgesiedelte, die eine lächerliche Entschädigung vom gesamtdeutschen Staat bekommen hatten – nach fast zehn Jahren Rechtsstreit. Und das auch nur, weil sie inhaftiert worden waren, sonst wären sie leer ausgegangen. Das Geld hatte dann weder für die Anwaltskosten gereicht noch um das eigene Grundstück zurückkaufen zu können.

Aber diese Milla wollte ja umsonst arbeiten. Dann würden sie eben noch einmal die ganze Prozedur durchstehen. Am Ende würde sich ja doch wieder alles in Rauch auflösen.

Elvira überlegte, was sie noch vom Leben erwartete, und kam zu einem erstaunlichen Schluss: Groschen und Kaugummis, dachte sie. Und dass sie schon seit Ewigkeiten keinen Groschen mehr bekommen hatte.

22

Wer das Licht des Wissens nicht liebt

4. September 1962 – Elvira stand mit ein paar Mitschülern an der Haltestelle in Hasenthal, wartete auf den Schulbus und rauchte. Sie war inzwischen vierzehn Jahre alt und gerade in die achte Klasse der Polytechnischen Oberschule gekommen. Nun besaß sie einen Personalausweis mit Wohnrechtstempel und hoffte immer, dass ihr unterwegs einer der freiwilligen Helfer der Volkspolizei begegnen würde. Wenn das geschah, zückte sie lässig ihren Ausweis und fühlte sich erwachsen.

Als Ilse, eine Freundin ihrer Mutter, vorbeilief, gab Elvira die Zigarette schnell an den Jungen neben ihr weiter, setzte ein liebliches Gesicht auf und rief: »Grüß dich, Ilse!«

Ilse grüßte erfreut zurück.

Kaum war sie außer Sicht, eroberte Elvira die Zigarette zurück und paffte weiter. Es schmeckte widerlich. Sie hatte sich das Rauchen schöner vorgestellt, aber es half alles nichts. Für ein gutes Aussehen musste man Opfer bringen.

Obwohl Elvira ein Fahrrad besaß, stellte sie es immer in Spechtsbrunn an der Haltestelle ab und fuhr den restlichen Weg mit dem Schulbus. Dann hatte sie das Gefühl dazuzugehören.

Der Schulbus gab ihrer Frisur allerdings immer den Rest. Dort war die Luft von den vielen aufgeregten Kindern feuchtwarm wie in einem Tropenhaus. Dieses Klima sorgte dafür, dass sämtliche Knitterfalten aus den Sachen verschwanden und ihr Pferdeschwanz strähnig wie Schnittlauch herabhing.

Eine halbe Stunde später lungerte Elvira auf der Veranda des Hotels *Waldeshöh* herum. Der Zigarettendunst vermischte sich mit dem weißen Nebel, der über *Dressels Forst* lag. Sie konnte kaum weiter als bis zu ihren Fingerspitzen sehen.

Es schien, als hätte der Nebel den Wald ausradiert. Elvira drückte ihre Zigarette aus und versteckte sie unter einem Stein. Dann lief sie schnell ins Haus und schrubbte sich die Hände. Sie holte einen von Tante Rosas Kaugummistreifen und schnitt mit der Schere ein kleines Stück davon ab. So hatte sie möglichst lange etwas davon. Sie kaute den Kaugummi sehr gründlich, damit ihr Atem nach Pfefferminze und nicht nach Zigaretten roch.

Allerdings empfand sie es nur als halbes Vergnügen, wenn man rebellierte und niemand davon erfuhr. Also brüstete sie sich damit wenigstens vor Gerda, als diese von ihrer Arbeit aus dem Röhrenwerk kam. Gerda zog nur die Augenbrauen hoch, sagte sonst aber nichts dazu.

Elvira hätte sich ein bisschen mehr Entrüstung vonseiten ihrer Schwägerin gewünscht. Sie dachte sich deshalb ein Codewort für die Zigaretten aus, damit sie vor Gerda auch in Gegenwart ihrer Mutter angeben konnte.

»Immer wenn ich Kaugummis sage, meine ich Zigaretten«, teilte sie Gerda verschwörerisch mit. »Und wenn ich Groschen sage, meine ich Küsse.«

Elvira hatte nämlich noch ein anderes kleines Laster. Manchmal wollten die Jungs nur dann eine Zigarette herausrücken, wenn sie dafür einen Kuss von ihr bekamen. Seit ihre Mutter sie aufgeklärt hatte, war Elvira recht freigiebig damit. Um den Schein zu wahren, zierte sie sich natürlich immer erst ein wenig. Aber diese Art der Bezahlung löste in ihr ein kribbeliges Gefühl aus.

»Küsse also«, sagte Gerda und sah ihre kleine Schwägerin ein wenig skeptisch an. Dann lachte sie. Elvira war beleidigt. Gerda tat immer so erwachsen. Dabei verstand sie von den wirklich interessanten Sachen gar nichts.

Beim Abendessen diskutierten die Dressels ein wichtiges Thema.

»Wir müssen Elvira jetzt wirklich anmelden«, mahnte Johanna.

»Aber wo?«, seufzte Arno. »Zum Konfirmandenunterricht oder bei den Jugendstunden?«

»Sie ist doch getauft«, wunderte sich Werner. »Und mich habt ihr auch konfirmiert.«

»Aber jetzt ist eine andere Zeit«, sagte Gerda. »Ob man das überhaupt noch wagen kann? Ich glaube nicht, dass wir das Baby taufen lassen sollten.«

Seit Gerda endlich schwanger geworden war, war sie noch vorsichtiger geworden.

Nicht nur die werdenden Eltern konnten die Ankunft des neuen Familienmitglieds kaum erwarten. Elvira hoffte, dass sich dann alle Aufmerksamkeit dem Baby zuwenden würde und sie ein wenig mehr Freiheiten bekam. Arno war glücklich, dass diesmal alles anders werden würde. Er sollte in Kürze wegen seiner gesundheitlichen Schwierigkeiten berentet werden und würde bei diesem Kind nichts mehr verpassen. Nur Johanna wurde still, wenn sie den sich immer stärker wölbenden Bauch betrachtete.

Die Diskussion, ob Elvira nun eine Heidin oder eine Gläubige werden sollte, zog sich schon eine ganze Weile hin. Ihr selbst war es übrigens egal. Ob nun Konfirmation oder Jugendweihe – Hauptsache, sie bekam irgendeine Feier, neue Kleider und Geschenke.

»Die Jugendweihe wäre schon sicherer«, überlegte Johanna. »In Sonneberg gab es doch dieses Theater, wo sie alle umgeschult haben, die sich konfirmieren lassen wollten. Nicht dass sie unsere Elvira dann auch umschulen.«

Walter Ulbricht höchstpersönlich hatte damals in Sonneberg die Jugendweihezeit eröffnet, und die Stadt wollte ihm eine Schulklasse präsentieren, die geschlossen die Jugendweihe ablegte. Unglücklicherweise gab es aber eine solch vorbildliche Klasse nicht. Also wurden die Unwilligen kurzerhand umgeschult und Ersatz aus anderen Schulen herbeigeschafft, um das Staatsoberhaupt glücklich zu machen. Ulbricht hielt dann oben auf dem Schlossberg eine flammende Rede, die mit den Worten endete: »Wer das Licht des Wissens nicht liebt, hat selbst den Nachteil!«

Johanna wollte nicht, dass Elvira Nachteile bekam, nur weil sich ihre Eltern an etwas Unwissenschaftliches klammerten. »Vielleicht ist es wirklich an der Zeit, weniger zu glauben und mehr zu wissen«, sagte sie nachdenklich.

Auch Arno war dafür. Man sollte Walter Ulbricht lieber seinen Willen lassen, wenn ihm die Jugendweihe so wichtig war. Sie durften ihr Glück nicht zu sehr herausfordern. Denn Glück hatten sie gehabt.

Es war ziemlich genau ein Jahr her, da waren sie in den frühen Morgenstunden von den Raupenketten schwerer Fahrzeuge geweckt worden.

Arno brummte nur: »Was machen die denn jetzt schon wieder …«

Johanna ging zum Fenster und sah draußen weißen Rauch aufsteigen. Seit sie hier lebte, hatte sie vor nichts Angst, außer vor einem Waldbrand. Sie rannte im Nachthemd die halbe Treppe hinauf zum Turmzimmer, riss die Tür auf, und da stand schon Elvira am Fenster und schrie: »Die Grenze brennt!«

Sie konnten von oben den genauen Grenzverlauf sehen, den der weiße Rauch markierte. Sie sahen den Bogen, den die Grenze um ihr Anwesen machte, dann wand sie sich entlang der tiefen Einbuchtung bei Kleintettau und führte immer weiter Richtung Probstzella.

Unten wurde die Schneise längs der Grenze verbreitert. Sie fällten Fichten und verbrannten alle paar Meter die Äste, von denen nun beißender Rauch aufstieg. Diese Fichten hatte Johanna mit gepflanzt, es waren ihre Setzlinge gewesen, die sie mit eigener Hand eingegraben hatte, die nun endlich höher gewachsen und gesund und stark geworden waren, und dann wurden sie einfach umgesägt. Die Borkenkäfer waren eine Sache gewesen, aber das hier?

»Sie werden doch nicht bis zu unserem Haus fällen?«, fragte Elvira.

Voller Angst beobachteten sie in den nächsten Tagen die Grenze, die sich immer dicker durch die Landschaft wand, wie eine vollgefressene Raupe kurz vor der Verpuppung. Näher und näher arbeiteten sie sich zum Hotel *Waldeshöh* vor. Drei Gehöfte nicht weit von ihnen hatten sie schon leer geräumt und abgerissen. Ununterbrochen fuhren große russische Planierraupen hinter dem Streifen Wald entlang, der ihr Haus noch von dem Kahlschlag trennte. Die schweren Fahrzeuge schoben die Erde zusammen und machten alles eben. Am Ende brachten sie Gift aus, damit nicht einmal mehr Unkraut wachsen konnte.

Nach drei Wochen waren die Arbeiten abgeschlossen, und der Geruch nach Rauch verflog.

Am Abend öffneten die Dressels eine Flasche Hagebuttenwein, und Elvira blies kleine Papierschlangen über den Kronleuchter im Salon. Gerda holte die guten Kristallgläser mit den Initialen des Hotels aus der Vitrine. Werner goss allen Wein ein, Gerda bekam Saft.

Johanna erhob ihr Glas und rief: »Wir haben's überstanden! Wir sind noch da! Auf das Hotel *Waldeshöh*!«

»Auf das Hotel *Waldeshöh*!«

Die Gläser klirrten aneinander. Elvira trank ihren Wein in einem Zug leer, weil sie fürchtete, man könnte es ihr nach dem ersten Schluck wieder wegnehmen.

»Ihr werdet sehen«, versicherte Arno. »Jetzt wird alles wieder normal.«

»In Judenbach gibt's ein FDGB-Heim, da bekommt man mit dem Ferienplatz gleich den Passierschein dazu«, erzählte Gerda.

»Und aus dem Berggasthof *Brand* in Spechtsbrunn haben sie ein Ferienlager gemacht«, berichtete Werner.

»Ein Ferienlager wäre so schön hier«, fand Johanna. Sie strahlte Werner voller Zuversicht an und dachte an die Zeit mit Fräulein Aschenbach und den Frankfurter Kindern.

Es gab Elvira einen Stich, als die anderen später jeweils zu zweit in ihren Zimmern verschwanden. Ihr wurde bewusst, dass sie keinen hatte, der mit ihr ins Turmzimmer hinaufstieg und flüsternd Pläne schmiedete.

Irgendwann kam ein Paket von Tante Rosa an, und es war allein an Elvira adressiert.

»Wieso ist es denn an dich?«, wunderte sich Johanna. Immerhin war es ihre Patentante.

»Na, du hast doch gesagt, dass ich mir etwas von ihr wünschen darf. Also hab ich ihr geschrieben«, erklärte Elvira.

Arno störte sich daran, dass Elvira die Wünsche nicht mit ihrer Mutter besprochen hatte. Aber Johanna meinte: »Lass nur. Das gehört zum Erwachsenwerden dazu.«

Im Beisein der ganzen Familie öffnete Elvira ihr Paket. Ein himmlischer Duft schlug ihnen entgegen, den eine Lux-Seife verströmte.

»Die wird nicht benutzt!«, legte Johanna fest. »Die kommt in deine Aussteuerkiste.«

Dann entdeckte Elvira die schwarze Nietenhose und riss sie an sich.

Gerda befühlte bewundernd den festen Stoff.

Arno fragte skeptisch: »So was willst du anziehn?«

»Warum nicht?«, fragte Elvira trotzig zurück.

»Da siehst du ja wie ein Mann aus«, stellte er fest.

Elvira reckte ihre Brust. »Aber nicht obenrum!«

»Also zur Jugendweihe ziehst du das nicht an!«, bestimmte Johanna.

Und Arno fand: »Da kannst du auch gleich unsere Waldarbeiterhosen nehmen.«

»Ich will die Nietenhose ja bloß in der Schule tragen«, beruhigte Elvira ihre Eltern.

»Das ist modern«, schlug sich Werner auf die Seite seiner kleinen Schwester. »Das trägt man jetzt«.

»Gerda nicht. Die zieht immer hübsche Kleider an«, hielt Arno dagegen.

»Mir bleibt ja auch gar nichts anderes übrig«, sagte Gerda und streckte ihren Bauch heraus.

Im Paket war außerdem ein glänzender rosa Perlonstoff. Daraus sollte Johanna das Jugendweihekleid nähen. Ganz unten lag noch ein Päckchen mit Feinstrumpfhosen für Elvira.

»Du hättest dir nicht so viel von Tante Rosa wünschen dürfen«, sagte Johanna vorwurfsvoll. »Sie ist doch schon alt und hat nur ihre Rente.«

»Die im Westen sind doch alle reich, sagt Helmut«, behauptete Elvira.

»Wer ist Helmut?«

»Der geht in meine Klasse«, gab Elvira bereitwillig Auskunft und setzte hinzu: »Er hat mir heute einen *Kaugummi* gegeben.«

Sie betonte das Wort überdeutlich und zwinkerte Gerda zu.

Gerda zog nur wieder ihre Augenbrauen hoch.

Elvira legte noch ein wenig nach: »Er hat mir sogar zwei *Kaugummis* gegeben – und ich hab dafür mit zwei *Groschen* bezahlt.«

Gerda wurde rot und lachte.

Johanna ermahnte ihre Tochter: »Gib nur nicht deine ganzen Groschen für die Kaugummis aus.«

Nun musste auch Elvira lachen und konnte sich gar nicht wieder einkriegen.

Ihre Schätze schaffte sie ins Turmzimmer. Sie befühlte die Nietenhosen, roch immer wieder an der Seife, und dann öffnete sie die knisternde Verpackung der Strumpfhosen. Ihre Mutter hatte ihr verboten, sie schon vor der Weihe anzuziehen. Aber eine Strumpfhose war schließlich keine Schokolade, die wurde nicht weniger, wenn man sie probierte, und es war doch ihr allererstes Paar. Elvira wusste deshalb auch nicht, wie man diese hauchdünnen Strümpfe am besten anzog, und so zerrissen sie gleich bei dieser heimlichen Anprobe. Entsetzt starrte sie auf die fingerbreite Masche in dem zarten Gewebe. Als sie sich wieder gefangen hatte, schlich sie die halbe Treppe hinunter und klopfte leise ans Zimmer ihres Bruders. Gerda rettete sie, indem sie in die Westverpackung eine ihrer eigenen Dederonstrumpfhosen schob. Es fiel überhaupt nicht auf und war kein allzu großes Opfer für Gerda. Sie passte ohnehin gerade in nichts mehr hinein.

Johanna hatte wie jeden Abend das Bett für Arno aufgeschlagen und eine Wärmflasche hineingelegt, denn es war abends schon recht frisch in dem unbeheizten Zimmer. Sie wartete, bis sich Arno hineinmanövriert hatte, und schob ihm das Kissen zurecht.

Draußen hinter den Bäumen ertönten plötzlich Schüsse, und Scheinwerfer erhellten die Nacht.

»Ich bin froh, dass die arme Asta nicht mehr lebt«, sagte Johanna zu Arno. »Diese ständige Unruhe würde sie tüchtig aufregen.«

»Ja«, gab er ihr recht. »Wir sollten uns wohl lieber keinen neuen Hund anschaffen.«

Sie deckte Arno zu und fragte: »Wie fühlst du dich, mein Guter?«

»Nicht so schlecht, meine Gute«, antwortete er.

Das bedeutete, dass er Schmerzen hatte. Sie holte die große Dose mit Melkfett aus ihrem Nachtschränkchen und zog behutsam das Hosenbein seines Schlafanzugs nach oben. Sie war der einzige Mensch, der seinen Stumpf sehen und berühren durfte. Aber das war nichts Besonderes, denn es gab so viel an ihm, das nur sie sehen und berühren durfte. Behutsam cremte sie ihn ein und massierte die Narbe.

»Was ist nur mit Elvira los?«, fragte Arno. »Der Werner ist mir so nah, aber die Elvira … ich weiß auch nicht. Die macht mir Sorgen.«

»Sie ist einfach in diesem Alter«, beruhigte sie ihn. »Und vielleicht verstehen wir nicht mehr alles. Sie kann ja nichts dafür, dass sie so alte Eltern hat. Elvira ist ein gutes Kind. Ich hab die Ilse getroffen, sie hat sie so gelobt.«

»Meinst du, wir sollten sie aufklären?«, fragte Arno verlegen.

Johanna lachte und sagte: »Aber das hab ich doch längst erledigt.«

Sie selbst hatte niemand aufgeklärt, und sie war von ihrer ersten Blutung wie von einer schrecklichen Krankheit heimgesucht worden. Das wollte sie ihrer Tochter ersparen. Sie beriet sich vor diesem schwierigen Gespräch mit ihrer Freundin Ilse. Deren Tochter hatte sich beim Aufklärungsgespräch die Ohren zugehalten und laut gesungen, weil sie diese schmutzigen Dinge nicht hören wollte. Johanna machte sich also auf einiges gefasst bei Elvira.

Im Gegensatz zu Ilses Tochter hatte Elvira jedoch alles wissen wollen und so detailliert nachgefragt, dass sie ihre Mutter in einige Verlegenheit brachte. Johanna versprach, ihr ein Aufklärungsbuch zu besorgen, was sie allerdings noch vor sich herschob. Sie wollte es bei ihrem nächsten Besuch in Sonneberg erledigen, dort kannte sie keiner.

Johanna zog den Schlafanzugstoff wieder über den Beinstumpf und gab Arno einen Kuss. »Ruh dich schön aus«, sagte sie und strich ihm die Haare nach hinten. Sie wurden inzwischen weniger und legten sich von allein so wie sie es gern hatte. »Es ist gut, dass du in Pension gehst. Du musst mehr auf dich achtgeben.«

Sie hatten besprochen, dass auch Johanna, sobald das Baby da war, aufhören würde zu arbeiten. Dann musste das Kleine nicht gleich mit sechs Wochen in die Kinderkrippe gegeben werden. Johanna und Arno wollten sich gemeinsam darum kümmern. Und auch für Elvira war es gut, dass dann jemand im Haus war und ein Auge auf sie hatte, wenn sie aus der Schule kam.

Elvira sah das anders. Sie ging ja jetzt zu den Jugendstunden, die sie auf ihr Leben als Erwachsene vorbereiten sollten. Sie hörte aber selten zu und schrieb sich in dieser Zeit lieber Zettelchen mit ihrer Freundin oder einem Jungen, den sie gern mochte.

Jeden Tag trug sie ihre geliebten Nietenhosen. Die werteten ihre Position in der Klasse entschieden auf. Außerdem hatte ihre Mutter endlich das versprochene Aufklärungsbuch besorgt. Es hieß *Du und Ich*. Schon der schwarz-rote Einband sah eindeutig nach Sünde aus, und in den Pausen schmökerten Elvira und ihre Freundinnen kichernd darin herum. Sie sahen dort zum ersten Mal einen nackten Mann, wenn auch nur in einer schematischen Zeichnung. Der Besitz dieses Buches hob Elviras Stellung noch um einiges mehr an.

Ein paar Wochen später, während einem der Fahnenappelle an der Schule, wurde Elvira nach vorn zitiert. Vor den versammelten Schulkameraden wurde sie vom Direktor wegen ihrer Kleidung getadelt: »Diese amerikanische Unkultur hat an einer sozialistischen Schule nichts zu suchen! Ab sofort ist es allen Schülern untersagt, in Nietenhosen zum Unterricht zu erscheinen!«

Elvira war am Boden zerstört. Da halfen weder Kaugummis noch Groschen. Sie schlich an diesem Tag wie betäubt nach Hause und warf sich tränenüberströmt auf ihr Bett oben im Turmzimmer. Aus der Ferne läuteten tröstlich die Kirchenglocken. Sie hätte sich doch für die Konfirmation entscheiden sollen, dachte sie verzweifelt. Wo der Sozialismus so ungerecht war! Aber nun war es zu spät. Vom nächsten Tag an durfte Elvira ihre geliebten Hosen nur noch im Hotel *Waldeshöh* tragen. Aber es machte keinen Spaß, wenn nur ihr Vater sich daran störte.

Die Folge davon war, dass Elvira immer weniger Lust hatte, an den Jugendstunden teilzunehmen. Eines Tages brachte sie einen Ermahnungszettel mit nach Hause.

Johanna sah sie streng an. »Warum hast du die Jugendstunde geschwänzt?«

»Weil es zum Sterben langweilig ist. Können wir nicht den ganzen Zirkus weglassen, und ihr gebt mir einfach so das Kofferradio, das ich mir wünsche?«

»Nein, denn das gehört zum Erwachsenwerden dazu. Außerdem weißt du gar nicht, ob wir deinen Wunsch erfüllen werden. Also streng dich an und tu was dafür«, ermahnte Johanna sie.

Eines Tages kam Siggi vorbei. Er war inzwischen verheiratet und lebte mit seiner Frau unten im Dorf. Sie hatten auch schon ein Kind, sodass er nichts mehr zusammen mit den jungen Dressels unternahm. Trotzdem sahen sie sich noch immer fast täglich, wenn Siggi die Briefe brachte. Als Mitarbeiter der Post hatte er eine ständige Aufenthaltsgenehmigung für den Schutzstreifen.

Es war schon später Abend und eine ungewöhnliche Zeit für einen Brief. Aber Siggi brachte ein Telegramm. Johanna riss den Umschlag auf und erfuhr, dass in den frühen Morgenstunden ihre Mutter gestorben war.

Sie taumelte, setzte sich auf die Treppenstufen und begann fassungslos zu weinen. Das ganze Haus lief zusammen, alle versuchten sie zu trösten. Gerda setzte sich neben sie und umarmte sie ganz fest. Johanna konnte spüren, wie das Kleine im Bauch der Schwiegertochter strampelte.

Sie stand auf, sagte mit dumpfer Stimme: »Lasst mich ein bisschen allein«, und ging in ihre Schlafstube.

Die anderen blieben auf den Stufen sitzen und schwiegen für einen Moment. »Du weinst ja auch!«, sagte Gerda plötzlich erschrocken zu Elvira. »Ich dachte, du magst die Piesauer Großmutter gar nicht?«

»Die mag ich auch nicht«, versicherte Elvira. »Aber die Mutti tut mir so leid!«

Etwas später sah Arno nach seiner Frau und fragte: »Geht es wieder? Ich wusste gar nicht, dass du doch so an ihr hängst.«

»Ach, sie ist ja trotzdem meine Mutter«, schluchzte sie. »Und ich weine auch nur, weil ich so ein schlechter Mensch bin.«

»Was redest du für einen Unsinn, Johanna. Du bist der liebste Mensch, den es gibt.«

»Ach, Arno, meine arme Mutter ist gestorben. Und weißt du, was das Einzige ist, woran ich denke? Ich bin so froh, dass du es nicht bist.«

Arno sah sie verwundert an. »Warum sollte ich denn sterben?«

»Weil Gerda schwanger ist«, schluchzte Johanna. »Du weißt doch. Einer kommt, einer geht.«

»Du wirst doch nicht den Unsinn von meiner Mutter glauben«, schimpfte Arno.

»Die Dinge passieren, auch wenn wir nicht dran glauben, Arno«, sagte Johanna und wischte sich die Tränen ab. »Nun kann das Baby kommen.«

Und das Baby kam. An einem milden Sonntag im März setzten bei Gerda die Wehen ein. Völlig kopflos rannte Werner hinüber nach Lichtenhain, um einen Krankenwagen zu rufen, und rutschte dabei ständig im Schnee aus. Gerda wurde ins Krankenhaus von Gräfenthal geholt und brachte dort die kleine Christine zur Welt.

Christine war ein rundes Baby mit einer entzückenden, großen Nase und einem überraschend dichten Haarschopf. Sie weinte nur kurz, als die Hebamme sie resolut an den Füßen packte und ihr einen Klaps auf den Po gab.

»Darf ich sie mal halten?«, fragte Gerda schüchtern.

»Aber nur kurz!«, befahl die Krankenschwester streng.

Für ein paar kostbare Atemzüge lag Christine nun auf dem Bauch ihrer Mutter. Sie hob wackelnd ihr Köpfchen, machte eine faltige Stirn und versuchte Gerda zu fixieren.

»So«, sagte die Schwester, »jetzt muss sie erst mal versorgt werden. Sie kriegen Ihr Kind dann frisch und hübsch verpackt zurück, wenn es Zeit fürs Stillen ist.«

Gerda prägte sich noch schnell ganz fest die Form von Christines Nase ein, damit man ihr später kein falsches Kind unterschieben konnte.

Werner durfte seine Tochter nur durch eine Glasscheibe betrachten. Er war nicht ganz sicher, welches der Babys, die wie frisch gebackene Brote nebeneinanderlagen, nun seins war. Anschließend fuhr er ins Kaufhaus und besorgte einen Fotoapparat, damit er alles festhalten konnte.

Stolz führte er die Praktica FX zu Hause vor. Er ließ den Lichtschacht herausschnappen und schoss ein Bild von

Elvira, die sich kokett in Pose warf. Die Kamera klackte. Werner drehte den Transportknopf, und der Bildzähler surrte einen Teilstrich weiter.

Dann rückte die nächste Besuchsstunde im Krankenhaus heran, und er raste zurück, um Gerda und das Baby zu fotografieren.

Als Gerda mit Christine nach Hause kam, legte sie das Baby in der Küche auf den Esstisch. Während die anderen staunend drum herumstanden, zog sie es aus. Zum allerersten Mal berührte sie die winzigen nackten Füßchen und zögerte kurz, bevor sie die Windel öffnete. Dann stellte sie erleichtert fest: »Es ist tatsächlich ein Mädchen!«

Es gab noch mehr an der kleinen Christine, das ihrer Mutter im Krankenhaus verborgen geblieben war. Das Kind überraschte mit einem außerordentlich gesunden Hunger. Die Kinderschwestern hatten einfach Ersatznahrung zugefüttert, damit Ruhe war. Nun musste Gerda feststellen, dass sie überhaupt nicht genug Milch bildete. Außerdem gefiel der Kleinen die Flasche besser, weil es sich leichter daraus trinken ließ. Es wurde ein kurzer lautstarker Kampf, den Christine gewann.

Elvira bekam auf diese Weise hautnah mit, wie anstrengend ein Baby sein konnte, und las noch einmal aufmerksam ihr Aufklärungsbuch. Die Verhütungsmethoden, die dort erklärt wurden, erschienen ihr alle sehr kompliziert, und so beschloss sie, es erst einmal nur bei den Küssen zu belassen.

Johannas Mutter wurde auf dem Friedhof in Hönbach begraben, wo auch schon ihr Vater lag. Zum Glück war Johanna keine eifrige Grabgängerin, denn der Friedhof lag so nah an der Grenze, dass man einen Besuch vorher anmelden musste. Ohnehin durfte man nur an drei Tagen in der Woche hin, und nach dem Totensonntag wurde er über den Winter ganz geschlossen.

Im Mai hatte Elvira endlich die ersehnte Jugendweihe. Sie trug das rosa Perlonkleid und die Dederonstrümpfe. Zum Glück bemerkte ihre Mutter den Unterschied nicht.

Elvira erhielt Karten und Geldgeschenke von den Kollegen ihrer Eltern, ein paar Blumentöpfe, die sie oben auf ihr Fensterbrett im Turmzimmer stellte, und vier Handtücher mit Monogramm für ihre Aussteuer. Von ihren Eltern bekam sie das heiß ersehnte Kofferradio und wurde so für ihr Durchhalten belohnt.

Das Beste an der Jugendweihe war allerdings, dass sie vom nächsten Tag an von allen Lehrern gesiezt wurde. Nun war sie endlich nicht mehr die kleine Elvira, sondern das Fräulein Dressel.

23
Die Akten

Milla saß im Schneidersitz auf der Matratze. Unter ihrem Bett lag eine Yogamatte, die sie bisher ein einziges Mal benutzt hatte. Sie konnte sich nicht dazu durchringen, die Matte zu verkaufen, weil sie immer noch auf das Wunder der Selbstmotivation wartete.

Sie balancierte ihren Rechner auf den Knien und klickte sich durch die Akte der Dressels. Es sah viel aus und war doch im Grunde sehr wenig. Außer den Familienbildern und den eidesstattlichen Erklärungen der Geschwister Dressel hatte sie nichts in der Hand. Es genügte einfach nicht. Das war kein ausreichender Wiederaufnahmegrund für das Rückübertragungsverfahren.

Die Tür öffnete sich vorsichtig einen Spalt, und Neo steckte seinen Kopf herein. »Kann ich bei dir im Bett schlafen?«

»Was hast du ausgefressen?«, fragte sie.

»Nichts«, sagte er empört und kam ins Zimmer. Er kroch unter ihre Decke und schmiegte sich an sie. »Kann ich nicht mal mit meiner Mama kuscheln?«

»Das tust du leider nur, wenn du was ausgefressen hast.«

Er seufzte. »Also gut. Ich stecke in der Klemme.«

Milla klappte ihren Computer zu und hoffte, dass er nicht ihr neues Versteck entdeckt hatte. Sie hatte das Geld für seinen Fernseher fast zusammen und wollte nicht schon wieder von vorn anfangen müssen, weil er eine traurige Zwanzigjährige trösten musste.

Sie spürte seine nackten Beine an ihren und lüpfte irritiert die Decke. »Ist dein Problem, dass du dich in einen Werwolf verwandelst?«

Überrascht guckte er auf seine behaarten Beine und deckte sie schnell wieder zu.

»Nein. Ich hab Caro eine SMS geschickt und mit ihr Schluss gemacht«, gestand er.

»Sehr gut«, lobte sie ihn erleichtert. »Du hast die Sache wie ein Mann beendet.«

»Das Blöde daran ist«, sagte er geknickt, »Caro macht nicht mit. Sie meint, sie braucht mich, und dass ich sie nicht im Stich lassen kann.«

»Ich glaube nicht, dass sie dich braucht«, stellte Milla klar. »Sie vermisst wohl eher diesen erfreulichen Quell von Trost, Geld und Nahrungsmitteln.«

Neo ging gar nicht darauf ein und ließ den Kopf hängen. »Ich kann auch nichts dafür, dass ich so begehrt bin. Was soll ich denn Anni sagen? Meinst du, ich muss mit ihr Schluss machen? Sie braucht mich doch auch!« Seine Stimme kippte vor Aufregung.

Milla sagte sich in einem inneren Mantra immer wieder, dass sie jetzt um Himmels willen nicht lachen durfte. Sie nahm Neo in den Arm und strich ihm die Haare aus dem Gesicht. Sofort verstrubbelte er sie wieder und stellte den Ausgangszustand her.

»Weißt du«, sagte sie, »du solltest dich nicht fragen, wer dich mehr braucht. Wenn es nämlich danach geht, brauch ich dich am meisten.«

Er machte sich verärgert los. »Was bin ich auch so blöd und frag dich. Du hast keine Ahnung von Beziehungen.«

Milla wurde ernst. »Vermutlich nicht. Aber es stimmt trotzdem, Neo. Wichtiger ist, wen du mehr brauchst. Mit wem möchtest du lieber zusammen sein? Das ist das Einzige, was zählt.«

»Aber wär das nicht egoistisch?«, fragte er verunsichert. »Ich kann doch nicht zuerst an mich denken.«

Milla sah Neo aufmerksam an. Was war da schiefgelaufen in ihrer Erziehung? Jeder Mensch dachte zuerst an sich selbst, nur ihr Sohn nicht.

»Ich bin doch nicht mehr wert als die anderen«, fand er.

»Aber doch auch nicht weniger!«, rief Milla verärgert und verlor langsam die Geduld.

Er schüttelte zögernd den Kopf. Wenigstens das sah er ein.

»Gut«, sagte sie. »Dann ist das eine ganz simple Rechenaufgabe. Guck einfach, bei welcher Entscheidung wie viele von euch unterm Strich unglücklich sind.« Neo sah sie irritiert an, und Milla erklärte: »Wenn du mit Anni zusammen bist, wird nur eine von euch unglücklich sein. Wenn du mit Caro zusammenbleibst, sind mindestens zwei von euch unglücklich.«

Die Logik dieser Aufstellung überzeugte Neo anscheinend. Erleichtert sprang er auf.

»Ich denke, du willst heute Nacht hier schlafen?«, wunderte sich Milla.

Verlegen kratzte er sich am Bauch. Sie bemerkte, dass auch dort erste Haare sprossen.

»Ich wollte eigentlich mit Anni telefonieren ... Jetzt, wo die Sache mit Caro geklärt ist!«

Genauso vorsichtig, wie er hereingekommen war, huschte er wieder hinaus. Milla sah ihm nach und wartete einen Moment. Als er nicht zurückkehrte, klappte sie ihren Rechner wieder auf und starrte auf die Akte. Sie wollte sich am Ende der Woche mit den Geschwistern Dressel treffen, um über ihre Fortschritte zu berichten. Aber es gab keine.

Milla wagte es nicht noch einmal, ihren Chef auf das Problem der Familie Dressel anzusprechen. Doch dann fragte er von selbst, wie sie denn vorwärtsgekommen sei.

»Gar nicht«, gestand sie. »Es scheint nirgendwo eine Spur der Dressels zu geben, als hätten sie und das Hotel *Waldeshöh* nie existiert.«

»Sind Sie sicher, dass sich diese Familie das nicht alles nur ausgedacht hat? Fotos kann man fälschen. Da hab ich schon ganz andere Sachen erlebt, bloß weil Leute an eine Entschädigung kommen wollten. Denken Sie da mal drüber nach!«

Milla sah ihrem Chef gekränkt nach. Fotos konnte man vielleicht fälschen, aber nicht diesen Ausdruck in Christines

Augen, als sie die Kellerklappe zwischen den Trümmern wiedererkannte. Und dann hatte sich diese beherrschte Frau in ein kleines Mädchen verwandelt, das auf dem Kellerboden hockte und verzweifelt darauf wartete, von seinem Bruder gefunden zu werden. Milla glaubte Christines Geschichte nicht nur, sie wusste, dass sie stimmte. Wenn sich also keine Beweise finden ließen, dann hatte das einen anderen Grund. Gab es vielleicht immer noch jemanden, der die Fäden zog?

Milla rief im Büro des Bundesbeauftragten für die Unterlagen des Staatssicherheitsdienstes der ehemaligen DDR an. Sie wünschte eine Auskunft darüber, wie lang es denn noch dauerte mit der kompletten Aufarbeitung der restlichen Stasiakten. Immerhin war das Ende der DDR nun schon beinahe dreißig Jahre her. Die Sachbearbeiterin antwortete mit einem herzlichen Lachen. Dann erklärte sie, dass noch immer jeden Monat Tausende neuer Anträge eingingen.

So viele Menschen warteten auf eine Antwort. So viele Menschen hatten Schlimmes erlebt, und niemand schien ihnen zu glauben, weil es keine Beweise dafür gab. Und sie setzten, wie die Dressels, ihre letzte Hoffnung auf die sichergestellten sechzehntausend Müllsäcke mit zerrissenen Akten. Aber seit der Wende war nicht viel mehr als der Inhalt von fünfhundert Säcken gesichtet und wieder zusammengesetzt worden.

»Sie wollen wissen, wie lang das noch dauert?«, fragte die Angestellte am Telefon. »Wenn es in dem Tempo weitergeht, ungefähr sechshundert Jahre.«

Einen Hoffnungsschimmer gab es immerhin. Milla hatte eine Rechercheanfrage an das Staatsarchiv Meiningen gestellt. Dort wurden die Polizeiakten aus dem ehemaligen Bezirk Suhl aufbewahrt. Aus Datenschutzgründen durfte sie nicht selbst in den Akten suchen, aber der Archivar war sehr freundlich gewesen und hatte ihr versprochen, gründlich nachzuforschen. Sie schickte die Vollmacht der Dressels und Ausweiskopien nach Meiningen und hoffte, schon in zwei bis drei Wochen ein Ergebnis zu bekommen.

Milla saß mit den Geschwistern Dressel in Christines Wohnzimmer. Viola hatte es nicht geschafft zu kommen.

Andreas und Christine richteten hoffnungsvolle Blicke auf den großen braunen Umschlag, der neben der Kaffeekanne lag.

Christines hektische Handbewegungen beim Ausschenken des Kaffees verrieten, wie nervös sie war. »Sollten wir Viola über Videoanruf dazuholen?«

Andreas warf einen entnervten Blick an die Decke und verschränkte die Arme über der Brust.

Milla musste zugeben: »Ehrlich gesagt, das ist nicht nötig. Es gibt leider nicht viel Neues.«

»Oh«, machte Christine. Sie zog die Papiere aus dem Umschlag und ließ sie enttäuscht sinken.

»Ich habe den Antrag zur Wiederaufnahme des alten Antrags vorbereitet«, erklärte Milla. »Aber die Beweislage ist so dünn, den sollten wir noch nicht einreichen. Was die Stasiakten betrifft, da können wir nur auf ein Wunder hoffen.«

Andreas schnaufte und winkte ab. »Wunder betreffen uns nicht.«

»Das sehe ich auch so«, gab Milla ihm recht. »Wir sollten uns nicht drauf verlassen und andere Wege suchen.«

Sie erzählte von ihrer Anfrage im Staatsarchiv Meiningen. »Die haben jetzt das genaue Datum der Aktion und eure Namen. Ich bin sicher, dass sie in den Polizeiakten etwas dazu finden.«

»Es gibt Polizeiakten darüber?«, fragte Christine aufgeregt und setzte sich kerzengerade hin.

»Das wäre möglich«, sagte Milla. »Die gibt es theoretisch zu allen Zwangsaussiedlungen.«

Auch Andreas hatte sich aufgerichtet. »Stehen in den Akten dann auch die Gründe drin? Ich meine, was man falsch gemacht hat?«, wollte er wissen.

»Wir haben doch nichts falsch gemacht, Andi«, sagte Christine und legte die Hand auf seinen Arm. »Wir haben uns immer an alle Regeln gehalten.«

Andreas schwieg und konnte ihr nicht in die Augen sehen.

»Und wenn die Polizeiakten auch jemand vernichtet hat?«, fragte er nach einem Moment der Stille.

Milla hob die Hände. »Da können wir nur abwarten. Wir sollten die Hoffnung nicht so schnell aufgeben.«

»Was ist mit den Prozessakten vom alten Antrag auf Rückübertragung?«, wollte Christine wissen. »Tante Elvira hatte nur den Bescheid über die Ablehnung. Aber irgendwoher muss doch die Information über die angebliche Entschädigungszahlung gekommen sein. Wenn wir das wüssten, wären wir doch einen Schritt weiter, oder?«

»Ich glaube, wir können die Akteneinsicht erst zusammen mit der Wiederaufnahme beantragen«, erklärte Milla. »Und dafür brauchen wir einen Beweis, dass eure Familie das *Waldeshöh* nicht freiwillig verlassen hat. Eure Oma hat nicht zufällig Tagebuch geführt?«

Christine musste lachen. »Auf so eine Idee wär die Oma nie gekommen.«

»Tja«, sagte Andreas. »Dann trink ich meinen Kaffee aus und geh heim zu meiner Frau.«

»Du bleibst schön hier«, bestimmte Christine. »Wir durchsuchen jetzt zusammen die alten Familiensachen. Vielleicht finden wir ja die Kontoauszüge von der Oma oder sonst was Brauchbares.«

Seit mehreren Stunden durchstöberten sie das ehemalige Kinderzimmer. Christine hatte längst das Licht anschalten müssen. Die nackte Glühbirne warf harte Schatten. Die Suche ging nur sehr langsam voran, weil die Geschwister ständig auf Dinge stießen, die sie von ihrem eigentlichen Ziel ablenkten.

»Das ist unsere Familienbibel!«, rief Christine gerade und wedelte mit einem schmalen Büchlein. Auf dem Einband stand in der altdeutschen Handschrift von Marie Dressel: *Anweisungen für das Respectable Hotel Waldeshöh am Rennsteig.*

»Bist du das?«, wandte sich Milla plötzlich an Christine und hielt ein Foto hoch.

Die nickte. »Da müsste ich ungefähr zehn sein.«

Es zeigte sie auf der Veranda des Hotels mit ihren Hausaufgaben. Die Hände lagen flach auf dem Tisch, und ihr Lächeln war ganz klein und schüchtern.

Christine schüttelte den Kopf. »Siehst du, was ich für ein Häschen war? Ich hab mich nie gemuckst, vor lauter Angst, was falsch zu machen.«

Andreas brummte: »Davor hat die Mama immer gesagt, heul nicht rum, das muss man eben aushalten. Danach hat sie gar nichts mehr gesagt.«

Kaum hatten sie das Foto weggelegt, fand Christine schon die nächste Rarität. Sie zog ein zusammengepapptes großes Bündel hervor, das sich als alte Wachstuchkladde entpuppte. Beim Versuch es auseinanderzufalten, bekam es Risse.

»Ich werd verrückt«, flüsterte Christine. »Das sind die alten Hauspläne.«

Die anderen beiden ließen alles fallen und eilten hinzu. In der alten Kladde waren Ansichtszeichnungen von allen vier Himmelsrichtungen, Querschnitte und Pläne der drei Etagen.

»Hier oben hatten wir später unser Zimmer.« Andreas tippte auf den Spitzboden.

Christine strich ihm eine Haarsträhne zurück. Eine kleine Kerbe wurde sichtbar. »Das ist von dem Balken da, der hatte so eine scharfe Kante.«

Sie versuchten, die Beschriftungen zu entziffern, aber es gelang ihnen nicht.

»Das sollten wir zur Sicherheit abfotografieren«, schlug Andreas vor. »Als Beweis für den Wert des Hauses.«

Danach suchten sie weiter, zeigten einander ab und zu Fotos und unterhielten sich. Irgendwann fiel Christine auf, dass ihr Bruder schon länger nichts mehr zum Gespräch beigesteuert hatte. Sie sah zu ihm rüber. Er stand mit einem Heft in der Hand da und studierte es eifrig.

»Was hast du da?«, fragte sie neugierig.

»Dass du das aufgehoben hast«, sagte er fassungslos.

Jetzt kam auch Milla dazu und sah Tabellen voller Zahlen, geschrieben in einer krakeligen Kinderschrift.

»Das ist mein Baumheft«, erklärte er. »Mit allen Maßen unserer Bäume. Am Anfang hat die der Papa noch eingeschrieben. Er hat mir das alles gezeigt, wie man die Höhe und das Alter ausrechnet …«

»Oh, Andi!«, rief Christine, die spürte, wie nah ihrem Bruder dieser Fund ging und wie sehr er in diesem Moment seinen Vater vermisste. »Du solltest das Heft fortsetzen. Du musst nachprüfen, welche der Bäume noch stehen, und sie weiter vermessen!«

»Meinst du?«, fragte er unsicher. Dann öffnete er sein kariertes Hemd, schob das Heft darunter und schloss die Knöpfe wieder. Er hatte keine Tasche dabei.

»Die Kontoauszüge!«, rief Christine plötzlich.

Es waren die Sparkassenauszüge und das alte Sparbuch von Johanna Dressel. Sie blätterte es aufgeregt durch.

»Nichts!«, sagte Christine triumphierend. »Seht ihr? Nur ihre Rente ist immer eingegangen.«

Milla bremste die Freude. »Es ist gut, das zu haben, das fügen wir mit an. Aber die Entschädigungen sind immer auf Sperrkonten gezahlt worden.«

»In diesem Hefter sind alle Bankunterlagen unserer Oma. Wenn es noch ein Konto gegeben hätte, dann wäre das hier dabei«, sagte Andreas. Die Aufregung seiner Schwester hatte ihn angesteckt.

Milla sah die Auszüge gründlich durch. Im letzten Lebensjahr von Johanna Dressel waren keinerlei Abweichungen zu den Vorjahren zu erkennen. Sie hatte immer die gleichen Summen für den täglichen Bedarf verbraucht.

»Man kann immerhin erkennen, dass keine Geldquellen außerhalb ihrer Rente existiert haben«, stellte sie fest.

»Glaubst du etwa, es gibt noch irgendwo ein Konto, von dem keiner was wusste?«, fürchtete Christine.

»Das wäre möglich. Wenn das Geld nicht angerührt wurde, ist alles gut«, erklärte Milla die Rechtslage. »Aber sobald eine Mark davon ausgegeben wurde, gilt das als Einverständnis mit der Enteignung.«

»Von wegen Einverständnis«, sagte Andreas zornig. »Wenn man sich das mal überlegt … Da haben sie den Papa aus dem Wald in die Fabrik gezerrt. Also wenn wir das wirklich dem Siggi zu verdanken haben …« Er ballte seine grobe Waldarbeiterhand, und die Adern am Unterarm traten hervor.

»Eigentlich hat der Papa seinen besten Freund Siggi zweimal verloren«, überlegte Christine. »Einmal, als wir weggebracht wurden und sie sich nicht mehr treffen konnten, und dann, als ihm klar wurde, dass nur Siggi der Denunziant gewesen sein konnte.«

»Siggi wusste alles von uns«, fügte Andreas hinzu. »Und er arbeitete für die Obrigkeit. Da hat er ja nie ein Geheimnis draus gemacht.«

»Papa hat trotzdem gehofft, dass es doch ein anderer war. Wenn Siggi nur mit ihm gesprochen hätte«, sagte Christine.

Sie suchte in der Fotokiste und holte ein Bild heraus. Es zeigte Werner Dressel und Siggi, beide barfuß, verdreckt, in kurzen Hosen und Arm in Arm. Werners Knie war aufgeschlagen, Siggi hatte viel zu große Zähne für das kleine Gesicht.

Christine legte das Foto zurück und klappte die Kiste zu. »Ich selbst hoffe auch, es war ein anderer. Schon wegen Papa. Man kann sich doch nicht so irren in einem Menschen, oder?«

Milla atmete tief durch und sagte: »Wenn du wüsstest, Christine …« Dann schob sie die Sachen zusammen, die sie herausgesucht hatten. »Es ist leider nicht viel«, stellte sie fest. »Ich glaube nicht, dass wir damit ein Gericht überzeugen können.«

»Meinst du, Tante Elvira hat recht?«, fragte Christine ratlos. »Sollten wir einfach aufgeben?«

»Nein!«, sagte Milla entschlossen. »Wenn das wirklich alles an Dokumenten ist, dann treiben wir jetzt Zeugen auf!«

24
Die Beichte

30. Juni 1966 – Ein gelb-schwarzer Feuersalamander huschte zwischen den Radspeichen des kleinen Leiterwagens hindurch und verschwand unter den Farnwedeln. Am Tag zuvor hatte es wie aus Eimern geschüttet, und nun hingen an allen Blattspitzen Tropfen. Es duftete nach Moos und Erde.

Der Wagen war mit Kissen ausgepolstert und mit einem vollgepackten Rucksack und Henkeleimern beladen.

Arno stützte sich auf seine Stöcke und rief nach innen: »So beeil dich doch, Johanna, ich hör ihn schon!«

»Ich komm ja, ich komm ja!«, rief Johanna und rannte nach draußen.

Hinter ihr her rannte die kleine Christine. Sie war nun drei Jahre alt, konnte sprechen und laufen, brauchte keine Windel mehr und war schon ein richtiger kleiner Mensch, wie Arno immer wieder verblüfft feststellte. Auf dem Arm trug Johanna ein Baby. Das war Andreas, Christines Bruder. Er war ein reichliches halbes Jahr alt, hatte keine Haare, einen spitzen Kopf und sah seinem Großvater erstaunlich ähnlich.

Christine kletterte in den kleinen Leiterwagen. Johanna legte ihr schnell Andreas in den Schoß, den sie sofort fest umklammerte. Dann liefen Johanna und Arno los, so schnell es Wagen und Stöcke erlaubten.

Sie waren noch nicht weit gekommen, als sie das schwere Fahrzeug den Weg zum Hotel *Waldeshöh* heraufrumpeln hörten. Kurz darauf erreichte sie der Gestank.

»Puh!«, machte Johanna. Christine ahmte ihre Großmutter nach, hielt sich das Näschen zu und rief ebenfalls voller Inbrunst: »Puh!«

»Ich hab dir gesagt, wir müssen eher los!«, schimpfte Arno.

Immer wenn der Jauchewagen die Sickergrube des Hotels leerte, ergriffen sie die Flucht, denn der Gestank war unerträglich. Früher hatten sie die Grube immer im Herbst ganz am Ende der Saison abpumpen lassen. Aber nun war es egal. Der Bauer wollte damit düngen, und ohnehin verbrachten sie bei schönem Wetter die Tage am liebsten im Wald.

Gerda und Werner hatten sich Gedanken gemacht, ob es nicht langsam zu anstrengend für die Eltern wurde, jetzt wo sie zwei Kinder hatten. Aber Arno hatte gesagt: »Lasst uns die Freude noch. Gebt die beiden noch nicht in die Kinderbetreuung. Wartet wenigstens, bis Andreas ein Jahr alt ist.«

Und so machten sie es. Die Kinder schliefen jeden Morgen aus, und beim Frühstück sah Arno nach dem Wetter und machte einen Plan für den Tag. Wenn es nicht gerade gewitterte, brühte Johanna Tee zum Mitnehmen auf, schmierte Brote, kochte Brei und wickelte selbst gebackene Natronplätzchen in Butterbrotpapier. An diesem Tag hatten sie die Kinder wecken müssen, um dem Jauchefahrzeug auszuweichen.

Der Leiterwagen holperte durch das Unterholz, und die Regentropfen vom Vortag hängten sich an Johannas Beine. Ihre Strümpfe wurden ganz nass. Bald rollte die erste Laufmasche nach unten.

»Was meinst du, Arno«, sagte sie etwas betrübt, »ob ich mir vielleicht doch auch eine Hose zulegen sollte?«

Arno betrachtete seine Frau prüfend. »Warum nicht«, sagte er schließlich. »Aber bloß keine Nietenhose.«

Johanna musste lachen und versprach es ihm.

Sie wollten an diesem Tag eine längere Wanderung machen, damit der Gestank auch ganz sicher bei ihrer Rückkehr verflogen war. Deshalb verließen sie am Kontrollpunkt Lichtenhain den 500-Meter-Schutzstreifen. Der Beamte kannte sie und wollte ihre Ausweise gar nicht sehen, raus kam man immer.

Sie nahmen die Hohlwege der alten Sattelpass-Straße, die Arno schon als Kind gegangen war. Johanna hob einen Fichtenzapfen auf und gab ihn Christine zum Spielen. Christine fühlte eine vom Harz klebrige Stelle und musste sie immer wieder berühren. Bald hatte sie einen schwarzen Finger. Der Wagen holperte über das alte Laub auf dem Weg. Zwischen den Baumkronen stieg die Feuchtigkeit in dicken Schwaden wie Watte empor.

»Guck«, sagte Johanna. »Da kochen die Hasen Kaffee.«

Christine bekam große Augen bei dieser Vorstellung.

Arno blieb stehen und hob einen Finger. »Horch! Ein Kuckuck.«

Sie lauschten dem fernen Ruf des Vogels, der gar nicht enden wollte, dann gingen sie weiter.

Christine lehnte sich nach hinten, und Johanna schob ihr das Kissen zurecht. Die Kleine fuhr mit den Fingerchen den Flecken auf dem Wagen nach und erkannte plötzlich darin einen niedlichen kleinen Hasen. Sie zuckelten über den Weg, von oben glitzerte das Licht durch die Zweige, sodass sie ihre Augen schloss. Durch die Lider sah sie nun rötliche Schatten huschen. Sie spürte den gleichmäßigen Atem ihres Bruders, der nach Milch roch, und hörte die Vögel zwitschern. Nirgendwo war sie ruhiger und glücklicher.

Es dauerte nicht lang und Christine schlief ein, mit dem klebrigen Fichtenzapfen in der Hand.

Johanna blieb stehen und lehnte sich bei Arno an. Stumm betrachteten sie die schlafenden Kinder. So hatte es sich Johanna immer gewünscht. Arno und sie und schlafende Kinder in einem Leiterwagen auf dem Waldweg. Sie hatte geglaubt, der Krieg hätte ihnen das unwiderruflich genommen.

Sie fasste nach Arnos Hand und flüsterte: »Ich hätte nicht gedacht, dass wir noch einmal so glücklich sein können.«

Er lächelte sie an und fragte: »Wollen wir hier eine Rast machen?«

»Du hast recht, das ist ein schöner Platz«, fand sie.

Arno ließ sich ins Gras fallen, wovon Christine erwachte.

»Guck, Christine«, sagte er und zeigte auf den Weg. Eine samtschwarze Raupe mit roten Flecken marschierte eilig über die Erde. Er nahm sie auf die Hand. Die Raupe stellte sich tot. Arno hielt sie Christine hin.

»Siehst du, wie hübsch sie ist? Das wird mal ein Apollofalter.«

Christine jauchzte und streckte ihre Hand aus.

»Nicht anfassen«, warnte Arno. »Die stachelt.« Behutsam setzte er sie wieder auf den Weg.

Christine betrachtete die Raupe und war entzückt, als diese sich aus ihrer Erstarrung löste und weitereilte, auf der Suche nach einem netten Verpuppungsplatz.

Andreas wachte ebenfalls auf und musste gefüttert werden. Arno und Christine guckten gierig auf den Zwiebackbrei. Johanna wusste, dass sie immer darauf hofften, auch etwas davon abzubekommen, und kochte immer so große Mengen, dass Gerda sich jedes Mal wunderte. Johanna verteilte den Tee. Als sie gegessen und getrunken hatten, holte sie das Fernglas aus dem Rucksack. Arno ließ Christine hindurchsehen, aber sie verstand es noch nicht und versuchte immer ins Innere des Glases zu gucken.

Andreas war für einen Moment unbeobachtet und entdeckte den Fichtenzapfen, den Christine achtlos abgelegt hatte. Er nahm ihn in den Mund und betastete mit der Zunge die Samenschuppen. Dann kam er an die klebrige Stelle. Sie schmeckte ihm gut.

Arno ließ Christine Sauerampfer kosten, und Johanna amüsierte sich darüber, wie sie daraufhin das Gesicht verzog. Im Gras wuchsen Weidenröschen. Ein paar von ihnen gaben schon das weiße Gespinst mit den Samen frei. Arno zupfte es ab und strich damit behutsam über Christines Wangen. Sie schloss genüsslich die Augen. Johanna fand einen blau glänzenden Mistkäfer, und den durfte Christine endlich auch vorsichtig anfassen. Dann entdeckte sie, dass Andreas an ihrem Kiefernzapfen saugte, und brach in Tränen aus. Sie beruhigte sich erst, nachdem Johanna ihr gezeigt hatte, dass der ganze Boden voll davon war.

Zuletzt sammelten sie noch die ersten Heidelbeeren in den

Henkeltopf, aber Christine aß sie gleich wieder heraus und bekam einen ganz blauen Mund. Johanna versuchte, sie mit einem Taschentuch und viel Spucke zu säubern, hatte aber wenig Erfolg.

Als sie am späten Nachmittag meinten, dass sich der Jauchegeruch verzogen haben sollte, machten sie sich auf den Rückweg.

Am Grenzkontrollpunkt hatte inzwischen ein anderer Beamter Dienst. Er studierte ihre Ausweise und stellte dann fest: »Sie können rein, aber die Kinder nicht.«

Johanna wurde leichenblass. »Aber das sind doch unsere Enkel.«

»Die Kinder stehen nicht im Ausweis«, beharrte der Beamte, »also darf ich sie nicht reinlassen.«

Der Schlagbaum blieb geschlossen. Die Kinder standen natürlich im Ausweis ihrer Eltern. Weder Arno noch Johanna hatten daran gedacht.

»Ja, aber sie wohnen doch mit bei uns da oben!«, regte sich Arno auf.

Der Beamte zuckte mit den Schultern. »Woher soll ich denn wissen, dass Sie überhaupt die Großeltern sind? Vielleicht haben Sie die Kinder entführt.«

Johanna hielt Christine hoch und sagte aufgeregt: »Dann fragen Sie das Kind doch selbst. Sie kann ja sagen, dass ich ihre Oma bin. Christine! Sag es dem Onkel!«

Christine war einen solchen Ton von ihrer Oma nicht gewohnt und fing an zu heulen. Damit steckte sie ihren Bruder an, sodass Johanna ihn auf den anderen Arm nahm, um ihn zu trösten. Die Tränen der Kinder verschmierten sich mit dem Rotz und den Beerenresten, die noch an ihnen klebten.

»Die Kinder bleiben hier«, sagte der Beamte noch einmal.

Inzwischen gesellten sich zwei alte Frauen aus dem Dorf dazu. Sie wollten eigentlich den Schlagbaum passieren, beteiligten sich nun aber erst einmal an der Diskussion. Sie kannten die Dressels und bedrängten den Grenzpolizisten nun ebenfalls. Der wollte sich nicht in seine Amtshandlung hineinreden lassen und versuchte, Christine von Johannas Arm zu pflücken.

Christine krallte sich bei ihr fest und schrie: »Oma! Oma!«

»Da hören Sie es!«, rief Arno.

»Das haben wir doch gleich gesagt«, tönten die alten Frauen.

»Aber sie stehen nicht im Ausweis«, beharrte der Beamte.

Nun weinte auch Johanna. »Aber wir müssen nach Hause!«, schluchzte sie. »Der Andreas braucht sein Essen und seine Milch, ich hab ja gar nix weiter mit.«

»Und wenn das Republikflüchtlinge sind?«, fragte der Beamte.

»Der Kleine kann ja noch nicht mal laufen«, regte sich Arno auf.

»Jetzt lassen Sie schon die Leute mit ihren Enkeln durch!«, drängten die Dörflerinnen.

Alle stritten miteinander, die Kinder und Johanna weinten, der Beamte schrie herum und versuchte sich mit wenig Erfolg Gehör zu verschaffen. Schließlich fragte er Christine nach ihrem Namen. Es brauchte eine Weile und viel gutes Zureden von allen Seiten, bis sie bereit war, eine Antwort zu geben.

»Chistine Dessel«, brachte sie unter Schluchzern hervor, denn sie konnte den Buchstaben *R* noch nicht richtig sprechen.

»Und dein Bruder?«, fragte der Beamte weiter.

»Andi.« Mehr war aus ihr nicht herauszukriegen.

Aber dass Christine den Nachnamen genannt hatte, der im Ausweis stand, schien den Beamten dann doch zu überzeugen. Er sprach eine Verwarnung aus, öffnete den Schlagbaum und ließ alle hindurch.

Als sie im *Waldeshöh* aufgelöst von diesem beängstigenden Erlebnis berichteten, waren alle heilfroh, dass der Beamte sich hatte erweichen lassen. Sie beschlossen nachzufragen, ob man die Kinder nicht auch bei den Großeltern eintragen lassen konnte. Und wenn nicht, war der Wald auch innerhalb des 500-Meter-Schutzstreifens schön. Dort wuchsen sogar mehr Beeren, weil es da kaum jemanden gab, der sie pflückte.

Im Hotel *Waldeshöh* war inzwischen der Fortschritt eingezogen. In der Küche stand nun ein Elektroherd. Johanna verlor manchmal die Geduld, weil es so lange dauerte, bis die Platten heiß wurden. Dennoch war sie froh, dass sie in der Sommerhitze nicht mehr den Ofen befeuern musste, um zu kochen. Außerdem hatten sie sich einen bildschönen Staubsauger der Marke *Omega* angeschafft, mit dem Johanna nun immer sonnabends die Gästezimmer durchsaugte. Die größte Veränderung aber brachte die Waschmaschine. Die war gerade neu auf den Markt der DDR gekommen und Werners Geschenk für Gerda zur Geburt von Andreas gewesen. Christines Windeln hatten sie noch im Topf auf dem Eisenofen ausgekocht. Aber jetzt stand in der Küche eine weiße nagelneue WM66. Es war nicht schlimm, dass sie noch immer keine Wasserleitung hatten, denn das Wasser musste ohnehin mit dem Eimer in die Maschine geschüttet werden. Es gab auch keine Pumpe, um das Wasser wieder herauszubefördern. Werner hatte deshalb ein kleines Podest für die schöne Maschine gezimmert, damit sie ein wenig höher stand. Wenn sie das Wasser ablassen wollten, hängten sie den Ablaufschlauch einfach aus dem Fenster ins Freie. Von dort lief es den Hang hinunter, wie das Spülwasser vom Aufwasch. Wo das Seifenwasser immer entlangfloss, wuchs schon lange nichts mehr.

Johanna hob gern den Deckel an, wenn die Waschmaschine lief. Sie und Christine wurden nicht müde zu beobachten, wie darin gerade die Windeln gequirlt wurden. Gespült wurde die Wäsche dann in der Zinkwanne. Eine Schleuder konnten sie sich noch nicht leisten, aber Gerda und Johanna wrangen die Wäsche gemeinsam draußen auf der Lichtung aus und hängten sie auf eine der Leinen, die zwischen den Bäumen gespannt waren.

Werner war sehr stolz, dass er es geschafft hatte, das Geld für die Waschmaschine zusammenzusparen. Nie im Leben hätten sie einen Kredit aufgenommen oder etwas auf Raten gekauft. Das gehörte sich einfach nicht. So war es ihnen ganz recht, dass sie als Bewohner des Sperrgebiets nun einen monatlichen Lohnzuschlag bekamen, als Entschädigung für die Umstände, die sie dadurch hatten. Werner hatte in seinem Betrieb die Fahrerlaubnis gemacht und sich für einen Trabant angemeldet. Er hatte große Pläne und träumte von einem Fernstudium an der Forstschule in Schwarzburg. Bisher hatte ihn sein Betrieb nur noch nicht delegiert.

Elvira war mittlerweile siebzehn Jahre alt. Johanna hätte sich gewünscht, dass sie in die Hotelbranche ging, aber ihre Tochter hatte sich vehement dagegen gesträubt. Sie besaß eine künstlerische Ader und träumte von einem kreativen Beruf. Gerda und Werner hatten Johanna davon überzeugen können, dass eine Lehre im nahe gelegenen Volkseigenen Betrieb Porzellanfabrik Spechtsbrunn genau das Richtige für das begabte Mädchen war. Daher machte sie nun eine Ausbildung zur Porzellanmalerin. Sosehr die Lehre sie begeisterte, sosehr enttäuschte sie die praktische Seite. Das war reine Fließbandarbeit, die kein bisschen Fantasie duldete. Seit einer gefühlten Ewigkeit malte sie immer wieder dasselbe abstrakte Blumenmuster auf rotbraun grundierte Vasen. Wenn sie nach Hause kam, verschwand sie sofort im Turmzimmer und zeichnete Modeentwürfe. Außerdem schrieb sie da oben Liebesbriefe, denn sie hatte ihren ersten ernsthaften Schwarm. Das durfte aber niemand wissen, denn Elvira ahnte, dass wohl keiner der Dressels ihre Wahl gut aufnehmen würde.

Seit Johanna nicht mehr zur Arbeit ging, kümmerte sie sich darum, das Haus auf Vordermann zu bringen. Sie besorgte Schiefer und ersetzte schadhafte Stellen an der Fassade und am Dach. Das Metallbein des Teewagens, das Andreas auf dem Gewissen hatte, reparierte sie mit Heftpflaster, und sie vergipste die Löcher in den Wänden des Salons und des Speisesaals. Gerdas Freundin Jutta, die noch immer bei der HO arbeitete, besorgte ihnen Farbe und Abtönpaste. Elvira half ihrer Mutter, die richtigen Farbtöne zu mischen, und damit frischte sie das Moosgrün und Ocker auf.

Johanna hatte sich inzwischen mit dem Gedanken angefreundet, dass aus dem Hotel *Waldeshöh* ein FDGB-Heim werden würde. Das Wichtigste war schließlich, dass dieses Haus wieder seiner Bestimmung zukam. Und wenn sie bewiesen, wie gut sie sich darum kümmerten, würden sie es bestimmt auch führen dürfen.

Jeden Sonnabend machte Johanna ihren Rundgang durch die Gästezimmer und nahm Christine dabei mit. Sie erklärte ihr, wo die Wäsche lag, wie man die Betten aufschüttelte und dass man immer die Abfolge einhalten musste, die ihre Urgroßmutter festgelegt hatte. In dem kleinen Regelbüchlein stand zwar noch nichts von einem Staubsauger, aber sie benutzten ihn nun an dem Punkt, an dem sonst gefegt werden sollte. Christine durfte den Knick in die aufgestellten Kissen schlagen und zum Schluss in allen Schränken und Fächern nachsehen, ob keiner der Gäste etwas vergessen hatte. Johanna versteckte immer irgendwo ein Bonbon für sie, und Christine war jedes Mal gespannt, in welchem Zimmer, in welcher Schublade sie es aufstöbern würde.

Nun wo Elvira nicht mehr zur Schule ging, hätte sie wieder ihre Nietenhosen tragen können, aber daran lag ihr nichts mehr. Sie hörte jetzt die Beatles und hatte sich ein Minikleid genäht.

»So was kannst du nicht auf der Straße anziehen«, schimpfte Arno.

»Auf keinen Fall!«, gab ihm Johanna recht. »Da bist du ja halb nackt! Was sollen die Leute denken!«

Elvira warf einen verzweifelten Blick zur Decke und sehnte ihren achtzehnten Geburtstag herbei. Dann würde ihr endlich keiner mehr etwas vorschreiben können. Bis es so weit war, musste sie sich etwas anderes einfallen lassen. Sie deponierte im Wald eine Tasche unter der Futterkrippe, die auf ihrem Weg zum Kontrollpunkt Lichtenhain lag. Sie verließ das Haus im züchtigen wadenlangen Kleid, wechselte an der Futterkrippe die Sachen und radelte dann im Minirock bis zur Porzellanfabrik.

Ein paar Tage später gab es im Hotel *Waldeshöh* Ärger. Es hatte sich bis dorthin herumgesprochen, dass Elvira im Minirock bei der Arbeit aufgetaucht war. Da half auch alle Fürsprache von Werner nichts. Johanna nähte einen breiten Saum an das Kleid, damit es wieder Elviras Knie bedeckte.

Als Elvira das derart verschandelte Kleid zurückbekam, riss sie es ihrer Mutter aus der Hand und rannte nach oben in ihr Zimmer. Sie schlug die Tür hinter sich zu, warf das Kleid zu Boden und trampelte darauf herum. Sie hatte sich darin schön und begehrenswert gefühlt, aber niemand schien ihr das zu gönnen. Bei diesem Gedanken fiel ihr ein, wie sie es den Klatschtanten und ihrer Mutter heimzahlen konnte. Sie wollte sich ein Geheimnis zurechtlegen, das niemand herausfinden würde. Als sie das beschlossen hatte, ging es ihr sofort besser. Sie wischte sich die Tränen ab und stopfte das Kleid in den Schrank, damit es nicht neuen Ärger geben würde. Dann setzte sie sich auf ihr Bett und überlegte sich eine Strategie.

Elvira hatte eine Verabredung. Sie wartete, bis alle schliefen, und schlich dann barfuß nach draußen. Als sie am Schuppen war, zog sie ihre Schuhe an, schnappte sich ihr Rad und fuhr den Waldweg Richtung Lichtenhain entlang. Den Dynamo hatte sie nicht an den Reifen gedrückt, damit die Grenzsoldaten den Lichtschein nicht entdeckten. Zu ihrem Glück schien der Mond. Es gab so dunkle Nächte, in denen sie im Wald das Gefühl hatte, blind zu sein. Um sie herum raschelte und knackte es, der Wald hielt sich nicht an die Sperrstunde. Den direkten Weg hinunter nach Spechtsbrunn konnte sie inzwischen nicht einmal mehr heimlich nehmen. Sie waren nun vom Rest der Republik durch einen zwei Meter hohen Signalzaun getrennt. Dort lag zwar nur Schwachstrom an, aber er war mit einer Alarmanlage verbunden.

Egal wie vorsichtig Elvira fuhr, das Laub unter ihren Reifen verriet sie. Erleichtert erreichte sie die Stelle, an der sich der Wald endlich lichtete. Sie stieg ab und lehnte ihr Rad an einen Baum, als plötzlich jemand aus dem Schatten heraustrat. Elvira zuckte zusammen. Es war Siggi. Er trug die rote Armbinde und war auf seiner Tour als Freiwilliger Helfer der Volkspolizei unterwegs.

»Es ist Sperrstunde, Bürgerin«, sagte er streng. »Ich muss Sie melden.«

»Du Hornochse«, flüsterte Elvira. »Du hast mich erschreckt.«

Dann küsste sie ihn auf den Mund und zog ihn ins Gebüsch.

Der Sommer verging. Jeden Tag waren Johanna und Arno mit den Kindern draußen gewesen. Nun wurden die Tage trüber, und es regnete oft. Sie saßen zusammen in der warmen Küche und aßen eingedickte Brombeeren mit Sahne, als es plötzlich ganz in der Nähe eine dumpfe Detonation gab und die Fensterscheiben wackelten. Wie erstarrt warteten sie, ob weitere Explosionen folgten. Aber sie hörten nur Befehlsschreie, dann fuhren Autos den unsichtbaren Kolonnenweg hinter den Bäumen entlang, bevor wieder Stille einkehrte. Nun wussten sie, dass auch in dem Streifen hinter ihrem Haus Bodenminen lagen.

Den Kindern erzählten sie, dass die Erde sicher nur gewackelt habe, weil ein Riese vorübergegangen sei.

Johanna las den Kindern oft aus den alten Märchenbüchern vor. Gerda schimpfte manchmal, dass sie nicht so viel von Hexen und Wölfen erzählen sollte. Aber was sollte Johanna machen? So waren die Märchen nun einmal.

»Du musst keine Angst haben, Christine«, tröstete Arno seine kleine Enkeltochter. »Wölfe gibt es nicht mehr. Und wenn so ein Riese kommt, dann brate ich dem eins mit meinen Stecken über.« Dabei fuchtelte er mit seinen Krücken herum, und Christine musste lachen.

Elvira hatte in Erfahrung gebracht, dass es ein neues Medikament gab, das alle komplizierten Verhütungsmethoden aus ihrem Aufklärungsbuch überflüssig machte. Als sie endlich achtzehn wurde, konnte sie sich diese Wunderpille besorgen, ohne ihre Eltern einweihen zu müssen. Sie hoffte nur, dass der Frauenarzt in der Poliklinik von Gräfenthal sie nicht bei ihrer Mutter verriet. Mit Siggi traf sie sich noch immer heimlich. Noch störte sich Elvira nicht daran. Im Gegenteil. Sie fand es aufregend, dass es ihr gelungen war, einen verheirateten Mann zu verführen.

In allen Spinnennetzen glitzerte gefrorener Raureif. Johanna konnte im Schlafzimmer Arnos Atem sehen. Mit jedem Tag wurde er schwächer und müder. Als er nicht einmal mehr nach Christine fragte, wusste sie, dass es schlecht stand. Johanna fing an zu beten, das hatte sie schon seit Ewigkeiten nicht mehr getan. Sie fragte sich, ob Arnos Bein schon im Himmel war oder was mit Körperteilen passierte, die nicht beerdigt, sondern von einem Hund gefressen worden waren.

Der Arzt sah nach ihm und meinte, er müsse ins Krankenhaus, aber viel könne man da auch nicht mehr machen.

Arno klammerte sich an der Bettkante fest und weigerte sich, das Hotel *Waldeshöh* zu verlassen. »Hier bin ich geboren, hier sterb ich«, sagte er und versuchte sich ein letztes Mal aufzubäumen. »Lasst mir meine Ruh!«

Er durfte bleiben.

Johanna beschloss, ihn nach unten in den Salon zu holen, der immer sein liebster Raum gewesen war. Dort machten sie ihm ein Lager und heizten den Kamin, damit ihm etwas wärmer wurde, denn er fror ständig. Johanna war froh, dass die Schandflecke an den Wänden verschwunden waren und der Raum im alten Glanz erstrahlte.

Elvira wusste nicht, wie sie mit ihrem kranken Vater umgehen sollte. Zum ersten Mal wurde ihr bewusst, dass sie in Siggi keinen Partner hatte, mit dem sie eine Sorge teilen konnte.

An einem trüben Abend im November ging Werner noch einmal nach unten zu seinem Vater, um ihm eine gute Nacht zu wünschen. Er zeigte ihm die Taschenuhr. »Siehst du, Vati? Ich hab sie immer noch.«

Arno lächelte und drückte Werners Hand, so fest er konnte.

Johanna holte das Akkordeon und spielte ihm das Rennsteig-Lied vor.

Christine rannte nach unten, weil sie Durst hatte. Sie lief auf dem Rückweg von der Küche noch einmal zu ihrem Großvater und gab ihm einen nassen Kuss.

Johanna kroch zu Arno unter die Decke. Zusammen lagen sie vor dem Kamin und betrachteten die Schatten, die das Feuer an den Stuckleisten warf.

Er erinnerte sich daran, wie er vor vielen Jahren als kleiner Junge schon einmal so vor dem Kamin gelegen hatte. Aber dann war seine Mutter gekommen und hatte geschimpft, dass er die Hotelgäste störe. Wie damals wollte er auch in diesem Moment schnell aufspringen und rauslaufen, aber inzwischen hatte er ja nur noch ein Bein.

»Ich muss dir etwas sagen«, flüsterte Arno.

»Streng dich nicht so an, mein Guter, schlaf lieber ein bisschen und ruh dich aus«, sagte Johanna leise.

Aber Arno musste es endlich sagen: »Der Unfall damals, mit meinem Bein. Das war kein Unfall.«

Johanna schwieg für einen Moment. Dann streichelte sie sein Gesicht, sah ihm in die Augen und flüsterte: »Ich weiß. Und ich liebe dich trotzdem, Arno. Danke, dass du so lange für mich durchgehalten hast.«

25
Die Aussätzigen

Neo lief mit Anni Dressel auf einem kleinen Sportplatz in Neustadt bei Coburg Runde um Runde. Sie trainierten für den Rennsteiglauf der Jugend. Beide waren noch nie einen Marathon gelaufen, und nun übten sie sich darin durchzuhalten. Sie drehten entgegengesetzte Runden, damit jeder seinen eigenen Rhythmus entwickeln konnte. Außerdem begegneten sie einander so immer wieder auf der Bahn. Dann fing Neo jedes Mal ein vorüberhuschendes Detail von Anni ein, eine Sehne am Hals, eine schweißnasse Haarsträhne, eine Muskelbewegung unter dem Hemd. Solange sie liefen, hatte er nur ein Ziel: durchhalten bis zur nächsten Begegnung.

Milla hatte Neo zum Sportplatz gefahren und beobachtete die beiden. Die Fragmente dieses fremden Lebens, in das sie zufällig hineingerutscht waren, verdichteten sich immer mehr zu einem komplexen Bild. Es fühlte sich an, als wären sie und Neo die noch fehlenden Puzzleteile darin.

Als sie merkte, dass die beiden Läufer vollständig auf sich selbst konzentriert waren, ging sie. Sie würde Neo am Abend wieder bei Anni abholen.

In der Zwischenzeit hatte sie etwas anderes vor.

Sie fuhren zusammen nach Wolfen. Andreas saß hinterm Steuer, Christine und Milla hatten sich auf die Rückbank gesetzt. Lux, der Hund von Andreas, lag hinten im Kofferraum.

Milla lehnte ihren Kopf an die Seitenscheibe. Die Landschaft veränderte sich rapide. Erst gab es keine Berge mehr, dann keinen Wald, dann kamen die Kaliwerke, schließlich ging es nur noch auf der Autobahn A9 weiter, und es gab nicht mehr allzu viel zu sehen.

Sie holte ihr Telefon heraus und suchte nach den Notizen. Während der Fahrt wollten sie die Liste der Zeugen durchgehen. Bisher stand nur ein einziger Name darauf: Siggi.

»Gut«, sagte Milla unternehmungslustig. »Fangen wir mit Siggi an.«

»Ich weiß nicht, ob wir mit dem sprechen sollten«, zweifelte Christine. »Tante Elvira befürchtet, er könnte uns verklagen, weil wir gesagt haben, dass er der Denunziant war.«

»Der wird sowieso nichts zugeben«, kam ein brummiger Kommentar von vorn.

Alle in Spechtsbrunn hatten gewusst, dass Siggi für die Staatssicherheit arbeitete. Und dass er auf die Dressels angesetzt gewesen war, stand außer Frage. Was genau er allerdings berichtet hatte, wusste niemand. Das stand in den Akten, die unauffindbar waren.

Christine beugte sich ein wenig vor zu ihrem Bruder. »Wir haben den Siggi in Wolfen vermisst, weißt du noch, Andi?«

»Wir haben alles von davor vermisst«, knurrte Andreas.

Aus dem Kofferraum ertönte ebenfalls ein kurzes Knurren, wie ein Echo.

Christine lehnte sich wieder zurück. Sie erzählte Milla, wann sie angefangen hatten, Siggi zu misstrauen.

Die Erste, die ihn verdächtigt hatte, war Elvira gewesen. Sie fand es merkwürdig, dass sie niemals wieder etwas von ihm gehört hatten. Dabei war er im Hotel *Waldeshöh* ständig ein und aus gegangen und bei jeder Familienfeier eingeladen gewesen. Es kam von ihm kein Brief, keine Geburtstagskarte, nichts. Später erfuhren sie zwar, dass den Zurückgebliebenen die Kontaktaufnahme untersagt worden war, aber einer wie Siggi fand immer Wege.

»Der Siggi hat sicher nicht damit gerechnet, dass es mal andersrum kommt und er sich mit den falschen Leuten gutgestellt hat«, sagte Christine nachdenklich.

Nach der Wende hatte ihr Vater versucht, mit seinem alten Freund zu reden. Er wollte nur die Wahrheit wissen. Aber Siggi verbarrikadierte sich in seinem Haus und ließ Werner draußen stehen. Da half alles Schreien und Türhämmern nicht. Irgendwann wurde Werner müde und ging. Er kehrte nie wieder nach Spechtsbrunn zurück. Siggi war für ihn gestorben.

»Weißt du«, sagte Christine zu Milla, »mein Vater war ein herzensguter Mensch. Dem hätte schon eine Entschuldigung genügt. Der hätte dem Siggi alles verziehen. Aber da kam nichts. Das hat ihm einen Knacks gegeben.«

»Ja«, kam es lapidar von vorn. »Da hatten die Eltern dann alle beide einen.«

»Vielleicht ist es besser, wir heben diesen Siggi für den Schluss auf«, überlegte Milla, »wenn alle anderen Befragungen nichts bringen. Wie alt ist er denn?«

»Er ist mit unserem Papa in eine Klasse gegangen«, sagte Christine. »Dann müsste er jetzt zweiundachtzig sein.«

»Hoffentlich hält er noch eine Weile durch«, sagte Milla. »Falls wir ihn tatsächlich brauchen.«

»Keine Sorge. So einer hat das ewige Leben«, brummte Andreas.

Sie nahmen die Abfahrt Bitterfeld/Wolfen. Grüne Wiesen, ein paar Bäume, klare, kalte Luft und locker gruppierte Neubaublocks in frischen Farben.

In Christines Kopf legte sich die Folie der Vergangenheit über das moderne Bild. Es war wie in diesen Büchern, die man in den Andenkenläden antiker Städte kaufen konnte. Wolfen-Nord war wieder so, wie sie es zum ersten Mal gesehen hatte.

Christine hatte vorher nicht gewusst, dass es einen Ort gab, an dem die Erde überall flach war. Es gab keine Bäume, nur Schornsteine ragten in den Himmel, die unablässig Qualm produzierten, der die Sonne verdeckte. Vom Chemiekombinat Bitterfeld wehte ein beißender Geruch herüber. Und dann dieses Heer von Neubaublöcken im schlammigen Acker mit Trittbrettern, damit man nicht versank, ohne Wiesen, ohne einen Zipfel Grün. Die Luft war voller Rußpartikel gewesen. Als sie die Nase geputzt hatte, um die Tränen loszuwerden, war das Taschentuch ganz schwarz geworden.

Das Auto hielt vor einem breitgezogenen Plattenbau. Es war dasselbe Haus, in dem die Dressels damals gewohnt hatten, aber es wirkte vollkommen anders. Die Blöcke davor und daneben fehlten, sie waren abgerissen und durch Grünflächen ersetzt worden.

Als sie das Haus betraten, erkannte Christine die alten Betonwände wieder. Die bunten Farben darauf konnten die wulstigen Nähte der aneinanderstoßenden Platten nicht verdecken.

Milla wollte zum Fahrstuhl gehen, aber Christine wandte sich der Treppe zu. »Komm schon, jeder Schritt zählt.«

»In den Achten? Ich denk ja nicht dran«, begehrte Milla auf und wartete lieber mit Andreas auf den Fahrstuhl.

»Komm, Lux, wir laufen«, lockte Christine den Schäferhund, um Gesellschaft zu haben.

Es fiel ihr schwer, diese Wohnung zu betreten. Schon deshalb kam ihr die Verzögerung durch das Treppensteigen recht. Die kleine Industriestadt, das Haus, die Wohnung, nichts davon war jemals ihr Zuhause geworden.

Christine stieg langsam die alten Terrazzostufen nach oben und hielt sich an dem dünnen Metallgeländer fest, an dem sie sich früher im Winter immer elektrische Schläge eingefangen hatte. Sie hörte den Fahrstuhl an sich vorbeisurren, einen Moment später gingen oben die Türen auf.

»Ich versteh nicht, wie du hierbleiben konntest«, dröhnte Andreas' Bass von oben.

Der Hund machte sich los und rannte hinauf zu seinem Herrchen.

»Ich freu mich auch, dich zu sehen«, hallte Violas helle Stimme durchs Treppenhaus.

Als Christine keuchend und mit beschleunigtem Puls oben ankam, stand die Tür offen. Ihr Schwager begrüßte sie kurz mit einem flüchtigen Kuss auf die Wange und zog sich dann zurück, um die Familienbesprechung nicht zu stören.

Viola umarmte ihre Schwester und bemerkte vorwurfsvoll: »Das wurde wirklich Zeit. Ihr wart seit Jahren nicht mehr bei mir.«

Sie hatte Plätzchen gebacken und schenkte Kaffee ein. Der Hund lag schon neben dem Sofa und döste vor sich hin. Er hatte Frieden mit Milla geschlossen und ließ sich von ihr sogar die Ohren kraulen.

Milla lobte das Gebäck, aber Viola winkte ab. »Die Plätzchen schmecken nicht so wie sie sollten. Oder, Christine? Ich hab das alte Rezept, aber die werden irgendwie anders. Ob es jetzt anderes Mehl gibt? Ich finde, der Zucker ist heute feinkörniger.«

Christine knabberte prüfend an dem Keks herum. »Ich glaub, es sind einfach die Hände von der Oma, die da fehlen. Ich bekomm sie auch nicht hin.«

Viola war schon über das Wichtigste informiert und wusste, dass sie selbst Beweise und Zeugen auftreiben mussten.

Sie guckte auf Millas Liste und sagte: »Von Siggi erfahren wir nichts. Also wenn euch sonst keiner einfällt … Ich war doch noch viel kleiner, und wie wir inzwischen wissen zu dumm, um mir irgendwas merken zu können.«

Christine legte die Hand auf Violas Arm. »Das ist nicht wahr«, sagte sie. »Vielleicht gibt es hier jemanden im Wohngebiet, der noch etwas weiß?«

»Das ist dann nur Hörensagen. Die waren schließlich nicht dabei«, warf Milla zweifelnd ein.

»Ha!«, machte Andreas wütend. Lux hob beunruhigt den Kopf. »Dabei waren nur die Schweine, die uns alles leer geräumt haben.«

»Andi«, wies ihn seine große Schwester zurecht. »Die haben sich das auch nicht ausgesucht. Und die den Befehl erteilt haben, waren ganz sicher nicht da.«

»Andere Zeugen gibt es aber nicht. Die haben uns doch im abgedeckten Lkw weggefahren«, gab Andreas zurück.

Viola bekam einen merkwürdigen Blick. »Sagt mal, wir mussten doch immer an der Stelle raus aus dem Wald, wo der Schlagbaum war und die Grenzkompanie. Und vorher ging es durch ein Dorf.«

»Lichtenhain«, bestätigte Christine.

»Als sie uns abgeholt haben … Ich weiß noch, wie die aus dem Dorf uns alle angestarrt haben«, sagte Viola. »Als wären wir Verbrecher.«

»Du hast recht«, rief Christine aufgeregt. »Erst dann hat der Leutnant die Plane runtergelassen, und erst danach war es dunkel da drin.«

Milla machte eine Notiz in ihrem Telefon.

»Dann müssen wir nach Lichtenhain und die Bewohner befragen. Fallen euch konkrete Namen ein?«

Alle drei verneinten. Ihre Eltern hatten dort entfernte Verwandte gehabt, aber die lebten nicht mehr. Lichtenhain hatten sie immer nur gezwungenermaßen durchquert.

»Aber es ist ein Anfang«, versicherte Milla zuversichtlich.

Kurz darauf musste der Hund nach draußen, und sie beschlossen, einen kleinen Spaziergang zu machen. Sie liefen die Betonwege entlang, die nun von jungen Baumreihen gesäumt waren. Ein altes Ehepaar kam ihnen entgegen und grüßte freundlich.

Christine starrte ihnen nach. »Seit wann grüßen die?«

»Schon immer«, behauptete Viola. »Die sind nett. Die wohnen doch unten im Haus bei uns.«

Christine flüsterte Milla zu: »Die haben früher eben nicht gegrüßt. Kaum jemand hat uns gegrüßt hier. Die haben alle runtergeguckt und waren froh, wenn sie nichts mit uns zu tun hatten.«

Lux lief auf einen Hund zu, der zu einer alten Dame gehörte. Auch sie grüßte freundlich.

Milla guckte Christine an, die schüttelte mit dem Kopf. Sie hatte früher ihre freundlichen Grüße ebenfalls nie erwidert.

»Darf ich Sie etwas fragen?«, begann Milla ein Gespräch.

Die Dame nickte leutselig.

»Können Sie sich noch an die Zeit erinnern, als die Dressels hergekommen sind?«, fragte Milla.

»Natürlich«, antwortete die Dame nach einer kurzen überraschten Pause.

»Können Sie mir sagen, warum Sie Angst vor den Dressels hatten?«

Christine sah Milla erstaunt an. So hatte sie die Sache noch nie gesehen.

»Na … weil das doch die Verbrecher waren, aus dem Grenzland«, kam die zögernde Antwort.

Christine verschlug es die Sprache.

Andreas polterte los: »Wir waren doch keine Verbrecher! Unsere Eltern waren anständige Leute!«

Viola stieß ihren Bruder in die Seite, damit er sich mäßigte. Sie wollte es sich mit ihrer Nachbarin nicht verscherzen.

Die Frau wackelte bedächtig mit dem Kopf.

»Aber so ist es uns erzählt worden. Ein bisschen Dreck am Stecken hatten sie bestimmt, sonst wären sie ja nicht weggebracht worden.«

»Und das glauben Sie wirklich?«, fragte Milla erschüttert. »Heute noch?«

»Aber die Kinder konnten ja nichts dafür«, beteuerte die Dame mit einem freundlichen Blick auf Viola. »Und jetzt ist ja auch alles anders und schon lange vergessen.«

»Nein«, sagte Milla. »Es ist nicht vergessen. Nicht für die Dressels. Die werden es nie vergessen können.«

»Lass gut sein«, sagte Christine halblaut. »Viola wohnt hier, und sie will sich ganz sicher nicht mit ihren Nachbarn anlegen.«

Viola sah ihre Schwester dankbar an, bückte sich zu dem kleinen Hund, wuschelte ihm durchs Fell und wünschte noch einen schönen Tag.

»Mach das nie wieder«, zischte sie Milla zu, als die Dame weitergegangen war.

Milla regte sich auf: »Aber man muss es doch mal richtigstellen! Habt ihr damals denn nicht erzählt, was wirklich passiert ist?«

»Das durften wir nicht«, erklärte Christine. »Es war uns streng verboten, über die Deportation zu sprechen. Wir mussten alle schweigen, sonst wären unsere Eltern verhaftet worden.«

»Deshalb hat unsere Mutter danach fast gar nicht mehr geredet, aus Angst, was Falsches zu sagen«, ergänzte Andreas.

Christine nickte. »Unsere Oma, die Eltern und Tante Elvira. Das waren die Einzigen, denen wir trauen konnten.«

»Wir haben nur in der Familie darüber geredet«, bestätigte Andreas.

»Und zwar ständig«, warf Viola ein und verdrehte die Augen.

»Ich kann das nicht glauben!«, sagte Milla fassungslos.

»So schlimm war es gar nicht«, begehrte Viola auf. »Wenigstens war es hier nicht so einsam wie oben in *Dressels Forst*.«

»Du hattest auch Freundinnen, Viola«, sagte Christine. »Deine Schuleinführung war hier. Für uns war es anders.« Sie hatte sich in ihrem ganzen Leben nie einsamer gefühlt als in diesem riesigen Hochhaus mit seinen Hunderten von Bewohnern.

Christine dachte an ihren ersten Schultag in Wolfen. Sie hatte sich in der neuen Klasse vorstellen müssen. Als sie ihren Namen sagte, waren alle über ihren fränkischen Dialekt und das rollende R in großes Gelächter ausgebrochen. Die Lehrerin hatte gesagt: »Ich glaube, hier muss jemand erst einmal richtig sprechen lernen. Hier kannst du nicht so faul sein wie bei euch im Wald.«

Alle hatten sie mit diesem Blick angesehen, der zwischen Furcht und Verachtung pendelte. Es waren die wildesten Gerüchte über die Dressels in Umlauf gebracht worden. Ihre Eltern sollten Saboteure sein oder Arbeitsscheue oder Fluchtwillige oder alles zusammen. Nur deshalb seien sie hier gelandet.

Bis zu ihrem Abschluss in der zehnten Klasse fand Christine keine Freundin, und danach wollte sie keine mehr. Jeden Schultag sehnte sie die große Pause herbei und suchte nach ihrem Bruder, der meistens in eine Rangelei zur Verteidigung seiner Ehre verwickelt war. Sie schmiedeten zusammen Pläne, wie sie weglaufen und sich zum Hotel *Waldeshöh* durchschlagen würden. Dort wollten sie dann wie Robinson Crusoe leben. Dass es ihr *Waldeshöh* nicht mehr gab, hatten sie damals nicht einmal geahnt.

Viola hakte sich bei ihrer Schwester unter. Sie war glücklich, sie endlich hier bei sich zu haben. Nach ihrer Ankunft danach in Wolfen war es Christine gewesen, die dafür gesorgt hatte, dass am Morgen immer frisch gewaschene Sachen über Violas Stuhl lagen, dass sie Schnitten und Apfelstückchen in ihrer Brotbüchse fand, die Groschen für die Schulmilch in der Federmappe lagen und ihre Hausaufgaben kontrolliert wurden.

Sie gingen zurück zum Wohnblock und überquerten einen Wäscheplatz.

»Ich habe eine merkwürdige Erinnerung«, setzte Viola zögernd an.

Christine blieb stehen und wartete. Milla lief Andreas hinterher, der einen Stock für Lux warf.

Viola zeigte auf ein paar Metallstangen und fragte ihre große Schwester: »Hier haben wir auch früher unsere Wäsche aufgehängt, weißt du noch?«

Christine nickte. »Ich hab vorher immer den Finger abgeleckt und die Windrichtung geprüft. Dann wussten wir, ob die Rußwolken von Bitterfeld rüberwehen würden.«

»Jedenfalls hatte an dieser Stange mal jemand seine Wäscheleine vergessen«, fuhr Viola fort. »So eine grüne mit Plastikummantelung, weißt du? Die war nicht mehr straff gespannt und hing in der Mitte tief durch, und das Ende baumelte im Wind. Ich wollte Mama beim Wäscheaufhängen erzählen, was wir in der Schule gelernt hatten, und sie hat immer nur ›Pscht‹ gemacht und auf die Leine gezeigt.«

Die Schwestern schwiegen. Dann sagte Christine langsam: »Das hast du mir nie erzählt.«

»Weil ich mich für sie geschämt hab. Und ich dachte, das glaubt mir doch keiner. Meine Mutter fürchtet sich vor einer dämlichen Wäscheleine.«

»Sie war davon überzeugt, dass wir abgehört werden«, sagte Christine, mehr zu sich selbst. »Sie wird geglaubt haben, die Schnur ist die Leitung zur Obrigkeit.«

»Weißt du, als Kind hab ich immer gedacht, sie hat einen Knall.«

»So was darfst du nicht sagen, Viola. Sie hatte einfach Angst!«

»Meinst du, ich werd auch irgendwann verrückt?«, fragte Viola.

Christine nahm das Gesicht ihrer Schwester in die Hände. »Sie war nicht verrückt. Und du bist viel stärker als sie.« Viola schüttelte zweifelnd den Kopf, aber Christine hielt sie weiter fest und ließ die Bewegung nicht zu. »Und du hast mich, Viola. Ich bin sicher, mit einer Schwester wär für sie alles anders gekommen.«

Viola lachte und versuchte sich loszumachen. »Du glaubst also im Ernst, eine Schwester bewahrt einen vorm Verrücktwerden?«

Christine hielt sie noch immer ganz fest und nickte. »Davon bin ich überzeugt.«

Sie hatten alles besprochen und machten sich bereit für die Heimfahrt. Gerade als sie wieder ins Auto steigen wollten, kam eine kräftige Frau aus dem Haus. Sie sah unschlüssig zu ihnen hin, dann huschte sie über die Straße.

»Christine?«, fragte sie. »Kennst du mich noch?«

Christine schüttelte den Kopf.

»Wir sind in eine Klasse gegangen, weißt du nicht mehr? Viola hat mir erzählt, dass du herkommst. Ich hab euch von oben beobachtet.«

Christine wartete ab.

»Ich hab deine Federmappe aus dem Fenster geworfen«, erklärte die Frau. »Ich hab dir einen Zettel mit dem Wort *Assi* auf den Rücken geklebt. Und ich hab dich im Klo eingeschlossen.«

»Ich erinnere mich«, sagte Christine nun kühl.

»Am ersten Schultag nach den Sommerferien, bevor du in unsere Klasse gekommen bist, hatten wir eine große Belehrung. Direktor, Klassenlehrer und noch irgendjemand, den wir nicht kannten. Die haben gesagt, wer mit dir spricht, dem geht es genauso wie euch, der wird abgeholt und weggebracht.«

Christine sah der Frau in die Augen, sagte aber immer noch nichts.

Sie fuhr fort: »Ich bin gelobt worden für das, was ich mit dir gemacht hab. Du musst wissen, sonst wurde ich nie gelobt.«

Christine stand wie erstarrt da.

Nach kurzem Zögern sagte die Frau: »Warum ich eigentlich zu dir runtergekommen bin … Ich wollte dich aufrichtig um Entschuldigung dafür bitten.« Und weil Christine noch immer nichts sagte, fügte sie hinzu: »Ich weiß nicht, warum ich da mitgemacht hab. Ich war eine blöde Kuh. Eine andere Erklärung hab ich nicht.«

Christine erwiderte nichts und setzte sich einfach ins Auto.

Die Frau wollte gehen, aber Milla hielt sie auf. »Wir suchen im Moment Zeugen für die Repressalien gegen die Dressels. Wären Sie bereit, das, was Sie gerade erzählt haben, in einer eidesstattlichen Erklärung aufzuschreiben? Nur für den Fall, dass wir es brauchen?«

Die Frau zögerte. Sie begann sich sichtlich unwohl zu fühlen.

Milla erklärte: »Mir geht es eigentlich nur um die Belehrung, die Sie erwähnt haben. Ich hätte auch gern die Namen des Lehrers und des Direktors. Mehr brauche ich gar nicht.«

»Ich weiß nicht, ob das richtig ist«, sagte die Frau nach einigem Nachdenken schließlich verlegen.

»Es geht hier nicht um eine Bestrafung. Wir wollen nur die Rückübertragung des Besitzes der Familie Dressel erreichen«, erklärte Milla.

Die Nachbarin zögerte noch immer, versprach dann aber doch zu helfen. Milla notierte sich ihren vollen Namen und ihre Telefonnummer.

Aufgekratzt stieg sie zu den anderen ins Auto. Sie waren ein Stück vorangekommen. Sie würden eine neue eidesstattliche Erklärung bekommen, und sie hatten ein ganzes Dorf auf ihrer Zeugenliste.

Als Milla zu Christine sah, bemerkte sie erschrocken, dass ihr die Tränen nur so herunterliefen.

»Christine, was ist los? Wir haben ihr zu viel zugemutet, Andreas!«

»Wir?«, wehrte sich Andreas empört. »Du bist diejenige, die ohne Rücksicht auf Verluste durch unser Leben trampelt.«

Christine winkte ab. »Ist schon gut«, sagte sie verlegen und zog die Nase hoch. »Es ist einfach nur … Das ist jetzt vierzig Jahre her. Und ich habe heute zum ersten Mal von jemandem eine Entschuldigung bekommen.«

26
Und geh nicht vom Wege ab

26. März 1970 – Draußen vor dem Hotel *Waldeshöh* war es sternenklar, und der Schnee erhellte die Nacht. Wenn ein Windstoß durch die Zweige der Fichten ging, brachen verharschte Brocken ab und schlitterten zu Boden.

Ein spitzes Bellen zerteilte die Stille der Nacht. Der Waldstreifen hinter dem Hotel wurde von Hunden an langen Laufleinen bewacht. Ununterbrochen trotteten sie ihre Segmente auf und ab. Es gab für sie keine andere Beschäftigung, bei Hitze keinen Schatten und im Winter keine Wärme. Sie bekamen wenig zu fressen, damit sie richtig scharf wurden.

Als sich die Hunde wieder beruhigt hatten, schrillte in der Dachetage der Wecker. Werner zog sich das Kissen über den Kopf, Gerda schoss in die Höhe. Sie ging hinüber ins Kinderzimmer und knipste das grelle Deckenlicht an. Christine kniff die Augen zusammen und stieg aus ihrem Bett. Andreas schlief einfach weiter. Unten in der Küche hantierte schon Johanna herum. Der Duft nach Malzkaffee durchzog das Hotel.

»Aufstehen, Andi«, rief Christine und rüttelte ihren Bruder wach. »Husch, husch, wir kommen sonst zu spät.«

Christine war gerade sieben geworden und ging voller Stolz in die erste Klasse. Andreas war vier und besuchte den Kindergarten.

Johanna war nach Arnos Tod nicht so am Boden zerstört gewesen, wie es alle erwartet hatten, im Gegenteil. Sie war von einer merkwürdigen Heiterkeit erfüllt, sodass sich Werner manchmal fragte, ob sie vielleicht einen Knacks bekommen hätte.

Aber Johanna zog Kraft aus der Tatsache, dass ihr mit Arno so viele kostbare Jahre geblieben waren. Schon dass er den Krieg überlebt hatte, war ein Wunder gewesen und ein weiteres, dass er aus der Gefangenschaft zurückgekehrt war. Und wenn Werner nicht gewesen wäre, wenn er an jenem Tag nicht entgegen ihrer Anweisung seinen Vater hätte abholen wollen, dann wäre Arno schon sechzehn Jahre früher gestorben, verbittert, abgestumpft, von eigener Hand. Voller Dankbarkeit dachte sie an jeden einzelnen geschenkten Tag, an diesen letzten Sommer mit Christine und dem kleinen Andreas und daran, dass sie noch hatte Abschied nehmen dürfen und am Ende nichts zwischen ihnen gestanden hatte. Außerdem war Johanna der festen Überzeugung, dass sie in Kürze wieder mit Arno zusammen sein würde, schließlich war Gerda hochschwanger.

Arno lag in Spechtsbrunn begraben, neben seiner Mutter. Aber Johanna brauchte keinen Friedhof, um sich an Arno oder die alte Frau Dressel zu erinnern. Sie waren doch ohnehin noch hier oben im Hotel *Waldeshöh* und erfüllten die Räume. Manchmal glaubte Johanna, das Klacken von Arnos Stöcken auf den Steinfliesen zu hören.

Auf dem großen Tisch in der Küche standen Teller mit Marmeladenbroten, und der Malzkaffee wartete unter der Wärmehaube.

»Vergiss nicht, Christine, heut ist Mittwoch«, ermahnte Gerda ihre Tochter.

Christine rannte noch einmal nach oben und nahm dabei zwei Stufen auf einmal. Sie holte ihr blaues Halstuch aus dem Schrank. Mittwoch war immer Pioniernachmittag. Im Herbst war sie feierlich in die Pionierorganisation aufgenommen worden. Nur ein einziges Kind aus ihrer Schule war auf Wunsch seiner strenggläubigen Eltern kein Pionier geworden. Beim Fahnenappell musste der Junge nach vorn kommen. Vor der versammelten Schulmannschaft wurde festgestellt, dass dieses Kind dem Sozialismus im Weg stehe. In diesem Moment war Christine ihren Eltern unendlich dankbar, dass sie mit dazugehören durfte. Abgesehen davon fand sie das blaue Halstuch zu der weißen Bluse sehr schick, und sie liebte die Bastelstunden. Etwas anderes unternahmen sie sowieso nie an den Pioniernachmittagen.

In Spechtsbrunn gab es inzwischen eine Zweigstelle des Röhrenwerks, in der Gerda nun arbeitete. Damit lag nun alles nah beieinander, der Kindergarten, die Haltestelle für den Schulbus, die HO, das Amt, die Arztsprechstunde und nun auch ihre Arbeitsstelle.

Christine wusste gar nicht, dass es jemals einen kurzen Weg nach Spechtsbrunn gegeben hatte, den noch ihr Vater und ihr Großvater genommen hatten, als sie klein gewesen waren. Sie liebte den langen Waldweg über Lichtenhain im Schatten der Höhkuppe. In dieser Zeit konnte sie noch ein wenig vor sich hin träumen. Sie trug Wollhandschuhe, Mütze und Schal, und obwohl sie zunächst immer fror, wenn sie aus dem Haus traten, wurde ihr nach ein paar Metern herrlich warm. Manchmal blieb Christine stehen, um einen Schneeball zu formen und gegen einen Baumstamm zu werfen. Dann wurde sie von ihrer Mutter angetrieben, die den Schlitten zog, auf dem Andreas saß. Der Bus wartete nicht.

Mittags holte Johanna immer ihre Enkeltochter von der Schule ab, damit sie nicht in den Hort gehen musste. Auf dem Heimweg kauften sie zusammen in der HO ein. Dort gab es inzwischen alles: Mehl, Zucker, Eier, Butter, Kartoffeln und Schreibwaren. Johanna hatte immer einen Rucksack dabei, damit sie ihre Einkäufe transportieren konnte. Als sie sich an der Kasse anstellten, sah sie, dass neue Wanderkarten vom Rennsteiggebiet verkauft wurden. Im Hotel *Waldeshöh* lagen nur alte Karten aus der Vorkriegszeit. Johanna dachte, es wäre sicher gut, eine neue zu haben, falls Wandergäste kamen.

Als sie zu Hause die Karte auseinanderfaltete und Christine zeigen wollte, wo ihr Haus lag, stellte sie fest, dass das letzte Stück des Wanderwegs fehlte. Die Karte war abgeschnitten, als würde die Welt kurz hinter Ernstthal enden.

»Die Karte ist kaputt«, sagte sie zu Christine. »Aber die reparieren wir.«

Sie holte ein Blatt Papier und klebte es mit einem Streifen Heftpflaster an die Karte. Dann pauste sie von der alten Wanderkarte die Orte ab, die fehlten, verlängerte den Rennsteig und zeichnete auch die Grenze ein.

Man musste doch wissen, wo sie lag. Wie sollten sich Wanderer sonst von ihr fernhalten?

Zum Schluss durfte Christine an der Stelle, die Johanna ihr zeigte, *Hotel Waldeshöh* hinschreiben.

»Die haben wir gut repariert«, fand Christine, und Johanna stimmte ihr zu.

Als Gerda mit Andreas heimkam, zeigte Christine stolz die Karte.

»Du bist wohl nicht gescheit, Mutti!«, schimpfte Gerda. »Wenn das einer sieht! Du hast den Rennsteig ja bis in den Westen verlängert! Wie kannst du mit dem Kind so einen gefährlichen Unsinn machen? Die Christine erzählt in der Schule doch alles.«

Aber das stimmte nicht, denn Christine hatte mit ihren sieben Jahren sehr wohl begriffen, dass es zwei Welten gab. Die eine war zu Hause im Hotel *Waldeshöh*, hinter dem Zaun. Dort durfte sie alles sagen, und sie brauchten auch die Haustür nicht abzuschließen, weil ja keiner vorbeikommen konnte. Und dann gab es die Welt da draußen, vor dem Zaun. Dort musste sie aufpassen, was sie erzählte. Dort schwindelte sogar ihre Oma, wenn sie am Kontrollpunkt gefragt wurde, ob sie im Wald jemanden gesehen hätten. Christine war klar, dass sie vor allem nicht erzählen durfte, wenn sie am Sonntag wieder *Flipper* geguckt hatten. Das wusste sogar schon Andreas, und der wusste sonst nicht viel.

Die Dressels besaßen jetzt nämlich einen Fernseher, und damit guckten sie nicht nur die *Aktuelle Kamera* und *Das Sandmännchen* im DDR-Fernsehen. Die Antenne hatte Werner auf dem Dachboden aufgestellt, damit man von außen nicht sehen konnte, wohin sie ausgerichtet war. Weil man sich erzählte, dass die Bewohner von Christiansgrün damals wegen Westfernsehens verhaftet und weggebracht worden waren, stellte Werner noch eine zweite Antenne außen aufs Dach. Die war nach Osten ausgerichtet und hatte keinerlei Verbindung zum Fernseher.

Eines Abends, sie saßen gerade beim Essen, ging die Hausglocke, und alle sahen sich verwundert an. Zu ihnen kam nur Siggi mit der Post, und der klingelte nie.

Johanna ging nach draußen und schaute nach. Vor der Tür stand ein Mann in einem schlecht sitzenden grauen Anzug, der behauptete, er wäre vom Rat des Kreises, von der Abteilung Innere Angelegenheiten. Er fragte nach dem Hausbesitzer.

Johanna war so verblüfft, dass sie gleich zugab: »Ja, ich bin das, worum geht es denn?«

»Um Ihre Sicherheit«, sagte er und bewegte dabei kaum die Lippen.

Dann erklärte er ihr sehr überzeugend, wie gefährlich es für sie hier an der Grenze war, gerade mit den Kindern, und wo die Schwiegertochter schon wieder in anderen Umständen sei. Sie bekämen eine hübsche Wohnung anderswo, mit einer echten Wasserleitung statt ihrer alten Pumpe im Keller.

Johanna sagte höflich: »Vielen Dank, aber wir gehn hier nicht weg. Das ist unsere Heimat.«

»Ich mache mir ja nur Sorgen um Sie«, behauptete der Mann. »So allein hier im Wald. Was da alles passieren kann.«

»Ich fühle mich sehr sicher hier«, beteuerte Johanna.

»Denken Sie noch mal drüber nach. Ich komme wieder.« Damit ging er.

Johanna setzte sich wieder an den Esstisch und erzählte von diesem merkwürdigen Gespräch.

»Kanntest du den?«, fragte Werner beunruhigt.

Johanna schüttelte den Kopf.

Plötzlich fragte Gerda: »Woher wusste der, dass ich in anderen Umständen bin? Und woher, dass wir im Keller den Brunnen haben?«

Sie schwiegen eine Weile. Ein beklemmendes Gefühl breitete sich aus. Dann sagte Werner: »Macht euch mal keine Gedanken. Die allein stehenden Häuser haben hier alle eine Pumpe im Keller. Und vielleicht hat der dich vorhin gesehen, Gerda, die Tür war ja offen.«

Alle waren erleichtert, dass Werner eine harmlose Erklärung gefunden hatte.

»Er hat ja eigentlich auch nur höflich gefragt und uns eine andere Wohnung angeboten«, sagte Johanna. »Ich hab abgelehnt, und damit ist die Sache wohl erledigt.«

Das Tauwetter setzte ein. Zaghaft zeigte sich frisches Grün im Unterholz. Die ersten Finger des Farns schoben sich aus dem Laub vom Vorjahr heraus. Bald würden sie ihre Spiralen entrollen und die dunkelgrünen Blattfächer entfalten.

Johanna hatte alte Brotreste gesammelt und im Ofen getrocknet. Die wollte sie zusammen mit Christine zur Futterkrippe in der Nähe bringen. Das machten sie immer in der kalten Jahreszeit und beobachteten dann vom Fenster aus die Rehe, die zur Krippe gingen.

Sie lief mit Christine die zugewachsenen Wege, die keiner mehr außer ihnen und dem Wild benutzte. Johanna zeigte ihr, wo der Rennsteig entlangführte, damit es noch jemand wusste, wenn sie nicht mehr da sein würde. Sie nahmen den kleinen Trampelpfad. Christine rannte voraus. Plötzlich schlug sie der Länge nach hin und brach in Tränen aus. Johanna dachte, sie wäre nur ins weiche Gras gefallen, aber Christine blutete. Quer über den rechten Knöchel lief ein scharfer Schnitt.

Dann entdeckte Johanna den straff gespannten Stolperdraht.

Um die Kleine nicht zu beunruhigen, nahm ihre Großmutter sie auf den Arm, als sie über den Draht stieg, und sie gingen weiter, als wäre nichts passiert.

Abends besprach Johanna den Vorfall mit den anderen.

»Ob das Wilderer waren?«, fragte Gerda naiv.

Elvira winkte ab. »Mit einem Stolperdraht fängt man doch kein Wild.«

»Hier sind auch schon lang keine Wilderer mehr. Sie kommen ja gar nicht rein in die 500-Meter-Zone«, sagte Werner.

»Das war genau auf dem kleinen Trampelpfad, den wir immer zur Futterkrippe nehmen«, beschrieb Johanna die Stelle.

Sie schwiegen. Keiner wagte auszusprechen, was alle dachten. Die Falle war für die Dressels aufgestellt worden.

»Ich denke, es ist besser, wenn wir in Zukunft wirklich nur die Hauptwege benutzen«, schlug Werner vor, und die Frauen gaben ihm recht.

Am folgenden Abend las Johanna den Kindern aus dem alten Märchenbuch die Geschichte von Rotkäppchen vor.

Als sie geendet hatte, fragte Christine: »Ist das Märchen wahr?«

»In allen Märchen steckt etwas Wahres«, versicherte Johanna. »Auch wir dürfen nicht vom Weg abgehen und in den tiefen Wald hinein.«

Christine nickte. Sie nahm sich vor, niemals den breiten Wanderweg zu verlassen, ganz egal, was für hübsche Blumen lockten.

»Wenn wir uns nach den Regeln richten, dann sind wir sicher«, sagte ihre Großmutter und strich ihr übers Haar.

»Ich will schon alles recht machen«, beteuerte Christine.

Werner, der an der Tür gelauscht hatte, rügte nachher seine Mutter. »Was erzählst du den Kindern für Gruselgeschichten? Es gibt doch gar keine Wölfe mehr.«

»Ich weiß nicht«, sagte Johanna nachdenklich. »Die Sache mit dem Wolf kam mir irgendwie weniger schlimm vor als das, was wirklich geschieht.«

Werner war für einen Moment still, dann musste er zugeben: »Vielleicht hast du recht. Jetzt werden sie auf jeden Fall nicht in den Wald laufen. Das ist alles, was zählt.«

Als Johanna das nächste Mal nach Sonneberg fuhr, brachte sie Christine ein Souvenirpüppchen mit. In einem durchsichtigen Plastikzylinder steckte ein Rotkäppchen mit geflochtenen Zöpfen. Es wurde Christines Lieblingspuppe. Obwohl sie später größere und schönere Puppen bekam, eine mit Schlafaugen, sogar eine, die pullern konnte, kam nichts an das kleine Souvenirpüppchen heran. Wenn man die Schuhe abmachte, hatte es keine Füße mehr, und wenn Christine es ausziehen wollte, musste sie zuerst den Kopf absetzen. Aber gerade wegen dieser Merkwürdigkeiten liebte Christine dieses Püppchen so sehr.

Kurze Zeit später starb Tante Rosa. Obwohl Johannas Patentante schon sehr alt gewesen war, hatte Johanna eigentlich damit gerechnet, dass sie nun an der Reihe sein würde. Sie hatte deshalb den Schuppen aufgeräumt und ihre Sachen geordnet, damit sich später niemand über sie beklagen würde. Nun war sie überrascht, dass sie am Leben bleiben sollte.

Irgendwann fiel ihnen auf, dass Siggi schon lange nicht mehr vorbeigekommen war.

»Wann war der das letzte Mal da?«, fragte Gerda, die auf die *Neue Berliner Illustrierte* wartete, in der immer das Fernsehprogramm für die ganze Woche stand.

»Das ist bestimmt schon zwei Wochen her«, überlegte Werner.

Sie bekamen nicht viele Briefe, und es konnte schon passieren, dass eine ganze Woche nichts für sie dabei war. Aber die Zeitschrift hätte längst da sein müssen.

»Ich frag morgen auf der Post nach«, sagte Elvira schnell. Sie hatte das ungute Gefühl, Siggis Abwesenheit könnte mit ihr zusammenhängen.

Sie hatten sich bei ihrem letzten heimlichen Treffen gestritten, weil Elvira nun doch darauf drängte, dass er sich von seiner Frau trennte, wie er es versprochen hatte. Seitdem hatte sie nichts mehr von ihm gehört.

Elvira zog am nächsten Tag ihr kürzestes Kleid mit dem

tiefsten Ausschnitt an und ging nach der Arbeit zur Post. Sie musste sich in eine lange Schlange einreihen und fragte, als sie an der Reihe war, was denn hier los sei und wieso das Postauto überhaupt nicht mehr zu ihnen hochfahre. Sie dachte, im Beisein der vielen Leute, die hinter ihr anstanden, müsste Siggi ja wohl versprechen, dass er morgen kommen würde.

Er aber sagte: »Tut mir leid, Elvira, ich hab die Weisung bekommen, dass ihr eure Post nun hier unten bei mir abholen müsst.«

»Was? Heißt das etwa, wir müssen jetzt jedes Mal acht Kilometer laufen, um an unsere Post zu kommen?«

Die Leute hinter ihr mischten sich in diesen Disput nicht ein, verfolgten ihn aber sehr interessiert.

»Du hast ein Rad und musst gar nicht laufen«, sagte Siggi zu Elvira. »Und wir müssen Benzin sparen. Es lohnt sich nicht, ein einzelnes Haus am Hang anzufahren. Ich kann nichts für die Weisung.«

Das glaubte ihm Elvira sogar. Sie bat um die Post der letzten beiden Wochen. Es war nicht viel, und sie hoffte, dass er ein Zettelchen für sie dazwischenschob. Aber als sie den dünnen Stapel durchsah, war da nichts. Sie tröstete sich damit, dass er ja vorher nichts von ihrem Kommen gewusst hatte. Bevor sie sich vom Schalter wegdrehte, sah sie ihm tief in die Augen.

Als bei Gerda die Wehen einsetzten, waren sie alle schon routiniert. Elvira kümmerte sich um die Kinder und schmierte ihnen ein paar Brote. Sie war froh, dass sie sich mit etwas ablenken konnte. Gerade hatte sie von der Trennung der Beatles erfahren. Nun würde sie nie die Chance haben, ein Konzert von ihnen zu sehen.

Johanna half Gerda beim Packen der Krankenhaustasche, und Werner raste mit dem Rad nach Gräfenthal, um den Krankenwagen anzufordern.

Die Schwestern waren sehr nett, sie kannten ihn noch von den anderen Entbindungen und meinten, sie würden schon ein Bett für seine Frau vorbereiten. Erleichtert setzte sich

Werner in die Aufnahme und wartete darauf, dass Gerda eintraf. Nach einer Stunde wurde er unruhig und fragte nach, wo sie denn blieben. Sie schickten ihm eine strenge Oberschwester, die ihm erklärte, dass es einen Unfall gegeben habe und der Krankenwagen dort aufgehalten werde. Aber sobald der zurückkäme, würden sie ihn hoch in den Wald schicken. Werner wartete weiter und ging schließlich nach draußen, um Ausschau zu halten. Im Hof entdeckte er zwei geparkte Krankenwagen. Die Scheiben waren vereist. Sie mussten schon seit Stunden hier stehen.

Werner rannte zurück, durch den Gang des Krankenhauses, drängte sich an den Wartenden vorbei und riss wütend die Tür zur Entbindungsaufnahme auf. Die Schwester hinter dem Tresen sprang erschrocken auf.

»Da draußen stehen die Krankenwagen!« Werners Stimme war vor Aufregung laut geworden und überschlug sich. »Warum fährt denn keiner zu uns hoch? Sie müssen meiner Frau doch helfen!«

Die werdenden Väter guckten verlegen auf den Boden, niemand mischte sich ein.

»Davon weiß ich nichts«, versicherte die Schwester hilflos und bekam einen roten Kopf.

»Dann will ich mit der Oberschwester sprechen!«, rief Werner.

»Die hat zu tun«, stotterte die Schwester. »Die haben alle zu tun.«

Werner sackte in sich zusammen und begriff, dass er hier nur seine Zeit verschwendete. Er rannte aus dem Krankenhaus nach draußen und schlug die Tür so heftig hinter sich zu, dass die Scheiben klirrten.

Mit dem Rad raste er zurück zum Kontrollpunkt. Sein Atem dampfte in der kalten Luft. Durch die Wartezeit war es inzwischen dunkel geworden, und als er den Schlagbaum erreichte, war niemand mehr da. Wer zu spät kam, wurde ausgesperrt.

Am liebsten wäre er über den Balken gestiegen. Aber man

wusste nie, wo die Grenzer gerade entlangliefen, und es bestand die Gefahr verhaftet oder erschossen zu werden. Es gab für ihn keine Möglichkeit, um zu Gerda zu gelangen. Als ihm das klar wurde, warf er sein Rad auf den Waldboden und begann zu schluchzen. Dann fiel ihm Siggi ein. Siggi hatte immer für alles eine Lösung!

Werner hastete hinüber nach Spechtsbrunn. Siggis Frau ließ ihn ein und rief nach ihrem Mann.

»Das ist doch unerhört, die arme Gerda«, sagte Siggis Frau, nachdem Werner berichtet hatte. »Kannst du da nichts machen?«

»Was soll ich da machen? Bin ich vielleicht Arzt?«, gab Siggi etwas ungehalten zurück.

»Habt ihr nicht eine Hebamme im Ort, die wir hinschicken können?«, fragte Werner völlig verzweifelt.

»Ja schon, aber die kommt auch nicht rein zu euch, wenn am Schlagbaum keiner ist«, sagte Siggi.

»Ja, so ein Blödsinn«, regte sich seine Frau auf. »Dürfen in der Sperrzone bei Dunkelheit jetzt keine Kinder mehr geboren werden?«

»Jetzt sei schon still«, zischte Siggi ihr zu, und dann sagte er etwas leiser zu Werner: »Hör zu, ihr solltet weg von da oben. Du merkst doch, das macht euch nur Schwierigkeiten. Und das wird nicht besser werden.«

Werner sah seinen Freund an und spürte, dass der mehr wusste, als er sagte. Aber er fragte nicht nach. Es war ihm klar, was er zur Antwort bekommen würde. Er ließ sich auf den Küchenstuhl im Haus seines Freundes fallen, und sein Kopf sank auf die Tischplatte. Noch nie in seinem Leben hatte er sich so ohnmächtig gefühlt wie in diesem Moment.

Oben im Hotel *Waldeshöh* wurde Johanna ebenfalls langsam klar, dass kein Krankenwagen kommen würde. Sie tat aber so, als wäre alles in Ordnung, und strahlte Zuversicht aus, um ihre Schwiegertochter nicht zu beunruhigen.

Gerda gab während der Wehen keinen Laut von sich und

krallte nur immer die Hände in die Matratze. Sie wollte die Kinder im Nebenzimmer nicht wecken. Sie hoffte, mit flacher Gegenatmung die Geburt zu verlangsamen, damit sie rechtzeitig das Krankenhaus erreichen würde. Niemand machte mehr Hausgeburten. Gerdas Frauenarzt hatte ihr sehr drastisch geschildert, dass es völlig unmöglich war, ein Kind außerhalb eines sterilen Krankenhauses zur Welt zu bringen. Zum Glück hatte sie jedes Zeitgefühl verloren und ließ sich von ihrer Schwiegermutter ein ums andere Mal vertrösten.

Johanna suchte nach Elvira, die kopflos im Haus herumrannte.

»Dem Werner wird doch nichts passiert sein?«, fragte sie ihre Mutter.

»Es ist alles still da draußen, wenn was wäre, hätten wir was gehört.«

»Du hast recht«, sagte Elvira erleichtert. »Vielleicht war im Krankenhaus grad kein Wagen frei. Sicher kommen sie bald.«

»Es ist besser, wir rechnen nicht damit.«

Elvira reagierte völlig entsetzt. »Oh Gott! Was machen wir nur? Sie wird uns sterben! Sie werden uns alle beide sterben!«

»Unsinn«, wies Johanna ihre Tochter zurecht. »Hol Handtücher und koch in der Küche Wasser ab. Ach, und wirf die große Schere rein und lass sie mitkochen.«

Elviras Augen weiteten sich. »Du weißt, wie das geht?«

Johanna nahm ihre Tochter in den Arm. »Ich hab deinen Bruder geboren, und ich hab dich zur Welt gebracht. Hier in diesem Haus.«

Das beruhigte Elvira. Sie lief in die Küche, um die Aufträge auszuführen.

Johanna hatte nicht erwähnt, dass bei diesen Hausgeburten eine Hebamme dabei gewesen war. Sie tröstete sich damit, dass es immerhin Gerdas drittes Kind war und sicher schneller zur Welt kommen würde.

Und so war es auch. Nach nicht einmal zwei Stunden hatte es Gerda geschafft und mit Johannas und Elviras Hilfe die kleine Viola auf die Welt gebracht.

Während sich Johanna um die Nachgeburt kümmerte, hielt Elvira das winzige Wesen auf dem Arm und schluchzte vor Erschütterung über das, was sie alle gerade zusammen erlebt hatten.

»Sie sieht aus wie du, Gerda!«, fand Johanna.

»Also, das war jetzt das letzte Kind, das kann ich euch versichern!«, sagte Gerda erschöpft.

Elvira entgegnete völlig aufgelöst: »Wenn das immer so abläuft, werd ich nie Kinder kriegen. Das kann ich euch versichern.«

Johanna lächelte. Dann würde sie wohl das ewige Leben haben.

Elvira streichelte der kleinen Viola den Schleim aus dem Gesicht und küsste die winzigen Finger, die sich um ihren Daumen schlossen.

Sie legten das Neugeborene auf Gerdas Bauch, und es strampelte und wimmerte leise.

Erst jetzt bemerkten sie erschrocken, dass Christine im Zimmer stand. Niemand wusste, wie lange sie schon hier war. Elvira wollte sie schnell hinausschieben, aber dann sah sie das strahlende Gesicht der Kleinen. Christine hatte ihren Blick fest auf die Stelle zwischen den Beinen des Babys gerichtet.

»Genau das hab ich mir gewünscht«, sagte sie aus tiefstem Herzen. Nun hatte sie also endlich eine Schwester!

Elvira brachte Christine dann doch wieder ins Bett. Johanna prüfte die Nachgeburt, nabelte Viola ab und half Gerda, die Kleine zu waschen und zum ersten Mal an die Brust zu legen. Es war ganz still im Zimmer. Man konnte nur das leise Schmatzen von Viola hören. Johanna saß neben Gerda auf dem Bett, streichelte sie immer wieder und lobte sie, wie tapfer sie gewesen sei.

Als es unten klopfte, dachten sie erleichtert, dass Werner endlich zurück war. Aber an der Tür stand ein Grenzoffizier mit zwei Soldaten, der sich höflich vorstellte und fragte: »Uns sind Schreie gemeldet worden, ist alles in Ordnung bei Ihnen?«

Dann fiel sein Blick auf Johannas blutverschmierte Schürze. Im Befehlston ordnete er an: »Wir werden jetzt das Haus durchsuchen.«

Johanna lächelte, ließ die Soldaten hineinstürmen und rief ihnen hinterher: »Zweiter Stock, erste Tür rechts.«

Werner kam erst im Morgengrauen. Er war noch in der Nacht wieder zum Kontrollpunkt gefahren, in der Hoffnung früher eingelassen zu werden. Diesmal saß tatsächlich einer im Wachhäuschen, aber der ließ ihn warten, bis die vorgegebene Zeit auf die Minute genau gekommen war. Erst danach durfte er durch.

Nun raste er mit seinem Rad bergauf, und als er sich dem Hotel *Waldeshöh* näherte, sah er schon Elvira im Turmzimmer Ausschau halten.

»Er kommt!«, schrie sie so laut ins Haus hinein, dass es hallte. Dann stürzte sie nach draußen, rannte beinahe ins Rad, fiel ihrem Bruder um den Hals und rief: »Wir haben ein Mädchen!«

27
Die Zeugen

Das Dorf Lichtenhain lag wie eine faule Katze in der Sonne und schlief. Die Fensterläden waren halb geschlossen, und der Kies unter den Füßen knirschte so laut, als wäre er empört über diese Störung. Milla und Christine gingen die Dorfstraße entlang und sahen sich dabei um.

»Wo fangen wir an?«, wollte Milla wissen.

»Wir können doch nicht einfach so bei den Leuten klingeln«, fand Christine.

»Natürlich können wir das. Ich hab die Visitenkarten meiner Kanzlei dabei.«

Sie blieben vor einem hübschen renovierten Haus stehen, das mit Schiefer verkleidet war. Im Vorgarten blühten Rosen, in der Auffahrt stand ein schwarzer Mercedes.

Milla klingelte. Eine junge Frau kam heraus. Sie wohnte erst seit ein paar Jahren hier, erklärte sie auf Nachfrage. »Sie sollten da hochgehen, zu den Gehöften. Da wohnen noch Alteingesessene.«

Sie liefen in die gezeigte Richtung.

Es dauerte eine Weile, bis sich in dem großen Vierseithof etwas rührte und eine alte Frau herauskam. Es wurde ein kurzes Gespräch zwischen ihr und Milla.

»Ja, bitte?«

»Wir möchten Sie zu den Dressels befragen.«

»Wer soll das sein?«

»Sie haben bis 1977 da oben in *Dressels Forst* im Hotel *Waldeshöh* gelebt.«

»Ja. Das hab ich gekannt. Und?«

»Haben Sie damals die Deportation der Familie mitbekommen?«

»Ich weiß von nix.«

Damit schlug sie die Tür wieder zu.

Milla sah empört zu Christine. »Hast du ihren Blick gesehn? Die ist Zeugin gewesen. Jede Wette. Die will sich nur raushalten.«

»Sie kann nichts dafür«, entschuldigte Christine das Verhalten der Frau. Die Frau tat ihr leid. »Das ist noch so drin. Das kann man nicht abschütteln.«

Vor einem schlichten Bauernhaus, das wohl seit Ewigkeiten nicht renoviert worden war, stand ein älterer Mann und beschnitt mit der Gartenschere Sträucher.

»Guten Tag«, versuchte Milla es noch einmal. »Darf ich Sie was fragen?«

»Worum geht's?«

»Kennen Sie zufällig die Familie Dressel?«

Der Mann sah hinüber zu den geschwungenen Bergen und überlegte. »Sollte ich?«, fragte er schließlich ratlos.

»Wir haben da oben gewohnt, im Hotel *Waldeshöh*«, half Christine seinem Gedächtnis.

Nun wusste er es wieder. »Die Leute aus dem *Waldeshöh*! Ja, an die erinner ich mich, besonders an die eine Hübsche mit den kurzen Röcken.«

Christine lächelte. »Tante Elvira«, stellte sie klar.

»Ja, die mussten immer hier durch bei uns«, erzählte der Mann. »Die Kinder haben manchmal unsere Äpfel aufgehoben, die auf die Straße gefallen sind. Aber sonst hatten wir nix miteinander zu tun.«

»Wissen Sie von dem Abtransport der Dressels?«, fragte Milla.

Der Mann nickte. »Das war schlimm. Die haben sie einfach in einen Lkw gesteckt. Von jetzt auf gleich.«

Christines Blick wurde starr.

Der Mann erzählte weiter: »Wir hatten dann Angst, dass wir auch noch drankommen. Durften aber bleiben. So eine Schweinerei war das damals.«

»Sie haben gesehen, wie die Dressels abtransportiert wurden?«, fragte Milla hoffnungsvoll.

»Nein, das hat unser Vater erzählt. Aber der lebt nicht mehr.«

Milla atmete enttäuscht aus. Sie wandte sich an Christine. »Schade. Das nützt uns leider nichts. Das ist wieder Hörensagen.«

Der Mann zuckte mit den Schultern und widmete sich weiter seiner Arbeit. Er knipste mit der Schere einen verkahlten Zweig von einem Johannisbeerstrauch.

Plötzlich sagte Christine: »Wir hatten da oben auch Johannisbeersträucher. Rote, weiße und schwarze. Ich möchte so gern nach Hause.«

Der Mann sah sie aufmerksam an. Dann nahm er ihre Hand, drückte sie ganz fest und versprach: »Ich find Ihnen jemand. Der Schwiegersohn vom Beier, der war hier in der Grenzkompanie stationiert. Vielleicht weiß der was. Wenn noch einer lebt von denen, die dabei waren, find ich den.« Dann schüttelte er wieder den Kopf und sagte noch einmal: »So eine Schweinerei.«

Sie tauschten Telefonnummern, dann gingen sie zurück zum Auto. Bevor Christine einstieg, sah sie auf das Panorama, das sich vor ihnen auftat. Das weiche Grün der Berge wurde nach hinten immer blasser, bis es mit dem Horizont verschmolz. »Und nun?«, fragte sie.

»Jetzt fahren wir zu diesem Siggi«, entschied Milla. »Schaffst du das?«

Christine antwortete nicht.

In Spechtsbrunn war Hochsaison. Gut gelaunte Wanderer durchquerten das Dorf, durch das der Rennsteig mitten hindurch verlief. Sie kamen aus Richtung Ernstthal und wollten weiter zum Zollhaus an der Schildwiese.

Christine ging mit Milla durch den kleinen Ort, den sie so lange nicht mehr betreten hatte. Die große Porzellanfabrik war verschwunden, genau wie die Gebäude der Landwirtschaftlichen Produktionsgenossenschaft. Der Konsum am Teich existierte nicht mehr und auch die HO nicht. Die

Häuser wirkten gepflegt, die Dächer sahen aus, als wären sie gerade neu gedeckt worden, und in den Vorgärten blühten riesige Strauchhortensien.

Sie blieben vor der kleinen Dorfkirche stehen. Christine wartete auf den vertrauten Glockenschlag, der gleich einsetzen musste. Eine alte Frau eilte an ihnen vorbei, blieb ein paar Meter weiter stehen, drehte sich dann um und kam zurück. Sie guckte Christine von oben bis unten an und stellte schließlich fest: »Du bist den Dressels ihre Christine. Du siehst aus wie die Johanna.« Als Christine nickte, lächelte sie zufrieden und eilte weiter.

Christine erschien es als ein gutes Zeichen. Sie waren nicht vergessen worden. Es gab noch Menschen, die sich an sie erinnerten, die wussten, wer sie davor gewesen waren.

Sie zeigte auf ein verstecktes Haus in der zweiten Reihe. »Da hinten hat Siggi gewohnt.«

»Dann los«, sagte Milla.

Christine atmete mehrmals tief durch, als sie vor dem Haus standen. Sie war manchmal als Kind hier gewesen, wenn ihr Vater Siggi besucht hatte. Seine Frau hatte ihr dann immer ein Honigbrot geschmiert.

Milla klingelte. Es dauerte eine ganze Weile, bis ein Schlurfen zu hören war. Dann klapperte ein Schlüssel.

»Früher hat er nie abgeschlossen«, stellte Christine fest.

Endlich öffnete sich die Tür. Vor ihnen stand Siggi.

Er hatte kaum noch Haare, und sein Gesicht war rot und aufgedunsen. Aber sein Verstand schien noch wach. Er erkannte Christine sofort.

»Ja«, sagte er. »Ich hab mir schon gedacht, dass du irgendwann kommst, Christine.«

»Hallo, Siggi.« Sie hätte ihn gern umarmt, wie früher, aber sie konnte es nicht.

Siggi warf einen Blick auf Milla und wollte wissen, wer das sei.

»Eine gute Freundin«, versicherte Christine. »Sie hilft mir.«

»Und wobei?«, fragte er. »Bei der Wäsche?« Sein röhrendes Lachen ging in Husten über.

»Die Wahrheit zu finden«, sagte Christine. »Und *Dressels Forst* zurückzukriegen.«

Seine Frau tauchte neugierig im Flur hinter ihm auf. Er fuhr sie an, dass sie sich in die Küche verziehen solle. Sie gehorchte sofort und verschwand lautlos, wie ein Geist.

»Dann kommt mal ins Wohnzimmer.« Er grinste. »Ich hab selten so hübschen Besuch.«

Milla warf Christine einen irritierten Blick zu. Die flüsterte: »Ist normal bei dem. Siggi würde noch mit dem Hals in der Schlinge flirten.«

Das Wohnzimmer war schlecht belüftet und bekam zu wenig Licht, sodass die Topfpflanzen auf dem Fensterbrett vor sich hin kränkelten. Eine alte Standuhr tickte so phlegmatisch, dass Milla nervös wurde und sie am liebsten angehalten hätte. Als sie sich auf das Sofa setzten, sanken sie tief ein. Man konnte die Sprungfedern spüren, die sich durch die Polsterung gearbeitet hatten.

Siggi holte einen blank gewetzten Stein aus seiner Hosentasche.

»Wollen Sie einen Zaubertrick sehen?«, fragte er Milla und ließ den Stein zwischen den Fingern gleiten. Seine Hände zitterten, und er verlor ihn. Der Stein kullerte auf den Teppichboden.

Christine bückte sich und legte ihn auf den Tisch. »Keine Tricks heute, Siggi. Nur die Wahrheit.«

Er zuckte mit den Schultern und sagte: »Das hätte man nicht gedacht, oder, Christine? Am 7. November 89 habe ich noch die Passierscheine für die Schwiegereltern beantragt. Damit die Weihnachten zu uns kommen konnten.«

Er schüttelte den Kopf, als könnte er noch immer nicht glauben, dass alles anders gekommen war.

»Haben Sie für die Stasi gearbeitet?«, fragte Milla ihn ohne Umschweife. »Als Inoffizieller Mitarbeiter?«

»Ja, na und?«, sagte er freimütig. »Hab ich nie ein Geheimnis draus gemacht. Willst du meinen Decknamen wissen, Christine? IM Illusionist.« Er lachte wieder bellend und hustete.

Milla blieb unbeeindruckt. »Haben Sie Berichte über die Dressels angefertigt?«

Er griff hinter Millas Ohr und holte den Stein dort hervor. Sie sah ihn irritiert an. Gerade hatte der Stein noch auf dem Tisch gelegen.

»Berichte … Ja, musste ja sein«, gab Siggi unumwunden zu.

»Wir haben dir vertraut! Papa hat dir vertraut!«, rief Christine aufgebracht, und ihre Stimme zitterte. Am liebsten hätte sie ihm den Stein aus der Hand geschlagen.

Er winkte ab. »War doch nichts Wichtiges. Was ihr an Post gekriegt habt, was ihr im Fernsehen geguckt habt, worüber ihr euch im *Waldeshöh* unterhalten habt.«

»Nichts Wichtiges nennst du das?« Christines Hände krallten sich in die Tischkante. Es kam ihr so vor, als hätte Siggi das *Waldeshöh* entweiht. »Das war der Ort, an dem wir uns sicher gefühlt haben!«

Sie spürte, wie Tränen in ihr aufstiegen, aber sie wollte nicht wie ein Schulmädchen weinen. »Warum?«, flüsterte sie. »Warum hast du das gemacht?«

Siggi kratzte sich am Kopf und schien selbst erstaunt zu sein, dass da kaum noch Haare zu finden waren.

»Irgendeiner musste es ja machen«, sagte er schließlich. »Mit mir seid ihr besser bedient gewesen als mit jedem anderen.«

»Das glaub ich dir nicht«, gab Christine heftig zurück.

»Ist mir egal.«

»Haben Sie etwas mit der Zwangsaussiedlung der Dressels zu tun gehabt?«, fragte Milla, um das Gespräch nicht abgleiten zu lassen.

»Ja«, war seine knappe Antwort.

Christine stockte der Atem.

»Aber nicht so, wie du denkst, Christine. Ich hab sie rausgezögert«, schränkte er sein Schuldeingeständnis gleich wieder ein.

Milla atmete verächtlich aus. »Oh ja, ich weiß. Plötzlich sind alle Helden und Verfolgte des Stasi-Regimes.«

Siggi erhob die Stimme. Sein Gesicht schwoll noch mehr an. »Ihr wolltet die Wahrheit wissen. Ich sag die Wahrheit. Wenn ich nicht gewesen wäre, dann wären die Dressels schon bei der großen Säuberungsaktion '61 weg gewesen von dort oben.«

Christine brauchte einen Moment, um sich zu sammeln. »Und warum hast du uns dann nicht bis zum Schluss beschützt?«

Er machte eine wegwerfende Handbewegung und zuckte gleichgültig mit den Schultern.

»Sie können viel erzählen, wo ja praktischerweise alle Stasiakten der Dressels verschwunden sind«, sagte Milla nun spürbar wütend.

Diese Tatsache schien keine Überraschung für ihn zu sein, er nickte zufrieden.

»Hast du unsere Akten vernichtet, Siggi?«, fragte Christine.

Er nickte wieder. Er gab es einfach so zu. Sie starrte ihn fassungslos an.

»Guck nicht so. Das ist doch schon gar nicht mehr wahr«, brummte Siggi. »Und jetzt, wo der Werner nicht mehr da ist …«

Christines Gesicht war kalkweiß. »Dann hatte Tante Elvira also recht.«

Jetzt wurde Siggi hellhörig. »Womit hatte sie recht?«

»Dass du es warst! Du hast die dritte Unterschrift unter unsere Zwangsausweisung gesetzt!« Christines Stimme zitterte. »Du bist der Verräter!«

»Das hat Elvira über mich gesagt?«, fragte er und kratzte sich am Kinn. »Das ist nicht nett von ihr.«

»Nicht nett?« Christine musste sich zwingen, sitzen zu

bleiben, und atmete mehrmals tief durch, bevor sie fragte: »Hat Tante Elvira recht? Warst du es?«

Siggi verschränkte die Arme. »Ich sag jetzt überhaupt nix mehr.«

»Es geht uns gar nicht in erster Linie um Schuld«, mischte sich Milla ein und stupste Christine unter dem Tisch an, die aufbegehren wollte. »Wir möchten, dass der Grundbesitz der Dressels an die Familie zurückfällt. Wir suchen Beweise für die Zwangsaussiedlung der Dressels.«

»Die werden Sie nicht finden«, stellte Siggi kühl fest.

Er fing wieder an, mit seinem Stein herumzuspielen. Milla riss der Geduldsfaden, und sie nahm ihm den Stein weg.

Er schmunzelte. »Ich hab noch einen.«

Nun versuchte Milla zu bluffen. »Ich habe mit dem Büro des Bundesbeauftragten für die Stasiunterlagen gesprochen. Die haben dort drei Säcke mit geschredderten Akten aus Spechtsbrunn. Es ist nur eine Frage der Zeit, wann die zusammengesetzt sind. Sie können es uns also auch gleich erzählen.«

Er wirkte überrascht. Dann sagte er langsam: »Die Akten der Dressels sind nicht in diesen Säcken. Ich hab sie verbrannt.«

»Siggi«, flehte Christine. »Lass mich nicht ohne die Wahrheit gehen. Sag mir, was in den Akten steht.«

Siggi grinste belustigt, und plötzlich sah Christine in ihm wieder den jungen Mann, der alle austrickste.

»Wenn ich das erzählen würde«, stellte er fest, »dann hätt ich sie ja nicht zu vernichten brauchen.«

»Ich kann es nicht glauben«, sagte Christine fassungslos. »Papa hat dich so gerngehabt. Wir alle hatten dich so gern. Wie konntest du uns das antun?«

»Moment«, erklärte Siggi, »ich hab bloß ein paar Akten geschrieben und sie dann vernichtet. Hat sich sozusagen aufgehoben.«

»Und ich wollte Tante Elvira nicht glauben«, sagte Christine verächtlich. »Sie hat es von Anfang an gesagt.«

Siggi winkte ab. »Darauf solltest du nichts geben. Die wollte es mir nur heimzahlen.«

»Warum sollte sie das tun?«

Siggi sah sie überrascht an. Dann senkte er die Stimme und horchte nach draußen. Seine Frau klapperte in der Küche herum. »Sag bloß, ihr habt es nicht gewusst?«, fragte er.

Christine schüttelte den Kopf. »Was gewusst?«

»Wir hatten …«, er lauschte noch einmal angestrengt, dann fuhr er fort »… eine Liebesbeziehung.« Dabei grinste er so anzüglich, dass man ihm unmöglich glauben konnte.

Christine lachte laut auf. »Du und Tante Elvira?«

»Ich wollte meine Frau nicht verlassen für sie«, erzählte Siggi. »Deswegen ist sie vermutlich wütend auf mich.«

Siggis merkwürdiges Geständnis brachte Christine so durcheinander, dass sie nicht mehr wusste, was sie sagen sollte.

Milla ergriff noch einmal das Wort. »Wenn Sie Elvira geliebt haben, ist das ein Grund mehr, den Dressels zu helfen. Geben Sie eine eidesstattliche Erklärung über die Vorfälle ab. Denken Sie an Elvira.«

Siggi nahm wieder seinen Stein zur Hand und ließ ihn verschwinden und auftauchen. »Ich tu den lieben langen Tag nichts anderes«, sagte er spöttisch.

Als die beiden Frauen gegangen waren, kam Siggis Frau wieder aus der Küche und wischte sich die Hände an der Schürze trocken.

»Waren sie wegen dem Kaffee da?«, fragte sie ängstlich.

»Wegen welchem Kaffee?« Siggi sah sie an, als würde er an ihrem Verstand zweifeln.

»Wegen dem Kaffee aus den fremden Postpaketen. Und dem Waschpulver und den ganzen Sachen, die wir uns genommen haben.«

Der alte Mann dachte kurz nach und sagte dann: »Ja. Aber ist alles erledigt und vergessen.«

Draußen vor dem Haus beugte sich Christine nach vorn und hielt sich am Zaun fest. Milla legte die flache Hand auf ihren Rücken und spürte, dass ihr ganzer Körper pulsierte.

»Ganz ruhig. Atme ganz ruhig«, sagte sie besorgt. »Ich hätte dem am liebsten eine reingehauen. Wie muss es dir da erst gehen.«

Christine richtete sich wieder auf. »Ich glaub ihm kein Wort. Der hat schon so viel gelogen.«

»Frag einfach deine Tante Elvira«, schlug Milla vor. Sie blickte zu Siggis Haus und schüttelte den Kopf. »Was für ein aalglatter Typ. Eins muss man dem System lassen. Die haben ihre Leute gut ausgebildet.«

Christine war zutiefst enttäuscht. »Wir sind so schlau wie vorher.«

»Nicht ganz. Er hat zugegeben, die Akten vernichtet zu haben. Wir wissen jetzt, dass wir darauf nicht mehr zu warten brauchen.«

»Vielleicht war das auch gelogen«, hoffte Christine.

»Ich fürchte, in dem Fall sagt er die Wahrheit.«

28

Ein Zimmer mit Aussicht

22. September 1972 – Es regnete Bindfäden. Christine und Andreas saßen im Bus auf dem Heimweg von der Schule. Gerade fädelte sie die überkreuzten Bänder neu ein, die den vorderen Schlitz im Pullover ihres Bruders zusammenhielten. Jemand hatte sie ganz straff gezogen und verknotet, um ihn zu ärgern.

Christine zerrte an ihren Haarfransen, in der Hoffnung, dass sie dadurch schneller nachwuchsen. Ihre Mutter vertrat die Meinung, dass ein Kurzhaarschnitt einfach praktischer wäre. Das Mädchen beneidete ihre Tante Elvira um ihr langes Haar, das sie offen trug und so wunderbar nach hinten schleudern konnte, wenn sie wütend war. Christine hingegen verwechselten die Leute ständig mit einem Jungen.

Quer durch den Bus flog eine Papierkugel und traf Andreas. Seine Schwester hob sie auf, drehte sich um und versuchte herauszufinden, von wem sie stammte. Alle sahen sie neugierig an, nur einer starrte angestrengt aus dem Fenster.

Sie stand auf und drückte dem Jungen das Papier in die Hand. »Du hast da was verloren. Lass meinen Bruder in Ruhe, sonst kriegst du es mit mir zu tun.«

Die Dressel-Kinder hielten zusammen. Wenn man nie Besuch von anderen Kindern bekommen konnte, musste man das auch.

Andreas ging nun in die erste Klasse und hatte noch keinen richtigen Anschluss gefunden. Er tat sich ein wenig schwer mit dem Lernen. Seine Schwester versuchte immer wieder vergeblich, ihm die Uhrzeit beizubringen.

Seit Andreas mit zur Schule fuhr, nahmen sie im Bus immer die Bank ganz vorn rechts in der ersten Reihe. Dort hatte er die vielen Knöpfe des Ikarus 66 gut im Blick. Er wusste genau, mit welchem die schnarrende Abfahrtsklingel betätigt wurde und welche für das Öffnen der Türen zuständig waren.

Die Bremsen quietschten, und Andi stieß sich den Kopf an der Griffstange. Christine rieb ihm die Beule.

Der Bus hatte mitten auf der Landstraße gehalten. Die Geschwister reckten ihre Köpfe und sahen nach, ob es schon ihr Abzweig war, an dem sie immer ausgeladen wurden. Aber dann entdeckten sie den Abschnittsbevollmächtigten aus dem Nachbarort. Er hatte den Bus gestoppt.

Der Fahrer drückte einen der Knöpfe, die Hydraulik zischte, und die Türen falteten sich nach innen ein. Andreas beobachtete begeistert diese Sondervorstellung.

Der ABV stapfte die Treppe hinauf und klopfte die Tropfen von dem grünen Regenmantel, den er über seiner Polizeiuniform trug.

»Was ist los?«, fragte der Busfahrer.

Der ABV überblickte kurz die Lage im Bus und verkündete dann mit wichtiger Miene: »Ausweiskontrolle!«

Er musste schließlich einen Grund vorbringen, warum er außerhalb einer Haltestelle vom Bus mitgenommen werden wollte. Dafür genügte das schlechte Wetter keinesfalls.

Die Leute begannen mit der gleichen Selbstverständlichkeit ihre Ausweise herauszuholen wie anderswo die Fahrkarten. Man wurde hier ständig kontrolliert: im Zug, auf der Straße, und auch der Bus wurde oft angehalten, meistens von Grenzsoldaten. Andreas faszinierten dann immer die Waffen, die sie trugen, und Christine versuchte, den Schäferhund mit ihrem Wurstbrot zu locken.

Der Abschnittsbevollmächtigte ging mit strengem Amtsgesicht von Reihe zu Reihe. Die Passagiere hatten in ihren Papieren schon die Stelle mit dem Stempel aufgeblättert, der ihnen das Recht gab, sich hier aufzuhalten. Für die Kinder interessierten sich die Kontrolleure im Bus nie. Notfalls hätten Christine und Andreas ihre Pionierausweise gezeigt, mit denen sie beweisen konnten, dass sie hier wohnten.

Im Bus saß zufällig auch die Frau des Abschnittsbevollmächtigten. Sie fühlte sich von dieser Aktion nicht angesprochen, bis ihr Mann endlich ihren Platz erreichte.

»Bürgerin!«, sagte der ABV zu seiner eigenen Ehefrau, »zeigen Sie mir Ihre Dokumente!« Als sie sich nicht rührte, schickte er ein widerwilliges »Bitte!« hinterher.

Sie rührte sich noch immer nicht.

»Ausweiskontrolle!«, forderte er nun in einem etwas schärferen Ton und stampfte mit dem Fuß auf.

In Zeitlupe kramte seine Frau ihren Ausweis heraus und sagte so laut, dass es alle hören konnten: »Komm du mir nur heim. Da kriegst deine Kontrolle.«

Der Abschnittsbevollmächtigte wurde puterrot, prüfte trotzdem würdevoll noch den restlichen Bus, ließ wieder auf freier Strecke halten und stolperte eilig hinaus in den strömenden Regen.

Erst als sich die Bustür mit einem Zischen hinter ihm geschlossen hatte, bekamen Christine und Andreas einen Lachanfall und konnten nicht aufhören zu prusten. Die Frau des ABV tat, als wäre nichts passiert, und machte ein blasiertes Gesicht.

Plötzlich bemerkte Christine, dass sie den kleinen Abzweig an der Landstraße verpasst hatten. Dort ließ sie der Busfahrer sonst immer aussteigen, damit sie den Hang hinauf zum Grenzkontrollpunkt laufen konnten.

»Hallo?«, rief sie und sprang auf. »Sie haben vergessen, uns rauszulassen!«

»Darf ich nicht mehr«, sagte der Busfahrer, hob bedauernd die Schultern und starrte auf die nasse Straße. »Tut mir leid für euch. Ist nicht mehr erlaubt, auf freier Strecke anzuhalten.«

Christine und Andreas mussten also bis zur nächsten Haltestelle weiter mitfahren. Sie liefen den kilometerweiten Weg zum Abzweig zurück und stapften schließlich den Serpentinenberg hinauf nach Lichtenhain. Das Wasser schoss den Hang nur so herunter und riss die alten Fichtennadeln aus dem Wald mit sich. Es sah aus, als würden dicke Ströme rotbrauner Lava herabquellen.

Andreas begann, sich Mutproben auszudenken, um die Zeit zu verkürzen. »Wetten, du traust dich nicht, ohne Schuhe über die Fichtennadeln zu laufen?«, forderte er seine Schwester heraus. Er zog seine durchnässten Schuhe aus und rannte barfuß weiter. Kurze Zeit später steckten in seinen Fußsohlen unzählige harte, spitze Nadeln.

Sie setzten sich auf einen Stein am Wegrand, damit Christine ihm die Fichtennadeln wieder herausziehen konnte.

»Meine Füße sind eiskalt«, jammerte er. Sie rubbelte sie zwischen ihren Händen warm und zog ihm Strümpfe und Schuhe wieder über. Dann schloss sie fürsorglich den Reißverschluss an seiner Jacke und setzte ihm die Kapuze auf die nassen Haare.

»Komm, Andi, wir müssen weiter«, sagte sie. »Die Oma wird warten und sich Sorgen machen, wo wir bleiben.«

Johanna holte die Kinder jeden Nachmittag am Grenzkontrollpunkt ab. Sie waren inzwischen auch in ihrem Ausweis eingetragen, sodass sie nicht im Hort auf den späten Feierabend der Eltern warten mussten.

Geduldig stand sie im strömenden Regen an der Grenzkompanie. Ständig beschlug ihre Brille. Schließlich gab sie es auf, die Gläser blank zu wischen, und steckte sie in ihre Jackentasche. Sie war das Warten gewöhnt. Man musste immer warten: an der Grenzkontrolle, beim Fleischer, auf der Post. Das machte ihr nichts aus.

Als die Kinder endlich bei ihr waren, liefen sie eilig zusammen den Waldweg hinauf, um schnell ins Trockene zu gelangen.

Plötzlich hörten sie, wie jemand schrie: »Stehenbleiben! Sofort stehenbleiben!«

Johanna fasste die Kinder an den Händen. Gehorsam hielten sie an. Vor ihnen stand ein Grenzsoldat mit mehreren Hunden, die wie wild an den Leinen zerrten und bellten.

»Bleiben Sie fünf Minuten ganz ruhig stehen«, befahl der Soldat. »Dann erkennt der Hund an, dass Sie sich ergeben.«

Also warteten sie alle drei unbeweglich, denn sie kannten

das schon. Und weil sie keine Ahnung hatten, wann fünf Minuten vergangen waren, standen sie eine Viertelstunde da. Erst dann wagten sie es weiterzugehen.

Als sie endlich ins Hotel *Waldeshöh* zurückkehrten, waren sie durchgefroren und hatten blaue Lippen. Die nassen Schuhe zogen sie gleich hinter der Tür aus, damit sie nicht die Diele schmutzig machten.

Andreas stürmte in Strümpfen zur Rezeption, schlug wie immer auf die Conciergeglocke und rief: »Gäste sind da!«

Johanna schleifte die große Zinkwanne aus der Portierskammer in die Küche und das, obwohl kein Samstag war. Dann pumpte sie eimerweise Wasser im Keller und schüttete es in die Waschmaschine. Diese wunderbare Maschine konnte nicht nur Wäsche waschen, sondern auch in Minutenschnelle Wasser auf jede beliebige Temperatur erhitzen. Man konnte darin sogar Obstgläser einkochen. Gespannt beobachtete Christine, wie die Temperaturanzeige stieg. Bei vierzig Grad schaltete Johanna die Maschine aus, ließ das Wasser über den Ablaufschlauch in die Zinkwanne fließen, regulierte noch ein wenig mit kaltem Wasser nach, und dann setzte sie Christine und Andreas hinein, damit sie sich aufwärmen konnten.

Als die Kinder später in Handtücher gewickelt auf dem Küchensofa saßen und süßen Milchtee tranken, stieg Johanna selbst noch einmal schnell in die Wanne. So machten sie es immer. Das Wasser wurde von allen reihum genutzt, solange es noch warm war.

Am frühen Abend kehrten die anderen Bewohner des *Waldeshöh* zurück. Werner küsste Gerda aufs Haar. Ihre teure Dauerwelle hatte sich durch die Feuchtigkeit stark gekräuselt und roch merkwürdig nach Chemie. Dabei war die Behandlung schon zwei Wochen her, und sie hatte zum Schutz ihrer Frisur ein Kunststoffkopftuch getragen. Viola war auf dem Heimweg eingeschlafen, und Gerda hatte Mühe gehabt sie aufrecht zu halten, damit sie ihr nicht aus dem Fahrradkörbchen rutschte. Elvira nahm die Kleine, legte sie behutsam aufs Sofa und deckte sie zu.

Gerda holte mit glücklichem Gesicht eine Dose aus ihrer Handtasche und stellte sie auf den Tisch. Alle versammelten sich darum und bestaunten sie.

»Eingemachte Pfirsiche«, erklärte Gerda stolz. »Die haben eine Sonderlieferung im Konsum bekommen. Nur für die Leute im Sperrgebiet. Als Ausgleich, haben sie gesagt!«

Sie beschlossen, die kostbaren Pfirsiche für Weihnachten aufzuheben, und stellten die Dose in den Schrank, in dem schon die Schokolade von Fräulein Aschenbach lag.

Nun wo alle beisammen waren, berichtete Andreas mit wichtigem Gesicht, dass der Bus nicht mehr für sie unten am Abzweig halten würde. »Kann ich dann wieder in den Kindergarten?«, fragte er seine Eltern abschließend.

Gerda gab ihm lachend einen Klaps, wurde aber gleich wieder ernst. Seit das neue Schuljahr begonnen hatte, kam es immer wieder vor, dass die beiden Kinder am Morgen umsonst auf den Bus warteten.

»Ich dachte gestern früh, der Busfahrer hätte uns übersehen«, sagte Christine. »Aber er darf nicht mehr für uns halten, hat er heute gesagt.«

Gerda empörte sich: »Was denkt der sich bloß? Die können euch ja wohl nicht einfach aus dem Bus kippen.«

»Du siehst doch, dass sie es können«, bemerkte Elvira spitz. »Die können alles.«

Sie war jetzt fast vierundzwanzig und fühlte sich nirgendwo dazugehörig. Für ihren Bruder und die Mutter war sie noch ein halbes Kind, für Christine und Andreas die ältere Tante. Von Siggi hatte sie sich vor Kurzem wieder einmal getrennt und glaubte nun endlich über ihn hinweg zu sein.

Sie begann ihrer Mutter beim Vorbereiten des Abendessens zu helfen.

»Was für eine Zumutung«, schimpfte Werner. »Das sind sechs Kilometer, die die Kinder laufen müssten, und das bei jedem Wetter.«

»Das ist denen doch egal«, behauptete Elvira und stach das große Messer so tief in den Laib Brot, als wollte sie jemanden damit erdolchen.

Sie war schlecht zu sprechen auf die Obrigkeit. Als alleinstehende junge Frau bekam sie keine Wohnung. Das hatten sie ihr auf dem Wohnungsamt ganz deutlich gesagt. Falls es doch irgendwann klappen würde und sie aus dem Sperrgebiet wegziehen konnte, würde es gleichzeitig bedeuten, dass sie ihre Familie nicht mehr ohne Genehmigung besuchen durfte. Deshalb hatte sie versucht, für ihren neuen Freund den Zuzug ins *Waldeshöh* zu bekommen. Sein Antrag war mit der Begründung abgelehnt worden, dass dies nun schon der fünfte Verlobte innerhalb von zwei Jahren sei, den Elvira der Polizei für eine Zuzugsgenehmigung präsentiert habe. Damit hatte sich für Elviras Freund in einem Aufwasch sowohl sein Zuzug als auch seine Liebe zu ihr erledigt.

»Das mit dem Bus ist bestimmt nur ein Missverständnis«, war sich Johanna sicher. »Jetzt, wo sie schon die Stadt Sonneberg aus dem Sperrgebiet rausgenommen haben, lösen sie bestimmt bald die ganze Sperrzone auf.«

Werner schüttelte den Kopf. »Das hat doch wirtschaftliche Gründe. In Sonneberg ist die ganze Spielwarenindustrie der DDR. Vielleicht sind sie mit dem Kontrollieren nicht mehr nachgekommen.«

»Die Jutta findet das gar nicht gut«, berichtete Gerda. »Da fallen ja nun der Zuschlag und die Vergünstigungen weg. Und bei denen war es ja auch nicht so streng wie hier. Das konnte man gut aushalten, sagt sie.«

»Ich schreib jetzt an den Rat des Kreises«, erklärte Werner. »Die da oben wissen vielleicht gar nicht, was die da unten machen.«

Er holte sich einen Briefbogen und einen Füller und begann zu schreiben. Gerda versuchte mitzulesen, sah aber mittlerweile so schlecht, dass sie nichts entziffern konnte. Die tägliche Arbeit am Mikroskop im Röhrenwerk strengte ihre Augen so an, dass sie eigentlich dringend eine Brille gebraucht hätte. Noch schob sie es vor sich her und überlegte, ob sie es stattdessen mit diesen neuartigen Haftschalen probieren sollte. Sie fühlte sich noch nicht bereit für eine Brille. Sie war doch erst fünfunddreißig.

»Ich würde denen nicht schreiben«, sagte sie vorsichtig. »Sonst werden die bloß wieder auf uns aufmerksam. Es war so schön ruhig in letzter Zeit.«

Tatsächlich schien es, als ob die Welt das Hotel *Waldeshöh* vergessen hätte. Nicht einmal der Abschnittsbevollmächtigte sah noch bei ihnen vorbei. Eine Zeit lang war er jeden Abend gekommen, um zu kontrollieren, ob ihre Leiter weggeschlossen war. Seit ein paar Jugendliche mit Leitern über den Grenzzaun geklettert waren, durften nach Einbruch der Dämmerung keine mehr draußen stehen. Aber irgendwann war ihm der Weg hinauf zum *Waldeshöh* zu anstrengend geworden, und er hatte die Leiter der Dressels einfach beschlagnahmt. Seitdem war niemand mehr zu ihnen heraufgekommen.

Werner legte nachdenklich den Stift weg. »Vielleicht hast du ja recht«, überlegte er.

»Müssen wir dann nicht mehr zur Schule?«, erkundigte sich Andreas hoffnungsvoll.

»Kommt nicht infrage!«, sagte seine Mutter nachdrücklich.

Sein Vater fragte: »Wie willst du später ein Hotel führen, wenn du nicht rechnen kannst?«

»Ich will sowieso lieber Förster werden und mich um *Dressels Forst* kümmern«, sagte Andreas bockig.

Werner strich seinem Sohn über den Kopf. Er zweifelte langsam daran, dass ihn sein Betrieb jemals zum Fernstudium delegieren würde. Aber vielleicht übersprangen die Dressels einfach eine Generation und Andreas führte die Tradition weiter.

»Ein Förster muss auch die Uhr können«, hielt Christine ihrem Bruder vor. »Sonst kommt er zu spät zur Arbeit.«

»Hör zu«, sagte Werner zu Andreas, »wenn du die Uhr kannst, dann bekommst du von mir ein großes Geschenk!«

Andreas warf seiner Schwester einen schnellen Blick zu. »Was für eins?«, fragte er hastig.

»Das siehst du dann schon«, gab sein Vater zur Antwort. »Und damit ihr beide zur Schule kommt, kriegt ihr Fahrräder.«

»Das wurde ja auch Zeit«, bemerkte Elvira.

Christine wurde rot vor Freude und brachte nichts anderes heraus als ein schüchternes »Dankeschön«.

Andreas hüpfte vor Freude auf dem Sofa herum und weckte damit Viola. Er bekam ein Geschenk und ein Fahrrad!

Dafür würde er sogar die blöde Schule in Kauf nehmen.

Im Gegensatz zu Andreas ging Christine gern zum Unterricht. Seit einiger Zeit bastelten sie in den Heimatkundestunden mit ihrer Lehrerin eine Wandzeitung. Sie zogen mit Tapetenkleister eine große Weltkarte auf eine dicke Pappe auf und befestigten sie an der Wand. Danach sollten sie kleine DDR-Fähnchen malen. Das Emblem musste immer zuerst aufgezeichnet werden, damit es in keiner Arbeitsphase so aussehen würde wie die Fahne der Bundesrepublik Deutschland. Hammer, Zirkel und Ährenkranz auf dem winzigen Fähnchen erforderten Christines ganze Konzentration. Als alle fertig waren, verteilte die Lehrerin Stecknadeln. Daran sollten sie ihre Fähnchen kleben. Dann kam das Schönste. Sie durften die Nadeln in die Länder einstechen, von denen die DDR diplomatisch anerkannt worden war. Christine durchbohrte Ägypten und war sehr stolz darauf, dass ein so schönes, fernes Land ihre Heimat ehrte.

Leider durften sie in der Schule die Nationalhymne nicht mehr singen. Dabei hatte Christine den Text immer so poetisch gefunden: *Auferstanden aus Ruinen und der Zukunft zugewandt, lass uns Dir zum Guten dienen, Deutschland, einig Vaterland.* Andreas war es recht. Er sang stattdessen: *Auferstanden aus den Betten und dem Frühstück zugewandt.* Auch dafür bekam er einen Eintrag.

Eine Woche später konnte Andreas tatsächlich die Uhr lesen. Stolz führte er seinem Vater diese Kunst vor und hoffte nun auf das versprochene Geschenk.

Werner atmete tief durch und sagte: »Dann ist es jetzt also so weit.«

Er zog die Uhr seines Vaters aus der Hosentasche und legte sie feierlich in die Hände seines Sohnes. Erwartungsvoll beobachtete er dessen Gesicht. Andreas konnte seine Enttäuschung nur schlecht verbergen. Er hatte auf eine Armbanduhr gehofft, so eine, wie sie die anderen Jungs in seiner Klasse hatten, mit Datumsanzeige und Lederarmband. Er drehte sie in der Hand und ärgerte sich, dass er für dieses alte Ding so viel Mühe verwandt hatte. Als sein Vater ihm noch die dazugehörige Schachtel gab, verschwand die Uhr sofort darin.

Später ertappte sich Werner immer wieder dabei, wie er an seine Hose klopfte und nach der Uhr tasten wollte. Er fragte sich, ob sein Vater das Bein so stark vermisst hatte wie er nun seine Uhr.

In den Abendstunden saßen sie immer zusammen in der Küche und guckten das Sandmännchen, auch die Erwachsenen. Plötzlich flackerte das Licht, und das Fernsehbild fiel in sich zusammen. Es wurde stockdunkel und still. Viola begann zu weinen. Die anderen waren nicht beunruhigt, sie kannten das schon. Christine nahm ihre kleine Schwester auf den Schoß und kitzelte sie im Nacken, bis sie lachen musste.

Gerda zog das Schubfach des Tisches auf und holte Kerzen und Streichhölzer heraus, die dort schon bereitlagen.

Der Strom fiel mehrmals im Monat aus, manchmal für Stunden, manchmal sogar für Tage. Am Anfang hatte sich Werner jedes Mal beim Energiekombinat beschwert, das ihn schließlich an den Rat des Kreises verwies. Dort musste er ewig auf einen Termin warten und bekam dann zu hören, dass sie nun mal so abgelegen wohnten, und da wäre das mit der Versorgung eben schwierig. Wenn sie sich aber entscheiden würden, wegzuziehen …

Werner beschwerte sich danach nicht wieder.

Das gelbliche Licht der Kerze flackerte auf. Viola beruhigte sich und freute sich auf das, was nun immer kam.

Johanna holte aus dem Küchenregal das Märchenbuch und las *Jorinde und Joringel* vor. »Es war einmal ein altes Schloss mitten in einem großen dicken Wald«, begann sie, und Viola glaubte, dass es um ihr Haus ging, wo es doch auch wie ein Schloss aussah, mit dem Turmzimmer, in dem ihre Tante Elvira wohnte, die so schön wie eine Prinzessin war.

Als das Märchen endete, kam das Licht wieder, und der Fernseher ging wieder an.

»Das war ja kurz heute«, stellte Christine fest.

»Ich glaub, die geben es auf«, meinte Andreas grinsend.

Das Licht blieb bis in den späten Abend stabil und erhellte Elviras Turmzimmer. Sie lehnte am Fenster und sah hinaus in die Nacht. Sie wusste, dass gerade ein Nachtsichtfernglas auf sie gerichtet war. Langsam zog sie ihren Pulli über den Kopf. Dann löste sie den Verschluss ihres BHs und ließ ihn heruntergleiten. Sie drehte sich seitlich und hob ihr Haar an, damit man auch wirklich alles sehen konnte. Dann machte sie einen militärischen Gruß, damit sich der Grenzsoldat auf dem Wachturm bloß nicht einbildete, sie wäre ahnungslos.

Es regnete das ganze Wochenende. Johanna liebte dieses Wetter. Dann war es wieder so wie früher, wenn es nur der Regen war, der sie vom Wald fernhielt.

Die Kinder bestürmten ihre Großmutter, ob sie Hotel spielen durften, und rannten, nachdem sie die Erlaubnis bekommen hatten, nach unten. Hinter der kleinen Empfangshalle gab es ein winziges Zimmer, in dem früher der Portier gesessen hatte und das nun als Abstellkammer diente. Dort hinein setzte sich Andreas, guckte durch das kleine Fenster zum Flur und wartete auf Kundschaft. Christine holte das alte Kurbeltelefon heraus und machte eine Reservierung. Dann schlug sie kräftig auf die Conciergeglocke, verlangte die

Zimmerschlüssel und ließ sich von Andreas nach oben bringen. Sie hatte einen Koffer dabei und trug Viola auf dem Arm, die sie als ihr Kind vorstellte.

Elvira gesellte sich dazu und spielte mit.

»Nehmen Sie dieses Zimmer, meine Dame«, lockte sie Christine. »Da haben Sie die beste Aussicht. Von hier können Sie bis in den Westen gucken.«

Tatsächlich sah man von einem der Zimmer die Baumspitzen hinter Tettau.

»Das ist der Westen?«, fragte Christine, und ihr Herz schlug schneller. Sie versuchte einen Unterschied auszumachen und bildete sich schließlich ein, dass der Wald da drüben mehr leuchtete. »Das Zimmer nehme ich!«, rief sie, guckte wie gebannt aus dem Fenster und versuchte sich vorzustellen, wie es dort drüben war. Sie schaffte es beim besten Willen nicht.

Später erschien Johanna. Sie hatte sich eine der alten Servierschürzen über ihren Dederonkittel gebunden und kredenzte den kleinen Gästen frische Plätzchen und Saftschorle. Dabei ermahnte sie die Kinder, nicht in den Zimmern herumzukleckern.

Dann heizte sie unten im moosgrünen Salon, wie sie es früher an Regentagen getan hatte, und legte die Illustrierten aus, damit sich niemand langweilen würde. Nach und nach fanden sich alle unten ein. Die Kinder guckten mit Viola das *Bummi*-Heft an.

»Ich hab mir die Zimmer angesehen«, sagte Johanna zu ihrer Schwiegertochter.

»Die siehst du doch jede Woche an?«, wunderte sich Gerda.

»Ja, aber ich hab sie heute mit den Augen der Gäste gesehen. Wir müssen renovieren. Die Wände sind ganz vergilbt. Und ich denke, wir sollten für das Badezimmer der Gäste einen Badeofen anschaffen.«

»Meinst du, das lohnt sich?«, fragte Werner.

Elvira schaltete sich ein: »Ich glaube, dass mit Erich Honecker alles anders wird.« Honecker hatte gesagt, dass junge

Menschen nicht nach ihrem Aussehen, sondern nach ihren inneren Werten beurteilt werden sollten. Das gefiel ihr.

Werner wurde nachdenklich. »Vielleicht habt ihr recht«, sagte er schließlich. »In die Tschechoslowakei und nach Polen kann man schon einfach mit dem Personalausweis.«

Seit im Mai des Vorjahres Walter Ulbricht von fast allen Ämtern zurückgetreten war, verschwanden nach und nach seine Bilder in den Betrieben, Klassenzimmern und öffentlichen Gebäuden. Stattdessen hingen dort nun Portraits von Erich Honecker.

»Also renovieren wir die Gästezimmer?«, fragte Johanna und legte erwartungsvoll die Hände zusammen.

»Sollten wir die Zimmer nicht lieber für uns nutzen?«, überlegte Werner. »Die Kinder brauchen mehr Platz. Christine ist schon neun.«

»Sie machen die Hausaufgaben doch in der Küche, und sie dürfen im Salon spielen und im ganzen Haus«, wehrte sich Johanna. »Sie haben genug Raum, um sich auszubreiten.«

»Aber sie schlafen zu dritt in der kleinen Kammer«, hielt Elvira dagegen.

Johanna konnte sich trotzdem nicht dazu entschließen. »Das würde die Schwiegermutter nicht gut finden«, sagte sie. »Und Arno ganz sicher auch nicht!«

Christine merkte, wie sich ihre Oma quälte, und suchte verzweifelt nach einer Lösung. »Was ist mit der Bodenkammer?«, rief sie plötzlich.

»Da steht die Antenne«, sagte Elvira. »Wenn ich nicht mal mehr Westen gucken kann, springe ich aus dem Turmzimmer.«

»Ich ziehe eine Zwischenwand ein«, versprach Werner.

»Darf ich dann mit da oben schlafen?«, wollte Andreas wissen.

»Dürfen wir dort Plakate aufhängen?«, fragte Christine aufgeregt.

Auch Viola war entzückt, dass sie bald das kleine Zimmer neben dem ihrer Eltern ganz für sich allein haben sollte.

Johanna machte sofort Pläne und stellte Listen für die Materialien auf, die sie besorgen mussten. Gerda wollte über ihre Freundin Jutta in der HO bunte Tapeten ergattern. Werner würde versuchen, über einen Tauschhandel an den Badeofen heranzukommen. Immerhin arbeitete er im Forst. Die hatten Beziehungen zur holzverarbeitenden Industrie, und Möbel waren rar.

Elvira suchte die Farben für die Gästezimmer aus. »Nicht Weiß«, sagte sie. »Wir sind doch kein Krankenhaus. Orange ist jetzt modern und Braun.« Dann fiel ihr etwas ein, und sie fragte: »Meint ihr, wir müssen dann auch ein Honeckerbild aufhängen?«

Johanna lachte und sagte: »Wenn der es schafft, dass wir unser Hotel wieder aufmachen können, stelle ich sogar eine Büste von dem auf.«

29
Alles ändert sich

Christine war bei Milla zum Essen eingeladen. Sie hockte wie die anderen im Schneidersitz auf dem ausgeklappten Sofa und war mit der Anordnung ihrer Beine nicht ganz glücklich. Vorsichtig nippte sie an einer Glasschale mit Jasmintee. Sie wusste nicht, wie sie die volle Schale halten sollte, ohne sich die Finger zu verbrennen. Andererseits fürchtete sie, das Gleichgewicht zu verlieren, wenn sie den Tee zu schnell abstellte. Also hielt sie es lieber aus und bewegte ihre Hand in Zeitlupe auf den Glastisch zu.

Dort stand eine Schüssel mit merkwürdigem Inhalt, den Christine nicht ganz deuten konnte. Milla schöpfte ihn in drei tiefe Schalen und steckte Essstäbchen in einem dekorativen Winkel hinein.

»Mamas neueste Philosophie«, erklärte Neo und grinste. »Asia-Diät.«

Er streckte seine Beine aus und lümmelte sich in die Ecke.

»Ist euch schon mal aufgefallen, dass asiatische Frauen immer superschlank sind? Und sie sehen wesentlich jünger aus«, behauptete Milla.

»Da ist Fleisch in der Suppe«, sagte Neo vorwurfsvoll. Sie hatten sich darauf geeinigt, nicht öfter als zweimal in der Woche Fleisch zu essen. Beide natürlich aus unterschiedlichen Gründen.

»Das gehört zum Rezept«, sagte seine Mutter. »Außerdem war das noch im Tiefkühlfach.« Mit einem Blick auf Christine fügte sie hastig hinzu: »Keine Sorge, es war noch gut.«

»Trotzdem ist ein Tier dafür gestorben«, bemerkte Neo.

»Auch Pflanzen sterben, wenn man sie isst«, gab Milla zurück.

Christine nahm ihre Schüssel und versuchte vergeblich, die Glasnudeln mit den Stäbchen zu erwischen.

Neo stand auf und ging in die Küchenecke. »Will noch jemand einen Löffel?«

Christine hob erleichtert ihre Hand. Milla haderte noch, sagte dann aber: »Na gut. Bring mir auch einen.«

Die Suppe schmeckte überraschend gut.

Christine hätte gern das Thema angeschnitten, das sie bewegte, wagte es aber nicht. Mit Neo war ein Spion anwesend, der sofort bei Anni Bericht erstatten würde.

Christine hatte ein Telefonat mit ihrer Tante geführt. Unumwunden hatte diese die Affäre mit Siggi zugegeben und sich anschließend über die Fassungslosigkeit ihrer Nichte amüsiert.

So gern Christine Neo also hatte, hoffte sie doch, er würde nach dem Essen in sein Zimmer verschwinden.

Schweigend löffelten sie und versuchten, die Glasnudeln einzufangen.

»Wie findet ihr übrigens die Sache mit Annis Oma?«, fragte Neo plötzlich. »Das ist ein Ding, oder? Die Oma und der Stasi-Siggi.« Er lachte und verschluckte sich darüber fast.

Christine tauschte einen überraschten Blick mit Milla.

Die hob abwehrend die Hände. »Von mir hat er das nicht! Ich hab ihm extra nichts davon erzählt, damit es Anni nicht erfährt …«

»Das hättest du dir sparen können, ich hab es nämlich von Anni«, verriet Neo.

»Geheimnisse verbreiten sich in der Familie offenbar mit Lichtgeschwindigkeit«, bemerkte Milla.

»Allerdings erst, nachdem sie über fünfzig Jahre sorgsam bewahrt wurden«, ergänzte Christine.

Milla machte ungläubige Augen. »Über fünfzig Jahre? Wie alt war sie denn da?«

»Siebzehn, hat sie erzählt. Und er dreißig.«

»Habt ihr Bilder von den beiden? Von damals?«, fragte Neo neugierig.

Milla stellte ihre Schale ab und holte den Computer.

In der Akte hatten sich inzwischen viele Bilder angesammelt, die als Beweis für das Familienleben der Dressels im Hotel *Waldshöh* dienen sollten. Milla klickte sich durch.

»Hier!«, rief Christine plötzlich.

»Schickes Auto«, befand Neo. Es war das Bild mit dem Wartburg-Cabriolet.

»Das sind meine Eltern, und rechts steht Siggi. Mein Vater hat ihn immer so bewundert, weil er jedes Problem lösen konnte.«

»Jetzt wissen wir ja auch, wie«, bemerkte Milla.

Christine entdeckte ein Bild ihrer Tante. Sie posierte in einem selbst gebatikten Kleid in der Küche. »Eigentlich wollte sie Modedesignerin werden«, sagte sie nachdenklich.

»Ich glaube, er hat es wegen Elvira gemacht«, meinte Milla. »Der wollte sie loswerden.«

Christine atmete tief durch. »Das hat er geschafft.«

Milla betrachtete Elviras Gesicht. »Irgendwann war sie nicht mehr das kleine siebzehnjährige Mädchen, sondern eine selbstbewusste Frau, die auf die Scheidung gedrängt hat.«

Christine wurde nachdenklich. »Vielleicht hast du recht. Man bekam damals schnell ein Parteiverfahren fürs Fremdgehen. Die haben sich in alles eingemischt.«

Neo warf altklug ein: »Dass ihr euch das habt gefallen lassen!«

Christine zuckte mit den Schultern. »Wir fanden das völlig normal.«

Sie entdeckten ein Bild, das die gesamte Familie auf der Veranda des Hotels zeigte. Gerda und Werner hielten einander umschlungen und lächelten glücklich. Elvira hatte die kleine Viola auf dem Schoß und bemühte sich trotzdem noch elegant auszusehen. Johanna trug ihre obligatorische Dederonschürze und wurde von ihren großen Enkeln eingerahmt. Die Blau- und Grüntöne waren verblasst, und das Bild hatte einen leichten Rotstich bekommen. Christine erinnerte sich deutlich an diesen Tag im Spätfrühling. Sie wusste auch noch, wer das Bild aufgenommen hatte. Es war Siggi gewesen.

»Dass wir auch noch getrennt wurden und an verschiedene Orte gekommen sind, das fand ich besonders schlimm damals.« Sie überlegte weiter. »Und dass die Eltern dann auch nicht mehr in ihren Berufen arbeiten durften.«

Sie betrachtete noch einmal das Gesicht ihres Vaters. Sie hatten ihn aus seinem geliebten Wald herausgerissen und an ein Fließband in der Filmfabrik Wolfen gestellt. Ihre Mutter war wieder an dem Ort gelandet, von dem sie sich so mühevoll befreit hatte, an der Kasse in der HO.

Millas Blick war die ganze Zeit bei Christines Tante hängen geblieben.

»Ich bewundere Elvira«, sagte sie.

»Mir tut sie total leid«, war Neos Kommentar.

Christine legte den Arm um ihn. »Mir auch. Aber verrat es ihr nicht. Sie würde fuchsteufelswild werden. Sag ihr nur das mit der Bewunderung.«

Noch einmal sahen sie gemeinsam die Dokumente durch, die sie bisher zusammengetragen hatten. Es war nicht viel, wenn auch mehr als am Anfang ihrer Suche. Noch hatten sie kein Ergebnis aus dem Archiv in Meiningen. Darauf setzten sie nun alle Hoffnungen.

»Meinst du, die Affäre zwischen meiner Tante und Siggi ändert was?«, fragte Christine.

»Darüber zerbreche ich mir auch gerade den Kopf. Aber nein, es ändert ja nichts an den Tatsachen«, versicherte Milla.

Siggis Beweggründe für sein Handeln waren für die Familie entscheidend, ein Gericht aber würden sie nicht interessieren.

Am Sonntag fuhr Milla mit Neo hinüber zu *Dressels Forst*.

»Ich kann nicht glauben, dass du da mitmachst«, bemerkte Neo grinsend. »Du wirst wohl langsam erwachsen.«

Andreas Dressel hatte zu einer Waldsäuberungsaktion eingeladen. Er hatte eine Mitteilung an alle Familienmitglieder geschickt – und an Milla. Da Andreas ihr gegenüber nach wie vor sehr reserviert war, berührte sie diese Nachricht umso mehr. Er bezog sie mit ein. Das bedeutete ihr viel. Sie hätte nicht einmal abgelehnt, wenn er zum Putzen der alten Jauchegrube aufgerufen hätte.

Außer ihnen waren nur Christine und Anni der Einladung gefolgt. Andreas Dressel wartete mit seiner Frau Sonja schon am Parkplatz, Lux begrüßte schwanzwedelnd jeden Neuankömmling. Ausgerüstet mit Müllsäcken und Stöcken marschierten sie los. Anni und Neo ließen sich schnell zurückfallen. Milla ermahnte sie, im Wald mit ihnen Sichtkontakt zu halten.

Eine Zeit lang liefen sie schweigend durchs Unterholz und sammelten Papier oder Plastikmüll auf. Lux schnüffelte in jedes Gebüsch hinein und hatte im Gegensatz zu seinem Herrchen allerbeste Laune.

»Man wird hier nie fertig«, knurrte Andreas. »Da ist jede Woche neuer Dreck.« Sorgfältig prüfte er die Rinde eines Baumes, sah nach oben zur Spitze, die gesplittert war, und murmelte verärgert: »Warum ist der hier nicht ausgezeichnet? Der müsste entnommen werden.«

»Er macht das seit der Wende«, flüsterte Christine. »Obwohl er hier gar nicht Revierförster ist, sondern auf der anderen Seite vom Rennsteig.«

Andreas schnaufte. Er ging zu einer riesigen Buche und legte seine Hände an ihren Stamm. Christine hielt Milla zurück, die etwas zu ihm sagen wollte. Andreas holte das alte Baumheft und ein Metermaß aus seiner Tasche, maß den Umfang des Stammes und trug die Maße ein. Er beteiligte sich nun nicht mehr an der Müllsuche, ging stattdessen von Baum zu Baum und vervollständigte die Daten nach einer Pause von vierzig Jahren.

Als er nach einer halben Stunde zum ersten Mal aufsah, bemerkte er, dass alle Blicke auf ihn gerichtet waren.

»Was ist?«, fragte er mürrisch.

»Nichts«, sagte seine Frau und lächelte. »Du solltest wirklich endlich deine Versetzung hierher beantragen.«

»Ich hab immer gesagt, das mach ich erst, wenn *Dressels Forst* wieder unser ist. Also vermutlich nie.«

»Es ist viel zu früh, um die Hoffnung zu verlieren«, versicherte Milla. »Wir haben den Antrag ja noch nicht einmal eingereicht. Ich weiß, bisher hat euch die ganze Aktion nichts gebracht, und ihr seid enttäuscht …«

»Es hat uns sehr viel gebracht«, widersprach Christine. »Dass uns jemand zugehört und uns ernst genommen hat. Dass jemand mit uns mitfühlt und uns nicht allein damit lässt. Das ist viel mehr, als ich mir erhofft habe. Also was mich angeht, ich bin nicht enttäuscht.«

Andreas verzog die Mundwinkel. Plötzlich richtete er seinen Blick starr auf den Boden und kniete sich hin.

»Es hat euch alle verändert«, sagte Sonja und lächelte. »Guckt ihn euch doch an!«

Andreas machte mit seinem Telefon ein Foto von einem unscheinbaren Blümchen. Er drehte seiner Schwester ein glückliches Kindergesicht zu und rief: »Das ist Berg-Hellerkraut! Das hab ich hier noch nie gesehen!«

Danach kam er nicht mehr allein hoch, und seine Frau musste ihm helfen.

»Wollen wir eine Rast machen?«, fragte Christine und steuerte auf ein paar Baumstämme zu. Sie hatte in ihrem Rucksack Brote und Getränke mitgebracht. Neo stürzte sich darauf, als hätte er seit Wochen nichts bekommen. Milla versuchte ihn zu bremsen.

»Was denn?«, wehrte er sich. »Ich bin im Wachstum!«

Christine verteilte Plätzchen. »Ich spüre genau, dass sich etwas verändert. Ich fühl das.«

Andreas winkte ab. »Die berühmten Gefühle meiner Schwester …«

»Doch!«, beharrte Christine. »Es hat sich etwas verändert. Ich wollte nie wieder hoch in unseren alten Forst, und jetzt machen wir hier zusammen den Wald sauber. Und du misst wieder die Bäume aus und führst die alten Listen fort. Es ist wirklich nicht zu vergleichen, aber für mich fühlt es sich ein bisschen an wie zur Wende. Vielleicht weil da plötzlich wieder so viel Hoffnung ist.«

Milla griff sich schnell ein Plätzchen, bevor Neo alle vernichten konnte.

»Ich war zur Wende erst sieben«, sagte sie nachdenklich. »Ich kann mich nur noch erinnern, dass ich schrecklich wütend war. Ich dachte, wenn sie die Grenze nicht aufgemacht hätten, wären meine Eltern nicht auf diese Weltreise gegangen.«

Christine legte den Arm um sie und sagte sanft: »Du kannst niemanden halten, der nicht bleiben will. Nicht mit Liebe und auch nicht mit Stacheldraht und Tretminen.«

»Aber mit Leberwurstbroten«, behauptete Neo und nahm sich noch eins. »Wenn ich jemals auf Weltreise will, Mama, kannst du mich mit Leberwurstbroten halten!«

Sonja lachte und sagte: »Das hätte mal die DDR-Regierung wissen müssen. Da hätten sie sich den ganzen Ärger '89 sparen können.«

»Nie wieder hab ich so etwas erlebt«, erinnerte sich Christine. »Ich stand an einer Haltestelle in Wolfen-Nord, und eine wildfremde Frau saß da im Wartehäuschen. Stellt euch vor, sie hat mir direkt in die Augen gesehen und gelächelt!«

Neo guckte enttäuscht. »Also nach deiner Ankündigung hatte ich jetzt eine Sensation erwartet.«

Christine versicherte: »Aber das war es, Neo!« Sie packte einen weiteren Trumpf aus. »Ich weiß noch, vor dem Konsum hat ein Mann den Ruß von der Straße in Eimer geschaufelt. Und der meinte, dass es denen im Politbüro egal ist, wenn wir hier in Wolfen alle krank von dem ganzen Gift werden. So was hätte man im Jahr zuvor niemals gewagt zu sagen.«

Neo sah noch immer nicht beeindruckt aus.

»Die Sensationen in der DDR kannst du nicht mit denen von heute vergleichen«, erklärte Andreas und grinste. Sonja lachte und lehnte sich an ihn.

Christine startete einen neuen Versuch, die seltsame Stimmung, die damals über dem Land lag, zu erklären. »In Wolfen sind plötzlich ein paar Leute auf die Straße gegangen und haben gerufen: *Schließt euch uns an!*«

»Ein paar Leute?«, fragte Anni spöttisch.

»Das hatte es noch nie gegeben!« Christine schüttelte den Kopf, als könnte sie es noch immer nicht fassen. »Und dann haben sie im Westfernsehen von den Demos in Leipzig berichtet. Weißt du noch, Andi? Wir haben immer zuerst die *Aktuelle Kamera* geguckt und dann gleich zur *Tagesschau* rübergeschaltet.«

Nachdem der Staatschef der DDR in einem Interview zugegeben hatte, selbst Westfernsehen zu schauen, hatte es so ziemlich jeder geguckt, der es empfangen konnte.

Andreas nickte. »Als wir die Berichte über Leipzig gesehen haben, wussten wir, da passiert was. Und in der Woche drauf sind wir auch nach Leipzig gefahren.«

Ein Vogel schimpfte in den Zweigen über ihnen, und in der Stille des Waldes schien das, was sie damals erlebt hatten, weit weg und unwirklich zu sein. Anni und Neo hatten sich aneinandergelehnt und hörten zu, als würde Christine ihnen ein altes Märchen erzählen.

»Wir haben die Räder genommen, weil wir Angst hatten, dass sie die Züge nicht nach Leipzig reinlassen. Zwei Stunden haben wir gebraucht. Und als wir total fertig und verschwitzt in die Innenstadt von Leipzig kamen, da konnten wir es gar nicht glauben. So viele Menschen auf einem Haufen habe ich noch nie davor gesehen und danach auch nie wieder. Später haben wir gehört, dass es an dem Tag dreihunderttausend Leute gewesen sein sollen.«

»Nicht einer hat einen Stein geworfen«, erinnerte sich Andreas. »Niemand hat provoziert. Wir haben immer nur gerufen: *Wir sind das Volk!*«

Christine spürte, wie ihr bei dieser Erinnerung ein Schauer über die Haut lief. »Wir gehörten plötzlich dazu. Es war das erste Mal danach, dass wir wieder dazugehörten.«

Andreas fuhr sich durch die Haare. Plötzlich fiel ihm noch etwas ein. »Wir hatten doch noch ein Transparent gemalt, weißt du?«, fragte er seine Schwester.

»Stimmt! Wir haben auf ein Bettlaken gepinselt: *Wir wollen nach Hause!* Das haben wir auf dem Marsch hochgehalten.«

»Hat das überhaupt jemand verstanden?«, wunderte sich Milla.

»Nein, aber wir sind danach gefragt worden«, erwiderte Christine. »Es war das erste Mal, dass wir mit anderen darüber sprechen konnten.«

»Es war auch das erste Mal, dass es jemand hören wollte«, bemerkte Andreas.

»Die Menschen waren in dieser Zeit einfach anders. Sie haben nicht mehr nach unten geguckt beim Laufen, wie sonst«, erzählte Christine. »Die haben sich angesehen. Und daran haben wir einander erkannt. Wer weggeguckt hat, war von der Stasi und hatte Angst vor der Veränderung. Die uns in die Augen geguckt haben, die waren wie wir, voller Hoffnung auf Veränderung.«

Andreas trank einen Schluck Tee und wischte sich mit dem Handrücken seinen Mund sauber. »Ja, weil sie nicht wussten, was nach der Wende auf sie zukommt«, sagte er. »Die Fabriken haben sie geschlossen, die einen wurden arbeitslos, die anderen sind weggezogen.«

»Wo seid ihr als Erstes hingefahren nach der Grenzöffnung?«, fragte Anni neugierig. »Paris? New York?«

Christine und Andreas tauschten einen Blick und mussten lachen. »Also die anderen sind alle in den Westen gefahren. Bloß die Familie Dressel, die wollte unbedingt in die Sperrzone der DDR.«

Gleich am 10. November waren sie Richtung Thüringen aufgebrochen.

Christine erinnerte sich an die endlos scheinende Fahrt und wie sie im Rhythmus der Betonschwellen auf der Autobahn immer gedacht hatte: *Jetzt fahren wir nach Hause, jetzt fahren wir nach Hause*. Nie wieder hatte sie ein solches Glücksgefühl verspürt. Das Wissen, dass jetzt alles anders wurde, dass sie studieren konnte, dass sie das Hotel weiterführen würde, dass ihre Mutter keine Angst mehr zu haben brauchte.

»Wir waren zu dritt«, erzählte Christine, »unser Vater, der Andi und ich. Mama hat sich nicht getraut. Uns hätte sie am liebsten auch nicht hingelassen. Sie hatte solche Angst, dass wir nicht wieder zurückdürfen.«

Andreas winkte ab. »Dabei kamen wir bei Lichtenhain gar nicht hoch in den Wald. Die von der Grenzkompanie hatten noch keine Order. Die wussten einfach nicht, ob sie jemanden ohne Erlaubnis durchlassen dürfen.«

»Einer von den Soldaten hat uns dann erzählt, das Hotel *Waldeshöh* würde nicht mehr stehen. Da bin ich beim zweiten Versuch nicht mehr mitgefahren«, sagte Christine.

Nach dem ersten Schock hatte ihr Vater große Pläne gemacht. Sie wollten ein neues Hotel bauen. Ihm gefielen die Finnhütten, die es neuerdings überall gab. Er dachte, es könnte weder schwer noch teuer sein, so etwas selbst zu bauen.

Zusammen mit seinem Sohn fuhr Werner Dressel dann Ende November auf der neu gebauten Straße über den Todesstreifen von Spechtsbrunn nach Tettau. Den Weg war er als kleiner Junge immer mit seiner Mutter entlanggelaufen, wenn sie Tante Rosa hatten besuchen wollen.

»Unsere Mutter hat nicht mehr viel von der neuen Freiheit gehabt«, sagte Christine leise. »Sie ist kurz nach der Wende gestorben.«

»Aber wenigstens hat sie noch erlebt, dass sich alles ändert. Wenigstens durfte sie noch mal Hoffnung haben«, fand Milla.

Christine schüttelte traurig den Kopf. »Vor der neuen Obrigkeit hatte sie doch genauso viel Angst wie vor der alten. Wenn das einmal drin ist, kriegt man's wohl nicht mehr raus. Und zum Psychiater ist man damals nicht gegangen. Jedenfalls nicht bei uns.«

»Das macht man bei uns bis heute nicht«, versicherte Sonja. Alle außer Andreas lachten.

»Christine und ich, wir waren im nächsten Frühjahr dann auf der Schleifenwiese dabei«, sagte er. »Da haben wir die

Grenzanlagen geöffnet, die den Rennsteig bei Spechtsbrunn abgeschnitten hatten.«

»Ich hab keine Ahnung, wie das in Woodstock war«, erinnerte sich seine Schwester. »Aber das auf der Schleifenwiese war mit Sicherheit besser. Da kamen die Leute von allen Seiten, aus dem Osten und aus dem Westen. Sogar ein Amerikaner war dabei. Es war egal, wer man war und wo man herstammte.«

»Ich weiß noch, du hattest so einen Kranz aus gelben Blümchen auf den Haaren«, sagte Sonja und sah ihre Schwägerin an. Christine lächelte zurück. »Der war aus Schlüsselblumen.«

Andreas sagte überraschend sanft: »Da oben auf der Wiese sind wir uns zum ersten Mal begegnet.«

»Den Rennsteig kannte ich bis dahin nur von der bayrischen Seite. Es war das allererste Mal, dass ich in den Osten rüber bin«, erklärte Sonja.

Die Menschenmassen waren dann den Rennsteig entlanggelaufen, der wieder bis hinunter nach Steinbach am Wald in Bayern ging und direkt an *Dressels Forst* vorbeiführte.

»Als wir den Rennsteigmarsch gelaufen sind«, sagte Christine nun zu ihrem Bruder, »da konnte ich ganz deutlich hinter den Bäumen das *Waldeshöh* fühlen. Und jetzt denk ich, es war der Keller, den ich gespürt hab.«

Andreas zog skeptisch die Augenbrauen hoch. »Ich hatte schon meine Einberufung für den Wehrdienst zur Nationalen Volksarmee gekriegt«, sagte er. »Aber dazu ist es zum Glück nicht mehr gekommen. Und nach der Wende konnten wir endlich studieren.«

In der DDR hatten die Geschwister keinen Studienplatz bekommen, weil sie als politisch unzuverlässig gegolten hatten.

»Ich hab dann Forstwirtschaft gemacht und Christine Hotelmanagement. Tja, und als wir fertig waren, kam der Bescheid, dass wir unsere Heimat nicht zurückbekommen.«

Andreas ließ seine Hände schwer nach unten fallen.

Christine lehnte sich an ihren Bruder. Sie hatte das Gefühl, dass dieses Ziel, auf das sie sich ihr Leben lang vorbereitet hatten, plötzlich zum Greifen nah lag.

Als Milla am nächsten Morgen zur Arbeit kam, wartete dort ein großer Brief vom Staatsarchiv Meiningen auf sie. An diesem Tag hatte sie Dienst am Empfang. Sie setzte sich hinter die Rezeption und öffnete mit zitternden Fingern den Umschlag.

Sie überflog das Anschreiben, in dem mitgeteilt wurde, dass tatsächlich ein Bericht der Bezirksbehörde der Deutschen Volkspolizei Suhl über Zuzüge und sogenannte Umsetzungen im Grenzgebiet im Jahr 1977 gefunden worden sei. Man habe die Kopien beigefügt und alle personenbezogenen Daten, die nicht mit den Antragstellern zusammenhingen, geschwärzt.

Milla atmete tief durch und trank einen Schluck Wasser. Sie konnte mit dem Lesen nicht auf ihre Mittagspause warten. Und sie konnte auch nicht auf Christine warten.

Sie legte das Deckblatt zur Seite. Darunter lag ein Polizeibericht, erstattet an das Ministerium für Staatssicherheit, Bezirksverwaltung Suhl.

Am Anfang gab es eine Aufstellung in Zahlen über *Belastete Personen* und *Angehörige, zum Umzug vorgesehene Personen* und *im Bezirk umgezogene Personen*. Dann folgte die Beschreibung der Aktionen. Seite um Seite las Milla und begriff, welche Schicksale sich hinter den trockenen Formulierungen im Beamtendeutsch verbargen.

Zwei Personen mussten am Tag der Umsiedlung durch die Aufregung wegen Herzleiden ins Krankenhaus gebracht werden und konnten nicht umgesiedelt werden, eine schwangere Frau kurz vor der Niederkunft ebenfalls nicht.

Über die finanzielle Vergütung der zurückbleibenden Geräte und des Wirtschaftsmobiliars herrscht keine generelle Klarheit.

Die Genossen zeigten eine gute Einsatzbereitschaft und waren Tag und Nacht im Einsatz, um die Aktionen durchzuführen.

Widerstände bei der Aussiedlung führten in keinem Fall zum Erfolg.

Drei Selbstmordversuche, die verhindert werden konnten.

Eine Brandstiftung des eigenen Besitzes.

Zwei Fälle von Simulanten, die vortäuschten, wegen Krankheit nicht ausgesiedelt werden zu können. Der hinzugezogene Amtsarzt entlarvte sie.

Drei Personen wurden während der Aktion in Untersuchungshaft genommen.

Zwei Personen begrüßten ihren Umzug und freuten sich auf ihre neue Wohnung.

Der Großteil der Umsiedler war deprimiert und sich keiner Schuld bewusst.

Die verbleibenden Grenzbewohner bemitleiden die Umzügler. In internen Kreisen wurde geäußert, dass man seine wahre Meinung darüber nicht sagen dürfe, sonst müsse man ebenfalls damit rechnen, ausgesiedelt zu werden oder auf die schwarze Liste zu kommen.

Das Telefon klingelte, Milla nahm nicht mehr ab. Sie las und las. Die Menschen auf den Protokollen hatten keine Namen, es waren nur Registernummern. Sie konnte sich in diesem Moment nicht mehr an das genaue Datum erinnern und blätterte nach hinten. Dort fand sie das zugehörige Namensverzeichnis zu den Zwangsaussiedlungen. Sie musste nicht nach dem Namen Dressel suchen, er sprang ihr sofort ins Auge. Sämtliche Zeilen waren geschwärzt, bis auf eine. Dort stand hinter der Reg.-Nr. 21/77 der Name Johanna Dressel.

Milla lehnte sich zurück. Ihr war schwindlig. Vielleicht würde diese Akte den Dressels weder eine Entschädigung noch den Besitz zurückbringen. Aber sie würden das Unrecht, das geschehen war, schriftlich haben. Niemand konnte mehr sagen, es wäre nicht passiert oder freiwillig geschehen.

Zwei Mandanten betraten die Kanzlei. Milla ließ sie gar nicht zu Wort kommen und wies sie an, kurz in der Sitzecke zu warten.

Sie atmete tief durch und blätterte noch einmal in der Akte zurück. Längst hatte sie den Abstand verloren, den ihr Chef so dringend empfohlen hatte. Es fühlte sich an, als ginge es um ihr eigenes Leben.

Noch einmal durchsuchte sie den Monat Juli auf die Reg.-Nr. 21/77.

Dann wurde sie fündig. Es gab einen akribischen Bericht über den Ablauf der Aktion *Waldeshöh*, wie sie es bezeichneten. Sie las die Auflistung des verbliebenen Hotelmobiliars, und sie erfuhr, was wann mit dem leer stehenden Haus passiert war.

Sie las, wie die Kinder artig ihre Sachen gepackt hätten und nur die Hauseigentümerin einigen Widerstand geleistet habe, der durch die Angehörigen der Volkspolizei aber habe gebrochen werden können. Die Genossen seien bei der Aktion mit Begeisterung und Elan bei der Sache gewesen.

Milla merkte nicht, dass sie weinte und von den Mandanten in der Sitzgruppe mit befremdeten Blicken bedacht wurde.

Dann fand sie einen Verweis auf eine Akte zu den begleitenden Vorbereitungen der Aktion *Waldeshöh* in der Woche davor. Sie blätterte zu diesem Bericht und las.

Plötzlich gelangte sie an eine Stelle, die ihr klarmachte, dass sie alle die ganze Zeit falschgelegen hatten.

»Scheiße«, sagte Milla laut in die vornehme Stille des Kanzleifoyers.

30
Die Uhr tickt

23. Juli 1975 – Die Sommerferien schienen endlos, ganze acht Wochen. Während Viola in den Kindergarten gehen musste, durften Andreas und Christine ausschlafen, so lange sie wollten. Sie hätten in die Ferienspiele gehen oder ins Ferienlager fahren können, aber sie wollten lieber in ihrem neuen Kinderzimmer bleiben.

Die beiden wohnten nun unter dem Dach. Sie hatten eine bunte Tapete bekommen mit abstrakten Blumen in Orange und Blassgrün. An der Wand stand der Schrank mit den hellblauen Schiebetüren aus Sprelacart, den sie aus dem Elternschlafzimmer mit nach oben hatten nehmen dürfen. Ihr Vater hatte ihnen aus den beiden alten Holzbetten ein Doppelstockbett gezimmert und am Kopfende jeweils ein Brettchen angebracht, damit sie dort ihre Bücher abstellen konnten.

Andreas nutzte seine Ablage für die Taschenuhr seines Vaters. Zuerst hatte Werner gedacht, dort läge nur die Schachtel herum. Aber dann guckte er eines Tages hinein, als Andreas nicht da war, und merkte, dass sich die Uhr noch darin befand. Aber sie war aufgezogen und ganz blank poliert. Werner strich über das Silber und freute sich. Er hatte gewusst, dass Andreas irgendwann ihren Wert schätzen würde. Ab und zu sah er von nun an in die Schachtel. Jedes Mal tickte es darin. Irgendwann klopfte Werner nicht mehr auf seine Hosentasche. Er wusste die Uhr in guten Händen.

Die Kinder teilten sich in dem neuen Zimmer einen Schreibtisch. Christine hatte auf ihre Tischhälfte eine kleine Vase mit Löwenmäulchen und blühenden Gräsern gestellt, die sie auf der Lichtung vor dem Haus gepflückt hatte.

Auf der Seite ihres Bruders lagen hingeworfene Hefte und

Zettel. Die wenige freie Fläche war voll Radiergummiabrieb, Spitzabfälle und Krümel aus seiner Brotdose.

An der Wand hing ein Wurfspiel. Daneben klebte ein Plakat von Dean Reed. Es gab gute Gründe, warum sie sich gerade für ihn entschieden hatten. Dean Reed war Amerikaner, und er trug einen Cowboyhut.

Das Beste an dem Zimmer unter dem Dach war, dass sie abends noch lesen konnten und es keiner merkte. Sie konnten auch im Bett schwatzen und mussten nicht einmal flüstern. Sie hatten sogar ein ausrangiertes Kofferradio bekommen und fanden Spaß daran, die seltsamen Geräusche des Kurzwellensenders abzuhören. Am liebsten aber spionierten sie durch eine der Dachluken den Grenzsoldaten nach, die oft vorüberpatrouillierten. Sie kippten die Luke dabei immer nur ganz wenig an, damit man es von außen nicht sehen konnte.

Das Kinderzimmer war noch schöner geworden, als Christine es sich ausgemalt hatte. Es besaß nur einen einzigen Makel. Keine ihrer Freundinnen würde es jemals zu Gesicht bekommen.

Andreas schlief auch in den Ferien nie lang, er hatte immer das Gefühl, sonst etwas zu verpassen. Sobald die ersten Sonnenstrahlen durch das Dachfenster einen schmalen Korridor aus Licht auf sein Bett schickten, wachte er auf. Das Klappern aus der Küche drang wie aus weiter Ferne herauf. Er robbte nach vorn, um hinunter zu Christine sehen zu können, und kam mit seinem Kopf dem Ablagebrettchen nah. Plötzlich stutzte er und horchte. Das kaum wahrnehmbare Geräusch kam aus der Uhrenschachtel. Er öffnete sie und entdeckte, dass der Sekundenzeiger in dem kleinen runden Ausschnitt kreiselte. Seit er sie geschenkt bekommen hatte, war sie von ihm nicht wieder aus der Schachtel geholt worden. Er legte sein Ohr an das kalte Silber und lauschte. Dann steckte er sie zurück in die Schachtel und wunderte sich. Von diesem Tag an prüfte er jeden Morgen nach dem Aufwachen, ob die Uhr noch tickte.

Johanna freute sich immer, wenn sie von oben Geräusche hörte und bald darauf die Kinder nach unten gestürmt kamen. Sie mochte es nicht, wenn es so still im Haus war.

Ihre Hoffnungen, dass sie den Hotelbetrieb wieder aufnehmen konnten, hatten sich bisher nicht erfüllt. Auch wenn jetzt nicht nur Rentner eine Reise in den Westen beantragen durften, bewilligt bekamen es die wenigsten. Im Vorjahr war die Verfassung der DDR geändert worden. Nun fehlte darin der Hinweis auf die Wiedervereinigung der beiden deutschen Staaten.

Die Wandzeitung in Christines Klassenzimmer war inzwischen von DDR-Fähnchen übersät. Aber an einer Stelle fehlte die Fahne, nämlich dort, wo das andere deutsche Land war.

Es geschahen viele Dinge, über die keiner sprach. Ab und zu gab es dieses unheilvolle Geräusch, von dem die Scheiben zitterten und sie alle erwachten. Aber nie wurde in der Zeitung oder im Fernsehen berichtet, was es ausgelöst hatte. Einmal ging in der Porzellanfabrik das Gerücht um, dass ein Mädchen durch eine Mine schwer verletzt worden wäre. Man erzählte es sich, man erschauerte, man nahm die nächste unglasierte Vase vom Band und malte die gleiche Blume darauf, wie auf tausende davor. Es war ihr Alltag. Solange die Mine nicht das eigene Bein wegriss, ging dieser Alltag einfach so weiter. Wenn sie in der Nacht von einer Detonation geweckt wurden, fragten sie sich bang: »War's ein Reh? War's ein Mensch?« Und dann schliefen sie weiter und erfuhren es nie.

Seit Elvira die Gruppe *Abba* beim *Grand Prix Eurovision de la Chanson* gesehen hatte, trug sie eine wilde kurze Lockenmähne wie Anni-Frid und hatte sich eine Pumphose genäht, mit der sie nicht nur am Schlagbaum großes Aufsehen erregte. Auch Siggi schob ihr wieder einen Zettel zu, als sie am Postschalter die Briefe abholen wollte. Auf dem Heimweg las sie die Nachricht wieder und wieder. Die Tinte des Kopierstifts verfärbte sich in der feuchten Luft des Waldes dunkelviolett, als wollte sie Siggis Worten noch mehr Nachdruck verleihen.

Elvira beschloss trotzdem, nicht zu reagieren. Warum meldete er sich gerade jetzt wieder, wo sie endlich über ihn hinweg war? Aber ein wenig geschmeichelt fühlte sie sich dennoch. Er kam wohl nicht los von ihr.

Überhaupt gab es für Elvira ein Licht am Horizont, denn die unerreichbare Welt war für die Dressels mit einem Schlag ganz nah. Sie hatten endlich den lang ersehnten Trabant bekommen. Damit konnten sie fahren, wohin sie wollten. Das Auto hatte seine eigene Berechtigung für das Sperrgebiet, und so genossen sie bei jeder Ausfahrt den Luxus, bis ganz nach oben auf die Höhe fahren zu können. Wenn der kleine Trabant auf dem Wendekreis vor dem Hotel stand, war es zwar nicht zu vergleichen mit früher, wenn die Gäste in ihren offenen Sportwagen und Coupés angereist kamen, aber Johanna war trotzdem stolz, dass sie das Pflaster immer sauber gehalten hatte und kein Unkraut die Steine aushebelte.

Seit sie das Auto besaßen, fühlte sich Gerda sicher. Egal was passierte, sie würden schnell hineinspringen und wegfahren können. Vorausgesetzt, Werner war da, denn die anderen konnten nicht fahren. Elvira meldete sich zwar gleich für die Fahrerlaubnis an, aber es konnte Jahre dauern, bis sie damit an der Reihe sein würde.

Im Trabant gab es eine feste Sitzordnung. Johanna durfte vorn neben ihrem Sohn sitzen. Gerda und Elvira setzten sich auf den Rücksitz und nahmen die Mädchen auf den Schoß. Andreas machte es sich mit einem Kissen im offenen Kofferraum gemütlich. Glücklicherweise war das Auto ein Kombi.

Gerda kleidete die Kinder nur dann neu ein, wenn sie aus ihren Sachen herausgewachsen waren. Bisher hatten sie dann immer in dem kleinen Warenhaus in Hasenthal eingekauft. Aber nun konnten sie dafür nach Sonneberg fahren, wo die Auswahl viel größer zu sein schien, und schließlich waren die Preise überall gleich. Gerda bevorzugte Stoffe im Pfeffer-und-Salz-Muster, weil man darauf die Flecken nicht so sah. Dieses Prinzip war besonders bei Andreas angebracht, der den ganzen Tag im Wald herumstromerte. Es wurde aber auch auf Christine angewandt, die nicht zu sagen wagte, dass sie viel lieber etwas in einer richtigen Farbe gehabt hätte. Viola hatte das Pech, alles von ihren Geschwistern auftragen zu müssen. Und wenn sie nicht ihre Tante Elvira gehabt hätte, die bei diesen Ausflügen immer etwas Hübsches für sie kaufte, hätte sie wohl in ihrer ganzen Kindheit nicht ein einziges neues Kleid bekommen.

Am Ende schleppte Elvira alle in einen der teuren Exquisit-Läden. Dort gab es Designerstücke aus hochwertigen Stoffen, die vollkommen anders aussahen als die beige Einheitsmode im Kaufhaus. Christine entdeckte ein Kleid im leuchtenden Rotlila des Fingerhuts. Es war natürlich unerschwinglich und noch dazu für Erwachsene, aber allein es ansehen und berühren zu können, war für Christine ein Ereignis. Elvira griff sich ein paar Schuhe mit Blockabsatz und Plateausohle für 320 Mark.

Johanna schimpfte: »Bist du noch zu retten? Bei einem Monatsgehalt von 517 Mark willst du solche Schuhe holen?«

Elvira zuckte mit den Schultern. »Na und? Was soll ich denn sonst dafür kaufen? Gibt doch nix.«

Am Donnerstag und Sonntag war immer Kino in Hasenthal. Weil sie nun das Auto hatten, fuhren sie jedes Wochenende zusammen ins Kino und guckten sich einen Film an. Viola kam natürlich mit, obwohl sie erst fünf Jahre alt war. Aber das Kino war kein richtiges Kino, sondern der Dorfsaal von Hasenthal. Dort nahm man es nicht so genau. Sie spannten eine Leinwand auf der Bühne auf und hatten nur einen Projektor, sodass es immer eine Pause gab, wenn die Rollen gewechselt werden mussten. Auf dem Heimweg im Auto wetteiferten die Kinder, wer am besten die Grimassen von Louis de Funès nachmachen konnte.

Am schönsten an diesen Ausflügen war immer die Heimkehr. Wenn ein strenger Grenzbeamter am Schlagbaum stand, stiegen Gerda und die Kinder aus dem überfüllten Auto und liefen ein Stück zu Fuß. Sobald sie außer Sichtweite der Grenzer waren, sammelte Werner sie wieder ein.

Die Lichtung vor dem Haus war das Paradies für die Kinder. Sie legten Fichtenzapfen um den Wendekreis, das war der Grundriss für ihre Wohnung. Sie pflückten Vogelbeeren und häuften sie in die Mitte, das war ihre Speisekammer. Die Steinfugen des Pflasters waren ihre Murmelbahn. Alle Handbreit gab es eine durchgehende Fuge. Wer es schaffte, seine Murmel eine ganze Runde im Kreis entlangrollen zu lassen, hatte gewonnen. Sie fuhren auch mit den Rädern in den Wald, weil Andreas immer prüfen wollte, wie hoch die jungen Fichten inzwischen gewachsen waren. Von seinem Vater lernte er, wie sich die Höhe eines Baumes durch das Abmessen seines Umfangs abschätzen ließ. Aus diesem Grund trug er immer das Bandmaß seiner Mutter in der Hosentasche. Er legte sich ein Baumheft mit Informationen über seine Lieblingsbäume an. Und so wie Werner jedes Jahr im Türrahmen der Küchentür einen Strich machte, um zu sehen, wie gut die Kinder gewachsen waren, verzeichnete Andreas das Wachstum seiner Bäume. Christine achtete darauf, dass er bei seinen Messungen nicht zu nah an die Grenze kam, und pflückte in der Zwischenzeit Schachtelhalm. Sie hatte ihre Mutter dazu überreden können, das Haar wenigstens schulterlang wachsen zu lassen. Nun flocht sie sich den Schachtelhalm dazwischen und verlängerte damit ihre Zöpfe beträchtlich.

Eines Tages brachte Elvira ein Päckchen von der Post mit. Schon am Schalter wurde ihr klar, dass damit etwas nicht stimmte, denn es verströmte einen besonders intensiven Duft. Siggi warf ihr einen Blick zu. Für einen kurzen Moment berührten sich ihre Hände. Sie sahen sich an, aber keiner von beiden sagte etwas zum Zustand des Päckchens. Kleine Sticheleien über die Ehefrau waren die eine Sache. Aber es gab Dinge, über die sprach man einfach nicht.

Zu Hause legte Elvira das Päckchen auf den Küchentisch, und die Familie versammelte sich feierlich darum. Es war von Fräulein Aschenbach aus Frankfurt am Main. Christine überkam sofort dieses Weihnachtsgefühl, das sie immer in solchen Momenten hatte.

Als Johanna die Schnur durchschneiden wollte, bröselte etwas heraus. Sie öffnete das Päckchen vorsichtig, und sie entdeckten, dass es durchstochen worden war.

»Ob die Stricknadeln dafür nehmen?«, fragte Gerda enttäuscht.

»Ob das Siggi war?«, fragte Johanna zurück.

»Glaub ich nicht«, sagte Elvira. »Dafür haben die bestimmt andere. Das machen die doch nicht da unten im Dorf.«

Johanna holte vorsichtig die Schätze heraus. Es war alles zu retten. Sie füllte den Kaffee schnell in eine Blechdose, damit er nicht noch mehr von seinem Aroma verlor. Das Waschmittel, das sich im Paket verteilt hatte, sammelte sie mit einem Teelöffel ein, um keinen einzigen Krümel zu verlieren.

Elvira roch an der Schokolade. »Riecht nach Kaffee und Waschpulver.«

Johanna nahm sie ihr weg und legte sie in den Vorratsschrank. »Die wird sowieso bis Weihnachten aufgehoben. Bis dahin ist das verflogen.«

Ganz unten lag noch eine große Packung Filzstifte für Christine, ein Matchbox-Auto für Andreas und eine kleine quietschende Lurchi-Figur für Viola.

Christine wagte es gar nicht, mit den neuen Stiften zu malen, damit sie nicht verbraucht wurden. Es war anzunehmen, dass dies die einzige Packung Filzstifte ihres Lebens bleiben würde. Sie schnupperte immer nur an der flauschigen Spitze und nahm einen merkwürdigen Duft nach Krankenhaus und Frucht wahr. Noch nie hatte sie so etwas Gutes gerochen.

Andreas ließ sein neues Auto über den Boden fliegen, damit es bloß keinen Kratzer bekam. Dann packte er es zurück in die Schachtel und legte es in die Schuhkiste unter seinem Bett, zu den anderen Schätzen. Er dachte, wie gut es doch war, dass sie so abgesichert wohnten. Hier im *Waldeshöh* würde es niemals Einbrecher geben, die ihm sein Matchbox-Auto klauen konnten.

Viola kaute auf dem Gummisalamander herum, bis sie einen Fuß abgebissen hatte.

Sie genossen die Ferien in vollen Zügen. Während Andreas die Bäume hinter dem Haus vermaß, unternahm Christine alles zusammen mit ihrer Großmutter. Sie half in der Küche und hielt für die Thüringer Sonntagsklöße die Schüssel mit der dampfend heißen Kartoffelmasse, während Johanna mit dem Quirl den zähen Teig rührte. Sie zupften gemeinsam Unkraut auf dem Wendekreis vor dem Hotel, kochten mithilfe der Waschmaschine Unmengen an Beeren ein, und sie brachten am Sonnabend die Gästezimmer in Ordnung. Am Ende fand Christine jedes Mal in einem der Schränke ein Bonbon.

Manchmal fuhren die Kinder mit den Rädern hinunter in eines der umliegenden Dörfer. Christine besaß nun ein senfgelbes Rad und hatte bunte Wollfäden zwischen die Speichen geflochten. Das Rad von Andreas war blau und hatte einen gelb-roten Wimpel, der auf einem federnden Draht steckte. Sie vereinbarten mit ihrer Großmutter eine Zeit, zu der sie die Kinder am Grenzkontrollpunkt abholen sollte, damit sie auch wieder nach Hause kamen. Manche Grenzbeamte waren großzügig, aber es gab auch strenge, die sie ohne einen Erwachsenen einfach nicht hineinließen.

An diesem Tag hatten sie sich mit einer Freundin treffen wollen, die aber nicht erschien. Sie warteten eine Weile und beschlossen dann, zurückzufahren, in der Hoffnung, dass der Beamte sie wieder durchlassen würde. Als sie an den Schlagbaum kamen, war niemand zu sehen. Die Kinder warteten, riefen, aber nichts passierte. Andreas hatte schrecklichen Durst und wollte unbedingt nach Hause. Es war verlockend, einfach unter dem Schlagbaum hindurchzukriechen. Christine zögerte noch, Andreas schob einfach sein Rad auf die andere Seite und stieg hinterher. Er war noch nicht ganz drüben, als aus dem Gebüsch ein Grenzpolizist auftauchte, als habe er nur darauf gelauert, dass jemand die unbesetzte Übergangsstelle nutzen wollte.

»Halt! Stehen bleiben! Grenzpolizei!«, forderte er und legte die Hand an seine Waffe.

Andreas blieb wie angewurzelt stehen, ließ sein Rad fallen

und hob die Hände. So hatten es ihm seine Eltern für so einen Fall eingetrichtert. Niemals weglaufen, Hände hochhalten und alles tun, was verlangt wurde.

»Mitkommen«, forderte der Grenzbeamte, öffnete kurz den Schlagbaum und beförderte Andreas zurück. Das Rad blieb liegen. Christine wagte nicht, es zu holen, weil es ja auf der anderen Seite lag.

Sie rannte ihnen nach, versicherte, dass das ihr Bruder sei und sie da oben wohnten und er sie doch bestimmt kenne und der Andreas nur so großen Durst habe und deshalb nicht warten wollte.

Den Grenzpolizisten beeindruckte das wenig. Er brachte sie in die Grenzkompanie, vorbei an den bewaffneten Soldaten am Tor.

Andreas wurde in ein Verhörzimmer gebracht. Christine stand im kargen Flur des Kompaniegebäudes. Die Tränen liefen ihr herunter. Ein Grenzpolizist schritt an ihr vorbei. Seine Stiefel knallten zackig auf den Boden, und er sah sie streng an, sodass sie sich wie eine Verbrecherin fühlte. Dann kamen ein paar Soldaten, schmutzig und mit Stahlhelmen. Sie hockte sich in die Ecke und hielt den Kopf gesenkt, damit sie keinen der Vorbeilaufenden anzusehen brauchte. Inzwischen musste sie ganz dringend zur Toilette, wagte es aber nicht, danach zu fragen.

Kurze Zeit später kam Elvira von der Arbeit. Das kleine Wachhäuschen neben dem Schlagbaum war noch immer unbesetzt. Das geschah oft in letzter Zeit. Sie wartete geduldig. Siggi hatte ihr anvertraut, dass sich die Grenzer manchmal im Gebüsch versteckten, in der Hoffnung, einer der Dressels würde über den Schlagbaum steigen. Dann hätten sie endlich etwas gegen die Familie in der Hand gehabt.

Elvira setzte sich entspannt ins Gras und rauchte. Die Sonne schien, sie löste die Riemen ihrer Sandalen und lehnte sich zurück. Plötzlich entdeckte sie das Fahrrad, das noch immer hinter dem Schlagbaum im Gebüsch lag. Sofort erkannte sie den gelb-roten Wimpel, ahnte, was passiert war, und sprang auf.

Am Tor der Lichtenhainer Grenzkompanie standen immer noch dieselben Soldaten Wache. Elvira sah sie kurz prüfend an und erfasste sofort, wen sie ansprechen musste. Einer von ihnen war jünger und schien unerfahren. Er hatte Sommersprossen und rötliches Haar. Wenn es nicht so eine ernste Situation gewesen wäre, hätte er ihr gefallen. Der Grenzsoldat errötete, als sie ihn anlächelte und in ein Gespräch verwickelte. Sie gab sich für die Mutter der Kinder aus und schaffte es, dass er sie zu seinem Vorgesetzten brachte.

»Ich wollte gerade auf Ihrer Arbeitsstelle anrufen«, sagte dieser streng zu ihr, und sie antwortete mit einem koketten Lächeln.

Der Offizier führte sie in das versteckt gelegene flache Gebäude der Grenzkompanie. Es duckte sich an den Hang und war aus der Ferne nicht zu entdecken.

Christine fiel Elvira schluchzend um den Hals, aber die schob sie weg und flüsterte ihr zu: »Sag bloß nicht Tante zu mir, und lass mich das regeln!«

Christine kauerte sich wieder in die Ecke des Flurs und zitterte am ganzen Körper. Aber sie hörte auf zu weinen.

Elvira blieb lange in dem verschlossenen Dienstzimmer des Grenzoffiziers. Es kostete sie den ganzen Einsatz ihrer Reize, damit er keine Meldung machte und sie Andreas aus dem Verhörraum abholen durfte. Zum Glück waren die Kinder noch so klein, dass niemand wirklich annahm, sie hätten abhauen wollen.

Eilig verließen die Dressels das Kompaniegebäude. Der sommersprossige Soldat vom Tor wurde abgestellt, ihnen den Schlagbaum zu öffnen. Andreas ließ den Kopf hängen, nahm sein Rad und schob es über den nun freien Weg. Christine stelzte mit steifen Beinen hinterher.

Als Elvira auf der anderen Seite war und sich der Schlagbaum wieder schloss, fragte der Soldat: »Sind das wirklich Ihre Kinder?«

Elvira lächelte, schüttelte kaum merklich den Kopf und legte ihm einen Finger auf den Mund. Sie wollte sich eigentlich umdrehen und gehen, aber dann zögerte sie, denn nun war die Situation schließlich eine andere als bei ihrer ersten Begegnung. Und wann hatte sie schon mal die Chance, einen Mann von draußen kennenzulernen? Hier begegnete sie nie einem aufregenden Fremden. Er war so jung, er hatte bestimmt keine Frau und Kinder, die bei ihm immer an erster Stelle kommen würden. Der Sprache nach schien er von der Küste zu kommen. Das gefiel ihr. Sie stellte sich das Meer so weit und grenzenlos vor, und es roch sicher gut.

»Ich wohne da oben«, sagte sie. »Falls du mal im Dienst vorbeikommst.«

»Ich glaube, das darf ich nicht«, stotterte er.

»Aber vielleicht hast du ja irgendwann Ausgang und darfst. Falls du willst.«

»Außerhalb vom Dienst darf ich nicht da hoch«, sagte er noch verlegener. Dann setzte er hinzu: »Vielleicht kannst du ja runterkommen? Dann beantrage ich Ausgang.«

»Leg mir einen Zettel unter die Schieferplatte da drüben, wenn du weißt, wann du Ausgang hast. Dann treffen wir uns hier«, sagte sie, und der junge Grenzsoldat nickte.

Sie drehte sich um und fühlte seinen Blick, bis sie um die Biegung waren.

Kaum dass sie außer Sichtweite waren, ließ Andi sein Rad fallen und fing an zu heulen. Dabei stammelte er, wie leid ihm das tue.

Elvira hockte sich zu ihm und sagte: »Ist schon gut. Die wollten, dass es einer von uns macht. Und du warst eben dumm genug.«

»Papa hat mir so oft gesagt, dass wir warten müssen, wenn keiner am Schlagbaum ist. Er wird so schimpfen. Ich bekomme bestimmt Stubenarrest für den Rest der Ferien.«

»Jetzt hört mal zu, ihr zwei«, sagte Elvira. »Das erzählen wir keinem. Es ist nie geschehen.«

Sie wollte beide Kinder in den Arm nehmen, aber Christine sträubte sich und schluchzte: »Lieber nicht!«

»Es ist doch alles gut«, tröstete Elvira sie. »Die haben keine Aktennotiz gemacht, es wird nichts passieren.«

»Es ist schon passiert«, wimmerte Christine. »Ich hab's einfach nicht mehr anhalten können.«

Elvira stutzte und begriff, Andreas ebenfalls. Schon konnte er wieder lachen und schmierte sich den Rotz quer übers Gesicht.

»Warum bist du nicht einfach ins Gebüsch gegangen?«, wollte Elvira wissen.

»Es ist schon oben in der Grenzkompanie passiert«, flüsterte Christine und schämte sich zu Tode.

Elvira lachte schallend. »Ein Pfützchen im Flur der Grenzkompanie! Das haben die so was von verdient!«

Dann nahm sie ihre Nichte ohne Scheu ganz fest in den Arm.

Christine dachte, dass sie es nie, nie wiedergutmachen konnten, was ihre Tante an diesem Tag für sie getan hatte.

Elvira fing an, sich mit dem jungen Grenzsoldaten zu treffen. Sie stellte sich nie wieder nackt ans Fenster des Turmzimmers.

Eines Tages sahen sie im Fernsehen eine Gruppe, die Christines Musikgeschmack für immer veränderte. Es waren die Rubettes.

»Die kommen aus England«, seufzte Christine sehnsüchtig. An ihrer Schule wurde zwar Englisch unterrichtet, aber ihr Lehrer hatte noch niemals mit einem Muttersprachler geredet, geschweige denn England gesehen, und erzählte wie ein Blinder von der Farbe.

Elvira gefiel die Gruppe auch, obwohl sie natürlich nicht mit den Beatles zu vergleichen war. Vor einiger Zeit war tatsächlich eine Schallplatte von ihnen bei Amiga erschienen. Und obwohl sich Elvira mehrere Stunden am Plattenladen angestellt hatte, war sie leer ausgegangen. Daraufhin hatte sie sich ein Tonbandgerät gekauft und die Beatles-Platte von jemandem, der mehr Glück gehabt hatte, überspielt. Elvira holte nun das Tonbandgerät herbei und schaffte es noch, fast zwei ganze Titel mitzuschneiden. Sie konnte allerdings nur über das Mikrophon aufnehmen. Daher war zwischendurch für alle Zeiten Johannas Stimme zu hören: »Die haben ja alle den gleichen Anzug an.«

»Pscht!«, machte daraufhin Elvira.

Dann wieder Johanna: »Ja, aber da seht ihr's mal. Den Engländern geht's auch nicht besser als uns. Wenn's mal was gibt, gibt's immer nur eine Sorte.«

Im Herbst bekam Werner endlich den neuen Badeofen und stellte ihn im Gästebad auf. Sie überlegten, ob sie ihn testen sollten, entschieden sich dann aber, ihn lieber für die Hotelgäste aufzuheben. Sie hatten ja die Waschmaschine für ihr Badewasser und setzten sich nach wie vor in die Zinkwanne und nicht in die schöne gusseiserne mit den Löwenfüßen, die im oberen Bad stand. Nur die Toilette nutzten sie manchmal, wenn die im Dachgeschoss besetzt war. Aber keiner von ihnen hielt sich lange dort auf. Auf dem Abort roch es immer sehr streng, und aus dem schwarzen unergründlichen Loch zog es so, dass einem jede Gemütlichkeit verging. Nur Andreas ließ sich immer Zeit auf dem Örtchen. Er nahm dann ein *Mosaik*-Heft mit und las. Ihn störten weder Geruch noch Kälte. Jedes Mal, wenn Andreas mit dem bunten Comicheft das Kinderzimmer verließ, war es für Christine ein Zeichen, dass er eine Weile wegbleiben würde. Dann kletterte sie an der Leiter auf das Doppelstockbett, angelte nach der kleinen schwarzen Schachtel und holte die Uhr heraus. Sie polierte das Silber mit ihrem Ärmel, zog sie sorgsam auf und legte sie wieder zurück.

31
Die Wahrheit

Elvira saß missgelaunt in ihrem Atelier und sog Rauch durch die Zigarettenspitze aus Elfenbein ein. Sie war fast fertig mit dem Bild. Ihr gefiel es nicht, wenn ein Werk kurz vor der Vollendung stand. Es bedeutete, dass sie demnächst nicht mehr daran arbeiten konnte. Sie liebte die mittlere Arbeitsphase, wenn sie sich den Kopf nicht mehr um Motiv und Aufteilung zerbrechen musste, wenn die Leinwand auf den Rahmen gezogen und die Grundierung getrocknet war, wenn die Hintergründe angelegt waren und es an die Feinarbeit ging. Aber nun konnte sie nur noch hier einen Strich machen und da eine kleine Änderung, aber im Grunde gab es nichts mehr zu tun an diesem Bild. Es war fertig. Was sollte sie nun damit anstellen? Wieder verbrennen?

Vor Kurzem hatte sie einen interessanten Nachmittag mit ihrer Enkelin Anni und deren Freund Neo verbracht.

Er hatte sich von ihrem Zigarettenqualm nicht erschüttern lassen und sich wie ein Gentleman verhalten, ohne sie wie eine alte Frau zu behandeln. Das hatte ihr gefallen.

Dieser Junge würde Anni nicht wehtun, stellte Elvira zufrieden fest. Es würde wohl andersherum kommen.

Sie hatte Anni von der Beziehung zu Siggi erzählt, damit sie es nicht von Neo erfuhr. Es verwirrte sie, dass Siggi ihre Affäre vor Christine zugegeben hatte. Siggi hatte nie zu ihr gestanden. Sie war immer die zweite Wahl nach seiner Frau gewesen. Und jetzt sprach er es aus. Obwohl seine Frau noch lebte. Einfach so. Leider vierzig Jahre zu spät.

Sie streifte die Asche ab. Ihr war klar, dass sie nicht hier sitzen würde, wenn sie Siggi nie kennengelernt hätte. Sie war nicht sicher, ob das gut oder schlecht war.

Ein Blick auf die Uhr sagte ihr, dass es noch zu früh am

Tag war. Trotzdem goss sie sich einen Gin ein. Sie hatte etwas erfahren, womit sie nicht gerechnet hatte. Bisher hatte sie immer gedacht, sie wäre für Siggi nur ein Zeitvertreib gewesen. Aber nun wusste sie, dass Siggi sie liebte. Was er getan hatte, tat man nur aus Liebe, aus keinem anderen Grund. Interessant daran fand sie vor allem, dass es sie nicht mehr sonderlich berührte. Sie prostete Siggi auf dem Bild zu und küsste ihren gemalten Bruder. Dann hob sie die Leinwand von der Staffelei. Kurz überlegte sie, ob sie noch warten sollte, bis die Farbe trocken war, aber dann schleppte sie es hinüber zum Kamin und warf es in die Flammen. Sie fröstelte ein wenig. Danach bestellte sie sich eine Pizza.

Als es klingelte, war Elvira erstaunt, Milla vor ihrer Tür vorzufinden. Sie hatte mit dem Pizzaboten gerechnet.

Arglos bat sie die junge Frau herein und bot ihr einen Platz vor dem Kamin an. Im Raum lag ein Geruch, als wäre feuchtes Holz verbrannt worden.

»Was gibt es?«, fragte Elvira und zündete sich die nächste Zigarette an. »Geht es um Neo?«

Milla ging gar nicht darauf ein. »Ich habe den Bericht eines Polizeioberstleutnant Meier gelesen. Er ist an das Ministerium für Staatssicherheit gerichtet, Bezirksverwaltung Suhl.«

Elvira blies den Rauch an die Decke. »Und?«

»Es ist die akribische Dokumentation der Vorbereitung und Planung der Aktion *Waldeshöh*.«

Elvira nahm noch einen Zug. »Und?«

»Frau Dressel, Sie wissen, was da drinsteht. Und ich weiß es nun unglücklicherweise auch. Glauben Sie mir, ich wollte das nicht erfahren.«

Elviras Ruhe war nur noch vorgetäuscht. Ihre Hand zitterte, als sie die Asche abstrich. »Dann vergessen Sie es eben wieder.«

»Das geht nicht. Christine ist meine Freundin.«

Elvira schlug die Beine übereinander und versuchte sich kämpferisch zu geben. »Überlegen Sie mal, Schätzchen, was Sie ihr antun, wenn Sie ihr das erzählen.«

»Ich weiß, was ich ihr antue, wenn ich es nicht erzähle.«

»Ich hab es gleich gewusst«, sagte Elvira nachdenklich und betrachtete ihre Besucherin.

Milla trug einen Pulli mit einem kleinen Stehkragen und einen Bleistiftrock. Sie war direkt von der Arbeit hergekommen und wirkte sehr dienstlich.

»Als ich Sie das erste Mal gesehen habe, bei unserem Familientreffen«, fuhr Elvira fort, »da wusste ich, Sie machen Schwierigkeiten.«

»Ich kann nichts für das, was Sie getan haben. Und selbst wenn es keiner aus Ihrer Familie weiß, ist es trotzdem geschehen.«

Plötzlich fiel Elvira etwas ein, und ihr Blick flackerte unruhig. »Weiß es Neo?«, fragte sie mit heiserer Stimme.

»Nein«, konnte Milla sie beruhigen. »Es weiß niemand außer mir. Anni wird es nicht erfahren. Ich finde, wer es erfährt, liegt in Christines Hand. Ich gebe Ihnen die Chance, es ihr selbst zu sagen.«

Elvira blies den Rauch durch die Nase heraus und beobachtete, wie er vor ihrem Gesicht nach oben stieg. »Und wenn ich das nicht will?«

»Dann werde ich es ihr sagen. Sie haben drei Tage Zeit. Am Freitag rufe ich Christine an.«

»Das ist nicht fair«, sagte Elvira. »Es ist nicht so, wie es wirkt.«

Es klang wie eine vollkommen sachliche Feststellung. Milla war schon aufgestanden und zögerte nun. »Das glaube ich Ihnen sogar«, sagte sie langsam. »Wollen Sie mir erzählen, wie es wirklich war?«

Elvira dachte nach. Von *wollen* konnte gar keine Rede sein. Aber wenn sie diese Frau irgendwie dazu bewegen wollte, ihr Geheimnis nicht zu verraten, dann musste sie sich schon ein wenig Mühe geben.

Sie versuchte es zunächst mit einem Scherz: »Finden Sie es nicht leichtsinnig, mir zu erzählen, dass keiner außer Ihnen davon weiß? Ich könnte Sie jetzt umbringen, dann würde es niemals jemand erfahren.«

»Das ist nicht Ihr Stil«, antwortete Milla unbeeindruckt.

»Vermutlich haben Sie recht«, sagte Elvira traurig. »Auf so etwas hätte ich mich auch vorbereiten müssen. Ich bin nicht sonderlich spontan. Setzen Sie sich wieder. Ich erzähle Ihnen alles. Aber Sie müssen einen Gin mit mir trinken. Ist nicht vergiftet. Keine Sorge.«

Elvira schenkte ein, und Milla nippte nur daran.

»Eigentlich hängt alles mit Siggi zusammen«, begann Elvira.

Milla nickte.

»Wenn da nichts gewesen wäre zwischen uns, dann würden wir jetzt nicht hier sitzen, und ich wäre fein raus«, sagte Elvira.

Sie legte die Füße hoch und schloss kurz die Augen. In diesem Moment klingelte es.

»Ich hatte gerade auf einen Herzinfarkt gehofft«, verkündete Elvira theatralisch. »Stattdessen werd ich wohl bloß eine Pizza kriegen.«

Sie raffte sich auf, ging zur Tür und kam mit einem flachen Karton zurück. »Wollen Sie?«

Milla schüttelte den Kopf.

Elvira nahm sich ein Stück und sagte: »Henkersmahlzeit.«

»Sie haben jetzt aber nicht vor, sich das Leben zu nehmen?«, erkundigte sich Milla besorgt.

»Würden Sie die Sache dann für sich behalten?«

»Nein.«

»Dann nicht«, sagte Elvira und begann zu essen.

Der Käse zog Fäden, und Milla verzog angewidert das Gesicht.

»Also Siggi war der Auslöser«, versuchte sie das Thema voranzubringen.

»Wenn es Siggi nicht gegeben hätte, dann wären wir wohl schon 1961 bei der Aktion *Kornblume* fällig gewesen«, sagte

Elvira nachdenklich. »Ein hübscher Name für eine hässliche Sache.«

»Dann hat uns Siggi wirklich die Wahrheit gesagt?«, fragte Milla verwundert. »Er wirkte so … unaufrichtig. Ich hab ihm das nicht geglaubt.«

»Ja. Man kann das bei Siggi leider nie unterscheiden. Das allerdings hat gestimmt. Es gab ständig Zwangsaussiedlungen in unserer Gegend. Er hat in den ganzen Jahren immer wieder positive Berichte über uns angefertigt, unsere Zuverlässigkeit bestätigt und sich mit den richtigen Leuten angefreundet.«

»Alles Ihretwegen?«, fragte Milla erstaunt. »Oder war es für seinen Freund Werner?«

Elvira lachte. »Schätzchen, Siggi hat nie an jemand anderen gedacht als an sich selbst. Die Kontakte hat er für sich selbst genutzt. Dass er sich für uns eingesetzt hat, hing in erster Linie damit zusammen, dass seine Frau ziemlich prüde war. Und ich eben nicht.«

Milla nickte. »Warum hat er Ihre Familie nicht bis zum Schluss beschützt?«, wollte sie wissen.

Elvira hob das letzte Stück Pizza an. »Sie wollen wirklich nichts? Die ist nicht so übel, wie sie aussieht.«

Milla schüttelte den Kopf. »Also«, hakte sie nach. »Warum hat Siggi nicht weiterhin verhindert, dass sie umgesiedelt wurden?«

»Ich war mal verlobt, wussten Sie das?«, fragte Elvira, ohne auf die Frage einzugehen. »Also wirklich verlobt. Ich hab es nicht bloß rumerzählt wie sonst, damit ich eine Wohnung krieg.«

»Was ist passiert?«

Elvira ging wieder nicht auf die Frage ein, als wäre sie allein im Raum. »Er war Grenzsoldat. So ein hübscher mit Sommersprossen. Und er war anständig. Und was noch viel wichtiger war, er hat mich auch für anständig gehalten. Wir haben uns verlobt, wir wollten heiraten. Und ich dumme Kuh hab es stolz Siggi erzählt.«

Milla fragte jetzt nicht mehr nach. Elvira erzählte auch von allein weiter.

»Ja, und dann wurde mein Soldat versetzt. Weg von Lichtenhain, weg von der Grenze. Dafür hatte Siggi gesorgt. Und es war auch praktisch, dass Siggi bei der Post war. Ich hab nie einen Brief von meinem Soldaten bekommen. Ich schätze, meine Briefe haben ihn auch nie erreicht.«

»Das ist sehr traurig«, stellte Milla fest. »Aber ich weiß nicht, was es mit dem zu tun hat, was Sie dann getan haben. Sie sind verantwortlich für das, was Ihrer Familie danach passiert ist.«

Elvira entrüstete sich. »Aber es war so nicht abgemacht! Sie sollten es gut haben!«

»Sie hatten es aber nicht gut, Frau Dressel. Sie haben ihre Heimat verloren, ihre Freunde, die Arbeit, die sie liebten.«

»Ich habe viel mehr als das verloren«, verteidigte sich Elvira. »Das habe ich leider erst begriffen, als es zu spät war.« Sie lachte heiser. »Ich schmore seit vierzig Jahren in meiner selbst gemachten Hölle.«

Jetzt, wo sie keine Pizza mehr aß, zündete sie sich wieder eine Zigarette an. Sie hob die Ginflasche, Milla schüttelte den Kopf. Elvira zuckte mit den Schultern und goss sich selbst ein.

»Ich hatte die Überwachung satt und die Reglementierung. Man konnte nicht ausgehen, keinen Besuch bekommen, der Strom wurde ständig abgestellt, die Post kam nicht mehr zu uns. Das war kein Leben mehr für mich.«

»Sie hätten allein weggehen können«, gab Milla zu bedenken.

»Das hab ich versucht«, beteuerte Elvira. »Aber ich hab keine Wohnung bekommen. Vermutlich ebenfalls Siggis Werk. Vielleicht auch nicht. Es war damals so gut wie unmöglich, als ledige Person eine Wohnung zu kriegen. Selbst als Ehepaar musste man jahrelang warten.« Elvira zeigte auf den Kamin. Darüber hingen Bilder, alles Mitglieder der Familie

Dressel. »Wussten Sie, dass ich Viola mit auf die Welt gebracht habe? Weil kein Krankenwagen mehr zu uns rausfuhr.«

Milla schüttelte den Kopf.

»Sie war immer mein Liebling«, sagte Elvira, und ihre Stimme bekam einen überraschend weichen Klang. »Plötzlich hab ich Angst bekommen, dass sich meine Geschichte bei ihr wiederholen könnte. Das war nicht der Grund, aber es war der letzte Tropfen.«

Elvira goss sich den Rest Gin ein und bot ihrem Gast nicht einmal mehr etwas an. Sie lag nun halb auf dem Sofa, war aber noch erstaunlich klar.

»Ja, und dann bin ich nach Suhl gefahren«, berichtete sie weiter. »In die Bezirksverwaltung vom Ministerium für Staatssicherheit. Die kamen ja jedes Jahr und wollten, dass wir freiwillig einer Umsiedlung zustimmen. Meine Mutter hatte das immer abgelehnt. Ich hab denen gesagt, dass ich unter bestimmten Voraussetzungen im Namen der Familie der Umsiedlung zustimme.«

»Welche Voraussetzungen?«

»Ich habe bessere Bedingungen für sie ausgehandelt, damit sie nicht in so eine Bruchbude kamen wie die anderen. Und es durfte keiner erfahren, dass ich es gewesen war.«

Der Ausdruck in Millas Gesicht veränderte sich. »Siggi hat die Akten verbrannt, um Sie zu schützen, nicht sich selbst«, stellte sie fest.

»Das hat mich auch überrascht«, sagte Elvira nachdenklich. »Seit der Wende ist kein Tag vergangen, an dem ich nicht befürchtet habe, die Akten könnten auftauchen oder Siggi würde mich verraten.«

Milla sah sie traurig an, und Elvira glaubte einen Funken Mitgefühl zu erkennen.

»Und?«, fragte sie mit schwerer Zunge. »Werden Sie die Sache für sich behalten?«

»Es tut mir aufrichtig leid, Frau Dressel, aber das kann ich nicht.«

Ihre Gastgeberin zuckte mit den Schultern. »Den Versuch war's wert. Dann bleibt nur noch Option zwei.« Sie gähnte. »Aber für einen Mord bin ich zu müde. Ich muss jetzt schlafen. Gute Nacht.«

Dann begleitete sie Milla nach draußen.

Es war inzwischen dunkel geworden. Elvira überlegte, dass jetzt eigentlich die richtige Zeit für einen Gin herangerückt war. Nun hatte sie allerdings keinen mehr.

»Sprechen Sie mit Christine«, bat Milla sie noch einmal eindringlich. »Ich rufe am Freitag bei ihr an.«

Elvira winkte ab und knipste das Gartenlicht an.

»Ach, übrigens«, fiel Milla am Zaun noch ein. »Was hat es mit dieser Entschädigung auf sich?«

Elvira machte eine umfassende Handbewegung. »Da stehen wir grad drauf.«

32

Die Woche davor

25. Juni 1977 – Christine raste mit dem Fahrrad die Landstraße entlang. Der Schotter spritzte nur so von den Reifen zur Seite, sie trat noch schneller in die Pedale. Es war Sonnabend, und sie hatte nur bis zur dritten Stunde Schule gehabt. Nun war es kurz nach halb 11. Sie konnte es schaffen! Das letzte Stück der steilen Serpentinenstraße schob sie rennend. Christine hoffte, dass die Grenzkontrolle besetzt war. Wenn nicht, konnte sie alles vergessen.

Christine fühlte sich so frei wie noch nie in ihrem Leben. Sie war jetzt vierzehn Jahre alt und hatte endlich ihren Personalausweis bekommen und damit ihren eigenen kostbaren Wohnrechtsstempel. Sie konnte mit dem Rad losfahren und ins Hotel *Waldeshöh* zurückkehren, wann sie wollte – solange es hell war und die Grenzkontrollstelle besetzt war.

Sie hatte Glück. Als sie endlich oben auf die Lichtung raste, stand Johanna schon in der Tür des Hotels und rief ihr entgegen: »Schnell! Schnell! Es geht gleich los!«

Pünktlich um 11 Uhr saß Christine völlig verschwitzt und mit dem guten Praktica-Fotoapparat ihrer Eltern auf dem Sofa in der Küche. Johanna hatte ihr schon den richtigen Kanal eingestellt, und nun guckten sie zusammen die Sendung *Disco* mit Ilja Richter. Dann endlich kam sie, die Gruppe Smokie! Christine riss den Fotoapparat hoch und fotografierte die Band ab. Sie bekam gar nichts von dem Auftritt und dem Lied mit und verknipste den ganzen Film. Als alles vorbei war, ließ sie sich erschöpft und glücklich nach hinten fallen.

Johanna warnte sie: »Den Film darfst du aber nicht in der Drogerie abgeben!«

»Warum denn nicht, Oma?«, wunderte sich Christine. »Smokie war doch auch schon bei uns in der Sendung *Rund*?«

»Du hast sie aber aus dem Westfernsehen abfotografiert. Das sieht man. Dann wissen die gleich, dass wir Westen gucken.«

Sie gab Christine einen Kuss auf die Stirn und machte sich auf den Weg, um Andreas an der Grenzkompanie abzuholen.

Zum Glück hatte Elvira eine Freundin, die im Keller selbst Filme und Fotos entwickelte. Zu ihr brachte Christine ihren kostbaren Film und drängte, weil sie die Abzüge dringend haben wollte.

Christine trug inzwischen kein Halstuch mehr, sondern das Blauhemd der FDJ. Sie wusste schon genau, was sie werden wollte, nämlich Ingenieurökonom für das Hotel- und Gaststättenwesen. Im Frühjahr hatte sie Jugendweihe gehabt und den ersehnten Kassettenrekorder *Minett* bekommen. Er war so klein, dass sie ihn sogar mit in den Wald nehmen konnte. Einmal hatte sie aus Spaß Vogelstimmen aufgenommen, überspielte sie aber schnell wieder mit Musik aus dem Radio. Die Kassetten waren so teuer, dass sie sich gut überlegen musste, was sie aufnahm. Seit Christine in der achten Klasse war, bekam sie von ihren Eltern Taschengeld, zehn Mark im Monat. Sie besserte es auf, indem sie Altpapier und Flaschen zur Sekundärrohstoff-Annahmestelle wegbrachte. In diesem Sommer würde sie auch zum ersten Mal in den Ferien arbeiten dürfen. Sie wollte für drei Wochen in der Landwirtschaftlichen Produktionsgenossenschaft Spechtsbrunn auf dem Feld helfen und sollte dafür 330 Mark bekommen, ein Vermögen. Sie machte sich einen Plan, was sie alles dafür holen würde. Sie wollte für ihre Oma auf jeden Fall ein paar von den runden Nougatstängchen kaufen, die sie so gern aß. Sie selbst würde sich in einem Geschäft der *Jugendmode* eine ungarische Jeans holen, sobald sie eine erwischte. In diesem Laden würde ihre Mutter niemals einkaufen, weil es dort so teuer wie in einem Exquisit-Laden war. Und natürlich brauchte Christine noch mehr Leerkassetten.

Nach der Jugendweihe hatte sie ihre Puppen Viola geschenkt und nur das kleine Souvenirpüppchen behalten, das sie von ihrer Oma bekommen hatte. Sie legte es in einen Schuhkarton, in dem sie all ihre Schätze aufbewahrte. In der Schachtel lagen ein paar Stammbuchbilder mit Glitzer, eine sehr lange Kette aus winzigen Glasperlen, ein Anstecker der Band Smokie, ein kleines Schraubdöschen aus Bakelit mit Miniaturwürfeln und eine alte Münze, die sie im Wald gefunden hatte und von der man nicht wusste, was sie wert war.

In der letzten Zeit hatte Viola immer wieder heimlich Sachen aus dem Zimmer der großen Geschwister genommen. Christine suchte nun nach einem sicheren Ort, an dem Viola ihren Schatzkarton nicht aufstöbern konnte. Ihr fiel der abgetrennte Teil des Dachbodens hinter ihrem Kinderzimmer ein, dort, wo die nach Westen ausgerichtete Antenne stand. Ihr Vater hatte einen kleinen Kriechdurchgang gelassen, falls die Antenne nachjustiert werden musste. Damit es nicht auffiel, hatte er die Öffnung mit einer Tapetentür versehen und sie hinter einem Wandbehang versteckt. Christine öffnete die Tapetentür zur anderen Seite des Dachbodens und schob ihren Karton hinein. Andi fand die Vorstellung von einem Geheimversteck spannend und legte seine Matchboxsammlung dazu.

Es war noch eine Woche bis zu den Sommerferien, und Christine wusste nicht, ob sie sich darauf freuen sollte, denn sie war zum ersten Mal verliebt. Auf ihre Schule ging ein Junge, den sie in den Pausen immer beobachtete, weil er lange Haare hatte und eine selbst genähte Jeansweste trug. Er kaute Kaugummis, und wenn sie vorbeiging, warf er die Haare immer zurück und sah sie so merkwürdig an.

Wie sollte sie nur acht Wochen ohne diesen Blick aushalten? Zum Glück ging er erst in die Neunte und würde im nächsten Jahr wiederkommen.

Ein paar Mal überlegte sie, ihm einen Brief zu schreiben. Sie holte ihre kostbaren Filzstifte, die mittlerweile nur noch sehr blass schrieben. Immer wenn einer von ihnen ganz versagte, fummelte sie die hintere Kappe ab und tropfte ein wenig Essigwasser hinein. Dann war er wieder für einige Zeit gerettet. Aber als Christine den Brief beginnen wollte, fiel ihr ein, dass sie nicht einmal seinen Namen kannte.

Am Nachmittag saßen sie auf der Veranda des Hotels. Johanna goss den Kindern Himbeersaft ein und den anderen Kaffee. Elvira fächelte sich Luft zu. Seit Tagen war es unerträglich heiß. Werner kostete und verzog das Gesicht.

Christine füllte frisches Wasser in die Vogeltränke auf der Lichtung.

»Was hast du mit dem Kaffee gemacht, Mutti?«, fragte Werner.

»Ich?«, wehrte sich Johanna empört. »Es gibt keinen ordentlichen Kaffee mehr, nirgendwo. Nur noch das Zeug hier, den *Kaffee-Mix*.«

Die Kaffeekrise, ausgelöst durch eine Missernte in Brasilien im Vorjahr, hatte mittlerweile die DDR erreicht, und auch die Dressels bekamen sie zu spüren. Gerda holte die Verpackung. Sie hatte inzwischen nun doch eine Brille und las, dass dieses Pulver halb Kaffee, halb Ersatz war.

»Die Brühe kann man jedenfalls nicht trinken«, stellte Elvira fest und wollte sich eine Zigarette anzünden.

»Das lässt du mal schön«, sagte ihr Bruder.

»Willst du mir jetzt auch schon alles verbieten?«, fragte Elvira gereizt.

»Nein«, sagte er versöhnlich. »Es ist nur wegen der Waldbrandgefahr.«

Wortlos nahm Elvira ihre Zigarette wieder aus dem Mund und steckte sie zurück in die Packung.

Sie versuchte es noch einmal mit dem Kaffee und ging dann resigniert ins Haus, um sich ein Glas Weinschorle einzugießen. Es fühlte sich für sie an, als würde ihr das Leben entgleiten. Sie war jetzt achtundzwanzig. Ihre Schulfreundinnen waren längst verheiratet und hatten ihre zwei obligatorischen Kinder bekommen. Allmählich galt sie in der Porzellanfabrik schon als alte Jungfer.

Der junge Grenzsoldat war, kurz nachdem sie Siggi triumphierend davon berichtet hatte, versetzt worden. Sie hatte nie wieder etwas von ihm gehört. Siggi tröstete sie, als ihr Soldat weg war. Wieder fing sie an zu hoffen. Und noch immer wusste keiner von ihnen beiden.

Die Kinder machten sich fertig für einen Ausflug in den Wald. Johanna legte ihnen Kissen und Decken in den Leiterwagen und gab ihnen noch eine Flasche Tee und Sahnetoffees mit. An die Deichsel des Wagens hängte sie einen Eimer, falls sie Beeren finden würden.

Gerda ermahnte Christine, nur die westöstliche Achse entlangzulaufen und den befestigten Weg zu nehmen, damit sie weder zu nah an die Grenze noch zu dicht an den Zaun kamen, der den 500-Meter-Schutzstreifen umschloss. Christine und Andreas kannten den Wald gut genug und machten sich keine Gedanken.

An den breiten Fahrwegen stand ein grünes Holzschild mit dem Eichhörnchen, bei dem die Gefahrenstufe drei eingestellt war. Aber in der Kühle des Waldes vergaßen sie schnell, wie heiß es auf der Lichtung gewesen war.

Christine zog den Wagen und blieb plötzlich stehen, um Viola einen prächtigen Hirschkäfer zu zeigen. Viola erschauerte vor den gewaltigen Zangen des Käfers und konnte weder etwas Schönes daran finden, wie ihre Schwester, noch etwas Spannendes, wie ihr Bruder. Der Wald war für Viola ein unheimlicher Ort. Immer wieder warnten sie die Eltern hineinzulaufen, und nachts hörte sie von dort Geräusche, die sie sich nicht erklären konnte. In diesem Wald war etwas Fremdes, Unheimliches, und sie fürchtete sich, ohne zu wissen, wovor.

Zwischendurch hielten sie oft an. Die Wegränder waren von Heidelbeerkraut gesäumt, und bald hatten sie ihren Eimer bis zum Rand gefüllt.

Sie kamen an eine Stelle, an der lange Stämme aufgestapelt lagen, bereit, um von Waldarbeitern abgeholt zu werden.

»Los, wir balancieren!«, rief Andreas, aber Viola weigerte sich, den sicheren Leiterwagen zu verlassen.

Christine zog ihre Schuhe aus und stieg auf einen der Stämme. Sie krallte ihre Zehen in die Rinde, und bald klebte Harz an ihren nackten Sohlen.

»Komm doch her, Viola!«, rief Christine.

Im Gebüsch raschelte es, und Viola rannte schnell zu ihrer großen Schwester. Vielleicht war es an ihrer Hand doch sicherer.

Zusammen liefen sie die Stämme entlang. Allmählich vergaß Viola ihre Furcht. Sie fanden Schieferstücke, und sie durfte ihren Geschwistern zeigen, wie schön sie schon schreiben konnte. Viola würde in diesem Herbst in die Schule kommen und übte schon dafür. Dann hob Andreas die kleine Schwester hoch und stellte sie auf einen Baumstumpf.

»Guck, Christine!«, rief er. »Jetzt ist Viola größer als wir!«

Im ersten Moment war die Kleinste der Geschwister stolz über ihr plötzliches Wachstum. Im zweiten Moment stellte sie fest, dass um den Baumstumpf ein Nest roter Waldameisen war, die sich nun auf sie stürzten und sie bissen. Viola schrie aus Leibeskräften. Andreas erschrak und war völlig hilflos, vor diesen Ameisen hatte auch er Respekt. Christine riss Viola von dem Baumstumpf herunter und presste ihr dabei die Hand auf den Mund.

»Nicht schreien!«, beschwor sie Viola. »Sei still! Sonst kommt jemand!«

Viola gehorchte. Lautlos, aber nicht weniger bitterlich schluchzte sie vor sich hin, während Christine die Ameisen von ihren Beinen schlug und aus den Kleidern schüttelte. Dabei schimpfte sie mit Andreas, weil der nicht aufgepasst hatte. Mit Spucke versuchte sie die Ameisenbisse zu lindern, aber Viola wollte nach Hause.

Christine nahm ihre kleine Schwester huckepack, und Andreas zog den Wagen. Das fließende Rauschen der Blätter und der schaukelnde Gang ihrer Schwester beruhigten Viola ein wenig.

Im *Waldeshöh* wurden Christine und Andreas ordentlich von ihrer Mutter ausgeschimpft. Johanna rieb die roten Pünktchen an Violas Beinen mit Essigwasser ab. Der Essig brannte, Viola fing wieder an zu weinen und steigerte sich allmählich hinein, jetzt, wo sie endlich laut sein durfte. Schließlich nahm Elvira sie auf den Arm und ging mit ihr nach oben ins Turmzimmer.

In diesem Raum war Viola am liebsten. Es duftete dort nach Apfelseife, und Elvira besaß Absatzschuhe und Kleider aus glänzenden Stoffen. Elvira hatte ihr versprochen, dass sie das Turmzimmer bekommen sollte, wenn sie irgendwann ausziehen würde, woran sie allerdings langsam selbst nicht mehr glaubte. Sie setzte die Kleine aufs Bett, träufelte ihr Maiglöckchenwasser aufs Haar und fragte, warum sie denn wegen ein paar Ameisen so schlimm weine.

Aber es war nicht nur deshalb. Viola redete sich ihren ganzen Kummer von der Seele, den sie vermutlich für sich behalten hätte, wenn die Sache mit den Ameisen nicht noch dazugekommen wäre.

»Ich will gar nicht mehr hier sein«, schluchzte sie. »Ich will wohnen, wo die andern alle wohnen. Ich war bei Sandra zum Kindergeburtstag. Die haben ein Wasserklo. Und da kommt das Wasser aus der Leitung. Es ist sogar warm. Und sie wohnen in einem schönen Neubau, und nebenan wohnt gleich Britta und drunter Daniela. Alle spielen sie am Nachmittag zusammen auf dem Spielplatz. Bloß ich nicht.«

Nachdem sie es gesagt hatte und ein bisschen von Elvira gestreichelt worden war, ging es ihr schon viel besser. Als sie am Abend alle zusammen auf dem Sofa saßen und sie mit den anderen *Am laufenden Band* gucken durfte, war Violas Welt wieder gut.

Elvira aber sah immer wieder zu ihrer kleinen Nichte. Sie konnte sich keinen der vielen Gegenstände merken, die auf einem Fließband an den Kandidaten vorbeifuhren. Die anderen versuchten mitzuraten, aber Elvira dachte nach. Als der Abspann lief, hatte sie eine Entscheidung getroffen.

Am Sonntag kochte Christine mit ihrer Oma Marmelade aus den Beeren, die sie gesammelt hatten. Die ganze Küche duftete nach Zucker und Früchten, und die blubbernden Töpfe auf dem Herd erzeugten noch mehr Hitze. Sie hatten die Gläser in der Waschmaschine ausgekocht und auf Geschirrtücher gestellt. Christine beschriftete sorgfältig die Schildchen, die sie später aufkleben wollten. Johanna machte eine Gelierprobe, und Christine durfte das Tellerchen ablecken.

Als alle Gläser gefüllt waren, schaffte Johanna sie in den Keller. Ihre Hände waren im Laufe der Jahre völlig unempfindlich gegen Hitze geworden. Als die Marmeladengläser ordentlich im Regal aufgereiht standen, wischte Johanna ihre Hände an der Dederonschürze ab und sagte: »Da haben wir was Gutes für den Winter, mein Mädchen.«

Christine lehnte sich an ihre Großmutter. Beide betrachteten stolz ihr Werk.

Am Montag bekam Christine in der Schule den letzten Aufsatz des Schuljahres zurück. Das Thema war gewesen: *Wie stelle ich mir das Jahr 2000 vor?*

Ihre Lehrerin hatte den Aufsatz mit einer Drei minus benotet und daruntergeschrieben: *Und was ist im Jahr 2000 Dein Beitrag zum Aufbau der kommunistischen Gesellschaft?*

Diese Zensur verdarb Christines Deutschnote. Nun würde sie keine Eins mehr auf dem Zeugnis bekommen.

Geknickt zeigte sie den Aufsatz zu Hause, und Gerda tröstete sie: »Sei nicht traurig. Mir gefällt, was du geschrieben hast. Deine Lehrerin hat vielleicht einfach nicht begriffen, wie du es meinst.«

Und Johanna sagte: »Man muss hier oben im *Waldeshöh* wohnen, um deinen Aufsatz zu verstehen.«

Christine ärgerte sich trotzdem. Sie brachte das Heft in den Keller zu den anderen alten Heften. Der Stapel war schon so hoch, dass er schwankte. Sie holte eine Paketschnur und band die Schulhefte zusammen.

Am Dienstag konnte Christine die Abzüge bei Elviras Freundin abholen. Auf den Fotos vom Fernsehbild war überall dieser breite schwarze Streifen, der immer entsteht, wenn man von einem Film aus Einzelbildern abfotografiert. Aber auf einem Abzug war der Balken ganz unten am Rand und verdeckte nichts Wichtiges. Dieses Foto landete neben dem Plakat von Dean Reed.

Christine hatte es so aufgehängt, dass sie es gut von ihrem Bett aus sehen konnte. Sie beschloss, sich in den Ferien auch so eine enge Kette zu fädeln, wie sie der Sänger um den Hals trug.

Andreas konnte mit Christines Schwärmereien nichts anfangen. Ihm war langweilig, daher ging er mit seinem Ball nach draußen spielen. Er dribbelte ein wenig, dann suchte er sich zwei Bäume hinter dem Haus, die das Tor sein sollten. Er brauchte viele Anläufe, bis er endlich genau hindurchtraf. In dem Moment, in dem er jubelnd die Arme nach oben riss, heulten die Sirenen los. Sein Ball war an den Signalzaun dahinter geprallt. Andreas wusste, wenn jemand den Ball fand, würde es ordentlich Ärger geben. Nicht nur mit den Grenzsoldaten, auch mit seinen Eltern. Er musste den Ball unbedingt zurückholen, und es blieb ihm nicht viel mehr als eine Minute, bis die Grenzsoldaten kamen. Er rannte in Richtung Grenzzaun und sah den Ball davor auf dem geharkten Sicherungsstreifen liegen. Wenn er den betrat, würden sie seine Spuren sehen. Er holte einen Ast, robbte vorwärts und angelte nach seinem Ball. Andreas erwischte ihn, raste damit zum Haus zurück, düste hoch in das Dachzimmer, kletterte nach oben in sein Bett und versteckte sich unter der Decke.

Christine war noch immer mit ihrem Plakat beschäftigt. Sie hatte nur einmal kurz aufgesehen, als der Alarm losgegangen war, und kümmerte sich nicht weiter um ihren Bruder.

Kurze Zeit später hämmerte es unten an die Tür. Draußen stand der Kompaniechef der Grenztruppen und fragte, ob jemand am Zaun gewesen sei. Die drei Kinder wurden heruntergerufen. Einhellig versicherten sie, die ganze Zeit im Haus gewesen zu sein. Danach suchten die Grenzsoldaten stundenlang den Wald nach Flüchtlingen ab. Andreas beobachtete sie vom Dachfenster aus und hoffte, dass die Hunde nicht seine Spur aufnehmen würden.

Am Mittwoch war Sportfest in der Schule. Über der Aschenbahn lag staubige Hitze, und Christine quälte sich beim Ausdauerlauf. Andreas hingegen war froh, dass sie keinen Unterricht hatten. Ab und zu begegneten sich die Geschwister, wenn sie von einem Übungspunkt zum nächsten pilgerten. Christine hielt die ganze Zeit Ausschau nach dem Jungen mit den langen Haaren. Sie entdeckte ihn, als er gerade bei den Liegestützen war. Er schaffte dreiundzwanzig Stück.

Leider musste Christine dann zum Handgranatenwerfen und verlor ihn aus dem Blick. Es waren natürlich keine echten Handgranaten, mit denen sie werfen sollten, sondern keulenförmige Attrappen. Christine holte mit Schwung aus, verrenkte sich fast den Arm und schaffte es trotzdem nicht bis zur 25-Meter-Linie, die sie übertreffen sollten. Diese 25 Meter wären im Ernstfall der Detonationskreis.

»Tja, Christine«, sagte der Sportlehrer. »Jetzt bist du tot.«

Am Donnerstag hatten sie keinen richtigen Unterricht mehr, denn die Zeugnisse waren fertig geschrieben. Christine tauschte in der Stunde mit ihren Freundinnen Zettelchen aus und verabredete sich mit ihnen für den Sonntag. Sie wollten zusammen im Hasenthaler Kino *Zorro* angucken. Diesen Film kannten zwar alle schon, aber Alain Delon konnte man gar nicht oft genug sehen.

Als Christine nach dem Unterricht zu ihrem Rad schlenderte, entdeckte sie, dass der Junge mit den langen Haaren dort lehnte. Wieder kaute er Kaugummi. Als er sie sah, warf er die Haare nach hinten.

Sie war froh, dass sie ihre neuen Schlaghosen und die schöne Wickelbluse trug, und tat erst einmal so, als würde sie ihn nicht beachten.

»Christine?«, sprach er sie an. »Du heißt doch Christine?«

Sie nickte verlegen und hoffte, dass sie nicht allzu rot wurde.

»Wollen wir in den Ferien mal zusammen ein Eis essen?«, fragte er.

Wieder nickte sie.

»Gleich am Sonnabend? Ich hol dich ab!«

Christine fand endlich ihre Sprache wieder. »Ich wohn da oben«, sagte sie und zeigte Richtung *Dressels Forst*. »Im Schutzstreifen. Da kannst du mich vermutlich nicht abholen.«

Er nickte und stieß sich vom Fahrradständer ab.

»Dann treffen wir uns eben. Um drei an der Grenzkompanie in Lichtenhain. Nicht vergessen!«

Am Freitag gab es Zeugnisse, und nicht einmal die Deutschnote konnte Christines Glücksgefühl dämpfen. Da hatte sie befürchtet, den Jungen mit den langen Haaren acht endlose Wochen nicht zu sehen, und nun waren sie für den Sonnabend zum Eisessen verabredet! Plötzlich fiel ihr ein, das sie ganz vergessen hatte, nach seinem Namen zu fragen.

Auf dem Heimweg fuhr sie noch in der LPG vorbei, wo sie am Montag ihre Ferienarbeit antreten sollte, und ließ sich sagen, wann es losging und wo sie hinkommen sollte.

Dann begannen die großen Ferien.

In der Nacht stürmte es. Der Wind fuhr unter die Schieferplatten am Dach, und es klapperte so laut, dass Christine ganz unruhig schlief. Sie hätte gern mit Andreas noch weiter über den Jungen mit den langen Haaren gesprochen, aber ihr Bruder schlief schon.

Viola fürchtete sich vor dem Sturm, und sie schlich zu ihren Eltern ins Zimmer. Sie durfte sich zu ihnen ins Bett legen, und sie schmiegten sich aneinander.

Johanna hörte auf die vertrauten Geräusche des Windes und fühlte sich geborgen im Hotel *Waldeshöh*. Sie hatten es gut in Schuss gehalten. Egal wie sehr es stürmte, das Haus stand sicher, es würde keine einzige Schieferplatte abfliegen.

Auch Elvira lag wach im Turmzimmer und starrte in die Dunkelheit.

Gegen Morgen legte sich der Sturm, und es wurde ganz still.

33

Vom Erinnern und Vergessen

Milla rechnete jeden Tag mit einem Anruf von Christine. Aber das Ultimatum, das sie Elvira gestellt hatte, lief ab, und nichts geschah.

Am Freitagabend meldete sich Milla selbst bei Christine. Sie bemühte sich um einen unbefangenen Tonfall und fragte, ob sie am Wochenende nicht etwas zusammen unternehmen wollten.

Christine freute sich und hatte sofort eine Idee. »Hast du Lust, Heidelbeeren zu sammeln? Ich habe gerade überlegt, ob ich mal wieder Marmelade koche.« Sie schlug noch eine Uhrzeit und einen Treffpunkt vor.

»Sag mal«, erkundigte sich Milla so beiläufig wie möglich, »mit deiner Tante Elvira hast du nicht zufällig in den letzten Tagen gesprochen?«

»Doch«, bestätigte Christine aufgeräumt. »Gerade eben.«

»Ach, wirklich?«

»Machst du dir auch Sorgen um sie? Für mein Gefühl war sie ein bisschen durcheinander. Ob bei ihr langsam das Alter kommt?«

»Sie ist erst neunundsechzig. Das ist doch heute kein Alter mehr«, gab Milla zurück. Sie wurde aus der Sache nicht schlau. Nahm Christine die Sache sehr leicht, oder hatte Elvira in letzter Sekunde gekniffen?

»Jedenfalls dachte ich, wenn sie irgendwann nicht mehr klarkommt, könnte ich sie vielleicht zu mir nehmen«, überlegte Christine. »Wir sind doch eine Familie.«

Milla musste sich keine Ausrede einfallen lassen, warum sie Neo an diesem Tag nicht mitnehmen konnte. Er wollte mit Anni einen Probelauf entlang des Rennsteigs machen. Noch immer trainierten sie für den Rennsteiglauf. Aber die Bedingungen im Gelände würden ganz andere sein als auf einer Aschenbahn.

Sie holten Anni ab und trafen sich dann mit Christine auf dem Parkplatz vor der Kirche in Spechtsbrunn.

»Bleibt bloß immer oben auf dem Kammweg und verlauft euch nicht. Ihr habt keinen Netzempfang im Wald«, sagte Milla besorgt. Es gefiel ihr nicht, dass die Kinder so ganz allein loslaufen wollten.

Neo beruhigte sie: »Mama. Es ist hellerlichter Tag. Wir sind zu zweit. Wir treffen uns in drei Stunden wieder am Auto.«

Sie gingen ein Stück zusammen, dann liefen Neo und Anni den Rennsteig hinauf. Milla sah ihnen nach.

»Mach dir keine Gedanken«, sagte Christine. »Es ist Wochenende, da sind so viele Wanderer unterwegs. Ich versteh gar nicht, warum die Kinder heute keinen Schritt mehr allein tun dürfen.«

Christine trug den alten Eimer über dem Arm, in den sie schon mit ihrer Großmutter Beeren gesammelt hatte. Er war aus Plastik, hatte einen Deckel und war ihr damals hochmodern vorgekommen. Unbefangen schlenkerte sie damit herum und hakte Milla unter.

Da wusste Milla, dass Elvira ihr nichts erzählt hatte.

Sie nahmen den Rennsteig in die andere Richtung, liefen vorbei am Kindergarten und der alten Försterei, aus dem Ort heraus und in den Wald hinein, immer Richtung *Dressels Forst.*

Bald bückte sich Christine, zupfte ein paar Heidelbeeren ab und steckte sie in den Mund.

»Hast du keine Angst vor dem Fuchsbandwurm?«, wunderte sich Milla.

Christine winkte ab. »Ein Sechser im Lotto ist wahrscheinlicher, als sich beim Beerenpflücken damit anzustecken.« Sie lachte. Ihre Lippen und Zähne zeigten sich dunkelblau verfärbt. »Sei mutig«, sagte sie und hielt ihr eine Handvoll hin.

Der Geschmack hatte nichts mit den Kulturheidelbeeren zu tun, die es im Supermarkt gab. Die Beeren knackten zwischen den Zähnen und hatten ein starkes, würziges Aroma.

Milla wünschte, sie hätten an diesem Tag nicht anderes zu tun, als Beeren zu pflücken.

Als sie auf der Lichtung ankamen, setzten sie sich ins Moos und sahen dorthin, wo einmal das Hotel *Waldeshöh* gestanden hatte. Die Gräser blühten, und ihre winzigen Samenstände flimmerten im Licht.

Christine riss einen Stängel ab. Langsam streifte sie die Rispen nach oben und sagte den alten Kinderreim auf: »Das ist der Baum, das ist der Busch, das kriegst du in die Gusch!« Beim letzten Wort warf sie Milla die Samen ins Gesicht. Die verzog keine Miene.

»Was hast du?«, fragte Christine.

Milla atmete tief durch und gab sich einen Ruck.

»Ich habe Post vom Staatsarchiv Meiningen bekommen. Sie haben die Polizeiakten gefunden. Von eurer Umsiedlung.«

Die ganze Leichtigkeit des Sommertags verschwand aus Christines Gesicht.

Milla öffnete ihren Rucksack und zog einen Teil der Kopien heraus. Sie übergab zunächst nur die Dokumentation der Aktion *Waldeshöh*.

»Ich hätte meine Brille mitnehmen sollen«, stellte Christine fest und hielt die Papiere etwas weiter weg.

Sie begann zu lesen, ließ jedoch nach einer Weile die Akten sinken und flüsterte: »Das ist schwer auszuhalten.«

Milla legte den Arm um sie. »Ich weiß. Das war es auch für mich, und ich hab es nicht erlebt.«

Einen Moment saßen sie schweigend da.

»Du wolltest wissen, was genau mit dem Gebäude passiert ist«, sagte Milla nach einer Weile. »Das steht auf Seite 27.«

Christine las die sachliche Beschreibung der Aktion. »Ich bin froh, dass sie es nicht für Schießübungen missbraucht haben. Die Vorstellung wär mir unerträglich.«

Plötzlich sagte sie: »Wir müssen das den anderen zeigen. Das ist doch endlich der Beweis, den wir gesucht haben, oder?«

Sie wollte sofort anrufen, dann erinnerte sie sich daran, dass es hier keinen Netzempfang gab.

»Es ist besser, wenn wir das erst einmal allein besprechen«, sagte Milla. »Die Sache ist nicht ganz so einfach.«

Christine versuchte, die Heidelbeerflecken von den Fingerspitzen zu bekommen. Ihre Wangen glühten vor Aufregung. »Ich weiß. Aber wenigstens haben wir jetzt etwas in der Hand!« Sie konnte nicht stillsitzen und wollte am liebsten zurückgehen.

Milla blieb steif auf dem Boden hocken. Schließlich fragte sie: »Wenn du wählen dürftest zwischen einer beruhigenden Lüge und einer Wahrheit, die sehr wehtut. Was wäre dir lieber?«

Christine ließ sich zurück ins Gras sinken. »Die Wahrheit«, sagte sie entschieden. »Wenn man die Wahrheit kennt, dann kann man anfangen zu vergessen und zu verzeihen.«

Milla nickte. Das hatte sie sich schon gedacht.

Christine sah ihr fest in die Augen, doch Milla wich ihrem Blick aus. Sie entdeckte einen Feuerkäfer im Moos, der über die Sporenkapseln kletterte.

»Das ist nicht alles, was du entdeckt hast, nicht wahr?«, sagte Christine schließlich. »Du hast herausgefunden, wer der Denunziant war.«

Milla zog einen weiteren Stapel Papiere aus ihrem Rucksack.

»Bist du sicher, dass du das lesen willst?«

Christine nickte. Sie sah die Blätter durch und fragte dann: »Ich verstehe das nicht. Was bedeutet das? *Die Tochter der Reg.-Nr. 21/77 unterzeichnete erfreut die Erklärung zur freiwilligen Umsiedlung ihrer Familie aus dem Grenzgebiet. Sie betonte, dass sie die Notwendigkeit dieser Schutzmaßnahmen einsieht*. Wer in aller Welt ist das? Wer ist Reg.-Nr. 21/77?«

Milla gab ihr die Kopie des Namensverzeichnisses.

Christine brauchte einen Moment, bis die Erkenntnis, wer die Tochter von Reg.-Nr. 21/77 war, zu ihr hindurchsickerte. Milla konnte das plötzliche Pulsieren einer Ader auf ihrem Handrücken sehen. Sie wagte es nicht, etwas zu sagen oder Christine zu berühren. Plötzlich zweifelte sie, ob sie das Richtige getan hatte.

Christine legte ihr Gesicht auf die Knie und begann zu weinen. »Ich will es nicht! Ich will nicht, dass sie es war!«, stieß sie immer wieder schluchzend hervor.

Als Anni und Neo verschwitzt und glücklich von ihrem Training zum Parkplatz kamen, wartete dort nur noch Milla. Sie erzählte, dass sich Christine nicht wohlgefühlt habe und sie später noch einmal nach ihr sehen wolle.

Sie setzte die beiden nur in Coburg ab und entschuldigte sich bei Anni, dass sie sich jetzt selbst ums Essen kümmern mussten.

»Macht keinen Blödsinn in der Zwischenzeit, es könnte später werden«, forderte Milla streng.

»Definiere Blödsinn genauer«, sagte Neo.

»Nicht rauchen, nicht trinken, nichts anzünden, keine Kinder zeugen.«

»Mama!« Neo gab sich entrüstet. »Wir waren stundenlang allein im Wald. Wenn wir Blödsinn machen wollten, dann wär das längst passiert.«

Als Milla bei Christine ankam, stand diese schon hinter dem kleinen Gitterfenster an der Tür. »Kannst du mitkommen?«, rief sie. »Ich will zu Tante Elvira. Das muss sie mir erklären. Ich krieg sonst einen Anfall!«

Vorsichtshalber setzte sich Milla ans Steuer. Christine hätte vermutlich den nächsten Baum gerammt.

Immer wieder zerrte sie den Gurt von ihrem Körper weg, als fühlte sie sich beengt. »Ich weiß nicht, was ich tun soll. Soll ich meine Geschwister da raushalten? Ich müsste sie doch davor schützen, oder? Meine Oma wüsste, was zu tun ist.«

»Weißt du«, sagte Milla vorsichtig. »Wenn deine Oma so war, wie du sie immer beschreibst, dann weiß ich, was sie sagen würde.«

»Ja?«, fragte Christine hoffnungsvoll. »Und was?«

»Sie würde wollen, dass du immer das tust, was du möchtest, und nicht, was deine Oma vielleicht gewollt hätte.«

Christine dachte darüber nach und kam zu dem Schluss, dass Milla recht hatte.

Nacheinander rief sie ihre Geschwister an und stellte das Telefon auf Lautsprecher, damit sich Milla einschalten konnte.

Viola nahm es einigermaßen gefasst auf und war hauptsächlich an der Tatsache interessiert, ob die Rückübertragung nun überhaupt noch möglich war.

»Das ist rechtlich ziemlich einfach«, erklärte Milla. »Eure Oma war zu dem Zeitpunkt die Eigentümerin, und ihr ist keine Entschädigung zugeflossen. Das können wir jetzt beweisen. Die andere Sache ist: Eure Tante hat Geld angenommen, das ihr nicht zustand. Das hat aber erst einmal nichts mit eurem Rückübertragungsverfahren zu tun.«

Andreas sagte zunächst nichts, dann rief er seine Frau, dann schickte er sie wieder weg, und schließlich stellte er fest: »Deshalb war sie immer so wild drauf, sich um die ganzen rechtlichen Sachen zu kümmern.«

Sie schwiegen sich für ein paar Minuten am Telefon an. Milla dachte, er hätte aufgelegt, aber dann hörte sie ihn wieder sprechen. »Ich hätte es jedem anderen zugetraut, aber nicht ihr.«

»Vielleicht hatte sie Gründe«, warf Milla vorsichtig ein.

»Keinen einzigen, der zählt.«

Elvira Dressel öffnete die Tür, warf einen genervten Blick zum Himmel und sagte: »Das wird wohl allmählich zur Gewohnheit, dass hier unangemeldet Besuch hereinplatzt.«

Christine hielt sich weder mit Höflichkeiten noch mit einer Vorrede auf. Sie sah ihre Tante nur an und fragte: »Warum hast du das getan?«

»Warum ist die mitgekommen?«, fragte Elvira mit einem Blick auf Milla zurück.

»Darüber solltest du froh sein, Tante Elvira. Sie hat im Moment mehr Verständnis für dich als ich.«

Elvira winkte ihre Besucherinnen resigniert ins Wohnzimmer und wollte eine Flasche Gin holen. Sie hatte natürlich längst für Nachschub gesorgt.

»Besser nicht«, lehnte Milla ab. »Ich mach uns einen Tee. Wo ist die Küche?«

Aus dem Nebenraum hörte sie Christines Stimme, die ganz verändert klang. Milla ließ den Tee viel zu kurz ziehen und eilte zurück, um ihrer Freundin beistehen zu können.

»Was hast du nur getan, Tante Elvira?«, rief Christine.

»Schrei mich nicht so an«, wehrte sich Elvira. »Es war bloß ein Haus. Ich hab schließlich keinen umgebracht.«

»Doch«, warf Christine ihr vor. »Die Oma wär nicht so früh gestorben, wenn das nicht passiert wär!«

»Erzähl nicht so was«, wehrte Elvira ab. »Sie war alt.«

»Das ist nicht wahr! Sie war erst neunundsechzig, so wie du jetzt.«

Elvira zuckte mit den Schultern. Sie stand auf und goss Gin in ihren Tee. »Ich bin ja auch alt.«

»Wie konntest du Papa das antun?«, wollte Christine wissen. »Er ist in Wolfen eingegangen wie eine Primel.«

»Ich wollte, dass es euch besser geht«, sagte Elvira traurig und suchte nach ihren Zigaretten. »Ihr seid in einen schönen Neubau gekommen mit Wasserklosett und Fernheizung.«

Christine schüttelte ungläubig den Kopf. »Ich dachte, du hast deinen Bruder geliebt«, sagte sie traurig. Ihre Stimme war etwas ruhiger geworden. »Ich hatte Papa in den letzten Jahren bei mir. Das Schlimmste war für ihn der Verrat durch seinen einzigen Freund. Papa hat von allem immer nur eins gebraucht. Ein Hemd, eine Frau, einen Sohn, einen Freund.«

»Und eine Schwester«, schaltete sich Milla ein. »Ich glaube, der Verrat durch seine Schwester wäre noch schlimmer gewesen.«

Christine nickte. Milla hatte recht, es war gut, dass es ihr Vater nie erfahren hatte.

Elvira rauchte, nippte ab und zu an ihrem Tee und füllte ihn mit Gin auf, wenn er zur Neige ging. Sie wirkte unbeteiligt, aber Christine kannte sie besser. Der Lippenstift ihrer Tante war verschmiert, so heftig biss sie sich auf die Lippen. Sie quälte sich. Am meisten traf sie sicher, dass ihre Nichte, deren Heldin sie gewesen war, nun ein anderes Bild von ihr hatte.

»Ich werde mich wohl bei Siggi entschuldigen müssen«, sagte Christine.

»Pah«, warf Elvira ein. »Der ist trotzdem nicht unschuldig. Seine Sündenliste ist lang.«

»Nenn mir ein Beispiel.«

»Siggi hat verhindert, dass dein Vater zum Forststudium delegiert wurde, weil er eifersüchtig auf ihn war. Dein Vater war der Klügere von den beiden.«

Christine schüttelte wieder den Kopf. Sie legte die Hände an ihre Schläfen und konnte fühlen, wie der Puls hindurchjagte.

Milla mischte sich in das Gespräch ein. »Ich habe mit dem Chef meiner Kanzlei gesprochen. Wir müssen jetzt sachlich sein und über die Konsequenzen sprechen.«

»Welche Konsequenzen?«, fragte Elvira spöttisch. »Werde ich jetzt enterbt?« Christines Blick brachte sie zum Schweigen.

»Tut mir leid«, sagte Elvira leise. »Ist nur Galgenhumor.«

»Wenn die Geschwister Dressel jetzt die Wiederaufnahme des Rückübertragungsverfahrens beantragen, werden die Akten ein Beweismittel sein, und das hat Konsequenzen«, erklärte Milla.

»Und welche?«, wollte Elvira wissen.

»Sie haben unberechtigt eine Entschädigung angenommen. Haus, Grund und Boden gehörten zu dem Zeitpunkt ihrer Mutter. Es spielt keine Rolle, dass sie später die Hälfte davon geerbt haben.«

Elvira sah zum Kamin hinüber, zu den Familienbildern. Ihr wurde bewusst, dass die Zigarettenspitze ihrer Großmutter zwischen ihren Lippen klemmte. Hastig riss sie sie heraus, als hätte sie sich daran verbrannt.

»Heißt das«, fragte sie langsam, »ich muss das zurückzahlen?«

Milla zuckte unsicher mit den Schultern. »Unter Umständen ja. Der Staat als Rechtsnachfolger der DDR könnte es zurückfordern.«

Elvira ließ den Blick durch den Raum wandern. Sie dachte an ihr Atelier nebenan und das Musikzimmer. Sie hatte in den letzten Jahren all die Platten gesammelt, die sie damals haben wollte, aber in der DDR nicht bekommen konnte. Sie sah hinaus in den Garten. Sie wohnte gern hier. Wäre es nicht ironisch, dachte sie, wenn sie ihr Zuhause verlieren würde, damit ihre Nichte ihres zurückbekam?

»Erinnerst du dich noch daran, wie ich euch aus der Grenzkompanie gerettet hab? Dich und Andi?«, fragte Elvira.

Christine nickte.

»Ich hab damals versprochen, euren Eltern nichts zu verraten. Ich hab mich dran gehalten.«

Christine blickte verlegen nach unten und zupfte einen Fussel von ihrer Hose.

»Verzeihung«, mischte sich Milla verärgert ein. »Das kann man nun wirklich nicht vergleichen.«

Elvira ignorierte sie, als wäre sie mit ihrer Nichte allein im Raum. »Behalt es für dich, Christine«, bat sie. »Vernichte die Akten.«

»Das sind nur Kopien«, erklärte Milla, die Elviras schnellen Blick zum Kamin bemerkt hatte. »Die Originale liegen im Archiv, die können wir erneut anfordern.«

Elvira versuchte, ihre Nichte mit einem bittenden Blick zu hypnotisieren. Ihr Lidstrich begann zu verlaufen, und sie blinzelte öfter als sonst.

»Lass alles so, wie es war. Vielleicht leb ich ja nicht mehr lang. Ich geb mir auch Mühe.« Sie warf einen bedeutsamen Blick auf die qualmende Zigarette und den Gin.

Christine sah sie traurig an. »Ich würde es so gern, Tante

Elvira. Wirklich. Aber es ist zu spät. Ich habe es Andi und Viola schon erzählt, auf der Fahrt hierher. Und wir sind uns einig. Wir werden die Akten verwenden. Wir möchten unser Zuhause zurück.«

»Auch Viola?«, fragte Elvira müde.

Christine nickte. »Viola braucht dringend Geld.«

Elvira setzte sich aufrecht hin. Dann war es also schon beschlossen. Sie versuchte es mit einer anderen Methode.

»Du bringst die Familie auseinander, Christine«, stellte sie fest und bedachte ihre Nichte mit einem eisigen Blick.

»Das haben Sie schon erledigt«, sagte Milla, heftiger, als sie wollte. Allmählich riss ihr der Geduldsfaden.

»Wir sind uns einig, dass es außer uns keiner erfahren wird, nicht deine Tochter, auch nicht Anni. Niemand«, versicherte Christine.

»Du bist schuld, wenn sich die Familie entzweit«, warf Elvira ihr vor.

Christine sah zu Milla. Noch vor einem halben Jahr hätte sie sich überreden lassen und spätestens in diesem Moment alles unter den Tisch gekehrt. Um des lieben Friedens willen. Um alle zu beschützen. Um von ihrer Tante geliebt zu werden. Sie hätte den Rest ihres Lebens diesen Verrat mit sich allein herumgetragen und auf alles verzichtet. Aber sie war nicht mehr wie vor einem halben Jahr.

Sie sah wieder zu ihrer Tante und hielt deren Blick stand. »Nein«, sagte sie, und ihre Stimme klang zu ihrer eigenen Überraschung vollkommen sicher. »Ich bin nicht schuld, wenn du mit den Konsequenzen deiner Tat leben musst.«

An der Tür versuchte Christine, ihre Tante zu umarmen. Doch Elvira wehrte sich und machte sich ganz steif.

»Die Familie muss nicht auseinanderfallen«, sagte Christine. »Was mich betrifft, ich weiß nicht, ob ich das verzeihen kann, aber ich hab dich trotzdem lieb.«

Elvira schob sie weg und sagte kühl: »Ich brauche keine Almosen.«

34

Der Keller

2. Juli 1977 – Um sechs Uhr wurden Christine und Andreas von einem Dröhnen geweckt, das von draußen kam.

»Was ist das?«, fragte Christine.

Andreas reckte seinen Kopf über die Bettkante und sagte: »Bestimmt wieder so eine blöde Übung. Die fahren sicher mit Panzern auf dem Kolonnenweg.«

Christine zog sich das Kissen über den Kopf. »Und das am ersten Ferientag.«

Sie waren noch nicht wieder eingeschlafen, als unten jemand gegen die Tür hämmerte.

Werner lief barfuß und im Schlafanzug nach unten. Seine Haare waren ganz wirr. Er rief: »Es ist offen! Was ist denn los?«

Vor der Tür standen zwei Männer in Ledermänteln, und im Wendekreis des Hotels wartete eine Reihe Lkw aus Suhl.

Werner begriff überhaupt nichts und wollte nach draußen.

Der eine Mann im Ledermantel schob ihn zurück in die kleine Empfangshalle und sagte: »Sie dürfen jetzt nicht raus. Wir wollen mit Ihnen drinnen sprechen.«

Jetzt reichte es Werner. »Kommt nicht infrage!« Daraufhin lüpfte einer der Fremden seinen Mantel ein wenig, damit man die Pistole sehen konnte.

Werner gab eingeschüchtert die Tür frei und zeigte, wo der Salon war. Inzwischen waren auch die anderen wach geworden und kamen nach und nach die Treppe herunter. Gerda sah nichts ohne ihre Brille und war völlig verwirrt.

Nur Elvira blieb oben im Turmzimmer. Mit angezogenen Knien hockte sie auf ihrem Bett und erkannte, dass ihre bisherige Einsamkeit nichts gewesen war gegen das, was sie nun fühlte.

Die fremden Männer unten im grünen Salon setzten sich auf die guten Plüschsessel und ignorierten Johanna, die rief: »Ziehen Sie die Stiefel aus! Sie trampeln ja lauter Dreck auf unseren guten Teppich!«

Der Wortführer wedelte mit der Hand in Johannas Richtung, als wollte er ein lästiges Insekt verscheuchen. Dann verkündete er: »Sie müssen innerhalb von zwei Stunden das Hotel *Waldeshöh* verlassen.«

»Aber wieso?«, fragte Gerda und begann zu weinen.

»Sie werden aus dem Grenzgebiet herausgelöst und an einer anderen Stelle unserer Republik zum Wohle des Volkes arbeiten und leben«, bekam sie zur Antwort.

»Aber was haben wir denn getan?«, rief Johanna.

»Das wissen Sie doch genau«, behauptete der Mann.

Andreas begann zu weinen. Er versteckte sich hinter seiner großen Schwester und stotterte: »Das hab ich nicht gewollt! Das war doch keine Absicht!«

Christine flüsterte erschrocken: »Was denn, Andi? Was hast du angestellt?«

Aber der Mann im Ledermantel zeigte auf ihre Großmutter: »Johanna Dressel. Sie haben Korrespondenzen mit dem Klassenfeind geführt.«

Johanna starrte ihn erst einen Moment verständnislos an, bis ihr endlich klar wurde, was er meinte. »Das war doch bloß das Fräulein Aschenbach!«, empörte sie sich.

»Das ist lächerlich«, sagte Werner. »Meine Mutter schickt bloß Bilder von den Kindern und Kochrezepte in den Westen. Aber ich vermute, das wissen Sie längst.«

»Wir haben doch immer versucht, alles richtig zu machen!«, schluchzte Gerda.

Jetzt wandten sich die Männer ihr zu. »Gerda Dressel. Sie haben eine republikflüchtige Mutter in der Bundesrepublik Deutschland. Sie sind ein Risikofaktor für die Staatsgrenze West.«

»Ich hab doch schon seit Jahren nichts mehr von meiner Mutter gehört!«, stotterte Gerda.

»Ja, und was machen Sie, wenn die sich wieder meldet? Was machen Sie, wenn die Sie aushorchen will über unsere Republik? Dann sind Sie plötzlich eine Spionin. Darauf stehen hohe Gefängnisstrafen.«

Christine und Viola fingen nun ebenfalls an zu weinen und klammerten sich an ihrem Bruder fest.

»Sie sehen, das hier ist nur zu Ihrer Sicherheit!«, sagte der Wortführer.

»Was heißt denn da Sicherheit! Wir waren hier sicher, bis Sie gekommen sind!«, rief Werner.

»Passen Sie auf, was Sie sagen«, zischte der andere Mann und griff wieder unter seinen Mantel.

Werner kniff die Lippen zusammen und schüttelte nur immer wieder den Kopf.

Die Männer rissen beide Flügel der Hoteltür auf. Dann stürmte ein Trupp Genossen der Volkspolizei wie ein Schwarm Hornissen herein, dirigiert von einem Polizeioberstleutnant.

Sie packten den Tisch mit den Intarsien aus Kirschbaumholz, den Marie Dressel als Hochzeitsgeschenk von ihren Eltern bekommen hatte, und zerrten ihn nach draußen. Sie krachten die guten Stühle mit dem Plüsch in den Laster. Als der erste voll und der Salon leer war, rückte der nächste Lkw nach.

Werner stellte plötzlich fest, dass Elvira fehlte. Sie liefen nach oben, um sie zu suchen. Johanna fand ihre Tochter im Turmzimmer, mit einem Gesicht wie aus Stein.

Johanna fuhr sie an: »Was sitzt du hier rum? Die räumen unser Haus aus!«

Werner legte seiner Schwester den Arm um die Schulter. »Mutti, lass! Elvira kann doch nichts dafür!«

Daraufhin bekam Elvira einen Weinkrampf.

Die Familie musste sich nun in den Schlafzimmern anziehen. Es wurden Männer mitgeschickt, die aufpassen sollten, damit sich keiner von ihnen etwas antat. Die Frauen ließen ihre Schlafsachen darunter, weil sie sich nicht vor ihren Bewachern entkleiden wollten.

Während sie sich anzogen, fingen die Packer an, die Schubladen der Schlafzimmer leer zu räumen und in mitgebrachte Umzugskisten zu werfen.

Johanna fauchte einen der jungen Männer an: »Dass du dich nicht schämst! Wenn das deine Mutter wüsst'!«

Der wurde ganz rot und stand völlig hilflos da.

Sein Oberstleutnant brüllte ihn an: »Keine Gefühlsduseleien! Seid stark, Männer! Wir tun das für den Sozialismus!«

Andreas kletterte an seinem Doppelstockbett hoch und holte schnell die Kiste mit der Uhr. Er war ganz sicher, wenn er diese Uhr dabeihatte, die so wundersam immer weitertickte, würde alles wieder gut werden. Christine riss eilig die Plakate von der Wand, damit die Männer nicht sehen konnten, von welchem Sender sie abfotografiert worden waren. Sie hielt stumme Zwiesprache mit ihrem Bruder, wegen der Geheimkammer mit ihren Schätzen. An die kamen sie nicht ran, ohne dass es die Packer merkten, und dann hätten sie die nach Westen ausgerichtete Antenne entdeckt. Sie flüsterte Andreas zu: »Keine Angst. Ich komm noch mal zurück und hol unsere Schätze!«

Die Männer nahmen noch das Doppelstockbett auseinander, dann war das Zimmer leer, und die Kinder wurden zur Tür geschoben. Christine zwang sich, nicht zur Tapetentür zu gucken, um sie nicht im letzten Moment zu verraten.

Die Packer waren überall im Haus. Sie schleppten die Federbetten der Familie hinaus, die Matratzen aus den Schlafzimmern und die Betten, Mäntel, Schuhe, Violas Kuscheltiere und das Nachttischschränkchen von Johanna.

»Wo sind Ihre Sachen?«, fragten sie Elvira. Sie wies stumm auf das Turmzimmer. Ihre Möbel kamen in ein gesondertes Fahrzeug.

Die Packer hatten den Auftrag bekommen, nur die privaten Dinge der Familie auszuräumen und alle gewerblichen im Haus zu lassen. Sie öffneten kurz die Gästezimmer, stellten fest, dass es keine Privaträume waren, und wandten sich dem Glasschrank im Gästeflur zu.

»Ist das Ihrer oder gehört der zum Hotel?«, fragte einer der Packer.

»Den hab ich zur Hochzeit von den Schwiegereltern bekommen«, sagte Johanna.

Die Männer hoben die Glasvitrine an, das kunstvolle Arrangement im Inneren fiel durcheinander. Das Kreuz von Marie Dressels Pilgerreise nach Jerusalem, die Tabakspfeife vom alten Herrn Dressel, Arnos Tauflöffel, die kleine Vase, die Elviras Lehrstück gewesen war, und all die anderen Kostbarkeiten, die von der Familie im Laufe der Zeiten gesammelt worden waren. Johanna warf sich dazwischen und rief:

»Das rührt ihr mir nicht an! Nur über meine Leiche!«

Der Mann im schwarzen Mantel lachte und spielte mit seiner Waffe. »So weit muss es ja nicht kommen.«

Der Oberstleutnant fuhr die Packer an: »Räumt das Zeug vorher in eine Kiste, los!«

Werner zog seine Mutter weg und wandte sich an den Oberstleutnant: »Sie haben gesagt, wir müssen in zwei Stunden weg sein. Lassen Sie uns die Küche für die letzte Stunde. Haben Sie ein Herz. Bitte.«

Der Oberstleutnant fragte den Packer: »Sind noch Messer in der Küche?«

»Ist alles raus. Nur noch die Öfen drin.«

»Gasherd?«

»Elektrischer.«

Der Oberstleutnant nickte gnädig und machte eine Kopfbewegung zur Treppe nach unten. »Na los. Dort stehen Sie wenigstens nicht im Weg rum.«

Sie liefen nach unten, und Andreas wäre dabei fast die Treppe hinuntergefallen. Elvira nahm Viola auf den Arm und hielt sich an ihr fest.

Beim Herabsteigen sah Johanna den Balken über der Treppe. Er war ganz abgewetzt und blank. An dieser Stelle hatte Arno immer nach oben gegriffen, um sich auf den Treppenabsatz zu ziehen. Sie langte hinauf und berührte mit den Fingerspitzen das Holz.

Unten begegneten sie wieder einem Mann im schwarzen Mantel, der wissen wollte, was sie vorhatten. »In die Küche?«, fragte er. »Dann machen Sie gleich mal einen ordentlichen Kaffee.«

An ihnen vorbei drängten sich Männer mit ihrer Flurgarderobe, den Teppichen, dem Akkordeonkoffer. Nach und nach verschwand das Leben von drei Generationen in den Armeelastern. Der große Spiegel von der Anrichte stieß beim Transport nach draußen an den Türrahmen. Holz splitterte. Elvira schrie die Träger verzweifelt an: »Seid doch vorsichtig! Warum seid ihr denn nicht vorsichtig?« Sie versuchte, den Splitter wieder an den Türrahmen zu stecken, aber er fiel nach unten und wurde vom nächsten Packer zertreten.

Elvira sah den Wald hinter den Fahrzeugen und wünschte plötzlich, es gäbe da draußen wirklich eine Hexe, die sie nun holen würde. Aber sie musste bleiben und alles mit ansehen.

Werner fasste nach der Hand seiner Schwester und zog sie mit in die Küche.

»Die haben die Gästeetage nicht angerührt«, flüsterte Christine.

»Seht ihr«, sagte Werner und versuchte seine Familie zu beruhigen. »Nun wollen sie doch ein FDGB-Heim daraus machen. Es kommt alles wieder in Ordnung.«

»Aber warum lassen sie es uns nicht führen?«, schluchzte Gerda. »Wer kümmert sich denn dann darum?«

»Vielleicht schicken sie erst einmal andere Leute her«, sagte Werner.

»Aber was wird mit uns?«, schluchzte Gerda. »Wo bringen die uns denn hin? Wir haben doch gar nichts getan!«

»Das muss eine Verwechslung sein«, war sich Werner sicher und nahm sie in den Arm. »Das wird sich aufklären.«

Er sah kurz in die Runde, wer in der vernünftigsten Verfassung war, und entschied sich für Andreas.

»Du stellst dich an die Küchentür und gibst Bescheid, wenn einer kommt«, sagte er.

Andreas bezog seinen Posten und beobachtete den Flur durch den Türspalt.

Die anderen standen hilflos in der Küche, die der Mittelpunkt des Hauses gewesen war. Sie konnten noch sehen, wo die Stühle und der Tisch gestanden hatten. Der Boden zeigte die Spuren von Arnos Lieblingssessel, und sie entdeckten die Abdrücke des Küchensofas. Aber alles war verschwunden: das Geschirr und die Vorräte aus den Schränken, die Schränke selbst mitsamt dem Waschtisch, der Fernseher und sogar ihre wunderbare Waschmaschine.

Werner öffnete die Klappe zum Keller und stieg hinab. Mit dem Handrücken drückte er gegen eine aufklaffende Vitrine, damit kein Staub durch den Spalt eindringen und das feine Geschirr beschmutzen würde.

Johanna stieg hinterher. Sie holte zwei Tassen aus der Vitrine und durchsuchte eine Kiste in der Ecke. Sie fand, was sie suchte, und schüttete ein paar Krümel in jede Tasse.

»Was machst du da?«, fragte Werner.

»Die wollen Kaffee. Das Pulver haben sie aber schon in den Lkw verpackt«, antwortete Johanna mit unbeweglichem Gesicht.

Werner sah auf die Schachtel in der Hand seiner Mutter und begriff plötzlich.

»Mutti! Was tust du da? Bist du verrückt geworden?«

Er warf die rosa Krümel auf den Boden und wischte die Tassen schnell mit seinem Jackenärmel aus.

Zornig krachte sie die Schachtel mit dem Rattengift ins Regal. »Dann gibt's eben keinen Kaffee für die Herren.«

Werner legte seine Hände um das Gesicht seiner Mutter. »Es wird alles wieder gut, Mutti. Das können die nicht machen. Es gibt doch Gesetze. Wir dürfen jetzt nur keinen Fehler machen und uns ins Unrecht setzen.«

Johanna sah Werner an. »Du bist ein guter Junge«, sagte sie. »Und recht hast du. So was kann ja nicht sein.«

Dann stiegen sie nach oben. Johanna drehte mit dem Bakelitschalter das Licht aus.

»Wir könnten alle in den Keller und uns dort verschanzen!«, rief Andreas aufgeregt, weil er glaubte, einen Ausweg gefunden zu haben. Er liebte die Fernsehserie *Vier Panzersoldaten und ein Hund*. In einer Folge hatten sich die polnischen Soldaten in einem Bunkersystem vor den Nazis versteckt.

Sein Vater schüttelte nur den Kopf. Er war der Meinung, um die Sache aufklären zu können, mussten sie jetzt einfach mitmachen. Er schob den Riegel vor die Falltür und klickte das kleine Sicherheitsschloss zu, das sie sonst nie benutzten. Er wollte es den Plünderern nicht zu leicht machen.

Christine klammerte sich an Johanna fest und flüsterte: »Warum wir? Warum heute?«

Elviras Gesicht war wie versteinert. Sie wusste, dass sie auf den ersten Ferientag gewartet hatten, damit auch alle im Haus waren.

Gerda stand am Fenster und sah hinaus in den Wald. Auf der Rückseite des Hauses war nicht einmal zu ahnen, was auf der Lichtung vor sich ging. Es war ein wundervoller sonniger Morgen.

»Ich bin schuld«, sagte sie leise. »Es ist alles nur meinetwegen. Ich hätte niemals hierherziehen dürfen. Ich hab euch Unglück gebracht.«

Johanna strich ihrer Schwiegertochter die Tränen aus dem Gesicht und sagte: »Du hast nichts als Freude in dieses Haus gebracht.«

Werner nahm Gerda in den Arm. »Wenn deine Mutter nicht in den Westen gegangen wäre, hätten die sich was andres ausgedacht. Du hast es doch gehört.«

Dann drehte sich Johanna zu den anderen und sagte mit fester Stimme: »Die Zeiten ändern sich. Das haben sie immer getan. Es wird alles gut werden.«

Und plötzlich hielten sich alle an diesem Gedanken fest, selbst Elvira.

»Sie kommen!«, rief Andreas plötzlich. Als er den Mann in dem schwingenden Ledermantel durch den Türspalt näher kommen sah, fühlte er sich plötzlich wie in einem Western.

»Hier ist ja nur noch der Herd«, sagte Werner, als der Mann in die Küche trampelte. »Wir können keinen Kaffee mehr kochen.«

Der Oberstleutnant schickte zwei Männer herein, die den Herd hinaustragen sollten. Nun stand nur noch der mit dem Schornstein verbundene eiserne Kohleofen darin. Der Oberstleutnant sah sich flüchtig um und rief ins Haus: »Küche ist auch leer. Das war der letzte Raum.«

»Abfahrt!«, schrie der Mann im schwarzen Mantel.

»Was ist mit dem Trabant?«, fragte Werner.

»Geben Sie mir die Schlüssel. Den fahren wir.«

Sie luden noch die Fahrräder aus dem Schuppen in eins der Fahrzeuge.

Die Motoren der Laster liefen schon, es stank nach Diesel.

»Wo bringen Sie uns denn hin?«, rief Werner verzweifelt.

Der Mann im schwarzen Mantel bestimmte: »Sie alle nach Wolfen und die junge Frau da nach Meißen.«

»Aber warum dürfen wir denn nicht zusammenbleiben?«, schrie Johanna entsetzt und klammerte sich an ihre Tochter.

»Jetzt machen Sie nicht so ein Geschrei. Sie sind ja gleich raus aus dem Sperrgebiet. Da können Sie sich doch jederzeit besuchen. Wollen Sie vielleicht zu siebent in einer Neubauwohnung leben? Na also.«

Elvira war weiß wie eine Wand. »Ist schon gut, Mutti«, sagte sie mit heiserer Stimme.

Johanna bekam plötzlich Angst, dass sie einander verlieren könnten. »Aber wie finden wir uns wieder? Wir haben doch noch gar keine Adressen!«

»Ich find euch, Mutti«, versprach Elvira. Sie umarmte einen nach dem anderen, Viola besonders lang und innig. »Es wird alles gut«, flüsterte sie ihr zu. Dann stieg sie auf den Lkw, und er fuhr los.

Die verbliebenen Dressels mussten in den nächsten Laster klettern. Der Oberstleutnant setzte sich neben Christine. Sie versuchte, so weit wie möglich von ihm abzurücken, aber es war so eng in dem Lkw, dass sie bei jedem Schlagloch seine Lederstiefel an ihren nackten Beinen spürte.

Als der Laster die Kurve erreicht hatte, warfen alle einen letzten Blick auf das Hotel *Waldeshöh*. Sie sahen die weiße Sommerveranda und die Lichtung vor dem Haus, das blaugraue Schieferdach auf dem Turmzimmer, dann nur noch die Turmhaube, und zum Schluss verschwand auch der Wetterhahn hinter den hohen Fichten.

Kaum waren die Fahrzeuge mit der Familie abgerückt, tauchte ein neuer Konvoi vor dem Hotel auf. Sämtliche Möbel der Hoteletage wurden verladen, das Bettzeug, die Teppiche, auch die Badewanne mit den Löwenfüßen und der neue Badeofen, der nie benutzt worden war. Die Sachen wurden in eines der FDGB-Heime in der Umgebung gebracht.

In Lichtenhain waren die ersten Leute auf der Straße unterwegs und starrten den Lastern nach. Der Oberstleutnant ließ die Plane herunter. Nun konnten sie nur noch durch einen Spalt Licht sehen.

Die Fahrt nach Wolfen in dem abgedunkelten Lkw dauerte Stunden. Sie fuhren auf schlechten Landstraßen und über die Autobahn. Sie sahen nichts, sondern merkten es nur an den gleichmäßigen Erschütterungen durch die Bodenschwellen. Ohne zu wissen, wo sie gerade waren und wann sie ankommen würden, hielten sie einander an den Händen. Keiner von ihnen sprach, die Angst schnürte ihnen den Hals zu. Sie wagten es nicht einmal mehr zu weinen.

Andreas holte seine Taschenuhr heraus und sah, dass sie stehen geblieben war. Da wusste er, dass ihr Zauber erloschen war und er sie von nun an selbst aufziehen musste.

Nach Stunden erst hielt der Lkw. Die Plane wurde wie ein billiger Theatervorhang zu ihrer neuen Heimat aufgerissen.

Sie sahen nach draußen, auf die Fabriken und Schornsteine. Werner versuchte den anderen Mut zu machen. »Es wird schon nicht so schlimm werden. Das ist alles nur ein großer Irrtum. Das wird sich schnell aufklären.«

Johanna sagte: »Unsere Familie wird irgendwann in die Heimat zurückkehren, das weiß ich.« Sie nahm Christines Gesicht in die Hände und sah sie fest an. »Du bist die zukünftige Frau Direktorin vom Hotel *Waldeshöh*, vergiss das nie.«

Christine lächelte tapfer und flüsterte: »Ich versprech's dir, Oma.«

Am nächsten Tag wurde das Hotel *Waldeshöh* geschleift, damit sich kein Flüchtling darin verstecken konnte. Es wurde nicht angezündet, wegen der Waldbrandgefahr. Alles, was blieb, war der Keller und das, was er verbarg.

35
Waldeshöh

»Da!«, schrie Milla aufgeregt. »Ich seh sie! Da kommen sie!«

Sie winkte und hüpfte, aber die jungen Crossläufer nahmen nur noch sich selbst wahr. Sechs Kilometer hatten sie hinter sich. Die Welt war für sie zusammengeschrumpft und bestand nur noch aus den Bewegungen ihrer Füße und dem Gedanken, den nächsten Meter zu schaffen.

Christine konnte die Läufer nicht voneinander unterscheiden.

Sie stand mit Milla und Annis Mutter zwischen anderen aufgeregten Angehörigen hinter einer Absperrung. Das Zieltor für den Rennsteiglauf der Jugend in Schmiedefeld erinnerte an eine prall aufgepumpte Hüpfburg.

Dann war die nächste Läuferin so nah, dass auch Christine sie erkannte.

Jubelnd riss Anni die Arme hoch. Zwei Schritte vor Neo ging sie ins Ziel. Als auch er hindurchstolperte, fielen sie sich in die Arme.

»Wir hätten noch länger gekonnt!«, keuchte Neo.

Anni stützte sich auf ihre Oberschenkel. Milla reichte eine Wasserflasche über die Absperrung, und Neo schüttete den Inhalt über Annis Nacken.

»Mann, wir haben so gekämpft!« Ihr Atem ging noch immer schwer.

»Und wir haben durchgehalten«, rief Neo voller Stolz.

Die beiden taumelten zum Organisationszelt und wollten ihre Teilnahmeurkunden abholen. Sie stützten einander in einer Umarmung.

Christine sah ihnen nach und wiederholte voller Bewunderung: »Kämpfen und durchhalten.«

»Und ans Ziel kommen«, ergänzte Milla.

Die Familie Dressel hatte inzwischen die Wiederaufnahme des Verfahrens zur Rückübertragung von *Dressels Forst* beantragt. Niemand konnte ihnen sagen, wie lange es dauerte, aber ihr Antrag war für zulässig erklärt worden und wurde nun bearbeitet.

Christine und Milla schlenderten durch das Menschengewimmel um den Sportplatz und überlegten, was sie mit dem angebrochenen Tag anfangen sollten. Neo hatte sich schon wieder für den Rest des Wochenendes abgemeldet.

»Weißt du, was mir schon seit Tagen durch den Kopf geht?«, fing Milla plötzlich an. »Bei den Polizeiakten war doch eine Aufstellung eures Hotelmobiliars dabei.«

Christine erinnerte sich. »Ja, die Anzahl der Betten und Stühle und so weiter. Einfach alles, was wir dort lassen mussten.«

»Und da stand auch, wo das hingekommen ist«, sagte Milla.

Christine hatte die Akten wieder und wieder gelesen. Am Anfang hatte sie der Bericht unerträglich gequält, aber allmählich verlor er seinen Schrecken. »FDGB-Heim Fichtenblick«, erinnerte sie sich. »In der Ortslage von Neuhaus.«

Milla zog ihr Telefon heraus, suchte nach der Pension und fand deren Internetauftritt. »Das scheint es noch zu geben«, stellte sie überrascht fest. »Es ist wieder in Privatbesitz. Wollen wir da einfach mal hinfahren?«

Christine guckte neugierig auf die Webseite und sah sich die Beispielbilder der Zimmer an. »Das sind nicht unsere Möbel«, sagte sie und musste lachen. »Hast du im Ernst geglaubt, die stehen dort noch rum? Diese Pensionen sind doch alle längst komplett neu eingerichtet.«

»Lass uns trotzdem hinfahren«, bat Milla.

Die Pension *Fichtenblick* in dem hoch gelegenen Dorf bei Neuhaus war ein hübsches Fachwerkgebäude. Das schiefergedeckte Vordach warf einen langen Schatten, und aus den kleinen Fenstern blickte man direkt auf den Rennsteig. Es schien, als wäre das Haus in den Hang eingesunken, an dem es stand. Direkt dahinter begann der Wald.

Sie betraten den Vorraum, klingelten an der Rezeption, und eine freundliche Frau erschien.

Christine stellte sich vor und erklärte, dass sie zu den alten Besitzern des Hotels *Waldeshöh* gehöre.

Das Gesicht der Frau veränderte sich.

»Mutti?«, schrie sie aufgeregt ins Innere des Hauses. »Mutti, komm schnell! Die Leut' vom *Waldeshöh* sind da!«

Wenige Minuten später saßen sie im Speiseraum mit den Pensionsbesitzern, einem betagten Ehepaar, und dessen Tochter, die sie schon am Empfang kennengelernt hatten.

Die Tochter brühte Kaffee auf und setzte sich dann mit zu ihnen.

Ihre Mutter erzählte gerade: »Die haben uns euer Zeug damals gebracht, in den Siebzigern, weil uns der Gewerkschaftsbund einen Neubau drangemacht hat, und der musste ja möbliert werden.«

»Anbau?«, schaltete sich der Vater ein. »Das war eine Baracke, eine Zumutung war das. Hat das ganze schöne Haus verschandelt. Das hab ich direkt nach der Wende eigenhändig abgerissen.«

Stolz zeigte er seine Hände, große schwielige Pranken. Die Mutter war so aufgewühlt, dass sie anfing, in ihren Schürzentaschen herumzusuchen. Die Tochter reichte ihr ein Taschentuch.

»Wir sind '61 auch zwangsweise umgesiedelt worden«, erklärte die Tochter entschuldigend. »Da war ich fünf. Keiner hat uns gesagt, was überhaupt los ist. Der Vater dachte, die bringen uns nach Sibirien. Es war aber Zwickau.«

Die Hände der Mutter zitterten, als sie ihre Kaffeetasse hochnahm. »Dabei hatten wir gar nichts gemacht«, erklärte sie. Christine, die neben ihr saß, legte ihre Hand auf die der alten Frau. Sie hielten sich aneinander fest und teilten für einen Moment das Gefühl der Ohnmacht von damals.

»Ja, und nach einem Jahr durften wir wieder zurück«, erzählte die Tochter weiter.

»Sie konnten zurück?«, fragte Christine überrascht.

»Unser Haus sollte welchen aus dem Dorf gegeben werden, damit es weiter bewirtschaftet wird. Sie brauchten ja das Erholungsheim für die Werktätigen. Aber es wollte keiner«, erklärte die Tochter.

Der Vater sagte stolz: »Die haben alle gesagt, das Haus nehmen wir nicht. Das gehört doch den Steiners. Das sind anständige Leut'. Hier kannte ja jeder jeden.«

Die Tochter berichtete, dass die Leute anderswo nicht immer so zimperlich gewesen seien. »Da stand das *Fichtenblick* ein knappes Jahr leer, und dabei waren doch die Ferienplätze so knapp in der DDR. Und plötzlich durften wir zurück«, erzählte sie. »Wir waren zwar enteignet, aber wir konnten wieder in die Heimat und unser Hotel bewirtschaften.«

Zufrieden sah sich die Mutter im Speisezimmer um. An der Stelle, wo früher nacheinander die Portraits von Hitler, Stalin, Ulbricht und Honecker gehangen hatten, war nun ein Bild des Urgroßvaters zu sehen, der die Pension gebaut hatte.

»Ich weiß noch genau, wie der Lastwagen mit euren Möbeln kam«, erzählte die Mutter. »Wir haben die Leut' vom *Waldeshöh* ja nicht gekannt, aber wir wussten, was die grad durchmachen.«

Ihre Tochter schaltete sich wieder ein. »Die Mutti hat damals gesagt, das Zeug wird nicht angerührt. Das gehört denen vom *Waldeshöh*. Irgendwann kommt es wieder andersrum, und bis dahin heben wir's auf für die rechtmäßigen Eigentümer.«

»Was meinen Sie mit … aufheben?«, fragte Christine verwirrt.

Die Tochter stand auf. »Kommen Sie mit. Wir müssen ein Stück laufen.« Sie nahm ein Schlüsselbund vom Haken. »Meine Eltern haben es damals eingelagert in eine von den alten Scheunen. Es ist noch alles da.«

»Nicht der Badeofen«, ergänzte ihr Vater. »Den haben wir gebraucht. Und die Federbetten auch. Es gab ja nix.«

Sie standen in einer großen Scheune. Das Licht fiel in einem breiten Korridor durch die Dämmerung, und der Staub tanzte darin.

Die Frau meinte, sie müsse erst einmal sehen, wie man da rankäme. Überall standen ausrangierte Werkzeuge und alte landwirtschaftliche Geräte.

Christine konnte sich nicht vorstellen, dass in diesem Durcheinander tatsächlich noch ein heiles Möbelstück aus dem *Waldeshöh* vorhanden war. Trotzdem schlug ihr Herz vor Aufregung ganz schnell und unregelmäßig. Allein der Umstand, dass man sich daran erinnerte, machte sie glücklich.

»Mein Mann sagt schon seit Jahren, wir müssten hier mal entrümpeln«, entschuldigte sich die Frau. »Wenn ich mich recht erinnere, ist es hinter dem Traktor.«

Sie kletterte geschickt auf das Fahrzeug, startete und fuhr es ein Stück vor. Dann stieg sie dahinter und verschwand. Sie zerrte irgendwo eine alte, verdreckte Armeeplane herunter und erzeugte eine große Staubwolke.

»Das könnt' es sein!«, rief sie und tauchte wieder auf.

Christine und Milla bahnten sich einen Weg zu ihr.

Im Halbdunkel standen eingestaubt und voller Spinnweben ein paar Bretter und Möbel. Milla schaltete die Lampe ihres Telefons ein und leuchtete in die Ecke.

An der Wand lehnten auseinandergeschraubte Betten und Schränke, in denen einmal der Holzwurm gewesen war. Die Beutel mit den Schrauben hingen an den Bettpfosten. Davor stand eine gusseiserne Badewanne mit Löwenfüßen. Christine erkannte sie sofort. Es war die Wanne aus dem Hotel *Waldeshöh*.

»Ach, verdammt, da sind zwei Lampenschalen zerbrochen«, stellte die Frau fest. »Schneiden Sie sich bloß nicht.«

Aber Christine hörte gar nicht zu. Sie ging zu den Nachtschränkchen, die sich nebeneinanderreihten. Mit schweißnassen Fingern tastete sie über die Oberfläche des Holzes, und der Staub blieb an ihnen kleben. Sie spürte die Strukturen der schmalen Schmuckleiste, die wie eine Perlenschnur das Furnier umrahmte. Sie ertastete das kühle Metall eines Knaufs. Er kam ihr kleiner vor, als sie ihn in Erinnerung hatte. Plötzlich begann sie, ein Fach nach dem anderen aufzuziehen und hineinzugreifen.

»Ich würd da nicht reinfassen«, warnte Milla sie. »Wer weiß, was da drin ist.«

Aber Christine hatte schon gefunden, was sie suchte. Sie holte das kleine mumifizierte Bonbon heraus, das ihre Großmutter dort für sie versteckt hatte, und starrte es fassungslos an.

»Könnten Sie die Möbel noch eine Weile aufheben für die Dressels?«, fragte Milla die Frau. »Sie versuchen gerade ihr Grundstück zurückzubekommen.«

Die Frau lächelte. »Jetzt hat es so lang hier gestanden, da kann es auch weiter stehen. Es frisst ja kein Brot.«

Sie packten die Planen wieder sorgfältig um die Möbel und klopften sich den Staub von den Händen.

Die Frau umarmte Christine zum Abschied ganz fest und wünschte ihr Glück. Dann stieg sie auf den Traktor und versuchte ihn wieder in die schmale Lücke zu bugsieren.

Draußen vor der Scheune musste sich Christine erst einmal ins Gras setzen. Sie sahen über die Hochwiese. Ein Schaf rupfte mit großem Eifer die Halme ab.

»Ich kann das grad nicht glauben«, sagte sie zu Milla. »Dass alles noch da ist. Erst der Keller und jetzt die Möbel!«

»Und ihr!«, ergänzte Milla. »Ihr seid auch noch da!«

Christine nickte und fühlte das Bonbon in ihrer Hosentasche. Ihre Großmutter musste es am Abend davor versteckt haben. Plötzlich kam es ihr so vor, als wäre die Zeit seitdem nur eine Warteschleife gewesen, die sie in dem Moment verlassen hatte, als Milla den Keller fand.

»Soll ich dir ein Geheimnis verraten?«, fragte Christine. »Aber lach mich nicht aus.«

Milla rückte neugierig näher. »Erzähl!«

»Ich nehme Stunden. Akkordeonstunden. Ich bin vermutlich unbegabt, aber das ist egal. Die Direktorinnen vom Hotel *Waldeshöh* haben alle Akkordeon gespielt.«

Milla sah sie amüsiert an. »Du willst kein billiges Häuschen aus dem Baumarkt mehr auf den Keller setzen, hab ich recht?«

Christine schüttelte den Kopf. »Mir gehen die alten Baupläne vom *Waldeshöh* nicht mehr aus dem Kopf«, sagte sie. »Was meinst du, haben wir eine Chance?«

»Das kann niemand vorhersehen. Mein Chef schätzt eure Chancen aber als realistisch ein.«

»Violas Kinder haben sich gemeldet. Sie wären sofort dabei. Und die Kinder meines Bruders auch. Wir könnten vieles in Eigenleistung machen. Mein Urgroßvater hat beim Bau auch selbst mit angepackt.«

»Du kannst nicht ein ganzes Hotel in Eigenleistung bauen«, gab Milla zu bedenken.

Christine nickte. »Weißt du, ich wage neuerdings viele Dinge, die ich mich früher niemals getraut hätte. Also werde ich zum ersten Mal in meinem Leben einen Kredit aufnehmen, für den Bau des Hotels.«

»Hast du einen Plan B, falls die Rückübereignung nicht klappt?«

Christine lächelte. »Mein Plan B ist ein höherer Kredit. Für den Rückkauf.«

Ein leichter Wind kam auf und bewegte das Gras. Über den Rennsteig liefen Wanderer und kehrten in der Pension *Fichtenblick* ein.

»Ich beneide dich um die Chance«, gab Milla zu. »Ich beneide dich sogar um das Risiko. Ich wünschte, ich könnte das auch. Eine Vision haben! Noch mal komplett neu anfangen.«

Christine sah ihre Freundin an. »Dann mach mit, Milla! Lass es uns zusammen tun! Es ist doch auch längst deine Vision! Lass uns das *Waldeshöh* zusammen aufbauen und bewirtschaften.«

Sie streckte ihre Hand aus. Milla musste nicht einen Wimpernschlag lang nachdenken. Sie schlug sofort ein.

Es wurde ein früher Sommer und die Weidenröschen blühten an den Wegrändern. Als Christine ihr Auto vor dem Sportplatz in Spechtsbrunn parkte, waren Milla und Neo schon damit beschäftigt auszuladen. Kurze Zeit später trafen auch Andreas und seine Frau ein. Lux sprang schwanzwedelnd an Neo hoch und ließ sich die Ohren kraulen.

Christine holte den Leiterwagen aus dem Auto, damit sie nicht alles schleppen mussten. Sie packten Kissen, Decken und Werkzeuge hinein und schafften alles hinauf zu *Dressels Forst*.

Andreas brachte mit seiner Frau die Lichtung in Ordnung. Er räumte die Äste weg, die beim letzten Sturm gebrochen waren, und beseitigte Gestrüpp, das zu weit vordrängte. Seine Frau Sonja holte das Unkraut aus den Ritzen zwischen den Steinen des Wendekreises.

Die anderen schafften Schüsseln und Boxen mit Essen herbei. Die Flaschen mit dem Johannisbeersaft klapperten im Leiterwagen vor sich hin.

Auf dem Rückweg zum Parkplatz hockte sich Neo in den leeren Handwagen und ließ sich von seiner Mutter ziehen.

»Die Flecken sind ja immer noch da«, bemerkte Milla.

»Ja«, musste Christine zugeben. »Aber weißt du, ich werd sie lassen. Vielleicht würden mit ihnen auch die Erinnerungen verschwinden, die ich damit verbinde.«

Sie mussten mehrmals laufen. Schließlich beluden sie den Wagen zum letzten Mal, und Neo holte die restlichen Sachen aus Christines Auto.

»Auch die schwere Kiste hier?«, wollte er wissen.

»Das Akkordeon!«, rief Milla begeistert. »Das muss unbedingt mit!«

»Ich weiß nicht, ob ich mich traue …«, sagte Christine verlegen.

»Aber ich weiß es! Das wird mitgenommen!«, bestimmte Milla.

Sie musste noch einmal neu laden, damit sie auf dem unebenen Waldweg nichts verlieren würden, und griff dann nach der Deichsel.

Als sie alles zusammenhatten, nahm Christine die Picknickdecken und Kissen und verteilte sie auf der Lichtung.

»Krieg ich eine Aufgabe?«, bettelte Neo.

Sie nahm ihn mit in den Keller und zeigte ihm die alte Hausquelle. »Du kannst die Blecheimer voll Wasser pumpen. Damit wir die Getränke kühlen können.«

Dann war Neo allein unten. Kein einziges Geräusch drang von oben herab. Durch die Luke fiel ein schüchterner Lichtschein herein. Sonst war es dunkel. Er zog sein Telefon heraus, ärgerte sich, dass er kein Netz hatte und nicht wusste, ob Anni schon unterwegs war, und schaltete die Taschenlampe ein.

Dann sah er, was seine Mutter gesehen hatte, als sie zum ersten Mal hier heruntergestiegen war. Die verschlossenen Schränke mit dem Geschirr, die Marmeladengläser, die Weinflaschen, den Zeitungsstapel – ein eingefrorenes Bild der Vergangenheit. Annis Vergangenheit.

»Wo bleibst du denn?«, rief es von oben. »Die Limonade wird warm!«

Eifrig begann er zu pumpen, und nach kurzer Zeit floss das kalte, klare Wasser aus dem Rohr, das so besonders schmeckte, weil es durch den Schiefer musste.

Christine kam herunter, öffnete eine der Glasvitrinen und holte vorsichtig das Geschirr heraus, das dort seit vierzig Jahren auf seinen Einsatz wartete. Sie reichte einen Stapel Teller zu Milla nach oben.

»Zerbrich bloß nichts«, mahnte sie.

»Hätten wir nicht lieber Pappteller nehmen sollen?«, fragte Milla, die manchmal etwas schusselig sein konnte.

»Die Kinder können ihr Brot in die Hand nehmen«, sagte Christine. »Aber Pappteller? Die alte Marie Dressel würde sich im Grab umdrehen. In den Anweisungen für das *Respectable Hotel Waldeshöh am Rennsteig* steht nichts von Papptellern. Auch nicht für den Freisitz.«

Christine hatte Brot gebacken, das sie nun in dicke Scheiben schnitt. Sie goss Wasser in einen Butterkühler und stellte auf jede Picknickdecke eins der Marmeladengläser, die sie noch mit ihrer Großmutter eingekocht hatte.

Christines Schwägerin putzte das Silber mithilfe von Essig und Natron, so wie es Gerda Dressel immer gemacht hatte, und Neo half ihr.

Milla brachte eine kleine Zinkwanne aus dem Keller nach oben. Sie stellte sie in die Sonne und füllte sie mit Wasser.

Andreas sah auf die Taschenuhr seines Vaters, die dieser wiederum von seinem Vater bekommen hatte. »Ich geh mal runter und hol die anderen her«, sagte er. Als er die Uhr zurück in die Hosentasche steckte, dachte er, dass es ein guter Tag war, sie endlich weiterzugeben.

Die Lichtung war erfüllt von aufgeregtem Stimmengewirr. Die Kinder rannten barfuß durch das Moos, und auch die Erwachsenen streiften bald ihre Schuhe ab. Milla konnte gar nicht zählen, wie viele Mitglieder der Familie Dressel gekommen waren. Sie saßen auf den Decken und lagen im Gras, sie lachten und unterhielten sich, aßen Marmeladenbrote, hielten ihre Gesichter in die Sonne und staunten, dass es diesen sagenhaften Ort, von dem bei jedem Familientreffen erzählt worden war, wirklich gab. Diesmal fühlte sich Milla nicht fremd und setzte sich einfach dazu.

Die Geschwister Dressel standen still nebeneinander und beobachteten die Szene. So musste es früher gewesen sein, vor der DDR, vor dem Krieg, als ihre Großmutter zusammen mit der Urgroßmutter das Hotel bewirtschaftet hatte.

Anni kam zu ihnen. »Kommt meine Oma nicht?«, wollte sie wissen.

»Ich hab sie eingeladen«, versicherte Christine. »Aber vielleicht war es ihr heute zu warm.«

Damit gab sich Anni zufrieden und rannte zurück zu Neo.

Andreas sagte zu seinen Schwestern: »Wenn Tante Elvira noch mal bei uns auftaucht, kann ich für nichts mehr garantieren. Die ist für mich durch.«

»Glaub mir, Andi, sie leidet grad sehr«, versicherte Viola.

»Das hoffe ich mal«, gab er zurück. Er wollte noch eine bissige Bemerkung hinzufügen, aber seine große Schwester schnitt ihm das Wort ab.

»Ich möchte nicht, dass wir schlecht über Tante Elvira reden, wenn sie nicht da ist. So etwas gibt es bei den Dressels nicht.«

Die jungen Familienmitglieder richteten sich längst nicht mehr nach diesem Grundsatz, aber für Christine war er immer noch wichtig.

Es beruhigte sie, dass Viola mit ihrer Tante Kontakt hielt. Niemand sollte ganz allein mit seiner Schuld sein. Christine vermisste ihre Tante. Aber sie vermisste die Elvira, an die sie geglaubt und der sie vertraut hatte. Sie vermisste die Heldin ihrer Kindheit.

Andreas schnaufte wütend.

Christine legte den Arm um ihre Geschwister. »Ich weiß auch nicht, wie ich damit klarkommen soll. Damit müssen wir jetzt alle leben. Aber nicht nur wir, auch Tante Elvira.«

Sie hoffte, dass es besser werden würde mit der Zeit. Nun wo der Splitter herausgezogen war, konnte die Wunde heilen.

Die Kinder begannen mit Anlauf in die kleine Zinkwanne zu springen. Das Wasser war noch immer eiskalt, aber gerade das war besonders aufregend.

Milla flüchtete vor den Wasserspritzern hinter den breiten Rücken von Andreas.

»In dieser Zinkwanne haben wir auch immer gebadet«, verriet er ihr. »Alle drei.«

Viola ergänzte: »Kannst du dir vorstellen, wie eng das war? Da passte gar kein Wasser mehr rein.«

»Ich bin Einzelkind. Wenn man immer allein baden muss, ist es auch blöd«, erklärte Milla.

»Du darfst in Zukunft mit in unsere Wanne«, scherzte Viola.

»In meine nicht«, brummte Andreas und musste dann selbst lachen.

»Seht euch das an«, sagte Christine und zeigte auf das Durcheinander auf der Lichtung. »Wir sind wieder hier. Wir haben erfüllt, was die Oma prophezeit hat. Unsere Familie ist in die Heimat zurückgekehrt.«

Sie schwiegen für einen Moment und dachten an Johanna Dressel.

»Ich hab übrigens noch was für dich, Christine«, fiel Milla dabei ein. Sie lief zu einem Haufen mit Taschen und Jacken und suchte ihre eigenen Sachen. Dann kam sie mit einem verpackten Geschenk zurück.

Christine begann es auszuwickeln, und ihre Geschwister guckten neugierig zu. Zum Vorschein kam ein durchsichtiger Präsentationszylinder, in dem ein Souvenirpüppchen steckte. Es war ein Rotkäppchen.

»Du hast mir davon erzählt«, erklärte Milla. »Ich hab es im Internet für dich ersteigert. Es ist nicht das echte, ich weiß. Aber du kannst ja vielleicht so tun als ob.«

»Darin ist meine Schwester eine Meisterin«, behauptete Viola.

Christine konnte sich vor Rührung kaum bedanken und umarmte Milla stattdessen sehr lange. Dann holte sie das Püppchen vorsichtig heraus.

»Darf ich mal den Kopf abmachen?«, fragte Viola und streckte schon die Hand danach aus.

»Finger weg! Das ist meins«, gab Christine zurück.

Die Brote waren gegessen, und den Kindern wurde langweilig. Sie setzten sich in den Leiterwagen und rasten einen kleinen Hang hinunter.

»Brecht euch bloß nicht den Hals!«, rief Christine hinterher, aber es ging jedes Mal gut. Sie hatte ihr Püppchen versteckt, damit die Kinder es nicht gleich kaputt machten. Milla setzte sich neben sie und beobachtete das Wagenrennen.

Anni und Neo halfen den Kleineren beim Einsteigen, fuhren aber selbst nicht mit, weil sie sich dafür zu erwachsen fühlten.

»Die Kinder werden viel zu schnell groß«, fand Milla. »Wie hältst du es aus, dass deine Tochter kein Kind mehr ist?«

»Ich erinnere mich daran, wie ich sie in diesem Leiterwagen durch den Wald gezogen habe. Daran kann ich mich festhalten.«

Neo kam zu ihnen gerannt und war ganz verschwitzt. Er hatte es mit dem Erwachsensein nun doch nicht ausgehalten und war ebenfalls den Berg hinuntergefahren. Er drückte seiner Mutter einen Kuss auf die Wange und rief: »Du musst zugucken, wie ich da runterrase!« Und weg war er.

Und gerade als sie dachte, dass sie diesen Moment gern aufheben würde, kam eine Erinnerung zurück, an den kleinen Neo, der immer forderte, dass sie zugucken müsse, bei allem, was er tat. Wenn er ein Rad schlug, wenn er balancierte, wenn er ein Gesicht schnitt. Merkwürdigerweise machte es sie diesmal nicht traurig. Denn sie hatte ihn gehabt, diesen Moment mit Neo, selbst wenn er nun unwiederbringlich vorbei war.

»Was machen wir nun in der Zeit, in der wir auf eine Amtsentscheidung über *Dressels Forst* warten?«, fragte Christine.

»Wir werden das Leben genießen«, schlug Milla vor.

Sie hob ihr Glas und prostete Christine zu: »Auf die Heimat! Auf die zukünftige Direktorin vom Hotel *Waldeshöh*!«

Christine hängte sich das Akkordeon um. Es war gar nicht so wichtig, dass sie sich noch unsicher bei ihrem Spiel fühlte. Denn alle kannten das Rennsteig-Lied und sangen laut mit, und die Kinder tanzten dazu.

Die Sonne war in den Westen gewandert und stand tief. Das Tal hinter ihnen lag schon im Schatten, aber über der Lichtung fielen noch schräge Strahlenbündel zwischen den Fichtenstämmen hindurch. Moosaugen überfluteten den Saum des Waldes, und ihre Blütensterne leuchteten aus dem dunklen Grün hervor.

Viola hatte ein Märchenbuch ausgepackt und las den Kindern vor: »In alten Zeiten, wo das Wünschen noch geholfen hat …«

Auch die Erwachsenen setzten sich dazu und hörten mit.

»Bist du enttäuscht?«, wollte Christine wissen. »Das ist nicht mehr der geheime *Lost Place*, den du entdeckt hast.«

Milla schüttelte den Kopf. Sie brauchte ihn nicht mehr. »Sieh dich doch um!«, sagte sie. »Wir beide haben einen verlorenen Ort zum Leben erweckt!«

Sie blickten hinüber zu dem leeren Platz neben den drei hohen Fichten. Dort würde wieder das Hotel *Waldeshöh* stehen. Sie konnten schon die weiße Veranda sehen und die Turmhaube mit dem Wetterhahn.

»Was meinst du, wollen wir zur Eröffnung eine Flagge hissen?«

»Unbedingt!«

Hier auf der Lichtung, zwischen diesen Menschen, war der Platz, nach dem sie sich immer gesehnt hatten und an den sie gehörten. Ein idealer Ort.

Mein Dank gilt

Mariechen und Kurt Fröber, meinen Großeltern, für eine glückliche Kindheit in Sonneberg, und meiner Schwester Sabine, dafür, dass ich unsere gemeinsamen Erinnerungen in dieses Buch einfließen lassen durfte.

Anja Keil, meiner Agentin, ohne deren Begeisterung und Unterstützung ich mich nicht an dieses Thema gewagt hätte.

Roswitha Tzschach, Edda Bäz, Roswitha Rebhan, Doris und Siegfried Motschmann, Max und Eveline Heinz, Irmgard Gentzsch, Günter Fingerhut, Werner Bäumler, Gudrun Zipfel sowie den Zeitzeugen, die ungenannt bleiben möchten, dafür, dass sie mir ihre Erinnerungen anvertraut haben.

Magdalena Blechschmidt, Gabriele und Karl-Heinz Dietrich sowie Jo Fingerhut für das Herstellen von Kontakten und viele wichtige Informationen.

Christian Simon vom Staatsarchiv Meiningen, Historiker Thomas Schwämmlein und Rechtsanwalt Godo Brehsan für die Auskünfte und die Beratung.

Anna Hoffmann, meiner Lektorin, die dieses Buch voller Leidenschaft und mit großem Einfühlungsvermögen betreut hat.

Ganz besonders danke ich meiner Familie für ihre Liebe, ihr Verständnis, all die Unterstützung und dafür, dass wir unsere Ideen immer miteinander teilen können.

Interview mit der Autorin

***Was uns erinnern lässt* spielt am Rennsteig in Thüringen. Haben Sie zu dieser Gegend einen persönlichen Bezug?**

Der Thüringer Wald ist die verwunschene Welt meiner Kindheit. Meine Familie stammt aus der Gegend und war dort fest verwurzelt. Der Wald hat mich geprägt, das sind meine frühesten Erinnerungen: Ich werde in einem Leiterwagen durch den Wald gezogen, das Licht flimmert durch die Zweige, ein Eichelhäher ruft, es raschelt im Gebüsch, und man weiß nicht, ob gleich ein Fuchs oder eine gute Fee hervorspringt. Meine Schwester und ich haben immer die Sommerzeit dort verbracht. Wir waren jeden Tag mit unseren Großeltern im Wald, der so tief und undurchdringlich war, mit seinen mächtigen Bäumen und dem weichen Moos, und der so dicht an der Grenze lag, dass wir genau wussten, bestimmte Wege waren verboten.

Bis zur Wende wusste ich überhaupt nicht, dass der Rennsteig eigentlich viel länger ist. Dass er eben nicht in Ernstthal endet, sondern mehrmals die bayerische Grenze überquert und bis Blankenstein reicht. Ich habe noch alte Wanderkarten, die aus der Zeit meiner Kindheit stammen. Bei der Recherche wollte ich nachsehen, wie der Rennsteig damals eingezeichnet war. Aber die Karten waren einfach abgeschnitten worden, als hätte die Welt kurz vor der Grenze der DDR aufgehört.

Was hat Sie zu dieser Geschichte inspiriert? Gab es ein historisches Vorbild für die Familie Dressel und ihr Schicksal?

Meine Großeltern wohnten in Südthüringen im Sperrgebiet. Wir sind oft über die Wehd gewandert, und von dort hat man einen wunderbaren Blick nach Neustadt bei Coburg in Bayern. Ich kann mich noch genau an dieses merkwürdige Gefühl erinnern, das dieser Blick in den Westen jedes Mal bei mir ausgelöst hat. Als Kind fand ich es völlig normal, wenn die Besuche bei den Großeltern beantragt werden

mussten, dass wir ohne den Passierschein nicht zu ihnen durften, uns als Allererstes, wenn wir dort ankamen, bei der Deutschen Volkspolizei melden mussten und auch im Wald immer wieder angehalten und kontrolliert wurden. Meine Mutter hatte eine enge Freundin, die in der 500-Meter-Sperrzone lebte, in der die Menschen unvergleichlich stärker überwacht und reglementiert wurden. Durch sie wusste ich, dass es neben dem Sperrgebiet noch diese nur 500 Meter schmale Zone zwischen den zwei Zäunen gab, in der Menschen versuchten, ein normales Leben zu führen. Von den Zwangsumsiedlungen wusste ich damals noch nichts. Den Betroffenen war es unter strengster Strafe verboten, darüber zu sprechen. Die Geschichte der Familie Dressel ist fiktiv, aber ihr Schicksal teilen die unzähligen Familien, die in der DDR zwangsumgesiedelt wurden.
Die Themen Thüringer Wald und Sperrgebiet waren immer in meinem Bewusstsein und haben mich nie richtig losgelassen. Einerseits habe ich mich danach gesehnt, etwas über meine alte Heimat zu schreiben, andererseits habe ich mich davor gefürchtet, glückliche Erinnerungen an eine Zeit, die unwiederbringlich vorbei ist, allzu lebendig werden zu lassen. Als ich mit dem Roman begonnen habe, war alles wieder da, und ich hatte plötzlich so schlimmes Heimweh, dass es kaum auszuhalten war. Erinnern ist manchmal viel schwerer als vergessen, aber gleichzeitig eben auch sehr tröstlich. Das, was uns zu dem gemacht hat, was wir heute sind, kann uns niemand mehr wegnehmen.

Wo fanden Sie Anregungen und geschichtlich verbriefte Informationen, die Sie in das Buch einbauen konnten?

Der Roman spielt auf zwei Zeitebenen und umfasst im historischen Teil die Spanne von 1945 bis 1977. Als ich mit der Recherche begonnen habe, musste ich schnell feststellen, dass meine eigenen Erinnerungen nicht sehr verlässlich sind und ich viele Dinge vergessen habe oder nicht mehr zeitlich einordnen konnte. Also habe ich mir mithilfe von Fachbüchern zunächst eine solide Faktenbasis geschaffen. Ich bin sehr dankbar für die Arbeit unserer Archive, denn dort habe ich die für die jeweiligen Jahre geltenden Polizeiverordnungen zur Demarkationslinie, aber auch Briefe des Freien Deutschen Gewerkschaftsbundes zur

Borkenkäferbekämpfung in Thüringen oder Berichte an das Ministerium für Staatssicherheit über die Aktionen zu Zwangsaussiedlungen gefunden. Um den Wohnort der Familie Dressel festlegen zu können, benutzte ich alte Landkarten und eine Karte der ehemaligen Sperrgebiete. Die genaue Lage habe ich mir dann am Rennsteig erwandert. Für die Schreibzeit hatte ich ein kleines Quartier am Rennsteig genommen. Das war nicht nur für die Inspiration wichtig, sondern auch für die vielen Gespräche mit den Zeitzeugen vor Ort. Diese Berichte waren für mich von unschätzbarem Wert, weil ich durch sie etwas erfahren habe, was in keinem Buch und in keiner Akte steht. Nämlich wie sich die Menschen gefühlt haben, die in der Sperrzone lebten, wie sie das Trauma der Zwangsaussiedlung und die anschließende Stigmatisierung empfunden haben und wie es ihnen heute mit diesen Erinnerungen geht. Außerdem bin ich mit einem Regionalhistoriker in Kontakt getreten, der mir viele wichtige Informationen geliefert hat.

Welche Begegnungen hatten Sie bei Ihren Recherchen vor Ort? Ist die Erinnerung an diese Zeit bei den Menschen, die in dieser Gegend leben, noch sehr präsent?

Ich habe mit Menschen gesprochen, die zwangsausgesiedelt wurden, mit Menschen, die in der 500-Meter-Zone wohnten, und mit Menschen, die schon seit ihrer Geburt in der Gegend um den Rennsteig leben. Manche von ihnen haben sich immer wieder vergewissert, dass es sich um einen fiktiven Roman handelt und sie anonym bleiben werden, andere wollten über ihre Erlebnisse überhaupt nicht sprechen, und wieder andere waren froh, es erzählen zu dürfen. Ich habe viele Stunden damit zugebracht, fremden Menschen zuzuhören, die mir ihre Lebensgeschichten anvertraut haben, und beim Abschied waren es jedes Mal keine Fremden mehr für mich. Ich habe mit einer Frau gesprochen, die von ihrer Deportation als Zehnjährige berichtet hat. Sie konnte mir noch jedes schreckliche Detail des Morgens, an dem es geschah, berichten. Auf der Rückfahrt von dieser Begegnung musste ich auf der Landstraße anhalten, weil ich einfach nicht mehr weiterfahren konnte und erst einmal weinen musste.

Ihr Roman wird von zwei starken Frauenfiguren getragen. Welche Ihrer Heldinnen ist Ihnen näher? Milla oder Christine?

Für Milla empfinde ich mütterliche Gefühle, und oft habe ich sie in ihrer Einsamkeit trösten wollen. Und auch ich kenne das, wenn man am liebsten alles wegwerfen möchte, um endlich Ordnung in sein Leben zu bringen. Aber Christine ist mir dennoch näher. Sie ist im selben Jahr wie ich geboren und hat ihre Kindheit in der gleichen Gegend verbracht wie ich. Viele Erinnerungen, die sie in sich trägt, teile ich mit ihr. Ich habe beim Schreiben des historischen Teils Christines Geburt entgegengefiebert, damit ich endlich auf meine eigenen Erinnerungen zurückgreifen konnte. Das Schreiben dieser Kapitel war wie eine Zeitreise in meine Vergangenheit und ich habe plötzlich die gleiche unstillbare Sehnsucht wie Christine gespürt. Auch das Haus meiner Großeltern steht nicht mehr, wenn auch aus einem ganz profanen Grund. Aber wie Christine habe ich es jahrelang vermieden, dorthin zu gehen. Es gibt Dinge, die wir nicht zurückholen können, wir können uns nur an sie erinnern.

Zeittafel

1945 – Es kommt zum Kampf um die Rennsteiglinie. Thüringen wird von den Amerikanern eingenommen.
Im Juli ziehen sich die Westalliierten zurück, und die Rote Armee marschiert in Thüringen ein, das zur Sowjetischen Besatzungszone gehört.
Ein Gesetz über die Bodenreform im Land Thüringen wird erlassen. Grundbesitz, einschließlich Wald, über 100 ha und Besitz von Kriegsverbrechern werden entschädigungslos enteignet.

1946 – Eine Windbruchkatastrophe zerstört große Teile des Thüringer Waldes. In den Folgejahren richtet der Borkenkäfer verheerende Schäden an.
Im Sommer sperrt die Sowjetische Militäradministration die Grenze zu den anderen Besatzungszonen und beginnt verschärfte Grenzkontrollen. Der freie Reiseverkehr wird gesperrt.
Der Interzonenpass für geschäftliche und familiäre Dringlichkeiten wird eingeführt.
Die Deutsche Grenzpolizei wird in der Sowjetischen Besatzungszone aufgebaut.
Der Wanderweg entlang des Rennsteigs wird verkürzt, da beide Enden im grenznahen Bereich liegen und der Südteil mehrmals die innerdeutsche Grenze überschreitet. Der offizielle Rennsteig beginnt jetzt am Vachaer Stein und endet in Neuhaus am Rennweg. Von den ursprünglich 169 Kilometern sind noch 115 Kilometer begehbar.

1947 – Straßensperren und Stacheldrahthindernisse an der Demarkationslinie werden auf dem Gebiet der Sowjetischen Besatzungszone verstärkt ausgebaut. Für die Grenzbewachung werden Waldschneisen geschlagen.
Damit Bürger an der Zonengrenze an ihre Arbeitsstellen gelangen können, wird der sogenannte »Kleine Grenzverkehr« eingeführt.

1948 – Die Währungsreform in der sowjetischen Besatzungszone wird auf Befehl der SMAD durchgeführt.
Wegen der Borkenkäferinvasion werden große Gebiete des Thüringer Waldes zum Hauptnotstandsgebiet erklärt und Hilfskräfte aus der gesamten Sowjetischen Besatzungszone angefordert.

1949 – Am 07. Oktober wird die DDR gegründet.
An der Grenze werden erste Holzwachtürme errichtet.

1950 – Das Ministerium für Staatssicherheit (MfS) wird gegründet.

1950/51 – Im Rahmen der sogenannten »Aktion Oberhof« werden private Hotels und Pensionen in Oberhof enteignet und deren Besitzer zu Aussätzigen gemacht.

1952 – Die Polizeiverordnung zur Absicherung des Grenzstreifens zur Bundesrepublik Deutschland tritt in Kraft. Das 5-km-Sperrgebiet, der 500-m-Schutzstreifen sowie die Passierscheinpflicht werden eingeführt. Teilweise wird der Straßen- und Schienenverkehr unterbrochen, die Demarkationslinie wird weiter ausgebaut und der erste Stacheldrahtzaun errichtet.
Die sogenannte »Aktion Ungeziefer« wird durchgeführt. Auf Geheimbefehl des Ministeriums des Inneren werden als politisch unzuverlässig eingestufte DDR-Bürger aus dem Sperrgebiet in andere Regionen zwangsausgesiedelt. Viele der verlassenen Gebäude werden geschleift.

1953 – Im Rahmen der »Aktion Rose« werden Hotels und Pensionen an der Ostseeküste der DDR enteignet und die Hotelbesitzer oft unter fadenscheinigen Anschuldigungen zu langen Zuchthausstrafen verurteilt.
Am 17. Juni findet ein Arbeiteraufstand gegen die Normerhöhung in der DDR statt, der durch die Rote Armee und die Volkspolizei blutig niedergeschlagen wird.

1956 – Die Nationale Volksarmee (NVA) wird gegründet.

1957 – Das Passgesetz der DDR wird geändert, um Westreisen zu reduzieren. Republikflucht wird zum Straftatbestand. Im Strafgesetzbuch der DDR werden »Staatsgefährdende Hetze«, »Staatsverleumdung« und das Sammeln von Nachrichten als Straftatbestände aufgenommen.

1958 – Die Verordnung »Freiwillige Helfer zur Unterstützung der Deutschen Grenzpolizei« tritt in Kraft. Zivilisten werden zur Grenzsicherung eingesetzt. Die Einschränkungen im Reiseverkehr nehmen zu. Die Grenzpolizei der DDR erhält Sturmgeschütze.

1961 – Am 13. August beginnt der Bau der Mauer in Berlin, West-Berlin wird abgeriegelt.
Der Schießbefehl an der Demarkationsgrenze tritt offiziell in Kraft. Angewandt wird er bereits seit 1952.
An der innerdeutschen Grenze werden seitens der DDR Bodenminen verlegt.
Unter den Namen »Kornblume« oder »Festigung« erfolgen erneute Zwangsaussiedlungsaktionen aus dem grenznahen Raum.

1962 – Weiterer Ausbau der Grenze. Verschiedene Typen von Signalanlagen werden installiert und Hundelaufanlagen eingerichtet.

1964 – An der innerdeutschen Grenze werden Betonwachtürme errichtet.

1966 – Im Hinterland wird die Grenze durch einen Signalzaun 500 bis 1.000 m vor der Grenze gesichert. Erdbeobachtungsstände werden erbaut.

1968 – Das DDR-Strafgesetzbuch sieht für ungesetzlichen Grenzübertritt Haftstrafen von bis zu fünf Jahren vor.

1970 – Die Montage von Selbstschussanlagen am innerdeutschen Grenzzaun beginnt unter höchster Geheimhaltung.

1972 – Wegen der Textzeile »Deutschland einig Vaterland« darf die Nationalhymne der DDR nur noch gespielt, aber nicht mehr gesungen werden.

1974 – In der Verfassung der DDR wird der Wiedervereinigungsauftrag ebenso gestrichen wie jeder andere Hinweis auf die deutsche Nation.
Der Nationale Verteidigungsrat bestätigt den 1961 angeordneten Schusswaffeneinsatz gegen »Grenzverletzer«.

1975 – Die DDR-Grenzen werden weiter ausgebaut. Der vorhandene zweireihige Grenzzaun wird mit Selbstschussanlagen ausgerüstet.

1984 – Die letzten Zwangsaussiedlungen im Sonneberger Raum finden statt. Insgesamt waren bis zum Ende der DDR ca. 12.000 Menschen von Zwangsumsiedlungen und damit verbundenem Heimatverlust betroffen. Zahlreiche Orte sind dadurch verschwunden.
Die Bundesregierung bürgt für einen Kredit an die DDR, wodurch diese die drohende Zahlungsunfähigkeit abwenden kann. Als Gegenleistung beginnt die DDR mit dem Abbau der Selbstschussanlagen an der Grenze.

1989 – Ab April wird der Schießbefehl an der innerdeutschen Grenze ausgesetzt.
Ungarn öffnet seine Grenze zu Österreich. Über 25.000 DDR-Bürger flüchten über Ungarn in den Westen.
Im Herbst finden im Rahmen der sogenannten Montagsdemonstrationen in zahlreichen Städten der DDR bis zu 500.000 Menschen zusammen, um für Reformen und Demokratie zu demonstrieren.
Am 09. November fällt die Mauer, und die Grenzen der DDR werden geöffnet.

Heute – Im innerdeutschen Grenzstreifen konnte sich 40 Jahre lang unberührte Natur entwickeln. Das grüne Band ist zu einem Refugium für mehr als 1.200 seltene und gefährdete Pflanzen und Tiere geworden. Seit dem Fall der Mauer wurde in der ehemaligen Sperrzone eines der größten und bedeutendsten Naturschutzprojekte geschaffen.

Lesen Sie auch:

Kati Naumann

Wo wir Kinder waren

Roman

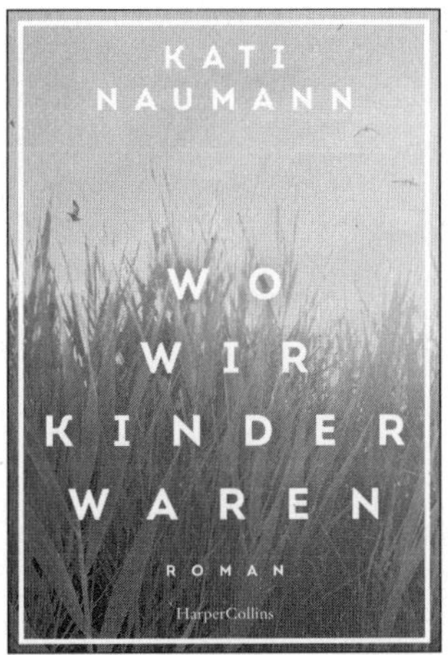

€ 14,00 [D] | € 14,40 [A]

ISBN: 978-3-365-00112-7

1
Die Spielzeugtesterin

Eva musste wach bleiben. Sie nippte an ihrem Kaffee, der längst bitter schmeckte, und sah auf die Uhr. Halb zwei Uhr nachts. Gleich war es so weit. Die nervöse Vorfreude, die ihren Atem beschleunigte, rief eine verschüttete Erinnerung wach.

Die aufregendste Tätigkeit, die sie jemals ausgeübt hatte, war die einer Spielzeugtesterin gewesen. Ihre Karriere begann, als sie fünf Jahre alt war, und endete mit ungefähr dreizehn. Obwohl das über vier Jahrzehnte her war, konnte sie sich plötzlich wieder überdeutlich an dieses berauschende Gefühl erinnern. Sie hatte es immer in dem winzigen Moment gespürt, der zwischen dem Abstellen des gefüllten Dederonbeutels auf den Tisch und dem Herausholen des zu testenden Gegenstands lag. Nie hatte sie vorher gewusst, was der Beutel verbarg. Nie war sie enttäuscht worden.

Wieder sah Eva auf die Uhr. Sie trat an das weit geöffnete Fenster und lauschte in die Dunkelheit. Das Plätschern in der Nähe ließ sich nur erahnen. Der Fluss führte Niedrigwasser. Ein leichter Wind war aufgekommen und trieb Feuchtigkeit aus dem Wald herunter. Obwohl in der Schwärze der Nacht nichts zu sehen war, fühlte sie vor sich den Stadtberg und hinter sich den Schlossberg aufsteigen. Die Altstadt von Sonneberg schlängelte sich durch das enge Tal der Röthen. Die Häuser lagen darin wie in einem sicheren Schoß.

Eva war hier aufgewachsen, in der Spielzeugstadt der Deutschen Demokratischen Republik, in der sich alles nur um dieses eine Thema gedreht hatte. Aus jeder Familie arbeitete damals jemand in der Spielzeugherstellung, und das seit Generationen. Eva hatte an der Sonneberger Fachschule eine Ausbildung als Spielzeuggestalterin absolviert. Direkt nach ihrem Abschluss brachte sie in aller Seelenruhe ihre beiden obligatorischen Kinder zur Welt. Sie hatte die Gewissheit, dass ein sicherer Arbeitsplatz mit Kinderbetreuung in irgendeiner Außenstelle des Spielzeugkombinats auf sie wartete. Als ihre jüngste Tochter alt genug für die Krippe war, existierten keine volkseigenen Betriebe mehr. Für Eva fühlte es sich an, als hätte sie jahrelang Schwimmen geübt, nur um dann festzustellen, dass es nirgends mehr Wasser gab.

Dabei schien es vorherbestimmt gewesen zu sein. Eva war mit Leidenschaft Spielzeugtesterin. Alles hatte sie mit großer Ernsthaftigkeit geprüft. Standmixer, Lastenkräne mit Kurbel, Puppen, die in die Windel machten, Plüschbären, die laufen konnten, Raketenträger mit abschussbereitem Projektil, Metallbaukästen mit Motoren, Fernlenkautos mit Bowdenzug. Es handelte sich um geheimes Spielzeug in der Entwicklungsphase, von denen die Kinder in den anderen Städten der Republik nichts ahnten, nicht einmal in Berlin, wo es sogar Joghurt und H-Milch gab. Die meisten Spielsachen, die Eva testete, stammten aus dem Volkseigenen Betrieb Sonni. Damals war sich Eva wichtig vorgekommen. Es hatte sich angefühlt, als würde es allein von ihr abhängen, ob es ein Spielzeug in die Läden schaffte. Dabei war sie im Grunde gar nicht geeignet gewesen. Sie behandelte ihre Sachen einfach zu vorsichtig. Kaum jemand wusste besser als sie, wie viele Arbeitsgänge und welche Sorgfalt für die Herstellung nötig gewesen waren. Evas wilder Cousin Jan hingegen schaffte es auf Anhieb, die Federn der Aufziehtiere zu überspannen oder die Achsen der Kunststoffautos zu brechen.

In die Gruppe der Tester waren die Kinder ganz automatisch gerutscht. Ihre Eltern arbeiteten in einem Betriebsteil, der zur Sonni gehörte, und deshalb gingen sie in den Betriebskindergarten. Dort bekamen die Kindergartenkinder Prototypen, um damit ausgiebig zu spielen. Am Ende der Woche wurden sie von den Erzieherinnen eingehend dazu befragt. Es mussten Berichte darüber geschrieben und Fragebögen ausgefüllt werden. Wenn das Spielzeug die größten

Rabauken von Sonneberg überlebt hatte, war es reif für die Kinder der DDR und des Ostblocks, und für den Neckermann-Katalog. Das Beste an dieser Sache war, dass die Probanden die Spielsachen nach der Testphase behalten durften.

Nicht ein einziges Stück besaß Eva noch davon. Ihre Mutter hatte alles weggeworfen, ohne sie zu fragen. Nicht um sie zu kränken, sondern aus praktischen Gründen. Sie war in eine kleine Neubauwohnung umgezogen, und das Haus hatte nur ein Flachdach besessen.

Seit Neuestem spürte Eva merkwürdige Anflüge von Sentimentalität, und sie hatte es sich in den Kopf gesetzt, diese Dinge wieder aufzutreiben. Manche schwatzte sie Bekannten ab, andere fand sie auf Flohmärkten, und einige entdeckte sie, heruntergekommen und abgespielt, im Internet. Oft zahlte sie einen vielfachen Preis dessen, was es damals brandneu gekostet hatte. Das war ein Luxus, den sie sich eigentlich nicht leisten konnte. Nie wieder war Eva für eine Arbeit so großzügig vergütet worden wie für das Spielzeugtesten.

Sie rückte vom dunklen Fenster ab. Nirgendwo brannte Licht, ihre Nachbarn schliefen längst. Aber in den USA war jetzt die beste Zeit für das Ende einer Internetauktion.

Eigentlich hatte Eva nach einem bestimmten Filztier gesucht, einem Schweinchen im Matrosenanzug, das sie einmal besessen hatte. Stattdessen war sie auf eine Langbein-Puppe gestoßen. Seitdem kontrollierte sie mehrmals stündlich diese Auktion. Sie setzte darauf, ohne Konkurrenz zu bleiben. Langbein-Puppen waren selten, aber weder wertvoll noch sonderlich begehrt.

Eva betrachtete die Fotos der Auktion. Die Puppe hatte einen schmalgliedrigen Körper aus Ziegenbalg, war fest mit Holzfasern ausgestopft, und die Beine besaßen erstaunlich intakte Kniegelenke. In den Augenhöhlen des Porzellankopfs saßen dunkle Schlafaugen. Evas Blick folgte dem Schwung der aufgemalten Augenbrauen. Die linke war ein wenig nach oben verrutscht und verlieh dem kleinen Gesicht etwas Überraschtes. Das Entscheidende aber war die Markung im Nacken. 1910 – A. L., wie Albert Langbein. Eva war eine geborene Langbein. Aber schon als Kind hatte sie diesen traditionsreichen Namen verloren. Sie durfte gar nicht daran denken, wofür ihre Mutter den eingetauscht hatte.

Aus dem Augenwinkel bemerkte sie, wie sich das Feld mit dem aktuellen Preis veränderte und eine höhere Summe anzeigte. Ohne nachzudenken, tippte Eva ein neues Gebot ein und wurde sofort wieder übertrumpft. Sie glaubte zu wissen, wer sich diese Unverschämtheit erlaubte. Es gab nur einen Menschen, der sich einbildete, ein Vorrecht auf die Familiengeschichte zu haben, weil er noch immer den Namen Langbein trug.

Nur zehn Minuten blieben bis zum Ende der Auktion. Ohne zu zögern griff Eva nach dem Telefon. Es schien eine Ewigkeit zu dauern, bis sich jemand meldete.

»Bist du noch gescheit? Weißt du, wie spät es ist?«, erklang die verschlafene Stimme ihres Cousins Jan.

Eva fauchte ihn an: »Tu nicht so! Du willst mir die Puppe wegschnappen!«

»Bist du jetzt völlig verrückt? Das Einzige, was ich will, ist schlafen. Es gibt Leute, die müssen arbeiten.«

Noch immer schaffte es Jan, seine Cousine mit einer einzigen achtlosen Bemerkung zu verletzen. Und doch war es dieser kleine Nadelstich, der wieder die alte Nähe herstellte, die einmal zwischen ihnen bestanden hatte. Damals hatte Eva gewusst, wie Jans Stimme klang, wenn er log. Falls er nicht inzwischen völlig abgebrüht war, hatte sie ihn mit ihrem Anruf tatsächlich geweckt.

»Ich hab grad ganz andere Sorgen«, brummte er noch und legte auf.

Eva sah hektisch zur Uhr. Noch vier Minuten. Sie kannte eine weitere Person, die Interesse an einer Langbein-Puppe haben konnte. Aber die würde sie ganz sicher nicht anrufen.

Stattdessen gab sie eine sehr hohe Summe ein und beobachtete schadenfroh, wie der unsichtbare Bieter auf der anderen Seite mehrmals versuchte, sie zu übertrumpfen, und den

Preis dadurch immer weiter in die Höhe trieb. Wenn sie die Puppe schon nicht bekam, sollte ihre Konkurrenz wenigstens so viel dafür zahlen, dass es wehtat. Im nächsten Augenblick endete die Auktion, und Eva erhielt eine automatisierte Nachricht. Ihre Summe war die höchste gewesen. Eva hatte gewonnen. Aber zu welchem Preis!

Im nächsten Moment ließ ihr Telefon ein leises Geräusch erklingen und zeigte eine Nachricht an. Sie stammte von ihrer Cousine Iris. *So was nennt man Karma, meine Liebe.*

Wieso wusste Iris immer alles? Ein ungutes Gefühl breitete sich in Eva aus. Sie glaubte nicht an Ahnungen und Vorzeichen wie ihre Cousine. Vielmehr beschäftigte sie die praktische Frage, ob man von einer Auktion zurücktreten konnte. Sie hatten schon lange nicht mehr miteinander gesprochen. Und schon gar nicht im Guten. Dennoch beschloss sie, ihren Stolz herunterzuschlucken und Iris anzurufen.

»Ich konnte ja nicht ahnen, dass ich ausgerechnet gegen dich biete«, eröffnete Eva das Gespräch.

Auf der anderen Seite war nur ein spöttisches Lachen zu hören.

»Selbstverständlich trete ich vom Kauf zurück und lasse dir den Vortritt«, erklärte Eva und versuchte, ihrer Stimme einen großzügigen Unterton zu verleihen.

»Aber nein«, gab Iris scheinheilig zurück. »Du hast die Puppe rechtmäßig gewonnen. Ich gebe mich geschlagen.« Nach einer lauernden Pause setzte sie hinzu: »Es sei denn, du kannst sie dir nicht leisten. Dann würde ich dir natürlich aushelfen.«

Da war sie wieder, diese mit Nettigkeit übertünchte Arroganz von Iris, die Evas Puls schon immer in die Höhe getrieben hatte. Entrüstet wies sie diesen Verdacht zurück.

»Also wirklich«, stellte Iris fest. »Du kannst noch immer nicht besonders gut lügen.«

»Da hast du recht«, bemerkte Eva kühl. »Vielleicht sollte ich bei dir Unterricht nehmen.«

Ohne ein weiteres Wort legte sie auf und musste an Jan denken. Auch er konnte nicht gut lügen. Das kurze Gespräch mit ihm kam ihr wieder in den Sinn, und ihr wurde klar, dass mit ihm etwas nicht stimmte.

Jan und Eva hatten in einem Haus gewohnt, waren in denselben Kindergarten und in dieselbe Schulklasse gegangen. Jan hatte sich für sie geprügelt, wenn er es für nötig befand, und sie hatte mit verstellter Handschrift seine Hausaufgaben erledigt, weil er sich manchmal ein wenig schwerfällig anstellte. Es hatte sich damals angefühlt, als wären sie Geschwister, nur besser. Sie mussten sich weder die Eltern noch das Spielzeug teilen. Und dann kam ihre Cousine Iris aus dem Westen, nachdem die Passierscheinpflicht für Sonneberg aufgehoben worden war. Eva, Jan und Iris verbrachten einen endlos scheinenden Sommer in der Fabrik ihrer Großeltern. Evas Mutter behauptete zwar, drei wären einer zu viel, aber sie hatte unrecht. Iris wurde zu der Schwester, die sich Eva immer gewünscht hatte. Nachts schliefen sie auf dem Dachboden, unter sich weiche Säcke mit Schaumstoffflocken für die Plüschtiere. Eva und Jan nahmen Iris in die Mitte, damit sie beide ganz nah an diesem Duft nach Waschmittel und Apfelseife lagen, den Iris bei jeder Bewegung verströmte. Sie kauten sogar die Kaugummis weiter, die Iris ausspucken wollte und die ihnen selbst in diesem Zustand begehrenswerter erschienen als alles, was man im Konsum kaufen konnte. Als der Sommer vorbei war und Iris zurück auf die andere Seite der Mauer musste, wusste Eva, zwei waren einer zu wenig.

Eva war nicht sicher, wann sie sich voneinander entfernt hatten. War es, als Jan aus Sonneberg wegzog? Oder als Eva spürte, dass Iris auf sie herabsah? War es, als ihre Eltern die Firma in den Sand setzten? Oder lag es an dieser furchtbaren Erbengemeinschaft, in der sie alle gefangen waren? Je länger Eva darüber nachdachte, umso klarer wurde ihr, dass es schon früher gewesen sein musste. Es hatte begonnen, als das Gerede anfing.